乡城往事

刘玉平 著

百花洲文艺出版社

图书在版编目（CIP）数据

乡城往事 / 刘玉平著. -- 南昌：百花洲文艺出版
社, 2025.7. -- ISBN 978-7-5500-5715-9

Ⅰ. I247.5

中国国家版本馆CIP数据核字第2024DF4264号

乡城往事

XIANG - CHENG WANGSHI

刘玉平　著

出 版 人	陈　波	
责任编辑	余丽丽　欧　双	
封面题字	杨　克	
书籍设计	张诗思	
制　　作	周璐敏	
出版发行	百花洲文艺出版社	
社　　址	南昌市红谷滩区世贸路898号博能中心一期A座20楼	
邮　　编	330038	
经　　销	全国新华书店	
印　　刷	江西省和平印务有限公司	
开　　本	720 mm×1000 mm 1/16　　　印张 42.25	
版　　次	2025年7月第1版	
印　　次	2025年7月第1次印刷	
字　　数	780千字	
书　　号	ISBN 978-7-5500-5715-9	
定　　价	88.00元	

赣版权登字 05-2024-293

邮购联系　0791-86895108
网　　址　http://www.bhzwy.com
图书若有印装错误，影响阅读，可与承印厂联系调换。

谨以此书，献给在我人生最艰难困苦的时候，给了我
无私的支持和帮助、给了我爱与力量的人！

|序|

张　况

佛山知名作家刘玉平是一位地道的江西老表，我与这位仪表堂堂的帅气汉子相识近三十年了，彼此一直以客家老乡相称，平日里虽与之过从甚少，但彼此偶有信息来往。他要么邀我到他们勒流中学为孩子们做文学讲座，要么就是请我做评委品评学生征文作品。我这人不喜热闹，没事爱独处，但自忖仍属有人情味的"冷血"动物。经他这么一来二去，彼此便不再生分。

众所周知，在八十年代，大学毕业生还属于"珍稀动物"。据说彼时玉平的高考分数其实高出重点大学录取分数线不少，上个文科类的重点大学一定没问题。高考前填报志愿时因接受了老师的建议，乖孩子玉平最终选择了保守"疗"法，填报了师范类大学中文系。正是这一"偶然"，使得他必然"抱憾"成了江西师范大学中文系的一名大学生，从此与教学结下一辈子不解之缘。

该经历的不该经历的，他都经历了；该忍受的不该忍受的，他都忍受了。反正玉平是一边崩溃一边自愈，挺过了人为的各种磨难之后，为了刻意逃避无情"追杀"，为了心中那片神圣的文学芳草地，他决定重置人生范式，选择了"逃出"家乡，到佛山顺德绽放自己的青春年华。

天地何苍茫，苍茫阔无比。往简单了说，人生道路往往是由一个偶然导致的必然，而所有的必然构成了完整的人生命运闭环。在我看来，生活其实就是见招拆招，逢山开路遇水搭桥是常态，我倒是主张孔子的归孔子，上帝的归上帝。是自己的终究跑不掉，跑不掉就该学会接受，并以享受的心态去勇敢面对各种际遇。狭路相逢勇者胜，世上没有走不通的路，即使做门卫杂工，也要在岗位成才，做最优秀的那个。有此淡然心态，还惧怕什么命运公与不公？比如爱情，不是自己的，万莫强求，即便单相思一秒，那都是罪过。而霸王硬上弓，则更是强盗逻辑，强扭的瓜酸不溜丢，当然难以言甜。天涯芳草，各度春秋，反正万事随缘就好。

熬到上世纪九十年代中，玉平挈妇将雏背着行囊来佛山闯荡的理由至此已很充足。初来乍到，他干过报社记者，差一点做了某广告公司的文案策划部经理，几经周折颠簸，考虑到青春无法再版，人生不能浪投，玉平遂将自己谨小慎微的步伐最终落在了顺德勒流中学。玉平在此担任高中语文教师，由是一干便是三十年。玉平是一九六五年生人，明年就届退休年龄。人生真是倏忽之间啊！

这就是玉平风雨无常的人生上半场。

事实上，玉平是一位非常称职且颇有恒心的教学工作者，于教书育人一途，他吐尽蚕丝熬干心血，用"从一而终"来形容他，我想再合适不过了。确实，一个人在某一阶段干一件事并不难，但是一个人要一辈子周而复始只干一件事，那就太不容易了。这需要超常的耐性和足够的毅力。

这就是一辈子站在三尺讲台执教的人民教师的真实写照，这也是人民教师最让我敬佩的地方！

责任心极强的玉平一方面肩负着让学生们考出理想语文成绩的重任，一方面又于执教之余，悉心指导校园文学社团开展工作，并一肩挑亲任顺德《文艺校园》、勒中《星河》和《勒中校讯》三个刊物的主编工作。虽说内刊没有考核指标，但半点也马虎不得，因为校刊质量直接反映学校的语文教学水平和孩子们的作文水平，且校刊"屁股"上还烙着官方"准印号"，倘质量搞不好、意识形态有差池，那是要"挨批"的。校园内刊每年或两期或八期，反正雷打不动得按时保质定期出。玉平凭着一股青春热血和内心那份喜爱，乐于奉献，一沉进去就是二三十年。这需要坚强的精神支撑和极度负责任的态度。

作为一名平凡的中学语文教师，玉平默默滴沥心血，其无怨无悔者，凡三十余年。日出日落，寒来暑往，他迎来了一批批渴望成才的学生，又送走了一茬茬考上各类大学的学子。

人心是需要滋润的，玉平所要做的是为学生创造一种热爱学习的健康氛围和喜欢文学艺术的成长环境。我想最值得玉平骄傲的是他业余以缪斯的名义，培养了一批又一批的文学新苗，让孩子们懂得文学之美，懂得如何欣赏和营造属于自己生命的积极状态。对于一些有潜质的好苗子，他还不遗余力向区和市两级作家协会推荐。玉平这一举动给我留下了深刻的印象。

看着孩子们对文学的热爱，读着孩子们写的诗歌、散文、小小说，玉平说自己今生可无憾矣。更为难能可贵的是玉平不但注重培养学生们的文学艺术爱好，他本人还持之以恒地进行业余文学创作，且收获颇丰。喜爱文学的刘玉平，也热爱中国历史文化，他取笔名"唐汉春秋"，意在以春秋笔法，传承大唐盛世的诗歌文化，光扬大汉王朝的大一统历史。

理想的人生要靠奋斗不息才能实现。玉平的抉择是理性和可行的，他的耕耘与收获显然是成正比的。近三十年来，他相继获得"中学语文高级教师""佛山市小小说十佳作家""全国校园文学艺术教育模范教师"等职称、荣誉。在文学创作方面，他的生命枝头也结出了喜人的丰硕成果。一大批诗歌、散文、随笔、小说作品发表于《中华文学选刊》《星星》《中国铁路文艺》《中国校园文学》《小说界》《名家名作》《散文诗世界》《南方周末》《江西日报》等国内重要文学期刊和报纸上，还相继出版了中短篇小说集《青春梦》、抒情诗集《爱的纪念》和散文随笔集《人生路上》《心灵之旅》等文学著作。其中，中短篇小说集《青春梦》荣获"2018年顺德文艺精品扶持资助作品"奖，散文随笔集《心灵之旅》荣获"2021年顺德文艺精品扶持资助作品"奖。

教之余则编，编之余则著。除了分身主编三个校园内刊，辛勤的玉平还惜时如金，他利用业余时间精心主编了《璀璨星河》《青春如歌》《新荷清韵》《紫荆花开》等多部学生优秀诗文作品集，得到师生们的高度认可和社会的广泛好评。我就曾以"拼命'玉'郎，勒中之光"称之，极言其勤奋勖勉、从教垂范之德。

工作中的玉平一手抓教学，一手抓文学；两条腿走路，半步也不出错；三十余年心血，滴滴浇在渴望处。他在教学方面赢得了勒中和顺德教育界的良好口碑，而其个人文学创作成绩也可圈可点。

数十年勤勉策励，取得如此优秀成绩，合该玉平顺利加入中国作家协会、中国诗歌学会和中国微型小说学会，当选广东省散文诗学会理事、佛山市作家协会理事。去年顺德区作家协会换届，玉平当选为副主席，可谓实至名归。

至此，学中文的玉平已成功圆了自己的作家梦，成为一名真正意义上的作家！

为玉平长篇小说《乡城往事》作序那是他与我去年的约定。我不能拂了他的心愿。

日前，玉平为此事专程从顺德跑禅城来送书稿。见我爽朗应允，他轻叹：主席一诺千金，果不食言。并连连言谢，非得拽我到一旁"走两盅"羊肉汤。盛情难却，我只得举茶以应。

与玉平倾谈良久，知日常主业已将其压得喘不过气来，这部小说是他利用业余时间硬扛下来的。从起草到定稿，玉平断断续续写了六年。那经历我也有过，是几近于看不见尽头的"炼狱"。倘不能拒绝酬酢与功利，倘没点定力，倘没有足够耐性和韧劲坐冷板凳，是断不可能完成这巨大任务的。玉平这部近八十万言的"钢铁"就是这样炼成的！玉平"日理万机"，又非专业作家，他只能用业余时间零敲碎打，个中甘苦恐怕只有他自己能感受到。

在去年顺德举办的纪念新中国工业文学开拓者草明的一次文学活动开幕式上，玉平兴奋地告诉我说，他最近在创作一部关于乡土与城市题材的长篇小说，很快就要写完了，希望我届时能为他写篇序言。我闻言一愣，心想这哥们够勤奋的，啥题材都敢碰，还干上长篇小说了，好生了得啊！于是就答应了他的请求。

如今，望着这部厚厚的书稿，我心潮澎湃，激动有加，佩慰不已。因为这是佛山文学岁末年初的又一重大收获。作为市作协主要负责人，我为佛山作家队伍中又多了一位长篇小说作家而感高兴，为写诗歌、散文的玉平即将有长篇小说问世而感欣慰。因为长篇小说和文学评论在佛山一直是一个明显短板。面对佛山如此巨大的富矿，佛山作家就该拿起笔来，书写大中华厚重历史，书写泱泱华夏这片改革热土，书写伟大时代，书写自己的生命体验。

读完玉平这部沉甸甸的书稿，我感觉到，经过三十多年的风刻雨洗和生活的各种磨砺之后，写诗写散文的刘玉平内心变得越发凝重有物、越发小说化了，他以数十年生活积累为素材，最终使自己的身份向着小说家嬗变。

小说主人公焕章大学毕业后，放弃在省城留校任教的机会，回到赣南一个偏僻、落后的山区小县工作，从县委机关干部到一名普通中学教师，经历了一系列艰难曲折，尝尽了人间甜酸苦辣，最后奔赴改革开放前沿阵地——广东佛山顺德，开启了崭新的人生旅程……主人公焕章在人生、事业、爱情处于低谷时仍不忘初心，怀抱理想信念，对美好未来不懈追求，其满满的正能量，具有催人奋进的榜样力量。玉平这部长篇小说以一九八六年至一九九六年的十年风云为时代背景，展示了一个山区小县、革命老区从乡村到城镇的社会风貌，里面融入了丰富的客家风俗、历史典故、民间传说和革命战争故事，是一部赣南山区乡城风情史。

小说故事引人入胜，结构清新疏朗，情节跌宕起伏，文笔轻松自如，将个性鲜明、热爱文学、积极向上、追求真善美的主人公焕章前半生所经历的各种际遇写得惟妙惟肖、生动传神，让人不胜唏嘘，时有泪目之感。小说时空交错，情节波澜起伏，语言既有强烈的抒情色彩，又有浓郁的乡土诗情，闪耀着独特的艺术光芒。让我读出了草根出身的一代大学毕业生焕章积极面对人生种种考验的精气神，以及他对命运际遇的不屈抗争与明朗抉择，对美好理想前程的努力拼搏与取舍，对人间真爱的深切向往与追求。书中人物：主人公焕章，女友古莉莉、黄晓晴、杏花、凌宝欣、妻子香兰，县委书记黄涛，县长邹翰权，县委办副主任彭春明，县武装部部长聂忠勇，县委宣传部副部长程冰岩，县教育局局长林裕银，县委组织部副部长侯轼励、干部科科长柳思贵，篁乡副乡长王德宣，党校副校长林汉华，中学校长邱炘奇、谈炤光，中学老师林坚、陈盛华，篁乡副书记李宇辉，坪庄村村支书陈道功，甚至过渡性的小角色如：稀土公司总经理助理严延诚，县委宣传部干事谢永松、谢运华、罗卫国、陈祥辉、何云龙，宣传部秘书廖子厚，田背排村村长刘宏连，沁园村村支书古俊学，大仙背村村长汪定康，楠桥中学教导主任温德福，大嫂潘美玲、大哥良翊、二哥新营，以及芸芸众生中的小人物如：堂妹小梅，二嫂表妹王秋芬，县委通讯员郭小勇，机要室打字员谢婉莹，民政招待所服务员袁小凤，旭阳中学老师汪方生、赖曦才、中学生洪蓉莺、叶晖雯，老同学赖家宝、谢子飞、李清波、汪发友，儿时玩伴"懒牛牯"等等，玉平都赋予他们应有的生活角色和人生场景，都写得有头有脸、有血有肉、有声有色、有棱有角、有条有理。这些大大小小各色人等均各具性格特色，各有心理活动和行为特点，玉平将之罗织起一张复杂的人际关系网和欲说还休的社会关系图谱，将革命老区长平改革开放前后的风土人情、民间习俗、长处短板表现得恰到好处。

我觉得，随着《乡城往事》的付梓出版，作家刘玉平已逐步走向成熟。用他自己的话来说，就是他终于实现了文学创作上出版一部诗集、一部散文随笔集、一部中短篇小说集和一部长篇小说的基本目标。玉平告诉我，他不只是为了实现自己的文学梦，更是为了满足自己的生命需要，让澎湃的灵魂得到某种安妥。

玉平是诗人，我发现他的这一身份对这部小说的创作也产生了较大影响，他不但在小说中直接引用了自己创作的诗歌，而且不少场景描写也富有诗情画意。又如，他运用书信、日记等细腻表现手法，使小说创作更具真实的质感和抒情色彩，使得文本更加可信，更具吸引力。

总体来说，读这部长篇小说，我的心情是愉悦的，眼里常溢满深思的波澜。真没想到，平日里斯文淡定平静如水的玉平，内心竟藏着如此壮阔的波涛，流泻于他笔端的一个个精彩故事、一个个生动人物，让我在难说轻松与沉重的哭与笑之间，完成了对一代大学毕业生追寻理想与人生价值的一次深度阅读与审视。一代人的困惑与抗争、沉思与了悟、困境与出路破茧而出，他们的心声、思考和路径选择铺陈于眼前，构成一幅既烟雨迷蒙又阳光明媚的城乡往事风情画卷。

当然，小说气场上的不足和情节取舍上需要努力的方向也是明显的，比如玉平在题材的把握和题旨的推敲上还存在患得患失、巨细不分、掀不起高潮的遗憾等等。似此个见呈于玉平参详。真心希望玉平百尺竿头更进一步，能够在自己生命的下半场收获更为圆满的人生！

二〇二四年七月十一日至十三日
佛山石肯村　南华草堂

（张况，著名作家、诗人，中国作家协会会员、中国诗歌学会常务理事、广东省作家协会副主席、佛山市作家协会主席。）

目　录

第一章

长平县位于山脉相交处，居三省交界的三角地带，全县以山地丘陵为主，境内山多田少，但气候温暖湿润，土地肥沃，动植物、矿产、水资源丰富。

据考古史料记载，早在新石器时代末期至商周时代，就有祖先在长平繁衍生息。

在古代，长平属岭南蛮荒之地，土著统称为百越人。当地流传有"勇家嬷"，其身材高大，浑身长毛，披头散发，见人发笑，与古书记载的"赣巨人"形貌相似，据推测是本地畲族、瑶族、福佬人的祖先。秦统一中国后，为镇压南方百越族人的反抗，曾派五十万大军南下，他们大部分留居驻地，成了岭南（包括长平）最早的客家人的祖先。东汉末年以后，唐、宋、元、明、清时期，中原、闽、粤一带的人，或为躲避战乱、天灾，或因人口膨胀而谋求生存空间，他们"扁担一条，草鞋一双"，披荆斩棘，筚路蓝缕，迁入人口稀少、资源丰富且"山高皇帝远"的"世外桃源"——长平山区。客家人大量迁入，甚至"反客为主"，土著或迁入更偏僻的山区，或繁衍中断。所以，现在的长平人绝大多数是客家人，既保留有中原汉人的远古痕迹，又形成了熔赣、闽、粤客家人文特征为一炉的民俗风情。

篁乡位于长平西南部，地势西北高、东南低，属山地丘陵区。滔滔的篁乡河流经全境——该河因两岸长满青翠茂密的篁竹而得名，经河水千百年的冲积，两岸形成了宽阔、平坦、肥沃的山间盆地，养育了刘、汪、古、严、钟、赖等姓氏几万人口。

田背排村是篁乡最大的一个自然村，有几千人口，绝大多数人姓刘，是明初刘氏源政公的后裔。一九六五年农历正月十四，即元宵节的前一天，刘焕章就出生在这个村庄。父亲刘景田，母亲汪勤娇，都是勤劳朴实的农民。在五个兄弟姐妹中，他是老么。

在江西师范大学中文系读书时的第三个暑假，焕章因为思亲心切，便回家乡看望了一下父母、哥嫂和侄女他们。这是他上大学后第一次回家。前几次寒暑假他一直想回，但都因为家里经济困难，拿不出足够的旅费来，所以未能如愿。这个暑假，是他读大学期间的最后一个暑假了，明年他就要大学毕业了，无论如何，他都想在毕业前回家乡一次。于是，他平日省吃俭用，终于攒够了回家的旅费，从省城回到了家乡，看望了阔别三年的亲人们，其温暖和幸福，自不言而喻了。

焕章家的房子坐落在田背排村丰园里一座平缓的半山坡上。以前他们一家住在位于村子中心的新屋下围屋里，因为家里人多房少住不下，在云南昆明62军医院当军医的大哥良翊，在一次回家探亲时，找到大队党支部书记和乡里的有关领导，以军属住房困难的理由，在村里的公山坳坪里批了一块建屋用地。后来，大哥带领父母和兄弟姐妹，肩挑手提，挖山平地，并用自己微薄津贴攒下的积蓄，买来建筑材料，千辛万苦盖起了这座土木结构的瓦房，使一家人有了比较宽敞的住所。大哥希望将来在房屋四周种上竹木果树，一年四季瓜果满园，鸟语花香，便把地名"坳坪里"改为"丰园里"。

暑假行将结束的一个傍晚，帮父母、哥嫂干了一天农活的焕章，从屋里拿出一把竹椅，坐在门坪上歇息。他无意中看见屋脚下不远处的山塘岸边的大路上，走过两个青春靓丽的女子。他两眼忽地一亮，仔细辨认起她们是谁家的姑娘来。他认出了走在前面的那个，那是他的叔伯堂妹小梅，她家住在村边的上新屋——多年前她家就和另外几家一起迁出新屋下围屋了；跟在她后面的那个姑娘他却不认识，显然不是本村人。那姑娘身穿一条白底碎花连衣裙，丰满窈窕，白皙袅娜，非常美丽，焕章不禁怦然心动。

"哎，小梅，到哪里来？"焕章站起身，走到门坪前边，向小梅招呼道。他与其说是跟小梅打招呼，倒不如说是想引起那个美丽姑娘的注意。

"噢，是大学生呀！我到同学家玩来。什么时候返校啊？"小梅站住，调皮地笑着说。焕章刚回到家乡时，她就提着一竹篮鸡蛋看望过他这个堂哥了。

那个美丽的姑娘站在一旁听他们对话，含情脉脉地凝望着戴一副近视眼镜、温文尔雅、颇有学者风度的焕章。焕章也凝望了她一眼，两人四目相对，无形的火花四处飞溅。一股电流霎时传遍他的全身，他顿时有一种眩晕的感觉。

"过几天就走。上来坐一会儿？"焕章说着，目光却又瞟了那个美丽的姑娘一眼。他多么希望小梅带着那美丽的姑娘上来坐一会儿啊！但小梅说："不了。明天吧！我要赶回去了，家里有点急事。"

"好吧。"焕章不无失望地说。他目送着她们渐渐远去。那个美丽的姑娘几次回望站在门坪前的焕章，让焕章感觉到，她的目光是那么的热切火辣，那么的温柔多情！直到她和小梅的身影在拐弯处被树影遮住不见了，他还呆呆地立在那里……

这天晚上，焕章躺在床上，怎么也睡不着。他辗转反侧，浑身燥热，脑海中不时浮现出那个美丽的姑娘的身影来。"要是她能和我谈恋爱，做我的女朋友，将来做我的妻子，那该多好啊！"他在心里痴痴地遐想着。此时，他不禁想起小时候，在新屋下围屋的鹅卵石铺就的门坪上，父亲在夏夜皎皎的月光下，给他讲述的"田螺姑娘"的故事来：

很久很久以前，有一位小伙子，很小父母就去世了，吃百家饭长大。他一个人住在山坡边的小屋子里，"日出而作，日入而息"，过着勤俭的生活。因为家中一贫如洗，他一直没有娶妻生子。

有一天劳动时，小伙子在水田里捡到一只又大又美丽的田螺，他把它带回家里，放在水缸里养起来。此后非常奇怪，他每天早上去地里劳动回来，都看到桌上已摆好了美味的饭菜，锅里烧好了滚烫的热水。是谁帮他做的呢？是隔壁的大婶吗？他一问，却不是她。大婶说："我也经常听到你家里煮饭、炒菜的声音，以为你很早就回来做饭了呢！"大婶又善意地取笑他说："不会是你娶了媳妇，却怕花钱摆酒，偷偷把她藏起来，不告诉我们吧？""哪里哪里！"小伙子不好意思地笑着说。到底是谁帮他煮饭菜的呢？他百思不得其解。

一天晚上，他终于想出了一个主意。第二天一早，他像往常一样扛起锄头到地里劳动去了，到半上午时，他却悄悄溜回家里，躲到家门外从门缝里偷偷往里看个究竟。只见一位仙女般漂亮的姑娘从水缸里的田螺壳里慢慢飘了出来，接着就熟练地做起饭、炒起菜来，很快就摆满了一桌的饭菜。饭菜做好之后，她又烧了一锅热水，然后才慢慢飘回水缸，躲进了田螺壳里。小伙子终于明白了！但他装作不知，仍然像平时一样过日子。

一天早上，这个小伙子又像往常一样扛起锄头到地里劳动去了，过了一段时间后他又悄悄返回家里，躲到家门外从门缝里偷偷地往里瞧着。快到中午时，那位仙女般漂亮的姑娘又从水缸里的田螺壳里慢慢飘出来，正准备为他做饭菜时，小伙子猛然打开房门，飞快地跑了过去，从水缸里捞起田螺壳，把它藏在身后，定要姑娘说出事情的原委来。没办法，姑娘只好如实相告："天帝看到你勤劳忠厚，孤苦伶仃，便派我下凡为你烧火煮饭，料理家务，想让你成家立业，富裕起来，过上好日子，到那时，我再回到天上去复命。不想现在被你看见，泄露了天机，我只好提前回天庭去了。"小伙子听后懊悔不已，他泪流满面，苦苦哀求，要姑娘留下来。姑娘心地善良，动了恻隐之心，最终答应了他的请求。

后来，得到天帝的许可，田螺姑娘和这个小伙子结了婚，夫妻俩相濡以沫，幸福美满，还生下一对活泼可爱的儿女……

这个美丽动人的民间故事，在焕章幼小的心灵里留下了深刻的烙印。那时，他就朦胧地痴想：将来长大后，如果我也能遇上美丽的"田螺姑娘"，娶她做我的妻子，那该多么幸福啊！——这也是他受过的最早的婚恋启蒙教育，而且从小到大，他一直念念不忘。

"今天傍晚遇见的那个美丽姑娘，就是我生命中念念不忘的'田螺姑娘'吗？但愿老天保佑，老天保佑……"焕章在心里默默地祈祷着。他心潮起伏，焦渴难眠，直到启明星消失，天蒙蒙亮时，他才迷迷糊糊地睡去。

上午十点，小梅提着一网兜黄沙梨来到焕章家。她甜甜地和焕章的家人一一打招呼后，便在客厅的茶桌前坐下。焕章母亲拿出一茶盘炒花生，洗了两只玻璃杯，对焕章和小梅说了一声"你们聊哈"，便忙她的家务去了。

"人来了就行，每次都那么客气，又买什么水果呢？"焕章一边给小梅和自己各泡了一杯清新的松竹岭绿茶，一边微笑着说。

"谁客气了？早上从自家的梨树上摘的，给你尝尝鲜！"小梅说。

焕章忘记小梅家有一棵很大的黄沙梨树了，经她这么一说才想起。小时候，他还和同村的小伙伴们偷摘过她家的黄沙梨吃呢。她家的黄沙梨个大，皮薄，肉嫩，汁甜，非常爽口，堪称梨中的精品！

小梅看到焕章两眼布满了红丝，便笑嘻嘻地打趣说："怎么，患相思病了？昨晚没睡好吧？"

"哦，昨天傍晚跟你在一起的那个姑娘是谁？"焕章有点不好意思地问，"长得蛮漂亮的！"

"你看你看，我猜对了吧？果然是患相思病了！"小梅哈哈大笑起来。

焕章的脸顿时红了。

"其实啊，昨天从你们俩那直勾勾的眼神里，我就知道你们心底的秘密了！你们俩真是心有灵犀，一见钟情呀！"小梅嘻嘻取笑说。

"快说，她是谁呀？"焕章又急切地问。

"等不及了吧？告诉你吧，她是我初中时的同窗好友，名叫古莉莉，平时我们都叫她莉莉，沁园村人，在吉银师范读书，今年暑假刚毕业，分配在母校旭阳中学教书。"小梅介绍说。接着，她又叹息一声说："她的命好啊，哪像我。"

小梅初中毕业后，自感不是读书的料，就没再上学了，而她的好同学莉莉初中毕业后，以优异的成绩考取了吉银师范学校。后来，小梅拜师学了剪裁的手艺，在篁乡圩开了一家缝衣店，生意还不错。

"昨晚她住在我家，也很晚没睡，一个劲地向我打听你的情况呢！早上起来时也两眼布满了血丝。我刚送走她，就来你这里了。"说完，小梅又嘻嘻地笑了。她天生是个乐天派。

"看来你们有前世的姻缘！怎么样，让我给你们做媒吧？可要给我大红包的哦！"小梅故意说，哈哈地笑了。

"那太感谢你了！红包自然少不了！"焕章高兴地说。他忙给小梅的茶杯添水，又抓了一大把炒花生，放在她面前，催她吃。

焕章从小梅嘴里得知，莉莉的爸爸是个老医生，在篁乡圩上开了一家药房，同时给人把脉看病。她母亲是个家庭妇女。她有一个哥哥，两个姐姐，一个弟弟，一个妹妹。兄妹六人都很会读书，考取了大专或中专。她的哥哥和两个姐姐继承了父亲的医疗事业：哥哥赣南医专毕业后分配在篁乡卫生院当了医生；两个姐姐赣南卫校毕业后，一个分配在赣州市一家医院当护士，一个分配在昌浦乡卫生院当护士。她和弟弟则读了吉银师范——她刚毕业，弟弟下学期读师范二年级。她最小的妹妹还在读初三，成绩很优秀。她的哥哥和两个姐姐都结了婚。她家的经济条件很好，生活很富裕，社会关系也广。

听到莉莉家的情况那么好，穷苦家庭出身的焕章，心里既羡慕又高兴。

时光如飞，转眼几天就过去了。暑假结束了，焕章也要返回大学，去完成他最后一年的学业了。

当焕章登上长途班车，与前来送行的父母、哥嫂挥手说"再见"时，堂妹小梅气喘吁吁地跑了过来，她送给他一枝带露的红玫瑰，说："这是莉莉托我送给你的，她祝你旅途愉快，一路顺风！"说完，便消失在送别的人群里了。玫瑰花含苞欲放，芳香馥郁，像一位美丽羞涩的少女。焕章惊喜之余，忙搜寻莉莉的倩影，他猜想她一定来了，害着地躲在哪里，但人头攒动，熙来攘往，怎么也找不见她。"这位美丽动人、浪漫多情的姑娘，一定躲得远远的，在偷偷地看我呢！"焕章激动地想。一股巨大的幸福之潮扑面而来，他沉浸在幸福的波涛里了……

这朵娇美芬芳的玫瑰花，带着莉莉的爱和祝愿，温馨了焕章的整个旅程，化解了他旅途的单调与寂寞，让他一路充满了甜蜜的微笑和美丽的遐想。

第二章

江西师范大学位于具有深厚历史文化底蕴、素有"物华天宝，人杰地灵"美誉的江西省省会南昌，坐落在波光潋滟、风景秀丽的青山湖畔，是一所省属重点师范大学。学校缘起于朱熹讲学布道的"千年学府"庐山白鹿洞书院，肇基于一九四〇年创建的国立中正大学，一九四九年更名为南昌大学，一九五三年改为江西师范学院，一九八三年（也即焕章读大二时）更名为江西师范大学，是江西省本科办学历史最为悠久的普通高等院校。

一回到绿树掩映、环境幽雅、书香气息浓郁的大学校园，焕章不顾三天来的旅途劳顿，当晚就给远方的莉莉写了一封激情如火、情深意长的书信：

亲爱的莉莉：

你好！

你不知道，当我提起笔给你写这封信时，我的心是多么的激动啊！我不知道该用怎样的语言，才能表达我此时的爱恋与幸福！

在返校途中，你美丽的身影一直在心里陪伴着我，驱走了我旅途的孤单和寂寞，我从来没有经历过这么甜蜜的旅程！你送给我的玫瑰花，不仅芬芳了我这几天的旅程，今后，它还将芬芳我的整个生命之旅！——啊，莉莉，我该怎样感谢你美丽、纯洁、浪漫的爱呢！

我想，如果不是上天对我格外的关照和恩赐，在这个暑假将尽的时候，怎么可能让我遇见你？你是上天送给我的最美丽、最珍贵的礼物啊，我得感恩一世，珍惜一生！

莉莉，因为有你的爱，我的生命从来没有像现在这样充盈！我人生的目标从来没有像现在这样明确！我心中的理想更高远了，我追求的信念更坚定了！爱的力量是伟大的，它能使人发出双倍的光和热，能使人增加双倍的力量去攻克人生的堡垒。它能使枯木发芽、铁树开花，能使沙漠变成绿洲、沧海变成桑田。莉莉，你现在馈赠给我的，正是这种神奇的力量啊！我一定不会辜负你的爱、你的情，我会努力学好本领，将来干出一番大事业来！

如果我是无垠的大海，那我的爱人，将是可以任意驰骋的风帆；如果我是广阔的蓝天，那我的爱人，将是可以自由飞翔的小鸟……莉莉，我一定会用整个生命去爱你、疼你，让你一生都快乐和幸福！

莉莉，很高兴你走上工作岗位了，成了一名光荣的人民教师！当然，初入教坛，你可能会有一些不适，会遇到一些困难，但我相信，只要你虚心向老教师们学习，不断总结教学经验，凭你的聪明和才智，将来一定会成为深受学生欢迎、备受同事尊敬的优秀教师的！当然啦，你也一定要注意自己的身体，要劳逸结合，不要让我担心哦！

亲爱的莉莉，我每时每刻都在想你、念你！这绵绵的相思，又化成了我浓浓的愁绪。如果你现在就在我身边，那该多好啊！但这是怎样的痴心妄想呢？英国大诗人拜伦说："爱情中的欢乐和痛苦是交替出现的。"这位诗圣说的真对啊！……以后，你一定要多多写信给我，以解我的相思之苦！你可以想象得到，当收到你的来信时，我将会多么的狂喜和幸福！

亲爱的，夜深了，你睡了吗？愿你梦里有个我！

翘盼你的福（复）音，切切！

祝你笑口常开，永远美丽！

吻你！

爱你的焕章

一九八五年八月三十一日　夜

　　焕章把厚厚的信笺封好后，马上到学校邮电所寄了出去。由于交通十分不便，信件在投递过程中手续又繁多，从省城南昌寄信到偏僻的家乡长平县篁乡，最快也要一个星期才能到达，而要收到回信，则至少要半个月。在朝思暮盼的等待中，一天下午，焕章终于收到了莉莉的回信。在学校花园幽静的一角，他迫不及待地把信封拆开。几页彩色的信笺，散发出淡雅的馨香，中间夹有一张莉莉大一寸的半身黑白照，和她的一缕青青发丝。焕章心中霎时滚过一股幸福的热流，他如饥似渴地阅读起信来。

亲爱的焕章：

　　你好！

　　终于盼来了你的来信！你不知道，这些日子我是在怎样的煎熬中度过的！

　　你信中的话语，如那山泉的清韵，又如动人的圣乐，令人心醉！那久久不息的音符，在我青春的时空里飘游、荡漾……你知道吗？我是在泪水盈盈中看完你的来信的——那可是我激动和喜悦的热泪啊！不知看了多少遍，甚至在晚上睡觉时，我都把它放在枕边，亲吻它多少次后，才安然入睡，就好像你睡在我的身旁一样。（你可不能笑话我啊！）

　　亲爱的，你的信也写出了我的感受，你说出了我心中想说的话！我们能相遇、相爱，确实是前世的姻缘、老天的恩赐啊，是我一生的幸运和幸福！我一定会全身心地呵护我们爱的玫瑰，用我一生的心血去浇灌它、培育它，让它永吐芬芳，永不凋谢！

　　焕章，从今以后，你的忧伤也是我的忧伤，你的幸福也是我的幸福，我的生命将和你的生命融为一体，你属于我，我属于你，我们相亲相爱，永不离弃！

　　焕章，正如你所言，初上讲坛，由于经验不足，教学上的确有些困难，但老教师们都很热心地帮助我、指导我，学生们也非常可爱，他们也很喜欢我，很配合我的教学。我相信，在不久的将来，我一定会成为一个合格，不，一个优秀的人民教师的，请放心！当然啦，以后也少不了你这位本科大学生对我的指导和帮助啊！

　　最后一个学年，你就要大学毕业了（我巴望你早点大学毕业啊，我们好在一起！），又要实习，又要写论文什么的，学习一定很紧张吧？你也一样，要注意劳逸结合，别累坏了身体哦！要记住伟大的革命导师列宁说过的这句话——"不会休息的人，是不会工作的！"

　　亲爱的焕章，现寄来一张半身黑白照，你见到它，就像见到我一样；一缕刚剪下的青青发丝，那是我对你的缠绵情意……

　　急盼你的回信！

　　祝身体健康，学业猛进！

Your Lili （你的莉莉）

一九八五年九月十八日　晨

焕章把莉莉的回信反复看了好几遍。趁人不注意，他又偷偷闻了一下莉莉那散发出幽幽香味的发丝。他又拿起莉莉的照片脉脉凝视着，照片中的她，瓜子脸、高鼻梁、小酒窝，皮肤白净，双目含情，青春靓丽，他情不自禁地轻吻了一下她的樱桃小嘴……而后，他快速来到学校图书馆，在学生阅览室僻静的一角，给莉莉写了一封燃烧着爱情烈焰的长长回信。

　　此后，他们鸿雁送情，鱼传尺素，展开了一场马拉松式的情书竞赛。

　　从莉莉的来信中，焕章发现她的字体是那么的温婉、娟秀，文笔是那么的流畅、俏皮，感情是那么的热烈、浪漫。她在信笺里常会夹寄一些诸如红叶、百合、千纸鹤、勿忘我、相思豆之类的寓情物，让他这位中文系的高才生爱意倍增，浮想联翩，满溢甜蜜和幸福！

　　莉莉的爱激发了焕章无穷的智慧和灵感，他为她写了一首又一首爱情诗，并随书信一起寄给她看，以表达他的至爱恋情。其中有一首题为《思念》的诗写道：

　　　　远去了的，不只是
　　　　故乡那轮皎洁的月亮
　　　　还有那一朵
　　　　浪漫的玫瑰花香

　　　　在这陌生的城市
　　　　在某种失落的情境里
　　　　你的肖像，画满了
　　　　清晨和黄昏

　　　　思念是一种酒
　　　　愈饮愈醉人
　　　　尽管醒来，仍然
　　　　落英纷呈……

　　后来，这首诗发表在国家一级刊物、由著名诗人臧克家主编的《诗刊》上，在同学间引起了很大的反响，他不凡的文学才情也得到了一次耀眼的展示！

　　焕章所写的一首首优美的爱情诗，迅速在同学们中间流传开来，于是，他们根据苏联著名诗人马雅可夫斯基的名字，给他起了个"刘雅可夫斯基"的雅号。

大家在欣赏焕章文辞华美、动人心魄的诗篇的同时，也知道他已经有了自己心仪的女神。几位暗恋他的女同学为此非常失望，并渐渐疏远了他。特别是和他同一小组的女同学黄晓晴，心里更是失落、伤感。以前，她一直爱恋着焕章，每次白天上课时，她都和他坐在一起；在教室上晚自修时，她会很早为他占好位置；两人还经常相约到图书馆借书、看书；她的家就在南昌市区，每次周末从家返回学校时，她都会给他带一些好吃的零食……而今，没想到"半路杀出一个程咬金"，使她心中的美梦成了泡影，怎么不叫她伤心、难受？原本活泼可爱的她，变得沉默寡言了，满眼的消沉、幽怨。她不再搭理焕章，还故意躲着他。有一次，焕章想向她解释点什么，她却眼一红，头一扭，走了开去，只给他一个抹泪的背影。晓晴是个很不错的姑娘，焕章也知道她爱恋着自己，如果不是遇到了莉莉，他也会接受她的感情的，并会在大四时定下他们的恋爱关系。可一个暑假后，情况却骤然发生了变化。就爱情而言，无论是"产生"还是"消失"，都讲究一个"缘"字，所以，对于晓晴，焕章只能在心里怀着无限歉意地长叹一声了。

焕章把莉莉的黑白半身肖像镶嵌在一个精美的小相框里，放在宿舍里自己的书桌上，每当自己坐在书桌前看书或写作时，就好像莉莉坐在身旁，"红袖添香"陪着他一样，让他倍感甜蜜和幸福！

同宿舍的几个男同学看到莉莉漂亮的肖像，一边传递着欣赏，一边啧啧称赞道："这个小妞长得真不错，怪水灵的！"又善意取笑焕章说："你这小子，暑假回老家一趟收获真不小啊！什么时候吃你们的喜糖呀？""还远着呢！"焕章微笑着说，一泓自豪和幸福不由自主地在脸上荡漾开来。

莉莉的爱给焕章带来了无穷的力量。他除学好自己的中文专业课程外，还广泛阅读了历史、哲学、宗教、天文、地理、美术、摄影等领域的大量书籍。作为中文系八二级的高才生、江西师大的"学习标兵"，他深深懂得"功夫在诗外"的道理；作为思想观念超前的现代青年，他明白在第三次科技革命的高潮来临之际，造就知识结构合理、"又专又博"的复合型人才的重要性。于是，在教室，在宿舍，在花园，在湖畔，在青揽亭，在香樟林，在图书馆，在地下室防空洞里，都可以看到他如饥似渴地学习的身影，并且他常常废寝忘食、通宵达旦，就是他当年参加高考时，也没有像现在这样勤奋和刻苦。若干年后，当他回顾自己所走过的人生道路时，他认为大学四年，特别是大四那年，是他读书最多、收获最大的"黄金时代"，为他今后的人生和事业奠定了牢固的知识基础。

焕章的爱同样给了莉莉无穷的力量。她在旭阳中学教初一两个班的语文课和五个班的音乐课，虽然辛苦，但她勤奋学习，努力工作，很快就成了深受学生欢迎的青年教师。她的上进心很强。有一次，她写信给焕章说："我在中学任教，深感自己的中专文凭不合时代的要求，所以我想报名参加中文大专的自学考试，以提高自己的学历和水平。"焕章马上给她回了一封信，给予了热情的鼓励和支持，同时给她寄去了《中国文学史》《外国文学史》《中国古代文学作品选》《中国现代文学作品选》《中国当代文学作品选》《外国文学作品选》《文学概论》《古汉语教程》《中国现代语法》等书，并向她传授学习的方法和指出各科目学习的要点，这让莉莉在今后的学习中受益匪浅，进步很快。

　　就这样，焕章和莉莉这对热恋中的情人，在文化和知识的天空里比翼齐飞！

　　紧张、繁忙的学习并没有淡化焕章对莉莉的思念，相反，他的思念与日俱增，越来越浓烈。他的思念充满了甜蜜的痛苦。在学习时的空隙，或做完某一件事时，或在夜深人静的晚上，甚至有时在看书的时候，他的眼前都会浮现出莉莉美丽的身影来，他会猜测、想象：此时此刻她在做什么？会不会像他思念她一样，也在甜蜜而痛苦地思念着他？为慰藉自己绵绵无尽的相思之苦，他会反复品味莉莉那一封封情深意浓的来信，常常趁人不注意时，去偷偷亲吻她那美丽的肖像……

　　一天晚上，同宿舍的几个男同学都到学校影剧院观看电影《爱情啊，你姓什么？》去了，只有焕章一个人留在宿舍里静静地阅读《荷马史诗》。

　　《荷马史诗》相传由古希腊盲诗人荷马创作，是古希腊最伟大的文学作品，也是西方文学中最伟大的作品。它由两部长篇史诗《伊利亚特》和《奥德赛》组成，该书写了在特洛伊战争中，阿喀琉斯与阿伽门农间的争端，以及特洛伊沦陷后，奥德修斯返回绮色佳岛上的王国，与妻子珀涅罗珀团聚的故事。全书展现了早期英雄时代的大幅全景图，充分表现了人文主义的自由思想，为日后希腊人乃至整个西方社会的道德观念立下了典范，在历史、地理、考古学和民俗学方面具有很高的价值。

　　正当焕章沉浸在《荷马史诗》那鲜明的形象、生动的情节和丰富的意蕴中时，门被隔壁的李明同学敲开了。"焕章，你家乡的女朋友找你来了！"他的话音刚落，莉莉便出现在焕章的寝室门口。

　　焕章简直不敢相信自己的眼睛。

　　"啊，莉莉，你来了？怎么来的？"

　　"坐车呗！"

　　"也不提前告诉我！"

"想给你一个惊喜啊！"

焕章赶紧接过莉莉手中的行李，把宿舍门关上。他让莉莉在自己的床沿上坐下，又给她倒了一杯开水。

莉莉告诉他，因为她太想念他了，便向校长撒了个谎，请了几天假，偷偷来看他了！焕章难抑心中的激动，把莉莉紧紧抱在怀里，深情地吻她，温柔地爱抚她。"莉莉，我也同样想你，想得……简直要……发疯了！"他喃喃地说。

他们倒在床上翻滚着，战栗着，呻吟着……

突然，门被推开了。同宿舍的几个男同学看完电影后嘻嘻哈哈地回来了。

焕章吓了一跳，猛然惊醒了——原来，这是一场春梦！

"日有所思，夜有所梦啊！"他自嘲地笑笑，摇了摇头。他呆呆地回味了一会儿梦中的情景，见天色已亮，便赶紧起床，刷牙、洗脸、买早餐吃，然后急匆匆到教室早读去了。

光阴似箭，日月如梭。一晃之间，一个学期又过去了，寒假到了，春节也将来临。焕章多么想念莉莉啊，白天黑夜，醒时梦里，无时无刻不想念她！他多想寒假时回去，和莉莉相聚相依，一起快乐、幸福地度过那美好的春节。可一想到暑假刚回去过，家里经济拮据，来回旅费难筹，他又不禁眉头紧皱，愁上心头。远方的莉莉仿佛猜透了他的心事似的，及时寄来了二百元旅费——这是她上班以来的积蓄，又写了一封情深意浓、渴望他早日回来团聚的长信。于是，这个寒假，焕章便归心似箭、马不停蹄地又回到了家乡。

莉莉和堂妹小梅到篁乡车站接他，时间是下午三点。

莉莉身穿一套黑色紧身女西装，脚穿一双深棕色高跟皮鞋，脖子上戴了一条洁白的珍珠项链，一头秀发瀑布般垂挂双肩，整个人显得丰满动人、妖媚俏丽，招来四周不少艳羡的目光。她迎上刚从车上下来的焕章，送上一朵盛开的红玫瑰，含情脉脉地说："章，闻一闻玫瑰花香吧，旅途的疲劳便没有了！"焕章接过娇艳的红玫瑰，他联想起暑假返校时莉莉送给他的那朵含苞欲放的红玫瑰，心中不禁一阵激动，要不是在人来人往的车站，他真想把她紧紧地搂在怀里，热烈地吻她！

"啊，真美！真香！"焕章把玫瑰放在鼻子下，深吸了几下玫瑰花香，深情地赞美说。玫瑰花浓浓的芳香，和着莉莉浓浓的爱意，渗透了他身上的每一个细胞。

看到他一脸贪婪、幸福的样子，莉莉得意地笑了。

焕章从车站回家要路过莉莉任教的旭阳中学，他没有直接回家，而是跟随莉莉

乡城往事

来到她在学校的单身老师住所。

放寒假了，师生们都回家了，往日热闹的校园，现在显得非常安静。

旭阳中学也是焕章读初中时的母校，校舍是由汪氏大祠堂扩建而成的：祠堂前面是偌大的运动场，祠堂后面是依山而建、呈阶梯状分布的五六栋教室，祠堂左边是学校的花园和菜地，祠堂右边是饭堂和礼堂，祠堂本身则成了学生和大部分老师的宿舍。校园除房子变得更陈旧了一些外，和焕章读初中时相比，似乎并没有多少变化。

莉莉的房间就在祠堂右侧的二楼，音乐室的隔壁。房间不很大，十五平方米左右，但布置简洁、美观：一张高低床，床上的叠被上铺着她亲手编织的洁白、精美的床罩；一张红漆书桌，上面放着一个精巧的小书架，一只工艺笔筒，几件化妆用品，一盆万年青；靠墙放着一架锃亮的脚踏钢琴，一张明净的玻璃茶几；墙上贴着一张电影明星陈冲的照片，照片上的她正含情微笑……整个房间弥漫着一股青春女孩特有的馨香气息，令人心驰神往。

堂妹小梅在莉莉房间里坐了一会儿，便借故回去了，好让他们一对恋人亲密相聚，以免做电灯泡，碍人手脚。

小梅走后，焕章从旅行包里拿出一条漂亮的红纱巾，轻柔地围在莉莉洁白的脖子上，又拿出一只一米高的充气梅花鹿，吹足气后放在她的香床上。"千里送鹅毛，礼薄情意重啊！"焕章微笑着说。"只要是你送的东西，我都喜欢！哪怕是一棵普通的小草……"莉莉深情地说。她一边孩子般爱不释手地抚摸着充气小梅花鹿，一边脱口吟出《诗经·小雅·鹿鸣》中的诗句来："呦呦鹿鸣，食野之苹。我有嘉宾，鼓瑟吹笙……"她的情态是那么的烂漫纯真，那么的娇羞迷人。焕章禁不住神荡情迷，把她紧紧地搂在怀里，热烈而长久地亲吻她、爱抚她……

"你明早再回去吧！今晚就住这儿……"莉莉娇羞地说。焕章高兴地答应了，他正巴不得呢！

晚上莉莉亲自给他做饭。平时上班时，她吃住都在学校，周末才回家一次，所以她备有简单、实用的煮饭用品：电饭煲、电炒锅、杯盘碗筷、油盐酱醋……她到附近圩上的熟食店买了一些鸡翅、牛肉、猪耳朵、花生米，到烟酒行买了一瓶葡萄酒，到菜市场买了一条冬笋，回到学校后，又到学校的菜园里割了两棵白菜，拔了几根葱蒜，然后把布帘一拉，把房间一分为二，靠门那一半便变成了临时"饭厅"。她在"饭厅"里煲饭，在门口的走廊上热菜、炒菜、打汤……很快，茶几变成的"餐桌"上便摆满了丰盛的佳肴。焕章没想到莉莉干起家务来那么勤快利索，暗自惊叹她的生活能力，心里对未来的生活充满了美好的憧憬。

"莉莉，辛苦了，谢谢你做了这么丰盛的晚餐！"焕章举杯向莉莉敬酒道。

"欢迎你远道归来，为我们幸福的爱情干杯！"莉莉举杯深情地说。

两人碰杯，一饮而尽。

酒过三巡后，两人都有点醉了。莉莉脸若桃花，星眼如梦，热言软语，顾盼生情，更显得楚楚动人、撩人心魂……

晚上就寝时，莉莉拉灭了电灯，在房间四处点燃红红的蜡烛。烛光摇曳，弥漫着一种朦胧、静谧、温馨之美，如古典、浪漫的洞房，让人心醉神迷、春心荡漾。莉莉身穿一件粉红色的束腰睡袍，她秀发蓬松，醉眼迷离，娇态可人，那高耸的乳峰、雪白的美腿，在睡袍下若隐若现，散发出摄人心魂的魅力。她缓缓地走到脚踏钢琴前，温情脉脉地看了焕章一眼，深情地为他弹奏了一曲贝多芬的《献给爱丽丝》，那缠绵多情、优美浪漫的旋律，溢满了整个房间，又从窗口缕缕飘向如梦的星空……焕章如饮琼浆，如食甘醴，听得如痴如醉、心荡神摇。他心跳加速，血脉偾张。他慢慢地从座位上站起，缓缓地走到莉莉身旁，俯下身，深情地吻了她一下，然后轻轻地把她抱起，温柔地把她放在床上。蝶采嫩蕊，久旱逢霖，如鱼得水，寂静的祠堂里，荡漾着阵阵甜蜜、幸福的娇吟……

第三章

第二天上午，焕章回到了田背排村丰园里的家里。

"伯（长平客家人'伯'读bā，母亲的意思）！叔（长平客家人称父亲为'叔'）！"一进家门，焕章就亲热地喊了一声母亲、父亲。

"啊，满子（长平客家人对儿子的爱称）回来了？"母亲惊喜地从厨房里迎了出来，脸上的皱纹也舒展开来，像一朵盛开的菊花。父亲跟在母亲身后，没有说话，只在脸上挂着欢喜的笑容。与身材瘦小、爽朗健谈的母亲相比，父亲虽身材高大，但性格温和，不善言辞。

"焕章回来了？"二哥新营和二嫂玉翠闻讯也从客厅里迎了出来。二哥虽然个头不很高，但身板结实强壮，长期干农活练就了他一身的腱子肉，性格也很豪爽。二嫂玉翠则是典型的南方女子，身材苗条，性格温婉。

焕章回来了，一家人都非常高兴。这是焕章大学四年里第一次回家过春节，他的心情自有一种别样的舒畅。最开心的恐怕是二哥二嫂的两个女儿——雯雯和晶晶了，因为焕章会陪她们玩，还会给她们讲很多动听的故事，就像暑假时他回来的那次一样。"叔叔回来喽！叔叔回来喽！"她们一边大声嚷着，一边接过焕章手中的行李包，姐妹俩一人一只手合提着，把它放到焕章的房间里。

"昨天下午到的？"二嫂微笑着问。

"是的。"焕章有点不好意思地说。一定是堂妹小梅这死丫头嘴快，昨天下午就告诉家里人了，他想。他曾写信告诉了家人春节会回来，但没说具体的到家时间。为掩饰自己的羞赧，他连忙走进自己的房间，从旅行包里拿出一包糖果，分发给两个侄女吃。

堂妹小梅确实昨天下午就告诉焕章家人，说焕章回来了，在旭阳中学他女朋友莉莉那里，回家的旅费是莉莉寄给他的。焕章家人听了后，知道他为什么暑假时回来了，才过了一个学期，春节又回来了，同时都为他有了一个模样俊俏且在中学当老师的女朋友而高兴，并夸赞莉莉是一个很懂事、会体恤人的好姑娘。

厨房里飘来酒饭诱人的香味，原来父母刚才正在蒸酒饭，准备酿过年吃的黄酒酿了。

逢年过节酿黄酒酿，这是长平客家人的风俗。黄酒酿也是客家人的著名特产。酿黄酒酿虽然方法简单，但过程非常奇妙：前一天把糯米浸涨，第二天洗净米皮，倒进木质饭甑里蒸熟，用清水冲浇至冷却，再倒入敞口的酒缸里，将酒饼草做的酒饼用温水溶化，均匀倒入拨松的酒饭，反复拌匀后轻轻压平，中间扒出一个酒井，然后把酒缸盖上。两至三天后，酒饭发酵，酒香馥郁，酒井便溢满了黄色的酒酿。黄酒酿再加沸水稀释，装入小口酒坛里，四周堆放油茶壳、秕谷等燃料，烧烤六小时以上，便又成了蒸酒。蒸酒色泽金黄，浓淡适宜，芳香扑鼻，非常好喝。

酒饭蒸好后，母亲给每人盛了一碗香喷喷的酒饭，剩下的就用来做黄酒酿了。吃着久违了的过年酒饭，焕章感到是那么的亲切、香甜！

吃完酒饭，喝了一杯茶，焕章便被雯雯和晶晶拉去陪她们玩。雯雯六岁半，读小学一年级；晶晶四岁半，还没入学，乡下没有幼儿园，平时由爷爷奶奶带着。焕章和她们一起跳绳、捉迷藏、玩"石头剪子布"……输家给赢家每次用双手拍十次背，以示奖罚。玩累了后，姐妹俩便坐在小板凳上，要叔叔给她们讲故事。

"好，叔叔今天就给你们讲一个和老虎有关的故事。"焕章说。他拉来一把竹椅子，坐下，然后指着村子对面东北方向远处的一座高山问："你们知道那座山叫什么山吗？"

雯雯说："我知道，那座山叫老虎石山。"晶晶还小，自然不知道。

"雯雯说的对！它叫老虎石山。你们再仔细看，山顶上那块很大很大的石头，形状是不是很像老虎啊？"

"很像！"

"对，那就是老虎石！老虎石山就是根据它命名的。"焕章说。接着，他就给她们姐妹俩讲起老虎石的故事来。这个故事，是焕章小时候听父亲讲的，父亲呢，则是小时候听焕章的爷爷讲的：

很久很久以前，那座高山的山脚下有一个风景秀丽、民风淳朴的村庄。因为群山连绵，丛林密布，时有猛兽出没，所以村民们纷纷学习武艺，以作防身之用。

那山上有一只修炼多年的老虎，后来它成了精。老虎精经常跑下山来窜进村子，吞噬村民和牲畜，危害村民的生活和生产。村里的精壮猎人多次谋划围捕它，无奈老虎精拥有法术，一次次把猎人吃掉了。

村里有两家猎户，世代交好。一家有一位小伙子名叫大牛，长得浓眉大眼、虎背熊腰，自幼习得一身好武艺；另一家有一位姑娘名叫小花，生得柳眉杏眼、美丽俊俏，从小也喜欢舞枪弄棒。两人青梅竹马，两小无猜，长大后朝夕相处，亲密无间，乡亲们都认为他们是天造的一双、地设的一对。

自从有了那老虎精后，村里没了往日那安宁幸福的生活。大牛看在眼里，急在心头。他想为民除害，却又深知自己不是老虎精的对手，冲上去只会白白送死，为此，他陷入了深深的苦恼之中。

小花是最了解大牛的人，他心里在想什么，她自然一清二楚。为此，她四处走访，打听制服老虎精的方法。功夫不负有心人，她终于在一座老庙里，遇见了一位得道的高僧。高僧告诉她："要制服老虎精，只能用水心花。这花有九九八十一片花瓣，中间的花蕊五彩缤纷。它生长在碧波万顷的南海的一座小岛上，混杂于百花之中，如非有心之人，无法找到它。"

小花大喜过望，赶紧回到村里，和大牛一拍即合，立即整装出发，到南海寻找水心花。

一路上，他们风餐露宿，跋山涉水，冲破重重险阻，终于来到南海边。只见万顷水国，渺无边际，海风呼啸，巨浪滔天，十分凶险。但他们并没有被吓倒、退却。他们找到当地的渔民，说明了来意，渔民被他们的高尚精神感动了，便决定助他们一臂之力。

在渔民的帮助下，大牛和小花斗狂风、战恶浪，终于来到了水心岛。

在水心岛上，他们赶跑了凶猛的毒蛇，避开了夺命的瘴气，终于来到了花海。那花海啊，真的是百花齐放，万紫千红，连绵如海。费了一番周折后，他们终于找到长有九九八十一片花瓣、中间的花蕊五彩缤纷的水心花。

带着水心花，大牛和小花又克服千难万险，马不停蹄地回到了村里。

村民们纷纷前来哭诉："又有几个妇女和小孩被老虎精夺去了生命！"人们笼罩在一片愁云惨雾之中。

见此情景，大牛和小花稍事休整，便携手上山除虎。他们埋伏在老虎精下山的必经之路旁，耐心地等待着。

守候多时后，只见一阵狂风吹过，枝折叶旋，飞沙走石，一只黄斑白额大虎从山上冲下来，就要朝村庄扑去。手执钢叉的大牛马上跳了出来，挡住老虎精去路，大喝一声说："站住！老虎精，你还想为非作歹吗？今天你的死期到了！"老虎精冷不防被吓了一大跳，待他看清原来是一个毛头小伙子时，便哈哈大笑说："小子，是你自己来送死的，可怨不得我啊！"说完，便长啸一声，猛扑过来。大牛挥舞钢叉奋力抗击，小花拿着长矛也冲了出来，他们紧密配合，和老虎精进行一场生死恶斗。

正当双方斗得难解难分时，恼羞成怒的老虎精暗施法力，只见它后退几步，长啸一声，口中念念有词，身体瞬间变得庞大无比，它眼似灯笼，腿似大树，腰似山梁，非常恐怖。它狞笑着，恶狠狠地向大牛和小花扑来。说时迟，那时快，只见小花飞快地从背囊中取出水心花，对准老虎精轻轻一晃，只见水心花射出万道光芒，把老虎精牢牢罩住，令它动弹不得，渐渐地，老虎精变成了一块巨大的虎状石头。

大牛和小花凭着自己的勇敢和智慧，终于除掉了为害多年的老虎精！乡亲们敲锣打鼓，给他们戴上了大红花，他们成了村庄里人人敬仰的大英雄。

后来，大牛和小花结了婚，过上了美满幸福的生活。他们去世后，化作一大一小的两棵树，矗立在老虎石旁，就像两个警惕的哨兵，监视着山上的一举一动。

从此以后，那块酷似老虎的巨石，人们称它为老虎石，那座高山也因此被称为老虎石山。那两棵一大一小、朝夕相伴的树，人们称作情侣树。为了纪念水心花，人们把大牛和小花住过的地方，称作水心寨。后来，这个村庄也被人们称作虎石村。

虎石村，现在也是我们篁乡的一个自然村。

…………

"叔叔，老虎石山上，现在还有老虎吗？"晶晶天真地问。

"现在的人滥砍滥伐，你们看，那山上都没几棵树了，哪里还有什么老虎呀！"焕章遗憾地说。

焕章小时候，老虎石山上还覆盖着茂密的树林，不时有华南虎出没；分田到户后，集体山林也分到户了，山上的树也被各家砍伐得差不多了。"不过，即使有老虎，现在也是国家保护动物，可不许猎杀哦！"焕章说。

雯雯和晶晶听了老虎石的故事后，好久都沉浸在那曲折动人的情节中，脑子里不时浮现出老虎精、大牛和小花的形象，同时，又为现在的老虎石山上已没有老虎了而深感失望。

由于要参加中文大专的自学考试，寒假的大部分时间，莉莉都留在学校的宿舍里复习功课。过年前的那段时间，除帮助家人做"老蟹子""炒米橙"等年货外，焕章的大部分时间，都是和莉莉一起度过的，一方面指导莉莉复习自学考试的功课，另一方面则和莉莉共享爱的琼浆。

过年前做"老蟹子"和"炒米橙"，是长平客家人的风俗。"老蟹子"和"炒米橙"也是当地的特产，是过年时家家户户必备的节日零食和待客佳品。

"老蟹子"的制作比较简单：用籼米、糯米各半（或全糯米），洗净浸涨后舂成米粉，再用细孔板筛筛过，米粉加水混合后揉捏成板条，入锅煮熟后捞起，加香料后削成薄片，将薄片折叠、切刻、牵拉、粘连，做成六条细板条交叉构成的生坯，然后放入油锅炸熟便成。因它们酷似张开螯的螃蟹，故称之为"老蟹子"。

"炒米橙"的制作较为复杂：将粳稻（糯稻）洗净泡涨，煮至半熟后捞起，倒入饭甑蒸熟蒸透，再晒至七成干，然后舂碎谷壳，用风车扇净，曝晒成"米干"（部分米干染成红色）。米干经沙炒或油炸成为"散炒米"，再在备用炒米格内涂上茶油，将黄糖加麦芽糖熬成糖浆，把散炒米倒入锅中与糖搅和，起锅后均匀铺在米格中，用桛槌桛实，然后切成长方块，即成"炒米橙"。有的"炒米橙"还加有花生、芝麻或姜粉，口感香甜松脆，非常好吃。

做"老蟹子"和"炒米橙"时，无论大人小孩，都会前来帮忙，一家人笑语阵阵，其乐融融，洋溢着过年的气氛，充满春节即将来临的喜悦。

由于焕章从小到大心思都放在读"圣贤书"上了，参与准备年货的机会虽多，实际动手做的时候却很少。"炒米橙"他不会做，只能搭个手，凑凑热闹；"老蟹子"也做得四不像，放在"老蟹子"堆里，一眼就能认出哪个是他做的。

家里做了"老蟹子"和"炒米橙"后，焕章带了一些到学校给莉莉品尝，莉莉也把她家做的"老蟹子"和"炒米橙"带了一些回学校给他品尝。两人还饶有兴趣地比谁家做的"老蟹子"更好看、更好吃，最后得出的结论是：两家做的"老蟹子"形状虽然稍有不同，但都很精美；口感虽然有差异，但一样很好吃。

在和莉莉耳鬓厮磨的日子里，她的热烈、浪漫和丰富的情趣，让焕章陶然沉醉；她美好的外貌，让焕章深深迷恋。她是属于"人间尤物"类的美女，以至焕章在以后几十年的人生里，一直认为在他所认识的女人中，就这些优点而言，没有哪个女人可以和她媲美，为此，他对她的记忆深入骨髓，历久弥新。

正月二十八傍晚，晚饭后，焕章和莉莉在运动场上沿着跑道散步。没了师生们生龙活虎的身影，昔日热闹的运动场，此时空荡荡、静悄悄的。沙坑上的单杠、双杠、竹篙、马鞍、平衡木和篮球场上的篮球架孤零零地立在那里，一动不动，仿佛睡着了一般。虽然立春了，但乍暖还寒，风也有点大，他们挽手而行，彼此传递着热量，心里倒暖洋洋的。

"焕章，再过一个学期，你就大学毕业了，学校的分配意向怎样？"莉莉扭过头问。

"我们同学也在关心这个问题。根据上一届师兄师姐分配的情况看，我们中文系毕业生的分配去向都很好，绝大多数毕业生都去了高等院校或中专学校任教，少数优秀毕业生还直接去了党政部门，而且他们都留在省城或地市一级的城市了，没有到县一级学校教书的。我们这届同学的分配情况，可能和上届差不多。"焕章说，语气里有隐约的自豪。

　　"那你的情况呢，有可能分配在哪？"莉莉关切地问。

　　"按我个人的情况看，我虽然不一定能去党政部门，但留在省城某个高等院校当个大学老师，应该没问题的。"焕章自信地说。他是江西师大中文系八二级的高才生，校"学习标兵"，系"星火"文学社副社长，班学习委员，他有这个自信。

　　"那……我怎么办呢？我在乡下，你在省城，将来我们做牛郎织女吗？"莉莉有点忧虑地说。

　　"如果真的那样，那以后想办法把你调到省城来，到某个中学或小学教书。"焕章天真地说。

　　"从乡下调到省城，没有通天的关系，谈何容易呀。"莉莉叹息一声说。

　　"那我就干脆放弃留在省城的机会，回家乡来工作！"焕章下决心似的说。

　　"那你只能回到县城，到长平中学教书哦！如果真的那样，就影响了你的锦绣前程，浪费了你这个优秀人才呀！"莉莉惋惜地说。

　　虽然"教师是太阳底下最光辉的职业"，当人民教师光荣，但眼下的现实情况是，相对来说，老师的工资少、待遇差、地位低，也没什么油水，社会上不是很看好这个职业，大学、中专老师还稍好一些，中小学老师就别提了！

　　"请别这么说。为自己的爱做出一点牺牲，是应该的！只要能和亲爱的你生活在一起，就是再苦再累，再没有地位，我也愿意，我也知足，只要你不嫌弃！"焕章真诚地说，"再说，家乡是生我养我的地方，我学成后回来，为建设家乡出一份力，也是理所应当的事！"

　　"你说的也对！……如果那样，也好！你就不会从我身边远走高飞喽！"莉莉紧挽着焕章的手臂，头倚靠在他的肩膀上，娇声地说。

　　虽然毕业分配是一件大事，不是三言两语就可以说清的，将来又还有诸多因素的变化，但听了焕章那真情实意的表白，莉莉心里还是感到很踏实、很幸福。

　　两人没再说话，只有心与心无声地交流。脚步沙沙、沙沙，像笙箫合奏，如鸳鸯和鸣，那么和谐，那么动听……

　　也许是傍晚在运动场上散步时受了风寒，或者晚上行鱼水之欢时不小心着了凉的缘故，夜里一点多时，焕章咳嗽了，全身滚烫。莉莉被他的咳嗽声吵醒了。她摸摸他的额头，惊叫一声："哎呀，这么烫！一定是感冒发烧了！"她出身医药世家，耳濡目染，自然懂得一些病理。她赶紧从床上爬起来，用冷盐水浸了一下毛巾，敷在他的前额上，做紧急散热处理。然后她一边穿毛衣毛裤，一边说："你躺着，我马上到圩上我爸爸的药房里拿点药，很快就回来！"

"天亮以后再去吧！那么晚，那么冷！"焕章声音有点沙哑地说。他不放心她。

"不行，那会烧坏脑子的！你这个大学本科的高才生如果出了什么问题，我可担当不起呀！"莉莉诙谐地说，"路不远，我很快就回来！"

"那我陪你一起去吧！"焕章挣扎着要爬起来。

"别动，躺下！"她把他按下，命令道，"外面风大，又冷，如果再受风寒加重了病情，那更不得了！"

焕章拗不过她，只好说："那你快去快回！路上千万小心啊！"

"放心吧，我很快就回来！你乖乖地躺着，要听话哦。"莉莉为他掖了掖被子，朝他调皮地一笑，说。然后，她穿上外套，打开手电筒，带上门，出去了。

冷风迎面扑来，直灌入颈脖，莉莉不禁打了个寒战。天上布满了薄薄的浮云，偶尔有几滴星光从云缝间漏出，忽闪一下便不见了。四周灰蒙蒙的，树影阴森，窸窣作响，有点怕人。远处不时飘来几声狗叫，狼嚎一般细长，更增加了恐怖的气氛。莉莉毕竟是个姑娘，心中不免害怕，但她强打精神，急步走着，好在有雪亮的手电筒作伴，又是大马路，路程也不很远。十五分钟后，她便赶到了爸爸的"康群药房"。

咚咚咚！咚咚咚！她急切地擂门。

"谁呀？"里面传来爸爸睡意蒙眬的声音。

"爸爸，我是莉莉，快开门！"莉莉急促地答道。

一听是女儿莉莉的声音，大深夜的，以为出了什么大事，老医生赶紧从床上爬起来，拉亮电灯，打开店门让女儿进来。

"火急火燎的，出什么事了？"爸爸紧张地问。

"也没什么大事。晚上小梅和我一起住在学校，她突然感冒咳嗽了，还发高烧。我来拿一点药。"莉莉撒谎说。她不好意思说是男朋友和她一起住，他突然感冒咳嗽发烧了。她甚至还没公开告诉过家人，她已经有男朋友了。小梅是她中学时的好朋友，经常到她家里玩，包括她爸爸在内的每个家人都认得她，说她和自己住在一起，突然感冒高烧，爸爸绝不会生疑。

"我以为出什么大事了呢,把门擂得山响,你这个死丫头!"爸爸舒了一口气,爱怜地责怪她说。在一群儿女中,莉莉最乖巧灵秀,爸爸最疼爱她。

药房里弥漫着一股浓郁的药香。爸爸按祖传秘方,用专门称中药的小手秤称了香附三两、苏叶三两、葱胡三两、广陈皮三两、甘草一两,叫莉莉在铜药槽里把它们碾磨成粉,然后分成三服,用光面草纸包好。"一次一服,一日三次。用糖熬姜汤送服。"爸爸嘱咐莉莉说,"你那里有红糖和鲜姜吗?没有?我这里有,带点去。"

爸爸又包了三粒阿司匹林给莉莉,说:"这是阿司匹林,一次一粒,一日三次。"又说:"中药治感冒咳嗽,西药治发烧。不用紧张,吃了药,出几身汗,就没事了。"

爸爸是篁乡有名的老医生,他看病常常中西医结合,花钱少,见效快,口碑很好。

"谢谢爸爸,再见!"莉莉和爸爸挥了挥手,就急匆匆往学校赶。

"路上小心啊!"望着女儿急促远去的背影,老医生扬声嘱咐道。直到她的身影融入夜色不见了,他才闩上店门,回卧室睡觉去了。

莉莉哪里是步行走路,简直是一路小跑!

"回来了?辛苦你了!"焕章见莉莉推门进来,侧过脸望着她,感激地说。他那颗牵挂的心,也终于放下来。

"嗯。让你久等了!"莉莉充满歉意地说。

"你已经够快的了!我倒是担心你走得过快,不小心摔跤呢!"焕章微笑着说,"我还担心你路上遇到坏人……"

"乡下人淳朴,没那么多坏人!"莉莉笑着说。她嘴上虽这么说,但刚才在路上时,心里确实有点害怕遇到坏人——再淳朴的地方,也难免有人渣呀!而且,她还害怕遇到妖魔鬼怪之类的东西,虽然这些东西并不存在,但小时候听过很多青面獠牙、张着血盆大口的鬼怪的故事,她至今记忆犹新。

"是我多虑了,我的莉莉是个巾帼英雄呀!"焕章笑着夸赞她说。

"少在这里贫嘴!"莉莉娇嗔地说,"快把退烧药吃掉,等一下再吃点中药。"

莉莉倒了一杯温开水,叫焕章坐起来把阿司匹林吞下,然后让他重新躺下。

"爸爸说,中药是治感冒咳嗽的,要用糖姜汤送服。我马上熬点糖姜汤,你先躺一会儿。"莉莉说。

她开始动手熬糖姜汤。

不一会儿，糖姜汤便熬好了，满屋飘着糖姜汤甜甜的香味。

莉莉用瓷碗盛着糖姜汤，一调羹一调羹喂给焕章吃。喂完中药后，她才脱去外套和毛衣毛裤，爬进厚软的被窝里，用自己的体温温暖着焕章，两人相依相拥着又睡了一觉。

焕章出了一身大汗后，高烧很快就退了下来。

天刚蒙蒙亮时，莉莉又悄悄地爬起来，为焕章熬了一锅浓稠的青菜瘦肉粥，做他的早餐。

早饭后，莉莉又用开水泡了两个她储存的柿饼给焕章吃，说柿饼有补充人体养分、促进食欲、止咳化痰的功效，但必须饭后吃。

在莉莉的精心护理下，焕章吃完她爸爸开的药后，身体很快就康复了。

这次生病，莉莉那因爱无畏的精神、无微不至的呵护，成了焕章一生中最温馨、美好的记忆。即使过了很多年，每当回忆起这次难忘的经历，他都会深深感动、怀恋不已。

第四章

大年三十的早上，焕章和莉莉依依分别，各自回家过年了。他们约定，年初二时再相会——按当地的风俗，年初一不能外出探亲访友，只能在自己家欢度佳节，否则将会把自家的好运带走。

这天上午，焕章做父亲的下手，劏大鸡公（长平客家人不说"杀鸡"，说"劏鸡"；不说"公鸡"，说"鸡公"）。

父亲先在厅堂的祖位前摆上香案，点上香火、蜡烛，在香案下压了一叠纸钱，叫焕章抓牢鸡翅鸡腿，他自己抓住鸡头，然后动手割鸡。他把鸡血淋在纸钱上，供祖先享用，多余的鸡血才流注到大碗公（一种阔口的大瓷碗，长平客家人把它叫作"碗公"）里，作为煮菜用的配料。

过年时割鸡很有点讲究，可以说是个手艺活。如果把鸡公割得太死，一动不动，不行；如果把鸡公割得太生，还会走路，也不行；只有鸡公被割后还能蹦跳几下，好像跪拜主人的祖先一样，然后慢慢断气，这才恰到好处，也最为吉利。所以，长平客家人把过年时割鸡敬祖，叫作"打生"。

父亲割鸡的手艺很娴熟，割了三只大鸡公，个个都恰到好处地蹦跳了几下，他很满意。

烫鸡拔毛也是个手艺活。手艺娴熟的人，可以用滚水把鸡公烫得恰到好处，鸡毛也拔得干净；手艺生疏的人，不是把鸡公烫得过熟，以致拔毛时连鸡皮都能一起撕下来，就是烫得不够透，以致鸡毛拔不下来或拔不干净。在这方面，不用说，焕章只有叹服父亲的份。

光鸡煮熟后，父亲把熟鸡端到厅堂的祖位前，在香案上再次点燃香火、蜡烛，进行第二次敬祖。他带着一家大小在祖位前拜了三拜，然后叫焕章燃放了一串一百响的鞭炮。这一仪式，长平客家人叫作"宣熟"，意思是告诉祖先，鸡肉已熟，请祖先享用。

而后，父亲又在屋坪上另设一香案，把熟鸡放在香案前，带领家人祭拜了天地神灵，祈祷天地神灵保佑一家人平平安安、顺顺利利。焕章按父亲的吩咐又在门坪上燃放了一串百响鞭炮。因为焕章家的房子在丰园里的半山腰上，噼噼啪啪的爆竹声传得很远，在村子的上空回荡。

这时，远远近近，也不时传来噼噼啪啪的爆竹声，那是乡民们在家里举行同样的祭拜仪式。年味，也越来越浓了！

中午，按过年时的惯例，一家人不吃米饭，而是吃鸡汤煮黄粄。黄粄也是长平客家人的著名特产，它以黄粄树灰、槐花、粳米为原料，经蒸熟、舂打等工序做成，色泽金黄，清香扑鼻，嫩滑可口。

焕章自上大学后，有好几年没吃过家乡的鸡汤煮黄粄了，这次他一连吃了三碗，吃得津津有味、大汗淋漓。

整个下午，父母、哥嫂都在准备除夕的佳肴。焕章因为插不上手，没什么事可做，便陪侄女雯雯和晶晶玩。

吃年夜饭前，按当地风俗，家里每个人都洗了头、洗了身，叫"洗邋遢"。长平俗语云："过年不洗身，下世转牛身。"洗完澡后，大人小孩都穿上了新衣裤、新鞋帽，从头到脚都是新的，意为"除旧布新，大吉大利"。

山乡人家，无论平时怎么贫寒，但大年三十的这餐年夜饭，必定是尽可能丰盛的，一是慰劳全家人一年来的辛劳，二是祈盼全家人来年的幸福。今晚焕章家的年夜饭做得非常丰盛。父亲母亲、二哥二嫂，把四人通力合作的佳肴都端上来了，摆了一大圆桌，一桌典型的客家"八盘四碗席"。"八盘"包括白斩鸡、油炸鱼、炒猪肠、炒牛肉、炒三丝、炒杂菜、腌猪肝、肉香肠等八大盘菜，"四碗"包括瓤豆腐、红烧肉、焖黄螺、余肉圆等四大碗菜。"八盘四碗"的十二道菜式，寓意为四通八达，广纳财源，一年十二个月，月月如意，好运连连，吉祥顺利。此外，自然还少不了人人都爱喝的黄酒酿。一家人共举杯，互祝福，吃得开心，喝得尽意。焕章还和父亲、二哥猜了好一阵拳，"全福寿，高升！""全福寿，发财！""全福寿，魁首！""全福寿，满堂红！"……雯雯和晶晶在一旁拍手助威，母亲和二嫂在一旁夹菜、斟酒，一家人其乐融融，好不热闹。

吃完年夜饭后，按当地风俗，家长便给还没自食其力的孩子发压岁钱。父亲因为年纪大了，而大哥良翊在外面工作，几年前他就把家交给二哥新营当了，给孩子发压岁钱的事，便由二哥办理。二哥给弟弟焕章、女儿雯雯晶晶姐妹，每人发了一个红包，同时给每人说了一句吉言，祝焕章前程似锦，祝雯雯学业进步，祝晶晶健康成长。叔侄三人领到红包后，心里十分欢喜，个个脸上笑成了一朵迎春花。

晚上，父亲把所有煤油灯都加满了煤油，在厅堂的祖位前，在厨房的灶头上，在各个房间里，都点上了长明灯，民间这叫"播年光"。

按当地习俗，除夕不过子时（半夜），大家都不会去睡觉的，俗称"守岁"。

守岁时，父母、哥嫂在厅堂里一边吃"炒米橙""老蟹子""油煎腊子""盐晒番豆（花生）"等过年零食，一边聊一些家务和村头村尾的琐事。焕章则被侄女雯雯和晶晶拉着在屋坪上陪她们姐妹做游戏、放鞭炮、待玩累、玩腻了，姐妹俩又嚷着要他讲故事。焕章便给她们讲过年的风俗是怎么来的：

在很久很久以前，有一种叫"年"的野兽，头上长着尖角，比现在的大象还要大十倍，比现在的老虎还要凶猛几十倍，它住在望不到尽头的大海深处，每年的除夕，它都要从海底爬上来，窜到村子里吃人，而且一吃就是几十个，连骨头都不吐，被他吃掉的人数也数不过来，老百姓可遭了殃。因此，每到除夕时，村村寨寨的人们都扶老携幼，逃往深山老林，以躲避"年"的伤害。

有一年除夕，乡亲们又忙着收拾东西逃往深山。这时候，村东头来了一个白发老人，对一个老婆婆说，只要让他在她家住一晚，他定能将"年"兽驱走。大家都不相信，以为他在说大话。老婆婆劝他还是上山躲避的好，白发老人却坚持要留下来。大家见劝他不住，便纷纷上山躲避去了。

当"年"兽像往年一样准备闯进村子吃人的时候，突然传来白发老人点燃爆竹的噼里啪啦声，"年"兽大吃一惊，吓得浑身战栗，再也不敢向前走了。这时，又见大门忽然洞开，雪亮的灯光从屋里照射出来，院内站着一位身披红袍的白发老人，正对着"年"兽哈哈大笑。"年"兽吓得差一点跌倒在地，只好仓皇逃走。原来，"年"兽最怕三样东西：红色、火光和炸响。

第二天，当乡亲们从深山老林回到村子时，发现村子里安然无恙，这才恍然大悟。原来，那白发老人是天上的太白金星变的，是玉皇大帝派他下到人间，帮老百姓消除灾难的神仙。同时，人们还发现了白发老人驱逐"年"兽的三件法宝。从此，每年的除夕，家家门口都会贴红对联，燃放响亮的爆竹，户户灯火通明，守岁到天亮。这风俗越传越广，代代流传，便成了我们中国人最隆重的传统节日——年，也就是春节……

侄女雯雯和晶晶忽闪着大眼睛，听得很入神。过年的风俗原来是这样来的！她们感到很神奇。对于满肚子学问的大学生叔叔，她们心里充满了十二分的崇敬，同时也为有这位亲叔叔而感到无限的自豪。

乡城往事

民间有"运交子时"的说法。于是，晚上十二点时，焕章一家人都从屋里出来了，齐聚大门口，准备"开门接财神"。二哥新营用一条晒衣服的长竹篙，挂了一串三千响的鞭炮，焕章用香火把它点燃，噼噼啪啪的鞭炮声震耳欲聋，如怒吼的机关枪一般，怪不得苏维埃时期，红军游击队会把鞭炮点燃后放在洋油箱里，冒充机关枪吓唬白狗子！

这时，整个篁乡河畔，每个村庄，家家户户，都响起了鞭炮声，噼里啪啦连成了一片，其中还不时夹杂着"二踢脚"那"砰——叭"的炸裂声，"火箭炮"那"啾——砰"的空中炸响以及"地墩子"那地动山摇的轰鸣声。到处火光飞溅，硝烟弥漫，如同正在进行一场大战役，好不壮观、热闹！

焕章站在屋坪边沿，欣赏着这壮观的夜景，不禁想念起莉莉来。她一定也随家人出来"开门接财神"了吧？此时，她也在想念我吗？"亲爱的莉莉，祝你新春快乐，万事胜意，青春永驻啊！"他在心里默默地祝福说。

焕章朝着莉莉家的方向，久久凝望着……

大年初一吃过早饭，焕章便开始为家里写春联了。笔、墨、砚、红纸，二哥新营年前就买好了的。侄女雯雯和晶晶见叔叔准备写春联了，很兴奋地过来帮忙：搬桌子，拿笔砚，铺红纸。趁这个机会，焕章又兴致勃勃地给她们姐妹俩讲起了贴春联的另一个来历：

相传很久很久以前，东海边上有一座很大很大的山，叫桃都山。桃都山上有一棵很大很大的桃树，它的树冠张开着，有三千里那么宽。桃树顶上站着一只金鸡，每天日出时，它便啼鸣报晓，它一叫，全天下的公鸡也跟着鸣叫，天也就亮了。桃都山上住着各种妖魔鬼怪，它们如果要下山，都必须从这棵桃树下经过。天帝怕鬼怪到人间去作恶，便派了两个神将在桃树下面把守着。这两个神将，一个叫神荼，一个叫郁垒。他们专门监察鬼怪们的活动，如果发现哪个鬼怪想下山为非歹，他们便用草绳捆起来送去喂老虎。于是，那时候，人们每逢过年，便用两块桃木刻上神荼、郁垒的神像，或写上他俩的名字，挂在大门的两边，叫作"桃符"，以示驱灾压邪。

一千多年前，五代十国时的后蜀国主孟昶，在公元九六四年的除夕，在桃木板上写了两句贺岁吉言——"新年纳余庆，嘉节号长春"，并把它们挂在宫门的两边，这便是我们国家有记载以来最早的一副春联。

但一直到了宋代，春联仍称"桃符"。江西抚州人，大政治家、文学家、当朝宰相王安石的《元日》诗中有"千门万户曈曈日，总把新桃换旧符"名句，这就是证明。

到了明朝的时候，"桃符"才改称"春联"。据说明太祖朱元璋在有一年除夕前日，忽然心血来潮，命令家家户户都要贴春联，展示一番新气象。第二天，他微服出巡，发现有一家没贴春联，一问，原来那家主人是阉猪的，既不识字，也不会写，年前事又忙，没来得及请人代笔。朱元璋便叫人取来文房四宝，亲自为他写了一副对联："双手劈开生死路，一刀割断是非根。"对联的含意既贴切，又幽默，一时成为佳话。经朱元璋这一提倡，春节时贴春联便成为习俗，一直流传到现在……

雯雯和晶晶虽然因为年纪小，有的地方听得不是很明白，但还是听得津津有味。二哥新营也站在一旁听，他是高中毕业生，倒完全听明白了。他恍然大悟似的笑着说："原来贴春联还有这样一个来历啊，有意思！"他又对女儿雯雯和晶晶说："你们姐妹俩啊，以后要多听叔叔讲故事，可以长学问哦！"雯雯便对焕章说："叔叔，以后你每天给我们讲一个故事，好不好？"焕章"好好好"地答应着。"叔叔每天会给我们讲故事喽！叔叔每天会给我们讲故事喽！"姐妹俩欢呼雀跃起来。

在各种书法中，焕章最喜欢隶书。隶书横画长而竖画短，略微宽扁，讲究"蚕头燕尾""一波三折"，显得十分端庄秀丽，为其他书法所不及。他特别喜欢"唐代四名家"史维则、韩择木、蔡有邻、李潮的隶书，曾潜心临摹过他们的字帖，且小有收获。这次写春联，他就用带有唐代风味的隶书来写。

他给大门写的对联是：

有天皆丽日天增岁月人增寿
无地不春风春满乾坤福满门
横批：春回大地

他给厅堂写的对联是：

文笔总多情春联满写新春意
英年须努力壮志早酬少壮时
横批：奋发有为

他给厨房写的对联是：

油盐柴米宜具备

苦淡酸甜任烹调

横批：百味清香

此外，他还写了"万象更新""福满人间""万物欣荣""和谐家园""勤劳致富""精神焕发""喜笑颜开""欢度佳节""莺歌燕舞""四季平安""五福临门"等条幅，是贴在各个房间的门楣上的；又写了若干个大大的"福"字，是倒贴（倒贴"福"字，有"福到"的意思）在每个房间的门上的。他还给禽舍写了"鸡鸭成群"的条幅，给猪栏写了"日大千斤"的条幅，给肥料间写了"肥多粮多"的条幅……

每写好一张条幅，雯雯和晶晶就各执一端，平放在屋坪上晾干墨汁；父亲和二哥新营则在春联背面涂上黏稠的米浆水，把它们一一张贴好。

贴完春联后，一家人便兴致勃勃地欣赏起来，包括不识字的母亲，脸上也笑眯眯的。二哥新营半开玩笑半感慨地对焕章说："看来，你这几年的大学没白读啊，写得真不错！"父亲乐呵呵的，特意放了一串鞭炮，以表喜庆。

午饭和大年三十中午一样，吃的是鸡汤煮黄粄，但饭桌中间多放了一大茶盘"炒米橙""老蟹子""油煎腊子""盐晒番豆"等零食。饭间，家人们问起焕章毕业分配的事，焕章便把那天在旭阳中学运动场上和莉莉散步时说的话，跟他们复述了一遍。二哥新营说："留在城里当一个大学老师，对你将来的事业发展有好处；回家乡来工作，和莉莉在一起，对你的爱情和将来的家庭生活有好处。但鱼和熊掌不能兼得，你只能选一个。你的将来你自己做主，我尊重你的选择！"父母和二嫂表达了同样的意思。焕章很感激家人的豁达和理解。

下午，闲来没事，焕章便坐在屋坪上的一把靠背竹椅上，阅读钱锺书的长篇小说《围城》。《围城》卓越的讽刺艺术深深地吸引了他，其手法灵活多样，比喻、用典、比较、推理等处处见锋芒。焕章用红色圆珠笔在很多经典讽刺名句下面画上了波纹线，并反复默诵它们，如：

一个人的缺点正像猴子的尾巴，猴子蹲在地面的时候，尾巴是看不见的，直到它向树上爬，就把后部供给大众瞻仰，可是这红臀长尾巴是本来就有，并非地位爬高的新标识。

一张文凭，仿佛有亚当、夏娃下身那片树叶的功用，可以遮羞包丑；小小一方纸能把一个人的空疏、寡陋、愚笨都掩盖起来。

有人叫她"熟食铺子"（charcuterie），因为只有熟食店会把那许多颜色暖热的肉公开陈列；又有人叫她"真理"，因为据说"真理是赤裸裸的"。鲍小姐并未一丝不挂，所以他们修正为"局部的真理"。

这些经典的讽刺名句，常常让焕章一边读，一边忍俊不禁。
《围城》中有一处经典对话，特别引起了焕章的沉思：

褚慎明说英国有句古话："结婚仿佛金漆的鸟笼，笼子外面的鸟想住进去，笼内的鸟想飞出来；所以结而离，离而结，没有了局。"苏文纨说："法国也有这么一句话。不过，不说是鸟笼，说是被围困的城堡，城外的人想冲进去，城里的人想逃出来。"

"我现在自然也是笼外那只想住进笼里去的鸟或城外那个想冲进城里去的人了，而当我住进笼里或冲进城里，时间久了，我也会想从笼里飞出来或想从城里逃出来吗？……不，不会的！我是那么爱莉莉，莉莉也那么爱我！我们一定会相依相恋，白头偕老，永远幸福的！……"焕章这样想着，不禁从靠背竹椅上站起来，又来到屋坪边沿，凝望着莉莉家里的方向。他想到明天是年初二了，按他们年前的约定，他们又会相聚在一起了，他的心又激动和兴奋起来。

年初二这天，长平客家村民叫作"过新年"。他们把年初一这天叫作"过老年"。之所以这样说，大概是因为年初一是新老年交替的日子，年初二才是真正意义上的"新年的第一天"。所以，年初二这天，当地村民家家户户都要剐鸡公，"整餐子（佳肴）"，其隆重程度，与大年三十相差无几。而焕章家里，因为他的女朋友莉莉将要来访，一家人更显紧张、忙碌、欢乐和喜庆。
这天一大早，焕章就把房间重新打扫、整理了一遍。
母亲重新擦抹了桌椅、板凳。
二嫂玉翠重新清洗了碗碟、杯盘，又在茶盘上新添了"炒米橙""老蟹子""油煎腊子""盐晒番豆"等过年零食。

早饭后，焕章协助父亲和二哥新营劏一只五斤多的大鸡公和一只四斤多的大鸭嫲，然后和父亲、二哥新营一起，烧香点烛，燃放鞭炮，举行敬祖祀神仪式。他在祈求历代先祖、天地神灵保佑家人人寿年丰、好运连年的同时，还祈求祖先和神灵们保佑他和莉莉的爱情美满幸福、白头偕老。

侄女雯雯和晶晶不时跑到屋坪边沿，朝大路口瞭望，看她们未来的"媄媄（叔母）"莉莉有没有来。

十点半左右，在焕章家人的无限期待中，在雯雯和晶晶"来了、来了"的欢呼声中，莉莉由小梅陪伴着，提着一大网兜饼干和糖果，终于出现在焕章家的大门口。二哥新营特意燃放了一串长长的红皮鞭炮——这是长平客家人欢迎贵客的最隆重的仪式，噼里啪啦的炸响，满地的碎红纸屑，弥漫的硝烟和浓郁的火药味，营造了特有的热闹、温馨和喜庆的氛围。

"莉莉、小梅，新年好！"父亲母亲、二哥二嫂热情地上前问候。

"伯伯伯母，新年好！二哥二嫂，新年好！"莉莉和小梅回礼问候道。

"媄媄新年好！""小梅姑姑新年好！"雯雯和晶晶亲热地喊着。焕章和莉莉还没有结婚，她们本来应称呼莉莉为"姐姐"，现在却提前称呼她"媄媄"，这既让莉莉满脸羞红，又让她心里十分舒坦。"新年好！新年好！"莉莉和小梅忙不迭地回应着。莉莉弯腰摸摸雯雯的脸，又摸摸晶晶的脸，一边夸赞说："过了新年，大一岁了，真懂事，真乖！"一边从网兜里拿出饼干和糖果给她们姐妹俩吃。

今天莉莉特意在黑色的毛衣外面穿了一件崭新的枣红色中长呢大衣，脖子上围着焕章送给她的真丝红纱巾，娇嫩的脸蛋更显得白里透红、漂亮迷人。父亲和母亲看到未来的儿媳妇那么俊俏美丽、大方有礼，乐得合不拢嘴。

焕章连忙请莉莉和小梅到客厅里坐。

母亲端来装满过年零食的茶盘。"莉莉、小梅，别客气，随便吃。"母亲说。

"好的，不客气。"莉莉和小梅说。

二嫂走过来，给焕章、莉莉、小梅每人冲了一杯丹溪绿茶："请喝茶！"

"谢谢！"

父亲母亲、二哥二嫂，他们都到厨房里忙中午的佳肴去了。

焕章、莉莉、小梅，他们边吃零食边聊天。雯雯、晶晶姐妹俩边吃零食边听他们聊天。聊了一会儿，莉莉提出到外面走走，看看房屋周围的景色，大家便走出客厅。

莉莉首先欣赏了一下焕章写的春联，对他飞扬的文采和精妙的书法赞赏有加，同时也增添了心中的爱慕之情。

得到恋人的赞赏，焕章心里不禁有点飘飘然。

莉莉特意在"文笔总多情春联满写新春意，英年须努力壮志早酬少壮时"的对联前停了一会儿，并意味深长地笑着对焕章说："将来就看你的了！"

"我一定不会让你失望的！"焕章郑重地说。

然后，在焕章、小梅的陪同下，在雯雯和晶晶姐妹的"护卫"下，莉莉绕房屋四周察看一圈。

只见土木结构的二层楼房，恰好坐落在平缓的半山腰上，左、右、后三面环山，前面视野开阔，越过一座低矮的小山包，可俯瞰篁乡河冲积而成的平整、狭长的盆地。房屋附近的山上栽满了桃树、梨树、枇杷树、柚子树、芭蕉等果树，再远一点是满山的松树和杉树。一条清澈的小溪从门前的山脚下潺潺流过，流入几百米外的偌大山塘里。小溪上游的两岸生长着亭亭玉立的凤尾竹，成群的鸟雀在枝叶间叽喳嬉闹；小溪下游的两岸是一块块碧绿的菜地，上面种着葱、姜、蒜、芹菜、白菜、萝卜、包菜、芥菜、莜麦菜等蔬菜。门坪的前沿和斜坡上则种满了月季和玫瑰，花香馥郁，蜂飞蝶舞。好一处枝繁叶茂、花红果熟的世外桃源！莉莉家的二层小洋楼虽然比这土木结构的房子漂亮，并坐落在一座山脚下，但那里的环境远没有这里幽静、优美。她喜欢上这里了！"真是太美了！"她由衷地赞叹道。

听到莉莉对这里环境的赞美，焕章心里乐滋滋的。"这里也是你将来的家啊！"焕章深情地说。

莉莉羞红着脸笑了。

午饭时，饭桌上摆满了由鸡肉、鱼肉、牛肉、豆腐、香肠、腊肉、香菇、冬笋、莲子等巧妙组合而成的美味佳肴，当然还少不了甘甜、芬芳的黄酒酿，更有父亲精心烹饪的拿手好菜——炸酥鸭。

炸酥鸭是长平客家人远近闻名的特色菜肴。它的制作方法复杂：先把光鸭斩成块，然后在盆内放蕉芋粉、胡椒粉、笋粉、蛋清、食盐和适量的汤水，充分搅和后，再放入鸭块拌匀，放入油锅炸至刚熟（不能炸老），捞出后，沥干油。锅内留少许油，放入葱、姜、蒜并煸出香味，然后倒入酥鸭，加汤水及少许盐，文火烹至鸭肉酥烂，再加少量黄酒酿、胡椒粉出锅……炸酥鸭汤白微甜，肉烂味香，是客家菜肴中的上品。

炸酥鸭一般用来招待贵客，可见莉莉在焕章家人心中的重要地位。莉莉很喜欢吃炸酥鸭，边吃边赞，一连吃了好几块。

饭间，一家人不住地往莉莉饭碗里夹菜，唯恐她吃净饭似的，因而她的饭碗里

乡城往事

的菜常常堆成了小山，让她无从下口……

为给焕章和莉莉两人留下自由活动的空间，午饭后稍歇了一会儿，小梅就借故回家去了。

中午，阳光煦暖。焕章携莉莉在屋后的山上散步，然后登上山顶，并立在一棵松树下的岩石上，俯瞰着山下远处的秀丽风景。

篁乡河像一条银光闪闪的玉带，从西北向东南方向逶迤飘去。一簇簇翠绿修长的篁竹，在河畔临水生长，就像一个个美丽清秀的乡村女子。两岸的草地上，成群的水牛、黄牛在悠闲地吃草，孩子们在快乐地追逐、嬉戏。草地过后是大片裸着稻茬的平整农田，有的地方还种着油菜、萝卜、包菜等冬春季作物。一个个村庄像宝石般散落在平坦、宽阔的河谷盆地上，有淡蓝的炊烟从那里袅袅升起。"噼啪""噼里啪啦""轰"的鞭炮声不时响起，在河谷盆地的上空来回震荡，增添了新年热闹、祥和与喜庆的气氛。

饱览山川秀色，焕章心中不觉涌起一股"会当凌绝顶，一览众山小"的豪情。他深情地对莉莉说："记得有位哲人说过，任何一个伟大的男人后面，一定站着一个了不起的女人。我希望自己将来干一番大事业，而你，应是站在我身后的那个女人！"莉莉依偎在焕章的胸前，动情地说："将来我一定会做个贤妻良母，助你做一番大事业！"听莉莉这么说，焕章激动地把她抱在怀里，热烈地吻了她一下。

他们又依偎着坐在岩石上，谈人生，谈理想，谈事业，谈爱情，对未来充满了美好的憧憬。直到太阳落山了，霞光铺满了苍茫的大地，山峦成了一群红装嫁娘，他们仍觉意犹未尽……

春节期间，当地有晚上打"香火龙"的习俗，从年初二晚上开始，一直打到正月十五元宵节晚上才结束。龙是美好的象征，"来龙进宝"，"越来龙，越火红"，人们把"来龙"视为吉祥之兆。

因为家里来了莉莉这位"贵客"，晚饭后，二哥新营特意从村里请来打"香火龙"的，到自己家滚打了一番。

"香火龙"有九节，每节都插满红红的香火，龙头和龙尾还绘有鳞片。表演时，"香火龙"先在大门前行三拜礼，然后按先"天神"后"拜主"，再进堂"缠柱"，最后出至门前的顺序行进。进堂"缠柱"的表演是重头戏，也最吸引人，穿插、缠绕、盘龙、滚龙……锣鼓齐鸣，鞭炮齐响，烟火飞舞，喝彩不断，甚是热闹、壮观。

表演结束时，二哥新营从龙头上拔下一支"龙香"插到厅堂前，象征来了"龙"，会人财兴旺，幸福长留。然后，父亲用托盘奉送了一只红包、三尺红布和几升大米，以示披红挂彩、连升三级、大吉大利。

打"香火龙"的队伍走后，已是晚上十一点半了。

焕章陪莉莉回到学校住宿。这时，星光灿灿，爆竹声声，两情融洽，恩爱缠绵。焕章灵感一来，诗兴大发，挥笔写了一首《遇见你是我的缘》的诗：

今生能遇见多情的你
是我百世修成的缘
你是我一千零一个愿望中
第一个美好的心愿

你杨柳般娇媚可人
总让我魂梦萦牵
你像一溪温柔的春水
潺潺流过我干渴的心田

婀娜的风景虽有万千
你是我一生唯一的挂牵
纵有风霜雨雪雷鸣电闪
也不能减熄我一丝的爱焰

愿与你翩然飞舞成双蝶
在玫瑰的花丛幸福流连
同唱了一首生命的恋歌
便不在乎光阴是否短暂

告别今夜明亮的星辰
又将迎来一个灿烂的艳阳天
我们荡起那爱的双桨
谱写人生湛蓝的诗篇

莉莉拿起诗稿，深情地朗诵着，幸福的热泪禁不住滚落下来……

乡城往事

第五章

嘭嘭嘭。"莉莉，起床了！太阳都竹竿高了，还在睡！"小梅在外面敲门。

焕章和莉莉连忙从床上爬起来，一看时钟，都快九点了！

两人匆匆穿好衣服，莉莉便去开门。

"'春宵一刻值千金'，'从此君王不早朝'呀！"小梅取笑说。说得莉莉红了脸，焕章也怪不好意思的。

"准备去哪啊？"莉莉问。

"过了新年，窝在屋里干吗？逛街去！"小梅笑着说。

从年初二开始，到正月十五元宵节前，当地有探亲访友和到圩上逛街的习俗。今天是大年初三，圩街上应该很热闹了。

焕章和莉莉漱洗完毕，随便吃了点"炒米橙""老蟹子"之类的零食权当早餐，穿好衣服，打扮停当，便和小梅一起出门到篁乡圩闲逛去了。

一路上，行人很多。有的走路，有的骑自行车；有的独个儿，有的一对儿，有的两三个，有的一大群；他们不是到圩上闲逛，就是去探亲访友的。其中回娘家的妇女不少，她们穿着新衣戴着新帽，或提着篮子，或挑着箩子，或背着婴儿，或牵着小孩，年轻的夫妻则往往成双成对，一个个脸上都挂着喜气洋洋的笑容。

到了圩上，大街上更是人来人往，熙熙攘攘。卖糍粑的，卖铁勺板的，卖甘蔗的，卖酸萝卜的，卖糯米糖的，卖头花发夹的，卖风车气球塑料枪的，卖"泥炮""松光炮""火箭炮""礼花炮""地墩子"等爆竹的……叫卖声此起彼伏，说笑声连绵不断，还不时夹杂着"叭""噼啪""噼里啪啦""轰""砰——啾——"等各种鞭炮的炸响，气氛甚是热闹、祥和与喜庆。

到圩街上闲逛，人们除享受一年中难得的悠闲时光外，还有一个原因，就是显摆一下穿在自己身上的新衣新鞋新帽，享受一下由此带来的赞美和羡慕。小伙子们还可以趁这个机会，看看哪个姑娘长得更水灵、更漂亮，饱一饱眼福，当然，也有借此机会寻找恋爱对象的。

莉莉今天穿了一件蓝绒蝙蝠衫，一条黑色小喇叭裤，一双深棕色高跟皮鞋，脖子上围着焕章送的真丝红纱巾，头上扎一条长长的马尾辫，马尾辫上别了一只漂亮的蝴蝶夹，显得新潮别致、活泼秀美；焕章则穿了一套笔挺的黑西装，配一条紫红色条纹领带，脚穿一双黑皮鞋，戴一副茶色近视眼镜，显得潇洒文雅、风度翩翩；小梅也穿了一身光鲜得体的新衣服，显得清新靓丽。他们三人走在一起，吸引了不少少男少女艳羡的目光。

在百货商场门口，焕章遇见了初中时的老同学严敏才。敏才是香山村人，焕章初中两年的同桌、朋友。他的学习成绩也很好，和焕章不相伯仲。遗憾的是，他父亲病逝得早，兄妹五个他最大，家里没有劳动力，又贫穷，初中毕业后便回家务农了，如果让他读完高中，肯定也可以考取大学的。五六年不见了，这次邂逅，两位老同学格外亲热。

"这是我老婆。"敏才指着身边一位抱着男孩的年轻女人说。男孩有两岁左右了。

那年轻女人有点害羞地点点头。

"不会吧？我还在读书，你这么快就结婚了？还做了爸爸！"焕章惊讶地笑着说。

"你知道的，乡下人命苦，结婚也早。不比你，命那么好，有大学读！"敏才羡慕地说。

生活的负重，岁月的风雨，过早在他的脸上留下了沧桑的痕迹。

"这位是你女朋友吧？"敏才看了一眼焕章身旁的莉莉，微笑着问。

"是的，她叫古莉莉，在我们读过的母校——旭阳中学教书。"焕章难掩喜色地说。

"长得真漂亮！"敏才由衷地赞美道，"你们真是天生的一对呀，祝福你们！"

"谢谢！"焕章和莉莉异口同声说，心里都美滋滋的。

焕章又问了一下在农村务农的另外几个初中好友的近况，情况大致和敏才差不多。他们又聊了点别的，便握手告别了，彼此客气地嘱咐了一声"以后多联系"。

拿自己和敏才的人生际遇相比，焕章不由得在心里发出一声感叹：幸好自己考上了大学，不然也……

焕章、莉莉和小梅随意走着，边走边看，边看边走。他们没买其他什么，只买了五块钱糍粑和三块钱酸萝卜，待回到学校时再吃。因为顾及自己的身份，他们当然不方便在大街上就大大咧咧地站着吃东西，怕被熟人看到后遭晒笑。

路过乡政府的大门口时，焕章遇见了师大中文系的师兄钟志诚。

在江西师大时，志诚比焕章高两个年级，是中文系80级的学生。因为来自同一个县又同一个乡，两人关系比较密切，平时经常在一起。志诚学习非常刻苦，立志考研究生，无奈英语基础差了一点，最终没有考取。毕业时，他分配在吉银师范当了一名中专老师。现在，他也是利用寒假时间，回家乡过春节的。

师兄弟不期而遇，彼此自然开心。

志诚忽然看到焕章身旁的莉莉，很惊讶地问："莉莉，你也在这？你和焕章认识？"

"钟老师好！"莉莉羞红着脸，问候说。

"噢，你们是师生关系！瞧我，倒一时没反应过来！"焕章自嘲地笑着说。

"你们俩……？"志诚探询道。

"他是小梅的堂哥。我们是朋友。"莉莉很快接嘴说。

"哦……是朋友。"志诚半信半疑地说。"大家到我爸爸那坐一会儿吧，喝一杯茶！"他热情地邀请道。他爸爸是乡政府的会计。

"好的。"焕章说。

"我和小梅就不去了，我们俩还有点事要办。"莉莉婉谢说，"焕章，我们在我爸爸药房里等你。"说完，挥了挥手，拉着小梅走了。

志诚愣了一会儿，便和焕章走进乡政府大院。

志诚带焕章来到他爸爸房间。他爸爸不在，没有其他人。

志诚泡了一壶丹溪绿茶，两人边喝茶边叙旧。互相问了一下对方的工作或学习情况后，自然又说到恋爱问题。

"工作差不多两年了，谈了恋爱吧？"焕章问志诚师兄。

"过去谈了，现在没有，将来还不知道。"志诚诙谐地说。

"吉银师范那么多姑娘，你们谈对象，自然很容易了！"焕章半开玩笑地说。

"也不是想谈就能谈的。"志诚说。

"你呢？是在和莉莉谈恋爱吧？"志诚有点不自然地问。

焕章点点头，作为回答。

"莉莉这姑娘，人很不错，聪明，大方，浪漫，多情，只是……"志诚说了一半，又停住不说了。

"只是什么？"看到师兄吞吞吐吐的样子，焕章追问道。

"没什么。"志诚不自然地笑笑说。"你了解莉莉吗？"他问。

"应该说了解吧！我觉得莉莉挺好的，没什么问题呀！"焕章说。

"哦，了解就好！"志诚说。他低着头沉思了一会儿，说："我们来探讨一下爱情问题。你恋爱的标准是什么？"

"我没什么更高的标准。只要双方两情相悦、志趣相投就行！"焕章说。

"假如，我是说假如，假如你发现你的恋爱对象以前跟别人谈过恋爱，并且已不是处女了，你会怎样？"志诚微红着脸，有点不自然地问。

虽然师兄说是"假如"，但他这样向自己发问，焕章心里还是感到有点不舒服。他略微思考了一下，说："只要她现在只爱我一人，以前她怎样，我既往不咎！"

"你能这样想，很好！"志诚长长地舒了一口气说，"好了，不说这些了，我们说点别的吧！"

志诚的表情有点失落。

…………

从乡政府大院出来，焕章心里一直疑惑，为什么今天志诚师兄说的话和表情有点怪怪的。他忽然想到：难道他也喜欢莉莉？或者，曾经喜欢过莉莉？甚至，和她谈过恋爱？……如果真是这样，怎么办呢？他不禁回想起在大学时，他和志诚师兄一起看书、散步、娱乐的种种情景来……但爱情这东西，是不能谦让的呀！……不管他了！只要莉莉现在爱的是我，其他问题都没必要去考虑！焕章想到这里，迈着坚定的步伐，找莉莉和小梅去了。

焕章找到莉莉爸爸的"康群药房"，见莉莉和小梅在里面喝茶、聊天，莉莉的爸爸正忙于给患者抓药——春节期间，由于大家猛吃猛喝，头痛、发烧、咳嗽、喉咙痛、拉肚子的人也就很多。

莉莉见了焕章，便招手叫他进来，倒给他一杯庐山云雾茶。莉莉的爸爸忙完了，也过来喝茶。

"这位是焕章，小梅的堂哥，江西师范大学中文系的高才生。"莉莉向她爸爸介绍说。她还不方便说焕章是她的男朋友。

"古伯伯好！"焕章欠起身，礼貌地点头问候。

"请坐！请坐！"莉莉爸爸做了个"请坐下"的手势，热情地说。

"在师范大学读书？将来做老师的哦。什么时候毕业啊？"莉莉爸爸问。

"今年暑假。"焕章说。

"我们村书记古庆荣的儿子也在省城读书，江西财经大学的，读的是经济管理专业，他将来很有前途啊！"莉莉爸爸说。

"读师范就不好，当老师就没有前途吗？"莉莉不满地瞟了爸爸一眼说。

"我没说当老师不好。当老师是好，不过，女的当老师更好些，男的当老师有点屈才。"莉莉爸爸直率地说。学校是"清水衙门"，男的当老师没什么出息，女的当老师倒对相夫教子有好处。莉莉的爸爸没说穿这层意思，但大家心里都明白。

说到自己读的大学，讲心里话，焕章自己也深感遗憾。当年高考时，他的高考成绩比重点线还高出二十六分，但填志愿时，由于没有亲人指导，自己又懵懂无知，误听了他崇拜的班主任谢琨巍老师在班上说的话："同学们，填师范类的院校比较稳当，竞争没那么激烈，不然的话，很有可能本科院校没录取，反而掉到大专院校去了哦！"结果，焕章填的第一志愿是江西师范学院，他后面写的四个志愿虽然都是经济类或政法类的院校或专业，但因为省属以上的师范院校都是提前批录取，于是，他被江西师范学院录去了，而不少比他高考分数低很多的同学，反而去了江西财经学院、杭州商学院、西南政法学院之类的热门院校。命运就会这样作弄人！不过，焕章仍然希望自己做一个有理想、有抱负、有担当的人，将来做出一番事业来，决不让别人看轻、看低！

莉莉见话不投机，便说时间不早了，差不多十二点了，要回学校去了，就和焕章、小梅起身告辞了。

莉莉的爸爸站在药房门口，目送他们三人远去的背影，心里嘀咕道："莉莉这丫头，今天她怎么了？……难道她喜欢焕章这小伙子？她谈恋爱了？……这个死丫头！"他叹息一声，摇了摇头。

回旭阳中学要从篁乡卫生院的旁边经过。莉莉不觉加快了脚步，把焕章和小梅落在后面好几米，她的脸红红的，神色有点惊慌。

小梅小声地对焕章说："走快点，莉莉的哥哥站在医院门口！"

焕章朝医院门口一看，果然有几个穿白大褂的春节值班医生，有男有女，闲着没事，站在大门口聊天。其中一个和莉莉的脸型很相似、长得很英俊的男医生，应该是莉莉的哥哥了。他朝他们这里看了看，又特意在焕章身上打量了一番，继续若无其事和他的同事聊天。

回到旭阳中学莉莉的宿舍，三个人一起吃了买回来的糍粑和酸萝卜，又吃了几块"炒米橙"和几个"老蟹子"，算是吃过午餐了。小梅喝了一杯茶，又坐了一会儿，便告辞回去了。

莉莉显得有点疲惫，脸有愁容。"怎么了，莉莉？不舒服吗？"焕章关切地问。

"没什么，也许走了一上午的路累了。"莉莉淡然一笑说。

"那中午睡一觉，好好休息一下！"焕章疼爱地说。

"嗯！"

中午，两人躺在床上。莉莉依偎在焕章身上，睁开眼不说话，似乎有什么心事。焕章猜想，她一定是担心哥哥看到她和自己在一起了。从今天的表现看，她不怕爸爸，但敬畏哥哥。她一定担心哥哥责备她没经过他的"审查同意"就随便和人谈恋爱，或者谈了恋爱也不向他请示汇报吧。但焕章没把自己的猜想说出来，他只是默默地爱抚她，温柔地亲吻她，以平息她心中惊悸的波澜。

焕章在平息了莉莉惊悸的波澜的同时，却又激起了她另一种情感的波涛。她战栗着，呻吟着，很快便和焕章如胶似漆地缠绵在一起了……

正月初四、初五这两天，焕章和莉莉享受着白天读书、晚上缠绵的幸福时光。

正月初六这天，焕章白天辅导莉莉参加大专自学考试需准备的文言文阅读和古诗词鉴赏，晚上没做其他事，欣赏莉莉用脚踏钢琴弹奏中国经典名曲。

晚上九点许，窗外星光灿烂，鞭炮时鸣，屋内灯光明亮，馨香弥漫。此时，莉莉正醉心弹奏中国经典少儿歌曲《让我们荡起双桨》，那舒缓、优美、动人的旋律，把焕章带回到他读小学时，和学校文艺宣传队的同学们一起，在公社礼堂的大舞台上，面对千余学生和社员，边唱边舞，表演这个优秀节目的难忘时光。他禁不住一边双手打着节拍，一边深情地伴唱起来：

> 让我们荡起双桨
>
> 小船儿推开波浪
>
> 海面倒映着美丽的白塔
>
> 四周环绕着绿树红墙
>
> 小船儿轻轻，飘荡在水中
>
> 迎面吹来了凉爽的风
>
> 红领巾迎着太阳

阳光洒在海面上

水中鱼儿望着我们

悄悄地听我们愉快歌唱

小船儿轻轻，飘荡在水中

迎面吹来了凉爽的风

…………

突然，嘭嘭嘭，外面有人激烈地敲门，钢琴和伴唱戛然而止。莉莉惊疑地和焕章对视了一下，慌忙走上前去开门。

进来的是莉莉的哥哥、嫂嫂和二姐夫三人。莉莉见他们一个个都黑沉着脸，吓得脸色唰地变得灰白。但她还是故作镇定地招呼道："哥、嫂、二姐夫，你们来了？"

他们没理睬她。

焕章年初三那天上午在医院门口见过莉莉的哥哥，她的嫂嫂和二姐夫却没见过，但记得她曾跟他说过，她的嫂嫂是个护士，和她哥哥一同在篁乡卫生院工作，她的二姐夫则在篁乡信用社当主任，姓邹。

焕章明知来者不善，但仍满脸笑容，大方地给他们让座、倒茶。

他们坐下后，却一点情面都不给，把焕章倒给他们的茶水一杯杯全泼在地上。

莉莉的哥哥横眉竖目地对莉莉吼道："莉莉，这些日子你在外面都干些什么了？怪不得在家里连你的影子都找不到，丢人现眼的，也不怕别人笑话！"

莉莉吓得大气也不敢出，低着头，绞着衣角，惶恐地站在那里。

"请您别这样责骂莉莉。我和莉莉是在谈恋爱，光明正大，没什么见不得人的！"焕章为莉莉，也为自己申辩说。

"我在说我的妹妹，你插什么嘴！"莉莉的哥哥板着脸孔，侧过脸对焕章厉声喝道。

尽管莉莉的哥哥态度蛮横，但焕章脸上仍然满含谦恭的神色。

气氛一时静默。

为缓和一下气氛，莉莉哥哥的语气变软了一些，对焕章说："焕章，你对我妹妹的感情我理解，但莉莉年纪还小，工作才半年，没什么社会经验，而你，也还在读大学，还是个学生，你们现在谈恋爱，不合适！"

"我和莉莉都是成年人了，莉莉参加了工作，我也即将大学毕业，已不是小孩子，我们两情相悦、真情相爱没什么错。再说，我们又不是马上就结婚，还处在恋爱阶段，有什么不合适呢？"焕章据理申辩说。

"你们在一起都干了些什么？你以为没人知道？怎么'没错'？怎么'合适'？！"莉莉的哥哥恼怒地斥责道。

莉莉和焕章的脸上腾地飞红。

"请你们放心，我一定会承担起责任，好好爱莉莉，给她一个美好、幸福的未来！希望你们成全我们俩，不要阻挠我们相爱！"焕章诚恳地说。

"我不会听你这些花言巧语！你们的事到此为止！不必再啰唆！"莉莉的哥哥厌烦地说。

莉莉的嫂嫂、二姐夫坐在那里，一直没说话，只是阴沉着脸看着莉莉和焕章。

"希望你以后好自为之，不要再纠缠我妹妹！"最后，莉莉的哥哥对焕章警告说，又起身招呼他的妻子和妹夫，"我们走！"

莉莉的嫂嫂和二姐夫从座位上站起。

"走！跟我们回去！"莉莉哥哥喝道，一把将莉莉推了出去，把她带走了，只把焕章一个人晾在房间里。

焕章呆呆地站在原地，不知所措，仿佛正处在温柔乡里的他却忽然做了一个令人惊怵的噩梦一般。

过了好长时间，他才缓缓回过神来，颓然地坐在藤椅上，坐在无声的悲愤里。

望着曾经溢满温情和幸福，而今却一下子变得空空荡荡的房间，他心里不觉涌起一阵"人去楼空"的裂疼。

他焦灼地站起来，在房间里走来走去，苦苦地思索着今晚发生这事的前因后果：莉莉的家人为什么反对我们恋爱呢？她哥哥说她年纪还小，我还在读大学，显然这不是真正的理由！莉莉虽然以前没公开告诉过家人她已经和我谈恋爱了，但世上没有不漏风的墙，这段时间我和她亲密地在一起，肯定有人看见并告诉了她的家人，何况年初三那天上午逛街时，她爸爸和哥哥还看见了我们在一起。可以肯定，莉莉的家人确切知道她在谈恋爱后，一定对我本人以及所读的大学和专业，对我的家庭状况和社会背景等，做了全面的调查和了解，他们最后得出的结论是——我并不是一个玉树临风的"白马王子"，我所读的师范大学、并不富裕的家境和毫无势力的社会背景，也决定了我的将来注定只能做一个寒酸教师，就算我才华横溢，又有什么用呢？他们家的"千金小姐"绝不能因为嫁给我而受苦，更不能因为嫁给我而让他们的家族蒙受不能因为联姻而变得更加富贵荣华所造成的损失！

当焕章找到问题的症结时，心里既痛苦，又悲愤，同时对自己和莉莉的爱情结局充满了忧虑。现在，他唯一希望的是，莉莉能对爱情忠贞不渝，顶住家庭的世俗压力，一如既往地和他相亲相爱，"执子之手，与子偕老"。

焕章孤零零地躺在曾和莉莉恩爱缠绵的香床上，双手枕着头，两眼直勾勾地望着天花板，一夜无眠。第二天，他的两眼布满了红红的血丝。

一连两天，焕章都待在莉莉房间里等她回来，但始终不见莉莉的身影。他为此寝食不安，身心憔悴。他猜想，此时的莉莉一定很痛苦、很矛盾，因而不想见他。他有个不祥的预感：莉莉不会回到自己的身边了！一想到这，焕章的心在绞痛，在流泪，在滴血！要知道，这是他全身心投入的初恋，对幸福和痛苦的感受，同样让他刻骨铭心！

但焕章还是抱着万分之一的希望，在等待，在寻找。学校里没有，他就想到莉莉家里去找她，但又觉得不方便，就拜托堂妹小梅去了。

小梅也没有料到，他们的爱情会这样突然来个一百八十度的急转弯，真是"天有不测风云，人有旦夕祸福"啊！没办法，她只好带着堂哥的郑重托付去了莉莉家里。

焕章在距离莉莉家约二百米远的篁乡中心小学门口等小梅的音讯。

莉莉的母亲告诉小梅，这两天莉莉也不在家里，也许到她二姐那里去了。

莉莉的母亲送小梅出来时，她看见了站在中心小学门口等小梅的焕章，朝他这里眺望了好几分钟，直到他和小梅转身离去……

莉莉的二姐名叫芳芳，在邻乡的昌浦卫生院当护士，到她那里需要往返六十多华里。虽然路途遥远，时间已近中午，但痴情而执着的焕章，还是决定立即动身到她那里去找莉莉。哪怕莉莉迫于家人的压力真的变了心，他也希望能听到她亲口说出，好让他死了这条心！人最痛苦的，就是上不着天、下不着地，处于两茫茫的境地，而一旦有了确切的结果，哪怕是最坏的结果，心里也会变得安定、冷静，坦然面对。焕章决定去寻找莉莉，实际上就是为了从她口中得到一个确切的答案。

天上下起了小雨，飘飘洒洒，凄凄迷迷，如一个情伤者冰冷的眼泪。焕章擎一把黑色的雨伞，行走在风雨飘摇的乡间土路上。路上到处是泥土和积水，他的皮鞋和裤脚很快就被泥水打湿了，但他浑然不觉，心中唯一的念头，就是快点找到莉莉。

途经高埠村的一个小卖部时，店主的收录机里正播放着郭富城演唱的流行歌曲《到底有谁能够告诉我》，歌声穿越雨帘四处飘荡：

到底有谁能够告诉我

要怎样回到从前

随风做流浪的梦

和你再相逢

请你告诉我

是谁说最坚强的承诺

如今却变得脆弱

请你告诉我

是谁说要永远地等候

如今让我孤独地走

轰轰烈烈　风风光光

我又曾经拥有什么

来来去去　过过往往

真心付出结果又如何

请告诉我

到底有谁能够告诉我

要怎样回到从前

有你在我身边

拿生命换都情愿

…………

这首歌，哀怨缠绵，如泣如诉，好像是专为焕章写的，听得他心如刀绞！

焕章走到篁乡和昌浦乡的分界线——"鬼子岘（沟）"时，风雨更大了。"鬼子岘"两边都是连绵的山地，山高林密，行人稀少，飞禽走兽出入频繁。解放前，这里是土匪经常出没、杀人越货的地方，不知有多少商旅孤客，冤死在这条沟里。民间传说，这里有很多孤魂野鬼在游荡，故称之为"鬼子岘"。解放后，这里虽然没有土匪了，还修了一条粗沙和碎石铺成的大路，但这里偏僻阴森、风声阵阵，仍然让过客毛骨悚然。此时的焕章，却因为心灵的伤痛，哪里还有什么恐惧！所以，他走这段恐怖山路时，感觉和走其他普通的路段并没什么两样。

又走了好一会儿，焕章来到了昌浦乡的枼米岗。这时，风雨稍微小了一点，但仍然不停地刮着。

槑米岗的地名有点来历：相传距离古氏梁公祠不远处，在依山而建的老茶亭下，有一个出米石，它每次只出半升米，过往行人路过此处，如若无米下炊，可从此处石臼里获取半升大米给家人食用。出米即槑米，故此地命名为"槑米岗"。后来，有一个放竹排的男人，嫌一条通往出米石的猪嫲藤给河上运输人员带来不便，就用鲤嫲锯把这条猪嫲藤锯成了两段，而后猪嫲藤流了七日七夜的鲜血，染红了滔滔的河水，从此出米石再也没有出米了，只留下了那个出米的石臼。

　　槑米岗上有好几个平缓的大山坡，漫山遍野生长着野生的稔子树。稔子树农历4—5月份开花，花谢后结果，果实俗称"稔子"。稔子呈椭圆形，有拇指大小，8—9月份成熟，长平民间有"八月半，稔子乌（黑）一半；九月九，稔子乌斗斗；十月朝，稔子像甜糟"的童谣。成熟的稔子呈紫黑色，颗粒饱满，汁液甘甜，非常好吃。焕章小时候，每到农历八九月份，他便和村里的小伙伴们一起，背着一只空书包，成群结队来到这里摘稔子吃，以填充那辘辘的饥肠。稔子吃饱了，嘴巴、牙齿、舌头也染成了紫黑色，咧开嘴笑时，样子颇为滑稽。吃不完的稔子，小伙伴们便带回去给家人吃，有的还会拿到圩场上去卖，换一点买纸笔墨的小钱。那个时候，虽然缺吃少穿，生活艰苦，但日子过得很快乐。而今，焕章长大了，还读了大学，将要参加工作了，没想到自己却有了婚恋这等烦恼！一想到这个，他心里不禁感到一阵难言的酸楚。

　　焕章路过昌浦乡五丰村时，可以望见距离大路不远处，坐落在山脚下的长平著名的客家民居——五丰龙衣屋。

　　龙衣屋因整体外观像给龙穿上一套套外衣而得名。它建于明末清初，为古氏家族的聚居地。其祖先曾有两人为清朝乾隆皇帝的贴身侍卫，还有祖、父、孙三人同中武举人。该屋场曾先后出过九位武举人，最高官至一等御前带刀侍卫。

　　龙衣围屋占地约十五亩。围屋主堂为三进等祠堂，外围有三扇围屋环绕，均为土木结构，共有大小房间四百五十间，可居住上千人。围屋中轴左右对称，每扇屋间距离二丈有余，檐街由鹅卵石铺就，门前两口日月塘相连，屋后一股溪流至屋前注入塘中，整个建筑通风、采光、防火功能极具现代意识，其性能之佳，连许多现代建筑都望尘莫及，体现了客家先民的智慧。

　　围屋主堂大门上方悬挂着乾隆三十三年"三世科第"的牌匾，门口主梁上悬挂着乾隆十九年"钦点御前侍卫府"的金匾，内堂主柱上书有"转火升梁九月天，重光祖德；一门三世七科第，再振宗风"的对联，门前左侧竖有一石质拴马柱。所有这些，都说明古氏后裔在清朝近三百年间诸事俱盛，人才辈出，文经武略，济济盈门。

焕章记得自己读小学四年级时，曾跟随从部队回来探亲的大哥良翊，到他在下铃山读农业中学时的同窗好友、家住五丰村的曾庆胜家里做客。曾庆胜是一位民办小学教师，对当地的人文历史和地理颇有研究，他曾带他们兄弟俩参观了这座著名的龙衣围屋，并给他们做了详尽的介绍。那时，焕章就暗暗立下志向，要向古氏先贤学习，将来长大后，也做一番光宗耀祖的事业来！他考上大学后，曾打算有机会时再去探访一下这龙衣围屋，重温一下儿时的梦想，汲取人生奋斗的力量，却一直没有合适的机会。这次路过龙衣围屋，本应趁此机会再去探访一下古氏先贤的杰作，无奈他身心受创，无暇他顾，只好留待以后再择良时，重谒这块宝地了。

当焕章到达昌浦乡卫生院时，已是下午四点了。他通过传达室的一位老同志，找到了正在医护室上班的莉莉的二姐芳芳。

芳芳和她妹妹莉莉一样，有一只高高的鼻子，身材颀长丰满，皮肤白里透红，但脸型有点不同，性格也不一样，芳芳温柔娴静，莉莉热情奔放，大概一个接受母亲基因多些，一个接受父亲的基因多一些。芳芳身穿洁白的护士服，头戴一顶洁白的护士帽，如一位美丽的白衣天使。她虽结了婚，却还没有孩子，丈夫就是在篁乡信用社当主任的那个姓邹的，但她明显比她老公善良、温和。

芳芳把半身雨水的焕章领到自己房间里，请他坐下后，给他倒了一杯热气腾腾的开水。

"我和莉莉谈恋爱的事，芳芳姐，你应该知道吧？"焕章说。

"我知道一些，但不是很清楚。"芳芳坦诚地说。

焕章便把自己怎么认识莉莉，两人怎么相亲相爱，莉莉的哥哥、嫂嫂和二姐夫三人那天晚上怎么强行把她带走，自己又怎么痛苦地等待她、寻找她，简略地跟芳芳说了一下。最后，焕章说："芳芳姐，我虽然没有潘安之貌、相如之才，家境也贫寒，也没什么社会背景，将来只是一个两袖清风的教书匠，但我很爱莉莉，我的心是真诚的，我一定会对莉莉负责，愿意为她奉献一切，给她一个美好、幸福的归宿！请你们相信我！希望你们成全我们，不要阻挠我们相爱。退一万步说，即使莉莉迫于家人的压力对我变心了，我也希望能听到她亲口说出，好让我死了这条心，这也是我要找到莉莉的原因！"

听了焕章的叙述，芳芳和善地说："焕章，我理解你此时的心情，也感谢你对我妹妹至深的爱！从我个人的角度讲，我并不是非要我妹妹嫁一个所谓的'白马王子'，或者对方的家境非要如何富有，社会背景非要如何深广，只要他们两人情趣相投、真诚相爱就行了。莉莉现在确实不在我这里，至于她在什么地方，我也不知道。不过请你放心，回家后，我一定会好好劝劝家人、劝劝莉莉，尽力成全你们！"

芳芳的一席话，让焕章好感动。对她的好感，使他减轻了对她老公——那位姓邹的篁乡信用社主任的厌恶，尽管那天晚上莉莉被他们强行带走时姓邹的没说一句话，但焕章记恨他那时阴黑着的脸！

该说的话都说完后，焕章就告辞了，他要趁天黑前赶回家里去，还有三十多华里的泥泞路要走。

芳芳把他送到医院大门口，目送他渐渐远去。

天阴沉沉的，雨仍下个不停，远近仍然一片迷蒙，就像焕章湿漉漉的心境。

焕章走出好远了，他回头望了一下昌浦卫生院，发现芳芳还站在大门口目送着他，他心里不禁一热。

也许，她是为焕章对她妹妹的痴情感动吧！

寒假结束，焕章即将返校时，仍不见莉莉的身影，也没有得到有关她的任何消息。这时他明白，莉莉已屈从于家人，甚至被家人完全"洗脑"了，她现在害怕见他，故意躲着他。他信了古人说的那句话："易涨易退山溪水，易反易覆小人心。"

这些日子，焕章吃不下，睡不宁，精神萎靡，形容憔悴，仿佛大病了一场。父母看在眼里，痛在心头，他们劝导儿子想开些，好姑娘到处都是，不差她一个，自己要爱惜自己！二哥新营和二嫂玉翠也劝慰他说，他们那么势利的家庭，我们高攀不起！没什么好依恋的，天涯何处无芳草！好男儿应胸怀大志，不要为儿女之情所困！侄女雯雯和晶晶眼巴巴地望着变得呆呆痴痴的叔叔，也不似往日的嬉戏、欢笑，更不敢要叔叔讲故事了。这使焕章有一种深深的负疚感，觉得自己对不起父母，对不起二哥二嫂，也对不起两个侄女。为此，他心里又升起一股怨恨，恨莉莉对感情不忠，违背当初的海誓山盟；恨她不仅伤了自己的心，而且伤了他父母的心，伤了他二哥二嫂和两个侄女的心！

就这样，焕章带着满腹的思恋、痛苦和怨恨，踏上了返校的寂寞旅程，与上次回家时的浪漫、甜蜜和幸福相比，简直是"天上人间"！

第六章

回到江西师范大学后，焕章仍然沉浸在深深的痛苦之中。当他看到书桌上相框里莉莉那美丽的半身照，当他重读莉莉那一封封燃烧着爱情烈焰的情书，他眼前不禁浮现出一幕幕叫他永生难忘的幸福情景，他不敢相信莉莉竟会离他而去，把他孤零零地撇在这世上，仿佛一切都在不真实的梦幻中……于是，他难以抑制心中喷涌的激情，便写了一首题为《总不能忘却》的诗，抒发了他此时此际的复杂感情：

> 总不能忘却，
> 那一泓爱抚，
> 那一缕温存；
> 总不能忘却，
> 那一个香影，
> 那一次热吻。
> 月夜里的蜜语在心中闪烁，
> 阳光下的欢笑在胸间浮沉。
> 啊，无情的情人，
> 你可也会追忆这良辰美景？
>
> 我不能原谅你的狠心，
> 也不能宽恕你的绝情，
> 可每当我忆起那流逝的幸福，
> 总叫我迷恋而又痛心！
> 啊，无情的情人，
> 你可体会得到这矛盾的心情？

乡城往事

请你告诉我，

为什么在我青春的生命里，

总不能拂去你美丽的阴影！

　　焕章估计莉莉所在的旭阳中学也已开学了，就给她写了一封长信。信中诉说了他在家乡时等待、寻找她的痛苦过程，表达了他的思念和忧伤，希望她能回心转意，珍惜他们之间的感情，信守他们的海誓山盟；退一步说，即使不再爱他，也给他一个明确的答复，好让他死了那条心、断了那个念，而不要让他悬挂在迷茫的半空中。焕章写这封信时，仍对莉莉抱有一线希望。

　　不久，焕章终于收到了莉莉的回信，但信很短，也很冷，就像一块寒冰，全然没了往日的如火情意。信是这样写的：

焕章：

　　你好！

　　来信接阅，很理解你此时的心情。但父兄之命难违，我也没办法。再说，通过半年来的相互理解，特别是寒假（春节）时的相处，我发现，我们之间还是有一段距离的，现在分手，也许对我们双方都有好处。相信你将来一定能找到比我更出色的姑娘。请你原谅我，忘记我！

　　祝你幸福！

莉莉

一九八六年二月十六日

　　看完莉莉绝情的回信，焕章心里十分清楚，至此，他和莉莉的恋情可以画上句号了，就像一朵含苞欲放的玫瑰，在寒风霜雪中已过早地凋零了。他不禁长长地吁了一口气。长久的悲伤与痛苦，使他有了足够的心理准备，现在，他的心不再焦虑不安，反倒一下子平静了许多。只是有一点他还不明白，以前他和莉莉如胶似漆、难舍难分的感情，怎么现在却变成"有一段距离"了？难道她在伪装？是她欺骗了他的情感？她为什么要这样不负责任呢？由此看来，她家人的反对是次要的，根本的原因还是她自己！想到这里，焕章原本平静下来的心，又升腾起一股被人欺骗、被人玩弄后的怒火。但他还是克制着自己，冷静地思考着该如何处理他和莉莉遗留下来的问题。

焕章毕竟是一个有骨气的男人。为把莉莉从自己心中彻底抹去，不欠她任何东西，他从几个家里比较宽裕的同窗好友那里借来了足够的钱，以偿还她春节前寄给他的路费，又把莉莉以前寄给他的照片、信件等物品全部挂号寄还给了她。同时，他还附了一封短信，信里要求莉莉除留下寄给她自学考试用的书籍外，把他以前寄给她的所有照片、信件等寄还给他。

过了许多天，焕章才收到莉莉的回信，信中说："焕章，其实你不必那样做，爱情不在友情在，我们还可以做一般朋友。我们毕竟相爱了一场，你的照片和信件，我不想还给你，就给我做个留念吧！"焕章看后，嘴角挤出一丝冷笑，心想：说得多么轻巧，多么冠冕堂皇！爱情都死了，还要虚假的"友情"干吗？要我的东西做什么"留念"呢？如果你我换个位置，你就不会说得那么漂亮、动听了！

焕章又给莉莉写了一封短信，大意是说，既然没有了爱情，留下他的照片和信件已没有意义，一定要把他以前寄给她的除书籍以外的所有照片、信件等都寄还给他。但过了许多天，莉莉都没有回音，也不见她把他的东西退还给他。焕章无奈，只好暂时放下此事，留待日后回家乡时再做处理了。

一九八六年六月，焕章紧张充实、丰富多彩的四年大学生活即将结束，面临毕业分配了。他是班上品学兼优的高才生，学校有关领导已找他谈话，准备让他留校任教。他的面前，铺展着一条人生和事业的康庄大道。

八十年代中期，国家还处在改革开放的初期，为加快实现工业现代化、农业现代化、国防现代化、科学技术现代化的"四化"建设，华夏大地刮起了"尊重知识，尊重人才"的春风，不少地方的党政领导，特别是边远山区的党政领导，趁大学生毕业分配之际，来到各高等院校招揽人才，动员他们到当地去参加经济文化建设。

这时，焕章家乡长平县的县委书记黄涛也专程来到省城南昌，他住在景色幽雅的城市花园宾馆坐镇指挥，派他的得力秘书到各高等院校的长平籍学子中去宣传、游说，希望他们毕业后回家乡工作，为改变家乡贫穷落后的面貌贡献力量，同时，也开出了一些优惠条件，尽可能满足他们的合理要求。

听到黄书记到省城招贤纳士来了，焕章心动了，他决定放弃留校任教的机会，回家乡去工作。他之所以做出这个决定，不只是有感于黄书记的召唤，也不只是出于对生他养他的家乡的热爱和感恩，还有一个重要原因，就是他要亲眼看看莉莉这个负心女子是怎么活的，他也要活给她和她的家人看看，他刘焕章不是一个草包，不是一个窝囊废！于是，一天上午，他拿着大学四年期间获得的一大沓荣誉证书和发表在各级报刊上的诗文作品，直接来到城市花园宾馆的689号房，找到了黄涛书记。

"黄书记，您好！"焕章崇敬地问候。

黄涛书记个子不高，但身材壮实。他头发后梳，肚腩略凸，戴一副近视镜，有一种不怒而威的气势。

"大学毕业了吧？有什么打算啊？"黄书记亲切地问。

"学校准备让我留校任教，但我决定放弃这个机会，响应您的号召，回家乡去工作！"焕章说。

"好啊！家乡人才匮乏，需要大量受过高等教育的知识分子，希望你们回去参加家乡建设，改变它贫穷落后的面貌！"黄涛书记诚恳地说。

黄涛书记问起焕章在大学期间的学习、生活情况。焕章便把自己在大学四年里所荣获的省级三好学生证书、校学习标兵证书、一等奖学金证书、优秀毕业生证书以及发表在各级报刊上的诗文作品给黄涛书记看。

"不错！不错！不愧为名副其实的高才生！"看了焕章递过来的丰富资料，黄涛书记不禁赞叹说。

他又指着一张"见义勇为"的奖状，要焕章说说其中的故事。焕章便简略地说了一下：

读大三时，有一天傍晚，在公交车上，焕章发现一个小偷正在偷一个中年妇女手提袋里的钱包，幸好被那个妇女发觉了，把钱包夺了回来，并把小偷责骂了一顿。没想到，那个妇女到站下车后，那个小偷也跟着下了车，诬赖她冤枉了他，要她赔偿名誉损失费一千元，否则不放过她。正在他们拉拉扯扯，眼看那中年妇女就要吃亏的时候，一同下车的焕章挺身而出，制服了小偷，并把他扭送到派出所。事后才知道，那个中年妇女是江西农业大学的一位副教授，后来她和丈夫特意来到江西师范大学，找到学校领导表示感谢。学校便给焕章发了一张"见义勇为"的奖状和一只热水瓶，以示表扬和奖励。

"有血性，有正义感，难得，难得，值得表扬！"黄涛书记听后，竖起大拇指赞扬说。

他问焕章对工作安排有什么要求。焕章说："一切听从您的安排！"

"那好吧！根据你的专业和特长，就安排你到县委宣传部工作吧！怎么样？"黄涛书记说。

"太好了！做宣传工作我喜欢！谢谢黄书记的关照！"焕章高兴地说。

从城市花园宾馆689号房出来，焕章感到天空是那么的湛蓝，白云是那么的美丽，青春是那么的美好！他难抑心中的激动，脸上挂着兴奋的笑容。"春风得意马蹄疾"，他走路的步子不觉加大，脚步也不觉轻快起来。"亲爱的家乡，我将回来了！古莉莉，我们家乡见！"焕章一腔豪气地在心里说。

回到师大后，焕章立即写了一份申请书，交给系里的领导，说要放弃留校任教的机会，回家乡去工作，为建设家乡贡献自己的力量。

江西师范大学中文系八二级毕业生的分配方案虽然还没有公布，但有消息灵通的同学已经把它透露出来了。全班九十八位同学，分配的去向都很好。其中，有一位同学去了省委办公厅，有一位同学去了省委讲师团，有一位同学去了南昌市公安局，有一位同学去了省邮电局，他们几个算是为数不多、"转行"进入了省和市级行政部门的同学。另有三个同学留校任教，两个同学去了省委党校，两个同学去了江西省行政干部学院，一个同学去了南京陆军指挥学院，一个同学去了江西财经学院，一个同学去了江西中医学院，一个同学去了江西警察学校，一个同学去了江西银行学校，一个同学去了景德镇陶瓷学院。其他同学则大部分去了地市级师范类大中专学校，如南昌师专、宜春师专、上饶师专、赣南师专、吉银师范、宁都师范等等。只有两个同学去了中学，其中一个去了江西师范大学附属中学，另一个去了南昌市第一中学，但这两所学校都是全省乃至全国都赫赫有名的重点中学。

焕章提出申请放弃留校任教的机会、要求回家乡去工作的消息传开后，同学们议论纷纷。有的同学说，留校任教这么好的机会都不要，偏要回到偏远的家乡去工作，太傻了！有的同学说，回到家乡从事行政工作，不用当被人瞧不起的"孩儿王"了，也不错啊！有的同学说，即使从事行政工作，将来可谋个一官半职，但长平毕竟是个穷山恶水的小地方，未必有什么大前途！有的同学说，留在大城市哪怕是当个中学老师，也比在小山城当个小官强！长平那么贫穷落后，有什么盼头啊？焕章是大脑进水了……焕章的好朋友江平也劝他别一时冲动，冷静想想再做决定，趁分配方案还没公布，档案还没寄出，现在撤回申请还来得及。但焕章心意已决，不管同学们怎样议论、规劝，他都不想改变自己的决定。

按照当时大学生的惯例，到了大四的最后一个学期，男女同学间相互爱慕的，这时都会确定恋爱关系，并公开自己的恋情，毕业时好提出申请，分配到同一个地方工作。焕章和莉莉分手后，原先暗恋着他、后来听说他有了恋爱对象后又疏远了他的那几个女同学，又开始对他暗送秋波、亲热殷勤起来，她们几个暗中较量，都希望自己能填补莉莉退出后的空缺。最后，和焕章同一个小组的黄晓晴重新占据了上风。她主动出击，平时不但会在教室、图书馆为焕章预先占好座位，还经常帮他洗衣服、洗被子；家在南昌的她周末回家返校后，还会经常带好东西给他吃；她还经常主动邀请他晚上到学校电影院看电影，俨然成了焕章名正言顺的女朋友。

在学校的分配方案中，晓晴将分配在南昌师专任教。以前，她以为自己的热情温柔、关心体贴能换来焕章对他俩恋爱关系的确定，将来同在一个城市工作，结婚生子，过上美满幸福的生活，可令她意想不到的是，临到毕业分配了，焕章竟然放弃留校任教的大好机会，要离她远去，回到他偏僻、落后的家乡去工作，怎不叫她伤心、失望？

这天晚上，晓晴约焕章到学校的青蓝湖畔散步。月华如水，湖光潋滟，修竹弄影，夜来香飘。在飞阁凉亭里，在如虹小桥旁，在依依垂柳下，随处可见一对对热恋的情侣，他们或低低私语，或浅浅调笑，或激情拥抱，组成了一道道情柔意蜜、浪漫迷人的风景。

“焕章，你跟我说实话，你为什么要放弃留校任教的机会，回家乡去工作呢？”晓晴伤心地问。

“我爱我的家乡，那里有我的生身父母，有养育我的篁乡河！”焕章深情地说。

“我不相信那是你回家乡去工作的全部理由！”晓晴摇头说，“一定还有其他原因！”

焕章沉默了，只听到两人沙沙的脚步声。

“你是否还爱着在你家乡的那个女朋友？”晓晴猜疑地问，两眼盯着他。

“不，我不再爱她！对她，现在我心里只有怨恨！”焕章低沉地说。他抬头仰望了一眼星空，又低头用力呼出一口气，说：“我回家乡去工作，还有一个原因，就是我要亲眼看看她是怎么活的，同时，也证明给她和她的家人看看，我刘焕章不是一个草包！”

“你终于把你回家乡去工作的最重要的原因说出来了！”晓晴恍然大悟似的说，“但你知道吗，你这是在赌气，是任性，是不明智的！”她几乎大声喊了起来。

“我没有赌气！我是经过认真地思考后，冷静做出的选择！”焕章沉静地说。

“你放弃繁华的大都市，到贫穷的山区小县去工作，你不觉得傻吗？”晓晴不可思议地说，“虽然你在那里可以转行不当老师了，但那里偏僻闭塞，经济文化落后，所谓'浅池养不活大鱼'，你注定不会有大的发展的！"

"那不一定！虽然家乡的工作、生活条件差些，但也正好创业啊！正如在一张空白的纸上，能更好地描绘出美丽的图画一样！"焕章自信地说。

"你太天真了，生活不是你笔下的诗歌，没那么多诗情画意！做人要现实一点，大诗人！"晓晴用略含嘲讽的语气说。

"一个人太现实了，未必是好事！"焕章反驳说。

"你……怎么这么不开窍？！……最起码，你也要考虑一下我的感受吧？我这么爱你，难道你无动于衷？难道你一点都不爱我？"晓晴哽咽着说，泪水珍珠般滚落下来。

焕章停下脚步，叹息一声。他拿出一张纸巾，给她拭去眼泪，爱怜地说："对不起，晓晴，我知道你很爱我，我也不能说不爱你，但是……我必须回家乡去工作！再说，我已经写了申请书了！"

"听说系里的领导并不赞成你放弃留校任教的机会，分配方案也还未公布，档案也还没寄出，你现在撤回申请还来得及。你是一个闻名全校的大才子，学校领导爱才，会同意你撤回申请的！"晓晴满含期待地看着他说。

"不，开弓没有回头箭，我不会撤回申请！"焕章坚定地说，"既然决定了，就不想改变了！"

"你这样决定，不但最终会误了你的前途，而且还会深深伤害我的心，就像你以前的那个女朋友伤害你一样！"晓晴低低地哭了起来。

"晓晴，对不起，我真的不想伤害你，请原谅我！"焕章内疚地说，"但她对我的伤害，是无法拿我对你来相比的！不一样！"

停了一会儿，焕章又缓和了语气说："或者这样，你退让一步，跟我一起回长平去工作，好不好？"

"跟你回长平去工作？"晓晴惊讶地问，"即使我愿意，我爸妈也不会同意呀！"她是她爸妈的独生女儿、掌上明珠，他们是绝不会让她离开南昌的家去远走高飞的，更不要说到偏僻落后的山区小县去安家落户了。

"如果这样，我们注定无法结合了，你不能全怪我！"焕章长叹一声说。

俩人一阵沉默。

过了一会儿，晓晴伏在焕章的身上，哭泣着哀求他说："焕章，就算我求求你了，为了我们的爱，为了我们幸福的未来，为了你美好的前程，你就留校任教吧！啊？"

焕章紧搂着晓晴，心里一酸，泪水禁不住掉落在她的脸上，但最后，他还是默默地摇了摇头。

　　见焕章劝说不听，晓晴彻底失望了。她挣开焕章的双臂，恨恨地说："刘焕章，你终有一天会后悔的！"说完，她捂着脸，哭泣着跑走了。

　　"晓晴，我对不起你！"焕章朝晓晴远去的背影大声喊道。他的心一阵绞痛，歉疚的泪水簌簌地从脸颊上滚落下来，在月光下碎成了一朵朵晶莹的星星花……

第七章

一九八六年七月一日晚上，江西师范大学中文系八二级的同学们举行了毕业联欢晚会。晚会的节目丰富多彩，有唱歌、朗诵、舞蹈、相声、小品、游戏、乐器演奏等，此外，还有两个重要项目：同学代表发表毕业感言，在毕业纪念册上互赠留言。晚会气氛热烈、融洽，但又充满不舍和淡淡的离愁。

焕章作为唯一志愿回家乡工作的同学上台发表了毕业感言。他充满感情地说："大学四年，也是我一生中最重要的四年！在这里，我学到了丰富的文化科学知识，建立了合理的知识结构，提升了自己的综合素养，确立了现代的人生理念，这为我今后的人生和事业打下了坚实的基础！在这里，我有幸结识了情同手足的九十七位兄弟姐妹。我永远不会忘记，八五年的夏天我的家乡遭受洪灾时，是你们捐钱捐粮票让我们家渡过了生活的难关；我永远不会忘记，我每写出一篇文章、每发表一首诗歌时，是你们给了我最高的赞扬和最大的鼓励。同学们，正因为有了你们的深情厚谊，才使我拥有了四年最美好的青春时光！青山不老，绿水长流！我将永远感恩、永远怀念我们的大学时代！今后，我一定会在家乡的土地上，好好学习，努力工作，为改变家乡贫穷落后的面貌贡献自己的力量！我一定会向家乡的父老乡亲证明：我们江西师范大学毕业的学生是好样的，我们中文系八二级的学生是好样的！我一定不会给同学们丢脸！"

焕章的激情发言，赢得了同学们的热烈掌声。

表演节目时，焕章唱了一首苏联经典名曲《莫斯科郊外的晚上》。他说，他要把这首歌献给爱他的和他爱的人，说着他深情地看了晓晴一眼，但晓晴却别过脸去，两眼红红的。接着，他便深情地唱了起来：

> 深夜花园里四处静悄悄
>
> 树叶也不再沙沙响

夜色多么好

令人心神往

多么幽静的晚上

小河静静流，微微泛波浪

明月照水面，银晃晃

依稀听得到

有人轻声唱

多么幽静的晚上

我的心上人坐在我身旁

默默看着我不作声

我想对你讲

但又难为情

多少话儿留在心上

长夜快过去，天色蒙蒙亮

衷心祝福你，好姑娘

但愿从今后

你我永不忘

莫斯科郊外的晚上

听着这舒缓、优美、醉人的歌声，一股暖流，一股酸涩，同时涌入晓晴的心房，她紧咬下唇，满脸愁情，眼前呈现一片迷蒙的泪光……

在毕业纪念册上互赠留言的时候，有的同学给焕章写下了这样的留言：

"在家乡美丽的土地上，相信你一定会大有作为！"

这是对他回家乡工作的支持和鼓励。

有的同学为他写下了这样的留言：

"扎根故乡的热土，你一定能写出传世名作！"

这是对他写作的勉励。

有的同学为他写下了这样的留言：

"铁肩担道义，妙手著文章。"

这里引用革命先烈李大钊撰写的名联。前一句是说，焕章有正义感，勇于担当；第二句是说，焕章天资聪颖，诗文写得好。这既是对他的肯定，也是对他的勉励。

有的同学为他写下了这样的留言：

"长平县县长不易当，不如做个教书匠。"

这留言，表达了这位同学对他回家乡工作持反对的意见，同时坦诚地告诫他官场复杂，不像做老师那么单纯，要时时在意，处处小心。

晓晴给他写的留言是：

"爱也悠悠，恨也悠悠，此爱此恨何时休！"

表达了她对焕章爱恨交加、充满幽怨的复杂感情。

…………

晚会的高潮，也是最后一个节目，是跳交谊舞。舞曲是慢三《再见吧，我的爱人》和慢四《今夜星光灿烂》。

焕章邀请晓晴跳舞，她没有拒绝。她知道，也许，这是她一生中最后一次和他亲密接触了。

"晓晴，请原谅我！我会永远记住你的情，记住你的爱的！"跳舞间，焕章温柔而满怀歉疚地对她说，"祝福我吧！好让我大胆地往前走……"

但晓晴默然无语，她的千言万语，都化成了两行簌簌流淌的眼泪……

今夜星光灿烂，焕章一夜无眠。四年大学生活的点点滴滴，仿佛电影镜头般，一幕幕浮现在他的脑海，让他深深追忆，叫他依依怀恋，令他难以割舍。

第二天一早，焕章就起床了，洗漱完毕，便独自一个人在校园里漫步。他走遍了学校的每个地方。他要好好再看一眼自己无比热爱的美丽校园。而他每到一个地方，往事便历历在目，仿佛就发生在昨天：自己在书籍浩如烟海的图书馆看书，自己在窗明几净的教室里听课，自己在香樟林里高声地晨读，自己在地下阅览室安静地写作，自己在青蓝湖畔深沉地思索，自己在运动场上挥汗如雨地跑步……如今，他很快就要告别这里熟悉的一切了，就像即将离开不知何时才能重逢的知心爱人一样，怎不叫他依恋、惆怅？

这一天，他只喝了一点茶水，什么东西也吃不下。

上午和下午，已有各系毕业班的同学提着行李，陆陆续续离校了，话别、拥抱、哭泣、嘱咐……在宿舍楼前，在学校门口，到处可见依依惜别的情景，让人好不伤感。

中文系八二级家在外地的同学由家在南昌的同学们一一送别。

焕章是毕业联欢晚会后的第三天上午离开母校的。也许他是班上唯一一个放弃繁华的大都市、自愿回到偏僻落后的家乡去工作的同学，大家被他的豪言壮举感动了，八个家在南昌的同学一齐来送他，包括深深爱恋他的晓晴。

当焕章走出学校大门时，他不禁驻足回望了一下自己生活了四年、培育了自己四年的母校，眼里噙满了依恋的泪水……

在省城汽车站，同学们把焕章送上开往赣州的长途班车。焕章到达赣州后，将在赣州住一个晚上，第二天再转车到长平，全程需要坐两天的长途班车才能到达长平县城。同学们嘱咐他一路小心，以后多写信联系，如果想他们了，想母校了，就回南昌来看看他们，来看看母校，并祝他日后工作顺利、前程似锦。

"再见！"

"再见！"

他们依依不舍地挥手道别。

焕章的双眼又湿润了，说"再见"时，他的声音竟有一点哽咽。

汽车开出车站时，晓晴不停地朝焕章挥手，泪水早已打湿了她的衣襟……

再见了，亲爱的南昌！

再见了，亲爱的江西师大！

再见了，亲爱的同学们！

再见了，亲爱的晓晴！

焕章在心里深情地、默默地说着。两行滚烫的眼泪，哗啦哗啦地从他的脸上滚落下来。

焕章从省城南昌出发时是早上八点，而到达赣州时已是晚上八点了，足足坐了十二个小时的长途汽车。此时的赣州城里，已是一片灯火辉煌，除一些来往的车辆外，大街两边尽是饭后散步、逛街的人。

赣州别称"虔城"，是江西的南大门，也是江西面积最大、人口和下辖县最多的地级市。它的历史悠久，有二千二百多年的建城史，拥有"国家历史文化名城""千里赣江第一城""江南宋城""客家摇篮""堪舆文化发源地"等美誉，闻名海内外。

焕章的大嫂潘美玲在赣州阀门厂工作，并任厂党支部书记。她和大哥良翊经人介绍相恋多年，却因各种原因很迟才结婚，属晚婚晚育的一类。大哥为解决夫妻长期异地分居的困难，已从云南昆明62军医院，调到赣州军分区362军医院工作了。焕章坐公交车找到军医院家属楼大哥的家里时，已是晚上八点半。他们一家人还没吃饭，桌上摆着丰富的佳肴，正等着焕章回来一起吃。回家前，焕章已打过电话给大哥，告诉他中途将在他家里住一晚，以及长途班车大致到达的时间。

大哥一家共有四口人，除他们夫妻俩外，还有一个帮他们料理家务的老岳母，一个读小学二年级的活泼可爱的独生女儿睿睿。

焕章大学毕业，即将走上工作岗位了，大哥大嫂为此感到非常高兴，他们长期以来为他付出的无数心血，现在终于结成了硕果，他们感到莫大的欣慰。

对于大哥大嫂，焕章充满了无限的敬意和感激。大哥良翊十八岁参军入伍，后来考取了白求恩军医大学，在昆明军区62军医院工作。他响应号召出国支援过老挝的医疗事业，参加过一九七九年的对越自卫反击战。他是他们这个大家庭的主心骨，老家建房子、兄弟娶媳妇、父母的医疗保健，都依靠他。焕章永远记得，自己读小学时，家里生活非常贫困，"三荒四月"青黄不接，一家人就是靠"军属优抚粮"度过饥荒的；他读初中时没钱报名，就是靠"军属优抚金"报的名。特别是他在县重点中学——长平中学读书时，更是依靠大哥大嫂的经济资助和精神鼓励，才顺利地完成高中学业并考上大学。他上大学后，虽然政府解决了大学生的基本生活费用、学杂费用，但他用来购买衣物、纸笔墨等平时零用的钱，还是大哥大嫂按月寄给他的。大哥大嫂的收入并不高，还要资助一大家人。为省下一点钱供他读书，他们的宝贝女儿睿睿读幼儿园时，别人的孩子带牛奶喝，自己的孩子只能带糖水喝……可以说，没有大哥大嫂的全力支持，就没有他焕章的今天！

饭间，大嫂对焕章说："你现在大学毕业了，我和你大哥也可以歇一口气了！以后你在长平工作，离家里近，平时多照顾一下父母。现在当老师的，特别是中小学老师，工资待遇差，你能转行到政府部门工作，比当老师强！希望你以后努力工作，将来在仕途上有点出息，为社会多做贡献，也为你们刘家人争光！"

"大嫂，我一定会记住你的教诲！"焕章说。他发现，步入中年的大嫂，已没有年轻时的靓丽了，生活的操劳，让她的眼角有了些许的皱纹。想到她和大哥为一大家人的辛劳付出，焕章心里既感激又内疚，他想将来要好好报答他们。

大哥说："你刚从大学毕业，没什么工作经验，也没有什么社会经验。官场不比学校，情况比较复杂，你走上工作岗位后，凡事要小心谨慎，三思而后行，要少说话，多做事，做出成绩来！"

乡城往事

"嗯。"焕章点头答应了一声。

大哥高大英俊，性格刚强，人生阅历丰富，做事有魄力，有很强的事业心，永远都是他敬慕和学习的榜样！

大哥又说："我有一位在云南当兵时的战友，叫彭春明，在部队时他是一位'笔杆子'，转业后在长平县委工作，现在是县委办公室副主任。明天一早我给他写一封信，你回去后带给他，我叫他多关照你。他在党政部门工作多年，工作经验和社会经验都很丰富，你要好好听他的指点！"

"我记住了！"焕章点头说。

饭后，焕章又和大哥大嫂聊了一会儿。他问了一下大哥调回赣州后的工作情况。大哥说，赣州军分区是个小军区，362军医院的规模也较小，各方面都比不上昆明62军医院，但为了你大嫂和侄女睿睿，只能自己做出一些牺牲了。焕章又问了一下侄女睿睿的学习情况。大嫂欣喜地说，睿睿的学习成绩很优秀，字也写得特别好——她从幼儿园小班时就开始练毛笔字了，画画也很有天赋，在市少儿书画比赛中还获得过一等奖呢！焕章听后很高兴，喜爱地捏了捏睿睿小巧的鼻子。睿睿淘气地吐了一下舌头，得意地笑了。

焕章还和大哥聊了一下家乡的人事。差不多晚上十点时，他便洗澡睡觉了。今天他坐了一天的车，累了，明天他还要再坐一天的车，回长平去。

赣州地区又称"赣南"，其土地广袤，约四万平方公里，占江西省面积的四分之一。地形以山地、丘陵为主，著名的武夷山、雩山、诸广山及南岭的九连山、大庾岭等山脉及其余脉绵延其境，海拔千米以上的山峰就有四百五十座。从赣州到长平的公路，级别虽然是省道，但绝大部分只不过是一条沙石铺面的黄泥土路，不少地方还坑坑洼洼、凹凸不平。焕章乘坐的长途班车，沿公路在崇山峻岭、林海云雾间缓慢爬行，随处可见飞瀑流泉、飞禽走兽。有的禽兽还不怕车辆，山鸡、鹧鸪、斑鸠在路边旁若无人地觅食，野猪、黄猄、长蛇大摇大摆地横穿公路的情况，不时可以看到。班车一路颠簸，风尘仆仆，三百公里的路程，竟走了十几个小时。从赣州出发时还是旭日东升的早上，到达长平县城时已是暮霭沉沉的傍晚。一趟漫长的旅程，会让人真切地感受到什么是"偏远山区"，什么是"山区小县"。

在长平汽车站，来接焕章的是他在长平中学读高中时的同窗好友李清波。清波身材高大，戴一副近视眼镜，显得稳重文雅，颇有风度。他高中毕业后考入了江西财会学校，学的是会计专业，属两年制中专，毕业后分配在县财政局财会股工作，已工作两年了，焕章就在财政局的单身宿舍里落脚，和他住在一起。

当晚，焕章给黄涛书记打了个电话，告诉他已回到长平。黄涛书记很高兴，欢迎他回到家乡，并告诉他工作报到的程序：先到县教育局报到，再到长平中学报到，然后县委组织部、县劳动人事局会把他的组织关系、人事档案从教育部门调出，最后安排他到县委宣传部上班。黄涛书记解释说，之所以要先到教育局和长平中学报到，是因为上面有规定，师范类院校毕业的大中专学生，一律要对口分配到教育部门，不能直接分配到行政或企业部门，所以只能灵活变通一下，"兜一个圈"，走一下程序。

清波得知焕章不用做"孩子王"，将在县委宣传部工作，很替他高兴，并告诉他说："在县委，一个组织部，一个宣传部，这两个部门是大家公认的培养干部的摇篮，从这两个部门出去的人，最少也是副局级干部，你的将来前程远大啊！老同学，恭喜你！苟富贵，勿相忘啊！哈哈。"

听清波这么说，焕章嘴上虽然说"开什么玩笑，我哪会有这么好的运气"，但在心里还是暗暗高兴。古人云："达则兼济天下。"他觉得自己大干一番事业的机会，现在终于来了！

第二天，焕章拿着大学毕业分配的介绍信，先到县教育局人秘股办手续，再到长平中学报到。

焕章来到母校长平中学，四年不见了，这里的一切他既熟悉又陌生。黄色调的八栋两层校舍，没增没减，布局依旧，只是陈旧了许多；校道两旁的绿化树长得更高、更大了，郁郁葱葱的，有鸟雀在树枝上叽叽喳喳地欢唱；他们毕业时栽下的那几棵枫树苗，也已高过了屋顶，树干有大碗口粗了，像挺拔、英俊的帅小伙了。

因为刚放暑假，除留校值班人员外，校园里几乎见不到什么人。负责办理人事关系的学校办公室主任，恰好是焕章读高一时的数学老师兼班主任陈盛华老师——他提升为办公室主任已有三年的时间了，人到中年的他，两鬓已有了丝丝白发。他对自己昔日的高徒回到母校教书感到十分惊讶，因为长平中学虽然是省重点学校，但这里的老师除老一辈的几个外，年轻教师几乎是清一色的从赣南师范学院毕业的大专生，稀缺的英语老师还个别是吉银师范毕业的中专生，像他这样的自恢复高考后毕业的正宗大学本科生，目前还没有一个。

"焕章，你怎么会分回长平中学工作呢？"陈盛华老师一脸的疑惑，"你完全可以分配到大中专院校教书，起码也可以在大城市的某个重点中学教书呀！"

"陈老师，是我自愿回来的，本来我是可以留校任教的。"焕章解释说。

"留校任教多好！长平这么贫穷落后，你为什么要回来呢？我实在不明白！"

陈盛华老师仍然不解地说。

焕章只好把自愿回家乡工作的原因简单地跟陈盛华老师说了一下，但他没提及和莉莉有关的事。

"原来是这样！能转行到县委宣传部工作，也很不错！"陈盛华老师松了一口气似的说。作为在长平教育一线奋斗了近三十年的老教师，他对当中学老师的酸甜苦辣自然有切身的体会。

"谢谢老师的关心！"焕章真诚地说。

"以后多来坐坐啊！"陈盛华老师热情地说。

"好的。改日我一定来专程拜访您！"焕章说。

握别陈盛华老师，从长平中学出来，不知怎的，焕章心里有一点不是滋味的感觉。

路过长平土产公司的大门口时，他遇见了读高一时的同学谢子飞。那时他和谢子飞同在高一（2）班，并且是同桌。高二时两人分开了，谢子飞读了理科，焕章读了文科。高考时，谢子飞考入了赣南师专数学系，毕业时通过关系，曲线转行到了长平土产公司，已工作一年了。四年不见了，不想在这里不期而遇，两位老同学格外亲热。

"焕章，你现在也毕业了吧？你这位大才子分配到哪里工作啊？"谢子飞关切地问。他知道这位老同学博览群书，学业优异，还发表了不少文学作品。

"我刚去长平中学报到出来。"焕章微笑着说。

"不会吧？你分到长平中学教书了？！"谢子飞瞪大眼睛看着他，脸上是受了惊吓一般的表情。

焕章只好把自己工作分配的来龙去脉，又简单地给谢子飞说了一遍，但同样没提和莉莉有关的事。

"原来是这样！刚才真吓了我一跳呢！"谢子飞释然地说。

"不过，焕章，你能转行到县委宣传部工作，固然是一件好事，但我认为，你为此而放弃留校任教的大好机会，还是不值得！"谢子飞坦率地说，"我去年转行到县土产公司工作时，为自己不用当老师高兴了一阵子，但工作一年后发现，现实并不像自己当初期待的那么美好！长平是个偏僻落后的山区小县，人际关系非常复杂，真所谓'庙小妖风大，池浅王八多'。如果我有你的学历、你的本事的话，决不会回来工作！可惜我只有大专文凭，没有远走高飞的本事。而你，有这个本事却'自投罗网'来了，老同学，我怕你有一天会后悔呀！"

"子飞，谢谢你的肺腑之言！但我人已经回来了，只好既来之，则安之了！"焕章笑笑说。虽然谢子飞的话有点悲观，但焕章心里还是充满了信心。他认为，谢子飞在企业单位工作，而他将在党政部门工作，两人境遇和感受是会不一样的，将来的人生前景当然也会不一样。

"那是，那是。既来之，则安之吧！"谢子飞只好笑笑说。

"几年不见了，中午或者晚上，叫几个老同学来聚聚，为你接风洗尘？"谢子飞热情地说。

"以后吧，现在正忙，等办完手续再说！"焕章说。

"也好！祝你一切顺利！到时再联系！"谢子飞和焕章握手告别，谢子飞要到工商银行去办一点贷款的事。

回到财政局清波的住处，焕章把遇见陈盛华老师和谢子飞同学的事跟清波说了一下，并说了他们对他回长平来工作的反应。清波沉思了一会儿，说："他们对你回长平来工作有那样的反应，也属人之常情。不过，我认为，你回来工作，其实也没什么好怕的！只要你工作努力，干出成绩来，在哪儿都可以做一番事业！"他又以自己为例，说自己在财政局，因为工作扎实、业务精熟，很受领导重视，局长曾私下里跟他说，准备明年提拔他当财会股副股长。

听了好同学的鼓励和支持，焕章甚感安慰，也充满了向上的力量。

下午，焕章窝在清波房间里看书，没有出去，省得在街上遇见熟人，又对自己的毕业分配问这问那，等一切手续都办完后再说。

晚上，焕章到县委大院（这是人们笼统的称呼，准确地说，是县委、人大、纪委三家单位共有的大院）找他大哥的战友彭春明副主任。

长平县委办公大楼坐落在城西镇山路尽头的一座矮山下，是一栋六层高的钢筋水泥大厦。通往办公大楼大门的路，两边呈斜坡状的"八"字形，可以过小车；中间是一级级的水泥台阶，供行人进出。

走进县委办公大楼的大门，里面是一个偌大的院子，彭春明副主任一家四口就住在院子前面第一栋楼房底层最右边的一套房子里。

彭春明副主任四十出头，身材中等，天庭饱满，性格温和；也许是经常熬夜写材料的原因，他过早谢顶了，但整个人看上去精力旺盛、睿智儒雅。他的妻子陈菊香在东门小学教书，儿子彭聪、彭真在东门小学分别读四年级、一年级。他热情地接待了焕章，让座、倒茶、请吃水果，亲切和蔼，没有一点官架子。焕章把大哥良翊的信转交给他，他看后高兴地说："我早就知道有一位江西师大中文系毕业的高才生将分配到宣传部工作，但没想到是我老战友良翊的弟弟——你！"

闲谈中，彭副主任告诉焕章，他是一九六九年和焕章的大哥良翊一起入伍到云南边陲的，之前他是楠桥乡的一位小学老师。他入伍后，因为经常在《解放军报》上发表新闻通讯，加上能写一手漂亮的钢笔、毛笔字，后来他被调到昆明军区某部师政治部工作。后来，为了方便照顾还在家乡的妻儿，已是正营级干部的彭春明提出了转业申请。他转业到长平县委工作后，先在宣传部当秘书，两年后才调到办公室当副主任，到现在他已在县委干了近八个年头了。

"在宣传部，平时大家都做些什么呢？"焕章喝了一口茶问。他想了解一下宣传部的工作。

"简单地说，一是写，写新闻，写总结，写报告，写领导的讲话稿；二是开会，参加各种各样的会议；三是下乡，协助乡、村搞计划生育、催公粮、开展扶贫工作等。"彭副主任微笑着说，"听说你的文笔很好，还发表了不少作品，你在宣传部工作时，要多发挥你笔杆子的特长！"

焕章点了点头。

彭副主任喝了一口水，又点了一支烟，说："焕章，你是我老战友的弟弟，也就是我的弟弟一样，不妨对你说说我的心里话。其实，对于你大学一毕业就到县委宣传部工作，我认为不一定很好。不如你先到下面的文化局或广播电视局工作两年，以后再调到宣传部来工作。因为你刚大学毕业，缺少工作经验，特别是社会经验，先到基层工作去积累这些经验后再上来，对你将来的发展更有好处。以前有过这样的例子，有的年轻人从学校一毕业就来到党政部门工作，但因为缺少工作经验，特别是缺少社会经验，结果给人造成了不好的印象，最后被下放到基层去工作，再也没有被提拔、重用的机会……"

"彭主任，您说的确实很有道理！但假如我一开始就到文化局或广播电视局工作，若干年后却调不上县委宣传部的话怎么办？如果真的那样，现在岂不是失去了一次大好的机会？所以，我想还是先抓住这个机会再说吧。到宣传部工作，人生的起点也就高一些，对将来的发展更有利……"焕章也说出了自己心里的想法。此时的他，和一般的年轻人一样，难免有点好高骛远。

彭副主任很理解焕章的心情，他沉吟了一会儿，说："你说的也有一定道理。确实，世事难料，变幻莫测，将来有很多事情，我们现在都难以把握。不过，你到宣传部后，千万要扎实工作，少说话，多做事！"

"我会的！"焕章点头说。他想起了在赣州时，大哥良翊对自己类似的告诫，心里不禁感到一热。

"我从学校出来，还什么都不懂，彭主任，以后您一定要多多指教我啊！"焕章真诚地说。

"你是个大才子，指教谈不上，以后多来我家里坐坐，互相多交流，共同进步吧！"彭副主任谦和地说。

告别时，焕章看到墙上挂着一幅毛笔书法——"天风海啸"，笔法遒劲，气韵生动，但没有落款。"这是您写的？"焕章问。

彭副主任微笑着点点头。

"好字！好词！"焕章赞叹说。这幅字，一定寄寓了他深刻的思想情感，焕章想。

从彭副主任家出来时，已是晚上十点。天空非常晴朗，没有一丝乌云。那灿烂的星光，犹如万家灯火，和山城的灯光相辉映。山城的夜是那么宁静、透明，没有大都市的喧嚣、浑浊。焕章深吸了一口新鲜空气，如同吸了一口洞天府的仙气一般，顿感浑身清爽舒泰，脚步也感格外轻快，路也仿佛格外宽敞起来……

第八章

几天后，县组织、人事部门便把焕章从长平中学调出，再调入县委宣传部。焕章原先还担心中途会有什么变故，心总像在半空中悬着，有点飘忽不安，这时才完全放了下来。因为要到八月一日才正式上班，还有近二十天的空闲时间，他便决定先回篁乡田背排村丰园里的家里一趟。

焕章回到家里后，父亲母亲、二哥二嫂和两个侄女都非常高兴。焕章毕业后分配到县委宣传部工作，一家人都为他有个大好的前程而欣喜。晚上，父母、哥嫂杀鸡宰鸭，做了一桌丰盛的晚宴以示庆贺，一家人欢声笑语，其乐融融。

饭后，侄女雯雯和晶晶又像以前一样缠着焕章，要他给她们讲一个好听的故事——这是她们最快乐的时光。"好吧，我就给你们讲一个有关我们村西路口那棵大神树的民间传说吧！"焕章爽快地说。这是他小时候从父辈们那里听到的故事。于是，他便娓娓动听地讲了起来：

我们田背排村虽然地处山区，但受篁乡河千百年的冲积影响，地势平坦，土地肥沃，物阜民丰，人口繁盛，是远近闻名的大村庄。村西路口那一棵大枫树，长辈们都说它是一棵神树，见证着村民世世代代繁衍生息、平平安安。大神树不知有多少岁了，从爷爷的爷爷的爷爷小的时候起，它就是现在这个样子了。大神树树冠高几十米，主干根部要六个成年人联手才能合抱，铁臂虬枝，蓊蓊郁郁，犹如一柄擎天巨伞，无论晴天下雨都张开在那里。大神树下竖立着一块花岗岩大石碑，上面刻有篆书"大神树"三个遒劲大字；碑前有一只天然大青石香炉，四季烟雾缭绕，香火不断。

我们田背排村的北面有一座横亘东西的大山脉，叫牛牯岭，山那边也有一个村子，叫石田村。石田村地势凹凸，山多田少。石田村村东路口有一棵大柏树，当地村民说它是他们的保护神——伯公神的化身，便称它为伯公树。伯公树叶茂枝繁，浓荫蔽日；树下也设有神坛，四时香火不绝。

某年某日，两村村民因一事而起争执，久决不下。大神和伯公神都乐于为本地子民谋福，便相约以下棋论输赢、决事端。

第二天早上，东方刚刚露出一点鱼肚白，太阳神还没有驾车巡游天空，大神和伯公神便腾空飞往牛牯岭顶峰，摆开了赛棋阵势。只见大神对着一块巨石，用右掌轻轻一削，轰的一声巨响，石冠飞落山脚，一张宽大的石桌便出现在眼前；大神又用食指唰唰唰在石桌上画了几下，火星溅落，一张棋盘便清晰地出现在石桌上。伯公神也不甘示弱，只见他三个指头一伸，轻轻拈来一块黑白相间的巨石，双手齐下，如捏软泥，眨眼间，一块巨石便变成了黑白分明的棋子，齐刷刷落在棋盘上。两位地方神在棋盘上从早上杀到傍晚，又从傍晚杀到天亮，直杀得天昏地暗，日月无光。最后，大神以仅多一子的战绩险胜，伯公神败下阵来。伯公神恼羞成怒，嗨的一声大叫，朝石桌上猛捶一拳，又一手将棋子扫落在地，咚咚咚大步朝山下走了。至今，牛牯岭顶峰上还有一副巨大的石棋盘，棋盘旁边有一个深深的拳窝，半山腰一块长条形的巨石上有一行朝向山下的深深脚印。据说，这些就是两位神仙当年下棋时留下的遗迹；而那遍布山岭的或黑或白的大圆石，则是他们当年下过的棋子了。

正当我们田背排村的村民们欢天喜地时，有人飞报传信说，两位神仙的赛棋结果无效，二村所争之事将另行定夺。原来，伯公神输棋后心有不甘，便到玉帝面前诬告说，大神下棋时做了手脚，要求宣布赛棋结果无效，用另一种方式来定赢输——两村村民在各自村前的河流里捞一夜建城用的沙子，哪个村子捞的沙子多，哪个村就胜出。玉帝听信了伯公神的话，并依他的意见，降旨给凡间皇帝让其照办。

当晚，我们田背排村的大神亲自坐镇指挥，全村男女老少一齐上阵，火把照亮了村前的篁乡河，篁乡河仿佛成了一条燃烧、翻滚的火龙。第二天早上太阳升起时，河畔上已高高矗立着一座水淋淋、黄灿灿的沙山。

当裁判官鉴定两村沙山的大小时，见我们田背排村的沙山比石田村的沙山大得多，便要宣布我们田背排村获胜。但石田村的村民死活不肯，说目测容易出错，用秤称最准确，沙子重的为赢家。于是，一挑挑过秤，记数，计总。最后，奇怪的事发生了，石田村的沙子竟比我们田背排村的沙子重一千多斤！石田村成了赢家。

原来，伯公神耍了一个诡计，施弄法术连夜将邻县黑河里的黑沙子运来，悄悄掺在石田村的沙堆里，黑沙含铁，比一般的沙子重得多，所以，石田村的沙山虽小但总重量却超过了我们田背排村的沙山。等到后来我们田背排村的大神和村民知道事情的真相时，却为时已晚。大神深感对不起本村的子民，为此大病了一场，竟枯折了一截树枝，整棵树的叶子也凋零了大半。

·············

"想不到我们村西路口的那棵大神树有这么神奇的传说呀！"雯雯惊奇地说。

"这只不过是祖辈流传下来的民间传说。当然，你们也要努力读书，将来为我们村做贡献！"焕章鼓励她们说。

"我们一定会努力读书，将来像叔叔你一样考上大学！"雯雯和晶晶异口同声地说。

"好！叔叔相信你们！"焕章高兴地拍拍她们姐妹俩的小肩膀说。

没过几天，村里的乡亲们都知道了焕章分配到县委宣传部工作的消息。亲友们纷纷前来祝贺，都夸焕章有出息，是出人头地、做大事业的料；又说焕章父母有福气，生了这么一个好儿子。在阵阵赞美声中，焕章的父母连连道谢说："托你们的福！托你们的福！"两位老人乐得合不拢嘴。焕章的二嫂玉翠到村上的分销店买了不少饼干、糖果、瓜子等，热情招待前来祝贺的亲友们。焕章也很受感动，他在心里暗下决心，将来一定不让亲友们失望，干出一番事业来，向古代的政治家、文学家王安石学习，力争在仕途上、文学上都有所建树！

一天下午，焕章抽空找到堂妹小梅，要她到莉莉那里去，请她务必把他寄给莉莉的除书籍以外的照片、情书等物品取回来。

"一定要拿回来？"

"一定！"

既然爱没了，情没了，焕章就不想留下那些藕断丝连的东西。

看到堂哥那么坚持，小梅只好答应了。对堂哥的失恋，她心里有一种负疚感，觉得对不起他，因为堂哥毕竟是通过自己才认识莉莉的，尽管自己是出于美意，而且堂哥也无半点迁怨于她的意思。

当焕章问起莉莉的近况时，小梅告诉他，莉莉和他分手后，经人介绍，她又谈了一个叫柳思贵的男朋友，两人已打得火热。端午节时，柳思贵还按当地的风俗，提着两只大公鸡和一摆烟酒到莉莉家"送节"来了，古家也认可了这位未来的乘龙快婿。焕章问柳思贵是何许人，小梅说，柳思贵原是一个"接班"（当时的政策：父母退休了，儿女可以接父母的班参加工作）出来的小学教师，后来在县进修学校读了两年书，弄了一个中专文凭。他有个亲戚是大权在握的副县级领导，因有这层关系，他先是被借调到县委"整党办"（"整顿党的作风办公室"的简称），一年后又调入了县委组织部。

焕章想：像莉莉那样势利的女子、那样势利的家庭，志在找一个有靠山、有门路、有前程的夫婿，是不足为奇的！但也许莉莉做梦也没想到，我刘焕章会回长平来工作，并且没去当"穷教书的"，竟然分配在县委宣传部工作了！早知今日，古家一定不会反对我们恋爱，莉莉她也不会和我分手吧？想到这里，焕章不觉露出一丝鄙夷的微笑。

第二天上午，堂妹小梅把焕章寄给莉莉的照片、情书、礼物取回来了，还带回了他寄给莉莉的一大捆书籍。小梅告诉焕章，当莉莉听到他回来了并分配在县委宣传部工作时，她站在那里愣了很久，眼睛红红的，似有闪闪的泪光，然后，她一声不响，很不情愿地，一件一件把焕章寄给她的所有照片、情书、礼物和书籍等捆扎好，让她带了回来。

焕章望着昔日寄给莉莉的足有一尺多高的情书，自己也有点吃惊，怎么写了那么多情书！他没要求莉莉把寄给她的书籍退还给他，原意是不想因此而影响了她的自学考试，但此时莉莉把书籍也退了回来，他也并不奇怪，换了他，也会这样做的，照片、情书、礼物等都索回去了，还留下书籍干什么？这一点骨气谁都会有的。

焕章望着这一大堆照片、情书、礼物和书籍，睹物思人，往事又一幕一幕浮现在眼前，心里就像打翻了一只五味瓶，酸、甜、苦、辣、咸，一齐翻涌上来，一股异常复杂的情感，又不禁在他的胸腔激荡……他下意识地拿起送给莉莉的充气小鹿看了看，小鹿的气已泄漏了，皱巴巴的毫无生气，全没了往日的美丽可爱。他又随手抽出一封寄给莉莉的厚厚情书来，想知道当时写了些什么，便心情复杂地看了起来：

亲爱的莉莉：

你好！

真想不到（在你的世界里，或许让我"想不到"的事多得很吧！），你也有那令人兴奋的幽默！但你的第一封中那含笑的诙谐，却使我误入了惊讶的迷宫，差点叫我喊出"上帝"来，并心中祈求他的保佑了。你竟然知道了我小时候的"丑闻"，让我羞惭极了！

看完你的来信，我的心如那静睡了一夜的海洋，当黎明的太阳冉冉升起的时候，那情感的浪花便击碎了理性的冷静，变得沸腾、喧响起来了……啊，多么美丽绚烂、多么生机勃勃的早晨呀！而我的心既然如大海那么壮阔，那汇入她怀抱的任何类型、任何色彩的性格，都将与我的生命融合在一起，并使之汹涌澎湃，发出生命的最大能量！自然、万物的相对性是永恒的真理，而绝对的东西是不存在的，人的性格也如此，它的复杂性和多样性应是它的本质，既然这样，那么在某种意义上，你到底属哪种类型的人，又有什么关系呢？

你的话语，如那山泉的清韵，又如那动人的圣乐，令人心醉！那经久不息的音符，在我青春的时空里飘游、荡漾……世界上最美的花朵是爱情的花朵，人世间最美的甜酒是爱的琼浆，能得到它们的人，也是世界上最幸福、最可引以为豪的人。但爱情是一种严肃的圣物，它不仅有自私的属性，而且有对他人、对下一代负责的社会属性，一切爱者和被爱者，无疑都该认真对待。

莎士比亚说："爱情是一种甜蜜的痛苦。"她是荆棘的花冠、含泪的微笑。真正的爱也许是不平坦的，她可能受到来自各方的冰雹、雷雨，作为组成爱的生命的要素——男女双方，就得经受住严峻的考验。

而在某种意义上，人类的整个爱情的历史，既是一部幸福史和欢乐史，同时也是一部血泪史。它既可以产生像白朗宁夫人那样的天才诗人和马克思那样的思想巨星，但同时也可以造就为爱情决斗而死的普希金和建立开元盛世、后又丢失江山的唐玄宗。古今中外，尤其是风云激荡、社会剧变的今天，形形色色的爱情例子不少。这些，莉莉，你思考过吗？我想，我也相信，你曾思考过，并且知道爱一个人将意味着什么。

现在的少女爱幻想，总把未来想象得如何绚丽，总爱把自己的爱人（恋人）想象得如何尽善尽美，但一旦发现现实生活并不如此时，她就失望了，她的憧憬也如彩色的肥皂泡一样幻灭，"天气"就会由晴变阴，由阴至小雨，由小雨到倾盆雷雨，进而河水泛滥，摧毁田园、村舍，留下一片死寂和荒芜……多可怕啊！

所以，对自己所爱的人，或对爱慕自己的人，我是希望她坚强，并不要有过多的幻想。过多不切实际的幻想，往往会使人失望，变得沮丧、怯懦。上一封信我说过，我有许多优点（如不吸烟、不喝酒、不嗜牌），同时也有许多缺点。这些缺点，也许有许多连自己也不清楚，"当事者迷，旁观者清"，这就需要对方——你，正确对待我的不足了。

作为一个女子，我也认为要有自己的个性，有自己的追求，有自己的生活方式和行为准则。我并不赞成"夫人"的毫无主见、夫唱妇随，而成为丈夫的附属品，只有这样，才能免去那种过分依赖对方，而一旦依赖不成便翻脸的不幸。我想，我们都是受过高等教育、中等教育的人，见过一些世面，也有较高的文化修养和道德修养，对有些问题，我相信都会有所认识的，对不？

当然，就我而言，对自己的弱点和不足，因"自我评判，自我强化，自我完善"是我的指导思想，我相信自己将日益走上成熟，走上强大！

人生确实是严峻的，有时甚至是残酷的！在我们未来的路上，将会有多少不测的霜雪和风暴呢？从相对宁静的校园走上复杂的社会，我们一时或许感受不到它的奇诡魔力，但随着岁月的流逝，总有会为之震撼的时候。我的人生之路并不一帆风顺，在有些事情上已过早体会了人生的艰辛，也正因为这，所以才有了我今日刚强的性格、深沉的气质和敏锐的心灵。我的同学说我思想上过于早熟了，虽不全对，但也不无道理。

也正因为我深深感受到人生的艰辛、社会的复杂，所以愈激起我征服人生、改造社会的欲望和雄心！而要实现这个人生目标，最根本的是要强化自己的力量，用智慧的宝剑去开拓未来；其次是要借助他人的力量，正所谓"君子生非异也，善假于物也"。只要使用了这双重的"武器"，就一定会拥有属于自己的美丽世界。

人的一生是有限的，但知识的海洋是无限的。我们得加紧汲取智慧的养料。今天人生的战争，决不能使用"小米加步枪"，而应使用"火箭炮加导弹"，使用最精密的先进武器，这样才能保存自己、强化自己、发展自己，并对社会、对人类做出有益的贡献！

你是上进心极强的姑娘，我想，时间对你肯定很紧张、很宝贵，对吗？我也一样。在短短的四年大学生活中，我不但要完成几十门的必修课和选修课，为了事业——文学创作的需要，我在进一步巩固和深化美学、哲学、心理学等知识的基础上，还自学了他系或别的大学才有的课程，如社会学、历史学、宗教学、伦理学、民族学等八九门专业课程，还要大量阅读古今中外的文学名著，进行大量的社会工作及创作实践。这是一个长期的、战略性的任务。我相信，我们一定能从奋斗中获得幸福，从汗水中收获硕果！苍天绝不会辜负有心人！"先苦后甜"，也是人生永恒的定律！

是的，我有野心，我希望成为中国的巴尔扎克或托尔斯泰——这可真够扣上"野心家"的高帽了。但我敢说，没有野心的青年不配当现代青年，更不配当新世纪的男子汉！什么是男子汉？在我看来，真正的男子汉应该是学识渊博、才华横溢、有深邃思想和丰富的情感、有坚强的个性和有自己执着追求的人。俗不可耐的小白脸、空有其壳的"活尸"是可悲的。这种观点，我相信能得到大多数现代青年的赞同。

"不想当元帅的士兵不是好士兵。"（拿破仑语）这句话，将是我永远的格言！

············

喏，莉莉，我的世界观、人生观在上封信和这封信中展露无遗。一定有许多不对的地方吧？但我又相信，它们是极现实的。我们双脚既踏着这块光明与阴影交织的土地，为什么不承认它、正视它呢？为什么要去做空中楼阁的幻梦？我的思想也很复杂，它吸取了老子、庄子、孔子、孙子、韩非子等中国古代圣贤的思想，也吸取了柏拉图、爱尔维修、康德、黑格尔乃至现代派哲学家尼采、叔本华、弗洛伊德等外国先哲的思想；从享乐主义到禁欲主义，从实用主义到存在主义，从唯物主义到唯心主义，从辩证法到形而上学……一切人类思想的精粹，都被我批判地吸收。人生既是那么艰难，社会既是那么复杂，那我也将集人类思想精华于一身，去增强自己认识自然、认识社会的能力，发展自己的逻辑和形象思维，建立起自己的"核武库"，去迎接人生和社会的挑战！——我坦直的表白，那对人生、对社会、对事业、对爱情等的如珠倾吐，将如一支炭笔画就我的肖像（我也喜欢绘画和音乐），从中可以感受到我具有怎样一副血肉之躯。以后那心灵的交谈，也只是加工润色而已。我在两封信中讲了这么多，完全是敞开心扉让你看个够，以便使你更好地理解我这个人，更好地开创我们美好的未来。

············

我想，长期以来，你一定为心中的"他"塑造过形象。我不知道，我与"他"究竟有多大的一截距离，但愿不会使你失望，虽然事实上也许会使你失望。

读完你的来信，真使我无限快慰，心中不觉幸福荡漾。"千金易得，知音难求。"我想，我一定将为自己的求得而感万幸于人间。丘比特赐给我的"神矢"绝不会白射的，你说对不？而我，又多么渴望有一双虽然纤细却又有力的手，让我这位行者忘记焦虑、饥渴和孤独，相信旅途中有人在注视我、关心我，时时刻刻与我同在啊！这，也是我希望得到"支持"的真意所在。

你是一位坚强的女子，你可爱的坦率和沁人的风趣使我感动不已。我真的认为，你那欢乐和幸福的种子将会在我青春的生命、生命的青春中开花、结果的！……那么，我又该如何感谢你呢，莉莉？

你的事业就是我的事业。我会伸出虽不强悍但也并不软弱的"温暖的、有生命的手"，使你这位"行者"忘记焦虑、饥渴和孤独，使你相信旅途中有我在注视你、关心你，时时刻刻与你同在……我愿意等你五年，不，甚至十年！爱的价值在于给予，给人以幸福，给人以力量，给人以智慧，而我这位爱的信徒，还能选择别的什么吗？因为我相信丘比特的神矢没有迷途，相信那枚金箭已如愿中的……

让我们携起手来吧，让我们心连心，把生命熔铸在一起，锻造成闪光的利剑、永恒的雷电，一起去开辟、去耕耘、去播种、去收获……

这个世界将属于我们！

祝福你！

爱你的

焕章

一九八五年八月五日子夜

焕章看完这封长长的情书，眼前不禁浮现出那暗香弥漫的晚上，自己激情澎湃、奋笔疾书的情景。他沉思了好一会儿，然后长长地吸了一口气，又长长地呼了出来，似乎要排出心中久积的愁郁。"所有的倾诉与表白，都已变得毫无意义了。"他在心里黯然地说。他重新把厚厚的信笺塞进信封，随手扔回信堆里。

除了把自己的照片留下外，焕章把从莉莉那里索回的所有情书、礼物、书籍等，用一个废弃的化肥塑料袋装好，趁父母亲、二哥二嫂和侄女们不在身边，他提起塑料袋，扛起锄头，往屋后的山岗上走去。

当他登上山顶，站在松树下那块曾和莉莉一起站立、相互依偎过的岩石上时，他极目远眺，神情肃穆。篁乡河依然像一条银光闪闪的玉带，从西北向东南方向逶迤飘去；在两岸碧绿的草地上，依然有成群的水牛、黄牛在悠闲地吃草；一个个小村庄，依然像宝石般散落在平坦、宽阔的河谷盆地上；身后的重重群山，依然波浪般滚滚涌上天涯……景物依旧，人事全非！焕章不觉一阵酸涩，心情又变得复杂、沉重起来。良久，他咬了咬牙，挥起锄头，狠命地在岩石下挖了一个深坑，把沉甸甸的塑料袋，连同往日的悲欢情感，一起埋了下去。

"别了，过去！"他在心里默默地说。

不知何时，漫天飘起了凄迷的细雨，如烟似雾，如泣如诉……

第九章

县委宣传部在县委办公大楼二楼，隔壁的左边是县委办公室，右边是县委统战部；三楼是组织部、农工部、团县委，四楼是机要室、小会议室和物品储藏室，五楼是大会议室。

第一天到部里上班，焕章的心里既激动又忐忑。

"欢迎你这位大学高才生来到我们宣传部工作！我们部里正缺人手呢，早就盼望着你来了！"程冰岩副部长紧握着焕章的手，高兴地说。

宣传部部长调到邻县当副书记去了，正部长的位置还空缺着，目前部里由程副部长主持工作。程副部长四十五六的年纪，一米七的身高，不胖不瘦，精明能干。他有一个特点，就是说话时喜欢眨眼，当然，那是下意识的。

"这位是廖子厚秘书，这位是罗卫国干事，这位是陈祥辉干事，这位是何云龙干事，这位是谢运华干事，这是谢永松干事。连同你和我在内，我们一共有八位同事。"程冰岩副部长一一介绍说。

焕章一一和他们握手。"请各位领导、同事多多关照，多多指导！"他微笑着谦虚地说。

廖子厚秘书热情地给焕章冲了一杯庐山云雾茶，并请他坐下，问了一下他的家乡在哪里，焕章说，在篁乡田背排村。

程冰岩副部长简单介绍了一下宣传部的日常工作和大致分工，然后关心地对焕章说："你刚来部里，先别急着工作。上午你先整理一下办公桌，熟悉一下我们的办公室，然后到机关大院走走，熟悉一下工作环境。下午不用来上班，你把住宿的地方打理好。晚上大家聚一聚，为你接风洗尘。明天你正式上班。"

"谢谢部长的关心！好的。"焕章说。一股暖流从他心里流过。

焕章的办公桌紧挨着廖子厚秘书的办公桌。他用纸巾擦拭了一下自己的桌椅，完后，又给每位领导、同事添了一点茶水。

大家都很忙。程氷岩副部长布置了一下今天的工作任务后,他和廖子厚秘书到县政府招待所陪赣州地委来的宣传部部长去了。陈祥辉干事到文峰乡采访去了,谢运华干事到党校开会去了,谢永松干事到文化局开会去了,罗卫国干事在写新闻报道。何云龙干事本来要下驻舆乡搞扶贫的,因为今晚要为焕章接风洗尘,便打算明天再去了,现在他留在办公室看有关扶贫的文件。

焕章闲着没事,便看了一下部里的资料橱,里面有《中国共产党党史》《宣传工作手册》《怎样做好文秘工作》《长平县文史资料》《长平县志》等书,还堆放着许多会议资料,一叠一叠的红头文件,有些红头文件还盖有"机密"的字样。

报刊架上挂满了报刊(党报党刊为主):《人民日报》《光明日报》《解放军报》《工人日报》《中国青年报》《江西日报》《赣南日报》《参考消息》《求是》《瞭望》《新华文摘》《支部生活》等。

对门的墙上居中挂着一幅由本地著名书法家唐翰林书写的行草——《党的喉舌人民心声》镜框。

每个同事的办公桌上都放着一大沓报刊、文件。整个办公室散发出宣传部特有的文化气息。

熟悉了一下办公室后,焕章便跟何云龙干事和罗卫国干事打了一声招呼,到机关大院熟悉周围的环境去了。

人大和县委同在县委办公大楼办公,以中间的楼梯为分界线,县委在东,人大在西。县委办公大楼的后面,依山而建、呈阶梯状分布着一栋栋房子,有机要房、宿舍楼、食堂、车库,3号楼是县委分管党群的赵世达副书记办公、住宿的地方,5号楼是县委黄涛书记办公、住宿的地方,最上面的那栋房子是县纪委的办公楼,纪委办公楼的旁边是一个标准的篮球场……整个机关大院绿树成荫,鲜花盛开,空气清爽,环境优美。

焕章间或碰见还不熟悉的领导、干部,他们互相微笑着点头致意。

下午,焕章按照程氷岩副部长的指示,没到部里上班,在民政招待所整理自己住的房间。他住在A栋8号房。其实,他也没多少好整理的东西,因为清洁、整理房间的事务大多由服务员完成了。县委、县政府两个机关大院的住房都很紧张,像他这样由政府出房租,长期包住在民政招待所的年轻干部有好几个。负责打理焕章住房的服务员叫袁小凤,刚满十八岁,非常秀气水灵,人也勤快,很招人喜欢。

焕章从街上买回一盆葱翠的文竹,一套雅致的文房四宝,一个简朴的樟木书架,一张"天道酬勤"书法横幅,一盒四件的郑板桥兰竹系列诗画条幅。他把文竹摆放在茶几上,文房四宝和樟木书架摆放在书桌上,书架上放上《中国四大古典名著》《唐诗宋词一千首》《世界著名短篇小说选》《莎士比亚戏剧集》《泰戈尔诗选》《百年孤独》《红与黑》《中国通史》《西方哲学史》《西方绘画史》《辞海》等二十几部他特别喜欢的书，又把"天道酬勤"的书法横幅贴在书架上方的墙壁上。然后，他又请服务员小凤帮忙找来几枚水泥钉和一把小铁锤，在她的协助下，把郑板桥的四张兰竹系列诗画条幅等距离地挂在茶几上方的墙壁上。他喜欢郑板桥画的兰竹，"真意真趣，高雅豪迈"。他也喜欢郑板桥写的诗，"脱尽时俗，秀劲绝伦"。尤其是那首《竹石》诗："咬定青山不放松，立根原在破岩中。千磨万击还坚劲，任尔东西南北风。"他更敬仰郑板桥的人品：旷世独立，清正廉明。经他这么一摆弄，整个房间顿时弥漫着一股清雅的书香气息。

"我们民政招待所，就数你住的8号房最有特色了！"小凤由衷地赞叹说。

"是吗？"焕章好不得意地说，便也自我陶醉地欣赏起来。

小凤在一旁柔美地笑了。

宣传部为焕章接风洗尘的晚宴设在新桥酒楼。佳肴满桌，美酒香醇，气氛欢洽。

程氷岩副部长首先站起来，举起酒杯说："大家举杯，欢迎大学本科的高才生——刘焕章同志学成归来，加入我们宣传部这个队伍！"他又和焕章碰杯说："祝你以后工作顺利，大展宏图！"

"谢谢程部长！谢谢同事们！请大家以后多多关照，多多指导！"焕章真诚地说。

大家碰杯，一饮而尽。

接着，廖子厚秘书又举起酒杯说："焕章大学毕业分配到我们宣传部工作，为我们宣传部输送了新鲜血液，增添了新的活力，为我们部里又多了一位战友和兄弟干杯！"

"谢谢各位兄长！"焕章感动地说。

大家碰杯，又一饮而尽。

廖子厚秘书高大英俊，性格宽厚，为人随和。他是军人出身，退伍前是连部的文书、《解放军报》的特约通讯员，说话和做事仍带有文职军人的痕迹。

席间，程氷岩副部长对焕章说："我们宣传部就像一个家，你进了宣传部，就成了我们家庭中的一员。一家子不说两家子话。你呢，是大学本科的高才生，知识水平高，思想观念新，这方面，我们大家都要向你学习！但话要说回来，你毕竟刚从学校出来，缺乏工作经验和社会经验，这方面，你以后一定要多向同事们学习，尽快、尽早地成熟起来，将来能独当一面地工作。"

"我一定会按照部长您的教诲去做！"焕章感激地说，同时敬了程冰岩副部长一杯酒。

邻座的罗卫国给焕章敬酒，说："焕章，在我们部里的同事中，就你的学历最高，而我们大多数人只有中专文凭，你又是黄涛书记亲自要回来的，将来你一定前途无量，'苟富贵，无相忘'啊！"

"卫国，你千万别这样说，让我承受不起呀！以后你可要多多指导我！"焕章连忙拿起酒杯，回敬他说。

罗卫国恭维的话让焕章有点诚惶诚恐。虽然宣传部的同事们学历普遍都不高，但他们都是从全县各单位挑选出来的笔杆子，个个都是新闻写作的高手，其笔头功夫不容小觑！

其他的同事也一一向焕章敬了酒，焕章也一一回敬了他们，彼此说了一些真心、客气或恭维性的话。大家都吃得尽兴，喝得开心。

到了晚上十点，酒席才散。

焕章已有浓浓的醉意，走路时仿佛踩在棉花堆上，有头重脚轻、身子飘然的感觉。他回到民政招待所的住处时，顾不上洗脸洗脚，倒在床上便呼呼睡着了。

这一晚，他睡得很香、很沉。

焕章才上了几天班，他从江西师范大学毕业后分配在县委宣传部工作的消息，如同一块巨石投在平静的湖面，激起了阵阵浪花，很快传遍了整个山城，不久又传到了乡镇各单位，他一下子成了长平的"新闻人物"。为什么影响会那么大呢？原因有几个：一、焕章是县委黄涛书记亲自从高等院校要回来的高才生，可见此人的才华一定不同凡响；二、上级有关部门规定，师范院校毕业的大中专学生，应分配在教育部门工作，而焕章却分配到了党政部门工作，并且是县委的要害部门——宣传部；三、长平县处在偏僻、落后的山区，科班出身的人才非常匮乏，在党政界，有正宗大学本科学历的人可谓凤毛麟角。因此，焕章无论走到哪里，都能听到一片羡慕、赞美或恭维之声，说他是大学本科的高才生，年轻有为，又被黄涛书记看好，将来一定前途无量。人，或多或少都有一点虚荣心，焕章也不例外。面对众人的羡慕、赞美或恭维，初涉世事的他也确实为此感到自豪和骄傲，甚至心里还有一点飘飘然。但他并没有因此而得意忘形、趾高气昂，而是认真扎实地工作，他要用自己的智慧和汗水，报答领导的重视、他人的尊重和家乡热土的养育之恩。在宣传部，他分管社会宣传工作，跟随着程冰岩副部长的脚步，经常召集县公安局、工商局、教育局、文化局、广播电视局、文联、"五四三"（"五四三"是"五讲四美三热爱"的简称。"五讲"，即讲文明、讲礼貌、讲卫生、讲秩序、讲道德；"四美"，即心灵美、语言美、行为美、环境美；"三热爱"，即热爱共产党、热爱祖国、热爱社会主义）办公室等有关部门的同志，大力开展治理、整顿文化市场工作，查禁黄色、淫秽书刊和影视录像，组织积极健康、丰富多彩的文艺活动，努力扩大党报党刊的征订面和发行量，不辞劳苦地奔走在县属乡镇各单位……

　　时令虽然进入了秋天，但今天却没有往日的凉爽，感觉比较闷热，稍走一段路就会微微出汗，要把外套脱掉。据天气预报，明天会从西伯利亚刮来今年的第一股寒流，气温将会大幅下降，霜冻会提前到来。变冷必先起热，这是天气变化的自然辩证法，怪不得今天有点闷热。

　　因为要负责编一期《宣传工作》，焕章上午先看了一叠有关的文件和资料，把它们以摘要或简讯的形式编辑、排版，再把它们一页一页油印出来，然后一份份装订好，最后派发到各局、室、办，邮寄到各乡、镇、村。这期的简报内容，主要是县委、县政府有关做好秋收工作的宣传、动员，以及相关的几则新闻报道。

　　将要下班时，通讯员小王给焕章送来一封信："大学生，你的挂号信！"谁寄来的呢？那么郑重其事。如果不是重要信件怕有遗失，是不会用挂号的形式邮寄的，可见寄信人的重视。焕章一边猜想着，一边接过挂号信。他看了一下来信的地址，原来是从鹰潭市余江一中寄来的，寄信人写的是洪蓉莺。哦，原来是她，焕章大学毕业前夕在鹰潭市余江一中实习时的语文科代表！他实习结束时，蓉莺要求他一定要告诉她毕业后的分配去向，他回家乡工作前写信告诉了她，所以开学后不久，她就把信寄到这里来了。

　　蓉莺是焕章实习时最喜欢的学生，也是他的得力助手。这时，他并不急于把她的来信拆开，他要把它带回去，中午慢慢欣赏。

　　在民政招待所饭堂吃过午饭，焕章回到房间，冲泡了一杯铁观音，然后拿出蓉莺的来信，找出一把小刀，小心翼翼地把信封割开，再轻轻抽出信笺，慢慢展开，坐在藤椅上细细品赏起来：

　　亲爱的焕章老师：
　　　　您好！
　　　　当您接到这封挂号时，不会感到惊讶吧？

恭喜您分配到了一个好单位——长平县委宣传部，那是一个很多人都羡慕的部门啊！才华横溢的您，一定可以在那里大显身手了！将来老师您高升发达了，可不要忘记我这个学生哦！（笑）

从大学校园走向广阔社会，想必老师您一定体味到了青年人所特有的充满活力的情感吧？尤其是刚走上工作岗位后的那份充满理想的热情。您一定要写信告诉我您的美好感受哦，让我和您一起来分享您的喜悦啊！您所喜爱的文学创作，应该也硕果累累了吧？记得您在实习时跟我说过，无论将来从事什么工作，您都会为文学花一辈子心血！您如果写了什么好的诗歌、散文或者小说，一定要先寄给我欣赏啊，希望我能做您的第一个读者！

老师，我非常想念您！我经常会想起您给我们上课的情景，经常会唱起您教我们唱的那几首动听的歌，经常会想起您亲自辅导我参加朗诵比赛的乐事，经常会忆起您和我们一起打乒乓球、一起看电影的美好时光，特别是我们送你们返校时那令人肝肠寸断的离别场面……老师，每每想起这些，都会让我泪流满面！有时，在上自修课时，我心里总会有那么一段莫名的空白。我行走在校园里时，简直是一种条件反射，我总会有意无意要去寻找一下您的身影。过去在校园里总能看到您，现在就是走遍每个角落，也无处寻见……一切都变了，变成了愁绪！这可恶的愁绪又很能缠人，恰如古人所说："问君能有几多愁？恰似一江春水向东流。"虽然我知道，在现实面前应该理智一些，可是感情上要做到有多难！真是"剪不断，理还乱，是离愁。别是一般滋味在心头"啊！

有时，我真不明白，人既要分离，那当初又何必相识？假如我们不曾相识，哪里会有今天这分离的痛苦？可是，我又庆幸我们的相识，因为您，在学习生活上是我难得的良师，在思想感情上是我的知心朋友。这真应了古人说的"人有悲欢离合，月有阴晴圆缺，此事古难全"啊！现在，我只能拿"海内存知己，天涯若比邻"来安慰自己了！

老师，我们进入高二就分班了。很高兴告诉您，我读了文科！这都是受您的影响啊，您给我讲了那么多读文科的好处，给了我那么多的鞭策和鼓励，我不读文科不行呀！（笑）我现在在文科重点班高二（3）班，原来我们高一（2）班的同学，现在和我同在一个班的还有叶晖雯、王建军、徐小红等几个同学。作为重点班的学生，学习时间自然是很紧张的。我要保住在班里前五名的位置，在如今班风学风都很好的情况下，大家竞争那么激烈，并不是一件容易的事！但我一定要充满信心，发奋努力，因为我背着父母的厚望、兄妹的寄托，还有老师您的期望啊！青春年华，稍纵即逝，我不能浪费光阴，无所作为，不然，我那颗不甘平庸之心只会遗恨终生！我一定要全力拼搏，将来一定要考上大学，而且要像您一样去读中文系，立志去当一位作家！您是文科出身的大学生，一定要多传授一些学习方法和经验给我，好让我变得更加优秀呀！

老师，您知道今天下午我写信时这里的天气怎样吗？天气太好了，秋高气爽！天空太美了，白云朵朵！微风吹拂着柳条，菊花到处飘香！太阳公公虽然劳碌了一天，累得满脸通红，但他老人家还留恋着人间，在百鸟的歌声中，把余晖洒满了大地……

老师，我给您寄来一张照片，照得很丑哦，您可不能笑话我！您也寄一张您参加工作后的照片给我吧，要有您家乡的背景哦，好让我天天看着您！

祝您身体健康、事事如意！

翘盼您的回信！

您永远的科代表
蓉莺
一九八六年九月十三日下午课外活动

（补：回信请不要寄到学校，寄到我爸爸的工作单位——余江县广播电视局办公室再转给我收，因为现在集邮成风，我们学校有个别"文明人"，为收藏邮票会不惜毁掉别人的信件。）

焕章仔细端详着蓉莺的照片，照片是在余江的堤坝上照的，可见那宽阔的江面、来往的轮船。蓉莺身穿一条碎花连衣裙，斜靠在一棵依依的柳树上，手里拿着一条柳枝。

柳，谐音"留"，有挽留、思念的意思。古人送别多用"折柳"表达离人的难舍难分之情。《诗经·采薇》中的"昔我往矣，杨柳依依"，柳永《雨霖铃》中的"今宵酒醒何处？杨柳岸，晓风残月"，就是借"柳"表达了主人公那无尽的不舍、深情的思念和浓郁的忧愁。

看着手中蓉莺的照片，焕章的眼前，不觉浮现出实习时那一个个难忘的镜头来：

实习第一天。高一（2）班班主任严老师给担任实习语文老师兼实习班主任的焕章一一介绍班干部和科代表。"这位是我们班的语文科代表洪蓉莺同学。"严老师说。这是一位清纯秀美的可爱女生。"欢迎实习老师！"蓉莺羞红着脸说。"蓉莺，以后要辛苦你多支持老师的工作哦！"焕章微笑着说。"那是肯定的！"蓉莺嫣然一笑说。

早读课上。全班同学齐声朗读朱自清的散文《荷塘月色》："曲曲折折的荷塘上面，弥望的是田田的叶子。叶子出水很高，像亭亭的舞女的裙……"蓉莺在教室里一边读，一边来回走动，看到有哪个同学偷懒不读，就会去提醒他，听到同学们有读错音的字词，她就会在黑板上把拼音标注出来。

语文课堂上。焕章在讲授《诗经·静女》。他自己先示范地读了一遍，然后叫同学们朗读一遍："静女其姝，俟我于城隅。爱而不见，搔首踟蹰。/静女其娈，贻我彤管。彤管有炜，说怿女美。/自牧归荑，洵美且异。匪女之为美，美人之贻。"接着，他讲解这首诗的思想内容和艺术特色。"老师，我提一个问题，"蓉莺举手站了起来，"为什么古代的女子在爱情上那么大胆、开放，现在的女子却那么胆小、害羞了呢？"同学们一阵哄笑，然后窃窃私语起来。"这个问题提得好！"焕章表扬她说，然后做了对比分析……

作文评讲课。蓉莺在讲台上朗读她的习作范文《有时，我也想对你笑》："我珍藏着一枚天蓝色的纸鹤。有时坐在小窗前，把它放在手心静静地端详。在阳光的照射下，纸鹤发出了淡淡的蓝光，这宛若一个天蓝的梦。梦里，是那段逝去多年的年少故事……"接着，焕章分析了这篇文章的思想情感、语言风格和结构特点，给了很高的评价，号召全班同学向她学习。

班会课后。焕章教同学们唱歌，是一首流行大江南北的台湾歌曲《请跟我来》："我踩着不变的步伐，是为了配合你到来，在慌张迟疑的时候，请跟我来……"教了几遍后，见差不多了，焕章就点了几位同学试唱，蓉莺唱得最好，她感情深沉，音质柔美，听起来别有一番风味。

教师办公室。蓉莺和晖雯两位女同学，一起帮焕章改语文知识竞赛试卷，改完后，一个念分，一个登分，然后帮他填写一、二、三等奖奖状。

课外活动。焕章和几个男生女生在露天乒乓球台打乒乓球。蓉莺不太会发球，焕章手把手教她：先把小球轻轻朝上一抛，然后用球拍猛力斜割一下，把小球快速发向对方，对方措手不及，没接住……他的高超球技，引来不少同学围观。

全校朗诵比赛现场。蓉莺正在舞台上朗诵徐志摩的著名诗篇《再别康桥》："轻轻的我走了/正如我轻轻的来/我轻轻的招手/作别西天的云彩……"她声情并茂的朗诵，恰到好处的肢体语言，赢得了全场观众的热烈掌声。最后，她获得了一等奖，焕章也获得了优秀指导老师奖。

班际篮球比赛现场。高一（2）班和高一（6）班正激烈比赛。蓉莺和同学们一起为自己高一（2）班的队员们呐喊、助威，有的同学嗓子都喊哑了，有的同学便自己出钱买了饮料和矿泉水给大家润喉。最后，高一（2）班以多进一球险胜，获得了冠军！全班同学掌声雷动，有的同学兴奋地把饭盆当锣鼓敲，当当当当当……

周末晚上。蓉莺和住在县城的几个女同学邀请焕章到电影院看电影，是美国的著名影片《罗马假日》。该影片讲述了一位欧洲某公国的公主与一个美国记者之间，在意大利的罗马一天之内发生的浪漫故事。蓉莺就坐在焕章的身边，对电影里面的故事情节，她不时问这问那，焕章一一作答。看完电影后，他们议论着电影里面的男女主人公，沿着江堤，迎着江风，漫步回去。

月台送别。焕章和江西师大中文系八二级余江实习小组的同学们圆满完成了实习任务，就要坐火车返校了。高一年级不少学生，违抗学校"不准送行"的命令，纷纷到火车站欢送实习老师。焕章的学生们送给他不少钢笔、笔记本、手工艺品等纪念品，不少学生流下了依依不舍的眼泪。蓉莺除送给焕章一支英雄牌金笔、一本日记本外，还特意送给他一大束鲜花。"不要忘记我！一定要给我写信啊！"她反复叮嘱说，双眼噙满了泪水。当火车徐徐开动时，她禁不住哭了起来，一边跟着火车跑，一边不停地挥手说"再见"，直到火车开走不见了，她和同学们还站在月台上，久久不愿离去……

当焕章回忆到这里时，他的两眼湿润了……他擦了擦眼睛，长长地呼吸了一口气，似乎要平息内心情感的波涛。他深深地爱他的学生，他的学生也深深地爱他，这种不带丝毫功利的师生之间的纯美情感，让他感到无限的怀念和幸福！

这个中午，焕章没了一点睡意。他拿出蓉莺赠送给他的英雄牌金笔，给她写了一封回信，信的大意是：他很高兴收到她的来信；他也非常想念她和班上的同学们；那一段实习生活，是他一生中最美好的回忆，他会永远珍藏在心里；走上工作岗位是一件很高兴的事，但社会很复杂，并不像学校那么单纯，因而充满了挑战；希望她潜心学习，顽强拼搏，为实现自己的大学梦而奋斗；他给她介绍了自己文科学习的种种经验，同时要她在繁忙的学习之余，一定要注意锻炼和休息；最后，请她代他向同学们问好。写完信后，他把信笺装进一个写有"中共长平县委员会　缄"的信封里，然后出去了。他来到风采照相馆，以东门大桥为背景拍了一张彩照，又付了双倍的价钱，叫摄影师务必在下午五点前把照片洗出来。之后，他又来到新华书店，买了一本《写作手册》，并在第二页的空白处，给蓉莺写了"让文学成为你理想的翅膀"的赠言。

下午他忙完了部里的日常工作，提前半个小时下了班。他到风采照相馆取出照片，然后来到邮电局营业大厅，叫工作人员把信、照片、书籍一起包装好，挂号寄往"鹰潭市余江县广播电视局办公室"转洪蓉莺收。

当焕章做完这一切时，心里忽然感到无限的思念和惆怅。他孤独地走到东门大桥上，双手扶着水泥栏杆，面向着哗哗奔流的长平河，久久地站立在那里。河水清澈、激荡，不时溅起朵朵浪花，这浪花就像泪花一样晶莹。一片青翠的小菜叶子，在颠簸的水面上漂浮着，不一会儿就漂走不见了。焕章凝望着滔滔不息的长平河水，他的心满怀着复杂的愁绪，也随河水漂流到很远、很远……

乡城往事

第十章

一九九六年十一月八日，即农历九月二十八日，是文峰乡长举村举行一年一度的"五显大帝"庙会，为"五显大帝"祝寿、为村民自己祈福的日子。

"五显大帝"庙会在当地已有五百多年的历史了。村民们对待这个庙会的隆重程度，甚至超过了春节，外出的族人大都会赶回来过这个重要节日。解放前，邻近村民流行着这样一则顺口溜：

> 长季人，额塌塌，
> 年年望稳九月二十八。
> 偷得到介，屋卡又煎又辣（na），
> 偷唔到介，火烧火辣。

顺口溜的第一句，是说长举人很穷，穷得"额塌塌"，于是每年指望九月二十八，穷人打帮客，即借此机会打打牙祭。后两句说的是，胆大敢去偷茶籽榨茶油的，九月二十八前，家里又煎辣子又炸粄子；而没偷到茶籽、打不到茶油的人家，锅中油少，煎（或烙）出的粄子便"火烧火辣"。从这则顺口溜里，也可以看出当地村民对待这个传统节日的重视程度。

"五显大帝"是传说中的一个民间福神，原是古代上苍四大精魔之一，后被如来佛祖收服，皈依佛法，玉皇大帝便敕封他"佛中上善五显大帝"称号，让他永镇中界，造福人间。于是，"五显大帝"受到万人朝拜，永享人间香火。

今天一大早，长举村的村民们就到"五显大帝"古庙前杀猪宰鸡，供奉大帝。巳时（九点至十一点），唢呐声喧，鞭炮震耳，村民们抬着"五显大帝"金身出行，巡视全村。"五显大帝"像面容庄重，两眼炯炯有神，头上戴着五彩绒球帽子，身上穿着绣有黄龙的红色长袍，好不威风凛凛！他的金像前面有八面色彩鲜艳的三角旌旗为前导，另有两名村民手持"肃静""回避"的木牌，他的金身后面有几位村民肩扛着"金"字黄旗，手擎长柄扇，后面跟着彩旗队，彩旗队后面跟着舞龙队。十几个身穿黄色衣服的舞龙队员随着鼓点翻滚舞龙，仿佛真龙在空中腾云驾雾一般。"五显大帝"的彩轿每到一处，主人家就燃放鞭炮，摆放供品，为大帝祝寿，并祈求大帝赐福。街道两旁熙熙攘攘，挤满了看热闹的人们。卖水果的，卖甘蔗的，卖糖葫芦的，卖棉花糖的，卖水卖酒的，卖瓜子花生的，卖香火爆竹的……应有尽有，目光所及，一片热闹繁忙的景象。

这天中午，长举村的村民们都期盼家中来客，无论远近亲疏，都好酒好肉款待。来的客人越多，主人便越高兴，意为家中吉星高照、祥瑞显现，来年就越兴旺。要是哪家没有人上门做客，将受到村里人耻笑，说这家人平时不会做人。

和万千群众一起，焕章也观看了这次盛大的庙会，并应邀在一个热情的老乡家里吃了一顿丰盛的午饭。这位老乡姓黄，名祖光，五十岁左右的年纪。饭后饮茶闲聊时，主人兴致勃勃、充满自豪地给焕章讲述了他们的远祖、清朝大将军黄天栋那神奇的传说：

黄天栋，字抢秀，天栋之名是康熙大帝嘉奖他的丰功伟绩时所赐。

传说黄天栋是黑头鲩转世。黑头鲩，长平人读作"乌头弯"，是鲩鱼中的凶猛者。黄天栋的母亲怀他时，足足怀了十二个月，分娩时竟生出一条黑头鲩鱼，这鱼左扭右转，慢慢变成婴儿后，才哇的一声大哭起来。

黄天栋自小性格刚烈，人长得高大结实，他喜欢舞枪弄棒，好滋事生端，不是今日把东家的狗打死了，就是明日把西家的小孩打伤了，每天都有人到黄家来索赔讨说法。父母对他失望至极，但又无可奈何。

有一次，天降大雨，把田垄都冲毁了。黄天栋的父亲叫上小天栋，一起在田头打树桩修田垄。

小天栋扶桩，他父亲挥锤。第一锤稳稳地落在树桩上，刚要砸第二锤时，父亲转念一想，这孩子顽劣难改，不如趁机锤死他，以免遗留后患，祸害他人。

主意已定，父亲便将手里的八斤大锤偏了偏，径直向小天栋的头部砸去，可小天栋愣是跟没事人一般，还抬起头来对父亲说："父亲你第一锤还好好的，怎么第二锤这么不小心竟砸我头上了？"

父亲一愣，马上醒悟过来，尴尬地笑着说："父亲老了，手脚不灵活了，你没事吧？……"

经过这么一次，父母觉得这孩子不一般，就再没有杀死黄天栋的想法了。

黄天栋虽然鲁莽，但也是一个心细之人，他早就觉察到自己不被村里人欢迎，与其被人觉得是个祸害，让父母担心，还不如到外面闯荡一番，施展自己的一身武艺。于是，十六岁那年的秋天，黄天栋拜别父母，踏上了从军之路。

黄天栋从军后，他胆略过人，屡建奇功。清康熙年间，黄天栋随军出征云南平叛。他凭借过人的武艺和缜密的计谋，杀敌无数，逐渐得到提拔，受到皇帝赏识。"三藩之乱"平定后，康熙帝论功行赏，封黄天栋为总兵、镇守大将军，并赐名"天栋"，同时赏赐"黄府家祠"匾一块和两个石狮子，以及许多黄金白银、绫罗绸缎等。

黄天栋的死也充满传奇色彩。有一天，皇帝在朝廷里召见黄天栋，当接见完毕，黄天栋转身离开时，皇帝身边的张天师隐隐看到他身后露出一条鱼尾巴，认为他是妖怪所变，恐他祸害人间，便用手指直指他的背部。

黄天栋回到住处才发现自己被张天师暗算。他的背上长了一个毒疮，几日后便不治身亡。后来，家人把他的灵柩护送回乡。妻子董氏带回了他穿过、用过的袍甲和战马、象笏、制朝板等物，制朝板上刻有"正一品荣禄大夫"字样。他的灵柩安葬在县城东门的沙子头上，后来成了长平著名的古墓之一。

…………

"你们的祖上真是了不起啊！想不到我们长平这个山区小县，在古代竟然走出了这么一个杰出的人物！这不仅是你们长举村黄氏宗族的骄傲，也是我们所有长平人的骄傲啊！"焕章感叹说。

"是啊，我们长举黄氏族人，一提起天栋祖宗，就感到无上的骄傲和自豪！每年的清明节，我们长举的黄氏族人，都会举行盛大的祭祀活动！"黄祖光自豪地说。

"谢谢您的热情款待！"告别时，焕章感激地道谢说。

"欢迎你明年再来！"黄祖光热情地说。

这天，焕章第一次身临其境体验了一回精彩的长平民俗文化，了解了一位杰出先民的人生，他的心情非常舒畅。

这天，也是他参加工作以来最为轻松、愉快的一天！

由于有未婚夫柳思贵的关系，莉莉从旭阳中学调到长平二中任教了。从偏僻的乡下调到县城工作，这是很多人梦寐以求的事。莉莉第一次品尝到了和权贵联姻所带来的好处。

因为宣传部和组织部是上下楼的"邻居"，干部们同用一个楼梯上下班，焕章便经常在楼梯口碰到莉莉到组织部找柳思贵，也常常见到他们在机关大院里亲密地走在一起。本来，他和莉莉的关系已打上了句号，他也想从此把莉莉从心头上抹去，开始新的生活。可莉莉每次碰见焕章时，都夸张地显露她春风得意的表情，或故意向他炫耀她和柳思贵的浓情蜜意。她那搔首弄姿、矫揉造作的风骚劲儿，深深刺激了焕章敏感的神经，使他心里感到很不舒服。也许莉莉告诉柳思贵，她和焕章曾有过恋爱关系，甚至还说过焕章的许多坏话，来"解释"她和焕章分手的"原因"，所以焕章每次和柳思贵相遇，他都发现柳思贵总以一种嘲弄的目光看他，而且满脸的傲气，嘴角常挂一缕胜利者的微笑。这使焕章心里产生了恨意。虽然焕章和莉莉的分手并非因柳思贵横插一杠子，但柳思贵那充满显耀和示威的举止，还是令焕章把他当作情敌，而情敌之间是难以调和的。宣传部和组织部关系密切，两个部的人员常有来往，但焕章和柳思贵之间从未搭过一句腔，彼此心中都存有芥蒂，个中原因只有他们自己心里清楚，他们的同事全然不知。

一次偶然的机会，焕章听说柳思贵和莉莉就要举行婚礼了，想到平日见到他们俩那令人恶心的言行举止，加上因爱生恨的成分，他忽升起想报复报复他们的想法。

这天晚上，焕章由长得高大健壮的老同学李清波陪着，直接到县武装部招待所柳思贵的住处（因县委、县政府两个机关大院的住房紧张，有几个年轻干部由政府出房租，长期包住在县武装部招待所，就像焕章长期包住在民政招待所一样）登门拜访，恰好古莉莉也在那里。他俩见焕章和一个大汉不请自来，感到来者不善，脸色不由得变得灰白，柳思贵的手脚都在微微发抖。但焕章一没打人，二没摔东西，而是轻描淡写地向柳思贵提出"忠告"："古莉莉不是一个对爱情忠贞不渝的好女子，而是一个见异思迁、水性杨花的坏女人。以前她对我爱得死去活来，还和我同床共枕过，但最后还是毫无情义地和我分手了。你不要以为她很爱你，她只不过是爱你的靠山、爱你的地位而已，很难说会不会有那么一天，你会像我一样被她无情地一脚踢开！"

古莉莉在一旁气得浑身发抖，一句话也说不出来。

柳思贵对焕章说他曾和古莉莉"同床共枕过"的话非常敏感，他知道，一个女人是否贞洁对一个男人来说意味着什么。"你说曾和莉莉睡过觉？"柳思贵想再证实一下似的问。

"你说呢？"焕章用嘲笑语气反问道。

"你血口喷人！"古莉莉终于开口说。

"血口喷人的人是你自己！"焕章反唇相讥。

"我会带她到医院检查的，你必须对你今天说过的话负责！"柳思贵颤抖着嗓音说。

"请便！"焕章一副无所谓的表情。但他心里疑惑：难道古莉莉为表示自己的"贞洁"，虽和柳思贵经常住在一起，但没和他发生两性关系吗？也许，那是柳思贵为恐吓人故意说的话吧？管他呢！由他来，我等他！焕章和老同学李清波扬长而去。一想到柳思贵和古莉莉将一夜无眠，焕章不觉有一股报复后的快感。

后来，柳思贵并没有拿医院的什么"证明"给焕章看，表面上，也没找焕章的什么麻烦。但焕章发现，此后他和柳思贵相遇时，再也看不到他那嘲弄人的目光，也不见他那不可一世的傲气和胜利者的微笑了。柳思贵见到焕章时，反显出一副蔫巴巴的表情，就像一只斗败了的公鸡。焕章忽生出一丝怜悯来，他有一点同情他了，觉得自己做得有点过分了，为什么要把自己和古莉莉"同床共枕过"的事告诉他呢？这对他的刺激多大啊！自己简直成了一个心胸狭窄的小人了！焕章为自己平生做的唯一的一次亏心事而后悔了。但覆水难收，说出的话又怎么能收回呢？"人非圣贤，孰能无过？"他只好这样安慰自己了。

柳思贵最终还是和古莉莉结了婚，不久又被提升为组织部干部科科长了。焕章又隐隐感到担心，身为组织部干部科科长的柳思贵，会不会公报私仇，借机暗算他呢？"任他来吧！'是福不是祸，是祸躲不过！'"他坦然地对自己说。他和平时一样，照走他的路，照做他的事，照吃他的饭，照睡他的觉。

第十一章

一九八六年十一月二十三日。天蓝蓝的，天气很温和。

焕章早上起来，做了一会儿广播体操，又读了一会儿《英语常用口语大全》。这是他读大学时就养成的习惯。吃过早饭后，他便赶往宣传部上班。

在部里，他打电话给县征兵领导小组的每个成员，通知他们下午到民政局开会。一九八六年冬季征兵已进行了一个多月，现在已到了收尾阶段。焕章是县征兵领导小组的成员，负责宣传工作，"上传下达"是他的重要任务。

打完电话，他又火速编辑了最后一期《征兵简报》，在油印室把它印刷出来，准备下午发给各有关部门和人员。这天上午就这样在忙碌中过去了。

中午吃过午饭，焕章拿出文房四宝，静心临摹了一会儿王羲之的《兰亭集序》书帖，借之调息一下自己忙乱的心。他非常喜欢王羲之的《兰亭集序》，每当他读到和写到文中的"夫人之相与，俯仰一世，或取诸怀抱，悟言一室之内；或因寄所托，放浪形骸之外。虽趣舍万殊，静躁不同，当其欣于所遇，暂得于己，快然自足，不知老之将至。及其所之既倦，情随事迁，感慨系之矣。向之所欣，俯仰之间，已为陈迹，犹不能不以之兴怀。况修短随化，终期于尽。古人云：'死生亦大矣。'岂不痛哉！"，总是让他回味无穷，深深思索，感叹不已。

练完书法后，焕章小睡了一会儿。

下午，县征兵领导小组的成员在民政局会议室召开了一个短会。会议由县武装部聂忠勇部长主持，会议的主要内容是：善始善终，不出差错，做好征兵的收尾工作；抓紧布置设在影剧院的新兵欢送会场；把最后一期《征兵简报》和晚上的电影票及时发到相关人员手中。会后大家分头行动，完成各自的任务。

新兵们集结在民政招待所，他们这两天的吃住也在这里。招待所的大院里，随处可见穿着新军装的新兵和亲人们依依话别的场面。

县委的通讯员郭小勇今年也应征入伍了，机要室的打字员谢婉莹和他谈恋爱，此时他们也在一棵柳树下依依不舍地话别。

"到了部队，你要注意寒暖，保重身体啊！"谢婉莹关心地说。

"知道，你放心！"郭小勇说。

"你要勤学苦练，积极上进，不要给我们县委机关大院的人丢脸，大家都看着你哪！"谢婉莹鼓励他说。

"我知道。我一定会让你感到自豪的！"郭小勇满怀自信地说。

"要多写信，不要一到部队就忘了我哦……"谢婉莹羞涩地说。

"我每星期写一封信给你！只是，要你等三年，辛苦你了！"郭小勇满怀歉意地说。

"再长的时间我都愿意等！"谢婉莹温柔而坚定地说。

他们见焕章来了，互相拉着的手便不好意思地分开了。

焕章紧握着郭小勇的手说："小郭，穿上军装，显得更英俊、更威武了，怪不得小谢对你那么好、那么依依不舍呢！"说完，哈哈大笑起来。

郭小勇和谢婉莹也腼腆地笑了。

"三年后，你当兵期满、荣归故里时，我等着吃你们的喜糖啊！"焕章拍着郭小勇的肩膀说。

"行！到时肯定忘不了你！"郭小勇高兴地说。

焕章碰见了初中时的同学赖家宝，他也应征入伍了。他正和他的爸爸妈妈依依话别。赖家宝是吃商品粮的，当兵回来后有工作分配，不比那些农村兵，如果在部队没有提干，当兵回来后还是当农民，这也是吃商品粮的子弟，没有考上大学或中专的，只要身体合格，都愿意去当兵的缘故。

"家宝，到部队后好好干，前途无量！"焕章紧握着老同学的手说。

"谢谢老同学！你在县委机关上班，又是大学本科毕业的高才生，将来更是前途无量呀！我当兵回来后，你可要多多关照啊！"家宝真诚地说。

"老同学了，客气话就不多说了，到了部队多来信！"焕章用力握了握他的手说。

焕章又和家宝的爸爸妈妈微笑着点了点头，挥挥手，忙他的事去了。

晚上七点三十分，新兵欢送会在长平影剧院准时举行。在舞台的主席台上方，挂着"热烈欢送我县热血青年光荣入伍"的横幅标语。当六十位新兵戴着大红花列队进入会场时，全场响起了热烈的掌声。新兵们坐在靠近主席台的前几排中间的位置上，左右、后面坐满了来自各乡镇、各单位的干部和群众代表，以及新兵家属、鼓号队和花队的中小学生们。

首先是新兵代表发言，然后是家长代表发言，接着是来接兵的部队干部代表发言，再是县武装部的聂忠勇部长作征兵工作总结报告，最后是邹翰权县长代表县委、县政府讲话。邹县长说：

同志们：

今天，我们在这里隆重举行欢送仪式，热烈欢送今冬应征入伍的新兵奔赴火热的军营，履行保家卫国的神圣使命。首先，我代表县委、县政府和全县人民向所有光荣入伍的新战士表示热烈的祝贺！向关心支持国防建设、积极送子参军的各位家长表示崇高的敬意！向为我县征兵工作付出辛勤汗水的接兵部队的同志们表示亲切的问候！

长平作为革命老区，素有爱国拥军的光荣传统，不论是战争年代，还是和平时期，都为军队输送了大批的优秀人才。今冬征兵工作开展以来，我县根据建设现代化军队的要求，认真贯彻国务院、中央军委的征兵命令，各级党委、政府、相关部门严格把关，精心挑选，为部队征集到了一批政治素质强、文化水平高、身体条件好的优秀青年，为国防和军队的建设注入了新鲜血液，圆满地完成了征集任务。

新兵战士们，你们积极听从祖国召唤，踊跃报名参军，依法履行保卫祖国的神圣使命，不仅展现出了当代热血青年奉献青春、报效祖国的风采，而且也是血性男儿的光荣选择。今年，全县有六十名热血男儿将带着家乡人民的嘱托投身国防、报效祖国，这不仅是自身的光荣，也是全家的光荣，更是全县人民的光荣！

新兵同志们，部队是一所大学校，是维护国家主权、保卫国家安全的钢铁长城，在部队接受考验与锻炼，对于青年人来说将会受益终身！在此，我提几点希望和要求：

首先，希望新战士们坚信自己的选择，要以天下为己任，牢固树立热爱军队、献身国防的思想，经受住得与失、名与利、苦与乐的考验，写好自己的从军史，走好自己的从军路。要时刻牢记自己是长平老区优秀儿女的代表，既要在行动上入伍，也要在思想上入伍，用革命军人的标准，严格要求自己。

其次，希望你们到了部队以后，一是要努力学习政治理论知识，切实提高自身思想品德修养，不断改造世界观、人生观，增强思想政治素质；二是要不断加强军政业务学习，苦练杀敌本领；三是要服从命令，听指挥，尊重领导，团结同志，严守纪律，培养和造就优良的品质和作风。把自己培养成为军事过硬、作风优良的优秀军人，切实担负起维护祖国安全统一的神圣使命，圆满完成党和人民交给的光荣任务。

同时，也请你们相信，县委、县政府会一如既往地关心、照顾军人家属的生活，进一步做好义务兵的优抚安置工作，落实好有关政策，为你们安心服役创造良好条件。

新兵同志们，祖国已经向你们发出召唤，人民军队已敞开胸怀在迎接你们的到来。希望新兵同志们不要辜负县委、县政府及家乡人民的重托，安心服役，不辱使命，争取早日成为一名合格的军人，在部队建功立业，为家乡人民争光，为部队的现代化建设做出自己应有的贡献！

最后，祝新兵同志们在部队不断取得进步，为国防事业建功立业，在新的人生征途上一路平安、一帆风顺！

谢谢大家！

邹县长的讲话赢得了全场人员热烈的掌声。因为讲话稿是焕章写的，此时，焕章更显得激动和自豪。

讲话完毕后，便放《四渡赤水》的彩色电影。电影讲的是一九三五年遵义会议后，毛泽东用兵如神，率领三万中央红军，与围追堵截的国民党军队周旋，四渡湍急的赤水河，摆脱了敌人的战略包围，出奇制胜地打击了敌人，红军从绝境中奋起，踏上了新的征程的故事。看这部战斗影片，对新兵而言，无疑具有思想教育的意义和作用。

看完电影后，大家让道，新兵列队首先离场，花队、鼓号队紧随其后，锣鼓喧天，观者如潮。直至深夜，喧闹声仍久久不息……

这天晚上，焕章一夜没睡好，醒了好几次，因为明天一大早就要送新兵走，唯恐睡过了头。

民政招待所的所有服务员，整晚都在忙碌着，也几乎都没睡好。

第二天早上五点许，新兵们吃过早饭，整装待发了。这时，民政局门口到处都是欢送的人群。

六点整，新兵们准时出发。车头戴着大红花的两辆大客车徐徐前行，随后是步伐整齐的新兵队伍，新兵队伍后面是鼓号队、花队。新兵队伍所到之处，各单位点燃的鞭炮震耳欲聋，星屑横飞。鼓号声、鞭炮声响成一片，空气中弥漫了火药香，整个大地仿佛都震撼了，每个人都心潮澎湃、热血沸腾。

在欢送的人群中，焕章看见郭小勇的女朋友、县委机要室的打字员谢婉莹，她一边向郭小勇不停地挥手，一边不住地擦拭眼泪。在那盈盈的泪水中，一定饱含了她无比的激动和喜悦、无限的爱恋和不舍吧！这对热恋中的同龄人，令焕章不由得心生羡慕。

这天早晨，将永远铭刻在新兵们的记忆里。也许，这是他们军旅生涯中最光荣、最自豪、最美好的时刻了！

一个多月的征兵工作结束了，焕章又开始了宣传部的日常工作。

上午，焕章带着早上的兴奋和疲惫，和谢永松干事一起，又跟随着程氷岩副部长到县委党校开会，和来自全县各乡、村的"整党学习班"的干部们一起，学习中共中央六中全会通过的《中共中央关于社会主义精神文明建设指导方针的决议》（以下简称"《决议》"）。会议由程氷岩副部长主持，他首先强调了在当前形势下学习《决议》的重要性和对我们思想、政治工作所具有的指导意义，要求各位领导干部一定要高度重视、认真学习并贯彻执行，为社会主义精神文明建设做出贡献。接着，由党校校长杨国栋宣读了《决议》文件的具体内容，逐条解析了《决议》的内涵、精神。最后，由党校副校长林汉华谈了学习《决议》后的几点感想。

下午，各乡、村干部分组讨论，要求大家联系实际，发表自己的看法。宣传部的领导、干部，党校的正、副校长和老师，分派到各个小组参加讨论。焕章参加了来自篁乡的乡、村干部组的讨论。因为都是同乡，讨论时气氛比较宽松，大家也能畅所欲言。

"当前，我们国家进入了改革开放的高潮期，经济建设已大踏步前进了，但资本主义和封建主义的腐朽思想也有所抬头，甚至有蔓延之势，所以党中央提出要物质文明和精神文明一起抓，要从领导干部做起，大力开展整党活动。"焕章首先带头发言说。

"确实，现在大家的生活水平都提高了很多，开砖厂、做生意的老板也不少，但社会风气却不如以前纯正了。"王德宣副乡长说。

"圩上的街头，到处都有宣扬色情、暴力的书报卖，露着双乳、翘起肥臀、滴着鲜血的图片随处可见，使得现在的青少年很多都不学好了。"沁园村的古俊学支书说。

"卖淫、嫖娼的现象也很严重，发廊、旅馆里有不少暗娼，一到傍晚就搔首弄姿、忸怩作态勾引人，良家妇女对这意见很大！"大仙背村的汪定康村长说。

"聚众赌博的现象也很严重，信神信鬼的人也多了！"田背排村的刘宏连村长说。

"以前，上面也多次抓过、整顿过，但每次风头一过，它们又死灰复燃了！"篁乡的李宇辉副书记说。

"关键是各级领导干部要以身作则，特别是一把手，不然，上梁不正下梁歪，老百姓自然也不会学好。特别是要砍掉那些'保护伞'，那些卖淫、嫖娼、赌博的现象，才能从根本上消除！否则，只能治标不治本。"河角村的谢智炎书记说。

"所以，党中央要搞整党活动，首先在省、部级领导中开展，然后在地、县级领导中开展，最后在我们乡、村级领导干部中开展。"焕章说。

"希望这次整党活动不要走过场！"香山村的赖四海村长说。他的话，表达了基层干部的心声。

"我们一定要相信党中央！这次整党活动是动真格的！通过这次整党活动，我们党的队伍一定会更加纯洁，社会风气也一定会大为好转！"焕章最后说。

全县乡、村"整党学习班"结束后，由县委宣传部牵头，组织县公安、工商、文化、教育、广播电视等有关部门，在全县范围内进行了一次查禁黄色影视录像、书刊，打击赌博、迷信和卖淫嫖娼的活动，使全县的社会风气得到了一次净化。焕章是这次活动的具体组织者和执行者之一。

因为焕章的老家在篁乡，在县城也没什么亲戚，平时有空，他只能找在长平中学读书时的同窗好友玩。这段时间因为工作比较繁忙，他好长时间都没到老同学那里走走了。今天难得有那么一点空闲，下午下班后，他便走出县委大楼，走下八字斜坡路，到附近的文峰乡政府找老同学曾孝友去了。

和老同学李清波一样，孝友也是焕章在长平中学读书时非常要好的高中同学。那时候，焕章家里生活比较艰苦，而孝友家里生活比较宽裕，因为他爸爸人很勤快，有经济头脑，平时会磨豆腐卖（豆腐渣就用来喂猪），还开了个副食店，又会做木材生意，所以生活条件要好很多。正因为这样，焕章受过孝友不少接济：他平时没饭菜票了，孝友会接济他；他没钱买学习资料了，孝友会为他多买一份；他天冷不够衣服穿时，孝友会把自己的毛衣或棉衣借给他穿；他因为没有垫被，冬天睡觉时床板太冷，孝友就送给他一条毛毯垫床——这条毛毯后来还被焕章带到大学，又温暖了他四年的大学生活。

焕章还清楚地记得，有一次他走路回篁乡家里拿钱粮，孝友陪他。两个人早饭后从学校出发，途经下田背、冈上、佛子哥崇、大河唇、鹅子湖、新村、岭阳、大坝上、白沙坪、葛藤坳……一路翻山越岭，蹚溪过河。特别是经过大坝上时，四周古木参天，枯藤缠绕，阴气森森，非常吓人。以前听老人们说过，解放前这里经常有土匪出没，他们杀人越货，奸淫妇女，无恶不作。一想到这个，焕章就心惊肉跳，毛骨悚然……走了近百里的山路村道，直到下午四点多钟，他们才疲惫不堪地到达田背排村的家里。即使多年后的今天，回想起这次步行回家的经历，焕章仍然有点后怕。

孝友的家乡在文峰乡图合村，长平历史文化名人邱上峰就是他村里人。邱上峰是清雍正时甲辰科（1724年）进士，曾任直隶省清丰县知县。在位期间，他抑豪强，革陋规，清廉爱民，勤于政事，颇有政绩。后来，他横遭权贵弹劾，深感官场险恶，遂辞官返乡，以诗文自娱，著有《簵村诗集》《簵村文集》。他对长平的山水、宝塔、寺庙均有诗赞，其诗韵律和谐，意境深远，脍炙人口。对这位乡邑先贤，焕章心里充满了无限的敬意。

图合村离长平中学不远，焕章随孝友去过好几次他家里，而每次去他家里，他的父母都会杀鸡宰鸭招待他，令他非常感动。孝友可说是焕章的患难之交，两人情同手足，这深厚的感情一直保持到现在，而且还将永远保持下去。

有一点遗憾的是，高考时，孝友落榜了。他回校复读了一年，但因为数学、英语成绩不够好，第二次高考时，他又差几分没考上。后来，文峰乡招考计生干部，他以第一名的成绩被录取了，成了一名计生专干。由于他工作出色，现在他提升为乡计生办主任了，也算有了一个比较好的归宿，这在高考落榜的同学中，也算是很有运气的一个了！

文峰乡政府离县委很近，就在县委大楼左侧不到一百米远的地方。焕章熟门熟路，很快就在孝友房间里找到了他。

"焕章来了？请坐，喝茶。"孝友给焕章倒了一杯热茶，友好地责怪说，"那么久了，也不过来坐坐！"

"最近事情多，比较忙！"焕章接过茶杯，充满歉意地说。

"就在这里吃饭了，我出去买点熟食。"孝友说。差不多到吃晚饭的时间了。

"好的。"焕章说。因为是挚友，他也就不客套了。

孝友来到附近菜市场上的一家熟食店，买了一盘酸菜扣肉，买了半只酸辣鸭，买了一斤粉煎小河鱼，买了一斤油炸花生米，又到小卖部买了两瓶啤酒，很快就回来了。接着，他又到食堂多打了一份饭菜，连同他自己的那份，一起端回房间来。食堂里的菜是香菇炖排骨，飘散出一股特别的清香。他把茶桌移到中间，权当饭桌，把饭菜摆放停当。

"就我们两个？买那么多菜怎么吃啊！"焕章惊讶地说。

"别急，我会找两个靓妹陪你吃！"孝友笑着说。

不一会儿，他就叫来了两个姑娘，一个是他的同事，计生干部小杨，另一个是乡里的电话接线员小孙。因为乡政府食堂是人头饭，她们就把自己的那份饭菜也带来了。

小杨中等个头，身材丰满，性格温厚；小孙身段颀长，面容姣好，热情开朗。

"来，互相认识一下！"孝友就一一做了介绍。

"宣传部的大学生呀，将来的大干部哦，以后要多关照啊！"小孙高兴地恭维说。

"是啊！是啊！"小杨高兴地附和道。

"哪里哪里，要你们关照我才是！"焕章嘴上虽然谦虚地说，但他小小的虚荣心还是得到了满足。

敬酒，祝福，恭维，边吃边喝，边喝边聊……不再赘述。

吃完饭后，孝友提议娱乐一下，打扑克牌，刚好四个人，男女搭配打对家，所谓"男女搭配，干活不累"是也。小孙建议到她房间里去打，因为她是电话接线员，晚上也要值班，不能离开太久。大家就同意了。

小孙的房间在二楼，是一进两间的套房，外间是接线的机房，里面是她的卧室。打牌就在机房，如果有电话，才方便接线，不过晚上一般很少有电话。

焕章和小孙对家，孝友和小杨对家。两副扑克牌，打"五十K"。这种打法，最过瘾的是为了抢分，双方可以互扔"炸弹"，争夺激烈时，彼此简直就是"狂轰滥炸"，就看谁的"炸弹"多，谁的"炸弹"厉害，好不痛快！每一局以得分多少定赢输，输家要钻桌脚，并在鼻子或下巴贴一张白纸条，赢家则在一旁拍手大笑，好不开心！不过，一晚下来，大家都钻了不少桌脚，都贴了一鼻子、一下巴的白纸条，彼此相视，觉得滑稽，便又不禁哈哈大笑起来。

打牌在晚上十点钟结束。

焕章随孝友回到他的房间里，两位知心朋友又亲密地闲聊了一会儿。

"小孙这姑娘蛮可爱的，不知她谈了对象没有？"焕章问。他有一点喜欢她。从今晚她不时对他暗送秋波来看，她对他也是挺有好感的。

"好像还没有。她在恋爱方面也挺尴尬的，虽说有一份工作，但只是一个合同工，又是吃农村粮的，这在婚恋问题上就会让她高不成、低不就。"孝友说。

"哦，这样啊！"焕章有点遗憾地说。如果小孙不是像孝友说的这种情况，他也许会去追求她的。

"我觉得，你和她倒挺般配的，又同在乡政府上班。"焕章说。孝友虽是乡计生办主任，但目前还是农村户口，属乡政府的"八大员"（所谓"八大员"，是指乡镇政府根据事业发展需要，聘用的部分事业单位性质的临时人员，大体上有农民技术员或水利技术员、动物防疫员、林业员、计划生育管理员、公共卫生员、国土资源和规划建设环保协管员、文化协管员、社会治安综合治理协管员，统称为乡镇"八大员"。"八大员"不是正式职工，工资不高，而且基本上都是农村户口）编制。

"她的眼界高，不一定看得上我。再说，我已经谈了一个了！"孝友坦诚地说。

"你有女朋友了？怎么没告诉我？"焕章有点惊讶地说。

"才谈了不久。再说你又那么忙，很少到我这里，我怎么告诉你呢？"孝友说。

"她是谁？我认得吗？"焕章问。

"你应该认识，就是县总工会大楼下面开布店兼做裁缝的小翠。"孝友说。

"哦，是她！"焕章恍然大悟似的说。焕章上下班都要从她的店门前走过，当然认识她。小翠人长得还不错，个子高高的，苗苗条条，皮肤白皙，就是两侧的鼻翼有点塌，不然，也算是比较完美的人儿了。她虽然比不上有工作、吃商品粮的那些姑娘，但她有自己的店面，又会缝衣服的手艺，也算是比上不足、比下有余吧。

焕章博览群书，知识面广，他认为，两侧鼻翼坍塌的人，往往不太好说话，将来的财运也不是很好。作为孝友的知心朋友，焕章不能不提醒他他女朋友可能有的一些缺陷。

"目前看不出她有这方面的问题，以后就不知道了。"孝友听了后说，"姻缘命注定，走到哪步算哪步吧！"

焕章默然。他知道，情人眼里出西施，恋爱中的人，彼此都把自己最好的一面呈现给对方，是很难发现对方的缺陷的，就算发现了对方的一些缺陷，也会因为爱屋及乌，往往不会在意它们的存在。即使焕章自己，如果在热恋中，也不敢保证就一定能保持清醒的头脑。所谓"当局者迷，旁观者清"，这话也可以用到婚恋方面。再说，要找一个各方面都满意的对象，也并不是一件容易的事。想到这里，焕章还是真诚地祝福自己的好朋友，并说："结婚的时候，一定要请我喝酒啊！"

"那还用说！"孝友笑着说。

两位好朋友又聊了一下彼此的工作。

"唉，上面对计生工作抓得很死！哪怕是单方有工作单位或吃商品粮的，一对夫妻也只能生一个；如果双方都是农村户口的，就只能生两个，而且第二胎必须是在第一胎的五年以后才能生。有工作单位或吃商品粮的人比较好控制，但对农村的老百姓就比较难办了，他们重男轻女的思想又很严重，如果没有生到儿子，他们总会千方百计地逃避计划生育。搞计生工作往往得罪人，计生工作也是目前乡下所有基层工作中最难搞、最令人头痛的工作！"孝友叹息一声说。

"计划生育既然是国家的基本国策，又有什么办法呢？只能坚决去执行了。"焕章无奈地说。他只能对好朋友的难处深表同情了。

"唉，我的工作在表面上看起来很风光，说是前途无量，但也暗藏着不少危机！这不是工作本身不会做、不好做，而是自己刚从大学校园出来，缺少足够的社会经验和人生经验，而人们往往又因为你是大学本科生而对你高要求，稍不小心就会被人抓住把柄，被人说三道四！"焕章叹息一声说。

"是啊，县委是长平的首脑机关，里面进进出出的，什么官都有，什么人都有。官场很复杂，你初出茅庐，经验不足，千万要小心谨慎！"孝友关切地提醒说。

两人又聊了一些别的。到晚上十一点时，因为明天都还要上班，焕章便告辞了。

焕章走出文峰乡政府的大门时，只见县委大楼门前的华灯仍然那么明亮，而大街上的行人却已经很少了。他下意识地仰头看了一下天空，只见黑蒙蒙的一片，看不到几点星光。一阵冷风吹了过来，他不禁打了一个寒噤。他赶紧扣好衣扣，拉了拉衣领，甩着两手，大踏步回去了。

第十二章

时令到了冬天，进入了农闲季节，结婚办喜事的就多了起来。县委宣传部为了在全县推行移风易俗活动，提倡婚事新办，反对包办、买卖婚姻，今天上午要在长平影剧院举办一个隆重的集体婚礼仪式。

一吃过早饭，焕章就前往影剧院，指挥工作人员布置会场。彩旗、彩带、彩球、鲜花、标语，渲染了喜庆气氛。舞台正中靠墙的白色帷幕上，一个大大的剪纸"囍"字，格外鲜红、瞩目。领导席上、新人席上，红布桌上放着一盘盘喜糖、花生、红枣、莲子等寓意吉祥的食物。八千响红皮鞭炮也准备好了，高高地挂在舞台两旁。

参加集体婚礼的有十五对新人，他们是来自各个单位、各个行业的新人代表。新人们穿着新婚礼服，新郎潇洒英俊，新娘漂亮婀娜。

婚礼在上午十点准时举行，在庄严神圣的国歌声中拉开序幕。随后，新人们面带幸福的笑容，缓步穿过鲜红的地毯，登上了舞台中央，在主婚人的祝福中，现场互换信物，共同许下了爱的诺言。然后，少先队员给每对新人献花。接着，程氷岩副部长为新人们致辞。

在致辞中，程氷岩副部长为新人们送上了真诚的祝福，希望新人们不但要成为新时代合格的公民，更要成为合格的丈夫和妻子，用勤劳、智慧的双手，共建幸福、美满的家园。

接下来是新婚夫妇代表讲话。再是县采茶剧团表演《回娘家》：一个打伞的俊男，一个背"婴儿"的靓女，两人配合默契，边演边唱，妙趣横生。他们的精彩表演，赢得了观众热烈的掌声。

最后，领导们上台给每位新人赠送纪念品，和新人们一起合影留念；钢琴曲《梦中的婚礼》奏响，优美动人的旋律灌满全场；鞭炮炸响，星屑纷飞，烟雾弥漫，硝香四溢……

中午，县委、县政府在县政府招待所设宴招待了这十五对新人，还有组织举办这次结婚典礼的相关工作人员。焕章发现，在工作人员的酒桌席上，多了好几个不是结婚典礼的工作人员，原来他们是啥也没干，在结婚典礼上甚至连面都没露一下，现在却来混吃混喝的一些领导干部！

这天下午，县委宣传部的同事们正各自忙着，忽然，办公室的电话机"铃铃铃"响了起来。廖子厚秘书拿起话筒："喂，你好！找哪位？……焕章，你的电话。"

焕章从座位上站起来，连忙去接电话。"喂，你好！……哦，是二哥啊，有什么事吗？"电话是焕章在筐乡的二哥新营打来的，他在电话里说，他想在家里扩大种养规模，再种一百棵橘子树，再养一百只饲料鸡，因此，他叫焕章想想办法，帮他贷一笔款，作投资用。

"好吧，我尽可能想想办法！"焕章说。他放下话筒，回到自己的座位。二哥想振兴家庭经济，作为已参加工作的弟弟，理应全力帮忙。而且自己家的房子就建在半山坡上，场地非常好，很适合搞种养，他很赞成扩大种养规模。但贷款并不是一件容易的事，一般的人很难贷到。找谁帮忙呢？焕章在脑子里搜索着。忽然，他想起了负责政工的县农业银行邝承祥副行长，他们经常在一起开会，彼此很熟。于是，他马上给邝副行长打了一个电话。

"贷款的事虽然难办，但既然是宣传部的领导相求了，我怎么好意思不帮忙呢？"邝副行长听了焕章说的情况后，在电话里一边开玩笑，一边认真地说，"如果你现在有空，就到农行来找我吧！"

"好的！谢谢！我马上过来找你！"焕章忙不迭地说。没想到邝副行长这么爽快就答应帮忙了，他真有点喜出望外。

焕章一放下话筒，就和同事们打了一声招呼，走出了宣传部，走出了县委大楼，到县农业银行去了。他还没钱买自行车，只能步行过去，大概需要半个小时。

县农业银行坐落在县城边沿的清水山下，青山绿树，鸟语花香，空气清新，环境优美。在长平县城，很少有单位环境那么优越的。

焕章在"副行长办公室"找到了邝副行长。两人喝了一壶热茶，亲热地聊了一会儿后，邝副行长就亲自带焕章去营业厅办理了各种贷款手续，前后不到一个小时。

焕章这次贷了200块钱，是以他的工资做担保的，贷款月息是8厘。邝副行长说，这是扶持种养的最低息的贷款，如果是其他种类的贷款，贷款月息是1.6分，足足多了1倍！焕章听后，自然感激不尽。

焕章和邝副行长握手告别后，大步走出营业大厅。他刚走出县农业银行的大门，迎面走来一个似曾相识的身影，仔细一看，原来是两年不见的汪春花。

"春花，原来是你呀！"焕章惊喜地迎了上去。

"焕章，这么巧，在这里碰见你！"春花也惊喜地说。

"两年不见了！你怎么会在这里？你不是在安远工作吗？"焕章疑惑地问。

"去年我调回来了，就在县农业银行上班！"春花高兴地说。

"调回来了？太好了！你也不写信告诉我！"焕章说。

"是你自己不给我写信了！再说，你现在不是知道了吗？"春花笑着说。

"刚才你去哪儿来？"焕章脸上有点发热，转过话题问。

"我到邮电局寄了一件包裹。"春花说，"你呢？"

"我找邝承祥副行长为我二哥贷了一点款。"焕章说。

"我就住在农业银行后面的家属房。马上就到下班的时间了，你就别走了，晚上在我家吃饭吧！两年不见了，叙叙旧！"春花热情地说。

"你……结婚了？"焕章疑惑地问。

"是的，去年元旦结婚的。"春花有点不好意思地说，脸颊飞上了两朵红晕。

"哦……这么快！"焕章有点不自然地说。

"走吧，到我家里去！"她满含期待地说。

焕章看了一下手表，已五点半了。"好吧！"他说。他也想看看她的新家。"但我空着两手啊！"他不好意思地说。

"要什么东西！人来了就高兴！"春花真诚地说。

从县农业银行大楼的侧门进去，就是农行的家属房。里面是一个四合大院，房子是两层楼的砖瓦房。春花的房子有两间：楼下一间，是厨房兼客厅；楼上一间，是书房兼卧室。这对结婚不久的年轻夫妇来说，住房条件是非常不错的了，这也与银行是一个有钱的单位有关。

春花给焕章泡了一杯乌龙茶，又从食品柜里拿出花生、瓜子、糖果，热情招呼焕章吃，然后说："我到单位传达室给小陈打一个电话，叫他下班时带一点菜回来。"她说的小陈就是她的老公，名叫陈安民，在县公安局工作。

春花出去后，焕章一边喝茶吃零食，一边回忆起和她相识的前后经过来。

焕章刚考上大学的那年暑假，他到沁园村去找同时也考上了大学的县中同学古发勤玩。路途碰到一个长得很清秀、散发出书香气息的姑娘，她竟主动地向他点头

乡城往事

致意，两人便很有缘地聊了起来。原来，她也是长平中学毕业的，去年参加高考，考取了江西银行学校，下学期读二年级。焕章告诉她，他刚考取了江西师范学院中文系，说以后两人同在省城读书，又是老乡，要多来往。暑假结束后，焕章回到大学，便主动给她写信，两人开始了书信来往，信中谈一些学习、生活方面的事，相互勉励珍惜时间，发奋学习，注意身体。她非常欣赏焕章的文学才华，鼓励他好好努力，将来成为一位大诗人、大作家。焕章还邀请她来过自己的大学，她也邀请他去过她的学校，两人一起吃饭、散步、谈心。两人还相约一起去了梅岭风景区赏梅、游玩，很是快乐。寒假时，她还专程来焕章的大学，给他洗过被子、蚊帐。焕章读大二时，她从江西银行学校毕业了，因为该校是两年制中专，而且她先他一年读书。出乎意料的是，毕业分配时她没有分回家乡长平，而是分到一个很偏僻的小山乡——安远县农业银行下面的一个乡下营业所，为此，她非常悲观、痛苦。缺少年轻伙伴，文化生活贫乏，让她度日如年。为帮她度过这艰难的时刻，焕章经常写信鼓励她，还给她寄了不少书籍、报刊，以丰富她的文化生活和精神世界。焕章读大三时，他想确定他俩的恋爱关系，便在一封信里明确表达了这层意思，但她却回信告诉他，她已有男朋友了，在长平公安局工作，她希望他俩的情谊不要因此而受到影响。她还告诉他，她男朋友准备考电大法律系，请他帮忙买几本法律书。焕章收到信后非常失望，也非常痛苦。他猜想她的男朋友一定是江西警察学校毕业的，他们在南昌读书时就应该认识了。焕章冷静地推想了一下她最终没有接受自己的原因：她已毕业工作了，自己却要三年后才毕业；自己的学历那么高，不太可能分回长平工作；她想调回长平去工作，自己未必有能力帮她办到；而她现在的男朋友，恰恰没有这些问题。想到这些，焕章便理解了她的最终选择，心里虽然痛苦，但没有怨恨。于是，他给她回信时，表达了对她的真诚祝福，同时给她寄去了她男朋友所需要的法律书。不过焕章想到，既然她有了男朋友，两人再这样亲密地通信下去已不太合适，渐渐地，便少了书信来往。当他和莉莉开始谈恋爱后，两人就没有通信了……虽然这样，焕章还是非常怀念这段美好的感情，并且他一直把它珍藏在心灵深处，他相信春花也一定和他一样。

不一会儿，春花回来了。"小陈很快就下班回来了。"她说。

"小陈在县公安局哪个部门？"焕章问。

"在刑侦队。"春花说。

"他在那里工作，还好吧？"焕章问。

"待遇还不错，就是有点辛苦，工作时间没有规律，如果有什么案子发生，半夜三更都要出发。不过时间长了，我也习惯了！"春花淡淡地笑着说。

"他的电大法律专业读完了没有？"焕章问。

"你还记得他读电大法律专业啊！"春花有点不好意思地笑着说，"已读了两年了，还有一年才大专毕业。工作那么忙，还要读书，挺不易的，但没办法呀，他只有中专文凭，不提高自己的学历，怕将来跟不上形势！"

"他那么有上进心，真的难能可贵！"焕章由衷地赞叹说。

"你在农行工作怎么样，很不错吧？"焕章又问。

"能调回家乡的县城工作，我已经很满足了！我在会计结算部上班，平时不是很忙，工作还顺心！"春花高兴地说，脸上露出满足的笑容。

"我没想到你会回来工作，而且分配到县委宣传部。前途无量呀，祝贺你！"春花真诚地说。她心里还有一层意思没说出来：早知你会回长平工作，我们也许会走到一起。

"你的文学创作怎样了？写了不少优秀作品吧？你那么有才华，将来一定能成为大作家——一个杰出的官员作家，就像古代的韩愈、王安石他们一样！"春花钦慕地说。

"平时工作很忙，只能偶尔写写。我哪能和古代那些伟大人物相比？我只是爱我所好，自得其乐罢了！至于结果，我是'只问耕耘，不问收获'，顺其自然。"焕章谦虚地笑笑说。

正闲聊着，小陈回来了。他中等个头，皮肤微褐，人很结实。他推着一辆永久牌自行车，车把上挂着一大网兜刚买回来的肉菜，后面的车架上还绑着一箱低度章贡酒。

小陈为人大方，和焕章握手寒暄后，就像老朋友一样，和焕章亲热地聊了起来。而春花则抽身出来，到灶间烧菜弄饭去了。她的确是一个难得的好媳妇，人勤快，厨艺好，不多久就把饭菜整好了：红烧排骨、清蒸草鱼、白切土鸡、冬菇酿豆腐、青椒炒牛肉、金针菇碎肉汤、酸菜炒蛋饭……

席间，他们频频碰杯，互相祝酒。焕章祝他们夫妻幸福、早生贵子，祝他们工作顺利、发财高升；他们夫妻俩则祝焕章仕途通达、创作丰收，将来成为大领导、大作家，以后多多关照他们！

晚上九点时，焕章道谢、告辞了。小陈说用自行车送他回去，他说不用，走二十分钟就到了，自己也想走一走，醒醒酒。夫妻俩见他不是很醉，人还清醒，就依了他。

焕章沿着河堤慢慢走着。长平河哗哗奔流,灯光倒映在水中,碎银般闪闪烁烁。一阵阵河风吹来,让人感到阵阵寒意。在清寒的刺激下,微醉的他完全清醒了。他眺望了一下沿河两岸,在成排的风景树下,有形影相依的恋人,他们或挽手漫步,或依偎软语。这时,远处飘来邓丽君演唱的《我只在乎你》,歌声是那么的缠绵温柔,在静夜里显得格外燃情:

> 任时光匆匆流去我只在乎你
> 心甘情愿感染你的气息
> 人生几何能够得到知己
> 失去生命的力量也不可惜
> 所以我求求你别让我离开你
> 除了你我不能感到一丝丝情意
> …………

第二天,下午两点的闹钟响了。焕章翻身起床,见窗外天色阴沉,秋风一阵紧一阵,感觉寒意袭人,便多穿了一件羊毛背心。他带上房门,走出民政招待所,准备到宣传部上班去。

途经车站附近的拐弯处时,他看见前面公路边的一块开阔地上围着一大群人,几个戴着红袖章的人,把一个女子的书摊掀翻在地,地上到处是散落的报纸、杂志和连环画,那个女子在一旁惊恐、无助地哭泣,就像寒风里一枝瘦弱、战栗的花朵。焕章挤进人群走近一看,原来是县城建局的"市容市貌纠察队"正在处理一个"乱摆书摊"的女子,不但掀了她的书摊,还要罚她一百元的款。时下一般工作人员的月工资才五六十元,一百元的罚款对一个平头老百姓来说,可不是一个小数目。

焕章觉得"市容市貌纠察队"的行为有一点过头了。

焕章仔细看了一下散落一地的书刊,报纸有《人民日报》《光明日报》《江西日报》《赣南日报》《参考消息》等,杂志有《新华文摘》《讽刺与幽默》《辽宁青年》《半月谈》《知音》等,书籍有《红楼梦》《三国演义》《第二次握手》《笑傲江湖》《白发魔女传》等,连环画有《孙悟空三打白骨精》《狼牙山五壮士》《南征北战》《八仙过海》等,并没有必须查禁的宣扬黄、赌、毒的书刊。

焕章上前询问那个女子,那个女子哭泣着告诉他,她叫陈梅华,丈夫因公伤残,是一个坐轮椅的残疾人,她自己没有工作,家里还有两个老人、一对年幼的儿女，一家人主要靠她摆书摊来维持生活。焕章听后，不禁动了恻隐之心。

"你们别处理她了，让她暂时在这里摆书摊吧！"焕章对"市容市貌纠察队"的人员说。

"你是谁？凭什么让她在这里摆书摊？"一个四十岁左右的纠察队员气呼呼地责问焕章。他大概是这支纠察队的头头了。

"我是县委宣传部的，叫刘焕章，分管全县的社会宣传工作。"焕章只好亮出自己的身份。他们都不是所在单位的主要领导，焕章又参加工作不久，他们不认识他并不奇怪；如果他们中有人是单位的主要领导，在有关会议上自然见过他，也就自然认识他。

焕章接着说："她在书摊上卖的、出租的，并不是宣扬黄、赌、毒的书刊，很多还是党报、党刊。她在这里摆摊也不会妨碍交通，不会影响市容市貌，既方便了车站的旅客，又方便了附近的群众，有什么不好呢？而且，我们将来还打算在这里建立一个书报亭，所以，作为临时过渡，你们就允许她暂时在这里摆个书摊吧！再说，刚才你们也听到了，她家里够可怜的，我们就算为她做一件好事吧！"

"如果上面怪罪下来，我们可承担不起啊！"那个中年男子说。

"你放心，出了什么问题，我会承担责任！"焕章果敢地说。

"既然宣传部的领导发话了，那我们走吧！"那个中年男子说，但语气中带有明显的不满。

"希望你们以后执法时，也要文明一点，不要那么粗鲁，掀人家的摊子干什么呢？"焕章又批评他们说。

"领导批评得对，以后我们一定改正！"那个中年男子有点阴阳怪气地说。

"一群土匪！"人群中有人小声地骂道。

"市容市貌纠察队"的人走后，围观的人群也散去了。焕章帮陈梅华把掀翻的摊板扶正、摆好，把散落一地的书报一一拾起，重新摆放整齐。陈梅华很是感激，连声说："谢谢！谢谢！太感谢你了！"

"没什么，你忙吧！"说完，焕章挥挥手，便上班去了。

第二天上午，"市容市貌纠察队"的头头就向县城建局的主要领导投诉了，县城建局的主要领导知道焕章是黄涛书记带回来的，便又直接打电话向黄涛书记投诉，说焕章阻挠"市容市貌纠察队"的人员行政执法，还乱批条子允许别人乱摆书摊。黄涛书记随即给宣传部的程冰岩副部长打了个电话，责成他了解事情的真相。程冰岩部长马上找来焕章，批评他说："你怎么可以阻挠'市容市貌纠察队'的人员行政执法，还乱批条子允许别人乱摆书摊呢?!"焕章便把昨天下午发生的事以及自己当时的想法，详细地向程副部长作了汇报。"我虽然说过'作为过渡，允许她暂时在这里摆个书摊'的话，但并没有'乱批条子'啊。我又不是什么大领导，哪里敢'乱批条子'！那纯属子虚乌有的事，是恶意中伤！"焕章气愤地说。

程冰岩副部长听了焕章的汇报后，沉吟了一下说："你的出发点是好的，但要注意方式，要走程序，不然，会造成矛盾，给自己带来被动的局面！"

看到程副部长语气平和了下来，焕章便向他陈述了在车站附近设置一个书报亭，把它建成长平文化宣传的重要窗口的具体构想。程副部长表示赞成。

后来，在焕章的大力帮助下，经过一系列烦琐的审批手续，终于在车站附近建立了一个书报亭，并把它租给了陈梅华。这个书报亭果然如焕章当初的设想，既方便了车站旅客，又方便了附近的群众，成了长平文化宣传的一个重要窗口，受到老百姓的广泛好评。

那个陈梅华对焕章更是感恩戴德，她不但从此有了稳定的工作，家里拮据的经济也有了明显的好转。焕章还经常到她这个书报亭买书报杂志，以帮衬她的生意。她几次说要答谢他，请他到家里吃饭，但都被他婉言辞谢了。他从不图别人回报什么。从这件事里，他体会到了一个人做善事后的快乐，而拥有这，他就满足了！

不过，所谓"阻挠'市容市貌纠察队'的人员行政执法，乱批条子允许别人乱摆书摊"的事，后来竟成了焕章的一桩笑话，并在那些不明真相的长平官员中流传开来，成了他从政生涯中一个抹不掉的污点。

第十三章

党的十一届三中全会以后，为建设一支适应社会主义现代化建设的高素质干部队伍，党中央提出了实现干部队伍革命化、年轻化、知识化、专业化的战略方针。这个战略方针虽然实施了几个年头，但在长平这个偏僻落后、人才匮乏的山区小县，领导干部队伍的"知识化""专业化"仍然是一个大问题，大部分领导只是高中甚至是初中毕业，有中专文凭的人都很少，有大专以上文凭的人更是凤毛麟角。为尽可能改变这一状况，长平县委的领导班子根据上级有关文件精神，决定对全县副局级以上的领导干部进行一次"马克思主义政治经济学原理"的短期培训，培训将分期、分批进行，前后时间为一个月。培训的具体工作，由县委宣传部和县委党校共同落实完成。

这天上午，县委宣传部和县委党校的两班人马在马蹄岗上的县委党校一起开了个碰头会，商讨举办"马克思主义政治经济学原理短期培训班"的具体事宜。在会上，程冰岩副部长首先讲话，他强调：我们举办"马克思主义政治经济学原理短期培训班"，是党的事业的需要，是时代的要求，对提高我县副局级以上的领导干部素质，具有重要的现实意义，大家一定要高度重视！然后，党校的杨国栋校长宣布了有关人员的具体分工、培训时应注意的事项。最后是大家讨论，对这次培训提出一些意见和建议。

这次培训，作为大学本科毕业的高才生，焕章自然也要给学员们上课，他负责讲授"社会主义的计划经济和市场经济"部分。

开会时，大家对会议内容都认真做了笔记，回去后各自进行了积极的准备。

开完会后，焕章看看手表，还早，才十点半钟，便没有立即回去，而是顺便参观了一下长平县革命历史纪念馆。

长平县革命历史纪念馆和县委党校同在一个大院里，一个大门挂了两块牌子。偌大的院子里，巨树参天，芳草茵茵，鸟语花香，洁净幽雅，环境很优美。

陪着焕章一起参观的，是纪念馆的解说员王晓红。晓红长得清秀苗条，皮肤雪白，非常漂亮。她已是两岁孩子的妈妈了，但一点都看不出来，不认识的人还以为她是个待嫁的姑娘呢。

晓红告诉焕章："长平县革命历史纪念馆成立于一九六八年六月，属纪念性博物馆。"

纪念馆的主体建筑是南北朝向、砖石结构的两层瓦房，面积近四千五百平方米，门、窗、柱子、栏杆为红色，墙体为淡黄色，建造于二十世纪初，最先是天主教堂，后来是红军医院，现在是长平县革命历史纪念馆。

在陈列室一角，有一个与革命无关的历史文物展览橱窗，里面展出了在文峰乡小布村挖掘发现的石斧、石锛、石镞、石刀、石钻、角形器、玉环、陶拍、陶纺轮、陶璧等一批商晚期至西周时期的珍贵文物，还有在吉潭乡古丰村和圳下村挖掘发现的陶杯、陶钵、陶罐、陶豆、陶壶、铜镞、铜爵等一批新石器时代至青铜时代的珍贵文物。

"我原以为，我们长平地处偏僻，最早在唐宋时期才有人居住，没想到在商晚期就有祖先在这里繁衍生息了！没看展览的话，我真的不知道啊！"焕章惊喜地说。

"是啊，长平很多人都不知道。"晓红有点惋惜地说。

参观这个陈列室时，晓红很少说话，只默默地陪着焕章，焕章有什么疑问时，她才给予简单的解说。她认为对一个有文化的人而言，让他自己去看、去感悟更好些，过多的解说，只对那些没文化的人有用，对有文化的人反而是累赘。

焕章很享受地看着一件一件展品。同时，他还能闻到晓红身上散发出来的淡淡芳香，甚至能感觉到她那一起一伏、很有节奏感的心跳。

他重点看了一下长平"三二五"暴动的展览橱窗，里面陈列着暴动时用过的旗帜、长枪、短枪、土枪、土炮、大刀、梭镖以及标语、布告等一批革命文物。

"现在城郊的'三二五村'和'三二五小学'，就是为纪念'三二五'暴动命名的。"晓红说。

"以前我还纳闷，'三二五村'和'三二五小学'为什么有那么一个怪名字，现在我明白了！"焕章恍然大悟似的说。

"'三二五'暴动的主要领导人都先后牺牲了。有的曾在广东大学读书；有的曾在北京大学读书；有的曾在江西省立第二师范学校读书；有的后来担任过红一方面军总前委秘书长；有的后来担任过红军五十八团团长，参加过二万五千里长征。他们都是我们长平先辈中的精英呀，如果他们都还活着，那该多好啊！"晓红惋惜、感慨地说。

"是啊……可我们现在有些领导干部，吃喝玩乐，贪污腐化，真是愧对这些死去的革命先烈啊！"焕章愤懑地说。

"唉，时代变了，有的人也变了！"晓红叹息一声说。

"平时有人来这里参观吗？"焕章问。

"很少！我们在这里上班，差不多是在'休养'！"晓红自嘲地笑笑说。

"应该多组织一些团员、党员，特别是领导干部来参观，让他们接受一些革命传统教育！"焕章建议说。

"这是县委、县政府那些领导们的事了。我不过是一个小小的解说员而已，哪有我说话的份啊？"晓红苦笑一声说。

"我一定会给县委领导建议的！"焕章说，"这么好的红色资源，我们要充分利用起来才对！"后来，县委领导接受了焕章的建议，长平革命历史纪念馆发挥了它应有的作用，当然这是后话了。

参观完长平革命历史纪念馆，焕章和晓红握手告别，感谢她的陪伴和解说。

虽然相处的时间很短，但晓红感觉到焕章是一个知识水平高、充满血性正气的青年，心里对他充满了好感。她把焕章送到大门口，目送他渐渐远去，直到他的身影在拐弯处不见了，才怅然地转身回去。

焕章已为"马克思主义政治经济学原理短期培训班"的学员上了几节课，学员们的反馈都很好，说他知识面广、理论水平高，讲课深入浅出、通俗易懂、幽默风趣，不愧是大学本科毕业的高才生。

与焕章一起为培训班的学员们上课的，除县委党校的老师外，还有宣传部的同事谢运华。谢运华毕业于赣南师范学院中文系，大专文凭，最初分配到吉银师范工作，当了三年的中专老师，后因为他的妻子在长平工作，为方便家庭生活，通过他在县人民法院当院长的老丈人的关系，调回长平并转行到长平县委宣传部工作。程冰岩副部长并不担心谢运华的教学水平，因为他毕竟在吉银师范工作过，有三年的教学经验摆在那里，他倒很担心焕章，因为焕章从大学毕业出来不久，还没正式当过老师，缺乏足够的教学经验，不想几节课下来，学员们对焕章的评价那么好，这使他悬着的心放了下来，他高兴地表扬焕章说："表现不错，继续努力，好好完成教学任务，为咱宣传部争光！"以后见了焕章，他也充满笑意。

谢运华和焕章各自在暗地里使劲，都想在教学上一较高低。

焕章很感激自己在大学时代的用功，为自己打下了广博而扎实的知识基础，也很感激自己在毕业实习时的努力，让他拥有了一些宝贵的教学经验，不然，他给培训班的学员们上课时就不会那么顺手了。

这天上午，焕章正在宣传部办公室里查资料、备课，准备下午上课的教案。县委通讯员小王送来了今天的报纸、杂志和信件，其中有一封信是寄给焕章的。焕章接过信件一看，原来是初中老同学赖家宝从福建省泉州市中国人民解放军某部某分队寄来的，他脑子里浮现出一个多月前欢送新兵入伍时的热闹场景，连忙把信拆开，认真看了起来。

　　焕章同学：

　　　你好！

　　　今天我很高兴提笔给你写信，首先为我们的友谊而庆贺吧！

　　　老同学，自从十一月二十四日离开长平，我的心随着车的动荡而翻腾，是多么难以平静。在长平，你们的热情接待我是感动的，你还是像以前那样平易近人，我相信你的前途是远大的。老同学，在我们短暂的重逢中，你的言谈（也可以说是教诲）对我是多么大的启迪，因此我们的友谊是常葆青春的。

　　　焕章，我二十四日中午到达宁都，在那里住了一晚，二十五号下午准时赶到鹰潭乘火车，二十七号凌晨五点三十分到达部队新兵连，一路上很顺利，没有出一点问题。现在我们新兵正在进行紧张的训练，这种训练非常严格，也好苦，对我来说就是开始不习惯，那时候我真的想哭了。不过我很快提醒自己，"这是自愿的"，所以我忍住了没有掉泪。开初的一连两天我都吃不下饭，加上火车上的两天三夜没休息好，我的心实在难受极了。到了现在，已经一个多月了，我开始比较习惯了，首长也很关心新战士，让我们很安慰。我们班有十个同志，分别来自上海、浙江、福建、江苏、江西等地，长平的有我和另外一个人，我不会孤单，同志们也很团结，慢慢地快活起来了。陆军生活是艰苦和紧张严肃的，所以只有星期日和中午能挤出一点时间写信。我们新兵也规定得很严，不准随便外出，就是到团部暂时也不能。

　　　老同学，我是佩服你的为人，希望你在家乡取得更大的胜利。就此搁笔，余事下次再叙。

　　　崇高的革命敬礼！

　　　祝：身体健康、前程远大！

老同学赖家宝

一九八六年十二月二十八日

赖家宝同学的来信虽然有个别词句不很贴切、流畅，但感情很真挚。看完他的来信，焕章沉思了一会儿，便给他写了一封回信。信中大意说：家宝同学，很高兴收到你的来信！我们的同学友谊一定会永葆青春。对你很快就适应了军营的生活，我感到很欣慰，相信你一定会在军队的大熔炉里锻炼成长，成为一个优秀的解放军战士！以后请多来信，互相勉励，共同进步！

信写好后，焕章找来一只印有"中共长平县委员会　缄"的牛皮纸信封，写上收信人的地址、姓名，把信装了进去，再用糨糊封好，然后下到一楼，投进挂在墙上的一只"中国邮政"信箱里去。完了后他回到宣传部办公室，继续撰写他的教案。

培训班下午三点才上课，但焕章两点半就到了县委党校，提前了半个小时。学员们陆陆续续来了，有的走路，有的骑自行车，"阔气"一点的开着单位的吉普车来了。他们见了焕章，或点头致意，或握手问好，或闲聊几句。来闲聊的人中，有喜欢奉承的，会说："焕章老师年轻有为，水平高，学历高，在宣传部培养干部的地方工作，将来一定前途无量啊！"焕章只好客气地回道："哪里哪里，我刚出校门，什么都不懂，还希望你们这些当领导的多指点、多关照呀！"

有学员问焕章："培训结束时，要不要考试啊？"

"当然要啦，不然，你们会不认真上课的！"焕章半开玩笑说。

"不会吧，还要考试？"有学员担心地说。

"不用担心，只要你们认真听了课，做好了课堂笔记，很容易过关的！"焕章安慰他们说。

"那样就好！"学员宽慰地说。

说到考试，按以前举办领导干部培训班的惯例，一般都采取开卷考试的形式，不会采用闭卷考试的形式，考试时允许他们翻书、看笔记，因为领导干部们大多事务繁忙，没多少时间复习，加上又上了一定年纪，记忆力下降，所以不会像对待中小学生那样严格地考查他们，只要他们参加了学习培训，就会让他们轻松过关，不会为难他们。

上课的时间到了，学员们都进了教室。焕章并没有像中小学校的老师给学生们上课时那样例行上课前的庄严仪式——老师站在讲台上说："上课！"班长说："起立！"全班同学齐刷刷地站起，一齐对老师弯腰鞠躬，齐声说："老师好！"老师点头回礼说："同学们好！"班长说："坐下！"同学们齐刷刷地坐下，然后端端正正地听老师讲课——因为领导干部们的年龄都比自己大，资历比自己深，级别比自己高，是不方便完全把他们当成自己的学生看待的。

学员们随意坐好后，焕章就开始上课了。"各位领导，下午好！很高兴，我们又一起来学习了。这节课，我给大家讲授第八节'国民收入再分配'。"说完，他便在黑板上写了今天下午的课题："第八节　国民收入再分配"。

"什么是'国民收入再分配'呢？国民收入再分配，就是指国民收入继初次分配之后在整个社会范围内进行的分配，是指国家的各级政府以社会管理者的身份，主要通过税收和财政支出的形式参与国民收入分配的过程。"说着，焕章又在黑板上写下了"国民收入再分配"的定义，学员们则在下面认真地做笔记。

"在社会主义制度下，为什么要对国民收入进行再分配呢？有哪位领导知道的，请站起来给大家说一说。"焕章提问道。

"就是让你有、我有、大家有，防止少数人多占、独占呗！"国土局年轻的谢副局长举手回答说。

"谢副局长用通俗的语言，做了很好的回答，大家掌声鼓励！"焕章带头鼓掌说。

大家一阵欢笑，跟着热烈鼓掌。谢副局长脸红红的，有点不好意思。

"在社会主义制度下，要对国民收入进行再分配，有几个方面的原因，"焕章从理论的高度讲述起来，"第一，满足非物质生产部门发展的需要。第二，加强重点建设和保证国民经济按比例协调发展的需要。第三，建立社会保障基金的需要。第四，建立社会后备基金的需要。"他把要点一一写在黑板上，然后，对每一要点都做了详细的解说。

最后他总结道："直白一点说，国民收入之所以要进行再分配，其目的就是要均衡各地发展，实现共同富裕，抑制贫富差距过大带来的各种矛盾，维护社会的公平、正义，让大家一起过上美好、幸福的生活！"

"国民收入再分配，是通过哪些途径来进行的呢？"接下来，焕章讲另一个问题了，"有哪个领导知道的，来给大家说一说。"

"通过国家预算。"财政局钱局长举手回答说。

"通过银行信贷。"工商银行毛副行长举手回答说。

"通过劳务费用。"经委汤副主任举手回答说。

"通过价格变动。"物价局胡局长举手回答说。

"回答得很好！看来，你们不愧是当领导的，个个都很专业啊！"焕章幽默地说，"大家掌声鼓励！"

噼里啪啦的掌声，在欢笑中响起。

"如果把刚才各位领导的回答组合起来，就是完整的答案了！"焕章归纳说，"国民收入再分配，就是通过国家预算、银行信贷、劳务费用、价格变动等几个途径来进行的。"接着，他在黑板上写下了"国家预算""银行信贷""劳务费用""价格变动"等几个关键词语，然后逐一做了具体、生动的讲解。

在讲解"价格变动"这一途径时，焕章说："价格变动不能增加或减少国民收入总量，但会改变国民收入在国民经济各部门和各阶层居民之间的分配。价格的调整和市场价格的变化，影响着交换双方的实际收入，引起国民收入的再分配。"

为了把这个理论问题更形象、更生动、更通俗地解说明白，焕章举了日常生活中的一个例子："比如，我们长平人喜欢喝的莲花白酒，它有两种价格，一种是1块6毛钱一瓶，一种是5块8毛钱一瓶。1块6毛钱一瓶的莲花白，是普通老百姓喝的大众酒，而5块8毛钱一瓶的高档莲花白，平时只有那些有钱、有地位的人才喝得起，相信在座的各位领导都品尝过这种酒的味道。那么，5块8毛钱一瓶的高档莲花白与1块6毛钱一瓶的普通莲花白相比，是不是真的就像价格那么悬殊一样，前者的成本要大很多，酒也好喝很多呢？回答是否定的！当然，首先要肯定的是，5块8毛钱一瓶的高档莲花白酒的确比1块6毛钱一瓶的普通莲花白酒所花的成本要大一点，也好喝一点，但成本并不是大很多很多，也不会好喝很多很多，它主要是用来发挥'再分配'的作用的——把有钱、有地位的人的钱拿出一部分来，进行国民收入再分配，以抑制贫富差距过大，维护社会公平！"

学员们在交头接耳、窃窃私语，有的在摇头，有的在皱眉，有的在叹气，有的在斜视着焕章，发出阴阳怪气的窃笑。焕章感觉到气氛不对，是自己讲错课了吗？没有啊！那学员们为什么这样反应呢？焕章困惑不解。

"请领导们保持安静！"焕章对全体学员说。但他的话似乎失去了感召力，课堂安静不下来，仍然有人在下面窃笑、耳语。焕章只好勉强把剩下的内容讲完。

下课后，学员们不像以前那样主动和焕章打招呼了，似乎有意回避着他；即使和焕章打招呼，似乎也有点勉强和客套，没了以前的真诚。对学员们的这一变化，焕章百思不得其解。

几天后，廖子厚秘书也听说了学员们的背后议论，便在私下里给焕章揭开了这个谜：原来是焕章在上课时举了莲花白酒的例子，说领导们都喝过5块8毛钱一瓶的高档莲花白酒，品尝过它的味道，这等于公开说领导们奢侈浪费、大吃大喝，因而引起了他们的强烈不满。

——原来如此！焕章恍然大悟。

"你要记住，他们可不是一般的培训学员，他们个个都是中层领导啊！你给他们上课，一定要小心谨慎！"廖子厚秘书好心提醒焕章说。

怪不得程冰岩副部长见了自己后，不见了以前的笑容了；怪不得一同给培训班上课的同事谢运华，在自己面前有一种掩饰不住的、幸灾乐祸的得意。想不到自己在无意之中，竟得罪了那么多中层领导！想到这些，焕章不禁苦笑了一下，无奈地长叹了一声。

这次给培训班的领导们上课，焕章给领导们留下的印象是：有知识，有水平，有热情，但不成熟，不稳重，缺乏社会经验，书生气十足。而他上课时举莲花白酒为例的事，又成了长平官场的一件笑谈。

第十四章

长平蕴藏丰富的稀土资源，据说无论是储量还是品位，都可以和内蒙古白云鄂博的稀土相媲美，因而闻名全国乃至全世界。

稀土中含有镧、铈、镨、钕、钷、钐、铕、钆、铽、镝、钬、铒、铥、镱、镥、钇等稀有金属，是一组同时具有电、磁、光及生物等多种特性的新型功能材料，是信息技术、生物技术、能源技术等高技术领域和国防建设的重要基础材料，同时也对改造某些传统产业，如农业、化工、建材等起着重要作用，有着十分广阔的市场前景和极为重要的战略意义，有"工业维生素"的美称。

长平稀土交易的收入占了全县财政收入的百分之八十，稀土经济是长平最重要的经济支柱，所以，在稀土公司（矿）当领导的也好，做职工的也好，其经济地位和社会地位都有高人一等的优越感。

前不久，严延诚从稀土公司办公室秘书升迁为稀土公司办公室主任兼总经理助理了。他打了几次电话邀请焕章到稀土矿（稀土公司和稀土矿在一起）去玩。焕章没去过稀土矿，也很想去看看，这个周日得闲，便决定去他那里。

延诚也是焕章在长平中学读书时很要好的同学。他高二时和焕章同在高二（5）班（文科），而且住同一个宿舍，平时经常在一起玩。一九八二年高考时，他考入了赣南师专中文系，毕业后直接"转行"到了稀土公司工作并任办公室秘书。

延诚出生在松竹岭垦殖场的一个偏僻小山村，小时候家境非常贫寒。他读小学二年级时，慈母撒手人寰，父亲无力再娶，既当父又当母，一把屎一把尿，勉强把他们姐弟两个拉扯长大。延诚很争气，读书刻苦，人也聪明，初中毕业时以优异的成绩考入县重点高中——长平中学，靠亲友的资助读完了高中，又靠亲友的资助读完了大学。黄涛书记很同情他的境遇，他读大学时，黄涛书记还资助过他。他大学毕业时，也是黄涛书记让他直接"转行"到稀土公司当办公室秘书的。后来，他经人介绍，谈了一个名叫谢菲菲的女朋友。菲菲是前县委副书记谢天明的掌上明珠。延诚这次能从稀土公司办公室秘书的位置上平步青云升迁为稀土公司办公室主任兼总经理助理，除黄涛书记的作用外，自然也有他准岳父谢天明的强大推力。菲菲在国药店上班，焕章见过。她一米六几，身段苗条，凹凸有致，但皮肤微黑，前额略窄，下巴不够圆润，总体印象长相一般。延诚曾私下里和焕章谈论过恋爱、婚姻问题，他说他将为自己的前途而恋爱、结婚，容貌是次要的；而焕章却相反，他深受"郎才女貌"的传统思想影响，很看重女人的容貌、气质和品行，至于她的学历、身份、地位却不怎么看重。延诚的婚恋观是理性的、现实的，而焕章的婚恋观是感性的、浪漫的，两人不同的婚恋观，也深刻影响了他们今后不同的人生命运。

焕章到车站买了一张车票，上午九点三十分，踏上了驶往稀土矿的班车。

稀土矿位于一个名叫"老鸦桥"的地方，距离县城三十华里。通往那里的，是一条砂石铺面的黄泥公路，坑坑洼洼，凹凸不平。公路右侧是流经县城的长平河水，蜿蜒曲折，滔滔南去。河谷两岸是起伏的高山，山上树木茂盛，不时有成双的山鸟欢鸣着从河谷上空飞掠而过。

班车上坐的大部分是在稀土矿上班的年轻人，还有就是在稀土矿做各种买卖的生意人，或者到稀土矿旅游观光的游客。车厢里充满嘻嘻哈哈的欢笑、嘈嘈杂杂的闲谈、打情骂俏的惊呼，很是热闹。

班车到达稀土矿矿区地界时，周围的环境骤然改变，只见河谷两边的高山变成了丘陵，绿色的山头也成了灰白色，树木变得稀疏了，如秃头者残剩的毛发。山顶、山腰、山谷，随处可见开矿的民工、沉淀稀土的浸出池和民工们住的简易工棚。从各条山沟流出来的稀土废水、废渣，使原本清澈的长平河水变得一片浊白，像倒了满河的豆浆或牛奶。

班车到达矿区中心时，焕章发现这里竟像一个繁华的小市镇，商场、旅馆、饭店、电影院、士多店、菜市场、汽车维修部、单车维修铺一应俱全，水泥大街上车水马龙，人来人往，一片热闹、繁忙的景象。

班车在稀土公司总部附近的车站前停了下来。延诚早已站在那里等候着迎接焕章了。"欢迎宣传部来的领导大驾光临！幸会！幸会！"延诚两手抱拳嬉笑着说。"让严大主任、严大助理久等了！惭愧！惭愧！"焕章同样两手抱拳嬉笑着说。两位老同学握手大笑，并肩朝稀土公司总部大楼走去。总部大楼门口挂着"长平县稀土公司"和"长平县稀土矿"两块牌子。延诚领着焕章来到二楼右侧的办公室主任兼总经理助理办公室。

这个办公室很大，有几十平方米。一张宽大的红木办公桌上，放有一只地球仪、两面国旗、一部电话机、一大沓文件、一只衔着铜钱的蟾蜍；办公桌前三米远的地方，摆放着一张红木镶汉白玉大理石茶几，茶几上放着一套正宗的宜兴紫砂茶具；成半环形围着茶几的，是两短一长的三张棕红色意大利真皮沙发；靠墙竖立着一只红木资料柜、一部日立牌空调机、一台三星牌冰箱、一个夹满各种报纸的报架、一棵生机勃勃的发财树；办公桌主座背后的墙上，挂着一幅"鹏程万里"的当地名家草书；窗户对面的大墙正上方，则挂着一幅徐悲鸿的《六骏图》（印刷品）。整个办公室显得豪华大气、高雅舒适。

"县委黄涛书记的办公室也不如你的办公室气派！"焕章感叹说。

延诚微笑不语。他冲了一壶特级龙井茶，一人倒了一杯。茶杯里飘出的两缕茶雾，像两条可爱的小龙，缠绕着，嬉戏着，升腾着。办公室里弥漫着一股沁人心脾的茶香。

"刘震寰总经理在吗？他是我们本村的梓叔。"焕章说。刘震寰被誉为"稀土大王"，是"全国五一劳动奖章"的获得者，在长平有很高的威望。他是田背排村刘氏家族的骄傲。按辈分，焕章得叫他叔叔。

"我知道他是你们田背排村的本家梓叔！"延诚微笑说，"他的办公室就在同一楼的左侧，但他现在不在那里，前几天带队到日本考察去了，半个月后才会回来。"

"哦，我原想顺便拜访一下他的，看来只能改日了。"焕章有一点遗憾地说。

"怎么样，老同学，升官的感觉不错吧？"焕章话头一转，嬉笑着问。

"没什么，就是更忙了！除了忙，还是忙！"延诚虽然这么说，但难掩得意之色。

"忙好啊，说明你活得充实，有成就，有奔头！"焕章恭维说。

"你在宣传部不是更好吗？党政部门啊，领导干部的摇篮！"延诚羡慕地笑着说。

"表面风光呀，背后却有多少烦恼！"焕章叹息一声说。

听了焕章的叹息，延诚不再嬉笑，认真地提醒说："老同学，说实话，我也听到过你的一些传闻。这些传闻不管是真是假，但我们都是贫苦出身的农家子弟，没有权大、财粗的至亲背景，现在患'红眼病'的人又多，和他们打交道，可不能像我们老同学之间那样随便，一言一行都要小心谨慎哪！"

"你说得是！你做事比我老练，又将是前县委副书记的乘龙快婿，有他这棵大树罩着，你的将来前途无量啊！"焕章说。

"很多事情还是得靠自己呀！"延诚理智地说。

"说得也是！"焕章赞同说。

"想不到稀土矿这么繁华，简直像个小市镇哪！"焕章转过话头说。

"那是！你想一想，五六千个职工，加上家属，还有靠稀土矿生活的各种生意人，这里聚集了一万多人哪，比一个乡的人还多！他们工资高，生意好做，个个手上都有钱，这里想不繁华也难啊！"延诚笑着说。

"怪不得人们都说，在稀土矿工作、谋生的人，个个都财大气粗！"焕章感叹说。

"有那么一点点！"延诚自豪地说。

焕章又问："我们县生产的稀土一般都销往哪里？"

"全国各地，但主要销往日本、西欧、美国，其中日本的需求量最大！"延诚说。

"其实，我们长平稀土矿也是表面风光，里面有许多隐忧啊！我担心若干年后，将风光不再！"延诚一改轻松的表情，紧锁着眉头又说。

"怎么说呢？"焕章疑惑地问。

"长平的经济来源非常单一，财政收入主要靠稀土出口，如果没有稀土产业的话，长平县恐怕连工作人员的工资都发不出！所以，只能依赖大量的、过度的稀土开采来维持各项开支的正常运转。农民私挖稀土的情况也很严重，在自留山上有稀土的农民个个发了大财。另外，我们开采稀土的技术非常落后，资源利用率最多只有50％，私人盗采的话利用率更低，只有25%—30％，这就造成稀土资源的极大浪费。也因为我们稀土冶炼的技术落后，出口的稀土产品其实都是粗产品，或者说是半成品，所以价格很低廉，而日本进口了我们的大量稀土后，经过先进的技术再提炼变成高端产品，然后卖给其他国家，甚至返销给我们中国，价格却常常提高了几十倍甚至上百倍！还有一个就是环境保护问题，我想，你来稀土矿的路上也该看见了，因为滥采稀土造成的水土流失和污染也很严重，这将祸及我们的后代子孙哪！将来有一天，我们的稀土开采完了，而环境又被破坏了，到那时，我们长平人的出路在哪里呢?！"延诚一脸凝重地说。

延诚道出的长平稀土产业的隐忧让焕章很震撼，他心里不觉也担忧起来。"按你这样说来，我们政府部门该怎么办呢？"焕章问。

"首先，要发展长平的多元经济，不要只依赖稀土产业。其次，要限制稀土产量，有计划地开采，做到细水长流。日本、美国本身也有稀土资源，他们却很少开采，他们大量进口中国的廉价稀土并囤积起来，这种做法很聪明，也很狡猾，值得我们借鉴，也值得我们警惕！不要到时候我们自己的稀土挖完了、卖光了，反而要乞求着买他们的稀土了，那就麻烦了！同时，我们要严厉打击盗采稀土的违法行为，铲除背后的保护伞。再次，我们要加强环境保护，防止因开采稀土而造成严重的水土流失和污染，不要只贪图眼前利益，要为子孙后代留下一点青山绿水！"延诚说。他的两眼发出睿智的光。

"延诚，你身在优越的位置还能忧国忧民，难能可贵啊，我打心眼里敬佩！你可以把你了解到的情况及分析、思考写成一篇报告，反映给上级有关部门和县委、县政府的主要领导，我想，领导们知道实情后会采取积极的措施的！"焕章建议说。

"我正在收集资料，准备写一篇报告。但你也别太天真，以为我的一篇报告就一定能带来立竿见影的效果。公家开采稀土也好，私人盗采稀土也好，其产生的利益链，有错综复杂的关系，不是那么容易纠正的！至于出口稀土的数量问题，更涉及国家层面的政策、法令，不是我们所能左右的。不要说我现在只是一个办公室主任兼总经理助理，哪怕有一天我成了副总经理、总经理，自己一些好的设想和建议，也未必能如愿实现啊！"延诚叹息一声说。

"即使这样，你也应该'知其不可而为之'啊！"焕章鼓励他说。

"是啊，我们出身贫寒，国家培养了我们，我们得感恩，要心存善念，要有一颗良心！"延诚说。他端起茶杯，猛地喝了一大口茶，咔的一声放回茶几上。

"你说的对，老同学，我支持你！"焕章拍了拍延诚的肩膀，激动地说。

"不说这些了。走吧，我带你去参观一下稀土的生产过程。"延诚说。

"好的。"焕章喝了一口茶，站起身，和延诚一起走出办公室，走下办公大楼。

延诚带焕章离开稀土公司总部，来到最近一座小山上的一个浸出池参观。他介绍说："这是稀土生产的第一步——把挖出的稀土倒进浸出池里，加适量的自来水，再倒入一定比例的'草酸'（即一定浓度的电解质溶液），经化学反应后形成稀土母液。"

焕章看到，在浸出池劳作的都是农村来的民工，他们先用钢钎、锄头把山体表皮剥开，再用铁锹、畚箕把粉白色的稀土装进大板车里，然后双手推着几百斤重的大板车，把稀土倒入几十米远的浸出池里……这种极耗体力的重活，是吃商品粮的城里人干不来的，只有吃苦耐劳的乡下农民才干得来，也只有他们才能长期干下去！这些农民工个个一身泥土，因为长期经受风吹日晒，皮肤黝黑粗糙，现在又是冬天，手脚都被冻裂了。焕章心里不觉涌起一股辛酸和同情。

"你是焕章吧？"一个青年民工走了过来和焕章打招呼。

"你是？"焕章没想到这么巧，这里还有认识他的人，但他一时没认出来是谁。

"我是汪发友，初中的同学。"这个青年民工自我介绍说。

"哦，是汪发友啊，我想起来了！差一点都认不出来了！"焕章有一点不好意思，他紧握着汪发友的手说，"你怎么在这里做工？"

汪发友是焕章在筻乡旭阳中学读初中时的同班同学。初中毕业后，焕章考取了重点高中长平中学，在县城读书，毕业后又考上了大学；汪发友成绩差一些，考入了本校的高中部读书，毕业后没考上大学，便回家务农了。

"不好意思，弄脏你的手了！"汪发友看到自己满手泥土，红着脸歉意地说。

"没事没事！"焕章大方地说。

"我的命苦啊，家里没什么出息，没处寻钱，只好跑到稀土矿来做工了！不像你，命那么好，考上了大学！"汪发友羡慕地说，"你现在大学毕业了吧？在哪里工作啊？"

"我今年大学刚毕业，在县委宣传部工作。"焕章说。

"好单位呀！将来高升了，可别忘了老同学啊！"汪发友笑着说。

"请别这么说……我怎么会忘记老同学呢！"焕章连忙说。他又向汪发友介绍说，"这是我高中的老同学，稀土公司的严延诚主任、总经理助理。"

"你好！"延诚伸出手来，和汪发友握手。

"你好！严主任、严助理，在你们矿上做工，请多关照哦！"汪发友拘谨地笑着说。

"能关照的地方，一定会！"延诚客气地说。

延诚要带焕章到稀土分离厂去参观了。焕章和汪发友告别，说："有机会到了县城，一定来找我！"

"好的！一定！"汪发友高兴地说。他目送着焕章和严延诚主任渐渐远去。他为有焕章这样一位有出息的老同学感到自豪，觉得自己在工友们面前也很有面子。

焕章跟随延诚来到稀土分离厂。延诚向他介绍说："在分离厂，有重型稀土萃取车间、轻型稀土萃取车间和氯化钇车间，主要是进行稀土分离——根据在几种酸中的不同溶解度，把浸出池生产的稀土母液分离成单个元素的硝酸、氯化物、碳酸物，这几种东西都可以用来销售了。"

焕章发现，在分离车间上班的都是吃商品粮的城里（县城）人，是稀土矿的正式工人，他们不用被风吹雨打太阳晒，皮肉明显比在浸出池劳作的民工白嫩很多。

"农民工们为了多挣点钱养家糊口，不分节假日地干活可以理解，但这些正式工人怎么周日也要上班呢？"焕章困惑地问。

"生产任务很紧啊，没办法，所以周日也要轮班。"延诚说。

延诚又把焕章带到稀土碳成厂参观，向他介绍说："在稀土碳成厂，主要工作是把分离厂分离出来的硝酸、氯化物加入碳铵，形成碳酸稀土。这个碳酸稀土也可以进行销售，不过量比较小。"

最后，延诚带焕章参观了稀土隧道窑和滚窑，他介绍说："这两套设备主要把碳酸稀土烧结成稀土氧化物。稀土氧化物也可以直接进行销售。"

"当然，这些厂生产出来的产品都算是稀土的初、粗加工品。更精细的稀土加工近的要运送到赣州，远的要运送到北京、上海、广州或者国外去。我们长平的稀土生产设备还没那么先进。"参观完各个车间后，延诚最后总结说。

时间将近十二点了。"走，我们回去吧，到招待所吃午饭去。"延诚说。

因为到稀土公司（稀土矿）来参观、考察、学习、检查的领导、嘉宾、同行很多，而这里离县城又远，没有像样的宾馆，稀土公司便自己建了一个规格较高的招待所，专门接待外来的宾客，安排他们的食宿。这个招待所建在离公司不远的一座山腰上，竹影花姿，小桥流水，亭台楼阁，廊腰缦回，甚是幽静雅致，是宾客们憩息的好去处。

在招待所，焕章遇见了同村且同屋场的紫玉姐，她在这里负责招待所的采购工作。两人亲热地聊了一会儿，询问一下彼此的近况。紫玉姐见焕章有严延诚主任接待，就又忙她的事去了。

紫玉姐是田背排村有名的大美人。她高中毕业后没考上大学，为了跳出贫穷的农门，她嫁给了一个有点家庭背景，但比她大十几岁的中年男子，婚后男方通过关系把她安排在水果林场工作，吃上了"县办粮"（县里的商品粮，仅次于国家商品粮，即"国家粮"）。两年后，他们生有一女。后来，水果林场不景气了，连工资都发不出，紫玉姐便果断离开了水果林场，和一个亲戚合伙，在长平中学门口开了一家早餐店，主要供应学生的早餐，卖一些油条、包子、米粉、稀饭之类，还有少许的零食。那时，焕章在长平中学读书，有时也到她这里买早餐，价钱上常常得到她的优惠。因为性格、年龄的差异，紫玉姐和她的丈夫长期不和，最后在她的一再坚持下，两人离了婚，女儿归她。后来，早餐店也因种种原因很难经营了，她便通过同村梓叔刘震寰总经理的关系，来到稀土矿招待所工作，负责招待所的采购事务。几年后，她又嫁给了广东兴宁的一个早年丧妻的老板，成了富有的老板娘——当然，这是后话了。

在焕章眼里，紫玉姐是一个为改变自己贫穷的村姑命运，既忍辱负重又敢闯敢干的美丽女子，对她的曲折人生，焕章既叹息，又敬佩。

延诚领着焕章进了招待所的一间雅间，叫来服务员点菜。

"随便吃一点，不要铺张浪费啊！"焕章笑着说。

"请放心，三菜一汤，工作餐！"延诚说。他忽然想起在矿上当财务科科长的老同学姚红，便对焕章说："你还记得我们高二（5）班的女同学姚红吗？她就在我们矿当财务科科长。我给她打一个电话，叫她一起来吃饭！"

"她也在稀土矿上班？快叫她过来！"焕章高兴地说。

延诚便给姚红打了一个电话，说在宣传部工作的老同学焕章来了，叫她马上来招待所，一起吃个午饭。然后，他又叫来服务员，多加了一个菜，多拿来一副碗筷。

"几年不见了，她应该变化很大吧？"焕章问。

"等一会儿你见了就知道了。"延诚神秘一笑说。

很快，饭菜就上桌了。

"饭菜简单，但酒还是喝好一点的吧？来一瓶高档莲花白酒？"延诚征求性地问。

"在县委党校给那些干部上培训课时，高档莲花白酒已经给我招来麻烦了，你还给我喝这种酒？喝一点普通的葡萄酒就行了！再说，姚红会来吃饭，也照顾一下她，喝葡萄酒养颜，对女同胞有好处！"焕章说。

"好吧，听你的！"延诚笑着说。

不一会儿，姚红掀帘进来了。她白白的皮肤，大大的眼睛，剪一头齐耳短发，脖子上围一条紫黑相间的真丝纱巾，上身穿一件棕红色短装皮衣，下身穿一条深蓝色牛仔裤，脚穿一双黑色半高跟皮鞋，整个人既显得干练活泼，又富有青春朝气，全没了读高中时的青涩模样。

"焕章来了？稀客！稀客！"姚红一边笑吟吟地说，一边大方地伸出纤纤玉手，亲热地和焕章握手。她又责怪延诚说："你看你这个大主任、大助理是怎么做的？老同学来了也不早点告诉我！"

"现在告诉你也不迟呀！"延诚笑着说。

三位老同学每人都满满地斟了一杯葡萄酒，为阔别几年后的欢聚干杯。

老同学相聚，话题自然离不开对学生时代的回忆、各位老同学的去向以及他们现在的工作、婚恋状况等。

在闲谈中，他们特别提到两个老同学：一个叫钟石松，他们的老班长，他们在一起读书的时候，他就已经复读三年了，跟他们一起高考时，他离录取线又差二十多分而落榜了。他每次参加高考，虽然历史、地理、政治几近满分，但都因为数学、英语才考十几二十分而名落孙山。后来他死了心，没再参加高考了，通过他当县人民医院院长的大哥的关系，在楠桥乡政府当上了"八大员"。在乡政府工作期间，他充分发挥了在学生时代培养、锻炼出来的组织、领导才能，工作很出色，再加上他大哥的人脉，不久就成为正式干部，现在已提升为副乡长了。另一个是赵恒坚，他们一起读书时，他和钟石松一样，已经复读三年了，跟他们一起参加高考时又落榜了。他落榜的原因也和钟石松大致相同，但他不死心，不灰心，愈败愈战，愈战愈勇，今年终于考取了杭州商业专科学校——也就是说，焕章大学毕业参加工作了，他才考取大专。他们两人的特殊经历，让他们三个老同学感慨不已！

当谈论到老同学们的婚恋状况时，姚红说："除了你们这些考取了大学、中专的同学迟一点，没考取什么学校、回家务农或参加工作的同学，他们大部分都结婚了，或者准备结婚了。特别是家在农村的女同学，结婚得更早，像文峰乡的曾招娣同学，她的小孩都三岁了，差不多会打酱油了！"

"穷人的孩子早成家呀！"焕章叹息说。

"你也差不多结婚了吧？"延诚接过话头，嬉笑着问姚红。

"八字还没一撇呢！我们班上可能就只剩下我一个老姑娘了！"姚红大方地笑着说。

"那更好！焕章也还没对象，俗话说，'肥水不流外人田'，我看你们两个人正合适，天赐良缘呀！"延诚哈哈大笑说。

"还老同学呢，你就会欺负我，拿我开心！我怎么配得上焕章这样的大学本科高才生呀！人家可是未来的局长、县长啊！"姚红绯红着脸说，却含情脉脉地瞄了焕章一眼。

"姚红，你这样说话，真让我无地自容了！"焕章不好意思地说。他的两颊在微微发烫。

"我可不是乱开玩笑的哦！来，干杯，预祝你们俩恋爱成功！"延诚举起酒杯说。

焕章和姚红见延诚举起酒杯站了起来，也只好有一点尴尬地举起酒杯站起来，三人碰杯，一饮而尽……

当焕章要离开稀土矿返回县城时，延诚借口说有点急事要办，请姚红陪焕章到车站并送他上车。他偷偷地朝焕章挤了挤眼，笑了笑。焕章装作没看见。

能单独送焕章，当然是姚红十分希望的，她理解延诚的好意。

"你经常回县城的家里吧？"在去车站的路上，焕章问姚红。

"是的，有时一个星期一次，有时两个星期一次。"姚红说。

"下次回县城后打电话给我，到我那里坐一坐。"焕章发出邀请。

"好的。你住在哪？"姚红期待地问。

"县委机关大院住房紧张，暂时住在民政招待所。"焕章说。

"到时我会打电话给你，请你到我家里做客！"姚红热情地说。

"好的。"焕章高兴地说。

上车后，焕章和姚红挥手告别。待班车远去消失不见了，姚红才依依不舍地离去。她一边走路一边低头遐思着什么，脸上微微笑着，两只酒窝泛起了美丽的潮红。

程冰岩副部长上午从地区（赣州）开会回来，下午就带着焕章到县电影公司传达有关会议精神：加强精神文明建设，丰富群众文化生活，把电影送到每个乡村；加强时事、科技教育，在放映故事片前，要加放时事片或农科短片；加强电影工作队伍建设，不断提高业务水平。

更重要的是，这次程冰岩副部长在地区开会时，还专门向地区电影公司要到了十万块钱，用于维修电影院和更新放映设备，这对长平电影公司来说，无疑是雪中送炭！

长平经济单一，财政困难，是一个有名的贫困县，除个别单位外，大部分单位都过着半死不活的穷日子，所以，能否向地区、省里甚至中央要到专项的扶持资金，往往成了检验单位领导是否"有能耐"的重要标志之一，为此，各个单位的领导，总是利用各种关系，削尖脑袋，千方百计"向上面"要钱，为本单位（或下属单位）"谋福利"。

程冰岩副部长这次为县电影公司专门要回了十万元巨款，县电影公司的领导自然高兴万分、感激不尽。会后，公司的领导特意在东门酒楼宴请了程冰岩副部长和焕章，并很热情地送给他们两张今晚的电影"招待票"。

晚饭后，焕章回民政招待所的住处洗完澡，换了一身干净的衣服，就兴冲冲地到电影院看电影去了。

今晚的电影是刚拍不久的新片《人·鬼·情》。《人·鬼·情》是上海电影制片厂出品的剧情片。由黄蜀芹执导，李保田、徐守莉、姬麒麟主演，河北梆子演员裴艳玲特邀演出。

这部影片是以裴艳玲的真实经历为蓝本创作的，并由本人出演，塑造了秋芸这样一个艺术上的成功女性，也揭示出现代女性所面临的困境。

具体的剧情是：二十世纪五十年代，秋芸的父母在戏班子里搭档唱《钟馗嫁妹》，小秋芸暗地里偷着学戏。后来母亲与人私奔，父亲欲带她回乡，但秋芸迷恋戏曲艺术，坚持要学戏。父亲无奈，只好教她唱男角；秋芸学艺刻苦，很快成了戏班里的台柱。在一次演出中，她被省剧团的张老师选中，正式进入剧团。二十世纪六十年代，秋芸在张老师的传带下，已成为剧团的头号女武生，师生之间也产生了真挚的感情。但张老师是有妇之夫，为了秋芸的前途，他离开了剧团。秋芸成名后，别人的嫉妒、讽刺、流言、诽谤总伴随着她，使她深感苦恼。"文化大革命"中，因无戏可演，她也结婚成家，生了两个孩子。粉碎"四人帮"后，秋芸焕发了青春，重返舞台，以精湛的技艺蜚声国内外。但丈夫对她的事业不支持，离家而去。生活的种种波折，使她深感人情寡淡，决心一辈子嫁给舞台，永远献身于艺术。

当焕章随着人流进入电影院时，只见昏黄的灯光下到处晃动着的人头，他们叽叽喳喳，嘻嘻哈哈，个个都很兴奋。

程氷岩副部长比焕章先到，已坐在那里了。

"程部长这么早就到了？"焕章亲热地问候道。

"我也刚到。"程氷岩副部长笑着说。

一会儿，就开始放映了。人们静了下来。先放时事短片，然后才放《人·鬼·情》电影。

看完时事短片后，程氷岩副部长悄悄离开了。过了一会儿，焕章忽然闻到从旁边飘来一股奇异的芳香，同时听到有节奏的急促呼吸，他不禁侧过脸一看，发觉坐在程氷岩副部长位置上的，已换成了他的大女儿小倩了！

"小倩，是你？程部长呢？"焕章惊讶地问。

"我爸爸有事回去了。"小倩不好意思地说。

"哦……"焕章点了一下头，继续看电影。

但焕章怎么也不能集中精力看电影了。他疑惑程氷岩副部长为什么中途不打招呼就悄悄离开，而叫大女儿小倩来代替他看电影。难道他是希望大女儿小倩和自己谈恋爱吗？一想到这个，焕章坐不住了。

小倩初中毕业后，因为成绩平平，她爸妈考虑到她即使读完高中，考大学的希望也很渺茫，不如让她早点出来工作，便给她在宣传部的下属单位广播电视局找了一个文员的职位。她只有初中文化，容貌也一般，如果和她谈恋爱，焕章觉得她和自己并不般配。

"小倩，我还要赶写一篇材料，不看了，我先走了，你继续看吧！"焕章找了个借口，对小倩说。

"好的！"小倩有点尴尬地说。她一定羞红了脸，好在影院里昏暗，别人看不见。

走出电影院，焕章长长地舒了一口气，心想：我中途离开，程冰岩副部长会不会不高兴呢？以后他会不会因此而对我不好呢？但感情的事，总不能勉强吧！……焕章顾虑重重地想着，慢慢地走回民政招待所。

第十四章

第十五章

今天虽然是周日，焕章仍像往常一样，起得很早，没有像一般人那样，趁假日睡个懒觉。他几乎和招待所的服务员同时起床，当他刷牙、洗脸时，服务员们也开始打茶送水、清洁卫生了。服务员小凤对他说："长住在招待所的干部，就数你最发勤了！"她说这话的时候，满眼的爱慕，满脸的羞涩，还有一丝的娇嗔。

小凤是民政招待所最年轻漂亮的服务员，她的美丽多情、温柔体贴，让焕章怦然心动。如果不是她已有了男朋友，焕章一定会对她穷追不舍的。夺人之爱，君子不为。她的男朋友在林业局工作，她未来的家公就是现任民政局副局长，她之所以能在民政招待所工作，也正因为有了这层关系。对她，焕章只能在心里作"有位佳人，在水一方"之叹了！

洗漱完毕后，焕章泡了一杯清香的绿茶，从书架上取出《中国古代文学作品选（先秦部分）》，翻到曹植的《洛神赋》，认真诵读起来。曹植，字子建，三国时期曹魏杰出的文学家，建安文学的代表人物之一与集大成者，《洛神赋》是他的千古名作。

焕章沉浸在《洛神赋》那优美动人、摄人心魂的情境中，读得如痴如醉、如幻如梦：

黄初三年，余朝京师，还济洛川。古人有言：斯水之神，名曰宓妃。感宋玉对楚王神女之事，遂作斯赋。其辞曰：

余从京域，言归东藩，背伊阙，越辕辕，经通谷，陵景山。日既西倾，车殆马烦。尔乃税驾乎蘅皋，秣驷乎芝田，容与乎阳林，流眄乎洛川。于是精移神骇，忽焉思散。俯则未察，仰以殊观。睹一丽人，于岩之畔。乃援御者而告之曰："尔有觌于彼者乎？彼何人斯，若此之艳也！"御者对曰："臣闻河洛之神，名曰宓妃。然则君王所见，无乃是乎？其状若何，臣愿闻之。"

乡城往事

余告之曰：其形也，翩若惊鸿，婉若游龙。荣曜秋菊，华茂春松。髣髴兮若轻云之蔽月，飘飘兮若流风之回雪。远而望之，皎若太阳升朝霞；迫而察之，灼若芙蕖出渌波。秾纤得衷，修短合度。肩若削成，腰如约素。延颈秀项，皓质呈露。芳泽无加，铅华弗御。云髻峨峨，修眉联娟。丹唇外朗，皓齿内鲜。明眸善睐，靥辅承权。瑰姿艳逸，仪静体闲。柔情绰态，媚于语言。奇服旷世，骨像应图。披罗衣之璀粲兮，珥瑶碧之华琚。戴金翠之首饰，缀明珠以耀躯。践远游之文履，曳雾绡之轻裾。微幽兰之芳蔼兮，步踟蹰于山隅。于是忽焉纵体，以遨以嬉。左倚采旄，右荫桂旗。攘皓腕于神浒兮，采湍濑之玄芝。

余情悦其淑美兮，心振荡而不怡。无良媒以接欢兮，托微波而通辞。愿诚素之先达兮，解玉佩以要之。嗟佳人之信修，羌习礼而明诗。抗琼珶以和予兮，指潜渊而为期。执眷眷之款实兮，惧斯灵之我欺。感交甫之弃言兮，怅犹豫而狐疑。收和颜而静志兮，申礼防以自持。

于是洛灵感焉，徙倚彷徨。神光离合，乍阴乍阳。竦轻躯以鹤立，若将飞而未翔。践椒涂之郁烈，步蘅薄而流芳。超长吟以永慕兮，声哀厉而弥长。尔乃众灵杂沓，命俦啸侣。或戏清流，或翔神渚，或采明珠，或拾翠羽。从南湘之二妃，携汉滨之游女。叹匏瓜之无匹兮，咏牵牛之独处。扬轻袿之猗靡兮，翳修袖以延伫。体迅飞凫，飘忽若神。陵波微步，罗袜生尘。动无常则，若危若安。进止难期，若往若还。转眄流精，光润玉颜。含辞未吐，气若幽兰。华容婀娜，令我忘餐。

于是屏翳收风，川后静波。冯夷鸣鼓，女娲清歌。腾文鱼以警乘，鸣玉鸾以偕逝。六龙俨其齐首，载云车之容裔。鲸鲵踊而夹毂，水禽翔而为卫。于是越北沚，过南冈，纡素领，回清阳，动朱唇以徐言，陈交接之大纲。恨人神之道殊兮，怨盛年之莫当。抗罗袂以掩涕兮，泪流襟之浪浪。悼良会之永绝兮，哀一逝而异乡。无微情以效爱兮，献江南之明珰。虽潜处于太阴，长寄心于君王。忽不悟其所舍，怅神宵而蔽光。

于是背下陵高，足往神留。遗情想像，顾望怀愁。冀灵体之复形，御轻舟而上溯。浮长川而忘反，思绵绵而增慕。夜耿耿而不寐，沾繁霜而至曙。命仆夫而就驾，吾将归乎东路。揽騑辔以抗策，怅盘桓而不能去。

焕章反复诵读，他的记忆力极好，只用了半个多小时，就一字不漏地背诵出来了。背诵完《洛神赋》，他凝望着窗外痴痴地想：建安大才子曹子建无限倾慕、魂牵梦萦的女神是美丽多情的宓妃，我生命中美丽聪慧、温柔多情、善解人意、能让我梦魂萦绕的女神在哪里呢？

良久，焕章轻轻叹息一声。他合上书本，把它放回书架，穿上西装外套，到饭堂吃早餐去了。

饭堂里已有不少人，认识的和不认识的。焕章和几个熟人打了一声招呼后，便到买饭的窗口买了一只肉包、一只馒头、一根油条和一碗稀饭，找了一个空位置坐下，慢慢吃了起来。

吃完早餐，焕章手拿一只热气腾腾的茶杯，来到民政招待所的大院里，一边惬意地品茶，一边漫步。天蓝莹莹的，阳光很温暖。松柏苍翠碧绿，菊花金黄灿烂。一对多情的鸟儿，在树枝上相随跳跃，婉鸣着对唱情歌。

八点多钟了，同在民政招待所长住的县政府的小王、县人大的小李、县政协的小孙、县纪检的小胡才陆续起床，他们在房间门口刷牙、洗脸。焕章和他们一一打过招呼，又漫步了一会儿，便回自己的房间看书去了。难得周末有空闲的时间，他要多读点书，不断提高自己。

这一会儿，他看的是胡适先生著述的《中国古代哲学史》。这本书焕章已看了一个多月，现在差不多要看完了。焕章认为，中国哲学史上最光辉灿烂的时代是"百花齐放、百家争鸣"的春秋战国时期，那时期诞生的各种哲学思想奠定了中国以后各个时代的哲学基础，换一句话说，以后各个时代的哲学思想，只不过是先秦诸子百家哲学思想的延续或深化而已，但在哲学思想的丰富多彩方面，却远不如先秦哲学，因为在大一统的时代，儒家思想占了统治地位。在群星灿烂的古代哲学家中，焕章最喜欢老子，老子那"顺乎自然""天人合一""清静无为"的哲学思想，对他影响很大。老子的《道德经》，他不知诵读了多少遍，甚至能倒背如流了。

焕章专心致志地看书，遨游在哲学的海洋里。忽然，小凤敲门并探进头来说："焕章，服务台有你的电话，快点！"

"谁打来的？"焕章问。

"我哪里知道是谁呀！总之是一个细妹子（年轻姑娘）呗！"小凤说这话时，语气有点酸酸的。焕章不觉笑了笑，赶紧往服务台跑去。

"喂，你好，哪位？"焕章拿起话筒问。

"我是姚红。中午请你赏脸，到我家吃个便饭！"话筒里传来姚红热情洋溢的声音。

"这么客气呀，好啊！"焕章高兴地说。他知道姚红周末从稀土矿回县城来了，她是在家里给他打来的电话。她爸爸是"老建办"主任，县正局级干部，家里装有电话。

"你家住在哪里啊？"焕章对着话筒问。

"在马蹄岗。十一点钟，我会在门口等你，不见不散啊！"姚红在话筒里热切地说。

"好的！"焕章爽快地说。他放下电话，忽见小凤正用愁怨的目光望着他，他有点不自在起来，好像做贼心虚一般，赶紧离开服务台，跑回自己的房间。

焕章看了一下手表，十点多了，还有一点时间，又抓紧看了几页书，然后才合上书本，把它放回书架。

他找来一把黄褐色的牛角梳子，又从衣箱里找出金利来领带，对着镜子"梳妆打扮"起来。

这条金利来领带焕章好久没用了，打起来竟有点生疏。在大学读书的时候，因为刚打开国门不久，受中国港台、西方生活方式的影响，穿西装、打领带便成了学子们追求的时尚潮流，自然，焕章也不例外，他很喜欢穿西装时的端庄和潇洒。参加工作后，有一次焕章西装革履，打着这条金利来领带去上班，在县委办公大楼门口恰好碰到了也去上班的组织部曾葆寿部长，他把焕章上下打量了一眼后，说："你今天打扮得很潇洒啊，有一副归国华侨的派头哦！"语气里透出一股嘲讽。焕章的心像被蜇了一下，表情很是尴尬。他一走进办公室，就悄悄地把领带解了下来。他明白了，长平不是南昌，不是大都市，只不过是一个闭塞、落后的小山城，穿西装、打领带这些"洋"打扮，一些"土"味十足的人是看不惯的。从那时起，他就一直把这条金利来领带藏在衣箱里，今天才让它重见天日。"今天是周日，不是上班时间，就是再次碰到曾葆寿部长我也不怕！"焕章在心里说。

打扮停当，焕章看到镜子里的自己精神抖擞、焕然一新，满意地笑了。他一看手表，差不多到十一点了，便带上门出去了。

长平虽然是一个贫困县，但自一九七八年十二月党的十一届三中全会召开以来，国家实行改革开放毕竟已有八个年头了，县城街道两旁的商铺多了不少，商品也丰富了许多，假日来逛街、购物的人也多了起来，不时还可以碰见外地来的游走商贩，贩卖一些工艺首饰、儿童玩具或外地特产，与焕章在长平中学读书时街道零落清淡的状况大不相同。此外，街道两旁还随处可见有关单位宣写的红布横幅标语："加强社会主义精神文明建设！""加强党的领导，坚持改革开放！""团结起来，振兴中华！"……

焕章风度翩翩地行走在大街上，不时有年轻的姑娘向他看来，让他小小的虚荣心得到了满足。

将到马蹄岗时，焕章在街道边的一个水果摊上买了几斤上好的苹果。第一次到人家那里做客，总不方便空着两手。

姚红早站在院子门口等候着他了。今天她穿了一件橙红色中长毛呢大衣，一条咖啡色紧身小喇叭裤，一双棕色高跟皮鞋，显得更富活力和朝气。

"欢迎贵客光临！"她俏皮地对焕章说，"瞧你，还带什么礼物呀！"

"几个水果，不成敬意！"焕章笑笑说。

姚红家在一个四合院内。院内住了四户人家，左右各两户，姚红家在右边第一户。

姚红全家人都欢迎焕章的到来。她爸爸姚宽宏主任和焕章认识，一起在县委开过几次会；她妈妈是县人民医院的儿科医生，妹妹在林业局工作，弟弟还在读高二，他们和焕章第一次见面。互相寒暄后，姚红的妈妈和妹妹到厨房煮饭菜去了，她弟弟躲进书房里看书，只留下她和爸爸陪焕章边吃瓜子花生，边喝茶聊天。

"焕章，你家乡在篁乡哪个村啊？"姚主任微笑着问。

"田背排村。"焕章含笑着回答。

"父母做什么的？"

"他们都是老实巴交的农民。"

"家里有多少个兄弟姐妹？做什么的？"

"我有五个兄弟姐妹，我最小。我大哥在赣州军分区362医院工作，另外几个哥哥姐姐都在乡下务农，他们都成了家。"

"爸爸，你问这些干什么？好像是公安局的在查户口一样！"姚红撒娇地责怪爸爸说。

"随便问问嘛。"姚主任笑笑说。

"没关系，随便聊聊。"焕章也笑笑说。

"你大哥在赣州军分区362医院工作？叫什么名儿？"姚主任问。

"叫刘良翊。"焕章说。

"呼吸内科的刘良翊军医？"姚主任问。

"是的。"焕章点头说。

"他很出名哦！他是呼吸内科专家，医术很高明，我们县到赣州看病的都会去找他。前不久我到赣州军分区362医院检查了一下身体，也找过他。他对人很热情，口碑非常好！"姚主任高兴地说。

赣州军分区362医院也对地方老百姓开放，所以有很多老百姓到那里去看病。

"我大哥每年都会回老家一次。每次回来，他都免费为乡亲们看病。来找他看病的乡亲们很多，方圆几十里内的患者，每天都排成长龙队，不忙到三更半夜不能休息！"焕章自豪地说。

姚主任赞许地点点头。因为焕章有一位了不起的大哥，他对焕章更增添了一分好感。

吃饭时，姚主任执意请焕章和自己一同坐在上席，姚红则挨着焕章的座位坐下，她妈妈则挨着她爸爸的座位坐下，然后依次是她的妹妹和弟弟。满满一桌佳肴，鸡、鸭、鱼、肉、豆腐、冬笋、香菇、木耳……应有尽有，色香味俱全。

"焕章，欢迎你的光临！祝你前程似锦、步步高升！来，干杯！"姚主任首先举起酒杯向焕章敬酒。

焕章连忙起身，拿起酒杯恭敬地说："谢谢姚主任！祝您身体健康、万事如意！以后请您多多指教！干杯！"

两人碰杯，一饮而尽。

接着，焕章又回敬了姚主任一杯酒。

姚红妈妈也给焕章敬了酒，焕章也回敬了她，还赞美了她精湛的厨艺。

"吃菜，吃菜，别只喝酒，容易醉啊！"姚红的妈妈一边说，一边热情地给焕章夹了一块鸡腿肉。

"谢谢，我自己来！"焕章忙不迭地说。

姚红也不住地给焕章夹菜，生怕他不敢吃菜似的，他饭碗上的菜都堆得冒尖了。

姚红又给焕章敬酒。"一切情意，尽在酒中！"说完，她的脸变得羞红羞红的。焕章不觉也有一点难为情起来。两人碰杯，一饮而尽。

姚红的妹妹、弟弟也向焕章敬了酒，焕章也回敬了他们，祝她妹妹工作顺利，祝她弟弟学业进步。

焕章不胜酒力，醉醺醺的，有点头重脚轻了……

焕章回民政招待所时，是姚主任打电话叫来他单位的司机，由姚红陪伴着，用吉普车把他送回住处的。他虽然没有烂醉如泥，但也整整睡了一个下午才醒来。

姚红的爸妈今天那么热情招待焕章，除因为他是姚红的老同学外，更主要的原因是为了"相女婿"，顺便了解一下他的家庭情况。通过今天的考察，对于焕章本人，他们是很满意的，虽然他个子不很高，但戴一副近视眼镜、西装革履的他温文尔雅、风度翩翩，至于他拥有的大学本科学历和在宣传部的工作，那更是没的说了，是百里挑一的好！姚红今年二十二岁了，作为女孩子，早已到了该结婚的年龄，他们衷心希望她和焕章能谈成恋爱，走向婚礼的殿堂，了却他们做父母的心愿。

感觉敏锐的焕章当然觉察到了他们的心思，不过他有自己的想法。对于姚红，作为老同学她是很不错的，但如果作为恋人，他觉得她不是很合自己的意。姚红的容貌不错，称得上是个美女，她的工作和职务也没说的，可她的性格过于外向、张扬，从恋人的角度，这点他不是很喜欢，他更喜欢温柔、贤淑的姑娘，因为热情、奔放的莉莉对他造成的伤害，已经在他的心里留下了难以抹去的阴影。为了避免对姚红和她的家人造成什么伤害，焕章决定表面上对姚红疏远一点，以断了她心中的念头。

于是，当姚红下一个周日又邀请焕章到她家里吃饭时，焕章便委婉地借口说，他要到外地出差，不能前来。

再下一个周日，姚红又主动邀请焕章去看电影，焕章又委婉地借口说，有亲戚来访不能赴约。

看到焕章没什么反应，姚红热恋的心便渐渐冷却下来，以后再也没主动去邀请他了。

若干年后，焕章每每想起姚红和她爸妈的热情款待，他心里总是暖融融的，而对于姚红，他总觉得在感情上亏欠了她一点什么，因而在心头上总有一缕歉疚在悠悠地飘荡。

今天的气温下降了许多，到0℃以下了。

早上起来时，焕章感觉到好冷，穿了一件长袖毛衣和一件毛衣背心还不够暖和，就干脆把棉衣也穿上了。到门口刷牙时，冷水刺激牙龈，有一种疼痛感。嘴里呼出的气体成了长长的白雾，如一条条白色的小龙飞逝在空中。大院里的梧桐树叶枯黄了，被北风刺啦啦一吹，便天女散花般飘旋下来。小鸟们也怕冷，没了往日的雀跃和欢歌，缩着头站在树枝上瑟瑟发抖。

焕章洗漱完毕回到房间，服务员小凤送了一瓶热水进来，见他的被子没叠好，就帮他叠被子。"不用不用，我自己来！"焕章连忙不好意思地说。但小凤似乎没有听见，继续帮他把被子叠好，又帮他把地打扫干净，然后脉脉地看他一眼，羞红着脸带上门出去了。焕章心里一热，既温暖又感激，同时又轻轻地叹息了一声。

他照常晨读，先拿出《英语常用会话》读了几页，然后又拿出《诗经》背诵了一下《蒹葭》：

> 蒹葭苍苍，白露为霜。所谓伊人，在水一方。溯洄从之，道阻且长。溯游从之，宛在水中央。
> 蒹葭萋萋，白露未晞。所谓伊人，在水之湄。溯洄从之，道阻且跻。溯游从之，宛在水中坻。
> 蒹葭采采，白露未已。所谓伊人，在水之涘。溯洄从之，道阻且右。溯游从之，宛在水中沚。

他猜想，小凤一定在附近默默地听他诵读吧，所以他也就诵读得格外声情并茂。

晨读完毕后，焕章到饭堂吃过早餐，然后走出民政招待所，去宣传部上班了。

当他来到东门大桥时，碰见了老同学汪承嘉，他手里提着一大竹篮鱼、肉、豆腐、葱蒜、包菜等，满脸通红，看来重量不轻。"承嘉，这么早，买了那么多菜啊！"焕章亲热地招呼道。

"我是做苦工的命，哪像你，做大干部的！"承嘉自嘲地笑着说。

"亏你还是老同学，这样调侃我！"焕章笑着拍拍他的肩膀，"你现在也很不错呀！"

承嘉和焕章同一个村，小学和初中都是同班同学。承嘉的父亲在县粮管所工作，米、谷、糠都不缺，家里每年都要养几头大肥猪，生活条件很好。在旭阳中学读初中时，焕章和承嘉住在同一个宿舍，因为两人关系很好，贫寒的焕章吃过他不少从家里带来的好菜。后来，焕章考入重点中学——长平中学读高中，承嘉成绩差一些，则留在旭阳中学读高中，两人才分开。再后来，焕章考上了大学，承嘉却高考落榜了。落榜后，承嘉的父亲让承嘉在"林业大酒楼"学习厨艺。承嘉刻苦好学，几年后成了大厨师，而且深得酒楼老板信任，酒楼出什么菜品，采购什么食材，都让他负责。焕章刚从大学毕业回到长平工作时，承嘉就曾设宴招待过他，两位老同学一起叙过旧，聊过天。

"你忙吧，我上班去了！"焕章说。

"有空来坐坐，喝两杯！"承嘉说。

"好嘞！"焕章挥挥手，笑着说。他继续朝县委大楼方向走去。

同事们陆陆续续回到了部里上班，见面后彼此招呼、寒暄。焕章整理好办公桌面后，到县委食堂的开水房打了两大瓶热水回来，从茶叶罐里抓了一撮庐山云雾茶，在景德镇白瓷大茶壶里冲泡了一大壶热茶，给每位同事倒了一杯。这时，通讯员小王也送来了今天的报纸、杂志、信件和有关材料、文件，廖子厚秘书把它们分类夹好、放好或发给相关的同事。一会儿后，大家便忙于翻阅今天的报纸、杂志、信件或有关材料、文件。

"祥辉，你昨天发送的新闻稿今天见报了！"正在浏览《赣南日报》的廖子厚秘书高兴地说。

"哦，这么快啊！"陈祥辉高兴地走了过去。其他同事也围上去看，一边祝贺陈祥辉。

这篇新闻稿的题目是《县委书记黄涛调研乡村建设工作》，是陈祥辉昨天上午采写的，因为要赶时效，写好后他马上用部里的传真机传送到《赣南日报》社新闻部，所以第二天就发表出来了。

这篇新闻刊登在第一版的中间位置上，全文如下：

县委书记黄涛调研乡村建设工作

赣南日报讯（特约通讯员/陈祥辉）　十二月三日上午，长平县委书记黄涛，带领县委办、农机局、国土局、环保局、卫生局、民政局、城建局、乡企局、人行、长平中学、县医院、水果林场、阿健养殖等相关单位及企业负责人调研乡村建设工作。

黄涛书记一行到文峰乡图合村，走村入户详细查看了图合村的村容村貌、土地面积及使用情况，听取了相关负责人的汇报并在图合村村委会召开了座谈会。

在座谈会上，黄涛书记听取了各相关单位负责人关于如何建设图合村的意见和建议。他强调指出，要搞好图合乡村建设，一是科学研判，高水平、高质量规划。以乡村建设十六字方针为指导，以超前的策划为先导，科学的规划为引导，吸引有思想、有文化、有担当的本村各界人士参与建设策划、建设规划、建设落实，规划要彰显生态绿色、地方特色、为民本色。二是要利用优势，高水平、高质量推进。将丰富的优势、优质资源进行充分整合，充分利用区位优势、文化优势、产业优势促进乡村建设。图合村道路交通便利，历史文化深厚，商贸物流发达，要充分结合本村实际，充分利用良好的生态本底，充分挖掘乡村优势资源，充分利用有利的时机，加快推进图合村的建设。三是要找准定位，高水平、高质量发展。以产业发展促进乡村建设，图合村要找准定位，以产业发展为主导，强力打造实体经济，大力发展传统优势产业，立足乡村自身优势加快特色农业产业发展，打响农业优势特色品牌，做强做长产业链，实现农产品规模化、标准化、良种化、品牌化，打造种植、养殖结合的生态循环农业，加大土地规范化经营，进一步推进一、二、三产业融合发展。四是要集思广益，高水平、高质量工作。用好政策，发动群众，集思广益，充分发挥好本村群众的力量，发挥本村在外人士的优势，加强宣传引导，给群众讲清讲明讲好，争取群众的理解、群众的支持、群众的参与。各相关部门要结合自身工作职能，主动担当、主动对接、主动服务，形成工作合力，学习借鉴经验，巧借外力，想方设法，解决难题，注重细节，精工细作，加快推进乡村建设工作。

随后，黄涛书记一行到常宁镇调研医养结合工作。

"焕章，在我们宣传部，就你学历最高，有机会你也写写新闻稿，展示一下你的才华！"廖子厚秘书满含期望地微笑着说。

"我从来没写过新闻稿，恐怕不行。"焕章谦虚地说。

"谁也不是天生就会写的。再说写新闻稿也不难，你的文学功底那么好，肯定没问题！"廖子厚秘书鼓励他说。

"那……好吧！以后碰到好的新闻素材，我就试试。"焕章只好说。

在宣传部，每位同事都有具体的分工：程氷岩副部长目前主持工作，抓全盘；廖子厚秘书协助副部长工作，同时兼任"新闻报道组"组长，报道组成员还有罗卫国和陈祥辉两位干事，长平的新闻报道主要由他们三人负责；谢运华干事负责理论学习；焕章负责社会宣传；何云龙干事负责驻舆乡坪庄村的蹲点扶贫（该村是宣传部的定点扶贫对象），每星期只回部里一两次；谢永松干事负责文明创建工作。因为对外宣传长平、树立长平外在的良好形象，是宣传部的重要职责之一，所以新闻报道的工作虽然主要由报道组的三位同事负责，但其他同事也会积极参与，遇到有价值的新闻素材，都会写写新闻稿。

但焕章不喜欢也不愿意写新闻稿，这不是他不会写，也不是因为新闻报道主要是报道组三位同事负责的事，而是因为现在发表、报道的新闻有的所含的水分太多。而群众的眼睛是雪亮的，他们都知道作者是在"吹大炮"，甚至给喜欢写这类新闻稿的人起一个"某大炮"的绰号。作者本人也清楚，自己说了假话、大话。但焕章是个很刚直的人，不然，在他的大学毕业纪念册上，他的同学就不会为他写下"铁肩担道义，妙手著文章"的赠言。要他说假话、大话，他的良心会不安，所以他不愿意，为此，他很矛盾，也很痛苦！

这次他答应了廖子厚秘书，会去"试试"、写写新闻稿，可不能食言啊，怎么办呢？到哪儿去寻找货真价实的新闻素材呢？焕章才工作几个月，对各局、室、办和各乡、镇、村的情况并不很熟，他也没有新闻报道组那三位同事的工作便利，可以随时前往某单位、某地方进行调查、采访，要想获取有价值的新闻素材并不容易。他烦恼了，一时不知道怎样才能完成这次自己"承诺"的任务。

正当焕章一筹莫展的时候，他忽然想起了长平中学——他曾读了三年高中的地方，还有那些教过自己的老师，他最熟悉不过了，下午刚好有空，就到那里走访一下，看看有没有可写的新闻素材，顺便再拜望一下自己的老班主任、现任办公室主任的陈盛华老师。想到这里，他的心立即多云转晴般开朗起来。

焕章下午到达长平中学时，学生们刚好上完第一节课下课了，陆陆续续从教室里走了出来。当他看到走廊上、过道上那些生龙活虎、充满朝气的男女学生时，不禁想起自己在这里度过的三年难忘的高中时光：自己在操场上做早操、在跑道上跑步的情景，自己在教室里认真上课、回答问题的情景，自己在"老县中"的后山上独自复习的情景，自己在流经学校的清澈小溪边洗衣服的情景，自己在学校饭堂排队买饭、吃饭的情景，自己在洗澡房冬天排队打热水洗澡的情景，自己在"红军楼"的男生宿舍熄灯后摸黑上床睡觉的情景，以及老同学们一个个青春的身影和老师们一张张和蔼的笑脸……这些，就像电影的蒙太奇镜头一般，一幕一幕浮现在他的眼前。时间过得真快啊，自己高中毕业离开母校已经四年多了，现在回想起来，却好像是一瞬间的事，刚才浮现的那些镜头仿佛就发生在昨天，"逝者如斯夫，不舍昼夜"，他不禁生出许多的感慨来。这样想着，他不觉就到了长平中学行政大楼二楼的学校办公室。

因为来前已打过电话，焕章的老班主任、现办公室主任陈盛华老师已在办公室里等候着他了。

"公事公办，买什么水果呢！"陈盛华老师笑着说。他还是焕章做学生时的幽默风格。

"顺便看看自己的老师，应该的！"焕章恭谦地说。几斤苹果和橘子，是他在来时的路上买的。

　　闲聊了一会儿，便归入正题。

　　"你来得正好，我们学校刚好有一件值得宣传的好人好事！"陈盛华老师说，"我们高一年级有一个品学兼优的学生叫王志强，患白血病已经3年了，家里早一贫如洗，而且负债累累。以前，我们学校和其他学校曾一起为他组织过一次捐款，最近，我们学校又为他组织了一次捐款活动。他的班主任李海燕老师带头捐款，自己捐了80元——差不多是她一个半月的工资了，她班上的卢颖欣同学也捐了25元，周旻曦同学也捐了20元，陈铭生同学也捐了15元，全班共捐了216元，为全校之最……"

　　焕章了解着，记录着。他很感激陈盛华老师为他提供了那么好的货真价实的新闻素材。他和恩师告别后，马上回到宣传部，根据刚才的采访记录，写下了一篇通讯报道，并用部里的传真机发送到《江西日报》新闻部。

　　第二天，他的这篇通讯报道，一字不漏地刊登在《江西日报》第二版的头条上，全文如下：

多一些温情　多一线希望
——长平中学师生为重病志坚的王志强同学踊跃再捐款

　　江西日报讯（通讯员/刘焕章）近日，长平中学全体师生积极响应学校倡议，发扬"一方有难，八方支援"的优良传统，为品学兼优、重病志坚的王志强同学再次踊跃捐款，共捐善款2642.30元，谱写了一曲感人至深的扶贫济困、团结友爱之歌。

　　今年9月，身患白血病3年却仍与病魔做顽强斗争的王志强同学，通过努力学习，如愿考上了长平中学。早在1983年，他就被查出患有"慢性粒细胞白血病（CGL）"和脾脏肿大。本来就生活贫困的一家人，为他治病负债累累。当时，包括长平中学在内的多间学校都曾为他捐款，但在高昂的医疗费用面前总显得杯水车薪。他的基本用药一天开支就将近30元。现在，因家庭经济条件实在困难，王志强同学已处于半停药状态，亲人最伤痛却又万般无奈……长平中学的领导知道这个情况后，便向全校师生发出了为重病志坚的王志强同学再捐款的倡议书，全校师生积极响应号召，踊跃捐款，很快，就捐集了人民币2642.30元，其中教职工捐款1200元，学生捐款1442.30元。

　　在这次捐款活动中，尤其值得一提的是高一（6）班的全体同学，他们在班主任李海燕老师的宣传、带动下（她带头捐了一个半月的工资80元），捐款最为积极，全班共捐款216元，为全校之最，其中卢颖欣同学捐了25元，周旻曦同学捐了20元，陈铭生同学捐了15元。卢颖欣同学说："为有困难的同学提供力所能及的帮助，这是我应该做的，也让我感到开心！"

长平中学的领导、老师不仅仅把这次捐款活动当成一次义举，更把这次捐款活动当成一次对全校学生进行爱心教育、奉献教育的大好机会，它的意义已超越了捐款本身。

目前，长平中学师生所捐的善款已转交到王志强同学和他的家长手中。王志强同学感动地说："感谢老师和同学们的又一次无私捐助！我一定会顽强、乐观地生活下去，努力学习，练好本领，将来好好报效国家、报效社会！"

同事们纷纷向焕章表示祝贺，并互相传阅着登有他的通讯报道的《江西日报》。

"我就说嘛，你一个大学本科的高才生，写新闻一定行的！没错吧？"廖子厚秘书高兴地表扬焕章说。

"写得不好，请子厚秘书多指正！"焕章谦虚地说。他知道，自己对新闻写作还不是很熟练，和部里的老同事相比还有差距。

程冰岩副部长也表扬了焕章，鼓励他继续努力，为长平的宣传报道做贡献。

焕章发表了这篇通讯报道，似乎改变了同事们认为他不会写新闻稿的看法，大家都对他刮目相看了。

上午下班后，焕章路过县委办公室温俊才秘书的房间门口时——他就住在油印室旁边，被他叫住了，请自己进去坐坐。

"俊才大师兄有何指教？"焕章半开玩笑、半认真地说。

"谈不上指教，随便聊一聊。"温俊才秘书温和地笑着说，给焕章冲泡了一杯龙井热茶。

温俊才秘书是"老三届"，一九七七年恢复高考后，考入江西师范学院（即后来的江西师范大学）中文系，是焕章的同门大师兄，只不过焕章读大学时，他早已大学毕业了。因为有这层师兄弟的关系，他们之间便比较亲密、随便，平时私下里也无话不谈。

温俊才秘书的经历比较波折：小时候，父亲被打成右派，他随父亲从县城被赶到乡下楠桥的农村老家；读高中时因"停课闹革命"，只好辍学回家务农；后受"父母之命，媒妁之言"，和一个农家姑娘结了婚，生了两个儿子；一九七七年恢复高考后发愤努力，才实现了自己的大学梦；在大学时因多才多艺，人又帅气，被众多女同学追捧；毕业时分配到赣州行署教育局工作，因他妻子告他"移情别恋"，是当代的"陈世美"，他被下调到老家的长平中学当老师；黄涛当了县委宣传部部长后，因需要会写的笔杆子，才把他调到宣传部；再后来，随着黄涛部长提升为县委党群副书记、县委书记，他也就被调到县委办公室任秘书。他和妻子的关系一直很别扭，他多次提出离婚，但他的妻子死活不肯，搞得沸沸扬扬的，因为这个原因，影响了他仕途的进一步发展，不然，按他的文笔才华和工作能力，早就是正局级以上的领导干部了！这也是他的所有至爱亲朋为他深感惋惜的地方。焕章见过他的妻子，人高高的、瘦瘦的，皮肤黑黑的，长得比较难看，又没有什么文化，是一个很普通的农村妇女，确实配不上帅气多才的温俊才秘书，再加上两人志不同道不合，也难怪他会闹离婚。

"最近工作怎么样？"温俊才秘书微笑着问。

"唉，有点烦心！"焕章叹一口气说，他便跟温俊才秘书说起写新闻稿的事。

"你有文才，多写一写新闻通讯是好事。我看了你发表在《江西日报》上的那篇文章，写得很不错啊！"温俊才秘书鼓励他说。

"我在宣传部时，做你现在一样的工作，同时写了不少新闻报道，还被《赣南日报》社评为'优秀通讯员'呢！"温俊才秘书说着，一边从书橱上取出一本《应用文大全》，递给焕章，"这是我当年的奖品。"

焕章接过书，打开第一页，只见上面写着"奖给优秀通讯员温俊才同志"，右下方盖有《赣南日报》社的公章，时间是一九八三年十二月。

"这本书就送给我吧！"焕章说。他觉得这本书很实用，对他也是一种鞭策。

"你想要就送给你吧！"温俊才秘书大方地说。

"黄涛书记知道我们有师兄弟的关系，有一次他私下里对我说，你的文笔那么好，希望你给他写一篇报告文学。"温俊才秘书说。

"叫我给他写一篇报告文学？写什么内容呢？"焕章有点惊讶，又有点为难地说。

"你那么有文学才华，写什么内容要我教你吗？自己收集材料去啊！"温俊才秘书微微一笑说。

"哦……那我考虑一下。"焕章疑虑地说。

两人又聊了点别的什么，焕章便告辞了，因为他要赶回民政招待所吃午饭，午饭后还要午休——他有午休的习惯，不然，下午和晚上他都没精力做事。

从温俊才秘书房间出来，焕章有点心事重重。黄涛书记虽然是县委一把手，但他实在知之甚少，难以凑成一篇洋洋洒洒数万言的报告文学，难道要他违背事实去添油加醋甚至胡乱瞎编吗？就像要他违心地说假话、大话写新闻报道一样？那他同样会良心不安、寝食不宁的，他不愿意也不能那样去做！

因为焕章有这种思想，所以后来他还是很少写新闻报道，给黄涛书记写一篇报告文学的事，也不了了之。对此，有关领导对他很不满意。

乡城往事

第十六章

昨晚下了一场大雨，今早起来时，地上还湿漉漉的，低洼处还形成了一个个小水坑，就像一只只泪汪汪的眼睛。因为下了雨，再加上刮着北风，让人感觉更加寒冷，焕章便多穿了两件寒衣。

他洗漱完毕后，虽然天气寒冷，但仍按平时的习惯，诵读了半个小时的古典文学和常用英语口语。吃过早餐后，到八点钟时，他准备到宣传部上班去了。

他刚要出门，天却又飘起了霏霏小雨，就像一个昨晚发了一场大脾气的女人，早上起来后怨气未消，仍要冷言冷语唠叨一番，一时半会儿还不会消停。焕章没有雨伞，只好向服务员小凤借了一把。因为他撑了一把女人用的花伞，像一朵移动的鲜艳蘑菇，一路上都有人对他侧目私语。焕章心里既好笑又叹息，他们怎么那么保守、封建呢？记得自己在省城读大学时，男女同学之间相互借伞是常事，没有人会因为男生擎一把女生用的花伞，或女生擎一把男生用的雨伞而被嘲笑的。

焕章刚来到部里坐下，通讯员小王就递给他一封信。信是赣州的大哥良翊写来的。信中说，他已从362军医院转到赣州地区人民医院并任呼吸内科主任了，以后有什么事，按新的通讯地址和他联系；同时，他要焕章好好工作，多向老同事学习，不要辜负亲友们的厚望。焕章便给大哥写了一封回信，表示请大哥放心，他一定会努力工作的，同时汇报了这几个月来他的工作、学习情况。写完信，他把信封好，投进了一楼的邮政信箱里。

回到部里，焕章和同事谢永松一起，编辑了新一期《宣传工作》，并油印了二百份，把它们一一装订好。然后他帮廖子厚秘书送了一篇《冬季送温暖　情意暖寒冬》的好人好事新闻稿件到广播电视局。送完稿件，他一看时间不早了，就顺路回民政招待所去了。

焕章利用午饭前的一段时间，在房间里构思他的中篇小说《青春梦》，忽然听到外面有人敲门，他只好放下手中的笔，起身去开门。

"你就是焕章哥吧？"门口站着两位漂亮的姑娘，其中高一点的姑娘腼腆地笑着问。

"是的。你们是……？"焕章有点茫然地问。他并不认识她们。

"我们是你二哥新营介绍来的。"另一位稍矮一点的姑娘大方地说，然后递给焕章一封他二哥写来的信。

"哦，请进，请坐！"焕章接过信，连忙招呼说。既然是二哥介绍来的客人，他没有理由不热情。

他请她们坐下，分别给她们冲泡了一杯铁观音热茶，又拿出一包炒花生请她们吃，然后打开二哥的信件，认真看了起来。信很简短，里面写道：

焕章弟：

　　你好！

　　见信后请带李春梅、严红英两位同志到县采茶剧团赴考。

　　这两位女同志是我乡业余剧团的优秀演员，她们想参加县采茶剧团招收新演员的考试。你无论工作再忙，都要带她们去县剧团找福明老师，为她们办好报考手续，并请你在食宿方面给予关照。考完后，把她们的考试结果写信告诉我。在此，我代表乡文化站和她们本人向你深表感谢！

　　　　　　　　　　　　　　　　　　　　　　　　二哥新营

　　　　　　　　　　　　　　　　　　　　一九八六年十二月九日

"你们想报考县采茶剧团？好啊！哪位是春梅，哪位是红英？"焕章微笑着问。

高一点的漂亮姑娘说"我是春梅"，稍矮一点的漂亮姑娘说"我是红英"，她们介绍完自己，相视莞尔一笑，挺可爱的样子。

采茶剧是中国较为出名的一个民间剧种，它主要发源于赣南一带，与地区盛产茶叶有关。明朝时期，赣南茶区每逢谷雨时节，劳动妇女上山，一边采茶一边唱山歌，以鼓舞劳动热情，这种在茶区流传的山歌，被人称为"采茶歌"。采茶剧由民间采茶歌和采茶灯演唱发展而来，继而成为一种有人物和故事情节的民间小戏。采茶剧的演出剧目多反映劳动人民的生活，其特点是表演欢快，诙谐风趣，载歌载舞，喜剧性强，富有浓郁的乡土气息，颇受群众喜爱。但到了二十世纪八十年代，国家实行改革开放后，随着电影、电视、文艺报刊等的迅速发展，人民群众的文化生活已多元化，采茶剧的发展受到冲击，不再像以前那么鼎盛了，但政府为了保护具有地方特色的传统文化，赣南各县还是保留了一个采茶剧团，长平采茶剧团就是其中一个。采茶剧团的演员流动性较大，每隔两年就会招考一批新演员。农村不少高考无望但富有艺术细胞的男女青年，为了跳出"农门"，改变自己的人生命运，这时就会前来报考。

二哥新营热爱文艺，喜欢表演艺术，他参加了篁乡的业余剧团，经常随团下村演出，或代表乡里到县城参加文艺会演，这两位姑娘，应该就是他业余剧团的同事了。而信里面说到的"福明老师"，也是焕章在田背排小学读书时的音乐老师。那时他不是正式老师，是代课老师。因为他自学成才，吹拉弹唱样样拿手，在乡里小有名气，而小学又缺少音乐人才，村里就请他在小学做了代课老师，教音乐课。他还是小学文艺宣传队的指导老师，焕章读小学时就是文艺宣传队的一名骨干演员，他对福明老师十分崇拜和尊敬。后来，福明老师考进了县采茶剧团，从此离开了小学，做了一名专业演员兼二胡乐师。

"什么时候考试？"焕章问。

"今天报名，明天上午考试。"春梅和红英回答说。

"行！等一下我打电话给剧团的福明老师，叫他先给你们报好名，"焕章说，"然后我给你们在民政招待所开个房间，下午和晚上你们就准备一下明天要考试的内容。"

"好的，谢谢焕章哥！"她们俩甜甜地感谢说。

焕章当即到服务台先给剧团的福明老师打了个电话，请他为春梅和红英两位姑娘报了名，然后又以自己的名义为她们开了一个双人床房间，中午吃饭时，他又请她们在招待所附近的一个小餐馆里吃了一顿好饭菜。他的热情招待让两位姑娘深受感动。

下午，焕章到她们住的房间看望她们，了解一下她们明天考试的内容。她们说，明天是初试，主要是考查身材、容貌、嗓音、普通话等，如果合格，下次就进行复试，主要考查动作的灵敏性。

就外貌方面，两位姑娘都长得姣美，应该没问题。但红英身材要好一些，更苗条饱满；春梅则嗓音要好些，更清亮甜美。她们各有千秋。而她们有一个共同的弱点，就是普通话不是很好，土话味太浓。其他方面焕章帮不上忙，但普通话可以帮她们突击提高一下，于是，他回自己的房间里找来老舍的散文《春》，自己先范读，然后叫她们试读，一个字一个字地纠正她们的读音，忙了一下午。

春梅和红英毕竟是乡下来的姑娘，衣着打扮难免有一些土气，焕章又托服务员小凤，从她同事那里给她们借了两套合身的时装，明天考试时好穿，她们俩自然感激不尽了。

晚上，她们在自己房间里练了一夜的嗓子。

第二天上午，焕章带春梅和红英来到位于中山路南门口的县采茶剧团，只见剧团大院里已有不少等待考试的男女青年了。焕章找到福明老师，把两位姑娘交给他，并嘱咐他多关照她们，然后就到县委宣传部上班去了。

将近十点时，焕章接到了春梅从剧团传达室打来的电话，说她们初试考完了。焕章就从县委办公大楼出来，到剧团门口接她们。

"考得怎么样？"焕章问。

"结果还不知道，说要回去等通知。但我自己感觉不怎么好！"春梅有点不好意思地说。

"红英你呢，感觉怎么样？"焕章问。

"感觉也不怎么好！"红英也有点不好意思地说。

"好吧，考完了就不管它了，等通知吧！"焕章说，"如果通过了初试，当然再好不过。如果没有通过，只要尽了自己的努力，也没什么好遗憾的！"

听焕章这么一说，两位姑娘的心里就像射进一道阳光，心情马上开朗起来。

焕章一看手表，离中午还有一段时间，就带她们到古柏烈士陵园游览了一下。在烈士陵园里，当两位姑娘看到被翠柏环绕的烈士老乡古柏的英武铜像时，她们心里不禁产生了一股自豪感和崇敬感。

下午，两位姑娘要回篁乡去了，她们从商店里买来两瓶江西名酿——四特酒送给焕章，以表达她们对他这两天来的悉心关照的感谢。焕章知道，农家姑娘上一趟县城不容易，家里经济也不一定很好，因此他无论如何都不肯收下这份厚礼。他说，他不喜欢喝酒，请她们带回去给她们的父母亲喝吧！没办法，两位姑娘只好把这两瓶酒带回去。

焕章送她们上车，和她们挥手再见，两位姑娘满眼的依依不舍。特别是红英，她脉脉的目光中竟含有闪闪的泪花，让焕章好不心疼。

"唉，两个好姑娘！"焕章在心里叹息一声说。她们走了好久了，她们俩的身影还在他的脑海里漂浮着……

又过了两天，焕章上午到宣传部上班时，拐了一个大弯去采茶剧团，想找福明老师了解春梅和红英的初试情况。当他来到剧团时，大院里已有不少演员在练功，吊嗓子的，摆姿势的，击鼓敲锣的，调弦试音的……好不热闹！

"没戏，被刷下来了。"福明老师遗憾地告诉焕章，"这两位姑娘虽然总体表现不错，但一百多人考试只招五个人，有些条件比她俩好的都没招进来，没办法！"

"是有一点遗憾，但尽了力就行了。"焕章叹一口气说。

这时，有一位漂亮的女演员，十八九岁的样子，向福明老师借自行车打气筒打气，见焕章坐在那里，便柔媚地看了他一眼，羞涩地低下头，拿着气筒走了。

"这位姑娘好漂亮！"焕章赞美说。

"焕章，你有对象没？"福明老师笑着问。

"还没找到合适的。"焕章说。

"要不，把这位姑娘介绍给你？她还没谈恋爱哦！"福明老师认真地说。

"算了，她虽然长得很漂亮，但不一定适合我。"焕章坦率地说，"我不想找剧团的姑娘谈恋爱。"

剧团的姑娘个个美貌如花，让人赞叹甚至垂涎，但并不是谁都能得到她们的芳心。她们的眼界很高，凭借自己出众的姿色，嫁的都是官家或富户，一般的工作人员她们根本瞧不上。而一旦结婚后，她们就会利用夫家的权或钱调离剧团，找一个舒适体面的工作悠闲度日。这也是为什么剧团的演员流动性大，每隔一两年都要招收几个新演员的原因。剧团的女演员在外面的名声也不是很好，比如，谁谁谁被某领导请去陪酒、跳舞了，谁谁谁和剧团团长或导演有暧昧关系，这些桃色新闻时有传播；很多人也认为，女演员情商高，水性杨花，耐不住寂寞，容易红杏出墙……当然，焕章知道，这些传闻很多都是无中生有的流言，是那些怀有"酸葡萄"心理的人杜撰的，但焕章不愿去沾惹那些腥臊，以免给自己带来烦恼，这也是他不想找剧团的姑娘谈恋爱的原因。

见焕章这样表态，福明老师也就不再说什么。

师生俩又聊了一会儿别的事，焕章便起身告辞，到宣传部上班去了。

在部里，焕章写了一封信给二哥，信里问了一下父母和家里的情况，告诉了他春梅和红英初试的结果。

时光如白驹过隙，转眼就到了年底。各行业、各部门、各条线的工作，也到了年终检查、总结的时候了。今年年底县委宣传部的主要任务之一，就是到各乡（镇、场）检查、指导精神文明建设工作，同时把检查结果作为评定"文明单位""文明标兵"的重要依据。

在进行下乡检查工作前，宣传部召开了全体干部会议。在会上，程冰岩副部长阐述了这次检查、指导精神文明建设工作的重要性和必要性，讲明了这次检查、指导精神文明建设工作的程序和方法以及要注意的事项，最后对每个干部的任务做了详细的分工。

部里的领导考虑到焕章大学毕业刚来到宣传部工作不久，还缺乏丰富的工作经验，便只安排了他到一个乡去检查工作的任务，其他同事都要去两个乡（镇）。

焕章要下乡检查工作的地方，是松竹岭垦殖场（全称是"松竹岭综合垦殖场"）。

松竹岭垦殖场位于长平县的西南部，与安远县、定南县和广东省龙川县接壤。它因巍峨耸立的松竹岭峰而得名。境内竹木资源丰富，森林总面积约两亿平方米，是一个远近闻名的林业基地。焕章很愿意去这个地方，因为他对它怀有一份特殊的情感。

松竹岭垦殖场和篁乡是邻居，焕章有不少亲友就在松竹岭垦殖场。比如，他的姑姑就嫁到松竹岭垦殖场的龙归村，他的二姐也嫁到松竹岭垦殖场的高头村。他的大姐最初也是嫁到松竹岭垦殖场的高头村，后来因故才改嫁到驻舆乡田坑村的。小时候，他曾多次到过姑姑、二姐家里做客，知道松竹岭垦殖场是一个群山连绵、溪河纵横、山清水秀、鸟语花香、物产富饶的地方。松竹岭垦殖场还有两个地方，在小时候的他心目中充满神秘色彩：一个是垦殖场政府所在地的蕉子坝，那里有国营林场、农场和小料厂，在这里上班的大都是赣州市下放来的知识青年，讲普通话的人很多，后来不少人就在这里安家落户了，蕉子坝也成了除县城外，吃商品粮的人最多的地方，有"长平第二城"的美称；另一个是与篁乡公平村相邻的白面石村，那里驻扎有勘测钨矿和铀矿的264队，小时候，焕章经常和伙伴们步行十几华里的路到那里去看露天电影。264队的工作人员和家属加起来有上千人，他们在白面石村驻扎了十余年，他们的居住地在当时俨然成了繁华热闹的小市镇。

焕章还有一个高中时期的同窗好友在蕉子坝小料厂工作。这个同窗好友的名字叫骆世炅。高中毕业那年，在等待大学录取通知书的日子里，焕章到世炅家里玩过几天，世炅带他游遍了蕉子坝周边的山山水水，那参天的古木、无边的毛竹曾让他赞叹不已，那秀丽的风光、淳朴的风情曾让他流连忘返，也就在那几天里，焕章知道了世炅的爸爸是小料厂的厂长，母亲是医院的妇科医生。他还有一个哥哥和一个妹妹。他的哥哥在农行营业所上班，刚结婚不久，嫂子原是赣州下放知青，在小料厂当会

乡城往事

计，人长得很漂亮。他的妹妹名叫阿霞，才上初中三年级，人长得清纯秀气，非常可爱……从上大学到现在，一晃四年多过去了，不知世炅现在工作、生活得怎样了，他美丽可爱的妹妹阿霞考取大学没有？……这次到松竹岭垦殖场检查工作，他一定要顺便拜访一下老同学，共叙久别的同窗情谊。

焕章是坐班车到松竹岭垦殖场的。早上七点出发，山道弯弯，道路崎岖，加上途中人上人下，走走停停，虽只有几十华里的路程，却走了近两个小时，九点钟才到达。

松竹岭垦殖场的严夏强书记接待了焕章，一起陪同的还有党群副书记吴炜、党委宣传委员何东昌、妇联主任许晓芳、团委书记赖世强等六个场干部，这阵容让焕章感觉到自己工作的重要并为之自豪。场领导恭维了焕章几句"大学本科高才生""青年才俊""前途无量"之类的话，焕章也说了几句"才疏学浅""没什么经验""请多多指教"的谦虚话后，便开始了检查工作。

在会议室，严夏强书记首先代表松竹岭垦殖场党委和政府，向焕章汇报了垦殖场精神文明建设工作的总体情况，他说："……让人民群众从改革开放中创造和分享更多的成果，是松竹岭垦殖场精神文明建设工作的生命线。一直以来，松竹岭垦殖场以社会主义价值体系建设为根本，坚持贴近实际、接近地气，着力提升人的文明素质和社会文明程度，为松竹岭垦殖场经济社会的发展提供强大的精神动力和坚实的道德支撑。同时，松竹岭垦殖场结合群众的思想实际，以群众喜闻乐见的形式引导群众树立爱集体、爱家庭、爱他人的良好意识，重点加强未成年人思想道德教育，引导未成年人养成良好的思想道德品质，并取得了积极、良好的效果。……"

随后，焕章在垦殖场领导们的陪同下，来到垦殖场精神文明建设办公室，查阅了丰富的创建资料；之后，再到两个有代表性的单位去实地查看　　个是松竹岭中心小学，一个是松竹岭胶合板厂。

焕章一行人先到松竹岭中心小学实地查看。在王志天校长的引领下，焕章围绕学校广场、宣传长廊、厕所、教学楼等实地查看了学校的文明宣传标语、社会主义价值观、雷锋精神等内容张挂上墙情况，并详细询问了学校精神文明建设的具体措施。王校长从文明创建、校园环境、社会主义价值观教育开展等方面，介绍了该校扎实有效的精神文明建设。

从松竹岭中心小学出来，焕章一行人又驱车来到松竹岭胶合板厂实地查看。在张怀富厂长的引领下，焕章参观了胶合板厂的生产车间、家私样品、工厂展览室和"五讲四美三热爱"墙报，了解了工厂的生产情况、发展历程、企业文化和精神文明创建活动，并对厂区的整体环境进行了查看。

最后，大家又回到垦殖场会议室，聆听焕章的反馈意见。焕章高度评价了松竹岭垦殖场在精神文明建设工作中所取得的成绩，他说："……松竹岭垦殖场在精神文明建设工作中，领导高度重视，各单位创建热情高涨，活动载体丰富，亮点纷呈，文明建设宣传氛围浓厚。希望在今后的精神文明建设工作中，进一步完善内业材料，夯实创建基础，提高创建成效，推动松竹岭垦殖场精神文明建设工作再上新台阶。"

严夏强书记也代表垦殖场党委和政府表态："我们将会以这次精神文明建设工作检查为契机，继续努力，狠抓落实，把垦殖场精神文明创建工作推上一个新台阶。"

检查工作结束后，已到了午饭的时间。垦殖场的几个主要领导陪同焕章在附近的海发酒楼吃了一餐丰盛的午宴。敬酒时，严夏强书记感谢焕章的光临指导，希望他在部领导面前多美言几句，在评选"文明单位""文明标兵"时多关照一下。焕章说，松竹岭垦殖场的精神文明建设工作已经做得很好了，严书记嘱咐的事都没问题。严书记又委婉地问焕章，在胶合板厂的家私样品中，有没有看到中意的家具？有的话，他回县城的时候会叫场里司机给他送过去。焕章连忙说，不用不用，他目前不缺少什么。

午饭后，场领导送焕章到招待所休息。焕章提出下午想去拜访一下在小料厂工作的高中老同学骆世炅，严夏强书记说："没问题！你先休息一下，到时你打个电话，我会派一个司机开车送你过去。"

下午，场里的司机小陈开吉普车把焕章送到小料厂，并叫门卫室的曹师傅把骆世炅叫了出来。

"焕章，原来是你呀，我正纳闷是谁找我呢！"世炅惊喜地说。

"世炅，几年不见了，想死你了！"焕章笑着说。两位老同学紧紧地握手、拥抱。

世炅的外貌没多大变化，中等个头，白净脸庞，斯文秀气，彬彬有礼，还是招女孩子喜欢的奶油小生的模样，只是经过几年的社会磨炼，褪去了学生时代的稚气，变得成熟、稳重了许多。

司机小陈和焕章打了一声招呼，回场部去了。

世炅热情地把焕章领到自己的别墅式小洋楼家里，喝茶，叙旧，吃瓜果零食。

从谈话中得知，世炅的爸爸妈妈都已退休，这几天到黄山旅游去了，还没有回来；他的哥哥嫂嫂生了小孩后，就分家另过了；他自己在小料厂担任车间主任一职，平时工作很忙；他那位漂亮的妹妹阿霞没考上大学，高中毕业后就在税务所工作了。

"阿霞谈了对象没？"焕章问。他很喜欢阿霞，因为有这点私情，他问的时候不觉有一点不好意思起来。

"这个家伙，高中时就开始谈恋爱了！听她说，打算在明年的劳动节结婚了！"世炅说，语气中流露出一丝不满。

"这么快啊！"焕章惊讶地说，语调中满含着失望。

"她男朋友在哪里上班？"焕章又问。他想知道是怎样一个人物，摘取了她这朵美丽的鲜花。

"土管所。"

"所长？"

"不，一般工作人员。"

"家境很好吧？"

"还过得去吧！"

焕章"哦！"了一声，便沉默了。

过了一会儿，焕章又问世炅："你谈了对象没？"

"没有，还没遇到合适的。"世炅说。

"你的家庭条件那么好，人又英俊，厂里姑娘又多，找一个自己喜欢的漂亮姑娘应该没问题！只是你不要要求太高了哦！"焕章笑着说。

"我没什么要求，但两人要对上眼才行啊！"世炅笑笑说，"一切随缘吧！"

世炅递给焕章一支烟，见焕章摆手说"不会"，便自己点上，然后吐了一口浓浓烟圈，烟圈像一只滚动的银色手镯，不一会儿就消散在空气中了。

"你呢？谈了没有？"世炅问焕章。

"我刚参加工作不久，哪有那么快。"焕章说。

"大学时没谈吗？"世炅问。

"谈了一个，吹掉了！"焕章有一点黯然地说。他便简略地说了一下和古莉莉恋爱的事。

"她这种女人，失去了不可惜！"听了焕章的恋爱故事后，世炅安慰他说，"以后你会找到更好的姑娘的！"

"但愿吧！"焕章叹息一声说。

"现在你还喜欢看小说吗？"焕章转过话题问世炅。他记得在长平中学读书时，世炅特别喜欢看小说，白天上课时偷偷地看，晚上睡觉时也躲在被窝里用手电筒照着偷偷地看。他是一个很聪明的人，可惜花在看小说上的时间太多，因而耽误了学业，不然，凭他的智商，他也是能考上大学的。因为他看书很多，他的作文写得非常棒，常常被老师拿来做范文在班上朗读给同学们听。还需特别提一下的是，焕章读高中时偷偷看过的"禁书"《青春之歌》《第二次握手》和手抄本《查泰莱夫人的情人》，就是世炅借给他看的，这些小说当时看得焕章耳红心跳、浮想联翩。

"现在也会看，只是因为工作忙，不像学生时代那么痴迷了。"世炅说。

"你看了那么多小说，文笔又那么好，如果你也写小说的话，说不定能成为一个声名远扬的小说家呢！松竹岭垦殖场是一个富有传奇色彩的地方，一定有很多东西值得去书写，你有兴趣的话，不妨试一试！"焕章鼓动他说。

"你是大学中文系毕业的高才生，你来写还差不多！我嘛，不行，没这个才华，也没这个远大抱负。"世炅耸耸肩，笑笑说。他是一个闲散的人，对成名成家没什么欲望。

"可惜你了！"焕章摇摇头说。

正说话间，阿霞下班回来了。

阿霞已长成一个亭亭玉立的大姑娘了。她的脸庞是那么的秀美，鼻子是那么的小巧，嘴巴是那么的殷红，头发是那么的飘逸。她上穿一件中长束腰灰呢大衣，下穿一条蓝色弹力牛仔裤，脚穿一双黑色高跟长靴，显得丰满性感、青春健美，叫哪个青年男子看了都会怦然心动、爱慕顿生！

阿霞看到有一个似曾相识的青年男子在客厅里正和二哥亲密闲聊，心里颇感意外，一时又想不起这个青年男子是谁。正当她疑惑的当儿，世炅说话了："怎么，不认识了，这是我高中时的好同学，几年前来过我们家的刘焕章哥哥！"

"哦，我想起来了！是焕章哥哥啊！焕章哥哥好！几年不见，什么大风又把你吹来了？"阿霞调皮地对焕章说，笑容甜得像一颗大白兔奶糖。

"我到你们松竹岭垦殖场检查精神文明建设工作。几年不见你二哥，想他了，便来看他了！"焕章高兴地说。

"你焕章哥哥今年从江西师大中文系毕业，分配在县委宣传部工作了。"世炅补充说。他心里为老同学感到自豪。

"二哥你看你，你的好同学大学毕业后成了县委宣传部的大干部了，你却窝在这山沟沟里当一个小小的车间主任！"阿霞伸了一下舌头，取笑她二哥说，随即她又向焕章投来敬慕的目光。

"同人不同命！你就别挖苦二哥我了！"世炅苦笑一声说。

"今天算你有口福，晚饭不用你煮了！和我一起陪老同学进馆子去！"世炅奖赏似的对阿霞说。

"好耶！难得二哥那么大方！"阿霞高兴地跳起来，拍着手说。

恰好这时，客厅里的电话机响了，是严夏强书记打来的，叫焕章过去吃晚饭，焕章回话说，谢谢，不用了，他和老同学一起吃了。

世炅是在乡情酒馆宴请老同学焕章的。虽然只有三个人吃，但他却点了七八个菜，什么香菇、木耳、竹笋、灵芝、山鸡、甲鱼、石蛙、黄鳝……尽是当地取材烹饪的山珍河鲜、美味佳肴。席间，两位老同学互相敬酒，互道祝福，自不必说了。阿霞给焕章敬酒时说："祝焕章哥哥芝麻开花——节节高！以后可要多关照你的阿霞妹妹哦！"她两眼充满了娇媚的柔情。焕章回敬她时说："祝阿霞妹妹幸福美满，永远美丽！"他的话语里夹杂着丝丝复杂的情愫。

焕章是由小陈司机开吉普车送他回县城的。他和世炅兄妹挥手告别时，心里竟充满了依依不舍的情感。他从阿霞脉脉的眼神里知道，此时她的心里也一定和他有相同的感受。一路上，他的脑海里都浮动着阿霞婀娜动人的身影，心里飘浮着一缕缕失落和惆怅的云雾……

第十七章

一九八六年底至一九八七年初，中国经历了不平凡的岁月。而长平地处偏远、落后的穷山区，不是繁华的大都市，所以，这里显得风平浪静。

作为思想活跃、视野开阔、经常接触新闻媒体的知识分子，发生的这些国家大事，不能不在焕章心里激起阵阵波澜。作为党和国家培养出来的知识分子，作为在党的喉舌部门——县委宣传部工作的国家干部，与党中央保持高度的一致，是他义不容辞的责任！

这些日子，焕章随程冰岩副部长到各局、室、办和各乡、镇、场召集、参加了不少会议，内容都是"坚持四项基本原则，反对资产阶级自由化""加强法制建设，做遵纪守法公民，维护社会安定团结"，同时要求相关部门的领导在自己的单位、辖区内做好宣传、教育工作，并无一例外地反复强调：谁不坚持四项基本原则，谁宣扬资产阶级自由化，谁扰乱社会安定团结，无论他的地位多高、权力多大，都将受到党纪国法的严肃处理！先是讲话、发言、讨论、表态，然后是级级推进、层层落实。

一九八七年春节，是焕章参加工作后回家乡度过的第一个春节。虽然参加工作半年来，经历了不少困惑和烦恼，但这次春节，他还是过得很愉快。春节时，他带回了单位分给每人的花生油、香肠、腊肉、大米和黄糖等春节福利，还给了父母每人一个大红包孝敬他们，又给了侄女雯雯和晶晶压岁钱，自然也给她们姐妹俩每天讲了一个动听的故事，一家人团团圆圆、高高兴兴地度过了一个美好幸福的春节。

按当地的风俗，年初一叫"过老年"，年初二叫"过新年"，这两天只能在家待着，和家人欢聚，不能外出，年初三后就可以探亲访友、互相拜年了。

年初三这天，因为焕章回来过年了，有不少亲朋好友前来拜年：姑舅姐妹、叔伯兄弟、同学朋友、乡亲睦邻……家里挤满了客人。中午吃饭时，竟坐了四大桌人，很是热闹！他们都为焕章大学毕业后在县委宣传部工作而感到骄傲，都认为他前途无量，将来是做大事业、做大干部的人。言谈之间，祝酒之时，他们无不流露出羡慕之意，洋溢着赞美之词。焕章也为此深受感动，他一方面感谢亲朋好友们对他的深情厚爱，另一方面也暗下决心，一定要努力学习，好好工作，将来干出一番事业来，以不辜负亲朋好友们对自己的殷切期望！

待客人们散去后，焕章和父母亲、二哥二嫂说了一声，便独自下田背排塅去探望自己的祖居——新屋下围屋了，那里是焕章出生并度过童年和少年时光的地方，自初中毕业后到现在，他有将近八年的时间没回去看过了。

半路上，焕章碰见了一位漂亮的女子，他定睛一看，原来是从小和他一起长大的锦玲妹。她挽着一个木桶，里面装着在水渠里刚洗好的衣服，正要回家去。

"锦玲妹，好久不见了！"焕章热情地招呼道。

"哎呀，是焕章哥啊！差一点认不出来了！"锦玲妹惊喜地说。

锦玲妹不仅从小和焕章一起长大，而且还是焕章读小学时在学校文艺宣传队的队友。锦玲妹低他一年级，小时候就长得很漂亮。有一次，他们随学校文艺宣传队到公社礼堂参加一年一度的全社中小学生文艺会演，会演结束后，外面雷鸣电闪、暴雨倾盆，带队的老师和队员们都被慌乱的人群冲散了。焕章怕锦玲妹走丢，紧紧地拉着她的手，冒着雷雨一路跑回家。那时候，人们的思想还很封建，"男女授受不亲"的观念仍根深蒂固，他们手拉着手在雨中奔跑的情形不知被哪位同学看见了，第二天便在同学中散布开来，结果焕章和锦玲妹在学校里被大家起哄、嘲笑了好几天。

焕章看到锦玲妹隆起的小腹，便有一点惊讶地问："你结婚了？嫁在哪里啊？"

"我去年国庆节结婚的，嫁到竹背（村）。"锦玲妹不好意思地说。她上午回娘家探亲来了，下午帮她母亲洗衣服。

"你老公做什么的？"焕章关切地问，"家庭条件还好吧？"

像锦玲妹那么漂亮贤淑又有文艺才情的姑娘，焕章希望她嫁个好人家。

"我老公是个退伍兵，在当村干部；他父亲是乡合作社的干部，家庭条件还过得去。"锦玲妹微红着脸说。

"嫁到了好人家就好！"焕章放心似的说。

"听说你大学毕业了，在县委宣传部工作？"锦玲妹问。

"是的。以后你有机会到了县城，就来找我。"焕章真诚地说。

"好的好的！恭喜你分到了好单位，将来做大干部的啊！"锦玲妹高兴地说。

"托你的福，能做大干部就好了！"焕章笑笑说。

告别锦玲妹，焕章感慨地想：自己好像昨天还和她一起在小学文艺宣传队唱歌跳舞，一转眼她现在就为人妇了，又将为人母了，时间过得真快呀，真是"弹指一挥间"啊！

焕章又走了几分钟，便到了新屋下围屋。

新屋下围屋是田背排村的标志性建筑。当地自古就流传着"刘善郎的屋，塘背的谷，竹背的鞋，香山的柴"的歌谣，"刘善郎的屋"指的就是新屋下围屋。关于它的建成，有一个神奇的传说：清朝道光年间，刘氏祖宗道善公，因生活贫困，不得不背井离乡，谋求生计。当时，四处还是未经开发的大森林，他辛辛苦苦砍伐了一些松树，准备通过水路运往广东兴宁去卖。当他划着运载着松木的大木排经过广东境内的某一河段时，其中的一根松木不小心掉进了河里，这时，令人奇怪的事发生了——松木并没有漂浮在河面上，反而沉了下去。他大为惊异，又拿了一根松木，扔到河里去，松木又沉了下去。也许是不信邪，又或者是不服输，他又陆续扔了一些松木下河，但都沉入了河底。最后，只剩一根松木了，他索性将最后这一根松木也扔进了河里，就在此刻，神奇的事情发生了，先前沉入水底的松木，竟然在下一段河里全部"吐"了出来，而且数量比原来扔进去的要多很多倍，它们漂满了宽阔的河面，几十个人运了三天三夜方才运完。道善公卖掉这些松木，由此发了一笔大财，遂决定建造一座围屋，在田背排村定居。围屋历经三代人，耗时数十载，终于在清朝咸丰初年，由善郎公刘志彪与其兄弟四人最后建造完成，为有别于以前的老祖屋，便称它为"新屋下"。

新屋下围屋的特征叫"日月围"。为什么叫"日月围"呢？这还得从它的组成结构说起。新屋下围屋并不是呈完整圆环状的围屋，它的房屋实际上只有半个环，而构成另外半个环的，就是南面一个半月形的巨大池塘，而它的靠西侧的大门，还有另外一个较小的半月形池塘和一口大井。它的东侧，有一个五层楼高的炮楼，守护着围屋的安全；炮楼的周围环绕着水，从上往下看，就好似一个篆体写的"日"字，因此，这里又被称为"日形池"。

新屋下围屋的外部环境也相当讲究：在它背靠着的北面有一座大山，当地人称"高虎印"，而在它的南面，则有一条篁乡河，"日月围"可谓是依山傍水，得天独厚。当然，新屋下围屋的结构也符合了围屋作为防御建筑的实用价值。新屋下围屋易守难攻，外墙有一米多厚，除了一个炮楼，其他方位还有三个哨楼，可以察看四周。据史料记载，曾有一伙"红毛鬼"强盗从广东一路洗劫至田背排村，邻村三个村子的百姓闻讯后携带家眷，都躲进了新屋下围屋。数百名"红毛鬼"围攻了半天，却近不得半步，只好无功而返。

新屋下围屋的建筑很华美。它的美是大气的，它采用的是客家人所称颂的"九栋十八厅"宫廷式民居设计，一个院落套一个院落，每个院落又自成一体，别有洞天。它占地约1.2万平方米，共有一百六十八间房，每间房都有两层楼，若全部住满至少可住四五百人。位于中轴线的祠堂采用"三进堂"的设计，也就是说祠堂共有三个厅堂。下厅堂是一个过道，中厅堂设计得比较大，是围屋最热闹的地方，逢年过节或遇有什么喜事，他们都会在这里一起欢乐，如果遇到宗族之间有什么大事，也会在这里商量解决。而上厅堂就是主厅堂，是围屋内最神秘的地方，过去是用来供奉祖宗牌位的，也是修订族谱的地方。下厅堂的门前有一个门坪，也就是风水上所说的"明堂"，足有一个半篮球场那么大。"明堂"既是晒谷晾物的场所，也是大人歇息、小孩玩耍的场地。它的美又是精致的，"日月围"有"状元游街""姜公钓鱼""白鹤祥云"等吊板彩绘，寄寓了人们对如意吉祥的期待；有五幅大型影墙壁画及一幅天子壁画（在祖牌后），以及大小近百幅的屏门木雕、镂空石窗、青砖浮雕，它们精巧典雅，色彩斑斓，形象逼真，鬼斧神工。新屋下围屋的艺术价值真难以估量！

焕章故地重游，把阔别多年的祖屋走了个遍。他凝望着"喝浑水（因井水有一点浑黄），出文章"的古井，踩踏着写满历史沧桑的石块，抚摸着糖土混合的墙面，行走在鹅卵石铺就的门坪，察看着雕梁画栋、飞檐翘角的屋宇，仰望着高大雄峻、气势非凡的碉楼，不禁回想起自己童年和少年时，和伙伴们打闹嬉戏捉迷藏、下塘摸鱼虾上树掏鸟蛋、烧水煮饭养鸡喂鸭、闭门苦读昼夜不倦的种种情景，所有这些，仿佛就发生在昨天，令他感慨万千。

他一边走，一边看，一边忆，一边和碰见的乡亲们打招呼，和昔日的小伙伴亲热交谈，心里感到无比的亲切、无比的温馨、无比的自豪。

离开围屋时，焕章特意到祖牌前烧了三品香，鞠了三个躬，祈求祖宗赐福，护佑自己实现心中美好的愿望。

从新屋下围屋出来，焕章顺便到几百米处的大坝上看了一下。这里景象却令他大吃一惊——在宽阔平坝上，不见了往日那满坝郁郁葱葱、充满生机的喜人庄稼，展现在眼前的，却是铺满坝面的白沙、石砾和各种垃圾，以及由此带来的满目荒芜和苍凉！原来，这是一九八五年八月二十七日发生的"黄坑水库穿孔事件"所留下的后遗症。

望着眼前的一片荒凉，焕章不禁想象起当年洪水滔天、吞噬一切的可怕情景：

房子被淹没，庄稼被摧毁，禽畜被冲走，老人被卷走……幸好是下午两点多溃坝的，那时大多数人都已走出房屋参加劳动或其他活动去了，如果是发生在中午午睡时或者是晚上睡觉时，那后果简直不敢想象！据说，当时洪峰发出的声音如同雷鸣一般，大地撼动如同地震一般，还刮起了呼啸的狂风，巨大的洪流竟然把黄坑水库附近一棵五人才能合抱过来的"伯公树"连根拔起，并一口气冲抛到七八华里之外的田背排埂上！那时焕章刚好读大学三年级，当同学们听到他家乡发生了不幸的洪灾后，纷纷为他家里捐献了不少钱和粮票。

这宽阔的大坝，曾经是焕章童年、少年时和小伙伴们的乐园。他们在坝上的庄稼地里拔萝卜吃，挖红薯烤，拗甘蔗啃；在坝上放风筝，捉迷藏，"打仗子"……这些美好的情景，曾多少次出现在焕章的睡梦中，而今它们却一去不复返了！因为这满眼的沙砾和垃圾，不知何时才能变回肥沃的土地，重新长出绿油油的庄稼。也许是遥遥无期了，这里再也不能成为后辈们童年和少年的乐园了！

焕章又来到大坝旁的篁乡河畔，篁乡河仍然汩汩奔流着，但河水明显小了很多、浅了很多，河面也窄了许多，河水也没有以前那么清澈了，对面那个曾经是孩子们的天然游泳池的大深潭也不见了，已被厚厚的黄沙填平，河里也难以觅见游鱼的踪影了。焕章知道，"分山到户"后，一些村民滥砍滥伐、乱采乱挖，原先茂密的山林、竹林消失殆尽，泉干了，溪小了，河水自然变少、变浅，河面也自然变窄了。而今的篁乡河，上上下下，几乎看不到多少人影，只有浅浅的河水在汩汩鸣咽着，一派落寞、萧条的景象。

焕章不禁想起自己的童年和少年时，篁乡河上那繁忙、热闹的景象来——碧波荡漾的篁乡河上，孩子们在游泳，鸭子们在戏水，妇女们在洗菜、洗衣或挑水浇地里的庄稼。成群结队的鱼儿们在水里追逐、遨游，有的还惊喜地跃出水面，它们一点也不怕人，不时把人的脚跟、脚指头咬得痒痒的。一队队的竹排、木排，不时从上游顺流漂下，放竹排、木排的男人，看见河边有成群的姑娘、媳妇在洗涤，就会兴奋地引吭高歌：

> 哥哥撑排下东江，
> 竹篙打在河中央。
> 老妹出来看大水，
> 一心牵挂哥身上。
> 乱石滩里急弯多，

撑排过滩妹心忧。

山高水远夜风寒，

老妹在家等哥返

…………

听到他们唱的山歌后，姑娘们会羞红了脸，媳妇们则会嘻嘻地笑着，骂他们不正经，放竹排、木排的男人这时就会哈哈大笑，站在竹排、木排上做鬼脸，然后潇洒地漂流而去……

这些美好的情景，后辈的少年们看不到了，今后，焕章也只能在睡梦中去寻找、去回味了！

"别了，我梦中的大坝；别了，我梦中的筻乡河！"离开时，焕章在心里喃喃地说，眼里不觉滚下两颗晶莹的泪珠来。

因为单位工作人员年初八都要上班，年初七下午，焕章就来到筻乡汽车站，准备乘下午三点三十分的班车回县城去。

春节期间，走亲戚的人很多，来坐车的人自然也很多，好在焕章提前一天买了车票，并不担心没座位坐。当班车将要开动时，又上来一个手拿一只花布包的年轻妇女。"到哪？"女售票员问她。"到公平。"那位年轻妇女说。她买了一张短途站票——实质上也没有空余的座位了，站在过道上离车门不远的地方。

焕章不经意观察了一下这个年轻妇女：她的孩子应该还很小，她的身材很苗条，稍经风霜的脸上，仍然透露出青春少女时期的美丽。焕章忽然觉得她有点面熟，但在哪里见过呢？他一时竟想不起来。他在记忆的长河里仔细搜寻着……忽然，他想起来了，她一定是当年公平小学文艺宣传队里的那个漂亮的文艺队员，对，一定是她！虽然过去十几年了，当年那个青春少女的美丽身影，仍然可以从她颇具风韵的身上隐约找到。焕章的思绪不禁飘回到令他难以忘怀的少年时期……

焕章在田背排小学读书时，是学校文艺宣传队的骨干，每年都会和队员们一起，代表学校到公社礼堂参加全公社的中小学生文艺会演。公平小学也有一支文艺宣传队，每年也会参加全公社的中小学文艺会演，而且他们非常厉害，他们表演的文艺节目，年年都拿一等奖。这支文艺宣传队里有一个高年级的女生，人长得非常漂亮，而且能歌善舞、技压群芳，焕章虽然不知道她叫什么名字，但她给少年时期的他留下了非常深刻的印象。特别是在一次文艺会演时，她表演的歌舞节目《每当我走过老师窗前》，那画有老师坐在窗前辛勤工作的布景，那优美抒情、动人心弦的旋律，那惟妙惟肖、充满魅力的舞姿，直至今日他都记忆犹新：

静静的深夜群星在闪耀，
老师的房间彻夜明亮。
每当我轻轻走过您窗前，
明亮的灯光照耀我心房。
啊，每当想起你，
敬爱的好老师，
一阵阵暖流心中激荡
…………

焕章眼前浮现出当年的情景，耳畔回响着当年的歌声，仿佛又回到了那永生难忘的美好的少年时代。

"公平到了，请到公平的旅客赶快下车！"女售票员的喊声，把焕章从回忆中拉回到现实中来。那位年轻的妇女、昔日美丽的文艺宣传队员下车了。车门重新合上，班车继续前行。

"那位年轻女子如果不是出生在农村，而是出生在城里，或者她考上了大学或中专的话，她的人生一定是有另一番风景的，那她也一定能保持青春少女时的美丽，甚至比青春少女时更加美丽动人！"想到这里，焕章心底不禁飘出一缕遗憾来，而这缕遗憾，伴随了他一路的旅程。

年初八早上上班时，因为是新春第一天上班，部里的同事们见面后都十分高兴，彼此互道着"新年快乐！""恭喜发财！""步步高升！"之类的祝福语。

晚上七点，程冰岩副部长请部里的同事们一起到他家里吃饭。

在去程副部长家里前，焕章回到民政招待所的住处换了一套干净的西服，梳洗打扮了一番，出门时又想：按时下习俗，过了新年，到别人家里做客是不能空着两手的，再说，程副部长又是自己的直接领导，今后还有很多地方需要他指点、关照，得买一点像样的礼物才好！

这样想着，焕章便到水果铺买了几斤上好的红富士苹果，用红色的大食品袋装着，然后提着它们兴冲冲地往程副部长家里走。

当焕章来到程副部长家里时，同事们也刚好到了。他发现他们都没有带礼物来，只有他一个人带了。他突然感到自己做事的唐突与难堪：怎么能在众目睽睽下给领导送礼呢！自己真是太幼稚太糊涂太没经验了！

"你这个四六货，来吃个便饭，带什么礼物来呢！"程副部长批评他说。

"四六货"是客家话。"四六"指四六不分，"货"是家伙的意思，"四六货"指一个人愣头愣脑，思想、行为不太正常。这话是长平人常用来批评人或评价别人的口头禅。

"过了新年……一点小意思。"焕章有点不自然地说。

有同事在耳语，偷偷地笑。焕章觉得自己的脸在发烫。

"下次别那么客气，不要带东西，人来就行了！"程副部长的夫人何阿姨走过来打圆场，宽和地笑着说。然后她招呼大家入席吃饭。

焕章长舒了一口气。

大家依序坐好。程副部长和夫人何阿姨有三个孩子，两女一男，儿子最小，还在读小学四年级，二女儿在读初一，大女儿小倩初三毕业后参加工作才半年，也就是上次程副部长悄悄安排和焕章坐在一起看电影的那个。这次，何阿姨又特意安排大女儿小倩坐在焕章的身边。

席间，同事们一起举杯，祝程副部长"身体健康，发财高升"，祝他们一家人"阖家幸福，万事如意"，程副部长则祝同事们"新春快乐，前程似锦"。

大家又互相碰杯，祝福。

何阿姨特意要小倩"给焕章哥哥"敬酒，弄得焕章怪不好意思的。何阿姨还问焕章有没有女朋友，焕章如实回答说"没有"，何阿姨似乎放心地点了点头。

"焕章，有空常来玩啊！"当同事们从程副部长家告辞时，何阿姨特意嘱咐焕章说。她对他成为自己的乘龙快婿仍抱有很大的期望。

"好的！"焕章随口答应说，心里却感到有点对不起何阿姨。

今晚焕章多喝了一点酒，在回去的路上，他感觉步履不稳，走路都有一点轻飘飘的了，就像踩在云端上一般。

第二天晚上，焕章决定拜望一下黄涛书记。从毕业到现在，他还没有登门拜望过他，现在趁春节后探亲访友、拜望领导的"习俗"，登门拜望他一下，借此表达自己的一点感恩之意。

他吸取昨天晚上到程冰岩副部长家的教训，借着朦胧的夜色，一路躲避着熟人，忐忑不安地来到黄涛书记住的县委5号楼。

5号楼的客厅敞开着，里面灯火明亮，不时飘出谈笑的声音。

"黄书记，新年好！"焕章问候说。他又向客厅里的一对老板夫妇礼貌性地点了点头。

"新年好！来坐一坐就行了，带什么礼物呢！"黄涛书记对焕章客套地说。

"没带什么，一点小意思。"焕章有点不好意思地说。

"请坐，喝茶！"黄涛书记给焕章倒了一杯热茶。

焕章连忙用双手接着。"谢谢！"他恭敬地说。

"其实，在现代社会，在物质上享受一点没什么，但工作要做，事情一定要办好！"黄涛书记接着和老板夫妇聊着刚才的话题。

"那是那是，现在毕竟不像改革开放前那么清苦了！"那个老板笑着说，露出一口黑牙。

"工作、学习、生活，什么都要与时俱进！"黄涛书记意味深长、满脸笑容地说。"黄书记说的对！"那个老板竖起大拇指奉承。

因为有了新客人，老板夫妇不便久留，便告辞了。

"春节过得还好吧？"黄涛书记问焕章。

"很好，谢谢黄书记关心！"焕章感激地说。

"你参加工作半年了，自己感觉怎么样啊？"黄涛书记问。

"感觉自己的人生经验和社会经验很不足，需要好好学习！"焕章真诚地说。

"你半年来的表现我也时有耳闻，有些方面你确实经验不足，要好好提高啊！"黄涛书记说。

"我一定会努力的！"焕章说。

这时，又进来一位客人。焕章认识他，吉湖乡的谢海帆乡长，他也认识焕章。

"黄书记新年好！"谢乡长大声问候说。他是当兵出生的，声音很洪亮。"焕章你也在？新年好！"

"谢乡长，新年好！"焕章答礼说。

"你呀，又带东西来干吗？每次都那么客气！"黄涛书记责怪地说。

"过了新年，一点小意思！"谢乡长说。

"你们乡的乡镇企业搞得很不错啊！元宵节后召开全县的领导干部会时，你就做个经验介绍吧！"黄涛书记赞许地说。

"那是因为黄书记您领导得好！既然黄书记那么看重我，那我就勉为其难，到时介绍一下所谓的经验吧！"谢乡长笑着说。

焕章不便久留，便告辞了。

今晚，他辗转反侧，难以入眠，直到两三点钟时，才迷迷糊糊地睡去。他做了一个奇怪的梦：他正在整理床铺，忽然感到有什么凉冰冰的东西贴着他的脚跟滑行。他低头往后一看，吓了一大跳，原来是一条长着金钱斑纹的巨蟒！此时，这条巨蟒也抬起头来，吐着长长的信子，闪着绿莹莹的目光回瞪着他，正当它张开血盆大口就要咬他的时候，他闪电似的用两只手把它的脖子紧紧卡住，并用力把蛇头死死按在地上。金钱蟒立刻把他缠绞起来，想要把他活活勒死。就在这危急关头，他看到母亲到厨房去拿什么东西，立刻大喊，"母亲，快来救我！快拿菜刀过来，把蛇头砍断！"可是，尽管他接连大声呼喊了几次，但母亲似乎并没有听见，也没有赶过来救他。金钱蟒越勒越紧，他的呼吸越来越困难，眼看就要支持不下去了……他猛然惊醒，全身都是冷汗！他抬头一看，天已大亮，几束阳光利箭一般从窗外射了进来。

"这个噩梦，在警示我什么呢？"焕章坐在床上，思索了好半天……

第十八章

　　早上诵读司马迁的《史记·项羽本纪》，焕章心中生发了许多感慨："羽之神勇，千古无二"，盖世英豪项羽，打遍天下无敌手，却因妇人之仁而丢掉了江山，在垓下被迫自刎身亡，而自私自利的刘邦，却因阴险狡诈、心狠手辣而夺取了天下，登上了皇帝的宝座，难道政治一定要玩弄权谋、六亲不认才能获得成功吗？在政治斗争中，为夺取最后的胜利，难道亲情、良心、道德、法律在"必要时"也可以不要甚至可以肆意践踏吗？！对于项羽和刘邦，焕章是更赞赏项羽的，虽然他是一个悲剧英雄，却是一个千古少有的顶天立地的大男人、伟丈夫！南宋杰出的大词人李清照也一定和自己有同感，不然，她就不会写下"生当作人杰，死亦为鬼雄。至今思项羽，不肯过江东"的千古名篇了！

　　上午上班时，部里的同事来得比较齐，没一个人外出，程冰岩副部长也从外地出差回来了，这几天他都在部里上班。其他局室、乡镇的领导、干部也一样，这几天都没人外出，回到原单位上班了。因为今年春节过后，是几年一届的领导更替时期，各单位副局级以上的领导干部将发生人事大变动，大家都随时等候着上级领导的召唤。

　　这段时间，在县委机关大院里，焕章经常看到三三两两的从各局室办、各乡镇场来的领导，一打听，原来是县委书记、副书记或组织部长分别找他们谈话，告知人事任免、工作调动的事。对此，有的人高兴，有的人悲伤，有的人期待，有的人失望，有的人无所谓，有的人发牢骚。

　　有一次，焕章正在洗手间大解，外面进来两个人小解。焕章从门缝里看到，他们是从泉源乡来的郝书记、田乡长。他们不知道洗手间还有其他人，便一边小解，一边发牢骚。

　　对宣传部来说，这次人事变动最大的"新闻"，就是程冰岩副部长提拔为宣传部正部长了，而且进入了县委常委，成为九大常委之一，处在长平县党政的最高领导阶层了。同事们纷纷为他祝贺，为他感到高兴，为他感到自豪。同时，也为自己部门结束了只有副部长的历史，又开始进入有了县委常委的正部长时期而感到扬眉吐气，感到腰板更直了！

程冰岩部长当上县委常委后，外出开会、应酬的时间更多了，在部里、在家里的时间则更少了。他的工作热情、他的精神状态，也处于巅峰状态。他整个人的精神风貌焕然一新，人也似乎年轻了许多，好像刚刚步入中年，而不是接近老年了。

有一天傍晚，焕章和财政局的老同学李清波到电影院看电影，在风采照相馆前迎面碰见了程冰岩部长。和程冰岩部长一起肩并肩走过来的，是分管文教体卫的黄才潭副县长，他们两人都满脸红光，口吐酒气，不知刚从哪家酒楼应酬出来。焕章和清波礼貌地和两位领导打了招呼。

因今晚的电影比较好看，焕章和清波来到电影院时，售票处已没票卖了，只见一群人正围着一个小老头票贩子，在买他的高价票。

焕章走上前去，大声喝道："你又在倒卖电影票！死不悔改！快拿两张给我！"

那个小老头吓了一跳，他认得焕章是宣传部的，以前曾批评过他几次，还没收过他倒卖的高价票。"给你……两张。"他哆嗦着给了焕章两张票。

焕章给了他两张票的钱，四毛，自然是原价。"还有吗？按原价全部卖给他们，不然，全部没收！"焕章命令道。

"只剩……两张……没了。"小老头哆嗦着说。

最后这两张票，被两个漂亮的姑娘按原价买去了。她们像中了彩票似的，显得很兴奋，临走时还感激地看了焕章一眼。

进入电影院，焕章发现这两个漂亮的姑娘刚好坐在前一排的右侧。在看电影期间，其中一个美丽姑娘不时有意无意地侧过头来，含情脉脉地瞟焕章一眼，让他怦然心动，遐思联翩。可惜焕章不认识她，不知她是谁家女儿，又在哪儿上班，不然，他真的会去追求她。"唉，世上很多美好的情感，都只能珍藏在心里了！"焕章叹息一声想。

电影是意大利影片《无声的行动》，一部反映政治谋杀的片子。故事的主人公是年轻正义的探长索米尔，他忠于职守，抓住线索，穷追不舍，为伸张正义与维护法制，即使这案子涉及了石油大王马丁内蒂，哪怕危及自己的前途命运，他也在所不惜，而对于下层无辜的受害者，如妓女托尼希娜，则充满了谅解与同情。他的正义感与大无畏的勇气赢得了他的女友、女记者玛丽亚的尊敬与帮助，使他断线结网，取得重要的罪证材料。然而，"道高一尺，魔高一丈"，罪犯的力量是通天的，其黑手甚至伸向了司法机关内部（如那个已在押的直接凶手在狱中一次骚乱事件中竟被杀害灭口；索米尔的两个贴身副手，一个被炸死于自己的警车内，另一个则被收买，以中断探长的深入调查），以至于最后，探长索米尔自己也在罪犯的暗枪下饮弹殉职……在强大的恶势力面前，正义的力量最终被伪善的君子扼杀了，故事以令人扼腕的悲剧告终。

"文艺作品是现实社会生活的反映，这部影片具有强烈的批判现实主义精神啊！"在看完电影后回去的路上，焕章沉思着说。

"是啊！这部影片虽然揭露的是意大利在战后资本主义经济回升复苏时期，其繁荣的华丽外衣下所潜藏的政治、经济与社会危机，但我认为它反映的各种社会问题，在当今世界各国中仍具有令人警醒的普遍意义！"清波感慨地说。

"你说的很对！这个世界到处都有见不得人的黑暗面：唯利是图、假公济私、尔虞我诈、草菅人命……确实令人警醒！"焕章十分赞同地说。

今晚又是一个失眠夜。焕章躺在床上，心潮起伏，他浮想起电影中的各个情节，思考着现实社会的各种问题，久久不能入睡。

一束月光从窗外射了进来，照在他的床上、脸上。焕章发现今晚的月亮又大又圆，十分明亮，仿佛要用冰清玉洁的无边光辉，把人世间的尘埃、污垢洗刷干净似的。

今天上午召开全县副局级以上的领导干部会议，地点在县委大楼五楼的大会议室。这也是今年春节后，领导干部人事大变动后的第一次重要会议。与会的有县属各部、局、室、办和各乡、镇、场领导干部一百多人，挤满了整个会议室。会议的主要内容有三个：领导干部的职责，今后五年的规划，今年的工作重点。出于宣传工作的需要，县委宣传部的全体干部，无论是否副局级以上，都参加了这次会议，而且为能把领导的讲话听得更清楚，还都被安排坐在靠主席台前的位置。

焕章自然也参加了这次重要会议。他发现，在与会的领导干部中，有不少是他认识的长平中学毕业的校友，他们都有大专或中专文凭，属于"革命化、年轻化、知识化、专业化"的"四化"干部。在黄涛书记作报告时，焕章很敏感地看到，他的目光有好几次意味深长地扫了自己几眼……焕章从这目光中感到了一种无形的压力。他在心里暗暗告诫自己：要努力学习，勤奋工作，谨慎做人，以使自己在"竞争"中处于有利地位，也不负黄涛书记特意到大学把自己召回家乡来工作的厚望。

开完会后下班时，焕章在新华书店门口偶然碰见了汪晓雯。她上穿一件暗红色中长款春衫，下穿一条小喇叭黑绒裤，脚穿一双奥康牌黑皮鞋，显得青春靓丽、光彩照人。她手里拿着一本厚厚的新书，和未婚夫柳永祺刚从书店出来。

　　"焕章，下班啦？"晓雯看见焕章，热情地上前招呼说，脸上却腾起两朵羞涩的红晕。

　　"是啊！到书店买书来？"焕章高兴地说，又礼貌地朝晓雯的未婚夫点点头。他认识柳永祺，县劳动人事局干部股股长，但不很熟。

　　柳永祺也微笑着点头回礼，但表情有点不自然，大概看到自己的未婚妻对焕章太热情了吧。

　　"我们也刚下班，顺路买了一本《红与黑》的长篇小说，晚上没事时看看，消磨一下时间。"晓雯把书的封面亮给焕章看。她自然知道他在文学上有很深的造诣。

　　晓雯在劳动服务公司上班，单位就在劳动人事局旁边，所以平时他们这对准夫妻经常一同上下班。

　　"哦，法国大作家司汤达的代表作，挺好看的！"焕章赞赏地说。

　　"什么时候请我喝喜酒啊？"焕章打趣地笑着问。

　　"快了，到时一定请你赏光！"晓雯不好意思地说，脸上不觉又绯红起来。

　　"有空到我家里坐坐啊！"临别时，她真诚地说，满眼的柔情。

　　"好的好的！"焕章客气地说。两人挥手再见。

　　睹人思往，在回去的路上，焕章不禁回想起以前和晓雯有关的一些事情来。

　　晓雯和焕章同是篁乡人。他们在小学读书时，还是篁乡小学生文艺代表队的队友。那是一九七五年的秋天，县文教局将在国庆节时组织举办一次全县小学生文艺会演，各乡教育办便从各个小学抽调文艺骨干，组成本乡的小学生文艺代表队参加会演。篁乡也成立了小学生文艺代表队，焕章和晓雯就是其中的两个队员。那时，焕章在田背排小学读四年级，晓雯在沁园村小学读二年级，她是文艺代表队中年龄最小的队员。篁乡小学生文艺代表队集中训练了一个多月，排练了两个节目，一个是歌舞《十送红军》，一个是快板《新时代，新面貌》。后来，这两个节目都获得了一等奖，焕章、晓雯以及另外几个队友还被评为"优秀演员"。这段经历，给焕章留下了非常美好的记忆。那时，晓雯长得小巧玲珑，非常聪明、漂亮，大家都很喜欢她，自然，焕章也不例外。

　　焕章在旭阳中学读初中时，有一次，他和几个同学到同窗好友汪茂泉家里玩，很凑巧的是，晓雯竟然是汪茂泉的亲妹妹！这使焕章既意外，又惊喜。晓雯见到焕章时也有同样的感觉。茂泉的家境很好，他爸爸是县文教局副局长，同学们都很羡慕他。他妈妈很热情，那天还留同学们吃了一顿丰盛的晚饭。晓雯因为和焕章是老相识，所以对他格外亲热，饭间不住地夹菜给他吃，让他怪不好意思的，后来同学们还因此善意地取笑过他。

因为和晓雯有"老队友"这一层关系，焕章和她的哥哥汪茂泉的同学情谊也就更深了一层。

后来，焕章在县重点中学——长平中学读高中，晓雯因随她爸爸在县城居住，也在长平中学初中部读书。焕章住校，她走读，两人偶尔会碰见。也许两人都已进入青春期的缘故，对异性有了朦胧的爱恋和羞涩，反而没了以前的热情和大方，再加上那时的人都很封建，两人碰见时总是很害羞地相互点点头，然后就匆匆忙忙地走开。

焕章读大三时，晓雯读高三文科，将面临高考。焕章写了一封信给她，为她传授文科复习的方法，鼓励她刻苦学习、充满信心。晓雯在回信中表达了对他的感激之情，以及对高考的担忧。她在信中说，父母对她寄予了厚望，因为她的哥哥姐姐都没考上大学，作为文教局副局长的爸爸感到很没面子，希望她能考上大学，为她爸爸也为家里争光，因此，她感到压力很大！焕章的回信自然是安慰她、鼓励她，还给她买了几本最新的高考文科复习资料。后来，两人又互通了几封信，信中谈的都是有关学习方面的事，虽然信中也隐含了很深的感情，但因为害怕影响她高考，彼此也就没有明白表露什么。但最后，她还是高考落榜了。也许她自己感到很惭愧、不好意思，便没再给焕章写信……他们之间的美好情谊，便到此告一段落。

今天他们的不期相遇，又勾起了焕章对这些往事的回忆。没想到她很快就将为人妻了，焕章感到一缕隐隐的遗憾和失落，心里不禁叹息一声。

中午，焕章临摹了一下唐代大书法家柳公权的楷书经典《金刚经刻石》。柳公权的楷书下笔精严不苟，笔道瘦挺遒劲，与唐代另一大书法家颜真卿齐名，有"颜筋柳骨"之称。《金刚经刻石》中有"凡所有相，皆是虚妄。若见诸相非相，即见如来"等佛哲佳句，焕章提笔临帖，一为练字，二为平息心中起伏的波澜。

下午去上班的路上，焕章遇见了江西师大校友、地理系毕业的刘方纯。

"方纯，你怎么在这里？"焕章惊讶地问。

方纯高焕章两届，大学毕业时分配在吉银师范学校教书，现在寒假早已过去了，却在长平遇见他，所以焕章十分惊讶。"家里有事请假？"他问。

"不是。我借调到长平中学教地理。"方纯说。他戴一副近视眼镜，个子不高，性格柔和，人如其名，给人一种方正、单纯的感觉。

"为什么要借调到长平中学教地理呢？"焕章不解地问。

"我老婆在县水果林场上班，夫妻两地分居，生活很不方便，我想调回长平来工作。"方纯说。

"哦，原来这样！长平中学没有吉银师范条件好啊，你要有心理准备哦。"焕章提醒说。

"我知道，但没办法，孩子、老婆重要啊，我只能自己做出一点牺牲了！"他无奈地说。

按理说，吉银师范美女如云，作为师范学校的男老师，找对象结婚是一件非常容易的事。怎奈方纯为人太过老实，长得又不属风流偶傥的那种，他不敢去追求女生，女生也不会主动去追求他，找校内的对象恋爱这种事自然也不会发生在他身上了，娶一个水果林场的女职工做老婆，也似乎成了他必然的结局。想到这里，焕章不禁在心里为他发出一声同情的叹息。

"走吧，到宣传部去坐坐！"焕章热情地邀请他说。

"好的，让我见识一下'县衙'究竟是怎么样的！"方纯憨厚地笑笑。

方纯随焕章进入高大、庄严的县委大楼，他一路东张西望、充满好奇，就好像一个乡巴佬进入大都市、刘姥姥走进大观园一样，焕章看到他这个样子，不易觉察地摇了摇头，微微地笑了。

宣传部没有其他同事，只有谢运华干事在翻阅文件。

"运华，这是我江西师大的校友刘方纯，在吉银师范教书。"焕章给谢运华介绍说。

"哎呀，是刘方纯啊，不用介绍，我们早就认识！"运华高兴地说，他站起身来和方纯握手，"请坐！"

经他这么一说，焕章才想起谢运华从赣南师专毕业后，也在吉银师范当了几年教师，他们曾经是吉银师范的同事，又都是长平人，自然互相认识了。

焕章给刘方纯冲泡了一杯庐山云雾茶。几个人便闲聊起来。

谢运华问方纯是否请假回家。方纯说不是，便把跟焕章说过的情况，又对谢运华说了一遍。焕章则表达了有点遗憾的意思。

"调回长平中学教书也可以，没什么不好！"谢运华对方纯说，"说实话，江西师大也不算什么，它原先不就是江西师院吗？并不比赣南师专好到哪儿去，江西师大毕业的人也未必就比赣南师专毕业的人优秀！赣南师专毕业的人可以在长平中学教书，江西师大毕业的人在长平中学教书也不会降低什么身份！"

"是啊，我不像你那么有才干，也没有可以转行到党政部门工作的背景，能调回长平中学教书，我也很满足了！"刘方纯表面谦卑的话里，却有绵里藏针的锋芒。焕章不禁赞许地看了他一眼。

对谢运华明显贬损江西师大的话，焕章听了也很不舒服，如果这时保持沉默，就不是他的性格了！

"运华，你的话虽有一定道理，但也不全对。师大就是师大，师专就是师专，不然，高考还划什么中专、大专、本科、重点的分数线呢？！又好比北京大学毕业的人，也难免有个别庸才，但不能否认，绝大部分还是精英。我们不能因为赣南师专毕业的人出了几个精英，北京大学毕业的人出了个别庸才，就说北京大学不如赣南师专吧！如果谁硬要那样说，那只能说他是吃不到葡萄就说葡萄酸了！"焕章针锋相对地对谢运华说。

"焕章，我知道，我这样说你不服气。但你不要不高兴，恕我直言，像你这样的功底，就一定比赣南师专毕业的强？如果不是黄涛书记把你调到宣传部，按正常分配的话，我看你最多也就分配到长平中学教书！"谢运华咄咄逼人地说。

"运华，我没有说自己一定比赣南师专毕业的强，但你也不能因此就说，江西师大还不如赣南师专！如果我没调到宣传部的话会分配到哪里教书，我既没必要告诉你，也没必要和你争是非。至于我本人是个怎样的人，俗话说得好，'路遥知马力''风物长宜放眼量'，到时才知道！"焕章傲然地说。

谢运华一时语塞，竟无言以对。他的脸色由白变红，又由红变白、由白变青。

谁也没有料到，本来好好的一场聊天，会突然变成一场唇枪舌剑、伤人感情的争论。这也是焕章自大学毕业参加工作以来，第一次和自己的同事发生正面冲突。

为避免这尴尬的场面持续下去，焕章带方纯走出宣传部，到县委机关大院转了一圈，参观了一番，向他介绍哪栋是县委书记住宿、办公的5号楼，哪栋是县委副书记住宿、办公的3号楼，哪栋是县纪委的办公大楼，哪栋是县人大的办公大楼，哪里是县委和人大两部门的区域分界线，哪栋是三个部门共有的食堂、茶房等。

"我第一次到这里，感觉县委机关大院好大啊！"方纯赞叹说，"花草树木也很多，环境很好！"

"是好大，环境也很不错！"焕章自豪地说。

"今晚叫上县委办的温俊才秘书、县总工会的林毓明主任，我们几个师大校友聚一聚怎样？我做东！"焕章热情地说。

方纯略思忖了片刻，温纯地笑着说："我现在代高三毕业班的地理课，比较忙，今晚还要出一份试卷。以后再聚吧，来日方长！"

焕章知道，方纯的话是真的，但也有客气和托词的成分，这隐含了他的自尊。

"好的，就依你，以后有机会再聚！"焕章没有勉强，他理解方纯。

两位师大校友在县委大楼门口握手告别。

望着方纯渐行渐远的背影，焕章感觉到他温纯、柔弱的外表下，包藏一副不容轻视的铮铮傲骨，心中不由得产生一种深深的敬意。

第十九章

这天上午，焕章刚从部里下班回到民政招待所，在大门口就被服务员小凤叫住了。"焕章，你的邮包！"她微笑着递给他一个沉甸甸的邮包。

"哪儿寄来的？"焕章一边问，一边接过邮包。

"一家杂志社寄来的。"小凤说。

焕章一看邮包的封面，是上海的《收获》杂志社寄来的。他下意识地用手捏了捏邮包，感觉里面是两本厚厚的杂志。他暗猜，一定是自己的中篇小说《青春梦》发表了。他赶紧撕开邮包，果然是两本《收获》杂志！再打开其中一本杂志，翻开目录一看，果然是《青春梦》发表了！而且是放在目录的第一篇、杂志的开篇！

"小凤，我的中篇小说《青春梦》发表了！"焕章惊喜地对小凤说。

"啊？真的？你真了不起呀！"小凤佩服地赞叹说，"我经常看到你在房间里写什么，原来是在写小说啊！"她也为他感到高兴："借一本给我看看，让我分享一下你的喜悦！"

焕章很高兴地给了她一本杂志，自己则拿着另一本杂志赶紧回到自己房间，兴奋地浏览着自己那已打成铅字的《青春梦》作品。他激动得连午饭也不想吃了，那崭新的书页里飘散出来的淡淡的油墨香，让他像喝了陈年佳酿一般陶然沉醉了。他半年多的心血没有白费，也再次证明了自己在文学上的才能，这给了他极大的信心和鼓舞。他暗下决心，一定要沿着这条文学之路走下去，去构筑自己未来的文学殿堂！

《青春梦》写的是一对男女青年相亲相爱，却因为是同姓而受到各自家庭的强烈反对，最终不能结成眷属的爱情悲剧，同时也展示了一幅广阔的江南乡村风俗画，反映了二十世纪七十年代末八十年代初的时代特征。焕章写作《青春梦》时，没有告诉任何人，小说写好后寄出去发表时，通讯地址写的也是"长平县民政招待所"，而不是"中共长平县委宣传部"。他这样做的目的，就是不想让别人知道他不愿写新闻通讯却在搞文学创作，避免被别人抓住"把柄"说他"不务正业"。就是现在小说发表了，他也不打算到处宣扬，最多让几个亲朋好友知道并悄悄分享一下自己成功的喜悦。

"你写的小说好感人啊，让我落了好几次眼泪！"小凤把《收获》杂志还给焕章时，感动地说。因为昨晚看了一个通宵的《青春梦》，她的眼眶像个大熊猫，黑黑的。

"小说写得确实不错，很吸引人，也引人深思！"同窗好友李清波看完《青春梦》后对焕章说，"也许在不久的将来，长平会出现一位卓有成就的作家！"

"你这部中篇小说，让我看到了你不凡的文学才华！焕章，坚持写下去吧，你一定会很有建树的！相信我的话！我支持你！"焕章大哥的战友、县委办公室彭春明副主任看了《青春梦》后，鼓励焕章说。

焕章把自己发表了中篇小说的事也写信告诉了赣州的大哥良翊，大哥回信说："能在国家级刊物上发表五六万字的中篇小说，这不简单！但你首先要把自己的工作做好，业余再去写文学作品，要工作、创作两不误，千万不能影响工作！"

焕章知道，虽然自己在文学创作上取得了一点成绩，但亲朋好友们的褒扬，更多的是出于对自己的支持和鼓励，自己以后路还很长，还需不断追求、不断进步。

半个多月后，小凤又满含羡慕的目光，递给焕章一张《青春梦》的稿费单——四百六十块钱！这相当于焕章半年的工资！他第一次有那么多钱，可把他高兴坏了！

"焕章，你一定要请客啊！"小凤期盼地说。

"好的好的，一定！"焕章连忙答应说。

当天，他就到民政招待所附近的商店买了一大网兜的花生和水果，请小凤她们几个服务员吃，感谢她们的热情服务。自己又到商场买了一件米黄色皮夹克，一双优质黑皮鞋。晚上还请李清波、曾孝友两个同窗挚友到饭馆里吃了一顿，以示庆贺。第二天早上，他又到车站托熟人给乡下的父母亲捎去二百块钱，补贴家用。剩下的稿费，他就留给自己了，以备不时之需。

《青春梦》这部中篇小说，给焕章带来了名利的同时，也让他幸福和自豪了好长一段时间，给了他极大的精神安慰，让他的生命里多了一道灿烂的阳光。

焕章从大学毕业到现在，已工作半年多了，一些热心的熟人朋友开始关心他的婚姻大事了。

有一次，焕章到离办公室不远的大师兄温俊才秘书的房间里闲坐，温俊才秘书问他："焕章，有女朋友了吗？"

"没有啊？大师兄有什么合适的介绍吗？"焕章笑着问。

"像你那么好的条件，还需要人介绍吗？"温俊才秘书微笑着反问。

"话虽然这么说，但要找一个有正式工作、人又长得不错的姑娘，还真不容易啊！就是没有正式工作，但人长得好看的吃商品粮的城镇姑娘，现在也成了非常抢手的'稀缺品'啊！"焕章感叹说。

"说得也是。如果你真的没有女朋友的话，那我给你介绍一个吧！"温俊才秘书笑着说。

"谁呀？"焕章感兴趣地问。

"你认识我们县委办公室陈宏运主任的老婆吧？"温俊才秘书问。

"认识，怎么了？"焕章问。陈宏运主任的老婆是赣州人，姓姬，知青出身，在电影院当放映员，人长得非常漂亮。大家都说，她与当今的电影明星相比都毫不逊色。焕章因为工作关系，经常到电影公司，自然认识她。

"你看陈宏运主任的老婆，四十多岁的人了，却还是二十多岁的年轻姑娘一样，一点都不显老，真是少有的大美人！"温俊才秘书赞叹说。

焕章点头表示认同。

"她有个妹妹还没有结婚，在稀土公司当打字员。她做姐姐的都国色天香，你可以想象，她的妹妹肯定也貌美如花了！"温俊才秘书笑着说。

"这么优秀的美女，恐怕早就名花有主了吧？还会等着我去追她？"焕章怀疑地说。

"那不一定！'良禽择木而栖'，并不是谁她都看得上的！像你这么好的条件，追她的话肯定能成功！"温俊才秘书鼓动他说。

"行，什么时候有空，我到稀土公司去看一下，看看她是否真的像师兄说的那么漂亮，也了解一下她有没有男朋友。"焕章笑着说。他有一点动心了。

过了两天，焕章真的抽空到了距县城三十华里的稀土公司，到总经理助理、办公室主任、老同学严延诚那里了解该公司打字员小姬的情况。

"我以为是什么大风又把你刮来了，原来不是来看我，是看大美女来了！"延诚开玩笑说。

"不过我很不幸地告诉你，小姬有男朋友了，我经常看到他们出双入对。"延诚耸了耸肩膀，遗憾地告诉焕章。

"哦？她有男朋友了？做什么的？"焕章好奇地问。虽然他早有预感，但此时还是有点失望。

"一个货车司机！"延诚淡然地说。

"不会吧？一个货车司机？！"焕章不可置信地问。

"难道老同学我会骗你？！"延诚微笑着反问。

"不不，我不是这个意思。我是说，这太让人难以理解了！"焕章连忙解释说。

"是啊，我和你一样，也不是很理解。本公司有好几个条件都很不错的技术员追求她，她却一个都看不上。这只能用'萝卜青菜，各有所爱'的俗语来解释了！"延诚微皱了一下眉头说。

为不让焕章白跑一趟，延诚带他借故到打字室转了一下，让他一睹芳容，见识了一下打字员小姬的"庐山真面目"。

小姬，名飞燕，和历史上被汉成帝刘骜专宠十年、集三千宠爱于一身的著名美女赵飞燕只差一个姓。她确实有点赵飞燕的"遗风"，长得冰肌雪肤，婀娜妙曼，顾盼生辉，好一个天之尤物！

"真是一朵鲜花插在牛屎上了！"焕章忽然在心里苦笑着感慨地说。

但他仔细一想，对她的婚恋选择也不奇怪。国家正处于改革开放初期，全民都在向"钱"看，各地区、各单位、各行业的发展情况、经济收入都很不平衡，甚至出现了"拿手术刀的还不如拿剃头刀的""研究原子弹的还不如卖卤鸭蛋的"等怪现象。在这种时代背景下，貌美如花的她，选择能赚大钱的"摸方向盘的"男人作为自己将来的归宿，也就合情合理了。

"我们的老同学姚红科长很喜欢你的，你为什么不喜欢她呢？"回到办公室时，延诚问焕章。

"她的性格太外向、太张扬了，让我缺少安全感！"焕章坦诚地说。他便给延诚讲了自己和古莉莉的恋爱故事。

"你这是'一朝被蛇咬，十年怕井绳'啊！"延诚笑着说。

"也许是吧！"焕章也笑着说。

"唉，恋爱往往就是这样：你喜欢她（他），她（他）却不一定喜欢你；她（他）喜欢你，你却不一定喜欢她（他）。大多是阴差阳错，所以人间有那么多悲剧，或者不是悲剧的悲剧。"延诚叹息一声说。

"是啊，这是老天爷在搞恶作剧，我们人有什么办法呢？"焕章无奈地说。

焕章上次来稀土公司时，本村的梓叔，刘震寰总经理到日本出差了，没见着。这次恰好他在，焕章便趁此机会到他的办公室去拜望他。

刘震寰总经理个头不高，但人很壮实，他天庭饱满，双目炯炯，气宇轩昂，不怒而威，有一股王者之气，和他"稀土大王"的称号很相称。对焕章的来访，他很高兴，也很热情。他叫女秘书给焕章冲泡了一杯上好的普洱茶，又端出几盘花生、瓜子和水果，叔侄俩便亲热地交谈起来。

在交谈中，焕章表达了对震寰叔的无限敬仰，说他是他们田背排村刘氏家族的骄傲，还说起上次来拜望他没见着的事，并说自己初出茅庐，缺乏经验，希望震寰叔以后多多指教等。刘震寰总经理则询问了焕章近来的工作、生活情况，表示如有什么困难可以随时找他，并勉励他好好学习、努力工作，走好仕途这条路，为田背排村刘氏家族争光！

中午，刘震寰总经理还在公司招待所设宴款待了焕章，陪同人员除了延诚外，还有公司其他几个领导。临别时，刘震寰总经理还送给焕章一罐高级普洱茶、一盒英国巧克力、一包美国开心果，还派司机用自己的专车送他回县城，这让焕章十分暖心，十分感动。

回到县城后，焕章把打字员姬飞燕的情况告诉了大师兄温俊才秘书。温俊才秘书听后不禁摇头叹息，并自言自语地说："她们妇道人家'头发长，见识短'可以理解，难道精明、老练的陈宏运主任也那么短视吗？！他的小姨子谈恋爱，应该会征求他这个做姐夫的意见吧？"

"不知道，但事实就摆在那里！"焕章也一脸困惑地说。

"焕章，不信你等着瞧，将来他们的婚姻肯定以悲剧告终！"温俊才秘书预言说，"时代的发展，绝不会让'脑体倒挂'的怪现象持续下去的！将来会'摸方向盘'的人肯定多如牛毛！"

"将来他们的婚姻是否成悲剧，那就不是我们所关心的了。"焕章漠然地说。

"只是……可惜了一位大美女！"温俊才秘书不无遗憾地说。

"可惜又怎样？命！"焕章木然地说。

有一天晚上，民政招待所因线路出问题停电，一时半会儿又修不好，焕章又没准备蜡烛，做不了什么事，他便到县委大院彭春明副主任家里去闲坐。

当他来到彭副主任家里时，他们一家人刚吃完饭，夫妻俩坐在沙发上，一个在看书，一个在看报，两个孩子则在书桌上认真做作业。他们的家教很好，夫妻俩言传身教，两个孩子不像一般的官家子弟那么傲慢刁蛮，都温良恭顺、文明有礼。

彭副主任很热情地给焕章冲泡了一杯庐山云雾茶，菊香嫂子则端出一盘瓜子、一盘花生，亲热地招呼焕章吃。

闲谈中，菊香嫂子说："焕章，最近将有一批吉银师范学校的毕业生来我们东门小学实习，到时我看有没有合适的女孩子给你介绍一个。"

"吉银师范恋爱成风，远近闻名！长得稍好一点的女孩都有对象了，剩下的，也许都很一般了！"焕章不抱希望地说。

"那不一定！教育学校的成志贤校长有个女儿，人长得很漂亮，也是今年吉师毕业的，他的家教很严，也许还没谈恋爱。成校长的老婆李老师是我的同事，明天我去问问她。"菊香嫂子说。

"现在的女孩子都不听父母的了。再说，她既然那么优秀，家庭条件又好，追求她的人肯定很多，哪里还需要别人介绍呀！"焕章说。

"我试试吧！"菊香嫂子仍然热心地说。

"好吧。"焕章说，但他心里仍不抱什么希望。

过了几天，焕章又到彭春明副主任家里闲坐，菊香嫂子便告诉了他探问的结果：成校长的女儿已经和工商局钱局长的儿子谈上了，听说待她毕业分配工作后，就将举行婚礼。

焕章一点也不意外，这是他意料中的结果。

"'家有梧桐树，自有凤凰来！'焕章，你别急，先做好你的工作，写好你的作品，缘分到时，自然有漂亮的女孩子喜欢你！"彭副主任安慰焕章说。

焕章点点头。他很认同彭副主任的话。他目前的要务，就是把工作做好，把创作搞好，至于婚恋问题，一切随缘吧！

今天上午，焕章早早就来到部里上班了。和往常早来上班时一样，他把办公室里的桌子擦拭了一遍，把地洒扫了一下，又到开水房打回两大瓶热水。他给自己冲好一杯绿茶后，顺手把通讯员小王刚送来的《人民日报》拿起来浏览。忽然，他发现在该报的头版头条上，刊登了一条昨天发生的重大新闻：一九八七年三月二十六日上午，中葡两国政府在北京草签了关于澳门问题的联合声明。这真是一个振奋人心的好消息！焕章想。他又不禁想起一九八四年九月二十六日，中英关于香港问题的联合声明和三个附件在北京草签的旧闻来。香港、澳门的两个《联合声明》的签署，标志着漂泊了近百年的香港和澳门很快就将回到祖国母亲的怀抱了！这是邓小平"一国两制"构想的伟大胜利！可以预见，在不久的将来，台湾问题也会很快解决的！想到这里，焕章为祖国的日益强大而倍感自豪。

当同事们陆陆续续回到部里上班时，焕章也把这则重大新闻一一告诉了他们，大家听了都很兴奋，并找来报纸细看。大家脸上都洋溢着灿烂的笑容。

今天这则重大新闻，《人民日报》《解放军报》《工人日报》《江西日报》《赣南日报》等各级各类报纸都报道了。

大街上有人在放鞭炮，为祖国的日益强盛而庆贺，噼里啪啦的鞭炮声，在山城的上空久久回荡。

下午，焕章写了半天的宣传材料，觉得头脑涨涨的。临近下班时，他拿了一本《求是》杂志来看，想换换脑子，调息一下。

忽然，大院里传来"嘀——"的一声汽车鸣笛，接着隐约又传来人们嘈杂议论的声音。焕章放下《求是》杂志，好奇地从座位上站起来，走出门去看个究竟。只见大院里停放着一辆崭新的黑色小轿车，一群人正围着小轿车在议论着什么。

焕章觉得新奇，便也走了过去。

这是一辆新买的上海牌小轿车，油漆光亮，豪华美观，炫耀着霸气和尊贵。

"哪儿来的小轿车？"焕章问站在身旁的统战部李秘书。

"我们县委新买的小轿车。"李秘书说。

"县委、县政府各买了一辆上海牌小轿车，给县委书记、县长专用的。原来县委、县政府那两部桑塔纳小车太老旧了。"办公室的陈宏运主任解释说。

以前，县委有一辆桑塔纳小轿车、一部北京牌吉普车、一辆东风牌面包车。小轿车是县委书记、副书记外出用的，吉普车是部长、副部长们外出用的，面包车是一般干部外出开会或下乡时用的。也许为公平起见，县政府的车辆配置也和县委一样。

"啧啧啧，这小轿车太漂亮、太气派了！我从没见过这么漂亮、这么气派的小轿车！"妇联的王俪萍主任一边抚摸着崭新的车头，一边赞不绝口地说。

"王主任，什么时候叫黄涛书记带你去兜一下风！"文联的邝秘书开玩笑说。

"我有这个福气就好喽！"王俪萍主任开心地说。

"其实也没什么，广州、深圳、珠海等发达地区，不少老板都有私人的进口小轿车了。"焕章说。他经常看书、看报，知道外面的信息。沿海那些改革开放的城市，不少大老板都拥有了私人的进口小轿车。

"什么'没什么'，话不能这么说！发达地方归发达地方，我们长平归我们长平！"陈宏运主任高声说，语气里隐含了不满。

"你们相信不相信，不出十年，我们长平也会有私人小轿车的！"焕章又预言说。

"你说的也太离谱了吧？不出十年我们长平也会有私人小轿车？可能吗？！"团县委副书记潘宇春以嘲笑的口吻对焕章说。

大家一阵哄笑。

焕章刚想开口反驳，站在他身后的大师兄温俊才秘书赶紧扯了一下他的衣角，示意他别说了，他只好忍住了。

"大家都回去上班吧，围在这里聊天，被书记看见了不好！"温俊才秘书站出来打圆场说。于是大家散了，回各自的办公室去了。

温俊才秘书把焕章拉到离办公室不远的自己的房间，关上门，小声地对他说："焕章，我相信你说的话是对的，但大家都在说好话、说奉承话，你却泼一盆凉水，合适吗？这不是引火烧身吗？"

"大师兄，这么说，我又闯祸了？"焕章疑惑地问。

"那还用说吗？老弟啊，'到什么山上唱什么歌'，要三思而后言呀！怎么还那么书生气呢！"温俊才秘书好心相劝道。

"我也不知道怎么回事，很自然就说出来了。"焕章有点后悔地说。

"好了，回去上班吧！以后说话注意一点就行了！"温俊才秘书温和地说。

"谢谢大师兄提醒，以后我一定会注意的！"焕章感激地说。

他有点闷闷不乐地回到宣传部，继续看他的《求是》杂志。但他怎么也看不进去了，看了半天也不知道里面说了些什么。

这时，廖子厚秘书从文化局开会回来了。一进门，他就对部里的同事说："今明两天晚上，赣州采茶剧团的来我们这里巡回演出，主节目《花队》据说曾到北京表演过，还获过奖。我拿回五六张票，今晚、明晚的都有，谁有兴趣去看？"

焕章正感到烦闷无聊，便要了一张票，打算今晚去看看，姑且解解闷。

《花队》是一组采茶歌舞戏，内容比较简单，讲的是哥子妹子谈恋爱看花灯的故事，但该节目融合了矮子步、水袖、扇花等技艺，载歌载舞，诙谐逗趣，有较强的娱乐性，还是值得一看的。

不过，因为下午发生了不愉快的事，焕章并没有多少雅兴欣赏，只是草草地把戏看完，就匆匆回民政招待所去了。

睡觉前，他坐在书桌前，回想着下午发生的事，望着窗外沉思了很久。官场，官场，说话做事，真的要如履薄冰呀，稍不注意，便会动辄得咎……他忽然想起"是非只为多开口，烦恼皆因强出头"的俗语，不禁长叹了一声，然后用毛笔写下了《论语》中曾子的一句名言——"吾日三省吾身"，并把它贴在书桌的右上角，这才上床去睡觉。半夜，他做了一个噩梦，梦见自己爬山时不小心从悬崖上掉了下去，摔断了一条小腿和两根肋骨……

几天后，长平官场上以笑柄的方式，流传着焕章那天说的狂话：说黄涛书记的专用新轿车"其实没什么"，"长平不出十年也会有私人小轿车！"

但事实却证明了焕章的预言是对的：七年后，长平发了财的一些私企老板，就有了自己的漂亮小轿车。——当然，这是后话了！

第二十章

时间过得飞快，转眼就到了清明节。

前一天，程冰岩部长就主持召开了县委宣传部、文联、"五四三"办公室全体干部会议，会议的内容是：明天是清明节，大家分头行动，到各乡镇检查移风易俗的落实情况，防止封建迷信活动在清明节期间蔓延。据乡下干部反映，最近一段时间，农村看风水、请巫婆神汉、扬幡招魂、做道场等封建迷信活动又有所抬头了。

廖子厚秘书自己提出要到浔江乡去检查工作，因为那里是他的老家，他多年没回去过了，想趁此机会去看望一下老家的亲友。焕章被分派到楠桥乡去检查工作，其他干部也被分派到了相应的乡、镇去检查工作。

浔江乡是长平北半县最大的一个乡，其历史文化悠久，商品经济发达。以前，焕章曾听廖子厚秘书讲过不少有关浔江乡的历史文化掌故和社会风俗传说：

浔江乡的桂岭村有一座"天香书院"，建于明朝万历年间，有四百多年的历史了，它是长平古代最早的一所民间学校，对研究长平古代教育的形态、起源、发展和变化，具有重要的历史和现实意义。

浔江圩上有一个霞光古庙，也有四百余年的历史。除了"文革"年代，每年的农历八月初二，那里都会举行庙会。庙会时，人们会肩抬菩萨和装扮一些象征正义、孝道、团结、盛世等积极向上的"故事"，巡游浔江圩镇。菩萨故事每到一处，人们燃放烟花鞭炮，将鸡、猪肉、鱼摆放在香案上，点烛燃香迎接，祈福庇佑全家健健康康、顺顺利利。而闻风前来浔江凑热闹的看客，常常多达万人，成为当地一大独特的民俗风景。

浔江乡有一座古木参天、风景秀丽的黄畲山，它曾是历史上的著名反动封建会道门——真空教的发源地。真空教创始人叫廖帝聘，号兆空，道内称为"真空祖师"。他宣扬加入该道就能戒绝鸦片烟瘾，病痛不须用药医治就可痊愈，死后还可以升入天堂。因信奉其道不需受任何戒律约束，又符合一般人群的心理祈求，所以追随的乡民逐渐增多。民国三十七年（1948年）一月，该道改称"真空慈善会"，拉拢地痞流氓和旧时军政官史充任各地会首。解放后（1950年），黄畲真空道教组织被公安机关依法取缔。

浔江乡周田村的客家古民居声名远扬。它规模宏大、分布集中、工艺精湛、保存完整，其建筑风格和别地客家围屋不同。《赣州日报》《江西日报》及中央电视台等众多媒体对它所蕴藏的客家历史文化价值进行了专门报道。周田村客家古民居是由清代富商王周崧和他的三个儿子建成的。王周崧，字万椿，贡生"学历"，是长平历史上著名的米、盐巨商。当年他和儿子们利用连接闽、粤、赣的古驿道穿过浔江的便利，生意跨江西、广东、福建三省，置有良田万余亩，"豪宅"围屋九座，其中松树下、下田塘湾的围屋规模最大，建筑艺术最高，堪称周田客家古民居的经典建筑。

抗日战争时期，浔江乡的坝园项来了两个婆媳模样的女人，说是为了躲避战乱来长平居住的外地人。儿媳十六七岁，长得水灵灵的，很讨人喜欢；婆婆四十岁上下，红润饱满，也风韵犹存。这两个女人招惹得附近的男人心荡神摇，有事无事都往她们家跑。后来，她们挪出一间大一点的房子，让客人们嬉笑打闹，时间一长，就有人在她们家里打起牌九来，慢慢的，她们家就成了众人皆知的赌博场所，她们也从中收取一点抽头补贴家用。这两位女人经常和男人们眉来眼去，不少男人还和她们有肌肤之亲。一九四五年，随着抗日战争的胜利结束，这婆媳俩突然消失了，谁也不知道去了哪里。不久来了一伙全副武装的国民党军人，在她们的住处搜查出一部被毁坏的电台。后来又有消息说，这婆媳俩在梅县被共产党南方游击队捕获了。原来，这两个所谓的婆媳，其实是日本鬼子潜伏在长平的女特务，目的是窃取军用稀土资料和关于攻打长平的军事情报，由于国共两党的游击队对驻扎在赣州、潮州的日本鬼子进行了多次有效的骚扰袭击，再加上山高林密、地势险要的猴子嶂、基隆嶂这两座天然屏障的阻隔，才使日军进攻长平的几次军事行动得以流产。这件事一传十，十传百，很快就在浔江传开了，那些曾在坝园项赌过博，特别是和那婆媳俩有过肌肤之亲的男人们，乍一听是这么回事，不禁心里打战，惊出一身冷汗！

…………

这次下乡检查工作，焕章本来想主动要求去浔江乡的，顺便实地考察一下浔江丰富的历史文化和社会风俗，因廖子厚秘书说了他想去浔江乡检查工作，顺便回老家看望一下多年未见的亲友，焕章只好作罢，心想以后再找机会去浔江乡。

今天一大早，焕章就起床了。他匆匆洗漱完毕，吃过早餐，就赶往长平汽车站，坐六点到楠桥的早班车。七点时，他准时来到楠桥乡政府。楠桥乡的李安远副书记、韩国栋宣传委员、派出所王志强所长、工商所何鸿斌所长、文化站邝海东站长以及乡里的其他几个干部早已在乡政府会议室等着他了。焕章简单地说了一下这次移风易俗检查工作的目的和意义，就带领大家出发了，后面还跟了一辆乡政府租来的用来装载违禁祭祀品的农用车。检查的目的地，是市场摆摊处和祭祀品店铺。

因为是清明节，街上很早就开市了，人来车往，熙熙攘攘。卖祭祀品的摊子尤其热闹，很多人一早就赴圩来了，想早一点买回祭祀品，以便到山上的墓地去祭拜，在中午前完成祭祀礼。

卖祭祀品的摊子很多，摊子上的祭祀品五花八门、应有尽有：除传统的香、蜡烛、草纸、纸人、纸马外，还有近两年才有的"冥府版"电话、时装、麻将扑克、金砖金条、名贵酒烟、高档食品、人民币、美元、英镑、存款单、高丽参、普洱茶、首饰、小车、别墅等紧跟时代潮流的祭祀物品。

贩卖违禁祭祀品的摊主见检查人员来了，远一点的纷纷逃散，近一点来不及逃跑的，只好乖乖地把违禁祭祀品交出来。除香、蜡烛、草纸等无伤风化的传统祭祀品外，其他违禁祭祀品，检查组人员一律将它们没收，并扔进身后跟随的农用车拖斗里。一些已买了违禁祭品的农民见状纷纷逃离，赶快回家，唯恐被抓住后没收了手中的祭祀品。大街两旁站满了来看热闹的人。

清查了贩卖违禁祭祀品的三十多个摊子，焕章他们又来到一家专门制作、批发兼零售违禁祭祀用品的店铺，店老板早吓得面如土色，浑身打战，眼睁睁地看着店里的违禁祭祀品被查抄、没收，最后还被罚了两千元人民币，并被勒令停业整顿。

焕章带领检查组的队员们满载而归，他们把违禁祭祀品全部倾倒在乡政府门前的空地上，然后浇上一桶汽油，点了一把火，一时间浓烟滚滚，烈焰滔滔，其壮观程度仿如一百多年前的"虎门销烟"……赶来围观的群众里三层、外三层，拍手叫好声连绵不绝。焕章他们又给围观的群众每人散发了一份"倡导文明祭祀新风"的彩纸宣传单，达到了很好的震慑和宣传效果。

中午，乡政府在饭堂以丰盛的酒宴慰劳了参加检查工作的全体同志。书记、乡长和几个副职都来了。因为焕章是县委宣传部下来的干部，他们特意给他留了一个上席以示尊敬，和乡党委书记并排坐在一起。一开始焕章并不肯去坐上席，他知道自己年纪轻，资历尚浅，但经不住乡干部们的反复推让，只好勉强坐在上席。不承想，这竟成了他后来在人们口中流传的"自诩是县领导，妄自尊大坐上席"的罪证！——当然，这是后话了。

饭后，乡政府领导安排焕章到乡民政招待所休息，其他同志则回家或回单位宿舍休息去了。

焕章午睡后醒来，已是下午两点了。下午没事，他也不急于回县城，便给在楠桥中学当教导主任的温德福打了一个电话。他们是长平中学读书时高一（2）班的老同学。温德福高中毕业后考取了赣南师专中文系，大学毕业后分配到楠桥中学任教，因为工作出色，又会待人处世，两年后就被提拔为教导主任，也算是老同学中的佼佼者了。焕章这时打电话给他，是想让他带一下路，到楠桥的风景名胜走一走、看一看。

温德福如约来到乡民政招待所找焕章。

"老同学来楠桥检查工作也不提前打个招呼！现在才叫我过来！"温德福一见面就客气地抱怨说。

"工作第一，友情第二嘛！再说，现在叫你过来也不迟啊！"焕章高兴地半开玩笑说。他给老同学倒了一杯茶，请他在沙发上坐下。

"领导有什么吩咐，说吧！"温德福开心地说。

"别'领导领导'的乱说！楠桥有什么风景名胜？带老同学去看看。"焕章笑着说。

"风景名胜谈不上，但值得一看的地方倒有几个，"温德福说，"下午时间短，看不完，我先带你去神牛坛庙宇和青龙岩看看吧！"

"行，那我们抓紧时间，马上出发吧！"焕章从沙发上站起来说。

温德福从附近熟人的店铺里借了两辆自行车，由他带路，沿着沙石公路，两人一前一后出发了。

神牛坛庙宇坐落在楠桥圩南面约两公里处，在程田河与大屋下河交汇处的一块高地上。

十五分钟后，焕章和温德福便来到了神牛坛庙宇前，他们把自行车支起放好，认真参观起来。

神牛坛庙宇四周苍翠，这里古木参天，修竹婆娑，环境静幽，气氛肃穆。庙宇砖木结构，雕梁画栋，檐牙高啄，古色古香。门前有两根花岗岩圆形石柱，石柱上挂着一副楹联，上联为"汉泽流六派，五百年如今为烈"，下联为"帝心敷数姓，三千户自昔称灵"，上方正中则挂着一块金色匾额"福我群黎"。进入庙宇，只见里面供奉着一尊"汉皇太帝陛下"的镀金神像，神像气宇轩昂，威风凛凛，有君临天下、不可冒犯的霸气。神像顶上挂着一块"兆民永赖"的金字牌匾，虽然结有几缕蛛丝，但仍然光彩夺目。

温德福介绍说："元末明初时，社会十分动荡。谢氏先祖寿七公兄弟以及陈氏、曹氏、刘氏、曾氏和程氏等先祖，为躲避战乱，先后从各地迁徙到这里开基立业。他们披荆斩棘，拓荒开地，筑墙建舍，繁衍生息。可是，因为地处山高林密的大帽山边沿，山上的盗匪经常下山来侵袭骚扰，他们烧杀掳掠，奸淫妇女，无恶不作，令人苦不堪言。终于有一天，谢、陈、刘、曹、曾、程六姓先民聚集在一起，他们歃血为盟，结为异姓兄弟，共同抗击来犯之敌，从此以后，这一带便称为'六排村'。为议事方便，六排村先民决定兴建一个议事之所——牛神坛，又因为六姓之中刘姓皇帝影响最大，于是就决定在神坛里供奉'汉皇太帝陛下'的神像，以保佑村民克敌制胜，平平安安。每次遇到外敌欺凌时，六姓先民就在神牛坛宰杀大牛，取血喝酒以壮胆色，他们同仇敌忾，英勇杀敌，战无不胜，令盗匪胆寒，从此再也不敢前来骚扰。后来，一些乡民还应征从军，屡立战功，受到朝廷的表彰。"

"德福，你不简单啊，知道的那么多，都快成当地乡土历史文化的专家了！"焕章夸奖他说。

"要知道，虽然我是大专生，不如你本科生，但也是中文系毕业的高才生啊，对地方的历史文化同样感兴趣啊！"温德福不无得意地说。

接着，温德福又指着神像前的香火、蜡烛、糖果供品和几个正在跪拜的善男信女说："除了'文革'那十年外，数百年来，这里一年四季香火不断，善男信女们来这里祈福，祈盼风调雨顺、国泰民安、百业兴旺。我认为这不是什么封建迷信，而是表达了普通老百姓心中的美好愿景！"

焕章赞同地点点头。

从神牛坛庙宇出来，两位老同学又骑上自行车，一前一后朝楠桥乡另一个风景地　　青龙岩山发了。

青龙岩在南龙村，距楠桥圩约十一公里。因为道路崎岖，蹬车艰难，两位老同学约骑了一个小时的车才到达目的地。只见眼前一座大石山巍然耸立，上接蓝天，下临深渊，如一条青龙入潭，悠然逍遥，这就是青龙岩得名的原因吧！

青龙岩是长平县古八景中的一景——"龙岩仙迹"，因为它地处珠江水系的东江源头，故又被称为"东江源头第一岩"，地质上属典型的丹霞地貌。整座石山峭壁凌空，有大小岩洞百余个，其中十一个相互连接的大岩洞里，聚集了景区的主要景点。

温德福的家乡就在青龙岩附近，他是攀爬青龙岩长大的，对它的熟悉程度不亚于对自己十个手指头的了解。这次陪老同学到此一游，他自然要当一个称职的向导了。

温德福领着焕章首先来到龙岩古寺。他告诉焕章，龙岩古寺始建于唐朝开元年间（713年—741年），距今有一千二百多年的历史了。因为古寺建筑在巨岩之下、深潭之上，地势险要，人力难及，所以，古寺由仙人所建的典故就流传至今：相传赤脚大仙奉如来佛祖的旨意，带领杨公先师在夜间于悬崖峭壁上挖窟凿洞，同时施展法术，趁附近的村民熟睡时拆了他们的灶膛，将灶砖搬来建造佛殿。而当地的土地神担心村民日后怪罪他护佑无力，就偷学鸡叫，杨公以为天要亮了，怕惊动村民，便草草地收了工。也许是拆了村民的灶膛，出于内疚之心，如来佛祖就特许当地的青龙村人，初一、十五可随时作灶，不用择日。

"这个传说有点意思！大概是寺庙的住持当初为了吸引更多的香客而编造的吧？"焕章笑着说。

"也许是吧！"温德福说，"不过，这典故倒赋予了古寺神秘的文化内涵。"

古寺已苍老破旧，没了往日的神采，也不见有和尚或尼姑，但香案上还有香烛燃烧，也有糖饼、鲜果供品。温德福点了三品檀香，拜了几拜，恭敬地插在沧桑的佛像前。

从古寺出来，沿着一条山石小径，温德福又把焕章带到一个石壁前。只见石壁上有一大一小两个石洞，大的有碗口大，小的有茶杯大。他告诉焕章，这就是民间传闻的"出米洞"和"出油洞"了。

温德福介绍说："相传龙岩古寺建成后，香火日盛，游人很多，如来佛祖为解决寺庙游人的米、油问题，施展神奇法术，在石壁上挖了一大一小两个洞，大的出米，小的出油，不多不少，每天刚好够用。然而煮饭的和尚很贪心，偷偷地把两个洞都凿大了一点，想多出米、油，好偷了去卖，不料被人发现，此后，'出米洞'再不出米而出稗谷了，'出油洞'再不出油而出脏水了。这个传闻启示后人，做人切莫贪心！"

"这个传说很好，很有教育意义！"焕章点头赞许说。

再往西走，经过渡口拱桥，踏过石头路，蜿蜒一公里，便是有名的"一线天"石洞。石洞长约二华里，溪流曲折，阴凉幽静，从洞底仰望天空，只开一线，宽不盈米，这是"一线天"得名的由来。这里曾是古代赣南通往闽粤之地的驿道，现在仍可清晰见到当年往来商旅留下的马蹄印、饮水槽等痕迹。

从"一线天"出来，温德福又带着焕章来到"将军布阵"景点。

温德福介绍说："'将军布阵'由剑刀石、斩人墩和堡垒石组成。相传有一天，赤脚仙人受玉帝的旨意，为保护'仙迹'，严防妖怪捣乱，派二郎神带兵遣将，在'仙迹'西南安营扎寨，修筑堡垒，妖怪尾随其后，见阵营防守严密，不敢轻举妄动，只好见机行事。到半夜时分，鸡突然啼叫，二郎神误以为是回军信号，便下令收兵。那些大小妖怪见作乱时机成熟，便发起了进攻。二郎神无心恋战，慌乱中丢下宝剑，斩妖台、堡垒也来不及拆除，就急急回宫去了。二郎神因丢了兵器，怕玉皇大帝怪罪，便施用法术将宝剑变成'剑刀石'，斩妖台变成'斩人墩'，堡垒变成'堡垒石'；为惩罚那些大小妖怪，也把他们立地成石。'将军布阵'由此而来。"

"这里的传说蛮丰富的，倒也给这些自然山水增添了不少活气和灵性！"焕章微笑着说。

"是啊，如果没有这些民间传说，这里的山水也就成了死山水了！"温德福赞同地说。

温德福还带焕章参观了古栈道、明月坡、石炭狮头、仙人足迹等景点。最后，他们来到一块石壁前，上面刻有不少古代文人墨客的题诗，其中有两首是焕章的同乡、清代赣南著名文人吴之章的《陪邵明府游青龙岩二首》，其中一首写道：

> 拾级攀跻似到天，疑从天际谒金仙。
> 几间石阁连云辟，一点龛灯对月悬，
> 近寺钟声虚谷应，晚溪渔唱隔村传。
> 狂吟正欲凭栏坐，却恐潭龙夜不眠。

"怎么样，你这个文学高手，是不是也赋诗一首，为后人留下一篇佳作？"温德福笑着问。

"在先贤的大作面前，我辈怎敢班门弄斧啊！"焕章谦虚地说，"时间不早了，我们回去吧！"

温德福一看手表，已是下午五点半。"好吧！"他说。俩人便打道回府了。

回到楠桥圩，已是傍晚时分，暮色烟雾般弥漫，远近亮起了星星般的灯光，偶尔还传来孩子的啼哭声和乡村的狗吠声。

温德福尽地主之谊，在一家饭馆里宴请老同学。

"借花献佛，让我敬老同学一杯！感谢老同学的辛苦导游和热情招待！"焕章举杯向温德福敬酒说。

"老同学了，就不要说这些客气话了！干！"温德福豪爽地说。两人碰杯，一饮而尽。

"我回敬老同学一杯！你现在是县委的领导了，以后要多多关照哈！"温德福给焕章敬酒说。

"什么'领导'啊，尽说醉话！倒是你，将来当了校长、教育局长时，可要多关照我啊！干！"焕章客气地说。两人举杯，又一饮而尽。

老同学的奉承，让焕章小小的虚荣心获得了满足，使他有一种站在彩云之巅的飘忽感。

酒酣耳热之际，两位老同学又互问对方有女朋友了没，哪个单位有漂亮的女子。又一起感叹现在吃商品粮、有工作、人又长得好看的姑娘是那么的少，要找一个合意的女朋友是多么的不易。

两个人一直吃喝到晚上九点，都醉醺醺的了才结束。

"明天……回去了吧？"温德福有点口齿不清地问。

"我打电话……问一下乡政府，看有无回县城的便车，如果有……还是今晚回去。"焕章也有点结舌地说。

焕章借饭馆的电话给楠桥乡政府办公室的陈主任打了一个电话，陈主任说刚好有一辆县财政局的吉普车要回县城。焕章便告别老同学，又和乡政府的主要领导打了个招呼，便乘县财政局的便车回县城去了。

今天是周日，吃过早餐后，焕章打算到文峰乡政府找老同学曾孝友玩。他刚走出民政招待所大门，便意外地碰见二嫂的表妹王秋芬和一位陌生的漂亮姑娘迎面走来。秋芬是二嫂大舅的小女儿，她多次到表姐家，也即焕章的家里做客，他们俩自然熟悉。

"秋芬，你好啊！上县城来了？什么时候来的？"焕章热情地招呼道。

"哎呀，是焕章啊！我昨天下午上来的。"秋芬含笑答道。她对自己在县城遇见焕章既意外又高兴。

"怎么不来找我？"焕章客气地说。

"你工作忙，我不方便打扰你。再说，我又不知道你住在哪。"秋芬说。

"我就住在民政招待所啊！"焕章说。

"这么巧啊？我也住在民政招待所！"秋芬惊喜地说。

"你上县城来要办什么事吗？"焕章问。

"我跟县城的一个师傅学裁缝。我先在招待所住几天，待师傅那里安排好后，再搬过去住。"秋芬说。

"这位姑娘是……？"焕章看了一眼秋芬身旁的漂亮姑娘，问。

"哦，她叫杏花，和我同一个村的，是我家邻居。她在吉银师范读书，将毕业了，现在回来到城北小学实习。"秋芬介绍说。

杏花羞涩地微笑着朝焕章点点头。她长得确实很美，白嫩的皮肤，高挺的鼻子，清澈多情的眼睛，苗条的身段，乌黑飘逸的马尾长发，浑身散发出一股迷人的青春气息。

焕章又脉脉地看了杏花一眼。"像一朵水莲花不胜凉风的娇羞"，他不禁想起大诗人徐志摩的名句，心里怦然一动。

"你们住在一起吗？"焕章微笑着问。

"是的！我们是一起从家里上县城来的。不过，明天她要搬到实习的城北小学去住了。"秋芬说。

"哦，这样！"焕章有点遗憾地说。

"你们那么早到哪儿去了？"焕章问。

"我们到河堤散步去了，刚回来。"杏花含笑着说。

"吃过早餐吗？"焕章问。

"吃了，在外面摊子上吃的米粉。"秋芬说，"你要到哪儿去呢？"

"我本来想到一个老同学那里去玩的，现在不去了，你们到我那里去坐坐吧！"焕章临时改变了主意，邀请她们说。

"好的！"秋芬拉着杏花的手，高兴地跟着焕章返回招待所，来到他住的A栋8号房。

焕章请她们在沙发上坐下，给她们每人冲泡了一杯庐山云雾茶。"你们稍坐一会儿，我出去一下就回来。"说完，他就出去了。

杏花环视着焕章的房间：墙上挂着郑板桥的梅、兰、竹、菊四幅条形字画，书架上挤满了中外名著，书桌上排放着笔、墨、纸、砚文房四宝，还打开、平放着一部厚厚的《聊斋志异》，整个房间弥散着一股浓浓的书香气息；而床上折叠得整整齐齐、洗换得干干净净的被子、枕头，说明房主人是一个生活很有规律且很爱整洁的人。这些，都给她留下了美好的印象。

她见圆角橱上放着一台双卡收录机，里面还有一盒迪斯科舞曲磁带，便走过去按键放了起来，随即房间里潮水般溢满了迪斯科激烈的旋律。她不由自主地随着舞曲的节奏点头舞动起来，全身洋溢着青春的韵律之美。

当焕章从外面回来时，她才不好意思地关掉收录机，坐回到沙发上。

焕章从民政招待所门口的小卖部和水果摊买回一包炒花生、一包糖豌豆和两斤苹果。他把炒花生和糖豌豆的包装袋拆开，放在她们面前的茶几上，又给她们每人削了一只苹果。"吃吧，别客气！"他热情地招呼说。

"买来那么多啊！""谢谢！谢谢！"她们忙不迭地说。

他们边吃边闲聊。

"秋芬，学裁缝好啊！女孩子会一门手艺，将来吃穿不愁！"焕章对秋芬说。

"没办法呀，我读书笨，不像你那么聪明，能考上大学，只能去学一门手艺了！"秋芬。她虽然这么说，但听到焕章鼓励她，心里还是很高兴的。

"女孩子当老师挺好的！不但职业高尚，将来还能相夫教子！"焕章又赞美杏花说。"你们在城北小学实习多长时间啊？"他问。

"一个月。"杏花娇羞地答道。

"一个月的时间短了一点。记得我大学毕业实习时，时间是一个半月。"焕章说。

"我也觉时间短了一点，但学校规定的，我也没办法。"杏花无奈地说。

"我有一个高中同学叫汪怀川，在城北小学当教导主任，到时我打个电话给他，叫他多关照你。"焕章说。

"谢谢！"杏花感激地说。

"难得在这里见到你们，中午我请你们吃饭。"焕章热情地说。

"不要那么客气！我们就在招待所饭堂吃。"秋芬说。

"不客气，我只是尽地主之谊，请你们吃一个便饭而已！"焕章笑着说。

在他们聊天期间，服务员小凤在焕章门口来回经过了几次，每次都绯红着脸偷偷地往里面看，目光在两个姑娘身上扫描，满含了幽幽的醋意……看到她这个样子，焕章不觉在心里微微地笑了。

到了中午，焕章在离民政招待所不远的君悦来饭店宴请她们。他点了四菜一汤：一大盘红烧猪脚、一大盘清蒸鲫鱼、一大盘青椒炒牛肉、一大盘空心菜、一大碗咸菜瘦肉例汤。另外还要了一瓶红葡萄酒。

"真不好意思，让你破费了！"杏花娇羞地说。

"真是的，点那么多菜，吃得完吗？"秋芬有点责怪地说。

"'多乎哉？不多也！'"焕章借用鲁迅笔下孔乙己的话开玩笑说。

乡城往事

大家开心地笑了。

"别客气哈，随便吃！"焕章热情地说。他给每人倒了满满一杯葡萄酒，举杯敬酒说："祝秋芬早日成为大裁缝师！祝杏花早日成为优秀的人民教师！干杯！"他和她们一一碰杯，自己先一饮而尽。

"谢谢！祝你前程远大！""谢谢！祝你发财高升！"她们回礼说。她们不太会喝酒，不敢猛喝，一口只喝了小半杯。

过了一会儿，她们回敬了焕章一杯酒，彼此又说了一些祝福的话，然后大家边吃边喝，边喝边聊。

这一餐饭，大家吃得开心，喝得尽兴。回招待所时，大家都有点醉醺醺的了，走路忽高忽低，身子轻飘飘的。两个姑娘的脸颊桃红色，更显美丽妖娆。

午休时，焕章好好睡了一觉，直到下午四点才醒来。

晚饭时，他们一起在招待所饭堂吃了个普通的旅客餐。

饭后，焕章请他们到电影院看电影，影片是《末代皇后》。

《末代皇后》是由长春电影制片厂和香港天河影业有限公司联合出品的历史题材电影，由陈家林、孙清国执导，潘虹（饰婉容）、姜文（饰溥仪）主演，影片讲述了清朝末代皇后郭布罗·婉容悲剧性的人生故事：虽贵为皇后，却孤独痛苦；移情侍卫，吸毒麻醉，最后被囚入冷宫，香消牢狱。

虽然影片的故事情节很吸引人，但焕章的心思却在杏花身上。他们三人联票，坐在同一排椅子，秋芬和杏花坐一边，焕章紧挨着杏花坐另一边。当焕章无意中碰到杏花的手、胳膊或腰肢时，两人都有触电似的眩晕的感觉，血液流速骤升，呼吸也急促起来。而杏花身上散发出来的淡淡幽香，又像美酒一样是那么令他陶醉。

看完电影后，在回去的路上，只有秋芬在说话，焕章和杏花都默不作声，似乎仍沉浸在电影那迷人的情境里。只有焕章和杏花自己知道，他俩"此时无声胜有声"的感情交流，和春雨般"润物细无声"的甜蜜感受……

晚上，焕章怎么也睡不着，躺在床上辗转反侧，脑海里总是浮现出杏花那美丽动人的身影，反复回放着和她坐在一起看电影时的美好情景……既然睡不着，他索性从床上爬起来，从书架上拿了一本《红楼梦》，靠在床上半躺着看了起来，以消磨那不眠的难挨时光。

《红楼梦》这部巨著，他已看了两遍了，现在是第三遍看它。它的包罗万象与博大精深，让他每次看它都有新的体悟。

当焕章看到第二十三回"西厢记妙词通戏语 牡丹亭艳曲警芳心"时，忽然听到外面有人"嘟嘟嘟"敲门。

"谁呀？"焕章一边问，一边起身去开门。

"是我，杏花。"外面答道。

"杏花，你还没睡呀，有什么事吗？"焕章打开门，请杏花进来。

"没什么事。睡不着。见你的灯光还亮着，就过来看看你在干什么。"杏花羞涩地笑着说。

"哦，我也睡不着！在看书打发时间呢！"焕章说。

"看的什么书啊？"杏花好奇地问。

"《红楼梦》，"焕章说，"你看过吗？"

"看过。"杏花说。

"我现在是看第三遍了。每次看它都让我着迷，感悟都有所不同！"焕章说。

"看第三遍了？佩服！"杏花说，"你现在又看到哪里了？"

"第二十三回，'西厢记妙词通戏语 牡丹亭艳曲警芳心'。"焕章边说边递给她看。

"这一回是《红楼梦》的经典章节！"杏花说，便也凑过头来，和他一起分享。

"……林黛玉把花具且都放下，接书来瞧。从头看去，越看越爱看。不到一顿饭工夫，将十六出俱已看完，自觉词藻警人，余香满口。虽看完了书，却只管出神，心内还默默记诵。宝玉笑道：'妹妹，你说好不好？'林黛玉笑道：'果然有趣。'宝玉笑道：'我就是个'多愁多病身'，你就是那'倾国倾城貌'。'林黛玉听了，不觉带腮连耳通红，登时直竖起两道似蹙非蹙的眉，瞪了两只似睁非睁的眼，微腮带怒，薄面含嗔，指宝玉道：'你这该死的胡说！好好的把这淫词艳曲弄了来，还学了这些混话来欺负我。我告诉舅舅舅母去。'……"当看到这里时，两人不禁心潮起伏，呼吸也急促起来，彼此能听见怦怦的心跳和吞咽口水的声音。

恰好这时，忽然停电了，房间一片漆黑。杏花害怕似的抓住焕章的臂膀，焕章顺势把她搂抱在怀里。他热烈地亲吻她，温柔地爱抚她。杏花幸福地战栗着、呻吟着。"我爱你，焕章……"杏花喃喃地说。两人倾倒在床上，缠绵翻滚在一起了。

啪的一声，焕章手中的《红楼梦》掉在地上了。他惊醒了，原来是一场梦！昨晚他半躺着看书时，不觉睡着了。他抬手看了一下手表，已是早上五点。天已蒙蒙发亮，从窗口射进熹微青光。焕章有早起的习惯，便起床了。

当他洗漱完毕，天已大亮。窗外招待所院子里的风景树上，飘来了鸟雀们叽叽喳喳的嬉闹声和"咯啾——咯啾——"的婉唱声。焕章朝窗外看了一眼，发现杏花正在院子里散步，原来昨晚她也没睡好，今天很早就醒来了。这时，她正朝焕章的窗口上张望，恰好和焕章的目光相对，四目相碰，霎时火花四溅，让人顿感一阵酥麻，两人忙把目光移开了。

焕章开始了往常的"功课"——晨读。今天他诵读的是元代著名剧作家王实甫写的《西厢记·长亭送别》：

....

【正官】【端正好】碧云天，黄花地，西风紧，北雁南飞。晓来谁染霜林醉？总是离人泪。

【滚绣球】恨相见得迟，怨归去得疾。柳丝长玉骢难系，恨不倩疏林挂住斜晖。马儿迟迟的行，车儿快快的随，却告了相思回避，破题儿又早别离。听得道一声"去也"，松了金钏；遥望见十里长亭，减了玉肌。此恨谁知！

....

焕章字正腔圆、饱含感情的诵读，飘进了杏花的耳朵里，落在了她的心坎上。他借《西厢记》中张生和崔莺莺之间的缠绵痴情所表达出来的含蓄信息，"心有灵犀一点通"的她自然心领神会，这不也正是她现在心中的所思所感吗？想到这里，她的眼眶湿润了，不禁又深情地朝他的窗口望了一眼。

在招待所饭堂吃早餐时，焕章、杏花和秋芬坐在同一桌吃，有一缕特别的情愫飘忽在焕章和杏花之间，让他俩感到格外的温馨、甜蜜。

"什么时候搬到城北小学去住？"焕章柔声地问杏花。

"下午搬过去。上午整理东西。"杏花含情地回答说。

"东西多吗？"焕章关心地问。

"比较多。"杏花回答说。

"下午我来帮忙吧！"焕章说。能为杏花效劳，是他求之不得的事。

"好的。"杏花感激地说。

杏花见焕章的饭量大，便说吃不了那么多，把自己的一根油条给了他吃。看着焕章吃油条时那幸福的样子，她心里也感到无限的幸福……

下午，焕章到民政招待所服务台给县委的面包车司机小赵打了一个电话，请他过来帮帮忙，把他"亲戚"的行李运到城北小学去。小赵为人和善，和焕章也很讲得来，不一会儿，他就把面包车开来了。焕章把杏花的皮箱、铺盖和洗刷用具等都拿到车上，把她送到城北小学。

城北小学的教师宿舍里，和杏花一起实习的同学们早已到了，他们见县委的面包车把杏花送来，都露出了羡慕的神色。有女同学悄悄地问杏花："送你来的、帮你拿东西的那个眼镜帅哥是谁？"杏花红着脸低声说："是我的亲戚！"女同学耐人寻味地笑了。

送走杏花，焕章随小赵的面包车到部里上班去了。途中，小赵问焕章："那个实习的漂亮姑娘是你什么亲戚啊？"

"是我二嫂的表妹。"焕章撒谎说。

"哦。她长得蛮可爱的！好好追她！"小赵鼓动他说。

"有缘分才行！"焕章说。

"叫你二嫂做媒，亲上加亲啊！"小赵笑着说。

焕章微笑不语。

第二天晚上，焕章就到城北小学去看望杏花了，他实在经不住相思的煎熬。

当他在教师宿舍找到杏花时，其他几个实习女生也在那里，她们见有异性朋友来找杏花，一个个都知趣地躲开出去了。

杏花既羞怯又兴奋。她刚洗完澡，头发还湿漉漉的。她身穿一件洁白的连衣裙，更显得苗条，亭亭玉立，在日光灯的照射下，犹如出水芙蓉一般，是那么的清纯皎洁、俏丽迷人。

"今天开始实习了吗？"焕章温情地问。

杏花轻柔地"嗯"了一声。

"都有一些什么活动？"焕章又问。

"上午先是开会，和实习语文指导老师、实习指导班主任见面，听带队老师和学校领导讲了一些实习时要注意的事项，然后到自己实习的班上和学生们见面，接下来是观摩实习语文指导老师讲课。下午是集体备课，准备过两天要上课的语文教案……"杏花一口气说了一大串。

焕章听了后，便把自己当实习老师时总结的经验和教训告诉她，同时要她注意饮食和休息，以后有什么困难打电话找他。"我会记住你的话的！"杏花忽闪着明亮的眼睛，乖巧地点头说。

"好好实习吧，争取评一个'优秀实习生'。将来分配工作时，如果我能够帮上忙，一定会帮你的！"焕章鼓励她说。

"好的，谢谢你！"杏花感激地说。

"哦，你的双卡收录机借我一下好吗？我想上课时给学生放一放课文磁带，自己课余也听一听音乐……"杏花忽然想起似的说。

"没问题！抽空我给你送过来。"焕章爽快地说。收录机是县委宣传部的，在他这里保管，他平时很少用。

两人又聊了一点别的什么。

因第一次来看杏花，焕章不便久留，怕她一起实习的同学们笑话，让她难为情，便起身告辞了。

杏花把他送到校门口。两人脉脉地凝视了一眼，才依依不舍地挥手。杏花目送着他远去，直到他的背影融入夜色中不见了，才怅然若失地走回宿舍。

第二十一章

　　焕章满怀着甜蜜和憧憬的心情，离开了城北小学，离开了美丽多情的杏花。一路上，他用清脆的口哨吹奏着电影《冰山上的来客》的主题曲《花儿为什么这样红》的优美旋律，心里吟唱着它动人心魄的歌词：

　　　　花儿为什么这样红

　　　　为什么这样红

　　　　哎　红得好像

　　　　红得好像燃烧的火

　　　　它象征着纯洁的友谊和爱情.

　　　　花儿为什么这样鲜

　　　　为什么这样鲜

　　　　哎　鲜得使人

　　　　鲜得使人不忍离去

　　　　它是用了青春的血液来浇灌

　　　　…………

　　当他"春风得意马蹄疾"地路过城北大桥时，意外碰见钟志诚师兄和一个教师模样的陌生男子迎面走来。

　　"志诚师兄，你回来了？"焕章热情地上前招呼说。

　　"焕章，是你啊，那么巧！"志诚师兄高兴地说。

　　"什么时候回来的？"焕章问。

　　"前天回来的。我带吉银师范的毕业生到城北小学实习。"志诚师兄说，"你到哪儿去？"

"真是太巧了！我刚从城北小学出来，看望了一下在那里实习的王杏花，她是我二嫂的一个亲戚。"焕章半真半假地说。

志诚师兄意味深长地"哦——"了一声。

"这位是……？"焕章礼貌地询问另一个陌生的男子是谁。

"哦，他是和我一起带队实习的冯老师。"志诚师兄向焕章介绍说。"他是我师大中文系的师弟，现在在县委宣传部工作，叫刘焕章。"他又向他的同事介绍说。

冯老师见他们师兄弟意外相逢，定有许多体己话要说，于是告辞说："志诚老师，你们师兄弟难得见面，好好聊一聊，我先回去吧！"

"好的好的。"志诚师兄充满歉意地说。

焕章微笑着和冯老师挥了挥手。

"走吧，我们边走边聊。"志诚师兄说。

他们朝桥下的河堤走去。

晚风轻拂，杨柳依依。河堤上行人悠闲，河堤下河水欢唱。那起伏涌动的波浪，在路灯的照耀下，闪烁着梦幻般迷人的光芒。

"时间过得真快啊！自从前年春节在篁乡政府和师兄你见面后，不觉又过了一年多！"焕章感慨地说。

"是啊！'逝者如斯夫，不舍昼夜'！"志诚师兄望着滔滔不息的长平河水，也感慨地说。

"你在宣传部工作，差不多快要一年了吧？怎么样，感觉还好吧？"志诚师兄问。

"唉，怎么说呢，一言难尽！"焕章叹息一声说，"社会太复杂，官场水太深，自己的社会人生经验又不足，不像当初预想的那么美好！"

"县委是一个好单位，宣传部是一个好部门，如果你能站稳脚跟，将来定前途无量！"志诚师兄说，"不过，社会这所大学校，可没大学校园那么单纯啊，官场更是如此！你要少说话，多做事，夹着尾巴做人才是！"

听志诚师兄话中有话，焕章便问："师兄是不是听到过有关我的什么传闻了？"

"我们师出同门，是师兄弟，也为了你好，就不妨跟你直说吧，我确实听到过不少有关你的负面传闻！"志诚师兄坦诚地说。

"说来听听。"焕章说。他想知道志诚师兄到底听到了什么流言。

"什么写条子阻止城管队员执法啦；在党校给领导干部们培训时讽刺他们大吃大喝啦；目无县委书记、县长的尊严，说县委书记、县长的小车不算什么，以后私人也会有啦；下乡检查工作时以县领导自居，大摇大摆坐在'上席'上啦；到处夸耀自己是大学本科毕业的高才生，说自己将来会当局长甚至县长啦；等等。有这么回事吗？"志诚师兄列举了一串事例后，问他。

　　"师兄相信这些流言吗？"焕章反问。

　　"我不知道事情的真相如何，但不管怎么说，总无风不起浪吧？"志诚师兄说。

　　焕章见志诚师兄这么说，便把他列举的一串事例，一个个还原讲给他听。当他还原到"到处夸耀自己是大学本科毕业的高才生，说自己将来会当局长甚至县长"这句流言的真相时，焕章说："实际情况是，在不少私下或公开场合，有不少马屁精、伪君子当面奉承我说，'像你这样的大学本科毕业的高才生，在县委、县政府机关没有几个'，又说'从宣传部出来的，最少都是局级干部，有的甚至是县级干部，你将来前途无量啊'，我听了他们的奉承话后，说实话，我是有点虚荣心的，心里不免有点飘飘然，但即使我再傻，也不至于在别人面前自吹自擂说那些话啊！别人说我的奉承话，倒被人们说成是我炫耀自己的诳语了，有天理不？"焕章气愤地说。

　　听了焕章还原的一个个事例后，志诚师兄慨叹说："焕章，我相信你说的话都是真的。如果我今天不是听了你的解释，我也会被那些流言所蒙蔽。时下患'红眼病'的人多，他们喜欢添油加醋，甚至无中生有！人言可畏，流言猛于虎啊，你可要小心谨慎才是！"

　　焕章点了点头。

　　过了一会儿，志诚师兄又意味深长地说："焕章，你是我们江西师大中文系培养出来的大才子。但是一颗再优秀的种子，也只有在适合自己的土地上才能长成枝繁叶茂的大树啊！"

　　焕章知道志诚师兄话里所隐藏的含义。他默然无语。

　　走了一会儿后，他们停住了，两手扶着栏杆，面向着河水站着。夜色越来越深了，行人渐渐稀少。喧闹了一天的县城，这时才安静下来。但河水却似乎更加兴奋了，哗哗的欢唱更加清脆、响亮。

　　"焕章，谈到对象没？"志诚师兄换了一个话题，问。

　　"没有。和古莉莉分手后，目前仍形单影只。"焕章有点伤感地说。

　　"古莉莉和组织部的柳思贵结婚了？"志诚师兄问。

"是的。"焕章说，"师兄一直这么关注她，是否也喜欢她？"

"是啊，她是我最喜爱的学生！"志诚师兄坦诚地说。他黯然地望着河里的流水。

焕章不禁想起前年春节在篁乡政府和志诚师兄见面，两人谈起古莉莉和各自的爱情观时，他那复杂的话语和表情。那时候，焕章就隐隐感到志诚师兄对古莉莉的特殊情感了。而今，古莉莉却和柳思贵结婚了，他们师兄弟都成了爱情的失败者。焕章的心里不觉产生了一种同病相怜的悲戚情感。

忽然，志诚师兄转过头来问焕章："你刚才说，你今晚到城北小学去看望王杏花了？"

"是的。"焕章说。

"是'醉翁之意不在酒'吧？你喜欢她，想追求她？"志诚师兄直截了当地问。

"是的。她很讨人喜欢！"焕章只好老实地承认说。

"'一家有女百家求'啊，更何况是讨人喜欢的漂亮姑娘呢！"志诚师兄笑着说。

"师兄你说明白点。"焕章说。他听出了志诚师兄的弦外之音。

"那好，我实话告诉你吧！王杏花早已名花有主了！"志诚师兄一脸严肃地说。

"她有对象了？是谁啊？"焕章心里一惊，问。

"他不是别人，正是古莉莉的弟弟，古毅阳！"志诚师兄说，"他俩是吉银师范的同班同学，入学不到一个月两人就好上了，平时经常形影不离泡在一起。你不知道吧？"

"我真的不知道！……怎么会是他呢？"焕章自言自语地说。这消息就像一颗水雷，在他的心湖炸开了。他的身子不由自主地摇晃了一下。

"古毅阳现在在另一个实习小组——东门小学实习小组实习。"志诚师兄告诉焕章说。

焕章"哦"了一声，没有说话，心里却在翻腾不已。

"不过，感情这东西，很复杂，无所谓对与错。你是继续追呢，还是主动放弃，自己斟酌吧！"志诚师兄拍拍焕章的肩膀说。

焕章沉思不语。

"好了，不早了，该回去休息。我们以后再聊！"志诚师兄说。

"好的。"焕章刚醒似的说。

"看师兄什么时候有空，请你吃个便饭。我把江西师大毕业的几位师兄弟叫过来，一起聚一聚，聊一聊。"焕章又热情地说。

"好的，谢谢！过两天有空时再约。"志诚师兄高兴地说。

两人握手挥别。

焕章怀着黯然的心情，迈着沉重的脚步，回民政招待所去了。

他回到自己的A栋8号房宿舍，躺在床上翻来覆去怎么也睡不着。他看望杏花时的无限甜蜜和憧憬，早已烟消云散、荡然无存。现在，他只剩下满怀的忧虑和复杂的愁绪在翻滚：

连在吉银师范学校工作的志诚师兄都听说过有关他的种种流言了，可见流言传播之快、之广！他隐隐感到，一种深重的仕途危机正悄然降临，这不能不令他忧虑和警惕了！

志诚师兄不经意提起古莉莉和柳思贵结婚的旧事，这又揭开了焕章隐藏在心底的伤疤。所谓"爱之愈深，恨之愈切"，这又不能不勾起他与古莉莉有关的往事的回忆，以及那爱恨交加的复杂情感。

他敏锐地感觉到，杏花也是喜欢他、爱慕他的，凭他的才华和地位，把她从别的男人怀里夺取过来，可以说不会有任何悬念。但为什么这个男人不是别人，而偏偏是古莉莉的弟弟古毅阳呢？如果自己横刀夺爱，把杏花抢夺过来，那古莉莉会怎样看待他呢？她一定会充满鄙夷和仇恨地说："好你个刘焕章，当初我和柳思贵恋爱结婚时，你竟上门讨伐说我不道德，还无中生有地恶语中伤我！你现在又做的什么？还不是一个横刀夺爱的小人！好一个道貌岸然的伪君子！"焕章仿佛看到古莉莉正横眉竖目、咬牙切齿地痛骂自己，不觉心里一阵寒战……算了，放弃杏花吧！天涯何处无芳草，以后再也不和她联系了！至于答应借给她收录机的事，也先搁在一旁，以后再说吧！

焕章反复地思考着这些问题，脑子里一片杂乱、混沌，犹如鸿蒙未开的大宇宙，分不清头绪和方向。

这一晚，他一夜未眠。

今天是农历五月初五，是中国重要的传统节日——端午节。焕章回筻乡田背排村丰园里的家里过节。对于他的回来，一家人都非常高兴，特别是侄女雯雯和晶晶，更是欢欣鼓舞！

焕章给父母一百元，作过节费用；带回的水果和饼干，则发给两个侄女吃。两个小美女吃着叔叔买回来的零食，像过年一样开心。

按当地过端午节的风俗，焕章的母亲在每个房间的门顶上都挂了一条长长的青葛藤以驱邪，又煮了一锅艾草青水给两个孙女洗澡以避邪祛病。当所有杂事都处理停当，一家人便热热闹闹地围在一起裹粽子。

不像有的外地人喜欢吃肉豆粽，长平客家人都喜欢吃纯糯米的灰水粽。这种灰水粽具体的做法是：先把黄豆枝晒干烧成灰，把豆枝灰放在簸箕里，簸箕搁放在木桶上，用清水反复冲淋豆枝灰，然后用干净的蚊帐布滤去杂质，再用这些灰水浸泡、淘洗糯米，最后用箬叶包裹糯米，做成一个个拳头大小的三角形粽子。把粽子放在铁锅里用柴火煮熟，捞起后降温放凉，剥开粽叶，色泽金黄，晶莹透明，渗着箬叶特有的清香，蘸着红糖吃，没有丝毫的腻口感，非常清凉舒爽。

到中午时，焕章一家人就吃粽子，权当午饭。个个吃得津津有味，赞不绝口。

午饭后，焕章协助父亲和二哥新营，宰杀了一只鸡、一只鸭。鸡、鸭煮熟后，父亲把它们放在一只大陶盆里，在上面插了一双筷子，端放到厅堂里的祖牌前，然后点燃了几支檀香和红烛，带领一家老少，在二哥燃放的鞭炮声中，恭恭敬敬拜了几拜，祈祷祖宗神灵给子孙们带来洪福。因为焕章家的房屋处在半山腰上，那噼噼啪啪的鞭炮声便传得很远，在村子的上空久久回荡。

都说家是外出游子的温馨港湾，的确没错！焕章回到家里后，没有工作的繁忙劳累，没有人际关系的错综复杂，不必瞻前顾后、小心翼翼甚至看人眼色，就像一艘经历了狂风恶浪撕扯颠簸后的帆船，现在回到了平静温馨的港湾，终于可以享受一番天伦之乐与安宁幸福了！

焕章和家人围坐在一起，家长里短，谈天说地，其乐融融。

焕章询问了一下侄女雯雯的学习情况。她已经读小学二年级了，暑假后，将读三年级了。侄女晶晶也已满六周岁，将上小学读一年级了。

"雯雯这孩子读书不够努力，成绩一般。她爷爷奶奶没文化，教不了她。我们夫妻俩又在外面日夜操劳，没空管她。"二哥有点失望地说。

"女孩子家，能读多少算多少，反正长大以后要嫁人的。"二嫂玉翠无所谓地说。

"二嫂你可不能这样说！现在男女平等了，女孩子也要读好书，将来才会有出息！再说，她还要给妹妹晶晶做一个好榜样呢！"焕章批评二嫂说。

"雯雯你听到没有？要听叔叔的话哈，努力读书！"焕章又对一旁的雯雯说。

雯雯不好意思地点点头，脸红红的。

焕章又叫雯雯把她的语文和数学的作业本、考试卷拿来给自己看，他发现里面有不少老师打的红叉叉，书写也不够整洁，便对雯雯说："你首先要把字练好。从明天起，你每天练一页字，叔叔给钱买字帖。语文要多朗读，多背诵，要多到学校图书室去借课外书看；数学则要多做习题，多思考，熟能生巧……"

雯雯听话地点点头。

"下学年，妹妹晶晶也上小学了。你和妹妹一定要努力读书，将来去考大学！"焕章鼓励雯雯说。

雯雯点头"嗯"了一声。

晶晶在一旁静静地听着，也懂事地点点头。

下午四点多，焕章的三叔景祥来了。

焕章的爷爷奶奶生了七个孩子，但有两个夭折了，只养活了四个儿子和一个女儿。焕章的父亲排行第二。大伯和五叔两家住在六华里外的对面一个名叫"旺坑"的山坳里，三叔则单独一人还住在新屋下围屋的老房子里。焕章的姑姑远嫁在松竹岭垦殖场的龙归村——一个层峦叠嶂、竹木茂盛、鸟语花香的美丽地方。

说起焕章的三叔，也是田背排村一个传奇式的人物。

焕章的奶奶是沁园村司马第古氏家族人，而该家族在清朝三百年间的进士及第者就有十五人，明清两朝共出了一百二十多位秀才，是一个人才辈出的大家族，也是长平县远近闻名的名门望族。也许是继承了古氏家族优良的遗传基因，所以焕章的爷爷奶奶虽然家里穷得叮当响，但几个孩子的天资都很好（焕章甚至认为，他和大哥之所以能考上大学，成为当时当地少有的一家人出两个大学生的范例，也是从他奶奶那里继承了古氏优良基因的结果）。也正因为家里贫穷，他们只能供最聪颖的三儿子，也即焕章的三叔景祥读书。

焕章的爷爷奶奶因为去世得早，实质上供三叔读书的，主要还是焕章的大伯和父亲，他们兄弟俩用挑担子、卖柴换来的血汗钱供三弟读书，为的是不让兄弟们个个都是"睁眼瞎"，让家里出一个"读书人"以争一口气，不让别人小瞧。

三叔人聪明，读书也用功。从小学到初中，他年年在班上考第一。特别是他的作文，写得尤其漂亮，经常被语文老师当作范文在班上朗读。三叔曾多次在焕章面前自豪地说，现任商业局长的谢某某，就是他初中时的同班同学，那时，谢某某因为不会写作文，又怕老师批评，便经常请他代写作文，一篇作文的酬劳是两个大饼。

后来，三叔以优异的成绩，考取了宁都师范学校，毕业后分配在县城附近的长岭小学当了一名小学老师。虽然他是一位小学老师，但在那个时代，在田背排村乃至整个篁乡，是少有的吃公家饭的一个，很是被人羡慕。

长岭村有一个叫李鸣凤的姑娘，长得水灵灵的，面若桃花，非常漂亮。三叔怦然心动，一见钟情。但鸣凤姑娘是一个独生女，她父母指望她招一个上门女婿。三叔为了得到心仪的姑娘，便冲破世俗观念，甘愿倒插门，入赘到了李家。后来，他们夫妻生了四个儿子、一个女儿。

随着儿女的增多、经济压力的加大，所谓"贫贱夫妻百事哀"，再加上夫妻俩的脾气都不太好，两人的恩爱感情便逐渐淡化，还经常因柴米油盐问题发生口角，有时甚至拳脚相向、大打出手，杯盘碗碟碎了一地，儿女们被吓得哇哇大哭。

后来，三叔被抽调参加了"四清工作组"，因为经常下乡，家里照顾不到，夫妻矛盾更加尖锐。这时，有传闻飘进了三叔的耳朵里：妻子红杏出墙，有外遇了。

一九六六年"文化大革命"爆发后，三叔被吓坏了，他怕这场运动殃及自己，另一方面也为照顾家庭、守住妻子，便主动辞去了教书公职，回到长岭村务农。但肩不能挑、手不能提的三叔并没给家庭带来多少好处，反而因沉重的经济负担加深了夫妻矛盾，最后把家庭推向了毁灭的深渊，造成了夫妻离婚的悲剧。

三叔离婚后，给前妻留下了三个小儿子，自己则带着大儿子和二女儿回到田背排村生活。因为一个人带着两个未成年的儿女很辛苦，他便把儿子过继给没有生育能力的大哥大嫂（也即焕章的大伯夫妇）做养子，自己独自带一个女儿。而待女儿长大出嫁后，就只剩下他一个孤家寡人了。

一九七八年党的十一届三中全会召开后，党和国家的工作重心已转移到经济建设上来了，中国大地实行了改革开放政策。拨乱反正的工作也在紧锣密鼓地进行，如给改造好了的"五类分子"（指地主分子、富农分子、反革命分子、坏分子和右派分子）摘帽子，给"文革"中造成的冤假错案平反，很多人因此恢复了名誉、安排了工作或补发了工资。三叔也向有关部门写了申请报告，要求恢复工作、补发工资。但有关部门通过调查、了解后回复：这是你自己主动离职的，不属于被迫，不能恢复工作、补发工资。

后来，因为教师队伍人员紧缺，篁乡教育办曾聘请三叔到田背排小学当民办教师，但三叔因为多年没上讲台了，不适应新形势下的教学工作，上了一学期的课后便被辞退了。

自实行"包产到户"的生产责任制以来，因为三叔单人独户，劳动能力又差，他的田土只能由焕章的二哥二嫂帮忙耕种，日子过得孤苦凄凉。

三叔的一生，可说是悲剧的一生，令人唏嘘不已！

不过，对于三叔，焕章还是怀有感激之情的：三叔年少时的聪明好学，也激励了年少时的他努力学习；当年他考取大学时，三叔虽然生活孤苦，但还是桑了一担稻谷，给了他十块钱的红包以示祝贺。

"三叔上来了？请到客厅坐！"焕章热情地上前招呼说。

"什么时候回来的？"三叔高兴地问。

"今天上午。"焕章笑着回答说。

焕章请三叔在木沙发上坐好，给他泡了一杯松竹岭绿茶，又给了他一支红塔山香烟，用火柴给他点上。焕章自己不会抽烟，但每次回家，他都会买一包好烟带在身上，遇到熟人或有来客，就会给他发一支，以示礼貌和尊重。

"会在家里住几天吧？"三叔微笑着问。

"只住一个晚上。明天一早就要坐班车赶回部里去上班。"焕章说。

"三叔公好！""三叔公好！"雯雯和晶晶听到三叔公上来了，很有礼貌地进来问候说。

"好好好！"三叔忙不迭地应道。"好久不见，两姐妹又长高了！人也更懂事了！"三叔夸奖她们说。

焕章的父母、二哥二嫂也进来和三叔打招呼。焕章的二嫂还拿出自家种的花生和上午裹的粽子给三叔吃。因为他们平时经常见面，父母和二哥二嫂便忙自己的事去了，只留下焕章和三叔在聊天。

"工作很忙吧？"三叔喝了一口茶，问。

"是的，很忙。"焕章说。他也喝了一口茶。

"在宣传部，平时都做些什么呢？"三叔问。

"学习啦，开会啦，写材料啦，下乡检查工作啦，等等，什么都做，事很杂。"焕章回答说。

"县委宣传部是一个好单位，你好好工作，将来前途无量！"三叔鼓励他说。

"我会记住三叔的话的！"焕章说。

"你们爷爷奶奶传下几大家人，就你和你在赣州工作的大哥良翔有出息，为我们家族争了气。我们做长辈的，也脸上有光！"三叔感慨地赞扬说。他深深地吸了一口烟，浓浓地呼了出来。

焕章的大哥良翔，从部队转业到赣州地区人民医院任呼吸内科主任后，和他在赣州军分区362军医院时一样，很多长平老乡到赣州去看病，都会去找他帮忙。

"我们做子侄的一定会好好努力的！"焕章恭谦地说。

"三叔您的身体还好吧？"焕章关心地问。

"马马虎虎，还过得去。"三叔说。

"您老年纪大啦，太重的活就不要干了，叫我二哥二嫂多帮帮忙。"焕章说。

"知道。平时有很多事，幸亏有你二哥二嫂帮忙！"三叔感激地说。

"自己的子侄，应该的！"焕章说。

晚饭时，三叔就留在焕章家里吃了，也算是和焕章家人一起过端午节。

晚饭很丰盛，鸡、鸭、鱼、肉、豆腐……，样样齐备，色香味俱全。二哥新营还燃放了一盘鞭炮以示庆祝，增加了节日的气氛。席间，焕章除给父母敬酒外，还特意给三叔敬酒，祝他老人家"身体健康，万事如意"，三叔也举杯回敬他"工作顺利，步步高升"。

因为高兴，三叔多喝了几杯酒，醉醺醺的。晚上回去时，二哥新营怕他摔倒，便用自行车送他。临走时，焕章给了三叔二十块钱，二嫂又拿了一网兜粽子给他带回去吃。

二哥送走三叔后，家里安静了下来。一家人洗完澡后，雯雯和晶晶像往常一样，又缠着焕章要他讲故事了。她们搬出三张竹椅子，和叔叔面对面坐在门坪上，就像焕章小时候住在新屋下围屋时，晚上听长辈们给晚辈们"讲古典"时一样，听他讲故事了。

"现在是端午节，大家都喜欢吃粽子，可你们姐妹俩知道过端午节和吃粽子的风俗是怎么来的吗？"焕章问。

"不知道！"雯雯、晶晶异口同声地说。

"那好，叔叔今天就告诉你们吧！"焕章说。接着，他便给她们讲了起来：

"在两千多年前的战国时期，我国有一个诸侯国叫楚国，楚国有一个政治家、诗人，名叫屈原，他小时候非常聪明好学，志向很远大。他成年后，因为很有才能，楚怀王就任命他当了三闾大夫的官，掌管着楚国的内政、外交大事。对国内，屈原主张选举重用有才有德的人，还修订了各种法令制度；对国外，屈原主张联合其他诸侯国，一起抵抗另一个诸侯强国——秦国的侵略。但楚国的贵族们却很妒忌屈原的才能，便想方设法排挤他、诽谤他。后来，楚怀王听信了小人们的谗言，就把屈原流放到很偏远、很荒凉的地方。楚国因为失去了像屈原这样的贤才，很快就被秦国灭亡了。当屈原在流放地听到楚国的首都郢被秦军攻破后，非常悲愤、绝望，就怀抱一个大石头，跳进汨罗江为国自尽了，这天，正好是农历五月初五。

"因为屈原品德高尚、才华出众，又那么爱国爱民，所以老百姓都很爱戴他。当他们得知屈原投江死后，大家便不约而同地划着龙舟，在汨罗江上来回驱赶着鱼虾，又做了很多糯米粽子抛洒在江里，以不让鱼虾吃屈原的尸体。后来，人们为了纪念屈原，就把每年的农历五月初五定为'端午节'，并有了端午节划龙舟、吃粽子的风俗……"

雯雯和晶晶听得很认真，现在她们知道过端午节和吃粽子风俗的由来了。但她们还有一点不明白，就是为什么我们这里没有划龙舟的风俗，于是便问叔叔。焕章告诉她们说，因为我们这里没有大江大河，不适合划龙舟，但其他有大江大河的地方，就有划龙舟的习俗。听了叔叔的讲述，姐妹俩既增长了知识，又开阔了眼界。

"屈原是我国历史上第一位伟大的爱国诗人，他创立的'楚辞'是中国浪漫主义文学的源头之一，和古代的《诗经》并称为'风骚'，对后世的文学创作产生了深远影响。我们要向古代先贤屈原学习，不但要学习他的优美诗篇，更要学习他忧国忧民的爱国精神！——你们现在还小，可能还不太懂这些，但等你们长大了，读的书多了，自然也就会懂了！"焕章又对她们姐妹俩说。

雯雯和晶晶闪亮着眼睛，半懂不懂地点点头。

这时，二嫂拿着一只矮凳子，也出来坐了。雯雯和晶晶便嚷着要妈妈也给她们讲一个故事。二嫂说："你们刚才听叔叔讲过故事了，换个口味吧，妈妈教你们唱儿歌好不好？""好！"姐妹俩异口同声说。

二嫂就教她们唱了两首儿歌，一首是《老鼠子》，另一首是《月光光》，都是焕章小时候会唱的。

老鼠子

老鼠子，吱吱吱。

叫嘛介（什么），叫锁匙。

叫到锁匙做嘛介，开箱子。

开开箱子做嘛介，拿刀子。

拿到刀子做嘛介，倒竹子。

倒到竹子做嘛介，破篾子。

破到篾子做嘛介，织篓子。

织到篓子做嘛介，摘黄栀子。

摘到黄栀子来做嘛介，染衫子。

染到衫子来做嘛介，嫁妹子。

月光光

月光光，秀才郎。

骑白马，过园墙。

园墙背后一口塘，

放介鲤嘛八尺长。

鲤嘛尾子斩啊了，

拿供你做姊娘（老婆）！

当唱到"嫁妹子"这句时，二嫂就在雯雯鼻子上轻轻地刮一下；当唱到"拿供你做姊娘"这句时，二嫂又在晶晶鼻子上轻轻地刮一下，并说："你要是一个男孩就好喽！"然后哈哈大笑，大家也跟着笑起来。

因为儿歌通俗易懂，又生动有趣，二嫂只教了几遍，她们姐妹俩就学会了，然后自得其乐地唱起来："老鼠子，吱吱吱……""月光光，秀才郎……"

今晚的天气很好，风清天高，万里无云。那满天的繁星，就像无数的珠宝，在蓝色的天幕上熠熠生辉。一轮弯月从东山升起来了，就像一叶皎洁、美丽的白帆，在星海的波涛里悠然漂荡……

第二十二章

二十世纪八十年代的长平，是一个贫穷、落后的山区小县。这里山多田少，资源贫乏，位置偏僻，交通不便。它既没有像样的工业，也没有特色的农林业。它本身人口很少，又几乎没有外来人口，所以更没有像样的商业。唯一还算过得去的，是稀土开采业，但它产业单一，经济效益有限。总之，长平还没有能让全县人民过上小康生活的经济支柱。正因为这样，要想根本性改变长平贫穷、落后的面貌，真如"蜀道之难，难于上青天"！虽然这样，县委、县政府还是想尽各种办法，带领全县二十三万人民艰难前行。

为响应上级"开源节流"（"开源"指开拓财政收入渠道，"节流"指尽可能减少不必要的支出或少花钱多办事）的号召，县委、县政府共同发文，要求各部、局、室、办的工作人员，凡租住在各个招待所的，都要搬回本单位宿舍居住，以减少沉重的财政开支。自然，焕章也接到了要从县民政招待所搬回县委大院宿舍居住的通知。

管后勤的办公室副主任石昌金在靠近食堂的一栋宿舍楼里给焕章安排了一个房间。这栋楼房是县委大院最旧的一栋两层楼砖瓦房。楼房的外面呈灰黄色，中间有一个大门入口，入口后左右两边有一个过道，过道两边是两排住房，一、二楼的房间结构相同。分配给焕章的，是一楼左边过道右排的第五间房子。这间房子原先是焕章的同事何云龙夫妻住的，何云龙的妻子最近生了孩子，为方便照顾母子，他们便搬到他妻子单位的家属楼——县医药公司的家属楼去住了。县医药公司是一个有钱的单位，单位的家属房比较宽裕，何云龙的妻子生孩子后，公司便分给她一套三室一厅的住房。

焕章仔细察看了一下自己将要搬进去的房间。房间面积约十二平方米，白色的墙面因年深日久变成了灰白色，天花板上的四角结有黑色的蜘蛛网。房间里有一张陈旧的赭红色高低木板床，一张陈旧的赭红色写字台，一把陈旧的扶手靠背藤椅，这几

乡城往事

样东西是单位宿舍房的标配。整个房间非常潮湿,水泥地板上有一半以上的地方湿漉漉的,墙上不少地方还渗有细密的水珠。木板床上、写字台上、藤椅上都长出了白毛,房间里弥漫着一股刺鼻的霉味。房间一定要干爽才能住人,像这么潮湿的房间怎么住人呢?也不知道何云龙夫妻以前是怎么住的!焕章心里想着,不禁叹息一声。后来他问何云龙,何云龙实话实说,正因为房间很潮湿,平时他们也很少住在那里,大多时候住在他妻子的娘家。他妻子的老爸是退休老干部,家里的住房很宽敞。

当焕章把自己将搬回到县委大院宿舍楼居住的消息告诉服务员小凤时,她既意外,又惊讶,更是不舍。

"为什么要搬到县委宿舍楼去住呢?在这里住多好!"小凤依依不舍地说。

"我也不想搬啊,但是领导决定的,说为了节约财政开支,我也没办法!"焕章无奈地说。

"其他单位的几个人也要搬走吗?"小凤问。

"都要搬回原单位。这是县委、县政府统一规定的。"焕章说。

"真舍不得你……你们搬走呀!"小凤红着脸说。

"我也一样,也舍不得离开这里啊!"焕章说。他在心里补充说:更舍不得离开你啊!

自从焕章住在县民政招待所,小凤就一直为他打茶、扫地、整理房间,服务是那么的细致周到,人又是那么的温柔体贴。他已和她建立了亲密的情谊,他真舍不得离开这里,也舍不得离开她。

"什么时候搬呢?"小凤问。

"过几天吧!县委宿舍楼那边的房间要抽空打扫、清理一下,这里的东西也要收拾、整理一下。"焕章说。

"过几天就搬,太快了吧!"小凤很不情愿似的说。

"我也想多住几天啊!"焕章无奈地说。

在以后的几天时间里,小凤把为焕章打水、扫地、整理房间的工作做得更加周到了,以前她只在上午来一次,现在她上午、下午都会来一次。以前焕章忙的时候,见他的衣服没及时洗,她会偷偷帮他洗完,而现在,无论他繁忙与否,她都会抢着帮他洗衣服。她要在不多的几天时间里,尽可能地为他多做一点事。

第二天早上焕章就要搬走,前一天傍晚时他到民政招待所门口的副食店、水果摊买了一大袋花生、饼干和苹果,晚上专程到小凤的住处去拜访她。他要对她这么长时间以来为他所做的一切表达最诚挚的谢意!

小凤就住在招待所值班室附近的一个房间里。她的房间简洁淡雅，井井有条，飘散着一股淡淡的幽香。今晚她不用值班，当焕章敲门进来的时候，她正在看一本《黄金时代》杂志。

　　"焕章来了？请坐、请坐。"小凤有点意外，连忙请坐，倒茶。

　　"这么客气干吗？买这么多东西来！"小凤绯红着脸责怪他说。

　　"没什么，一点小意思。"焕章有点不好意思地。"明天早上我就要搬到县委宿舍楼去住了。感谢你这么长时间以来，对我细心周到的服务、照顾！"焕章真诚地说。

　　"哪里，我只是尽了我的本职，做了我应该做的！"小凤羞涩地说，"明天早上就要搬走？"她有点不相信似的问。

　　"是的，明天早上就搬。"焕章惆怅地说。

　　"哦，明天早上，明天早上……"小凤自言自语地说。虽然几天前焕章就告诉她将要搬走了，但现在再次告诉她明天早上就要搬走时，她仍然感到有点突然，有点不敢相信，有点手足无措。她多么希望他能尽可能地在招待所多住几天啊！可她无法改变他就要搬离的现实。

　　焕章一时不知道说什么好。两人都沉默了。

　　"搬走后，要常来这里玩啊！"过了一会儿，小凤打破沉默说。

　　"会的，以后我会常回来看你！"焕章真情地说。

　　听他这么说，小凤有一种想流泪的感觉。

　　"哦，我这里还有一点红酒，喝一杯怎样？就算我为你饯行吧！"小凤深情地说。这红酒是她在林业局工作的男朋友送给她的，说女孩子喝红酒能养颜。

　　"好啊，恭敬不如从命！"焕章高兴地说。

　　小凤洗了两只干净的小玻璃杯，一人倒了一杯红酒，又把焕章带来的花生、饼干拿出来，还从自己的抽屉里拿出一包五香蚕豆，权当下酒物。

　　"来，我敬你一杯，祝你前程远大、步步高升！"小凤和焕章碰杯说。她一饮而尽。

　　"谢谢！"焕章也一饮而尽。

　　"借花献佛，我也敬你一杯吧，祝你幸福快乐、青春永驻！"焕章和小凤碰杯说。他一饮而尽。

　　"谢谢！"小凤也一饮而尽。

　　"再喝一杯吧，祝我们的情谊天长地久！"焕章举杯说。

两人碰杯，都一饮而尽。

酒过三杯，两人都有一点醉意了。

这时，从附近一家卡拉OK歌舞厅里，飘来邓丽君优美动人的歌声《何日君再来》：

好花不常开，好景不常在

愁堆解笑眉，泪洒相思带

今宵离别后，何日君再来

喝完了这杯，请进点小菜

人生能得几回醉，不欢更何待

[白]来，来，来，喝完这杯再说吧！

今宵离别后，何日君再来

停唱阳关叠，重擎白玉杯

殷勤频致语，牢牢抚君怀

今宵离别后，何日君再来

喝完了这杯，请进点小菜

人生能得几回醉，不欢更何待

[白]哎！再喝一杯，干了吧！

今宵离别后，何日君再来

此情此景，这歌曲仿佛是特意为焕章和小凤播放的。这微醺浪漫而又隐含苦涩寂寞的歌声，让他们都有一种"别是一般滋味在心头"的感觉。

焕章怕喝多了把持不住，就没再多喝了。但他还是趁着醉意，说出了自己的心里话："小凤，你美丽温柔，善解人意，我真的很喜欢你！如果不是你有了男朋友的话，我一定会追求你的！"君子爱色，取之有道，不夺人之爱，是他的感情操守。

喝酒后的小凤本来就有一点脸红，听了焕章坦诚的表白后，她的脸更红了，就像一只熟透了的苹果。其实，她何尝不是这样想呢？两人朝夕相处，彼此的柔情蜜意，早就"心有灵犀一点通"了！遗憾的是，她已经有了男朋友了。她的男朋友年轻英俊，家境不错，但她更喜欢焕章的学识修养、气质风度和宽厚善良。可她的工作是她男朋友当民政局副局长的爸爸帮她找的，她不能不报答自己的"饭碗之恩"。现在，她只能在心里感慨"恨不相逢未'恋'时"了！

"焕章，如果有来生，我们再续前缘吧……"小凤低低地说。她的两眼湿润了。

焕章长叹了一口气。

他不能再坐下去了，便起身告辞了。

他刚走出小凤的房间，"焕章，等一下！"小凤在后面喊他。他站住了。

小凤见周围没人，便快步走上前，搂着他的脖子吻了他一下。他一时还没回过神来，小凤就转身回到房间，把房门关上了。

晚上，焕章怎么也睡不着，脑海里浮现着自己在民政招待所生活的种种往事，回放着小凤对自己的种种好，特别是刚才她对自己的深情一吻……而今，他很快就要离开这里，离开小凤了，他心里怎能不感到失落和惆怅呢？

焕章昨晚一夜都没睡好，第二天一早他又起来了。他洗漱完毕后，在招待所的大院里漫步了好几圈。他一边观赏着熟悉的一草一木，闻嗅着熟悉的鸟语花香，一边想着"剪不断，理还乱"的心事，心里塞满了浓浓的依恋和惆怅。

吃早饭时，焕章和同租住在民政招待所的几个年轻干部坐在一桌，小凤和另外几个服务员坐在另一桌，他俩不时脉脉对视一眼，脸上写满了深沉的爱恋。也许小凤昨晚也没睡好，两只眼眶黑黑的，像一只可爱的大熊猫。

焕章和其他几个年轻干部不约而同地谈起搬房的事。焕章说，他在县委的住房非常潮湿，不是住人的地方；有的说，他们两个人共住一个房间，谈恋爱都很不方便；有的说，领导给他安排的是一个杂物间，窄小得连身子都转不过来……大家都满腹怨言，但又无可奈何。他们几个人也将在今天内搬走。

八点左右，县委的小赵司机开着面包车来帮焕章搬运东西了。小凤也走过来帮忙，还送给焕章一盆翠绿的万年青。他们三个人一起，把包装好的物品一件件搬上车去。

虽然县委大院和民政招待所相隔并不遥远，焕章也说过以后会常回来看她，但小凤还是觉得就要长别离一般，心里弥漫着不舍和伤感。当焕章坐上车子和她挥手告别时，她的两眼禁不住噙满了泪水，让焕章心里也悲伤起来。

到了县委大院宿舍楼，焕章在小赵司机的帮助下，把东西从车上搬到了自己的房间。搬完后，他送给小赵一包阿诗玛香烟以示感谢。

小赵走后，焕章先在房间里喷洒了大半瓶香水，把难闻的发霉味去掉，然后按在民政招待所时住的房间布局，把"新房"布置了起来：他把碧翠的文竹摆放在茶几上，把文房四宝和简朴书架摆放在书桌上，在书架上放上《红楼梦》《唐诗宋词一千首》《莎士比亚戏剧集》《堂吉诃德》《百年孤独》《中国通史》《中国哲学史》《西方哲学史》《西方绘画史》《世界三大宗教》等几十本他特别喜欢的书，他又把"天道酬勤"的书法横幅贴在书架上方的墙壁上，把四张郑板桥的兰竹系列诗画条幅居中挂在茶几上方的墙壁上，最后，他把小凤送的那盆万年青安放在窗台上，以便在看书、写作时抬头就能看到它……经他这么一摆弄，整个房间顿时弥漫着一股清雅的书香气息。虽然这样，但在焕章看来，与在民政招待所时住的房间相比，总觉得还缺少了某种情调和韵味。至于什么原因，他自己也说不清楚。

晚上他睡在新铺的床上，梦里却还是民政招待所的人物、场景，早上醒来后才发觉物是人非，不禁怅然长叹。

叠放被子时，他惊讶地发现，仅一夜工夫，被面竟是潮湿的！"这么潮湿的房间，如果长期住下去，不患风湿关节炎才怪！"他充满忧虑地想，心里也就更怀念在民政招待所住的美好时光了。

自一九七九年九月《中共中央关于加快农业发展若干问题的决定》下达以后，不同形式的农业生产责任制，如雨后春笋般地在全国各地的农村普遍推行。长平虽然是一个偏僻、落后的山区小县，但也紧跟时代潮流，在全县实行了"包干到户"的生产责任制。

"包干到户"生产责任制的实行，极大地调动了全县农民生产的积极性。粮食逐年增产，经济收入增加，农民的总体生活水平不断提高。不少农户成了"冒尖户"，新建了瓦房，购买了"三转一响"（自行车、缝纫机、手表、收音机，俗称"三转一响"）。但也还有不少农户，因缺少劳力、缺少资金或不懂技术，生活变化不大，有的还赶不上趟，成了"贫困户"。

类似这种情况，全国各地都有。这种情况如不采取措施，贫富差距就将会增大，甚至出现两极分化的严重现象，破坏社会和谐，增加社会矛盾。为此，党中央高瞻远瞩，于一九八六年五月十六日，在国务院成立了"贫困地区经济开发领导小组"（后改为"扶贫开发领导小组"），协调、指导全国的农村扶贫工作，并确定了到二十世纪末基本解决农村贫困人口温饱问题的战略目标。

农村扶贫工作同样也摆上了长平县委、县政府的议事日程。又因为该县原本就是有名的贫困县，扶贫工作的任务相比其他县区便显得更为沉重。为响应上级有关部门的号召，县委、县政府实行了"党政机关定点扶贫"的策略，由县属各单位（包括各部、局、室、办和公、检、法等部门）包村驻点，开展"一对一"扶贫，帮扶各乡镇的贫困村、贫困户改善条件，发展生产，改变穷困落后的面貌。

县委宣传部也责无旁贷地参加了定点扶贫工作，定点扶贫的对象是驻舆乡坪庄村，具体扶贫工作由何云龙干事负责。何云龙的工作地点也就有两个——宣传部和坪庄村，宣传部有重要工作时回宣传部上班，没什么重要事情时下坪庄村扶贫。

有一天，宣传部召开全体干部会议，参加会议的除原来的八个老同事外，新增加了一个从县委党校调过来的新同事康光华。会议由程冰岩部长亲自主持。在会上，他总结了近一段时间的工作情况，布置了今后一段时间的工作重点。最后，他宣布了一个决定：由焕章接替何云龙负责驻舆乡坪庄村的扶贫工作，由康光华接替焕章负责全县的社会宣传工作。

焕章对于由他接替何云龙负责坪庄村扶贫工作的决定有点意外和惊讶，因为他毕竟工作还不到一年，对宣传部本身的工作都还不是很熟悉，何况是乡下的扶贫工作。就算扶贫工作大家轮换着做，按常理也应该由经验丰富的老同事去，而不应派他这个新手去。唯一可以解释的是：程冰岩部长对他目前的表现很不满意，希望他到下面去"锻炼锻炼"。

也许考虑到焕章毕竟工作时间还短，缺乏足够的工作经验，于是程冰岩部长又对焕章说："县文联的柳昺瑜主席有空时也会下去协助你做好扶贫工作。"

县文联属宣传部管辖，宣传部有重大活动而人手不够时，常常会叫文联的同志来做帮手。

焕章虽然对自己的工作安排有点意外和惊讶，但扶贫工作毕竟是党的中心工作之一，也是目前宣传部的重要工作之一，他有责任、有义务去尽力做好它。因此，在下乡前两天的准备工作期间，他很虚心地向"老扶贫"何云龙请教了有关问题，自己又查阅了一些相关资料，对自己要下去的驻舆乡和坪庄村，心中便有了大致的了解：

驻舆乡地处粤赣两省交界处，毗邻广东，是长平县的南部重镇。

坪庄村是驻舆乡最大的一个行政村，人均2分水田都不到，年年粮食不够吃，要吃政府的返销粮或救济粮。村民最大也几乎是唯一的经济来源，就是过年时做"炮子"（鞭炮）卖。因做"炮子"的工具和方法非常简陋，每年都会发生因火药爆炸而伤人、死人或火烧屋等恶性事件。

坪庄村宗族观念很强，民风彪悍，时常发生与外村、外姓人因某事而打架斗殴的事件，而且一打就是十几、几十甚至上百人参加的群架。

坪庄村是驻舆乡最贫穷、乡村工作最难搞的一个行政村！

因为焕章第一次下驻舆乡坪庄村搞扶贫，程冰岩部长便带着何云龙干事和文联的柳昺瑜主席坐着县委潘师傅开的吉普车送他去。

柳主席已过了知命之年，他在县采茶剧团当了多年的团长，后来才调到县委当文联主席。他多才多艺，性格豪爽，一副乐天派的潇洒模样。

因出发前打了电话，当程冰岩部长一行人到达驻舆乡政府时，成吉晔书记、林毓良副书记等乡政府的领导已经在乡政府门前等候多时了。

"欢迎光临！""谢谢！"……大家热情握手，一脸笑容。

成吉晔书记五十多岁了，两鬓已经花白，腆着个将军肚，一米八几的个头，显得高大魁梧；林毓良副书记三十五六的年纪，人高高的，瘦瘦的，皮肤白皙，显得很斯文。

林毓良副书记早年是长平中学的团委书记，因为很能干，黄涛调到县委宣传部当部长后，便把林毓良也调到宣传部工作。黄涛部长提升为县委副书记时，他就把林毓良调到驻舆乡政府当副书记了。再后来，黄涛副书记提升为县委一把手了，林毓良却还在原地当副职。按照长平干部的"升迁规律"，一个有前途的干部，一般当了一届副职后，就会提升为正职干部，但林毓良副书记却没有按时"转正"，因此有小道消息说，林副书记虽然工作能力强，也会待人处事，但因为他只有高中文凭，在干部任用已很讲究"知识化、专业化"的今天，他明显不符合快速提拔的条件了。对此，林毓良副书记本人也感到很郁闷。

因为县委宣传部是林毓良副书记的"娘家"，宣传部的领导、同事和他之间便显得特别亲切。

既然县委常委、宣传部部长下来了，作为地方上的乡政府领导，肯定要向县领导汇报工作了。于是，在乡政府会议室，成吉晔书记向程冰岩部长全面汇报了驻舆乡近半年来的工作成绩、还存在的一些问题和下半年的工作安排；林毓良副书记则着重汇报了驻舆乡扶贫工作的情况。

程冰岩部长听完了他们的汇报后，赞扬说："你们各方面的工作都做得很好、很扎实！这充分显示了你们乡政府领导班子出色的工作能力！非常不错！"他话头一转，又说："我这次下来，主要是送刘焕章同志接替何云龙同志到坪庄村扶贫。刘焕章同志学历高，但工作时间短，你们有丰富的乡村工作经验，以后要多帮助他，多指导他。文联的柳昺瑜主席以后有空，也会下来协助焕章同志搞好扶贫工作。"说着，他便朝柳昺瑜主席看了一眼。柳昺瑜主席微笑着点了点头。

程冰岩部长又转过头对焕章说："你以后要多向成书记、林书记他们学习，有什么问题多虚心向他们请教！"

"请部长放心，我以后一定会好好地向两位书记学习，虚心地向他们请教！"焕章表态说。

"焕章是大学本科毕业的高才生，文化知识丰富，理论水平高，我们要多向你学习！"成吉晔书记含笑着对焕章说。

"吉晔书记见笑了！我才疏学浅，经验尤其不足，以后要请您多多指教我才是！"焕章不好意思地说。

中午，乡政府领导在驻舆圩上的一家酒楼宴请了程氷岩部长他们一行。席间，乡政府的领导分别给程氷岩部长敬酒，感谢他的光临指导；程氷岩部长回敬了他们，感谢他们对宣传部工作的支持。乡政府的领导又敬了何云龙一杯酒，感谢他一年多来为扶贫工作付出的辛勤汗水；何云龙也回敬了他们，感谢乡政府的领导对他工作的大力支持。焕章也分别给乡政府的领导们敬了酒，请他们今后多多关照、多多指导。林毓良副书记特别和宣传部的"娘家人"单独干了一杯酒，以示和"娘家人"的特别情感……大家以各种名义互相敬酒，笑语声喧，气氛热烈。

午饭后，成吉晔书记和林毓良副书记送程氷岩部长一行到乡民政招待所休息。这个招待所也是何云龙扶贫时的居住地，今后也将是焕章扶贫时的居住地。

下午，在乡政府两位正、副书记的陪同下，程氷岩部长一行乘着两部吉普车（增加了一辆乡政府的）进坪庄村扶贫点了。

当他们到达坪庄村时，村里的村主任、副书记、民兵连长、妇女主任和团支部书记等主要领导，在陈道功村支书的带领下，早已在村委会门口等候着了。

大家在会议室坐下后，陈道功村支书向程氷岩部长详细汇报了坪庄村各方面的情况，特别是村里经济、村民生活情况，最后他概括说："……总之，坪庄村田少，地少，人口多，也没什么村办企业，富余劳力多，很多人无事可做，需要政府救济、扶贫的家庭不少。也因为无事可做的人多，百无聊赖、寻衅滋事的人也就不少。希望宣传部的领导为我们村出谋划策、多找门路，特别是多调拨一点扶贫资金过来，帮助坪庄村改变贫穷落后的面貌！"

程氷岩部长听了陈道功村支书的汇报后，表态说："我们一定会想方设法，尽最大努力，帮助村委会把各项工作搞上去，特别是在发展村里经济、提高村民生活水平方面！"接着，他对村委会的领导说了焕章接替何云龙搞扶贫工作的事，说文联的柳昺瑜主席有空也会下来，协助焕章搞好扶贫工作，并对焕章做了简单的介绍。

听了程氷岩部长的介绍后，陈道功村支书站了起来，热情地握着焕章的手说：

"欢迎大学生来我们村搞扶贫！以后就辛苦你了！"

焕章连忙说："谢谢陈支书！以后请您多多关照、多多指导！"

陈道功村支书古铜肤色，壮实淳厚，为人热情，给焕章留下了很好的印象。

待一切交代完毕，程氷岩部长一行就乘车按原路返回，在乡民政招待所稍作停留后，便和乡政府的领导告别，回县城去了，只留下要搞扶贫工作的焕章。

程氷岩部长他们走后，焕章起伏了一天的心湖也逐渐平静下来，开始在招待所整理自己的房间，摆放好自己的书籍、衣物和日用品。

当一切摆放停当，他便观察起这家招待所来：招待所面朝驻舆圩的主街，大门口有七八级水泥台阶；登上台阶后是一个凉亭式的门楼，门楼下放有几张木板凳和竹椅子，供来客闲坐或聊天；穿过门楼后是一个不大的院子，院子两旁的围墙紧挨着老百姓的房子，院子后面就是招待所的主建筑——两层楼的钢筋水泥砖瓦房，焕章的房间就在二楼的3号房，也是何云龙扶贫时住过的房间。

招待所的负责人叫陈勇常，四十五六的年纪，瘦高微黑，老实忠厚。焕章和他聊天时了解到，这间招待所是乡民政所办的，所以叫"乡民政招待所"，实质上也是乡政府招待所，每当上面来了人，如果要休息或住宿，乡政府的领导就会把他们领到这里来，所以，来这里食宿的人几乎都是工作人员，很少有其他行业的社会人员。陈勇常还告诉焕章：这家招待所由他承包了，平时他的妻子、儿女也会来帮忙；他有两儿一女，大儿子青华已结婚另过，二儿子永康初中毕业后在家务农，小女儿淑英还在读小学；他是族坑村人，大家都叫他"陈师傅"——在驻舆，无论什么行业的老板，都不叫他"老板"，一律在"师傅"前面加个姓或加一个名，叫"某师傅"或"某某师傅"。

族坑村很出名，焕章早就听说过，那里不但出产鲜甜爽口、闻名遐迩的水蜜桃，更走出了很多老革命、老干部。现任县民政局局长陈广胜也是族坑村人，陈师傅能承包乡民政招待所，大概和他有一点关系吧！

焕章住的房间是由乡政府包租的，每半年结算一次。伙食则需要自理，每月结算一次。陈师傅告诉他，在乡民政招待所住的客人一般都在他这里包餐，每餐的费用是0.35元，含一菜一汤一饭，如要加菜加饭则另算，哪餐不吃时预先打一个招呼。焕章感到很便宜、很实惠，便说以后的伙食都包给他了。

晚上焕章第一次在这里吃饭，陈师傅端给他一碟酸菜米粉肉、一碗白菜骨头汤和一钵子白米饭，他吃得非常满意。

晚饭后，焕章洗了个热水澡，换上了干净的衣服。他闲着无事，便到大街上转了一下，以熟悉一下周围的环境。

焕章发现，驻舆圩是一个很特别的地方，这里虽没有县城的热闹繁华，但也没有一般乡下的宁静落后，是介于两者之间的一处特殊区域。虽然是晚上，但大街上的百货店、副食店、餐饮店、理发店、饮冰室、台球室、医务所、录像厅等都开张了，而且来往的人流还不少。有些店铺门口还装有旋转、闪烁的彩色广告牌。改革开放带来的勃勃生机，在驻舆圩的夜街上得到了充分的体现。最热闹的要数录像厅了，今晚放映从香港引进的武打片《大侠霍元甲》，吸引了不少年轻人。从扩音器里播放出来的该片主题曲《万里长城永不倒》，那慷慨雄壮、令人血脉偾张的歌声灌满了整条大街：

昏睡百年

国人渐已醒

睁开眼吧　小心看吧

哪个愿臣虏自认

因为畏缩与忍让

人家骄气日盛

开口叫吧　高声叫吧

这里是全国皆兵

历来强盗要侵入

最终必送命

万里长城永不倒

千里黄河水滔滔

江山秀丽叠彩峰岭

问我国家哪像染病

冲开血路　挥手上吧

要致力国家中兴

岂让国土再遭践踏

个个负起使命

万里长城永不倒

千里黄河水滔滔

江山秀丽叠彩峰岭

乡城往事

问我国家哪像染病

冲开血路　挥手上吧

要致力国家中兴

岂让国土再遭践踏

这睡狮渐已醒

　　焕章每到一处，都会和店老板礼貌地打招呼，闲聊几句。他们看到他戴一副近视眼镜，风度翩翩，一副颇有学识的相貌，就知道是从县城下来的干部，便会问他是哪个单位来的？做什么公干？焕章便会告诉他们，他是从县委宣传部下来的，在坪庄搞扶贫。聊了一会儿后，彼此就熟络起来。于是，驻舆圩上的人很快就认识了他。

　　到了晚上十点后，大街上开始安静下来了。要是在县城的话，不到晚上十二点是安静不下来的。

　　焕章躺在床上，两手枕着脑袋，望着窗外满天的星斗眨着淘气的眼睛，听着从远处飘来的村狗那虚张声势的"汪汪汪"的叫声，呼吸着乡下清新、透明的空气，他不禁想起了小时候在农村生活的美好时光来。

　　这一晚，他睡得很安稳，很香甜……

第二十三章

"喔喔喔——"窗外飘入雄鸡响亮的啼鸣。焕章睁开眼睛一看，黎明淡淡的青光从窗外倾泻进来，天已经亮了。他有早起的习惯，便从床上爬起来。

他站在窗口，一边扣衣服，一边向外面眺望了一下。因为乡民政招待所的房子建在高处，窗外的景物尽收眼底。只见在朦胧的天光下，远近都是农村的泥瓦房，炊烟袅袅，鸡鸣鸭叫，人影幢幢，还传来几声婴儿的啼哭。农民是勤劳的，他们总是起得很早。

焕章走出门洗漱时，陈师傅一家人也刚刚起床。

"陈师傅，早上好！"焕章问候说。

"早上好！这么早就起床了，不多睡一会儿？是不是睡不惯啊？"陈师傅关心地说。

"不是，我习惯了早起。"焕章说。

"招待所后面那个村子叫什么名啊？"焕章问。

"叫老寨下，是一个村民小组，属驻舆村的，那里的人都姓钟。"陈师傅说。

"哦——那里就是老寨下啊！"焕章惊奇地说。

洗漱完毕后，焕章看到离吃早饭的时间还早，就走出院子，到大街上去散步了。

街上的店铺还没那么早开门，但菜市场上却很热闹了。卖青菜的，卖豆腐的，卖黄酒的，卖猪肉的，卖草鱼的，卖河鱼河虾的，卖鸡鸭鹅兔的，卖鸡蛋鸭蛋的……应有尽有，摆满了大街两旁。鸡鸭的叫声，讨价还价的声音，打招呼聊天的声音，飘满了大街。来卖肉、卖菜的，都是附近的村民；来买肉、买菜的，主要是驻舆圩做生意的人家，还有就是乡政府、供销社、学校、银行等单位的职工和家属。也有从县城下来的或从广东八尺上来的菜贩子，他们每天都会来驻舆圩收购蔬菜到他们那里去卖。

焕章兴致勃勃地走着，很新鲜、很好奇地看着，偶尔还会问问价钱。那些卖东西的大嫂子、小姑娘和师傅们，也会很好奇地多看一眼他这位只看不买的陌生人。从他的衣着打扮上，他们看得出他是一位从上面下来的年轻干部。

从街上散步回来，陈师傅已经为他煮好早餐了，一碗香菇排骨汤、一盘青瓜炒鸡蛋和一钵子白米饭，和昨晚一样，他吃得非常香甜。

吃完早饭，焕章和陈师傅打了一个招呼，就去扶贫点——坪庄村了。

坪庄村距离焕章住的乡民政招待所有三四华里远，他没有自行车，只能沿着沙石公路步行前往。

今天天气晴朗，天上只有几朵稀疏的浮云，像薄薄的棉絮一般。太阳从东山升起来了，万丈霞光瀑布般倾泻于大地，满眼都是美丽的嫣红。不知谁家养的一群鸽子，在圩坪上空盘旋了一圈，又吹着鸽哨欢快地飞走了。

焕章想到今天的太阳一定厉害，便花了一块钱，在路旁的一家杂货店买了一顶宽边草帽戴上，草帽上的红五星和橄榄枝分外显眼。

因为他是一个刚来的新鲜人，沿途都有好奇的目光向他投来。

半个小时后，焕章到达了坪庄村。他又走了五分钟，问了几个村民，才在一个叫下屋的地方找到陈道功支书的家。

陈支书一家人正在吃早饭，见焕章来了，他们连忙站起来招呼他来吃饭。"谢谢谢谢！我吃过了，你们吃吧！"焕章连忙说。他随意瞄了一眼桌上的饭菜，一大碗红烧肉，一大碗炒白菜，一大盆西红柿蛋汤，一小碗咸鱼干，每人一大钵子白米饭，还有一大钵子白米饭是给不够吃的人备用的。"毕竟是村支书家，伙食还不错！"焕章心想。

陈支书听到焕章说吃过了早饭，便也不再客气。他把焕章请进客厅，为他泡了一壶茶，并给他倒了一杯，充满歉意地说："不好意思，你稍等一下。""没事，你去吃饭吧！"焕章笑着说。

陈支书一家有五口人：一个老母亲、他们夫妻俩和一对刚成年的儿女。早上时，他自己去割了一大筐鱼草，他妻子淋了一园的蔬菜，他儿女锄了几大块地的豆草，他老母亲则留在家里做饭。因为大家都忙了一个早上，所以他们的早饭吃得稍迟一点。

吃完饭，陈支书走进客厅来了。焕章给他倒了一杯茶。"你是客人，反而要你给我倒茶了！"陈支书客气地说。"随便一点好，分什么主客呢！"焕章大方地笑着说。"说的也是！"陈支书也高兴地笑了。

陈支书掏出塑料袋装着的自种烟丝，撕下一张洁白的烟纸，卷了一支"小喇叭"，递给焕章说："请抽烟！"

"谢谢，我不抽烟！"焕章连忙摆手说。

陈支书便划了一根火柴给自己点上。他抽了一口烟，又喝了一口茶，说："领导今天有什么指示？请吩咐！"

"陈支书，您以后就叫我的名字焕章好了！别'领导领导'的，叫得我怪不好意思的。"焕章谦逊地说。

"好吧，听你的，以后我就叫你的名字焕章吧！"陈支书高兴地说。

"今天上午我想请您带我到村里走一走、看一看，熟悉一下环境，了解一下情况，然后我们再商量一下具体的扶贫工作，看怎么开展更好。"焕章说。

"好的！"陈支书说。

陈支书抽完那支"喇叭"后，又喝了两口茶，说："我们走吧！"他站起身，随手拿了一顶挂在壁钩上的旧得发黑的草帽戴上，带着焕章出发了。

坪庄村很大，有林屋、邝屋、桂坑里、老屋下、窝尾山、下屋、鹿背角、秧脚背、岌子头等17个村民小组，因为连接各屋场的都是泥石土路，坑坑洼洼，高低不平，花了一个多小时才走完！沿途有不少熟人和陈支书打招呼，并问他焕章是哪里来的干部。陈支书便一一回答他们说："是县委宣传部新派来的扶贫干部！"

焕章发现，无论是哪个村民小组，村民们绝大部分都住在老围屋里，房子大多很破旧，像样一点的房子没有几栋，而且老人小孩的衣着普遍比较土旧，可见，这个村子总体确实比较贫穷。这自然是因为"田少、地少、人多"。

焕章问陈支书："我看也有少数家庭做了新房，老人、孩子衣着也比较光鲜，他们都是一些什么人家呢？"

陈支书说："要么是家里有领国家工资的工作人员的，要么是头脑灵活在外面做生意的，或者在外面做工、搞建筑做包工头的，但这样的人家全村加起来还不到十户！"

"哦，还有一户独居的老太婆家很富有，不过她的情况很特殊。"陈支书补充说。

"怎么个特殊法？"焕章好奇地问。

"这个老太婆的老公原是一位国民党军人，后被迫跟随蒋介石败退到台湾，几十年音讯全无。她以为他早就战死了，却心甘情愿为他守寡，独自一个人过活。改革开放后，大陆和台湾开始有了书信和人员来往。没想到，这位老太婆的老公居然还活着，还给她写了信，又寄给她很多钱，以弥补这几十年来对她的亏欠！"陈支书又指着全村一栋最好的两层钢筋砖瓦楼房说："瞧，那栋房子就是她的！听说，她老公不久将会回来定居了，也是叶落归根吧！"

焕章不禁感叹说："这对苦命的鸳鸯，终于熬到头了！"

"所以说，坪庄村的扶贫任务很艰巨啊！焕章，以后就看你的啦！"陈支书接着前面的话头，充满期待地说。

"我一定会尽力的！"焕章说。

他们一边走，一边聊。

"陈支书，那两根雕刻着精美龙凤的古代石旗杆有什么来头啊？"焕章指着窝尾山门坪前高高矗立着的两根石柱问。

"这个说来就话长了！"陈支书款款地说，"据陈氏族谱记载，发源于江西德安县的江州陈氏家族，从731年起，延续了332年不分家，合居一处的家人达到3900多人。他们聚族合炊，一同劳作，财产共有，像一个桃花源式的社会。唐僖宗曾御笔亲赠'义门陈氏'的匾额，此后义门陈氏多次受到皇族表彰，闻名遐迩。相传南唐升元元年，皇上给陈氏祖祠敕立义门龙凤石柱两根，左镌'义'字，右镌'门'字。宋嘉祐七年，出于抑制'义门陈'和封建统治的考虑，宋仁宗下旨让义门陈分庄天下，共分为291庄，遍布全国各地。窝尾山祠堂是坪庄陈氏盛世公总祠，门坪前矗立的两根高达16米的石柱，就是仿照后唐时陈氏祖祠前的义门柱，于清朝光绪四年竖立的，目的有两个：一是勉励坪庄陈氏族人团结一心，二是壮大坪庄陈氏家族的声威。"

"原来如此！"焕章恍然大悟地说。看来，陈支书对他的家族史还是很熟的。

焕章又叫陈支书带他去看了一下坪庄村的稻田。只见稻田里绿浪滚滚，不少村民在施肥、薅草。水稻都抽穗、灌浆了，它们摇曳着身姿，展露着自己的青春。焕章发现，有三分之一的稻田种的是杂优品种，有三分之二的稻田种的是普通品种。杂优品种的长势好、抽穗长，普通品种的长势差、抽穗短，很明显，两者的产量将会相差好远。

"怎么还有那么多村民不种杂交水稻，而去种普通水稻呢？"焕章不解地问。

"因为杂交水稻刚刚传入，很多人不信任，不敢种！县、乡农业技术人员下来宣传、推广都没用！现在他们晓得后悔了。"陈支书叹息一声说。

焕章说："种下季水稻时，总不会还有那么傻的人了吧？"

"如果还有那么傻的人，真是不开窍！"陈支书笑着说。

焕章也笑了。

焕章跟着陈支书回到他家里。陈支书重新泡了一壶茶，一人倒了一杯。他掏出塑料袋做的烟丝包，撕下一张烟纸，卷了一支"小喇叭"，划了一根火柴点着，很享受地抽了起来。

"对今后的扶贫，上面有新政策没有？"陈支书问。

"最近国家又下拨了一批扶贫资金，但扶贫政策和以前相比，变化较大！"焕章说。在下乡前，他了解了扶贫现状，看了不少扶贫文件，熟悉了相关的政策。

"以前的扶贫，面撒得比较开，虽取得了一定的成效，但也有明显的不足。比如，有的人扶贫款到期了也不还，当然这里面有还没脱贫、实在还不起的人，但也有少数人，还得起也不还。更有甚者，有的人不是把扶贫款用来发展家庭经济，发家致富，而是把它当作救济款吃了、用了！针对这种情况，上级对今后的扶贫在策略上有所变化：一是重点扶持乡村企业，解决富余劳动力就业问题，提高农民收入；二是重点扶持有能力但缺少资金的贫困户发展一定规模的种养业，让少数人先富起来，再带动其他人。"焕章介绍说。

"这个新政策好，符合实际情况，有针对性！"陈支书赞同说。

"针对这个新政策，根据我们村的具体情况，陈支书有什么设想和建议呢？"焕章问。

陈支书想了一会儿，说："对于村办企业，我的建议是：一、村里可以建一个砖瓦厂。包干到户后，外村有不少农民富裕了，做新瓦房的人也多了，砖瓦很紧缺。我们村的泥土韧性好、黏度强，很适合做砖瓦。砖瓦厂建立后，不但可以增加集体收入，更重要的是可以解决几十个富余劳动力的就业问题，增加村民收入。二、村里再建一个碾米厂。我们村现在只有一个碾米厂，村民碾米需要排很长的队伍，有的干脆挑到几里外的圩上去碾米，非常不方便。多建一个碾米厂的话，既可以增加集体收入，也可解决村民碾米难的民生问题。"

"这两个建议都很好，我认为可以实行！"焕章支持说。

"至于重点扶持贫困户的问题，我的建议是这样：因我们坪庄村田少、地少，所以不太适合搞种植业和养鱼业，但养鸡、养猪还是很适合的。因此，对于我们重点扶持的贫困户，应叫他们去养鸡和养猪。就是技术方面要有人指导，怕发生鸡瘟、猪瘟，一旦瘟疫流行，什么都完了！"陈支书说。

"让重点扶持的贫困户去养鸡、养猪，这个建议也很符合我们村的实际情况，我支持！至于技术方面的问题，请放心，到时我们请县农牧渔业局的技术员下来指导！"焕章说。

"如果有技术员下来指导，那就太好了！村民们也就有胆量去多养猪、多养鸡了！"陈支书高兴地说。

"每个村民小组都物色、推荐两三个重点扶贫对象，对这些扶贫对象，村委会一定要核实准确，以防止他们弄虚作假！"焕章说。

陈支书点点头，表示赞同。

"我还有三个设想，想一想办法看能不能实现：一是解决一部分富余劳动力的就业问题。我有一个老同学在深圳某电子厂任人力资源主管，看能不能利用他的关系到我们村招一些年轻人去打工，增加村民收入。二是把贯穿我们全村的那条大路铺好。现在流行一种说法，叫作'要致富，先修路'。我们村的路太难走了，要开一辆中型货车进来都很不方便。我到县里想一想办法，看能不能弄一笔专项资金过来。三是在村里兴办一所幼儿园。孩子是我们的未来，要把孩子们的学前教育搞上去。协助我搞扶贫的县文联柳昺瑜主席，他的爱人是县幼儿园园长，叫他们支持一下，应该问题不大。"焕章说。

"太好了！如果这三件事也能办成，那真是一件大好事。焕章，太感谢你了！"陈支书抓起焕章的手，激动地说。

"别那么快说感谢我，这些还只是设想，待实现以后再说不迟。"焕章微笑着说。

"我相信你的能力，这些设想一定会实现的！"陈支书充满信心地说。

"我们晚上开一个村委会议吧。白天他们要劳动，晚上才有空。到时你把扶贫的新政策给大家说一下，统一一下认识；还有，我们刚才商量的几件事也让大家讨论一下，听一听他们有没有新的看法和建议。"陈支书说。

"好的！"焕章赞同说。

到中午时，焕章本来要回乡民政招待所吃饭的，无奈陈支书执意要留他吃饭，焕章拗不过他，只好留了下来。陈支书特意宰了一只自家养的鸭子，又叫他儿子骑单车到圩上买了两斤猪肉、一斤卤鸡翅、一斤煎河鱼、一格白豆腐和三瓶啤酒，叫他女儿到自家菜园里摘回一些新鲜的蔬菜，他的妻子和老母亲互相协作，用这些食材整了一桌丰盛的午餐。

席间，陈支书首先给焕章敬了一杯酒，感谢他来坪庄村扶贫，祝他工作顺利，前程远大。焕章也回敬了他一杯酒，感谢他的热情款待，希望他以后多多支持，多多指导。焕章又给陈支书的家人敬了一杯酒，祝他们身体健康，发财致富。陈支书的妻子代表家人也给焕章回敬了一杯酒，并充满歉意地说，乡下人家，粗茶淡饭，没什么好招待，请原谅，要他"冇菜吃饱饭"。余下的酒，主要是陈支书和焕章两人在自由对酌。

陈支书的儿子高中毕业，没考上大学，他的女儿初中毕业后也没读书了。儿子高大结实，女儿小巧俊秀。他们兄妹俩目前在家里跟着父母学习各种劳动技能，做事很扎实，很勤勉。因为刚成年，他们还有点青涩，所以话不多。

吃完午饭，喝完茶，抽完烟，陈支书陪焕章在客厅的沙发上休息了一下。

到下午时，为不影响陈支书一家人劳动，焕章便说自己到驻舆中学去看望一位老同学，晚上八点再回到村委会开会。陈支书让他去了，并告诉他路怎么走。

驻舆中学就在坪庄村附近。焕章要去看望的老同学名叫张代达，是他在长平中学读书时最要好的三个同学之一（另两个是前面提到过的在文峰乡任计生办主任的曾孝友和在财政局会计股工作的李清波）。代达一九八四年于赣南师专中文系毕业，先在长平中学初中部任教，一年后因工作需要调到驻舆中学高中部任教。

在长平中学读书时，焕章是应届生，代达是复读生，两人同在高二（6）班学习文科（当时只有高二，还没有高三），而且同住一个房间，关系非常好。孝友是焕章读高一时的同窗好友，高二时他读了理科，在另一个班学习；清波是焕章复读时才结识的同窗好友。在高二应届阶段，焕章和代达在一起的时间，比和孝友在一起的时间还多。

那时，和孝友家一样，代达家里也比较富裕，因为他的父亲和哥哥都会从事当时比较赚钱的锯板方、钩松油的副业，后来他哥哥还当了村主任，家里水田也多，粮食很富足。家里贫穷的焕章，自然受了代达不少好处，向他借钱借物、蹭他的饭菜吃、接受他的馈赠等是常事。

代达的家乡在文峰乡上甲村的柯树塘，那是一个山清水秀、风景优美、物产富饶的地方。他家对面的山岗名叫火石寨，山顶上有一块巨大的石头，因为酷似一只蛤蟆，所以称它为蛤蟆石。关于这块巨石，还有一个神奇的传说：

在很久很久以前，池塘里有一只大蛤蟆，修炼千年后终于成仙升天。但在它修炼成功之前，有一天差点被一条眼镜蛇吃掉了，幸好被一个年轻的小伙子及时发现，这个小伙子冒着生命危险把毒蛇打死了。蛤蟆成仙后，日夜惦记此事，想报答这位年轻人，无奈已过千年，恩人早已作古，但他的后代却在柯树塘繁衍下来。

有一年夏天，老天连下了十几日的暴雨，山洪暴发，眼看就要冲毁柯树塘的房屋、田土。村民们惊恐万分，绝望的哀号响成一片。蛤蟆精闻讯，立即从天而降，大口大口地吞着洪水。七日后暴雨停息，洪水也被它吸干了。柯树塘的房屋、田土安然无恙，村民们欢欣鼓舞。

然而，因为蛤蟆私自下凡，又久滞人间不回天庭，所以玉帝龙颜大怒，命它脱去仙胎，在人间老死。蛤蟆申诉无门，最后含泪而终，化为一块巨石，即蛤蟆石。后来，柯树塘的村民们感念它的恩情，就建了一间祠堂，大门正对着蛤蟆石，只要一出门，就能见到它……

在长平中学读书时的周末，焕章曾随代达去过他家两次，攀爬过他家对面的蛤蟆石，在他家门前的小溪里抓过鱼，在屋后的山上摘过野果，还吃过他家养的蜂蜜、种的花生。他的父母非常热情，焕章每次到来，都宰鸡杀鸭、买酒买肉招待他。

后来，代达考取了赣南师专，焕章却落榜了，只好也复读一年，准备第二年再考。在复读期间，代达经常写信鼓励他，增强了他的信心。一年后，焕章也考取了大学——江西师范学院中文系。

所有这些，都给焕章留下了难以磨灭的记忆。

焕章刚到县委宣传部上班时，代达曾来县民政招待所看望过他。此后，因为一个在县城上班，一个在乡下上班，加上两人工作都很忙，便一直没再见过。这次焕章来看望他，也是他参加工作后，两人的第二次见面。

"是什么大风把你这个大干部吹来了？"焕章的突然来访，让代达既意外又高兴。他一边请坐，一边倒茶。

"是扶贫的大风！"焕章微笑着说。他在藤椅上坐下，接过茶杯，很自然地打量了一下代达的房间。

这是一间由旧教室改造而成，用胶合板分隔为两半的房间，既是卧室，也是办公室，同时还是厨房和饭厅（另一半则是另一个老师的卧室兼办公室兼厨房和饭厅）。整个房间非常简陋：墙上贴着一幅美女明星画，窗台上摆着一盆水仙花，办公桌上放着几本文学名著、两本教学杂志、一本台历和两大叠学生作文，床上挂着白色蚊帐、叠放着被子枕头，床底下塞放着一只大木箱，靠墙放着一张正方形的茶桌，两把破旧的藤椅；房间的另一头，靠门那边，有一只放着油盐酱醋和碗碟筷子的菜橱子，一张破旧的学生书桌，书桌上摆着一只电炒锅，地上还有四张木方凳。一个乡下教师的寒酸尽显眼中！

"怎么样？看到当老师，特别是当乡下老师的穷酸样了吧？"代达见焕章在打量他的房间，自嘲地说。

焕章默然，他心里有点难受。

"在所有国家工作人员中，除医生外，教师是学历最高、最有文化、最有道德修养的群体，但也是收入最差、社会地位最低、最被人瞧不起的群体！"代达愤懑地说，"你看到了我的穷酸样，就明白为什么有那么多人削尖脑袋要去转行，不愿去当老师了！"

"你别介意，我不是说你哈，"代达补充说，"所以，你是幸运的，要好好珍惜才是！"

焕章点点头。对代达的处境和心情，他十分理解和同情。

"驻舆中学有多少学生？"为避免太过伤情，焕章转过话题问。

"初中400多个，高中300多个，共800人左右。"代达说。

"你现在上哪个年级的课？"焕章又问。

"高三。"代达说。

"上毕业班的课，应该很忙吧？"焕章问。

"唉，别提了！备课，上课，考试，改卷，改作业，补课，辅导……一天忙到晚，总有忙不完的事，甚至没有节假日！"代达说，"话说回来，不满归不满，抱怨归抱怨，工作还是要做好的。如果误人子弟，自己良心上也过不去。"

焕章听了很感动。

这时，"当——当——当——"，下午第一节下课的钟声敲响了，不一会儿就传来学生走出教室的嘈杂声。又过了一会儿，一个漂亮的女学生（应该是语文课代表吧）抱着一大摞作业本走了进来。

"张老师，这是今天的堂上作业。"女学生微笑着说，两只明眸里盛满了对老师的热爱和崇敬。她看见有一个陌生的客人坐在那，又有点害羞起来。

"好的，放在办公桌上吧！"代达温和地说。

"作文改完了吗？"女学生看到办公桌上的作文本问。

"改完了，明天上午讲评。"代达说。

"那好，我把它们抱回去发给同学们吧！"女学生说。

"好的！"代达说。

"晚上我们班举办游园晚会，同学们都希望你参加哦！"女学生期盼地说。

"好啊，有空我一定参加！"代达高兴地说。

"老师再见！"女学生微笑着跟代达再见。

"再见！"代达微笑着说。

这位女学生走后，焕章对代达说："看来学生们很喜欢你啊！"

"我的学生都很喜欢我！这也是我唯一自豪的地方，也是作为穷教师的我在心灵上获得的最大安慰！"代达自豪地说。

"当当——当当——当当——"，第二节上课的钟声敲响了，很快，整个校园安静了下来。

"谈了对象没？"焕章问代达。

"没有。"代达说。

"你都工作几年了，还没谈到对象？"焕章问。

"难啊！"代达叹一口气说，"吃商品粮的、长得像样一点的姑娘，看不上我这个当穷教师的；找一个农村姑娘吧，自己又不甘心！我们十年寒窗地苦读，不就是为了跳出'农门'吗？现在如果去找农村姑娘结婚，这不是让我们的子孙后代又走我们当年的老路吗？唉，真的左右为难啊！"

代达在婚恋问题上的尴尬处境，焕章是深有体会的。自己是一个本科大学生，又在县委宣传部工作，尚且很难找到一个有工作或吃商品粮的如意姑娘，何况只有大专文凭又在乡下当老师的代达呢？

"你呢？谈了没有？"代达问他。

"和你一样，没有。"焕章叹一口气说。

"你和我不一样。你的条件那么好，不但是大学本科毕业的高才生，还是人人羡慕的党政干部，只是缘分不到罢了。将来会找到一个有工作、有地位的漂亮姑娘的！"代达羡慕地说。

"但愿如此吧！"焕章苦笑一声说。

"嘀——嘀——嘀哆——嘀——"，"一、二、三——四！"运动场上传来体育老师的口哨声和学生们边喊口号边集体跑步的有节奏的脚步声。"$3x+5y=2a^2$，已知：$x=2$，$y=3$，求：$a=$？……"不知哪个数学老师，声音格外大，代达房间里都能清晰地听到他的声音。

"你在宣传部上班差不多一年了吧，感觉怎么样？"代达关心地问。

"一言难尽！"焕章神色凝重地说。他便向代达诉说了自己所经受过的一些痛苦和烦恼来。

代发听后说："'高处不胜寒'哪！现在社会上患'红眼病'、幸灾乐祸甚至落井下石的人不少啊，你要小心谨慎才是！"

焕章点点头。

"你这次下来是搞扶贫？在哪儿扶贫啊？"代达问。

"就在坪庄村！"焕章说。

"哦——那以后我们在一起的机会就多啦！"代达高兴地说。接着，他又问："你们打算怎样扶贫呢？"

焕章便把当前的扶贫新政策，以及上午和陈道功支书一起商量的扶贫设想和打算告诉了代达。

代达听了后，鼓励他说："如果你们的这些扶贫设想都能够化为现实的话，那真是'胜造七级浮屠'的事，老百姓会感谢你们的。好好干吧！"

"我一定会努力的！"焕章坚定地说。

两位老同学又聊了一点别的，不觉便到了下午放学的时间。外面传来了学生们呼朋唤友、嬉笑打闹的声音。不时有三三两两的学生从门前走过，还有个别学生好奇地向里面张望。

"就在这里吃晚饭了，我出去买一点菜。"代达对焕章说。

"好的！"焕章说。他们既然是好同学，也就没什么好客气的了。

代达骑上他放在门口的永久牌自行车，到驻舆圩买菜去了。这辆永久牌自行车，是他用自己的全部积蓄买的，也是他工作三年后唯一值钱的家当。

代达买菜走后，焕章因闲着没事，便走出房间，在驻舆中学校园里转了一圈。

驻舆中学的校园好大，有六栋教室，两栋宿舍，一栋师生饭堂，一个运动场，两个篮球场，三个露天乒乓球台。房子都是土木结构的泥瓦平房，白石灰粉刷的墙面因为年代久远，都变成灰黄色了，不少地方还脱落了，像一个个难看的伤疤。有些教室的门窗被损坏了，朱漆已脱落得斑斑驳驳，写满了岁月的沧桑。

焕章特意走进一间教室看了一下，发现里面很简陋，讲台、桌椅都很破旧，黑板也烂了一个角，只有两条红色的标语很显目：前面的黑板上方写着"好好学习，天天向上"，后面的学习园地上方写着"为中华之崛起而读书"。但教室的地面很干净，看不到一片纸屑，桌椅摆放得也很整齐。

学生大部分都走读，他们正陆陆续续回家；只有少数家里偏远的学生才住校。有学生在打篮球，有学生在打乒乓球或羽毛球，值日的学生在扫地、倒垃圾，还有学生在宿舍前的水池边洗衣服。他们看到一个陌生的"四眼"青年在校园里漫步，都投来好奇的目光。

校园的周围种着许多杉树和松树，它们都很有些年头了。杉树高大挺拔，像一把把利剑直插蓝天；松树苍翠遒劲，像一位位睿智的老人庄严肃穆。有不少鸟雀在树上唱歌、嬉闹，很快乐无忧的样子。

　　当焕章回到代达房间时，代达也刚好从驻舆圩买菜回来了。为节省煮菜的时间，他买回的都是一些熟食：一斤卤猪耳、半只酸辣鸭、一斤瓢辣椒和一斤油炸花生米。另外，他还买了两瓶啤酒。

　　而后，代达又到教师菜园里割回两棵上海青，拔回几株香葱，并把它们洗净、切好，然后用电炒锅炒上海青，再打了一瓷盆蛋花香葱汤。饭是从教师饭堂打的。

　　很快，代达就把饭菜摆放好了。当饭桌的，就是那张正方形的茶桌。

　　两位老同学开始吃饭了。碰杯敬酒是少不了的，两人为同学情谊的天长地久干杯，为对方工作顺利、前程锦绣祝愿，为将来都能找到一个如意姑娘祝福……

　　吃完饭，焕章到村委会开会去了，代达则去参加学生的联欢晚会。两人相约下次再聚。

第二十四章

当焕章赶到坪庄村委会时，陈道功支书已经在会议室等候着大家了。其他村支委都还没到，焕章趁机观察了一下会议室的简单陈设：一张椭圆形的会议桌，围放着十几张木椅；正墙上张挂着党旗，党旗的旁边贴着入党誓词；一个阶梯形的书报架，上面夹放着《人民日报》《江西日报》《赣南日报》《支部生活》《半月谈（内部版）》等报刊；屋角上有一个圆角橱，上面放着两只热水瓶，一罐铁观音茶叶，一只茶盘和十几只茶杯。

过了一会儿，邝石涛村长、林向阳副支书、妇联主任林梅招、民兵连长邝东胜、会计陈皆南、组织委员林百奇、宣传委员邝轩春、团支部书记陈昌浩等也陆续来了。林梅招主任还带来一大包她家自种的新采摘的盐煮花生给大家吃。因为村委会就她一个女的，和往常开会一样，泡茶、斟茶的事，便由她主动"承包"了。

焕章发现，村党委会共九个支委，陈、邝、林三姓都有，而且名额分配比较均衡，可见，当初选举村支委的时候，还是考虑了姓氏因素的。

陈支书看到人来齐了，大家坐定后，就宣布开会了。他叫团支部书记陈昌浩做好会议记录。

"各位支委，今天召集大家来开会，主要是请宣传部的领导焕章同志给大家传达一下扶贫工作的新政策，说一说我们村今后扶贫工作的设想和打算，然后大家讨论一下，提一提建议。下面，请焕章领导给大家讲话！"陈支书说。

大家热情鼓掌。

"各位支委，晚上好！大家白天劳动了一天，晚上还赶来参加会议，真是辛苦大家了！"焕章亲切地问候大家说。

大家用热烈的掌声回应焕章的问候。

"首先我恳请大家，以后不要叫我什么'领导'，就叫我的名字焕章就行了。我参加工作的时间还很短，阅历浅，经验不足，以后还要请各位支委多多支持，多多指教！"说着，焕章抱拳朝大家致意。

大家用热烈的掌声回礼。

焕章开始切入主题，他说："最近国家又下拨了一批扶贫资金，但扶贫政策和以前相比，变化较大。以前的扶贫，面撒得比较开，虽取得了一定的成效，但也有明显的不足。比如，有的人扶贫款到期了也不还，当然这里面有还没脱贫、实在还不起的人，但也有少数人，还得起也不还。更有甚者，有的人不是把扶贫款用来发展家庭经济，发家致富，而是把它当作救济款吃了、用了！针对这种情况，上级对今后的扶贫在策略上有所变化：一是重点扶持乡村企业，解决富余劳动力就业问题，提高农民收入；二是重点扶持有能力但缺少资金的贫困户发展一定规模的种养业，让少数人先富起来，再带动其他人。"

支委们都注视着焕章，听得很认真，喝茶的，吃花生的，都不自觉地停了下来。

焕章停顿了一会儿，接着说："针对扶贫工作的新政策，结合我们村田少、地少、劳动力富余等实际情况，今天上午我和陈支书先仔细商量了一下，提出了以下设想和打算：一、村里建一个砖瓦厂。包干到户后，外村有不少农民富裕了，做新瓦房的人也多了，砖瓦很紧缺。我们村的泥土韧性好、黏度强，很适合做砖瓦。砖瓦厂建立后，不但可以增加集体收入，更重要的是可以解决几十个富余劳动力的就业问题，增加村民收入。二、村里再建一个碾米厂。我们村现在只有一个碾米厂，碾米的群众需要排很长的队伍，有的干脆挑到几里远的圩上去碾米，非常不方便。多建一个碾米厂，既可以增加集体收入，也可解决村民碾米难的民生问题。三、重点扶持贫困户养鸡、养猪。因我们坪庄村田少、地少，所以不适合倡导他们都去搞种植业和养鱼业，但养鸡、养猪还是很适合的。以上三点设想和打算，大家认为怎样呢？"

"焕章同志，这些设想和打算都很好，我们都支持！就是对第三点设想和建议，我有一点看法：大家都没有丰富的养鸡、养猪经验，你说平时在家里养几只鸡、养一头猪还可以，但要成一定规模、养多了可不行，万一发生瘟病，那可不得了！所以，我猜想他们不一定敢养，即使敢养，风险也很大。"邝石涛村长说。

"是啊，万一发生鸡瘟、猪瘟怎么办？""如果养的鸡或猪都瘟掉了，不但不能发家致富，还有可能负债累累啊！"大家议论纷纷。

"这个我们想到了。为帮助养鸡户、养猪户科学养鸡、养猪，特别是防止鸡瘟、猪瘟现象的发生，到时我们会请县农牧渔业局的技术员定期下来指导。"焕章说。

"那太好了！如果这样，大家心里就定了！"邝石涛村长说，然后带头鼓掌。

会议室里响起了热烈的掌声。

"每个村民小组物色、推荐两三个重点扶贫对象。对这些扶贫对象，村委会一定要核实准确，防止弄虚作假！"焕章继续说。

大家纷纷点头，表示赞同。

"另外，我还有三个设想，想一想办法看能不能实现：一是解决一部分富余劳力就业问题。我有一个老同学在深圳某电子厂任人力资源主管，看能不能利用他的关系到我们村招一些年轻人去打工，增加村民收入。二是把贯穿我们全村的那条大路铺好。现在流行一种说法，叫作'要致富，先修路'。我们村的路太难走了，要开一辆中型货车进来都很不方便！我到县里想一想办法，看能不能弄一笔专项资金过来。三是为村里兴办一所幼儿园。孩子是我们的未来，要把孩子们的学前教育搞上去。协助我搞扶贫的县文联柳昺瑜主席，他的爱人是县幼儿园园长，叫他们支持一下，应该问题不大！"

"这真是太好了！如果这三件事也能办成，焕章同志，你就是我们村的大恩人哪！"林向阳副支书激动地说。

"是啊！"大家附和说，并响起了热烈的掌声。

"当然，这些都还只是初步的设想和打算，要实现它们，还需要支委们的大力支持，需要我们大家一起努力！"焕章说。

"焕章同志，你说的这些，都是为改变我们坪庄村贫穷落后面貌的好设想、好打算，我们没有理由不支持、不努力。大家说对不对？"陈皆南会计说。

"对！"大家齐声说，又响起了热烈的掌声。

大家又讨论了一下砖瓦厂和碾米厂该建在哪里。有的说砖瓦厂建在老屋下好，有的说砖瓦厂建在邝屋好，最后统一意见是建在下屋，因为下屋靠近公路，便于运输，而且下屋的泥质最好。至于碾米厂，有的说建在窝尾山好，有的说建在桂坑里好，最后统一意见是建在桂坑里，因为桂坑里位置居中，方便各屋场的人来碾米。

当扶贫工作的议题说完后，大家又讨论了一下村里的其他事项，不久便散会了。

这次会议前后开了不到一小时。焕章历来讨厌冗长、低效的会议，他认为开会时间越短越好，只要说清了事情，达到目的就行。

在回家的路上，妇联主任林梅招对同路的宣传委员邝轩春说："这位新来的扶贫干部看来很不错！"

"我也有同感！" 邝轩春委员说。

"我相信他有能力把扶贫工作搞好！" 林梅招主任说。

"那我们坪庄村的村民就行好运喽！" 邝轩春说。

焕章回乡民政招待所时，陈支书把他送到村庄的大路口。他紧紧握着焕章的手说："焕章同志，辛苦你了！谢谢你！"

"这是我的工作，不用谢！" 焕章说。

"路上小心！" 陈支书说。

"好的。" 焕章说。他们挥手再见。

今晚的月光很明亮，稀疏的星星躲闪着月亮，像一个个害羞的小姑娘。犬吠声声，乡村里流淌着古朴的宁静；夏虫啾啾，夜空中荡漾着田野的馨香。焕章快步走着，嚓嚓嚓的脚步声，是那么的有力，那么的坚定。

焕章把自己的扶贫设想和打算向驻舆乡政府的成吉晔书记、林毓良副书记作了汇报，又向宣传部的程氷岩部长作了汇报，他们都很赞成，表示会大力支持。得到领导们的同意和支持后，焕章便要把他的设想变为现实，开始由易到难、由急到缓，一个一个逐步落实他的扶贫计划了。

他首先给在深圳工作的谢勇光老同学打了一个长途电话。

谢勇光是焕章在长平中学读高一时的同班同学，后来他考取了赣南师专物理系，因为他不愿当老师，便独自到深圳某电子厂打工。他的聪明才智深得老板赏识，一年后就让他担任了人力资源部主管。深圳原是一个小渔村，借改革开放的春风和比邻香港的优势，快速发展为一个现代化的城市。谢勇光所在的电子厂规模也在不断扩大。他接到焕章的电话时，厂里恰好也急需招收大量工人。他听了老同学的扶贫情况介绍后，当即答应招收五十名生活贫困、有初中以上文化水平的男女青年到他那个厂做工。两天后，他坐着厂里的一辆大巴车，直接来坪庄村招工了。果然是"深圳速度"！

在送打工的男女青年们上车出发到深圳时，焕章紧紧地握着老同学的手说："勇光，谢谢你！这五十名青年男女就交给你了，你一定要保证他们的平安哦！"

"老同学，请放心！如有什么三长两短，我还好意思再见'江东父老'吗？"谢勇光笑着说。

焕章笑了，充满信任地拍了拍老同学的肩膀。

大巴车在村民们的夹道欢送下，在一阵阵的"再见"声中，慢慢驶离了坪庄村……

安排贫困家庭的年轻人外出打工的事落实好后,焕章便着手落实重点扶持贫困户养鸡、养猪的事了。

这件事比较好办,因为上面已把重点扶持贫困户养鸡、养猪的资金下拨到了各乡镇,由各乡镇根据各村的具体情况安排。

焕章到驻舆乡政府找到负责扶贫工作的林毓良副书记,经过协商、努力,最后为坪庄村争取到了50个重点扶持的贫困户名额,其中养鸡户30个、养猪户20个。每个养鸡户将获得300元扶贫资金,可养100只鸡左右;每个养猪户将获得500元扶贫资金,可养10头猪左右。这项扶贫资金一个星期后就落实到户了。

焕章又马不停蹄,带着陈支书上了一趟县城,和文联的柳昺瑜主席一起,到县农牧渔业局找了一下李尚志局长,由李局长出面联系了一个养鸡技术员和一个养猪技术员,聘请这两位技术员当坪庄村的扶贫顾问,约定他们每周下坪庄村一次,指导贫困户科学养鸡、养猪,特别是做好鸡瘟、猪瘟的防疫工作。

这些重点扶持的贫困户,后来一个个都脱了贫,有的还当上了"万元户",过上了富裕幸福的生活。当然,这是后话了。

重点扶持贫困户养鸡、养猪的事落实好后,焕章便又着手落实建碾米厂和砖瓦厂的事了。

审批、发放兴办乡村企业扶贫资金的大权在县"老建办"。前文提到过,县"老建办"的姚宽宏主任是焕章的老同学姚红的爸爸。于是,焕章便给在稀土公司当财务科长的姚红打了一个电话,跟她说了他在坪庄村扶贫的有关情况,希望她约一个时间陪他一起到她家里拜望一下她爸爸,请她爸爸解决兴建碾米厂和砖瓦厂的资金问题。

姚红虽然当初没有追求到焕章,但出于对他的真心爱慕和老同学的情面,便答应周末回来陪他一起去求她爸爸。姚主任看在女儿的情面上,答应批拨6000元专项资金给坪庄村兴建碾米厂和砖瓦厂(其中2000元建碾米厂,4000元建砖瓦厂)。

一个月后,坪庄村的碾米厂和砖瓦厂也建成了。

碾米厂的建成,解决了坪庄村民碾米难的问题,节省了他们的时间,方便了他们的生活,受到了村民们的好评。

砖瓦厂建成后,每天在那里上班的村民有二十多个。砖瓦厂每周出一窑砖或一窑瓦,运砖瓦的车辆来来往往,经济效益非常明显。

有时候,焕章会到砖瓦厂去转一下,看看村民们的上班情形,兴致勃勃地观察制砖机、制瓦机的运作过程。每当看到他来了,村民们都会很热情地和他打招呼,向他问好，两眼充满了对他的感激和尊敬。

为解决整修坪庄村大道的资金问题，焕章特意回了一下宣传部，找程氷岩部长商量，请他出面给交通局的赖传飘局长打个电话，让交通局帮忙解决。因为赖传飘局长是宣传部出去的，他拉不下"娘家人"的情面，便答应拨三千元给坪庄村修路。有了这笔钱，村委会组织劳力，把坪庄大道拓宽、平整，重新铺了一层沙石。整修后的坪庄大道，不但可以进出三轮车、手扶拖拉机，连七八吨重的大货车也可以自由进出了。

兴建坪庄幼儿园的事也比较顺利。文联的柳昺瑜主席既然是协助焕章搞扶贫的，毫无疑问要支持他落实这个扶贫项目了。在柳昺瑜主席的极力游说下，他当县幼儿园园长的妻子张春丽同意捐助够一百个孩子用的一整套小床、桌椅、教具、课本和玩具（包括一个大型户外滑梯公园组合玩具儿童游乐设施），还愿意承担幼儿教师的培训工作，但场地和房子需村里自己解决。于是，坪庄村委会便划出一块位置最好的地皮，用自己砖瓦厂生产的砖瓦建了一栋幼儿园。万事俱备，只待秋季开学。

坪庄村幼儿园，也成了驻舆乡最早的一所村级幼儿园！

焕章的扶贫设想和计划都逐一实现了，随着时间的推移、岁月的更替，正愈来愈显示出它们良好的经济效益和社会效益，为改变坪庄村贫穷落后的面貌发挥了重要作用。

焕章下到坪庄村扶贫后，自己仿佛成了一名村干部，经常到村里去转悠，和村干部们商量、处理村里的一些临时事务，不时到村民家里了解情况、嘘寒问暖，力所能及地帮他们解决一些实际困难；他又仿佛成了半个农民，原本对农业生产一窍不通的他，也开始关心起农时节令，学习起选种育秧、防治病虫害和多种经营的知识来，有时他还到田间地头，和村民们一起锄薅收割，挥洒汗水，受到村民们的交口称赞。

这一天，焕章一早吃过早饭，就进坪庄村去了，他想去重点扶贫户家里看看他们的养鸡、养猪情况。

他首先到了窝尾山村民小组的重点扶贫户陈皆阳家里。

以前，陈皆阳喜欢赌博，妻子和他闹过离婚。政府第一轮扶贫时，他就被确定为扶贫对象，但他心思不在家庭，因而扶贫没什么起色，有人就说他是"属猪大肠的——扶不起来"。这次确定重点扶贫对象时，有的村干部就不同意再把他定为重点扶贫对象。焕章为挽救他本人和他的家庭，还是提议把他定为重点扶贫对象。他深知

"扶贫先扶志"的道理，亲自到他家里做他的思想工作，动之以情，晓之以理，给他敲响"毁家赌为首"的警钟，希望他悬崖勒马，做儿女的表率。其间，焕章还给他讲了昌浦乡一个赌徒的真实故事：一个名叫王鑫财的人，原本借改革开放的东风承包工程发家致富了，家里有两辆工程车、一辆人货两用的皮卡小车和一栋六层楼的钢筋水泥房，是远近闻名的"冒尖户"。但因为他爱上了赌博，最后这些财产全都输给了别人，一夜之间成了穷光蛋。他的妻子气愤不过，爬上自家房屋的楼顶跳楼自尽了。这故事给了陈皆阳巨大的震撼，他发誓不再赌博，立志创业，并写下了保证书。

陈皆阳和家人刚吃完早饭，他正在冲洗猪圈，他的妻子在厨房门口搅拌猪食，他两个读小学的儿女正要出门去上学。

"叔叔好！"两个孩子礼貌地向焕章打招呼。

"好！好！"焕章忙不迭地笑着应道。"在学校要听老师的话，努力读书哈。将来去考大学哦！"焕章摸摸他们的头，鼓励他们说。

"嗯！""好的！"他们点头答应道，高高兴兴地走了。

"焕章领导，这么早就进村来了？"陈皆阳忙放下手中的活计，笑着走上前来问候说。

"不早了，你看，你们都在干活了！"焕章微笑着说。

陈皆阳笑了笑，搬来一把竹椅请焕章坐。

"请喝茶！"他妻子含笑着给焕章递来一杯白开水。

"谢谢！"焕章接过茶杯。

"猪养得怎样了？"焕章问。

"还不错！"陈皆阳高兴地说。

"我看看！"焕章站起身，兴致勃勃地走到猪圈前去看。

猪圈里有十头纯种杜洛克肉猪，这猪种是县农牧渔业局的养猪技术员推荐、引进的，三个月就可以出栏，它们现在才养了一个多月，每头猪就有六七十斤重了。"哇，养得真不错呀！"焕章望着一条条肥壮的猪崽，不禁赞叹道。

"现在养猪的行情很好，每头猪出栏时可赚一百多块钱的纯利，你养的十头猪，就可以赚一千多块钱呀！按一年养三档猪算，你们一年就可以净赚四千块钱左右！这样算来，你们家用不了三年，就会成为万元户喽！"焕章高兴地说。

"承你吉言，希望能这样！"陈皆阳乐呵呵地说。

"肯定没问题！你成了万元户的那一天，可要记得请我喝酒哦！"焕章开玩笑说。

"如果真有那一天，您是我们的大恩人，忘了请谁喝酒也不会忘了请您啊！"陈皆阳真诚地说。

　　陈皆阳的妻子也在一旁开心地笑了，笑容里充满了对美好未来的憧憬。

　　"我看到你们把猪养得那么好，夫妻俩那么同心、勤勉，我就放心啦！"焕章笑着说。

　　"都是领导您教导得好！"陈皆阳感激地说。他妻子也在一旁点头称是。

　　焕章又和他们夫妻聊了一会儿别的家常，然后笑着说："你们忙去吧！我到别家去看看。"

　　"好的，下次再来坐！"陈皆阳夫妻笑容满面地送焕章出门。

　　焕章挥挥手，满意地走了。

　　他又到邝屋村民小组的重点扶贫户邝先行家里去了。

　　在包干到户前，由于家里贫穷，邝先行的老婆曾带着最小的孩子离家出走。包干到户后，虽然他老婆带着最小的孩子回来了，但因为孩子多，田土少，底子薄，别人的生活上去了，他家却还是穷得吃了上顿没下顿。有一年春节，他写了这样一副对联："借一斤，吃一斤，斤斤不断；借新账，还老账，账账不清。"他还常说："进有门，出有门，借贷无门；如果有钱搞生产，我也样样不求人。"这次把他家列为重点扶贫对象，他甭提多高兴了！他用扶贫资金买了一百只优质饲料小鸡，夫妻俩精心饲养起来。这种饲料鸡也是县农牧渔业局的养鸡技术员推荐、引进的，三个月就能养到三四斤重，就可以拿到市场上卖了。

　　当焕章来到邝先行家里时，他们夫妻俩正在清理鸡舍，他们大的几个孩子上学走了，还没上学的两个小孩，一个在喂鸡饲料，一个在扫地，让焕章想起"穷人的孩子早当家"这句民间名言。

　　"哎呀，县领导来了？"邝先行见焕章来了，连忙放下手里的垃圾铲，笑容满面地从鸡舍里走出来打招呼。他妻子也跟了出来，微笑着和焕章打招呼。

　　"别叫我什么县领导，叫我焕章就行啦！"焕章有点不好意思地笑着说。

　　邝先行舀了一勺水把手洗干净，然后搬出两张木板凳请焕章坐。

　　他妻子洗干净手后，给焕章端来一白瓷碗凉茶。

　　"谢谢！"焕章接过茶碗，坐了下来。"你们夫妻辛苦啦！"他笑着问候说。

　　"为自家做事，有什么辛苦的？以前有力无处使，现在好了，感谢党和政府，拨给我们扶贫资金，让我们有事可做，有了奔头！"邝先行感激地说。

　　"鸡养得怎么样？还好吧？"焕章微笑着问。

"很不错！县养鸡技术员每周都会下来给我们指导。"邝先行高兴地说，"请到鸡舍去看看！"

焕章站起身，和他一起去鸡舍。只见那一百只饲料鸡，每只都有一斤多重了，看过去好大一群，每只鸡都很精神，体形也很漂亮，非常惹人喜爱！

"养得确实不错呀！"焕章竖起大拇指夸赞说。

邝先行得意地笑了。他的妻子也开心地笑了。

"现在市场上鸡的行情很好，广东的鸡贩子经常到我们这里来收购活鸡，市场上的鸡供不应求。现在一只三四斤重的鸡，纯利润可赚十块钱左右，你家的一百只鸡，到时就可以赚一千块钱左右。按一年养三档算，你家一年就可以赚三千块钱左右。这样下来，用不了几年，你家就可以发家致富啦！"焕章粗粗给他们算了一笔账，高兴地说。

"托领导的福！希望发家致富这一天早日到来！"邝先行充满期待地说。

"你们付出的辛勤汗水，一定会得到回报的。请相信，好日子很快就会来了！好好干吧！"焕章拍拍邝先行的肩膀，鼓励他说。

"谢谢领导的鼓励！我们一定会努力的！"邝先行表决心似的说。他妻子也微笑着点头。

焕章又和他们夫妻聊了一点别的什么，便告辞说："好啦，你们忙吧！我到别处走走。"

"领导走好，下次再来坐！"邝先行说。

"叔叔再见！"两个孩子礼貌地说。

"孩子们再见！"焕章微笑着点点头，挥挥手，转身走了。

邝先行家人站在院子门口，目送着焕章的身影在屋角处不见了，才回到院子里去。

焕章又到了几个重点扶贫户家里，他们养鸡、养猪的情况都很好，让他很满意。

他看到时间不早了，将要到吃午饭的时间，便打算回乡民政招待所去了。

他刚走到村子的大路口，就看见村团支部书记陈昌浩踩着一辆破旧的自行车急匆匆地从驻舆圩方向疾驰回来，看他的表情，好像有什么急事。

"昌浩，什么事骑那么快？"焕章招呼问道。

"不好了，出大事了！"陈昌浩一个急刹车，从车上跳下来，慌慌张张地说。

"发生什么事了？"焕章心里一紧，急忙问。

"我们村的几个愣头青和雁洋村的几个愣头青为争一条野狗打起来了。雁洋村的一个人被打伤了，已送到了医院，他们不服，已派人到村里叫人去了，说要报仇呢！"陈昌浩脸色发白地告诉焕章。

　　"他们现在在哪？"焕章吃了一惊，连忙问。

　　"他们正分别聚集在圩上的两个饮食店里。"陈昌浩一脸紧张地说。

　　"你现在想去哪？"焕章问。

　　"我找陈支书去，告诉他！"陈昌浩说。

　　"你别去找他了，他昨天上午就下广州办事去了，明天下午才会回来。"焕章说。这是陈支书的妻子昨天上午告诉他的。

　　"时间紧迫，你带我去吧，我来处理！"焕章急切地说。

　　"好的！"陈昌浩马上掉转车头，载着焕章，风驰电掣般向驻舆圩疾驰而去。

　　原来，今天上午，坪庄村的几个愣头青无所事事，在驻舆大桥的桥头溜达，恰好雁洋村的几个愣头青也无所事事，也在驻舆大桥的桥头溜达。他们发现桥下河岸边的草地上有一条流浪的野狗在觅食，便一起追过去围捕。打死野狗后，两伙人却争执起来，双方都说是自己这方的人打死的，野狗应归自己一方。双方争执不下，便大打出手，结果雁洋村的一个愣头青被坪庄村的一个愣头青在头上猛打了一棍，顿时血流如注，马上倒了下去。大家一时都吓愣了，急忙停手。雁洋村的愣头青一边把受伤的同伙送到医院，一边派人到村里去叫帮手过来报复。坪庄村的愣头青也派人到村里去叫帮手，防止他们来报复。

　　当焕章赶到圩上时，坪庄村的十几个年轻人正聚集在坪庄人开的一家饮食店里，雁洋村的十几个年轻人正聚集在对面一家雁洋人开的饮食店里，两伙人正摩拳擦掌，准备大打一场。

　　因为坪庄村的年轻人都认识焕章，很尊重他，焕章便首先叫他们不要冲动，然后走到雁洋村的那伙年轻人那里，亮出了自己的身份，也叫他们不要冲动，同时马上给派出所的李维军所长打了一个电话，叫他火速赶来。

　　很快，李维军所长骑着一辆自行车赶来了。他先听焕章简单说了一下情况，然后叫闹事双方各派一个代表出来，把他们带到派出所详细了解情况，做口供笔录，然后到医院看望了一下伤者。经过协商、调解，最后作出如下处理：一、必须立刻停止争斗，各自散伙回家，谁再先挑衅惹事，就处理谁。二、所打死的野狗卖给饮食店，所得的费用作为伤者的医疗费，不足部分由坪庄村一方承担，其中直接伤人者负责一半，另一半由其余人平摊。坪庄村的愣头青们倚仗村大人多，本来不服，但看在焕章出面调解的分上，只好认了。

一场剑拔弩张、可能酿成更大恶果的打群架事件，顺利解决。

焕章终于松了一口气。

待他回到乡民政招待所时，已是中午一点多了。因为过了吃午饭的时间，陈师傅以为他不回来吃了，便没给他预留饭菜，他只好到街上的副食店里买回一包方便面，用热开水冲泡，凑合着吃了一餐。

午睡时，因时间不多了，他也只勉强睡了半个小时。

第二十五章

　　自从搬到县委大院宿舍楼住后，焕章还没有回过县民政招待所，一是因为工作忙，二是因为下乡扶贫了，在乡下住的时间多，回县城住的时间少。有时回宣传部开会或办其他什么事，也是来去匆匆，无暇他顾。这样离别的时间长了，想起当初"以后会常回来看你"的诺言，焕章心里便有点想念民政招待所和服务员小凤她们了。

　　这次回部里参加宣传工作会议，他抽了半个上午的时间故地重游，到了一下民政招待所，还特意带了一大包驻舆乡的特产——盐晒花生，打算送给服务员小凤她们吃。

　　"哎呀，焕章来啦？好久不见了！""这么久了才来看我们！"服务台的小王、小李两位姑娘高兴地笑着说。

　　"工作忙呀！"焕章笑着说，"给你们带来一点驻舆花生，吃吧！"焕章把花生放到服务台上。

　　"带来那么多啊，谢谢啦！"两位姑娘高兴地说。

　　"小凤呢？"他见小凤不在，便问。他这次回来，主要就是想来看看她，只是不方便明说而已。

　　"她还在A栋扫地、整理房间呢。我去叫她！"小王姑娘笑嘻嘻地说，然后叫小凤去了。她知道他们俩感情很好。

　　不一会儿，小王姑娘就把小凤叫来了。

　　见到焕章，小凤既兴奋又害羞的样子。"什么时候过来的？"她温柔地问，脸红红的。

　　"刚到，小王就叫你去了！"焕章欣喜地说。

　　"我以为你忘了这里，忘了我……我们了呢！"小凤娇嗔地说。

　　"怎么会呢！就是有点忙……瞧，现在一有空，我不就来了吗？"焕章笑着说。

"这段时间还好吧你们？"焕章问她们，眼睛却看着小凤。

"还不是老样子，打水，扫地，整理房间……单调得很！"小李姑娘说。

"你呢，这段时间都在忙什么？"小凤羞涩地问。

"主要在乡下扶贫，有时会回部里开会或办点其他什么事。"焕章说。

"在哪里扶贫？"小凤问。

"在驻舆乡坪庄村，"焕章说，"我带给你们吃的花生，就是当地老百姓送给我的特产。"

"驻舆的花生很出名的哦。"小李姑娘说。

"怪不得那么好吃。"小王姑娘说。

"下乡扶贫，怎么个扶贫法呀？"小凤有点好奇地问。

"帮村里兴办企业、修整道路啦，扶持贫困户养猪、养鸡啦，到田间地头看看、了解种植情况、帮助农民劳动啦，等等。"焕章说。

"怪不得你比以前黑了点！"小王姑娘笑着说。

"经常风吹雨打太阳晒，都成半个农民了，你说，怎么不会变黑？"焕章诙谐地笑着说。

小凤关切地在他脸上扫了一眼，也微微地笑了。

"乡下有不少美女哦，你不会在那里谈恋爱了吧？"小李姑娘开玩笑说。

"怎么可能呢！"焕章笑着说。他本能地看了一眼小凤的反应。小凤微红着脸看向别处，装作没听见。

聊了一会儿后，焕章便在小凤的陪同下，在招待所的大院里走了一圈，重温了一下这里的一草一木，心里有一种特别的亲近感。这时候，一阵凉风吹来，树木发出"沙啦啦"的欢笑声，夏蝉也应和着"啾——啾——"鸣唱起来，好像在欢迎焕章回来似的。

焕章又特意去看了一下他住过的房间，发现里面仍然是那么的整洁，和他以前住时一样，只是桌子上没了他以前放的文房四宝和中外名著，墙上没了他以前挂贴的名人字画而已。

小凤告诉他，他从这间房子搬走后，如果不是客人多客房紧张，她一般不会安排客人住在这里，所以，这个房间平时很少人来住。

焕章心里一热。他明白她内心深处隐藏的缠绵情感。

焕章本来还想到小凤的房间里坐坐，单独和她聊几句的，但因为众目睽睽，觉

乡城往事

得不便，只好作罢。

看时间差不多了，焕章就向她们告辞了。

"下次再来玩啊！"姑娘们说。

"好的！"焕章挥挥手再见说。

小凤本来想送焕章到大门口的，但因为害怕伙伴们笑话她"十八相送"，只好依依不舍地目送着他渐渐远去，心里弥漫着"相见时难别亦难"的失落和惆怅。

焕章从县民政招待所出来，刚来到大街上，就看见在县农业银行上班的汪春花从车站那边走来。

县民政招待所离车站很近，只隔两三个店面，相距不到一百米。

"春花，到哪儿来？"焕章热情地迎上前去。

"到车站送亲戚下篁乡来。"春花欣喜地说。她没想到会在这里遇见焕章。

"你呢？"她问。

"没什么事，我到民政招待所闲坐了一会儿。"焕章说。

"民政招待所有很多年轻漂亮的服务员哦，你是不是去找哪位姑娘谈恋爱来呀？"春花笑着问，话里有点酸酸的。

"哪里！我以前在民政招待所住了那么久，自从搬到县委大院宿舍住后，因为工作忙，就一直没回去看过。现在难得有了一点空闲，我便到那里和以前的熟人、朋友聊了一会儿，叙叙旧。"焕章连忙解释说。

"哦——原来是这样！"春花释然似的说。

"近来在忙什么？"她问。

"主要到乡下扶贫。"焕章说。

"难怪很少碰见你！"春花说。

"嘟——"的一声鸣笛，一辆长途客车从外面进站了，不一会儿站里出来很多旅客，其中有不少是学生模样的人，他们一手拖着皮箱或拿着旅行袋，一手提着脸盆、水桶、书籍等物品。

"最近车站好像热闹了许多！"焕章看着这些旅客说。

"暑假到了，在外地上学的大、中专学生回来了。"春花说。

"哦，你在吉银师范读书的妹妹回来没有？"焕章问。他忽然想起在大学时，春花曾告诉他有个妹妹考取了吉银师范。

"她昨天回来了，就住在我家。她今年毕业了，正等待分配呢。"春花说。

"那么快就毕业了！"焕章有点意外似的说。"她谈了恋爱没？"他很自然地问。在外面读书的姑娘，毕业时很少不谈恋爱的。

"没有！"春花说，"你呢，谈了没有？"

"有谁看得上我呢？"焕章自嘲似的说。

春花的脸上顿时飞上了两朵红云，但她很快平息了下来。

"今晚有空吗？到我家里坐坐。"春花邀请说。

她希望焕章和她的妹妹认识一下，如果他们有缘，也算弥补了对他感情上的"亏欠"。

焕章感觉到了她的好意，只能答应说："好的！"

"一定要来哈，我和妹妹在家里等你！"当他们分手告别时，春花又嘱咐说，还特别提到她妹妹。

"一定来！"焕章点头说。

晚饭后，焕章如约来到县农业银行家属楼的汪春花家里。春花和她妹妹秋蓉热情地接待了他。

秋蓉身材丰满，容貌美丽，热情大方。姐姐春花比她高半个头，身材更苗条，性格也更温婉些。大概一个像父，一个像母，遗传不同的缘故吧！

"你爱人呢？"焕章见小陈不在，便问春花。

"他今天出差了，过两天才回来。"春花说。

小陈因为在县公安局刑侦队工作，上班无定时，出差是常事。

秋蓉微笑着请焕章在客厅的沙发上坐下，并给他泡了一杯庐山云雾茶。春花则抓了一把花生放在他面前，又给他削了一只苹果，说："吃吧，别客气！"茶桌上放满了花生、瓜子、糖豆、饼干等零食，这些都是为焕章准备的。

"在大学时，就听你姐姐说，你考取了吉银师范，不想现在就毕业了，时间过得真快啊！"焕章感慨地对秋蓉说。

"是啊，时间如白驹过隙，弹指一挥间。自己也没想到，这么快就不是一个学生了！"秋蓉也微笑着感慨地说。

"在吉银师范三年，感觉怎样？"焕章温和地问，就像问一个小妹妹一样。

"感觉很充实，学到不少东西！"秋蓉微笑着说。

"你们三年都学了些什么课程呢？"焕章好奇地问。

"因为我们将来面对的是小学生，所以学的都是很基础的知识，政治、语文、数学、历史、地理、音乐、美术、书法、体育……什么都要学，但都不是很专。"秋蓉有点羞涩地说。

"其实，这也是中师生的优点——知识面广，符合素质教育的要求！"焕章赞许地说，"现在的本科生、大专生们，所学的知识太专业了，如果不是自己喜欢博览群书，知识面往往不够宽广！"

　　"可我们都羡慕你们大学生呢！"春花接话说。

　　"不一定谁都值得羡慕！我认为，一个人的知识要又专又博，而这又取决于个人的努力和追求，不一定和文凭的高低有关！"焕章说。"当然，能力更重要！"他又补充说。

　　秋蓉点头表示赞同。

　　"你们吉银师范的校风怎样？"焕章又问秋蓉。以前他多次听过吉银师范的负面传闻，说它恋爱成风，校风很差。他想从她这里直接了解一下该校的真实情况。

　　"怎么说呢？一言难尽！"秋蓉说，"吉师不像中学管得那么严，环境要宽松很多，学习、生活主要靠自觉。有的学生沉迷在恋爱之中，学习只求'60分万岁'，这种人不少；有的学生'两耳不闻窗外事，一心只读圣贤书'，这种人不多；有的学生恋爱、学习两不误，爱情、学业双丰收，当然，能做到这个的很少；大部分学生嘛，都平平淡淡吧！"

　　"你属于哪类学生呢？"焕章狡黠地笑着问。

　　"我？应该不属于沉迷于恋爱或'60分万岁'那种吧！"秋蓉嘻嘻地笑着说。

　　焕章没再追问下去，只笑了笑。

　　"分配意向知道了没？将分配在哪？"停了一会儿，焕章又问秋蓉。

　　"可能要到乡下，具体哪所学校还不知道，正等待分配。"秋蓉说。

　　"不能留在县城吗？"焕章问。

　　"像我们这些没有后台的人，想留在县城是不可能的！"秋蓉略显不满地说。

　　"要不要帮你到教育局打听一下，看能不能留在县城？"焕章关心地问。

　　"不用了，听说留县城的人早就定了！"秋蓉说。

　　"适当的微调也许还是可以的！"焕章说。

　　"很难改变的！不要去麻烦了。"秋蓉有预感地说，"再说，先到乡下锻炼一两年也可以，待自己的教学水平提高了，将来如有可能，再请你帮忙调到县城吧！"她微红着脸又说。

　　"也行。"听她这样说，焕章便不好勉强了。

　　"我们看看电视吧，看有什么好节目，边看边聊。"见聊得差不多了，春花便提议说。说着，她便去开电视。

这是一台17英寸的黑白电视，他们夫妻去年春节时买的。电视还没有普及，家里有这么一台黑白电视算是比较时髦的了。彩色电视机一般是单位或富贵人家才有。县委会议室有一台29英寸的彩色电视，平时晚上会开给大家看，但焕章很少去。

春花把电视调到湖南电视频道，该台正在播放日本电视连续剧《血疑》，三个人便津津有味地看起来。

《血疑》是由日本著名演员山口百惠和三浦友和主演的。该剧讲述了天真善良的大岛幸子，在父亲的研究室不幸受到生化辐射，患上了血癌，需要不断换血，可是她的父母和她的血液都不同，唯有她的男朋友相良光夫的血型与她相符，而幸子特殊的血型又引出了她的身世之谜，并由此演绎出一幕幕感人肺腑的动人故事……

电视剧正播放到第五集。

当看完第五、第六集电视剧后，已是晚上十点了。焕章看到时间不早了，便起身告辞。

春花和妹妹秋蓉一起把他送到家属房大门口。

"以后有空常来坐。你们两人有时间也多联系。"春花期望地对焕章说，后一句话也是对她妹妹说的。

"好的。"焕章大方地说。

秋蓉低下头，羞涩地笑了。

看到焕章在夜色中走出好远了，她们姐妹俩才转身回去。

焕章并没有回县委大院宿舍，他到财政局宿舍找老同学李清波去了。他们好久没在一起闲聊了，他想找他聊聊。单身汉们一般都是夜猫子，不到晚上十二点是不会上床睡觉的，焕章估计清波也还没睡。当他来到财政局宿舍，看到清波的房间还亮着灯光时，心想：果然！

"一个人躲在房间里偷偷摸摸干什么呢？"焕章敲开清波的房门后，开玩笑地问。

"没干什么，一个人无聊，在看小说。"清波说。他刚才在看一本厚厚的《中篇小说选刊》杂志。

作为一个学理科的毕业生，像清波这么喜欢看文学类刊物的人并不多，这方面他和焕章有不少共同语言。

"这么晚才来，做什么去了？"清波问。他拿出一瓶"珠江"啤酒和一包花生米，又清洗了两只中号玻璃茶杯做酒杯。

"到了一下县农业银行的汪春花家里，她吉银师范刚毕业的妹妹回来了。"焕

乡城往事

章说。

"她妹妹长得怎么样？"清波问。他咬开啤酒瓶盖，一人倒了一杯酒。

"人还漂亮，就是个子稍矮了一点。"焕章说。他拿起酒杯，清波也拿起酒杯，两人碰了一下，同时喝了一大口酒。

"如果喜欢，就去追她！"清波鼓动他说。

"这个愿望不是很强烈，"焕章说，"再说她也可能谈了恋爱了。"

焕章以前追求过春花，现在又去追求她妹妹的话，心里总感到有点别扭，虽然春花本人很赞成他和她妹妹接触。而且，从她妹妹婉拒他帮她留在县城一事来看，他猜测她妹妹可能谈了恋爱，如果这时再去追求她的话，只能去做夺人所爱的第三者了，而这又不是他所愿意的。

"她有没有谈恋爱不是问题，主要看你们之间有没有感情。"清波说，"她分配在哪？"

"听她自己说，应该分在乡下，但具体哪个乡哪所学校还不知道，正等待分配。"焕章说。

"如果追她的愿望不强烈，那就算了。开始恋爱感情都不强烈，结婚后会更没感情。再说，她分到乡下的话，要调上县城来非常难，两地分居的话，生活又很不方便。"清波说。

"说的也是。"焕章说。

"你自己谈了没有？"焕章问他。

"谈了一个。"清波说，脸上浮出欣喜的神色。

"谈了？恭喜恭喜！"焕章举杯为他祝贺。两人又碰杯喝了一大口酒。

"在哪儿上班的？"焕章问。

"县工商局。"清波说。

"哪儿毕业的？"焕章又问。

"长平中学毕业的，高中文凭。"清波说。"她爸爸是县委组织部的甄延嵩部长。"他又补充说。

"甄部长的千金？清波，你交了好运，靠上一棵大树啦！"焕章诙谐地说。他又要和清波碰杯，但清波没回应。

"不一定是好事。"清波低沉地说，"据小甄说，她爸爸不同意她和我谈恋爱。"

"为什么？"焕章睁大眼睛问。

"她没说。"清波说。

"现在的官场，喜欢搞裙带关系，儿女婚恋非富贵人家不可。甄部长可能是看到你寒门出身，既不贵，也不富，门不当户不对的，因而反对吧。"焕章轻蔑地说。

"也许是吧！"清波叹息一声说。

"那她本人的意思呢？"焕章问。

"她本人是很喜欢我的，这我能感觉到！"清波说。他两眼闪动着幸福的光芒。

焕章相信清波的话。清波高大英俊，文质彬彬，待人诚恳，做事勤勉，哪个女孩都会喜欢他。

"你们发展到什么程度了？"焕章关切地问。

"一起看了几场电影，散了几次步。"清波说。

"有没有……？"焕章含蓄地问。

"没有！"清波说。他明白焕章话里隐含的意思。他和小甄只拉过几次手，搂抱、亲吻过几次。

"你要趁热打铁！待生米煮成了熟饭，他甄部长也就不好反对了！"焕章献计说。

"这事急不得，顺其自然吧！"诚实、厚道的清波平静地说。

焕章不好再说什么了。

"你在乡下扶贫的情况怎样？"清波转过话题问。

焕章便简要地跟他说了一下扶贫的大致情况。

"到乡下扶贫一段时间也好，更了解底层百姓的生存状态，也可以提高自己的工作能力。"清波说，"从你爱好文学和写作的角度上讲，这也可以丰富你的生活体验，积累创作的素材！"

焕章点头称是。

两人聊得差不多了，啤酒也只剩下了小半瓶。为打发时间，清波提议打扑克，焕章很有兴趣地同意了。清波便拿出一副扑克牌，并洗了一只喝白酒用的小酒杯。

他们打"五十K"，约定谁先赢得一百分，谁就可以获得一小杯啤酒。如此循环，两人一直打到晚上十二点，酒也喝光了，人也疲困了，才罢手休息。

焕章没回县委大院宿舍去睡，而是和清波挤睡在一起，就像高中时代一样。

为使坪庄村民掌握必要的农副生产技术知识，焕章特意去了一次县农牧渔业局，找到相关的技术人员，要了十几本农副生产技术资料，然后把它们带到驻舆，在乡民政招待所关门闭户了一天，精选、整理了一份《农副生产技术资料精选》，内容包括养猪、养鸡、养鸭、养鱼等的养殖技术以及水稻、花生、黄豆、红薯等农作物的栽培技术。

稿件编辑好后，焕章又到驻舆乡政府借来一套钢笔、钢板和蜡纸，在乡民政招待所又关门闭户了一天，用了两张蜡纸，把资料刻写了出来。

第二天上午，他拿着刻写好的资料到驻舆乡政府的油印室去印刷。为不麻烦别人，他亲自动手。

这是一台手推滚动式油印机。印刷时，须先把刻写好的蜡纸很小心地粘贴在纱网上，然后在墨辊上匀称地涂上油墨，再用墨辊在沙网上拖滚，拖滚一次，则印刷一页，速度非常慢。而且，稍微用力不均，蜡纸就会因变皱而废掉，需要重新刻写。油墨还经常会弄到人的手上、身上或脸上，让人脏兮兮的。所以，油印时得小心翼翼，它既是技术活，又是苦力活。

焕章打算油印800份，给坪庄村的村民每家每户发一份。而一份还要印两面，这就需要印1600次，这个工作量可不轻！

正当焕章全力以赴印刷的时候，乡妇联的简艳艳从油印室门口经过，看到焕章在油印什么东西，便好奇地走过来看。"焕章领导，在印什么好东西啊？"她调皮地笑着问。

"农副生产技术资料，发给坪庄村民的。"焕章说。

简艳艳拿起一张浏览了一下，惊叹说："你的钢板字这么漂亮啊！资料内容也很丰富，非常好！"又问他："要印多少份啊？"

"印800份，一份两面。"焕章一边印一边说。

"这么多啊！要印很长时间哦！"简艳艳说。

"是啊！"焕章说。

"我来帮你吧，今天上午我没什么事。"简艳艳热心地说。

"那太感谢你了！"焕章感激地说。

于是，焕章负责印刷，她负责拿纸、叠放，速度快了很多。

简艳艳今年十九岁，身高一米六，身材凹凸有致，两眼顾盼生辉，一根辫子油黑发亮，全身上下散发出一股青春气息。如果不是鼻梁上多了几颗斑，简直就是完美的人儿。

他们便一边油印，一边聊天。

"你是哪个大学毕业的？学的什么专业啊？"简艳艳问。她只听说焕章是大学本科毕业的高才生，但不知道他是哪所大学毕业的，学的什么专业，便好奇地问他。

"江西师范大学中文系。"焕章说。

"师范大学毕业的却没去当孩子王，看来你挺有本事的哦！"简艳艳羡慕地说。

"没什么，工作需要嘛。"焕章表面平淡，内心却有点儿得意。

"你呢？哪儿毕业的？"他问她。

"我读书笨，长平中学毕业，没考上大学，就参加妇联招干，分到驻舆乡政府了。"简艳艳说。

"我们是长平中学的校友呢！其实，在乡政府当妇女专干也挺不错的啊！"焕章说，"你们乡妇联的干部平时都做些什么啊？"

"我们做的事很杂。只要乡里有什么中心工作都要去参加。没什么中心工作时，一般是协助计生办的干部搞计划生育，做计生对象的思想工作。"简艳艳说。

"你是哪里人啊？"焕章问。

"松竹岭垦殖场。"简艳艳说。

"像你那么漂亮的女孩，应该有对象吧？"焕章问。

"没有！参加工作才一年多，哪有那么快？"简艳艳连忙解释说。"你呢？"她微红着脸问他。

"也没有。"焕章说。

听到对方说还没有对象，两人不禁脉脉地对视了一眼。

将近中午时，终于印完了资料。

"谢谢你了！如果不是有你帮忙，我一天上午都印不完呢！"焕章感激地说。

"小事一桩，有什么好谢的！"简艳艳笑着说。

她发现焕章前额上有一块墨迹，便说："你前额上有一块墨迹，我帮你擦干净吧！"说着，便掏出一包香纸，抽出一张，细心地帮他擦掉。在她擦拭的当儿，焕章感觉到了她呼来微微的气息以及身上散发出来的淡淡芳香，不禁加速了心跳。

"谢谢你！"焕章有点难为情地说。

简艳艳脉脉地看了他一眼，羞涩地笑了。

这时，林毓良副书记正要去饭堂吃饭，路过油印室时，见焕章和简艳艳在油印室收拾资料等物，便进来问印的什么好东西。焕章告诉他印的是《农副生产技术资料精选》，发给坪庄村民的。林毓良副书记拿了一张浏览了一下，赞扬说："这份资料很不错！辛苦你了！"

"多谢艳艳帮忙，不然，一上午都印不完呢！"焕章说。

"艳艳是个好同志，值得表扬！"林毓良副书记伸出大拇指夸奖简艳艳说。

简艳艳不好意思地笑了。

"现在是吃饭的时间了，走吧，跟我一起到饭堂吃饭去，我请客，让你体味一下乡政府饭堂的饭菜和县委饭堂的饭菜有什么不同！"林毓良副书记诙谐地对焕章说。

"好啊！"焕章高兴地答应了。他倒真的想体验一下乡政府饭堂的饭菜是什么味道。他把印好的资料暂时存放在油印室，待吃饭后回去时再来取。

他们三人一起朝饭堂走去。

来到饭堂，不少人已经在那里吃着了。林毓良副书记叫简艳艳带焕章去厨房洗手，自己先去打饭窗口把饭菜打好。

当他俩洗完手回来，林毓良副书记已把饭菜打好放在饭桌上了。今天的饭菜是：一盘肉葱瓢豆腐，一碗紫菜蛋汤，一钵柴火炖米饭。

焕章在林毓良副书记的身旁坐下，简艳艳则在焕章的身旁坐下，三个人同一桌吃饭。饭间，简艳艳说吃不了那么多，便夹了两块瓢豆腐和挖了一团白米饭给焕章吃。

"焕章，你看艳艳对你多好！以前她吃不了的饭菜夹给我吃，现在她不给我了，给你吃了！"林毓良副书记哈哈笑着说。

被林毓良副书记这么一说，焕章和简艳艳都怪不好意思的。旁桌吃饭的人听了也禁不住笑了起来。

"一个未娶，一个未嫁，看来你俩挺有缘的！你们俩好好发展，将来我可等着你们的喜糖吃哦！哈哈……"林毓良副书记又开着玩笑说。

"林书记，你再胡说我以后就不理你了！"简艳艳娇羞地说。她表面上抗议，心里却喜滋滋的。

焕章虽微笑不语，心里也乐开了花。

吃完饭后，焕章就向林毓良副书记和简艳艳告别了。在他和简艳艳告别的时候，两人都含情脉脉地注视了对方一眼。而后，他到油印室抱起印好的《农副生产技术资料精选》，回乡民政招待所午休去了。

焕章躺在床上却怎么也睡不着。他心海翻滚，情潮澎湃，眼前老浮现出简艳艳丰满的身影、多情的眼神以及为他擦拭前额墨迹和夹饭菜给他吃的情景来，直过了午后两点，他才迷迷糊糊地睡去……

　　刚睡了一会儿，下午两点半的起床闹钟就"铃铃铃"响了起来。焕章只好爬起来，洗了一把冷水脸，对着镜子梳了梳头发，整理了一下衣襟，然后找了一只大食品塑料袋，把《农副生产技术资料精选》装好，一手提着它，就出门进坪庄村去了。

　　当他走过驻舆圩大街，经过回味面食店时，看见一个外号叫"老茄干"的乞丐正站在这家面食店门口，饥肠辘辘地看着店里的肉包、馒头、油条等食物，不住地吞咽口水。

　　"老茄干"是驻舆乡唯一一个本地乞丐。他是坪庄村窝尾山人，四十多岁的年纪，没有父母兄弟，没有妻子儿女，一个人孤独地生活。他是半个残疾人，眼睛半瞎着，身体又羸弱，缺乏劳动能力，政府定他为"五保户"，享受慈善救济。但他还会经常到圩上来乞讨。因为他长得矮小干黑，衣衫褴褛，邋遢肮脏，拄一根开裂的竹杖，就像一根风干了的老茄子，人们便给他取了一个外号——"老茄干"，叫的时间长了，倒没几个人知道他的真实姓名了。

　　"'老茄干'，走开！你站在这里，都没人敢进店买我的东西了！"肥胖的老板娘大声呵斥说。

　　"送一个肉包给我吃！""老茄干"乞求说，又吞咽了一口口水。

　　"去去去！走开！"肥胖的老板娘不耐烦地呵斥说。

　　但"老茄干"不愿意走开，仍眼巴巴地看着肉包，不住地吞咽着口水。

　　焕章看着他可怜，动了恻隐之心，便对老板娘说："就送给他一个肉包吧，怪可怜的！"

　　因为焕章经常从大街上、从她的店门前走过，她知道他是县里下来搞扶贫的干部，便对他解释说："昨天我已经送给他一个馒头了，今天他又来了！他也不是一次两次来讨吃，经常来！我们也是小本经营，哪里有那么多来送呢！"

　　听老板娘这么说，焕章不好再勉强她，便说："这样吧，你给他一个肉包、一个馒头和一根油条，我给你钱！"

　　老板娘便拿了一个肉包、一个馒头和一根油条，用一个小食品袋装好，递给了"老茄干"。

　　"多少钱？"焕章问。

　　"三毛。"老板娘说。

焕章给她钱。老板娘有点不好意思地接了。

"你是一个大好人，老天会保佑你的！""老茄干"感激地对焕章说。

"到那棵树下去吃吧，不要妨碍别人做生意。"焕章指着对面路边的一棵苦楝树，对"老茄干"说。

这棵苦楝树很大，枝繁叶茂，伏蝉啾啾。它像一把巨伞，荫蔽着过路的行人。

"老茄干"很听话地去了。

焕章继续赶路，往坪庄村走去。

当焕章来到坪庄村村委会时，见陈道功支书正和邝石涛村长商量着什么。原来坪庄村有一个一九三三年入党的老同志今天凌晨去世了，这位老同志早年参加过长平红军游击队，一九三四年和战友们一起阻击了国民党陈济棠部的猖狂进攻，掩护长征的中央红军顺利突破了第二、第三道封锁线，他也在那场战斗中右腿负了重伤，一直留有残疾。两位村领导正商量着以村委会的名义，给逝者送一个花圈，给逝者家属送一百块钱慰问金。焕章听到后，出于对这位老革命的崇敬和悼念，表示以县委宣传部扶贫工作组的名义，也给逝者送一个花圈，给逝者家属送一百块钱慰问金。他请村委会的两位领导代办此事，到时开一张条据给他，好拿回宣传部去报销。

这事处理完后，焕章便从食品袋里拿出自己刻印的《农副生产技术资料精选》给两位村领导看，要他们发给村民们，每户一份。

陈支书和邝石涛村长各取了一张，大致浏览了一下，都说这份资料非常好，难得焕章那么有心！

"农民们搞种养，大多只凭自己的经验，很少去看书学习，不善于用科学知识指导自己种养。这份资料正好给他们补补课！"陈支书说。

"我也是这么想的。"焕章说，"就重点扶贫户而言，虽然有县农牧渔业局的技术员下来指导他们，但如果他们自己也懂得一点科学养猪、养鸡知识的话，两方面结合起来，效果会更好！"

"石涛村长，这事就辛苦你一下，把它们分发给各村民小组长，再由各村民小组长分发给每家每户。"陈支书对邝石涛村长说。

"好的，我这就去办。"邝石涛村长说着，拿起装有《农副生产技术资料精选》的食品袋，戴上草帽走了。

邝石涛村长走后，焕章正和陈支书聊着村里的其他事情，家住老屋下的陈皆南会计慌里慌张地跑了进来。

"噢，焕章领导……也在这！道功支书……不好了！我们老屋下的……陈荫强和陈颢康……打起来了！"陈皆南会计上气不接下气地说。

原来，陈荫强和陈颢康是隔壁邻居，都有老婆孩子了。陈颢康在乱罗嶂搞副业——钩松油，每隔几天才会回家带一次米菜。陈荫强见有机可乘，便打起了陈颢康的漂亮老婆的主意，经常有意无意去勾引她。陈颢康妻子开始没有理会，但时间一长，渐渐把持不住，于是两人眉来眼去、暗送秋波，最后勾搭成奸。

今天下午，陈荫强和他老婆在稻田里拔秆草，他忽然说肚子疼，拉肚子了，要回去上厕所。他老婆让他回去了。恰好陈颢康从乱罗嶂回来带米菜，见家里的房门没锁，便要推门进去，不料怎么也推不开。难道老婆生病了，还在睡觉？他便紧张地喊道："月娥，开门，我回来了！"但里面没有应答，只听到有窸窸窣窣的声音。他疑心顿起，猛地一脚把门踹开，只看见陈荫强和自己的老婆正衣衫不整、惊慌失措地站在床前，他什么都明白了。于是，他抄起门角的一根扁担，抡起就对陈荫强一阵猛打，一边打一边骂："打死你这个瞎眼狗！竟敢偷我的老婆！"陈荫强疼痛难忍，一边本能地护身、反抗，一边辩解说："是你老婆先勾引我的！"于是，两个大汉扭打在一起……

当焕章和陈支书赶到老屋下时，陈荫强和陈颢康的家门前已站满了闻讯赶来的左邻右舍。陈荫强已被打得头破血流，两颊肿胀，有人正为他止血；陈颢康的额头也起了两个大包，看来也挨了不少拳头。陈颢康还在一旁气呼呼地骂人："陈荫强你这个瞎眼狗，都说'兔子不吃窝边草'，你这个猪狗不如的东西，连'窝边的草'也敢偷吃！下次再敢碰我老婆一个指头，看我不把你打扁！"

这时，陈荫强的老婆也从地里跑回来了，她看到被打得头破血流像一只猪头的老公，又看到厨房里被砸烂的铁锅和碎了一地的碗碟，便大哭大骂起来："陈荫强，你这个短命鬼！吃着自己碗里的还去偷吃别人盆里的，活该被人打死！你看看，锅被人砸了，碗碟被人打碎了，家被你毁掉了，以后我可怎么活啊！天哪……"她哭骂了一会儿，又对陈颢康喊道："陈颢康，我那个打短命的偷你老婆，你打死他我都不怨你。但还要说回来，'苍蝇不叮无缝的蛋'，你老婆这个狐狸精也不是好人，也该打！"陈颢康听她这么说，也觉得在理，顿时火冒三丈，便朝他的老婆一阵拳打脚踢，一边打一边骂："打死你这个贱货！打死你这个贱货！看你下次敢不敢再勾引人！"幸好他被旁人拉开，他的老婆才没被他揍扁。

陈支书走到陈荫强身边，严厉批评他说："陈荫强，你都有老婆孩子的人了，还好意思去偷别人的老婆？往后你们还怎么做邻居啊？你在孩子面前怎么做父亲啊？你以后出门都要头上蒙裤子——见不得人了！你现在被人打得头破血流，锅也被人砸了，碗碟也被人打碎了，这个血的教训，以后你一定要好好吸取！"

陈荫强羞愧地低着头，一声不吭，恨不得有个地缝钻进去。

焕章则走到陈颢康身边，低声对陈颢康说："颢康，你该打的也打了，该砸的也砸了，差不多就行了，见好就收，闹得过大反而不好！事情就到此为止吧，管好自己的老婆，啊？"

陈颢康也一声不响，但明显气消了很多。

焕章和陈支书看到事情已基本平息，又还有左邻右舍在，应该不会再出什么事了，便嘱咐了一下邻里乡亲，叫他们看紧一点，就走了。

他们走出老屋下后，陈支书对焕章说："这要是放在旧社会，通奸的人是要浸猪笼处死的，好在现在是新社会了。不过，把通奸的人打一顿，碎几件东西，只要不是太极端，让他们长一点记性，吸取一下教训，还是很有必要的！"

"我原以为通奸的事情只会发生在城里人身上，没想到农村的人也会发生！"焕章感慨地说。

"城里的人是人，农村的人也是人，只要有人的地方，就可能会发生这种事。"陈支书说。

"有道理！"焕章说。

他们又一起走了一会儿。快到村委会时，焕章说："时间不早了，我就不去村委会了。"

"好的，你回去吧！我也不去了，该回家了。"陈支书说。

他们走到村子的大路口时，便分手告别了。

焕章回到乡民政招待所，吃过晚饭后，洗了一个舒服的冷水澡，然后在乡民政招待所门口洗衣服。这时，他看见简艳艳从大街上走过，不知要去哪。她也看见了焕章。两人四目相碰，情感的火花纷纷溅落。

"艳艳，到哪儿去？"焕章含情地招呼道。

"到我哥哥家吃饭去。他明天要调到县工商局去了。"简艳艳高兴地说。

简艳艳的哥哥原是驻舆工商所所长，现在要调到县工商局任财务股长去了，但她的嫂子还留在乡土管所工作，今晚她去她哥哥家吃饭，有吃欢送宴的意思。

因为在乡民政招待所门口看见了焕章洗衣服，简艳艳心里便一直记挂着他，吃饭时匆匆扒了一碗饭，就说乡政府有事要加班，急着要赶回去，而她的真实目的，是想趁焕章还在乡民政招待所门口洗衣服时，能再看上他一眼。

当她从大街上返回，又路过乡民政招待所门口时，果然又看见了焕章，不过，焕章这时已不在门口洗衣服，而是在住房的楼梯上晾衣服了，透过招待所的大门还能看见他。

焕章也同样又看见简艳艳了，但因为两人相隔太远，不便再打招呼，两人只是含情脉脉地对视了一眼，并心领神会地微笑了一下。这意味深长的眼神和微笑，给双方都留下了不尽的甜蜜和美好的念想，让他们回味了好几天……

第二十六章

这个周六的下午，焕章正在乡民政招待所整理、打扫自己的房间，老同学张代达来招待所找他。代达说，下午有两个毕业一年了的学生来驻舆中学看望他，他准备请他们吃晚饭，刚才到圩上买了一点菜，顺便来叫焕章和他一起回学校，晚上在他那儿去吃饭，陪陪客人。

焕章随代达走出乡民政招待所。

代达的自行车就停放在门口，车头上一边挂着一大网兜刚买回来的各种熟食：卤水猪脚、卤水鸡翅、油煎河虾、油炸花生米、白切酸辣鸭，它们分别用食品袋装着。另一边则挂着还要加工的两个大鱼头、几块白豆腐和几根香葱，它们是用来做鱼头豆腐汤的。

代达跨上自行车，载着焕章，朝驻舆中学快速骑去。

当他们走到驻舆大桥边时，代达停下自行车，到桥头旺财副食店里买了几瓶珠江啤酒。这家副食店是他的同事陈盛旺老师的妻子潘阿姨开的。代达没在圩上买啤酒而顺路到这里买啤酒，就是为了照顾同事陈盛旺老师家的生意。他是一个很会待人处世的人。

陈盛旺老师的妻子潘阿姨是长平县清末民初一个大豪绅的后人，也善于经营，生意做得红红火火。她经营的副食店兼营批发和零售，是驻舆乡最大的私营副食品批发、零售店，也是国家改革开放后第一批富起来的人。

潘阿姨家的那位先祖创业初期非常勤俭，有一次在回家途中屙了一堆屎，便用荷叶包起来带回家，丢进自家的屎缸里沤肥。即使发家致富后，仍然很勤俭，比如，他每天一大早就会起来夹狗屎做农家肥，吃饭时竟用木刻鲤鱼来绑饭（下饭）……

他原是一个文盲。传说有一次，一个外号叫"拐子"（长平人把小青蛙叫作"拐子"）的乡邻借了他一小笔钱，但他记账时写不出"拐子"二字，于是就画了一个小青蛙代替那人的名字，再在下面写上被借去的金额。但他发家致富后很重视后代子孙的教育。他用大把的金钱支持儿孙创办新式私立学校，他的一个儿子还当过民国长平县的县长，他的孙子有的是民国初年小有名气的医学博士，有的做过新中国长平中学的校长。

陈盛旺老师和潘阿姨生了一女一男两个孩子，女儿读高中，儿子读初中，都在驻舆中学走读。放假时和下课后，陈盛旺老师和女儿都会来帮潘阿姨的忙，但儿子却是一个贪玩的主儿，只顾自己在店里店外瞎跑。

代达和焕章离开"旺财副食店"后，又骑车了五六分钟，才到达驻舆中学。

这时，代达的两个女学生闲着无事，正在欣赏港台流行歌曲，收录机里飘出台湾歌星齐秦演唱的《大约在冬季》：

> 轻轻的我将离开你
> 请将眼角的泪拭去
> 慢慢长夜里　未来日子里
> 亲爱的你别为我哭泣

看到老师代达回来后，后面还跟着一个陌生男子，她们便关掉了收录机，起身迎接他们。

"买了这么多菜啊！说了随便一点的。"两位女生责怪道。

"再怎么随便，也不能委屈你们两个啊！"代达笑着说。他把买回来的东西在桌上放好。

"来，我介绍一下，"代达对他的两位女学生说，"这是我高中时的老同学，江西师大中文系毕业的高才生，现在在县委宣传部工作，名叫刘焕章，你们叫他焕章哥就行了。"

"这两位就是刚才我跟你说到过的毕业一年了的学生，也是我教的第一届高中毕业生。"代达对焕章介绍说，"她叫李晓云，我以前班上的学习委员兼语文课代表；她叫朱冬英，我以前班上的文艺委员。她们都是我当年的得力助手！"

"两位巾帼英雄啊！"焕章赞美说。

两位姑娘羞涩地笑了。

"你们聊吧，我去弄饭菜。"代达说。

"代达老师，你坐吧！我和冬英来，我们女孩子做惯了家务。"李晓云说。

"是啊，我和晓云来吧！"朱冬英也说。

"你们是客人，怎么好意思叫你们动手？我自己来。下次我到你们家做客，你们再煮好饭菜给我吃！"代达笑着说，"再说，你们和焕章刚刚认识，就多聊一会儿吧！"

听代达老师这么说，两位姑娘便不再争执了。

焕章读高中时就知道，代达是一个勤快、能干的男人，对人又关心又体贴，哪位姑娘找了他做老公，会幸福一辈子的！

代达忙他的饭菜去了，焕章便和两位姑娘聊了起来。他看到茶桌上放着一食品袋花生、一食品袋桃子和一网兜鸡蛋，地上还放了一只大西瓜，便笑着问："这些东西都是你们买来孝敬老师的吧？"

"不是买的，都是我们自家种养的土产品。"李晓云有点不好意思地说。

"用自家种养的土产品孝敬老师，更有意义啊！"焕章笑着说。

"你们家在哪？高中毕业后在家里做什么呢？"焕章问她们。

"我家很近，就在坪庄村相邻的大同村。我爸爸在村里开了一个副食店，我帮忙看店。"李晓云说。

"哦，在大同村！大同村的村名可很有意思的哦，它是取'天下大同'之意。'天下大同'，是儒家追求的最高境界，这是天道精神的体现。《礼记·礼运》说：'大道之行也，天下为公。选贤与能，讲信修睦。故人不独亲其亲，不独子其子，使老有所终，壮有所用，幼有所长，矜寡孤独废疾者，皆有所养。男有分，女有归。货恶其弃于地也，不必藏于己；力恶其不出于身也，不必为己。是故谋闭而不兴，盗窃乱贼而不作，故外户而不闭，是谓大同。'近代的政治家、思想家康有为，在他的《大同书》里也提出'人人相亲，人人平等，天下为公'的社会理想。可见，你们取这村名的先祖，是一个人品、学养都很高的大儒呀！"焕章记忆惊人、滔滔不绝地说。

李晓云听得目瞪口呆，半晌才钦佩地说："焕章哥，你那么有学问，你也是一个大儒呀！"

焕章和朱冬英都开心地笑了。

"冬英，你呢？"焕章又问朱冬英。

"我家稍远一点，在石牛湖村。我现在在龙庭圩和亲戚开了一个缝纫店，在那里做衣服。"朱冬英说。

"石牛湖，我听说过的，"焕章说，"这个村子的命名，有一个神奇的传说：

第二十六章

在很久很久以前，石牛湖是一个偏僻荒凉的村落，因为村子里布满了大大小小的石头，所以起名为石头湖。村民们在狭小的石头缝里耕种，生活非常艰辛。有一天，一位善良厚道的村民在进山砍柴时救了一头腿部受伤不能行走的小牛。原来，这头小牛是天上的神牛，因为看到人间山清水秀，便好奇地跑下来玩耍，却不小心跌断了腿回不去了，幸好被这位村民看见了抱回家去医治。小牛的腿痊愈后，为报答这位善良的村民，便每日帮他耕田劳作，并把田地里的石头都背到河里去，平整出了几百亩土地。后来，小牛要回天上去了，它把自己的肉身化为一只石牛，并在石牛旁边变出一汪清澈的泉水，让村民们世世代代饮用。人们为了纪念小牛为石头湖所做的贡献，便把石头湖村改名为石牛湖村了。"

"焕章哥，你知道的可真多呀！这故事和我小时候听爷爷讲的一样！"朱冬英敬慕地说。

焕章得意地笑了。

"你们俩现在都很不错啊！一个看店子，一个做衣服，不用每天风吹雨打太阳晒了！"焕章赞扬说。他知道，在农村，家境比较好的父母，除了让女儿学会基本的农活外，还会让她去学一门手艺或去学做生意，以让她将来嫁个好人家。

"你们是约好一起来看代达老师的吗？"焕章问。

"是的。我先到晓云家，然后一起来学校看望代达老师。"朱冬英说。

"她们经常来看望我，中秋节、元旦、春节、端午节……她们都会来看我。"代达高兴地插话说，语调里充满了自豪。

"你们都毕业了，还会经常回学校来看望老师，真难得呀！怪不得你们的代达老师以前曾在我面前说，现在做老师的虽然社会地位和经济地位很低，但看到学生们那么爱戴自己，心灵上还是获得了很大的安慰。"焕章感慨地说。

"代达老师是我们学生时代最喜欢的老师！他教学水平高，对学生也非常好。我们毕业后都很想念他，所以有空就会回来看望他。"李晓云说。

"晓云你不要在我老同学面前吹捧我，我会骄傲的！"代达幽默地接话说。

"晓云说的是大实话啊！"朱冬英说。

"只是我们自己读书笨，没考上大学，对不起老师的栽培。"李晓云内疚地说。

"这也不能全怪你们。哪个学生都想成为天之骄子，但现在考大学那么难，就像千军万马过独木桥一样，连重点高中的学生也考不上多少个，更不要说你们乡下中学了！高考录取率那么低，那是没办法的事。再说，人生的路有千万条，并不只有高考这一条路。其他路走得好，也是一样的！就像你们现在，不也是挺好的吗？"焕章安慰她们说。

"说的也是！"朱冬英开朗地说。

说话间，代达已弄好了饭菜，丰盛的菜肴摆满了临时做饭桌的茶桌。

开始吃饭了，代达撬开啤酒瓶，每人倒了满满一杯酒，举杯对大家说："欢迎大家光临！招待不周，请多多原谅！祝大家身体健康，万事如意！""谢谢你的热情款待！辛苦了！"三位客人说。大家一起碰杯，饮了大半杯啤酒，然后坐下。

大家边吃边聊，互相敬酒。

吃完饭后，两位姑娘协助代达把桌椅收拾好，把碗碟锅盆洗刷干净，然后大家一起喝茶，聊天，吃花生、水果。

过了一会儿，代达建议说："咱们跳跳舞吧，怎样？"

"好啊！很久没跳舞了！"两位姑娘拍手赞成说。

"你什么时候买的收录机？"焕章问代达。

"不是我的，是从音乐老师那里借的，特意为今晚跳舞准备的哦！"代达得意地说。

焕章很惊讶这两个姑娘也会跳舞。因为跳舞近几年才兴起，而且主要在大城市的年轻人中盛行，在县城都很少有人会跳。他便问她们是从哪里学的跳舞。她们便说是代达老师教的。原来，代达当她们的班主任兼语文老师时，把班上的业余文化生活搞得有声有色、丰富多彩，每逢节日，班里都会举办联欢晚会，而在联欢晚会上，他会把自己在大学里学的舞手把手教给学生们，因而他的很多学生都会跳舞。这在乡下确实是一件很新潮的事！

他们借着酒兴，一起跳了探戈、伦巴、迪斯科，也跳了华尔兹（慢三步）、布鲁斯（慢四步）和吉特巴（水兵舞），跳得尽情尽兴，酣畅淋漓。焕章发现，这两位姑娘的乐感很强，跳起舞来很有节奏感、韵律美，洋溢着青春迷人的魅力，一点都不比城里姑娘逊色。

因为两位姑娘还要回去，为不至于太晚，到晚上九点时，他们便结束了跳舞。

大家又喝了几杯茶，休息了一会儿，代达便要送她们回去了。焕章也要回去了，就随大家一起出发。

李晓云骑一辆凤凰牌自行车载着朱冬英在前，代达骑一辆永久牌自行车载着焕章在后，车铃"铃铃"，撒了一路欢悦。

当他们骑到岔道口的公路上时，焕章从代达的自行车后座上跳了下来，和他们挥手告别后，便独自走路回乡民政招待所去了。代达则继续把她们护送到大同村的李晓云家。朱冬英要在李晓云家住一晚，第二天才回石牛湖村去。

在独自回去的路上，焕章抬头看了一下天空。月亮虽然明亮，但四周围了一圈光晕，就像戴了一个圆形的白枷一样。他忽然记起"日头带枷长流水，月光带枷井头旱"的长平气象谚语来。他看到公路两旁的稻田里，远远近近燃起了不少篝火。原来，近二十天没有下雨了，加上天气炎热，稻田里已经严重缺水。水渠里的水不够用，大家只能轮流着灌溉。为防止别人趁夜偷水，村民们便在水渠边点燃了篝火，看护着水源。水稻现在正处于灌浆期，过分缺水的话，谷粒就会不饱满，成为"半真冇"的谷粒，这会严重影响产量，所以大家都十分戒备。

远处传来几声蛙鸣，因为干旱，喉咙缺水滋润，声音也变得沙哑了；蟋蟀的叫声也没往日响亮，断断续续的，显得有气无力的样子。

人就是这样，在水资源丰沛的时候，往往感觉不到水的宝贵；而在土地干旱龟裂或人干渴难耐的时候，才会体会到"水是生命之源"的深刻道理。

"如果再过两天不下雨，就要和村干部们商量，组织村民们抗旱了。"焕章心里沉重地想。

当他走过驻舆大桥时，看见在桥头陈盛旺老师家的副食店旁的一家冷饮店里，有几个人正大声喧哗着喝酒。他循声朝里看了一眼，发现驻舆医院的程医生也在里面，程医生正好也看见了他，他们互相熟悉。

"焕章领导，从哪里来，这么晚才回来？"程医生向焕章招呼道。

"从我的老同学、驻舆中学的张代达老师那里来。"焕章停下脚步说。

"过来喝一杯！"程医生招手叫焕章进去。

"我刚才喝过了。"焕章说。他不想去。

"那么客气干吗？过来喝一杯！"程医生走出店来拉焕章进去。能请到在县委工作的干部喝酒，对他来说是很有面子的事。

焕章盛情难却，只好进去，在程医生拿来的一张凳子上坐下。

"我来介绍一下，这位是县委宣传部下来搞扶贫的刘焕章领导。"程医生向大家介绍说。"这位是县防疫站的马勋思主任，这位是这家冷饮店的陈老板，另两位是陈老板的熟人、朋友。"程医生又向焕章介绍说。

焕章朝大家点头致意，还和马勋思主任握了握手。

原来，今天县防疫站的马勋思主任在乡防疫员程医生的陪同下，到驻舆乡检查餐饮卫生工作。陈老板为使自己新开张的冷饮店顺利通过卫生检查，今晚特地邀请他

乡城往事

们在店里吃饭、喝酒。现在，有县委宣传部的扶贫干部加入他的宴席，陈老板更是求之不得，脸上添光了。

焕章看了一眼桌上的菜肴，有辣椒炒牛肉、白斩酸辣鸭、红烧猪耳朵、油炸小河鱼、盐焗鸡翅、麻婆豆腐、花生米、炒三鲜等，中间是一大盆香菇炖甲鱼，蛮丰盛的。每人的酒杯都是满满的，桌上还放着几瓶已开盖的啤酒，地上则放着一堆刚喝完的空酒瓶。

焕章因为自己是刚来的"新客"，他便客气地敬了大家一杯酒。

大家互相敬酒，边喝边聊。

借着醉意，马勋思主任说："说实话，严格地说，我们县很多冷饮店的卫生工作都是不合格的，比如说，用没煮开的自来水做冰棍、雪糕啦，没有用冰棍纸包装冰棍啦，冰棍、雪糕里放的是糖精而不是白糖啦，冰棍、雪糕没有用纱布罩子盖住，店里飞满了苍蝇啦，等等。不过，现在做生意也不容易，我们只好睁一只眼、闭一只眼。"说着，他瞟了陈老板一眼。

陈老板下意识地低了一下头，脸上略显尴尬的神色，很快，他又恢复了常态，并热情地举杯敬马勋思主任说："请马主任多多关照！多多指导！"两人碰杯，一饮而尽。

"马主任这么说，是出于好意，不过，餐饮卫生很重要，它关系到顾客的身体健康，做老板的还是要尽力做好才是！"焕章补充说。

马勋思主任的脸色有点灰。

"对，对，焕章领导说的对！县防疫站的领导体恤归体恤，我们自己的卫生工作还是要尽力做好，为顾客负责。来，来，来，大家喝酒，祝陈老板的冷饮店生意火红！"程医生拿起酒杯，站起来打圆场说。

大家举杯，都喝了一大口酒。

接着，大家又互相敬酒，并变着法子尽可能让对方多喝。这样喝着喝着，到了后面，有人竟借着醉意，连粗话都说出来了，威胁"不喝就把这杯酒浇到你头上去"等等，迫使对方多喝酒，最好是能把对方灌醉，看他出洋相。

焕章实在看不惯这种场合，就借口说身体有点不舒服，脱身告辞了。

在路上，焕章想：就因为社会上有这些见利忘义、徇私枉法的人，我们国家有一些事情才搞不好；长平人的酒风太不好了，这样逼人喝酒，狂饮滥喝，只能害人害己。什么时候，长平人的酒风才能变得闲适、自然、文明一点呢？

回到乡民政招待所，焕章洗完澡，一下子睡不着，便拿起一本文学杂志，靠在床头看了起来。有一篇短篇小说深深吸引了他。小说写的是一个大学刚毕业的林业测绘员，在大兴安岭的一个林场工作时，遇见了一个猎户的漂亮女儿，两人一见钟情，最后却因文化、地位的悬殊，招致亲友们的激烈反对而被迫分手了……

这个动人心魄的悲情故事，不知怎的，让焕章想起了当下的婚恋现实。由世俗观念造成的双方社会地位的鸿沟，阻止了许多人的感情朝婚恋方向进一步发展，这不能不说是一件非常令人遗憾的事。

焕章望着窗外的星空，想到隔河相望的牵牛星和织女星，不禁长长地叹息了一声。

焕章给程冰岩部长打了一个电话，汇报了坪庄村农田的干旱情况。程冰岩便指派文联的柳昺瑜主席下到驻舆乡，协助焕章做好可能将要进行的抗旱工作。

柳主席下到驻舆乡的当天中午，也许天公怜惜苍生，动了恻隐之心，骄阳似火的天空，不一会儿就乌云密布，雷鸣电闪，下起了瓢泼大雨，而且足足下了一个多小时，直下得天地迷蒙，白浪滔滔。村民们鼓盆而呼，鸭子们呱呱欢叫，水牛们哞哞乐鸣。人们心中的重石落地了，脸上露出了欢欣的笑容。

"柳主席，你的运气真好！你看，你一下来，天就下起了大雨，用不着辛苦抗旱了！"焕章笑着说。

"不是我运气好，而是我带来了好运气！我一下来，就带来了漫天甘霖，普泽众生！"柳主席幽默地说。

焕章哈哈笑了起来。

午后，雨渐渐停了下来。一道彩虹飞架南北，大地一片勃勃生机，满世界清新新、水灵灵的。喜鹊在枝头上歌唱，燕子在稻田上飞舞。村民们纷纷从家里走出来，他们带着各种农具，有的来到稻田修渠排水，有的来到旱地翻土种豆，有的来到菜园除草种菜。村头村尾，田间地头，到处呈现出一片繁忙的景象。

下午，焕章带着柳主席进了一下坪庄村，先和陈道功支书见了面，然后带他看了一下新建的碾米厂、砖瓦厂和幼儿园，又带他看了几家重点扶贫对象饲养的猪和鸡，再带他到田地里看了一下村民们种的水稻、红薯、花生、西瓜等农作物。

"焕章，你的扶贫计划一个个都落实得很好，看来，你的工作还是蛮有成效的，很不错！"柳主席竖起大拇指赞扬说。

"谢谢柳主席的肯定，也感谢柳主席的大力支持！"焕章高兴地说。柳主席是焕章很敬重的长辈，能得到他的肯定和表扬，心里自然十分高兴。

"以前听到有人议论，说你这个不行、那个不好，据我观察，其实你是一个很善良、很能干的小伙子，只是你这个人过于单纯、说话过于直率了一点而已。不过，这点以后你还是要多注意，免得被一些小人抓住什么把柄！"柳主席真诚地说。

"谢谢柳主席的理解和指点！"焕章感激地说。

当他们回到乡民政招待所时，陈师傅转告他们说："刚才乡政府的成吉晔书记打来一个电话，叫你们明天列席全乡的干部大会，因为大会包含了扶贫工作内容。"

"好的！""谢谢！"焕章和柳主席说。

第二天，焕章和柳主席吃过早饭后，就到驻舆乡政府参加干部大会去了。

因为要等各村来开会的村干部，而有的村子很偏远，交通不便，所以大会要等到十点钟才开始。

乡政府的大门口和大院里，有人三三两两或走或站在那儿聊天，他们都是等着开会的干部。

焕章看见，简艳艳和几个未婚的年轻干部也在大门口聊天，其中包括乡党委委员杨志高、县检察院派驻石马村的扶贫干部陈小锋。

杨志高赣州农校毕业，中专文凭，个子不高，瘦弱文静。

陈小锋江西司法学校毕业，中专文凭，毕业后分配在检察院工作。他长得高大英俊，仪表堂堂。焕章在江西师大读书时，因为两人同在省城读书，有时老乡聚会时会见面，所以他们早就认识。

因为和年轻人更有共同语言，焕章便朝简艳艳他们走去；柳主席则找熟悉的老干部们聊天去了。

简艳艳见焕章来了，两眼一亮，送来了脉脉秋波。焕章也心有灵犀，回馈她深情、温柔的目光。两人虽没有说话，但一切尽在不言中，"此时无声胜有声"。

"焕章，你也来了！"陈小锋热情地迎上来，紧握焕章的手说。

"小锋，你来得比我还早呀！"焕章拍着他的肩膀，笑着说。

"我住得远，怕迟到，所以早点来；你住得近，不怕迟到，所以迟点来也没关系。"陈小锋笑着说。

"虽然我们同在驻舆乡搞扶贫，却很少在这里见到你啊！"焕章有点遗憾地说。

"我和你不同！你驻点扶贫的坪庄村离驻舆圩、乡政府那么近，你又住在乡民政招待所，来去很方便；而我驻点扶贫的石马村离驻舆圩、乡政府那么远，又住在村委会里，来去不方便，我们见面的机会当然就少啦！"陈小锋笑着说。

"还好吧，在石马扶贫？"焕章问。

"还用问吗？和你一样，就这个样子！"陈小锋笑笑说。

"说的也是！"焕章也为自己的废话笑了。同样搞扶贫工作，工作、生活自然是大同小异了。

大家闲聊间，焕章敏感地发现，简艳艳多情的目光不只会朝他"放电"，同时，也会朝杨志高、陈小锋轮流"放电"。他们俩也会很及时给予"回电"。这个热情、浪漫的女人，感情太丰富，太泛滥了！焕章不禁想起了和她性格相似的古莉莉，便隐隐地感到了一种潜在的危险，心里对她的爱恋骤然冷却了许多。

十点钟，大会准时开始了。因为焕章和柳主席是县委派下来的干部，乡政府便安排他们和乡里的主要领导们一起坐在前排。

上午主要由成吉晔书记代表乡党委、政府作长篇报告。在报告中，他总结了上半年在各项工作中取得的喜人成绩，同时指出了还存在的一些不足和问题，对下半年各项工作的开展作了详细的部署和安排。王金书乡长则针对成吉晔书记的长篇报告，作了简短的补充发言。

大部分干部都听得很认真，有的还在做笔记，但也有少数干部在打瞌睡，或在交头接耳。

中午，乡政府在饭堂设宴招待了全体与会人员。焕章和柳主席依然和乡里的主要领导们一起，坐在同一桌吃饭。简艳艳投来的敬慕目光，同样使焕章小小的虚荣心获得了满足。

下午继续开会，主要讨论下一阶段将要重点开展的几样工作：计划生育工作、农业税尾款的清收以及杂交良种钱款和育秧薄膜钱款的收缴等。

在讨论会上，焕章对杂交良种和育秧薄膜两项钱款的收缴问题发表了自己的看法。他认为，因怕村民不肯还或还不起这两种款项，乡政府为避免麻烦、贪图省便，便想"一刀切"挪用扶贫资金来填补的做法是不妥当的。上面下拨的扶贫资金应专款专用才对，再说，不肯还或还不起这两种款项的村民并不都是扶贫对象，搞"一刀切"显然会损害扶贫对象的利益，也削弱了政府的扶贫力度。对不肯还或还不起这两种款项的村民，乡政府首先要弄清楚他们是不是扶贫对象，然后有区别地、有针对性地采取具体措施，通过各种合理的方式，让村民们还清这两种款项。

但乡政府并没有采纳焕章的合理建议，为避免麻烦，仍决定将采用"一刀切"

挪用扶贫资金的方式来填补这两种款项的空缺。这让焕章感到有些失望。

晚上，在乡政府会议室举办了联欢晚会和"青春多美好"主题演讲比赛活动。组织这个活动的是乡团委。

因焕章是县委宣传部下来的干部，他应邀上台为联欢晚会作了精彩的开场致辞，还为大家演唱了一首《我爱你，中国》，那深情、优美的歌声，赢得了热烈的掌声。

联欢晚会有唱歌、跳舞、相声、猜谜语等节目，数量虽不多，但很精彩。大家一边吃着水果、花生、糖果、饼干，一边欣赏着文艺表演，气氛热烈，其乐融融。

接下来，又举行了"青春多美好"主题演讲比赛。焕章应邀担任了评委。

在这次演讲比赛中，一位来自信用社的名叫廖南山的小伙子的演讲最为精彩："生活啊，多么可爱，就像春天的蓓蕾芬芳多彩；青春哪，多么美好，就像燃烧的朝霞光芒万丈……"他那辞采华美、声情并茂的演讲，赢得了评委和观众热烈的掌声，获得了最高分。

比赛结束后，焕章和乡政府的书记、乡长一起，给获得一、二、三等奖的参赛者颁奖，和他们合影留念。

焕章参加的这些活动，加重了他在简艳艳心目中的地位。整个晚上，简艳艳都处于兴奋和激动之中，甚至为他感到自豪和骄傲。她无数次肆无忌惮地向他投来热烈的爱慕的目光，身子也跟着兴奋地扭动，这让坐在不远处的杨志高和陈小锋看在眼里、痛在心头，他们只好先后悄悄地提前退场了。

焕章小小的虚荣心自然又获得了满足。当晚上十一点活动结束，他和柳主席回到乡民政招待所时，他的脸上仍然荡漾着掩饰不住的兴奋和喜悦。

"焕章，今晚那么多年轻的姑娘，有没有哪位是你喜欢的？"柳主席笑着问。

"简艳艳让人喜欢……你觉得这个人怎样？"焕章问。

"简艳艳漂亮、浪漫、多情，的确惹人喜爱。不过，以我五十多年的人生经验看，这种女人往往心很野，如果找了一个管不住她的男人，很可能会被她戴绿帽子！"柳主席说，"我建议你最好不要找这种性格的女人。"

听了柳主席的话，焕章心里不觉一凉。他不禁想起早上见到简艳艳时，她同时在他、陈小锋、杨志高三个人身上轮流"放电"的情景，这似乎正好印证了柳主席所说的话。他在今天晚上重新点燃的热情，又溘然泯灭了。

"这样的话，今晚就没有让我动心的姑娘了。"焕章叹息一声说。

"没有就算了。你先把工作做好。事业成就，万福皆来。以后有缘遇到合适的姑娘，你再大胆去追。当然，追女人不要四面出击、八面开花，用情要专、要诚，精诚所至，金石为开，那样，自然会得到自己心仪的姑娘。"柳主席谆谆教导他说。

"还有啊，焕章，我再提醒你一次，你以后说话还是要稳重点。今天下午讨论杂交良种和育秧薄膜钱的收缴问题时，你说那么多干吗呢？我们又不是驻舆乡政府的领导干部，只不过是应邀列席会议而已，来听听就行了，你说了别人不一定会听，弄不好还会惹人不高兴。"柳主席说。

"柳主席，谢谢你的提醒，以后我会尽量注意的。"焕章感激地说。他口中虽然这么说，心里却仍然认为自己提建议并没有错，至于接受不接受，那是乡政府领导们的事。不过，他心里还是很感激柳主席对自己的好意。

"以后会注意就好。你就像一块璞玉，雕琢好了，以后就是一块珍稀美玉。"柳主席鼓励他说。

今天的经历，可谓跌宕起伏，丰富多彩，让焕章慨然沉思，收获良多。

第二十七章

因为不用抗旱，也没其他什么紧要的事，柳舄瑜主席在乡民政招待所住了几天，进了几次坪庄村后，第四天早上就回县城去了。焕章和他一起回县城，因为再过一段时间，就是夏收夏种的农忙季节了，到时候，村里、乡政府有很多事要扶贫干部帮忙，他想趁这一段相对空闲的时间，回宣传部上几天班，帮部里做一些事，顺便也处理一点自己的私事。

当焕章回到县委大院，走进宿舍楼打开自己的房间时，一股浓浓的潮霉味扑面而来。虽然已进入炎热的夏季，房间里还是那么阴凉、潮湿，墙壁上、地板上、桌椅上、床架上、衣服和被子上都长出了一些白毛。"这房间怎么住人啊！"他心里又不禁叹道。他放下手提包，把衣服、被子拿到外面去晒，用干净的面巾纸把桌椅、床架擦拭了一遍，又喷洒了半瓶花露水，感觉才稍微好了一点。

下午焕章到部里上班，因和同事们又有一段时间没见面了，大家彼此问候，都很高兴。他们都说焕章虽然晒黑了点，但书生气少了，人也壮实。廖子厚秘书还特地给焕章倒了一杯水，说："在乡下扶贫，辛苦你了！"

不一会儿，大家又各忙各的了：有的同事陪县委书记视察去了，有的同事下乡检查去了，有的同事到外面开会去了，有的同事采访新闻去了……部里只留下陈祥辉和焕章。祥辉在伏案写通讯稿，焕章在拆看积了一大沓的书信、文件。

"焕章，找到女朋友没？"祥辉写完了他的通讯稿，边倒茶边问焕章。

"没有。有什么好的介绍？"焕章抬起头，笑着问。

"驻舆那么多单位，有没有合适你的美女？"祥辉问。

"暂时还没发现。"焕章说。

"要不，我给你介绍一个？"祥辉问。

焕章看他不像是开玩笑，便说："好啊！谁啊？在哪里工作的？"

"我老婆有个同事的妹妹叫凌宝欣，在河岭中学代课，人长得很漂亮。如果你有意的话，我可以为你们牵线、搭桥。"祥辉说。

"真的？行！你安排一个时间吧，让我们见见面。"焕章高兴地说。

"行！凡事讲求效率，如果你今晚有空，我们夫妻就陪你去她家见一面。"祥辉说。

"去她家里？会不会太冒昧了？"焕章有点迟疑地说。因为双方还没认识，就直接到她家里，总觉得太那个了。

"没关系，又不是你一个人去。我们和她家人都很熟，就当你陪我们一起去朋友家玩，有什么冒昧呢？"祥辉说。

"这样说也有道理。好吧！几点出发？"焕章问。

"吃过晚饭后，你七点前先赶到我们家，我们再一起出发。"祥辉说。

"好的！"焕章高兴地说。

晚饭后，焕章对着镜子梳了梳头发，整了整衣襟，再把皮鞋擦了擦，就匆匆赶往祥辉家了。

祥辉家在南门街。这是一栋旧房子，是他爸爸留给他的。虽然房子外面陈旧了一点，但里面的家电等大件却很时新，电视、冰箱、电话、沙发、收录机、自行车，这些一般家庭很少见的东西，在他家里都有。他们夫妻俩的工资都不低，又只有一男一女两个孩子，祥辉还有不少新闻稿费的收入，他们家有这个生活档次，也是理所当然的。

焕章一到祥辉家，茶水都没喝，为抓紧时间，祥辉和他的老婆赖阿姨就带他出发了。

"通知他们家没有？"路上，焕章问祥辉。

"没有。"祥辉说。

"什么？没有？！"焕章大吃一惊，"我们这样搞'突然袭击'，岂不成了不速之客了，不妥吧？"

赖阿姨也责怪祥辉，招呼都不打一声，她还以为他通知对方了呢。

"让他们没准备更好，更能了解到真实情况！"祥辉笑着为自己辩解说。

"既来之，则安之。事到如今，只能这样了。"焕章无奈地想。但他还是担心，万一宝欣不在家，去看电影了或到同学那里去玩了呢，岂不白跑了一趟？

第一次去和陌生姑娘相亲，一路上，焕章的心都惴惴的，虽然以前他曾自称是一个无所畏惧的"勇士"。

宝欣家在西井大街。这条街道的命名源于这里有一口名叫"西井"的古井。这古井的具体建造时间无真实史料可考，相传在长平建县前就有了，而长平是在明朝万历四年（1576年）建县的，也就是说它最少有四百多年的历史了。西井的井沿呈圆形，用两块半圆形花岗岩石拼成，井沿上横有一条麻石。井深十几米，里面常年养着两条大鲤鱼，据说有益于提升水质。因为年代久远，井口边缘磨损较大，有明显的绳索滑道痕迹。井沿四周用红色花岗岩石板砌成，呈莲花的形状，古朴典雅而别有韵味。西井是长平保存较好和历史较悠久的古井之一，它是长平县城的重要一景。

焕章他们走了近二十分钟，才到达凌宝欣家。

宝欣家人对祥辉夫妇带着一个陌生的年轻男子突然来访果真感到意外，他们有点手忙脚乱地让座、倒茶，拿出花生、葵花子等零食招待客人。

"这是我宣传部的同事刘焕章，江西师范大学本科毕业的高才生，一个前途无量的后生仔！"祥辉介绍说，并问，"宝欣呢？怎么不见她？"

"她吃晚饭后就走了，说到一个同学家去了，也许晚一点会回来。"宝欣妈妈说。

宝欣家人听祥辉问起宝欣，立即醒悟他是带他的同事看亲来了，于是他们变得更加热情，也更加拘谨，甚至到有点紧张的地步，唯恐有什么闪失，给人造成不好的印象。

宝欣家的房子是祖上传下来的老房子，焕章仔细观察了一下屋里的陈设，几乎没什么时新的东西：一台电风扇，一台收音机，一架旧缝纫机，一套硬木沙发，院子里放着一部旧自行车……这些都是普通的城镇居民家都有的东西。

在闲聊中，焕章得知，宝欣的爸爸在农机厂工作；母亲是商业局的退休职工；姐姐宝怡（也就是赖阿姨的同事）早结了婚，她老公是志愿兵，他们有一个刚读幼儿园的女儿，平时她和女儿住在娘家；宝欣的弟弟初中毕业后就没读书了，在一家汽车修理厂当学徒。

宝欣的父母、姐姐问焕章老家在哪，父母做什么的，有多少兄弟姐妹，他们都做什么工作。焕章告诉他们：他的老家在篁乡田背排村；父母都是农民；他有五个兄弟姐妹，他最小；他大哥在赣州地区人民医院当呼吸内科主任，其他三个哥哥姐姐都已成家，在乡下务农。

说是在聊天，其实是焕章和宝欣家人在互相了解对方的情况。

宝欣的姐姐宝怡丰满、漂亮，外貌像她母亲。"不知宝欣长得怎样呢？有她姐姐漂亮吗？"焕章心里猜想道。

大人们在聊天，小孩子却没有这个耐心。宝欣姐姐的女儿珊珊嚷着要外婆讲故事给她听，宝欣母亲经不住这个宝贝外孙女的吵闹，只好给她讲了一个当地流传很广的金鸭嫲和金鸡子的民间故事：

我们县城对面的青水山下啊，有一座婆太庙，里面供奉着一位婆太神，相传这婆太神有求必应，非常灵验，周围的村民们都很信奉她。

婆太庙附近是罗屋人的老祖祠，老祖祠前面有一口几百年的古井。相传这口古井的水很神奇：早上时，井水是黄浊的，但用水桶淘去几担水后，井水便会清澈起来。原来，婆太神养了一群金鸭嫲，每当夜深人静时，它们会在井里追逐、嬉闹，把井水都搅浊了。有时在三更半夜，人们还会听到古井里飘出嘎嘎嘎的鸭叫声呢！

有时候，古井里的金鸭嫲还会跑到外面来，它们拉的是金屎，下的是金蛋，只有运气好的人才能捡到，发一笔小财。

那婆太神还养了一群金鸡子。金鸡子每到凌晨的时候都会啼鸣，但天一亮它们就藏着不见了。金鸡子拉的屎、下的蛋也是金子，只有运气好的人才能捡到。

有一年哪，县城附近发生了百年一遇的大旱，病死、饿死了不少人。婆太神很同情老百姓，便把养的金鸭嫲、金鸡子放出来，在地上拉了不少金屎，下了不少金蛋，让穷人们去捡，帮他们度过了这个大灾荒。于是，人们对婆太神更信奉了。

不过，婆太神养的金鸭嫲、金鸡子，在一般情况下，人们是很难看到它们的踪影的，只有偶然的机会，才有可能碰见。

有一天傍晚，有一个村民在祖祠门口的草坪上发现了几只金鸭嫲，一群村民闻讯后赶了过来，他们都想捉住它们发个横财。结果，他们围来围去，追来追去，都扑了个空，让金鸭嫲逃脱了。有两个人侥幸捡到了两片金羽毛，就拿到金店做成金戒指，戴在手指上到处炫耀。

可是从此以后，人们再也听不到金鸭嫲的声音，再也看不见金鸭嫲的踪影，再也捡不到它们拉的金屎粒和下的金鸭蛋了。

又有一天凌晨，有个村民为了积肥，很早就起来拾猪粪。他在婆太庙前的不远处，看到有一只金鸡子正在觅食，身后还屙了几粒金光闪闪的金屎。那个村民悄悄地从后面跟了过去，操起拾粪夹子，一下便把这只金鸡子打死了。当天上午，他兴高采烈地把沉甸甸的金鸡子拿到当铺换了十几担银圆。回来后，他请全村人大吃大喝了一顿。第二天，他又在城里买了一栋漂亮的大房子，还把剩余的钱都存到钱庄里去了。

可万万没想到的是，那个村民举棍打过金鸡子的手，却一天天浮肿起来。前两天感觉还不是那么明显，三天后却肿得像一只大萝卜，而且像百虫咬噬般让他疼痛难忍。后来，他为医治这只手，花掉了当初用金鸡子换来的十几担银圆，把那栋漂亮的大房子也卖掉了，最后穷得一无所有，成了一个四处讨吃的乞丐。

同时，从那以后，人们再也听不到金鸡子的啼鸣，再也看不见金鸡子的踪影，再也捡不到它们拉的金屎粒和下的金蛋了……

"姥姥，姥姥，为什么从那以后，人们就再也听不到金鸭嫲和金鸡子的声音了，再也看不见金鸭嫲和金鸡子的影子了，再也捡不到它们拉的金屎粒和下的金蛋蛋了呢？"小珊珊不解地问。

"因为啊，婆太神看到那些村民那么贪婪，非常生气，就再也不把她养的金鸭嫲、金鸡子放出来了！"外婆说。

"那些贪婪鬼真讨厌！不然的话，我们现在还能看见金鸭嫲和金鸡子呢，那多好啊！"小珊珊天真地、遗憾地说。

"是啊，这个故事告诉我们，做人哪，可不能太贪心呀！"外婆语重心长地说。

小珊珊懂事地点点头。

这个故事不但小珊珊听得津津有味，大人们也听得津津有味。

"这个故事我小时候也听过。"祥辉说。

"我小时候也听过。"焕章说。

"可见这个故事流传之广、之久！"祥辉说。

"这个民间故事不但神奇有趣，而且也很有教育意义，让人百听不厌！"焕章说。

到晚上九点半时，宝欣还没有回来。看到时间不早了，焕章他们只好告辞了。

"宝欣回来后我会告诉她的。你们明天晚上再来玩，我会叫她别走。"送焕章他们出门时，宝欣的姐姐宝怡充满歉意地说。她希望妹妹能和焕章谈成。焕章是一个本科大学生，又在县委宣传部工作，人也文质彬彬颇有风度，是理想的婚恋对象。

"好的好的！"祥辉说。

走出宝欣家，在回去的路上，祥辉便和焕章约定，明晚同样的时间再来。看到他那么真诚、热心，焕章愉快地答应了。

第二天下午上班的时候，因为办公室还有其他同事，祥辉便把焕章叫出办公室，在走廊里对焕章说："焕章，今天上午宝欣的姐姐宝怡告诉我老婆说，宝欣昨天晚上十点多才回来。他们一家人对你都没意见。宝欣本人也同意和你谈，就是担心你会不会嫌弃她没有正式工作。"

"只要她本人不错就行，我不嫌弃她没有正式工作。"焕章高兴地说。

"我已托我老婆传话给他们了，说今晚我会带你再去他们家，让你和宝欣见见面。"祥辉说。

"好的，祥辉，谢谢你！"焕章感激地说。

"都是同事，谢什么！"祥辉笑着说，"如果你们谈成了，到时请我喝两杯喜酒就行了！"

"那是肯定的！"焕章笑着说。

当天晚上，焕章随祥辉夫妻第二次来到凌宝欣家里。因为早有准备了，宝欣家人没有昨日的仓促和紧张了。客厅也更加整洁了，桌椅、茶具都擦拭得光亮亮的，茶桌上的零食不只有花生和瓜子，还有了苹果、红枣和大白兔奶糖。茶水也早已泡好了。

焕章也终于看到了宝欣的真容，她虽说不上十分美丽，但也还算漂亮：一米六几的个子，身材凹凸有致，皮肤很白皙，只是下巴稍欠圆润，但笑容很迷人。也许是老师的职业习性，她的性格开朗大方，总是面带微笑，没有一般姑娘的忸怩羞怯。

"河岭中学距这里远不远？"焕章微笑着问宝欣。他知道河岭中学是文峰乡的一所初级中学，坐落在县城的南边缘，但他还没有去过，不知道它的远近。

"不远，骑单车半个小时就可以到。"宝欣含笑着说。

"有多少老师和学生？"焕章问。

"有四十多个老师，八百多个学生。"宝欣说。

"代课老师多不多呢？"焕章问。因为和其他工作人员相比，教师的社会、经济地位很低，所以很多人都不愿报考师范类院校，就是师范院校毕业的，有门路的人也会想方设法转行，所以长平的教师资源很紧缺，除重点中学长平中学外，每个学校都有代课老师。

"不多，只有五六个。"宝欣说。

"五六个代课老师算少的了，毕竟是县城周边的学校，如果是偏远一点的中小学，有的学校的代课老师数量有两位数呢！"焕章想。

"你教哪门学科呢？"焕章问。

"初一语文。"宝欣说。

"正好，焕章是中文系毕业的高才生，你们俩有共同语言！"祥辉笑着插话说。

宝欣和焕章都有一点不好意思地笑了。

"代课老师能转正吗？"焕章问。

"有机会，但比较难。"宝欣说。

"怎么说呢？"焕章问。

"要转正的话，首先要考取教师资格证；有了教师资格证，还要优先照顾教师的家属；如果不是教师的家属，有剩余指标时才可能轮到你。"宝欣说。

"你考取教师资格证没有？"焕章问。

"没有。正准备考。八月份考试。"宝欣说。

"要考哪些科目呢？"焕章问。

"要考四门：教育学、心理学、中学语文教学法和语文综合素养。"宝欣说。

"那你好好准备。只要考取了教师资格证，其他事情就比较好办。"焕章说。只要她有了教师资格证，再设法利用一点人脉关系，她的转正问题还是有希望解决的，焕章想。

"我会尽力去考的，到时，就听老天的安排了！"宝欣说。

"事在人为，你一定要有信心！"焕章鼓励她说。

宝欣点头嗯了一声。

大家又聊了一些别的。差不多到晚上十点时，焕章和祥辉夫妻告辞了。

从宝欣家出来，赖阿姨问焕章："你对宝欣的印象怎样？"

"还不错！"焕章说。

"如果你没意见，那就趁热打铁，明天约宝欣到公园去散散步，或到电影院看看电影。"赖阿姨建议说。

"好的。你明天上班时告诉宝欣的姐姐，就说我明天晚上会请宝欣看电影，叫宝欣晚饭后在家等我。"焕章说。

"好的！"赖阿姨高兴地说。她心里充满了成人之美的喜悦。

"焕章，我和赖阿姨已经为你和宝欣牵好线、搭好桥了，以后成不成，就看你们自己了！"祥辉拍拍焕章的肩膀笑着说。

"辛苦你们了！谢谢！你们什么时候有空？我请你们一家人吃饭！"焕章感激地说。

"不用急！等你们俩谈成了，到时再一起请我们喝喜酒！"祥辉笑着说。

"行，到时我和宝欣一起请你们喝酒！"焕章高兴地说。

晚上躺在床上，焕章想象着明晚约宝欣看电影时的幸福情景，兴奋得睡不着，直到凌晨三四点时，才迷迷糊糊地睡去。

早上起来时，差不多八点了。焕章随便梳洗了一下，到食堂匆匆吃了一点早餐，便到部里上班去了。

同事们也陆陆续续来上班了。焕章问廖子厚秘书今天上午部里有没有什么要紧的事。子厚秘书说没什么要紧的事。焕章便向他打了一声招呼，说想到教育局一趟，去办点私事。子厚秘书说你去吧。焕章便步行到教育局去了。

教育局是宣传部的归口单位，大家经常在一起开会，焕章和这个单位的领导都很熟悉。焕章这次到教育局去，是想了解一下代课老师转正的情况。

他先到教育局办公大楼三楼的局长办公室找林裕银局长，但林局长不在，问隔壁办公室的同志，他们说林局长到地区教育局开会去了。焕章只好到一楼的人秘股去找陈绍轫股长。人秘股主管教育系统的人事和档案，陈股长肯定了解代课老师转正的情况，焕章想。

"焕章领导来了，有什么事吗？"陈股长边给他倒茶边热情地问。他五十多岁了，高高瘦瘦的，也许是烟酒过度的缘故，脸上有了好多皱纹，但对人很热情、宽厚。

"别'领导领导'的。我想了解一点情况。不喝茶了，我们到外面去说吧！"焕章亲热地把右手搭在陈股长的肩膀上说。人秘股人多，说话不方便。

他们来到大院里的花坛边。花坛上的一簇美人蕉开得正鲜艳，它们就像一群妙龄的少女，摇曳着绰约的风姿，飘溢着迷人的芳香。三只花蝴蝶围着它们翩翩起舞，两只小蜜蜂嗡嗡嗡欢唱着忙碌采蜜，一只红蜻蜓在花叶上面盘旋，犹豫着不知该憩息在哪一枝漂亮的花朵上。

"有什么事可以帮到你？"陈股长又热心地问。

"我想了解一下代课老师转正的情况。有没有内部的转正指标？"焕章问。

"你有亲戚在代课吗？"陈股长问。

"有同事给我介绍了一个女朋友，她叫凌宝欣，是河岭中学的代课老师。"焕章直白地说。

"不会吧？像你这样的大学本科毕业的高才生，又在县委宣传部工作，最少也要有中专文凭、有正式工作的姑娘才配得上你啊！"陈股长有点惊讶地说。

"不瞒你说，合意的姑娘难找啊！"焕章叹息一声说。

"她长得很漂亮吧？"陈股长笑着问。

"还不错吧！"焕章说。

陈股长简单地给焕章说了一下代课老师转正的大致流程，和昨天晚上宝欣说的差不多，然后他说："实话跟你说，今年的内部指标是有几个，但早已被领导们要完了。如果她真的是你女朋友，那明年我再设法给她预留一个指标吧。"陈股长说。

"那太谢谢你啦！到时你一定要帮忙哈！"焕章高兴地拍着他的肩膀说，"我们不会忘记你的恩情的！"

"你放心。不过，一定要叫她先考取教师资格证哦！八月底就考试了。"陈股长嘱咐说。

"一定会叫她努力考取！"焕章说。

从教育局出来，焕章满心的欢喜，希望的阳光照亮了他的心房，让他对未来的幸福充满了美好的憧憬。

晚上七点半，焕章如约去宝欣家，请宝欣到电影院看电影。

当焕章到达宝欣家里时，发现她家里来了好几位亲戚，而且他们都很感兴趣地上下打量了他一番，他猜想他们一定是特意来看"宝欣的男朋友"的，弄得他有一点不好意思起来。

宝欣今晚打扮得很漂亮，她穿一条时髦的"缠绕裙"，裙子缠绕着身子和腿部，使她显得修长而丰满。当她轻移莲步时，裙体皱褶的光影效果产生富有韵律的美感，让焕章好不心醉。

当他们来到电影院时，刚好是晚上八点，电影刚刚开场。

电影是一部彩色喜剧片《多情的帽子》。该片是由广西电影制片厂于一九八六年制作的。故事主人公是某剧团黑管演奏员、大龄青年陈阿满，他是个诚实、忠厚的老实人，却偏偏桃花运不佳，恋爱屡遭挫折。从小孤苦的阿满一直和老舅相依为命，年逾六旬的老舅修理了半辈子的钟表，至今还孑然一身，却为外甥的婚姻大事日夜操心。他到处托人说媒，牵线搭桥，盼望外甥早日成家，但总因阿满说真话而告吹。后来，阿满找到了知音田静，爱情的种子终于开出了艳丽的花朵。老舅和田母在为外甥和女儿婚事操心的同时，也悄悄地走到了一起。

影片中有不少令人捧腹的情节，在看电影的过程中，焕章和宝欣不时相视大笑，非常开心。

看完电影，焕章带着宝欣到沿河街散步。

夏天的夜晚，人们总是很迟才睡觉，虽然晚上十点多钟了，但逛街的、吃夜宵的人，三三两两的，仍然到处都是。

焕章和宝欣在河边的一棵大树下，找到一张空着的石凳坐下，面向着堤下波光激滟的长平河水。

今晚的夜色很好，虽然没有月亮，但满天的星斗闪烁着光华。浩瀚的星河横跨天际，仿佛能听到那哗啦啦的流水声。在满天星辉的照耀下，大地弥漫着一种朦胧的诗意美，而这种朦胧的诗意美很容易酿造出温柔浪漫的情调。

焕章把上午到了教育局的事跟宝欣说了。宝欣听到明年将给她预留一个转正指标，心里非常兴奋，对焕章充满了感激。但她还是有一点担心，怕八月份的考试通不过，拿不到教师资格证。

"万一我考不到教师资格证怎么办呢？"宝欣忧虑地说。

"不会的，只要你努力！"焕章鼓励她说，"再说，以后我也会抽空辅导你的！"他是江西师范大学的优秀毕业生，宝欣要考的那些科目，对他来说当然是小菜一碟。

"那太好了！有你这位大学本科毕业的高才生辅导我，我就更有信心了！"宝欣高兴地说。说完，她便在焕章的脸上亲了一下，表示对他的热爱和感激。

焕章顺势把她搂在怀里，热烈地吻她，深情地爱抚她。她战栗着，缠绕着，那饱满、柔软、芬芳而充满弹性的身体，令他那么销魂、心醉……

第二十八章

　　焕章和宝欣谈上恋爱后，因为还属于初始阶段，他没有告诉其他亲友、熟人，他要求祥辉夫妇暂时也替他保密。他心底的意思，是想等宝欣八月底考完教师资格证后再公开。因此，他和宝欣这段时间的交往，还处于地下状态，并没有多少人知道。

　　这天上午，焕章在部里看了半天的文件和报纸，有一点累了，想休息一下，便到对面的妇联办公室走动了一下。恰好常宁镇的女镇长成木兰也在那里，正和妇联的几个女干部聊着什么。成镇长原是县妇联主席，今年春节后才调到常宁镇当镇长的。

　　"哎哟，成大镇长回'娘家'来了？好久不见，当镇长后更有风采和魅力了！"焕章热情地恭维说。

　　"焕章你就会拿我开玩笑！现在的我和以前的我不是一样吗？"成镇长高兴地笑着说，"怎么，你到妇联来，是不是想叫妇联的同志给你介绍对象啊？"

　　"哪里！你在妇联的时候，我不也是常客吗？"焕章笑着说。

　　"有对象了没？"成镇长问。

　　"没有。"焕章随口说。

　　"跟你说真的，我们常宁镇政府有几个年轻姑娘，她们都还没有对象，一个比一个漂亮，赛过县采茶剧团的演员！要不给你介绍一个？"成镇长笑着问。

　　"好啊！"焕章随口说。

　　"那你什么时候有空，到我们镇政府来坐坐，看你喜欢哪个姑娘，我给你当红娘！"成镇长热心地说。

　　"好的，有空我一定来拜望你！"焕章说。他虽然口里这样说，也有点心动，但他并不打算叫成镇长介绍对象，最起码现在不想，因为他已经和宝欣谈着了，虽然还没有到公开恋情的程度。退一万步说，就是他将来不能和宝欣走进婚姻的殿堂，那也是以后的事。

这时，廖子厚秘书来找焕章，说从篁乡田背排村来了一个老乡找他，要他回部里去。焕章便匆匆向成镇长她们告辞。

"记得有空来我们镇政府坐坐哈，太久不来，美女们就会被别的靓仔勾走的哦！"成镇长笑着叮嘱。

"好的好的！谢谢！"焕章随口应道。

来找焕章的是田背排村的本族梓叔国俊叔公，也是焕章家在新屋下围屋居住时的老邻居。这时他正坐在部里接待访客的沙发上，喝着焕章的同事倒给他的茶水，一边等待着焕章。见焕章从外面进来，他马上站起身来，亲热地招呼道："焕章！"

"哎呀，是国俊叔公啊！坐下坐下！"焕章惊喜地和国俊叔公握手，忙不迭地叫他坐下，又赶紧给他添茶水。

"您老什么时候上县城来的？"焕章拿来一把椅子，坐在国俊叔公的对面，亲热地问。他又抱歉地说："不好意思，我不会抽烟，身上没带烟。"他知道国俊叔公会抽烟。

"刚到，就找你来了。"国俊叔公说，"没关系，我年纪大了，已很少抽烟了。"

国俊叔公已是古稀之年，满脸沧桑，头发灰白，但精神矍铄，身体硬朗。

"您找我有什么事吗？"焕章亲切地问。

"是这样的，你在宣传部工作，了解党的政策，办事也方便，我想拜托你找一下有关部门，给我落实一下起义人员的平反、待遇问题……"国俊叔公一边说，一边把他的一张发黄的"起义人员证明书"递给焕章看。

原来，在解放前，国俊叔公担任过国民党长平县西区联防中队神和分队的队长。一九四九年七月，他率部起义，他的起义部队和杨标的游击队合并整编成长平人民保安队，国俊叔公任队长。

他还带领长平人民保安队包围了败逃到长平境内的国民党赣州专署警卫营，迫使他们全部缴械投降，缴获了重机枪3挺，轻机枪、冲锋枪20余挺（支），步枪400余支，手榴弹30余箱及子弹一大批。

此后，他又带领长平人民保安队多次配合人民解放军在长平境内剿匪，经过一年的时间，彻底平息了长平的匪乱，维护了长平百姓的安宁。

二十世纪五十年代初，全国开展了"镇压反革命运动"，因运动扩大化了，他被错打成"反革命"，坐了五年牢房。出狱后，他一直在家务农。在以后的历次政治运动中，他都被当作反动典型揪出来批斗。

党的十一届三中全会后，进行了拨乱反正的工作，对一系列冤假错案逐步给予了平反。最近，国俊叔公不知从哪里听到可以给起义人员落实平反政策了的消息，他想到焕章在县委宣传部工作，应该可以帮到他，所以就带着"起义人员证明书"上县城找他来了。

"您写了申请报告没有？"焕章问。

"没有。我不会写。你是我们家族的大才子，大致情况我刚才也给你讲了，就麻烦你帮我写写吧！"国俊叔公请求说。

"没问题，你稍等一下。"焕章说。帮助国俊叔公平反昭雪，是焕章义不容辞的责任，何况国俊叔公有恩于他家呢？以前焕章听父亲说过，解放前夕，国民党到处抓壮丁，父亲是被抓的一个对象，幸亏他躲在国俊叔公家里才免遭一劫。因为当时国俊叔公是国民党长平县西区联防中队神和分队的队长，没人敢到他家里来搜查抓人。

约莫半个小时后，焕章就替国俊叔公把《刘国俊同志请求落实起义人员平反政策的报告》写好了，足足写了三张材料纸。他又拿来国俊叔公的"起义人员证明书"，替他复印了一份。

"走吧，我现在就带您去组织部，找一下有关领导，请他们尽快为您处理这件事！"焕章对国俊叔公说。

"好的好的，太感谢你啦！"国俊叔公感激地说。

"谢什么！就是别人找到了我，我也会帮忙的，何况是自己的叔公您呢？"焕章真诚地说。

焕章带国俊叔公来到三楼的县委组织部，恰好负责干部组织、人事工作的钟德铭副部长在。他听了焕章的介绍后，很热情地请国俊叔公坐下、喝茶。

钟副部长很认真地看了焕章替国俊叔公递交来的《刘国俊同志请求落实起义人员平反政策的报告》和"起义人员证明书"，然后对国俊叔公说："老同志，这么多年来委屈您了！您受苦了！我把您的申请报告和'起义人员证明书'复印件留下。您老放心，我们一定会抓紧为您落实平反政策的！"

"感谢党和政府，让我在有生之年，终于等来了为起义人员平反昭雪的时候！"国俊叔公双手紧握着钟副部长的手说。他的眼里闪动着激动的泪花。

从组织部出来，焕章看了一下手表，将要到下班的时间了，便带国俊叔公到附近的餐馆吃了一顿丰盛的午饭。饭后，他给国俊叔公买了一张下午二点十分到篁乡的班车票，又给他买了一大兜饼干、水果，然后送他上车回篁乡田背排村去了。

临走时，国俊叔公千叮咛、万嘱咐，要焕章下次回家后一定要到他家里坐坐。焕章礼貌地答应了，但他心里清楚，他们两家都搬离了老屋，已相隔很远了，回去后到国俊叔公家里坐坐的可能性很小了。

一个月后，上级有关部门给国俊叔公落实了起义人员平反政策，从此以后，国俊叔公享受离休干部的待遇，每个月都有生活津贴，重大节日还有特别慰问金。国俊叔公度过了一个幸福的晚年，一直活到九十六岁去世，是田背排村少有的长寿老人。当然，这些都是后话了。

这天晚上，焕章到宝欣家里辅导宝欣复习教育学。宝欣的家人很高兴，特意包了一餐猪肉韭菜馅的饺子招待他。长平客家人是很少包饺子吃的，只有在节日或有重大喜事时，才偶尔会包饺子吃。今天不逢什么节日，宝欣家人却包饺子招待他，可见她家人对他的盛情。

宝欣的闺房很简洁淡雅，没什么华丽的装饰，但洋溢着青春女孩的芬芳气息。焕章就是在宝欣的闺房里，和她并排坐在书桌前，耐心地辅导她学习。

焕章根据自己在大学读教育学时的记忆和现在的理解，每一个章节都画出了重点，并给宝欣作了简明的讲解。直到晚上十二点多，宝欣的家人都睡了时，他才把教育学的要点基本讲解完。

"以前我复习教育学时，简直是一头雾水！现在每个章节你都画出了重点，又做了简明扼要的讲解，我心里已经清楚、踏实了许多！真是太感谢你了！"宝欣感激地说。

"以后只要有空，我就会来辅导你复习的！"焕章说。

"好的！你什么时候下驻舆？"宝欣不舍地问。她知道焕章还要下乡去扶贫，但希望他迟一点走。

"我回部里上班有一段时间了。明天上午我就想下去一趟，看看村里有什么事。"焕章说。

"下次什么时候回来呢？"宝欣巴望着问。她希望他下次早点回县城。

"如果村里没什么特别的事，周末我都会回县城来的！"焕章说。

"你可不要赖在驻舆乐不思蜀哦！"宝欣调皮地笑着说。言下之意，就是叫他不要被驻舆其他单位的姑娘迷住了。

"有你在县城，我怎么会乐不思蜀呢！"说着，焕章深情地吻了她一下。

宝欣回应着焕章的吻，也热烈地吻他。两人紧紧地抱着，久久地缠绵在一起⋯⋯

　　焕章回去时，宝欣送他走出院子，两个人依依惜别。待他翩翩的身影消失在街巷的拐角处时，她才恋恋不舍地转身回去，关上院子的大门。

　　第二天上午，焕章买了十二点下驻舆的班车票。可是，到了该发车的时间，却不知司机跑到哪儿去了，一车的旅客都在等他。车站的工作人员也到处找他，都没找到。焕章想，这位司机一定对单位有什么不满，今天故意"耍大牌"，躲藏起来了，想给领导一点颜色看看吧。但这也太无组织、无纪律了。再说，旅客们何辜，为何要去耽误他们的行程、浪费他们的宝贵时间呢？！

　　焕章在车里等候的时间长了，便觉得烦闷，只好走下车来走走，心里只希望这位司机能尽快回来开车，早一点下驻舆去。

　　正当他在候车室烦躁不安地来回踱步时，忽然看见驻舆乡政府计生办的女干部廖云娥迎面走来。"云娥，那么巧，你也来了！"他高兴地上前打招呼，"是下驻舆吗？"

　　"是啊！你呢？也下驻舆吗？"没想到在这里碰见焕章，云娥也很高兴。

　　"是啊！我十二点的车，可司机现在都还没来，真急人！"焕章说，"你是几点的车？"

　　"我下午四点的车。"云娥说。

　　"四点的车？你这么早就来了？！"焕章惊讶地问。

　　"和我那口子吵架了，所以赌气提早出来了！"云娥皱着眉头低声说。

　　"哦，原来是这样⋯⋯"焕章不便再说什么，以免触动别人的伤疤。

　　过了一会儿，云娥对焕章建议说："差不多十二点半了，你那辆车的司机都还没来，他应该不会来了，你不如改车票吧！"

　　"不会来了？⋯⋯改几点的车票呢？"焕章有一点不甘，又有一点犹豫，他还有一点司机可能会回来的侥幸心理。

　　"干脆改下午四点的吧，和我一起下驻舆，有个伴！"云娥满怀希望地说。

　　"下午四点？⋯⋯好吧！"焕章尽管有一点迟疑，但还是同意了，心想路上有个熟人相伴也好，不会那么孤单。

　　焕章便在云娥的陪同下，到售票处改了班车票的时间。

　　改完车票，他们在候车室找了一张没人坐的木排椅坐下，然后闲聊起来。话题自然又谈到婚恋问题。

"有女朋友没？"云娥问。

　　"没有。"焕章说。他不想告诉她自己正在谈女朋友。

　　"没有也好，你大学毕业还没多久，不用急！"云娥说。

　　"唉，现在的年轻人总是那么心急，那么早就想结婚，以为结婚是一件很幸福的事，殊不知结婚后一点趣都没有！"云娥叹息说。

　　"这么说，没结婚比结婚好喽？"焕章问。

　　"当然是啦！"云娥毫不犹疑地说，"结了婚的人几乎都这样认为！"

　　"有人说，婚姻就像围城，外面的人想冲进去，里面的人想冲出来，是这样吗？"焕章问。

　　"正是这样！"云娥说，"比如，我就是想冲出去的人，而你，也许就是想冲进来的人！"

　　"说到婚姻，其实十有八九都是悲剧，或不是悲剧的悲剧！结婚对我们来说，只是人生的一个过程，一个必经的仪式。但大部分过来人，都认为还是晚婚好！"云娥又总结说。

　　"可是那些情如烈焰的青春男女，有几个愿意晚婚的呢？总是想早一点好，早一点享受婚姻的幸福！"焕章说，"感情和理智搏斗时，常常会被理智欺打得溃不成军！"焕章说这个，其实也是在说自己。

　　"所以啊，悲剧或不是悲剧的悲剧就绵延不绝……"云娥又叹息一声说。

　　因在候车室待的时间太长、太闷了，他们便走出车站，到附近的街道上去散步，顺便在大排档吃了一点东西，但两人的胃口都不好。也许是昨晚着凉了，焕章身体不适，有点头疼发烧。云娥的身体也不舒服，她恶心欲吐，不思饮食，也许怀孕了。

　　离乘车的时间还很长，又没什么地方好走的，云娥便提议到她家里坐坐。她家就在车站附近，在交通局的后面。焕章同意了。

　　云娥的老公午睡刚醒，正准备去上班，忽然看见老婆带着一个陌生男子回来，开始有点惊讶和警惕，听了云娥的介绍后，才放下心来。也许是上午和她吵过架的原因，临走时他还抱有歉意地看了她一眼，并说："你们聊！"

　　"你老公在哪里上班？"云娥老公走后，焕章问。

　　"在交通局。"云娥说。

　　"这个单位不错啊！"焕章说。

　　"一般般吧！"云娥淡淡地说。

"你这房子是交通局的家属房吧？"焕章问。

"是的。"

焕章随意观察了一下云娥的房间，里面的陈设很简单，藤椅、茶几、书桌、高低床、电风扇……都是普通家庭的物品，没什么时髦的家电，可见，云娥和她老公都出身于贫寒家庭，即使结婚也没钱添置几件像样的家当。不过，焕章发现书桌上放着几本摄影杂志，墙上还挂着几张用镜框镶好的人物、风景照片，他猜想她老公一定是个摄影爱好者，情趣还是蛮高雅的！

焕章的头晕沉沉的，云娥见他很不舒服的样子，便用手摸了一下他的额头，好烫，她连忙从抽屉里找出一片阿司匹林，倒了一杯温开水，让他服下，并温情地说："还有时间，你在床上躺一下吧，会好一点的！"

"谢谢！"焕章感激地说。

焕章躺在床上歇息的时候，云娥伏在书桌上写什么东西，后来她才告诉他，她是在给她老公写留言，但具体写的什么，她没说，他也不便问。

下午近四点时，焕章和云娥离开她的房间，返回车站。

当他们乘着下午四点的班车下驻舆时，上午十二点下驻舆的那辆班车还停在那儿没开出！"幸亏听了你的话改了车票！"焕章高兴地对云娥说。云娥为自己的先见之明得意地笑了。

焕章因为吃了云娥给的药片，又在床上睡了一会儿，身体感觉好了一些，精神状态也好了起来。

因为焕章的车票是临时改的，所以没有座位，他只好坐在车头发动机的外壳上，靠近云娥1号座位的地方。其实这个位置也很不错，坐在这里既可以朝前看到车头前方的风景，又可朝后看到整个车厢内的情况，只是没有座椅的靠背而已。

焕章发现，在最后一排靠窗的位置上，坐着一个少女，她长得很美丽可爱，但她的表情似乎是高傲的，而实质上在他转眼朝向其他方位看的时候，或她微微合闭眼睛时，却不时在偷偷地察看他呢！他不禁莞尔一笑。

班车到达驻舆车站时，将近晚上六点了。

"焕章，再见！有空到我那儿坐坐！"云娥朝他挥挥手，热情地邀请说。

"好的，再见！"焕章也朝云娥挥挥手说。

云娥回驻舆乡政府去了。焕章则回乡民政招待所去了。

当焕章走到乡民政招待所大门口时，忽然传来一阵激烈的男女争吵声。原来，附近临街的一户人家里正在吵架，门口放着刚刚从家里搬出来的一架缝纫机、一个双门大衣柜，街道旁边站着一大群看热闹的人。

陈师傅和他妻子谢阿姨也站在招待所门口看热闹。"焕章下来了？"陈师傅见焕章从县城下来了，热情地招呼道。

"他们家发生什么事了，吵得那么厉害？"焕章奇怪地问。

陈师傅小声地告诉了焕章事情的原委——

原来，那户男主人姓邝，开五金店的，有一儿一女，他的妻子很漂亮，却也很风流，居然和他妹妹的老公勾搭上了。后来，两个家庭都闹了离婚，他的妻子（现在应该称"前妻"了）和他妹妹的老公（现在应该称"前夫"了）结了婚。此时，他的前妻回来搬运判决给她的缝纫机和大衣柜，不知因何两人又大吵起来……

"世上居然有这么荒唐、离奇的婚恋，真是'大千世界，无奇不有'啊！"焕章感慨地说。

"现在这个社会，什么人都有！"陈师傅笑笑说。他的妻子谢阿姨也在一旁笑了笑。

焕章虽在下午时吃了云娥给的阿司匹林后身体好了些，但终究没有消除炎症，到了晚上时，他的病又复发了，而且愈来愈严重，到半夜时，竟高烧到41℃，还说起胡话来。

因为天热，招待所的人睡觉都没关门窗，住在隔壁的水电局下乡人员老赖听到焕章痛苦的呻吟后，从床上爬了起来，走进焕章的房间看个究竟。他一摸焕章的额头，烫得吓了他一大跳，赶忙把他从床上扶起来，又叫醒楼下的陈师傅来帮忙，两人一起把焕章送到驻舆医院急诊室。

打了针吃过药后，焕章的高烧才慢慢退了下来。

当老赖和陈师傅又把焕章从医院护送回乡民政招待所时，已是凌晨三四点钟了。他们给焕章盖好被子，待他睡下后，才关灯回到自己的房里睡觉去了。

焕章出了一身汗。到黎明时，他又爬起来吃了一次药，重又睡下，直到上午十点半时才起床。这时，他的病基本痊愈，只是大病初愈，正气不足，身体软绵绵的，还需要一些时间调养。

中午时，天下起了霏霏小雨，地上湿漉漉的。太阳躲藏起来了，天空像铺盖了一床薄薄的隔热棉絮，溽热的暑气似乎也消散了许多。

因为体力还没有完全恢复，下午焕章没有进坪庄村。他为活动筋骨在大街上散步时，远远看见简艳艳和乡政府的几个女干部迎面走来。简艳艳也一眼看见了他。因有一段时间没看到他了，此时的她，两眼充满了渴望的柔情。但对于她，焕章的心却变得淡淡的了，没有了以前的依恋。所以，不待他们擦肩而过，焕章便转身拐到另一条街道散步去了。

因为身体的原因，从昨晚到现在，整整一天的时间，焕章既不能工作，也无法看书。人啊，在猖狂的病魔面前，是多么的软弱无力！现在，他终于体悟到了"身体是革命的本钱"这句话的深刻含义了！

第二十九章

焕章的身体完全康复后，第二天早上就进坪庄村了。

农村开始进入夏收的季节了，同时，夏种的准备工作也开始了。早熟的上季稻已经开始收割，下季稻的秧苗也长出了一寸多长。

因为杂交水稻明显比普通水稻的产量高，村民们已有了经验和教训，便不再需要浪费口舌推广，下季稻的谷种都用上杂交水稻的了。谚语云"秧好一半禾，禾好一半谷"，村民们对秧苗的侍弄便格外小心，秧苗的长势都很喜人。

焕章走到田间地头，看了几家村民的收割情况，后又主动帮助一家农户割禾、打谷。天上骄阳似火，地上暑气蒸腾，直累得他大汗淋漓，腰酸背痛。他忽然想起了唐代诗人李绅写的《悯农》诗来："锄禾日当午，汗滴禾下土。谁知盘中餐，粒粒皆辛苦。"这诗写得多么准确、深刻啊！辛劳中的他，算是真切体会到了！

路过的村民们看到焕章下田帮老百姓干活，都对这位年轻的扶贫干部露出赞许的微笑。

中午时，受助的这家名叫陈全德的户主出于感激，热情邀请焕章到他家里去吃午饭，但焕章婉言辞谢了。他想，自己只是为村民洒了几滴微不足道的汗水而已，哪里好意思去麻烦他们为自己煮好饭好菜吃呢？

也许是上午干活太累了，焕章午饭后一倒在床上，便呼呼大睡了……

当下午两点的闹钟响起时，他从床上爬了起来，洗了一把清水脸，便打算到一下石马村，去看看检察院的陈小锋在那里扶贫的情况。

石马村在坪庄村的西面。这个村子名字的由来，是因为村子西北面有一块巨大的石头，看上去就像一匹站立着的高大、威武的骏马，所以叫石马村。

从乡民政招待所出发到石马村，大概有十几华里的路程。焕章是骑自行车去的，向陈师傅借的车。因为一路都是凹凸不平、上坡下坡的沙石土路，骑了近一个小时车才到达。

陈小锋在村委会为他准备的临时宿舍里热情接待了焕章。他还特意到村里的小卖部里买来一瓶啤酒和一包花生米，两个人边喝边聊。

他向焕章介绍了一下石马村的基本情况：石马村有五个村民小组，两百多户，一千余人，有赖、陈、邝三姓，其中赖姓最多，占村子总人口的百分之九十左右。村里山多田少，拥有山林近万亩，耕地面积却只有六百多亩。村民以农耕经济为主，油茶是传统产业，西瓜比较出名。总的来说，这个村比较贫穷、落后，还有不少特困户。

石马村人在土地革命战争时期，为革命做出了重大贡献。

"石马村人为中国革命付出了那么大的牺牲，做出了那么大的贡献，更值得我们去扶贫了！"焕章感慨地说。

"是啊！"陈小锋赞同地说。

"你们检察院搞了些什么扶贫项目啊？"焕章问。

"目前帮他们修了一条水泥村道，建了一所砖瓦结构的希望小学。利用这里水资源充裕的优点，还为他们建了一个小型水电站，解决了村民用电难的问题。当然，我们检察院是清水衙门，这些项目所需要的资金，有一大部分是我们找到老红军老同志帮忙解决的。"陈小锋说。

"在发展经济方面，我们根据他们山多的特点，同时考虑到油茶是他们的传统产业，便大力帮助他们发展油茶经济，每户最少栽种十亩油茶，整个村形成规模化生产；因为这里的西瓜很出名，夏季我们就鼓励他们多种西瓜，还帮助他们搭建统一的销售渠道。"陈小锋又说。

"你们的扶贫工作搞得很有成效啊！"焕章赞叹说。

"哪里，我们还做得很不够。坪庄村是驻舆乡最贫穷的村庄，你们的扶贫工作却搞得有声有色，我们该向你们学习啊！"陈小锋谦虚地说。

"互相学习吧！"焕章笑着说。

陈小锋又带焕章在村子里转了一圈，看了一下他们修筑的水泥村道和兴建的希望小学，看了一下山上成片的油茶园。因到水电站的路途太远了，他就没带焕章去看了。

焕章发现，石马村的民房普遍比坪庄村的民房好，可见，石马村村民的生活底子，总体上确实要比坪庄村的村民好一些。

石马村有三个炮楼引起了焕章的特别注意。这三个炮楼每个高达五六层，由麻石条和沙石混合土构筑而成，墙厚一米多，每层都有射击孔，非常坚固。

陈小锋说："据当地村民介绍，当年的红军游击队，就是利用这些炮楼和村里的土围子与白军作殊死战斗的，这些炮楼和土围子对保护红区群众、防止反动派侵扰也起到了重要作用。你看炮楼外墙上的那累累的弹痕，就是当年血与火的历史见证！"

焕章抬头仰望其中一个炮楼，这炮楼像一位饱经沧桑、威武挺立的老英雄，在夕阳的照射下，显得更加巍峨、庄严和肃穆，神圣而不可侵犯，不禁让他肃然起敬了。

回到陈小锋的住处，两人又聊了一会儿，很自然地又聊到年轻人都关心的恋爱话题上。

"有女朋友了没？"焕章问。

"没有。"陈小锋说，"你呢？"

"你毕业比我早，又是相貌堂堂、一表人才的检察官，你都还没有，我怎么会有？"焕章笑着说。陈小锋读的是两年制的江西司法学校，比焕章早毕业两年。

"别这么说！我怎么能和你这位大学本科毕业的高才生、县委宣传部的领导相比呢？"陈小锋恭维地说。

"驻舆乡政府的简艳艳人长得很不错啊！"焕章说。

"你去追她！"陈小锋有点尴尬地说。他想起了上次参加驻舆乡政府干部大会时，为了简艳艳他和焕章暗中进行感情角逐的事。

焕章摇了摇头，说："她不适合我，更适合你，你去追她吧！"

"感情的事很难说啊，要有缘分才行！"陈小锋笑笑说。

"也是！"焕章也笑笑说。

时间不早了，陈小锋想留焕章吃晚饭。焕章考虑到陈小锋在村干部家搭伙食，这里离驻舆圩又远，购买又不方便，便婉言辞谢了。趁太阳还没落山，他要骑自行车赶回去。临走时，陈小锋从老乡那里买了一只大西瓜，绑在焕章的车后架上，让他带回去吃。

"有空到乡民政招待所坐坐哈，到时我请客！"焕章真诚地邀请说。

"好咧！"陈小锋高兴地应道。

两人挥手告别。

在乡民政招待所吃过晚饭后，焕章因为上午进坪庄村帮村民干过农活，下午又骑自行车到过石马村，天气炎热，暑气逼人，一身黏糊糊的他，便想到驻舆河里痛痛快快游泳去。从读大学到现在，他已经有四五年没下河游泳了。而小时候，他可是在河里泡大的呀，家乡那条美丽的篁乡河，曾陪伴他度过了美好的童年和少年时期。

当焕章带着短裤背心、香皂毛巾来到驻舆河的古码头时，他发现河里已有很多人在那里游泳了。因为暮色昏黄，光线不好，也看不清里面是否有熟悉的人。

驻舆河是长平河的一段，而长平河是东江的源头，它经东江而入珠江，再流入浩瀚的大海。古码头是驻舆河水最深的地方。码头具体建造年代不详，大概兴盛于清代中晚期。它倚河岸而建，用红沙岩条石砌岸，两头高、中间低，状如梯形。从码头低处拾级而上，两边各有几十级对称的台阶。台阶行走磨损的痕迹明显，石质埠头上留有许多当年船只靠岸时与埠头拖擦形成的深痕，以及船只离岸时竹篙顶在埠头上留下的凹痕，它们共同见证了古码头昔日的繁荣。现在，驻舆河早已没了竹筏、木船的影子，古码头也失去了以往岁月在水运上的重要作用，只剩下用来挑水浇菜、淘米洗衣和游泳嬉戏的功能了。

古码头上游水深，是老少爷们游泳的地方；古码头下游约一百米远的地方，水没那么深，是女人们游泳的地方。如果是白天，男人们会穿着短裤、赤裸着上身游泳，女人们则会穿着短裤、背心游泳，而到了光线朦胧不清的傍晚或晚上，因没有遮羞的必要了，无论是男人还是女人，都会脱得赤裸裸的，在河里尽情、畅快地游玩！当然啦，如果是屁颠屁颠的小孩儿，是没有这些规矩的，无论男孩女孩，都一律赤条条的。

焕章和大家一样，趁着朦胧迷离的暮色，赤裸着身体，如一条灵巧的鱼，时而浮起，时而下潜，时而蛙泳，时而仰游……好不爽快、舒畅！他的脑海里不禁浮想起毛泽东同志在《沁园春·长沙》中的著名诗句来："曾记否，到中流击水，浪遏飞舟？"

河面上很热闹，乒乒乓乓的击水声，噼里啪啦打水仗的声音，孩子们追逐、喊叫和嬉笑的声音，响成了一片。

焕章抬头好奇地张望了一下码头下游百米外女人游泳的地方，只见一个个朦胧的白色影子在水里沉浮着，不时传来她们清脆、娇美的嬉笑声。

这时，一个大胆的小伙子一边踩着水，一边用双手在嘴边裹成喇叭状，朝她们唱起了动听的情歌来：

> 妹子生得好斯文，
> 好比天上五色云；
> 五色祥云盖天下，

妹子斯文盖一村。

下游的女人突然没了声音，忽然又传来嘻嘻哈哈的嬉笑声。

"唱得好！""再来一个！"男人们在喝彩。于是，那个小伙子又唱了一支挑逗的情歌：

日头落山妹莫慌，

哥有金钩钩太阳；

太阳挂在金钩上，

妹子挂在哥心肠。

下游的女人一阵嘈杂的议论后，忽然传来一个胆大的姑娘清脆、嘹亮的情歌声：

河边杨柳嫩娇娇，

拿起桨板等东潮；

阿哥摇船妹泼水，

船浮水面任哥摇。

歌声刚落，下游的女人便嘻嘻哈哈地笑了起来……

河水温柔，暮色迷蒙，一道弯月挂上了树梢。白天睡了一天的星星，此时陆陆续续醒来了，忽闪着明亮、清纯的眼睛俯瞰着大地。几只白色的水鸟扇动着翅膀，欢鸣着从河面上掠过，飞栖到岸边的篁竹林里去了。此时此地，此情此景，不禁让焕章遐思翩翩，想象起那古朴、浪漫、多情而又美好的远古时代来……

这天上午，在坪庄村村委会，焕章和陈道功支书正聊着村里的夏收夏种话题，民兵连长邝东胜脚步匆匆地走了进来。

"焕章领导，道功支书，早啊！"邝东胜招呼道。

"早啊，东胜！"焕章回礼道。

"有什么事吗？"陈支书见他行色匆匆问。

"我们村民小组的邝振德他老母亲病得很重，现在送到县人民医院住院治疗了。邝振德很早就没了父亲，他是个独子，也是一个大孝子，现在他们夫妻俩都在医院里服侍母亲，两个还在读小学的儿女托我照看着，牲畜、鸡鸭则托付给另一个邻居照看了。但他家里的稻子没人收割，秧苗也没人管理，错过季节的话，损失会很惨重！你们说，这件事怎么办才好？现在是农忙季节，大家都很忙……"邝东胜忧虑地说。

"这确实是个麻烦事！"陈支书搔了搔头，有点无奈地说。

焕章沉思了一会儿，说："陈支书，你看这样好不好？东胜不是民兵连长吗？就叫他带几个青年民兵帮邝振德家收割一下稻子，看管一下秧苗。如果邝振德夫妇很迟才回来，就帮他们把秧也插上，免得错过了季节。至于帮忙的几个民兵，村里适当给他们一点补贴。你看行不行？"

"你这个建议很好！我怎么没想到呢？就这样办吧！"陈支书一拍大腿说，"东胜，你叫上几个男女民兵，把这件事处理好！"

"好咧！"邝东胜高兴地领命走了。

焕章又和陈支书商量了一下，决定以村委会的名义，派人到县人民医院去看望一下邝振德的老母亲，并送一百元慰问金给她，以体现村委会的关怀。一百元虽然不多，但也不算少，它差不多有焕章两个月的工资钱了。村委会现在有了砖瓦厂和碾米厂的收入，适当的补贴和慰问金这些支出，已没什么问题了。

焕章又给在县人民医院住院部当医生的老同学徐学斌打了一个电话，叫他多关照一下邝振德的老母亲。徐学斌爽快地答应了。

焕章后来听说，得到村委会的慰问和帮助的邝振德母子，为此流下了感激的泪水。

这天是驻舆圩的圩日。焕章从坪庄村回来，看到时间还早，便到圩场上转了一圈，他想了解一下驻舆圩日的情况。

因为已进入夏收夏种的季节，各种物资的消耗比以往多，来圩场上买东西、卖东西的人就多，而驻舆又是有两三万人口的大乡，所以来赴圩的与周围几个乡的圩日相比人也就更多，一眼望过去，整个圩场人头攒动，摩肩接踵，熙熙攘攘，热闹非凡。

驻舆乡自古以来都是商品经济比较发达的地方，改革开放以后，党的富民政策更刺激了驻舆乡商品经济的发展，市场上呈现了一派生机勃勃、欣欣向荣的景象：蔬菜行摆满了辣椒、丝瓜、菜豆、芦笋、茭白、西红柿、空心菜、卷心菜、上海青等，瓜果行摆满了西瓜、香瓜、桃子、李子、香蕉、油梨、葡萄、花生、哈密瓜等，生肉行里是一案一案成排成列的新鲜猪肉、牛肉、羊肉和狗肉，熟肉行里是色香诱人的卤鸭、烤鸡、牛头熟、酸辣鸭和烧烤猪，牲畜行里的猪、牛、狗、猫叫声四起，家禽行里的鸡、鸭、鹅、鸽啼鸣起伏，衣帽行里的成衣摊、鞋帽摊、布匹摊、针线摊一个接一个，小吃行里的糍粑摊、粄子摊、仙人粄摊、麻包豆腐摊、水饺肉粉摊应有尽有。此外，还有卖镰刀锄头的，卖烟叶烟丝的，卖猪油茶油的，卖黄酒毕酒的，卖鸡蛋鸭蛋的，卖中药、鼠药、狗皮膏药的，卖磁带、影碟、花边刊物的，卖香烛、鞭炮、纸钱冥币的，卖咸鱼、海带、豆豉酱醋的，卖瓜子、糖果、儿童玩具的……真是数也数不尽，看也看不完！吆喝声，争吵声，呼唤声，讨价还价声，嘻嘻哈哈声，小孩哭闹声，录像中的枪战声，间或噼噼啪啪的鞭炮声，汇成一块，响成一片，如浪如潮，煞是热闹。

在生猪行，焕章意外碰见了家住驻舆乡田坑村的大姐夫谢来福和外甥女招娣。大姐夫正在询问小猪的价格。

"大姐夫！"焕章惊喜地唤道。

"哎呀，是小弟啊！那么巧，在这里碰到你！"大姐夫也惊喜地说。

"听说你大学毕业后分配在县委宣传部工作了？那么久也不来看看你大姐、看看我们，是不是嫌我们家穷啊？"大姐夫责怪地说。

"大姐夫哪里的话？工作忙啊，过一段时间空闲一点时，我一定会去！"焕章带有歉意地说。

"这是招娣吧？"焕章转向外甥女，"五六年不见，长这么高了，都成大姑娘了！"焕章夸赞说。

"小舅好！"招娣腼腆地问候焕章说。

"好好！"焕章高兴地答道。

焕章还是刚考上大学那年见过她，那时大姐一家人都来了，欢送他上大学，招娣那时刚好十岁，还是一个小女孩，而今近六年过去了，招娣也十五六岁了，正处于豆蔻年华，已是亭亭玉立的姑娘了。她美丽的容貌，深得了大姐水莲的遗传。

"招娣还在读书吗？"焕章问大姐夫。

"初中毕业后就没读啦！"大姐夫说。

"为什么不让她读高中，去考大学呢？"焕章又问，语气中有点遗憾，也有点不满。

"她自己不想读了，说成绩跟不上，考大学没希望！"大姐夫说。

招娣的脸红红的，低着头一声不吭。

既然是她自己不想读，那还有什么可说的呢？焕章便默然了。

"小弟下驻舆乡来，是检查工作吗？"大姐夫问焕章。

"不是。我在坪庄村搞扶贫。"焕章说。

"在坪庄村扶贫？那么近也不来我们家？！"大姐夫更表现出不满了。

"这一段时间我确实很忙，再过一段时间空闲一些时，我一定会来的！"焕章只好又带有歉意地保证说。

"大姐夫来逛生猪行，是想买小猪养吗？"焕章问。

"不是。我家里养了一头猪嫲，上个月下了一窝猪崽。我是来了解一下猪崽的行情的。"大姐夫说。

"大姐夫真不错呀，有经济头脑！现在养猪嫲下猪崽卖，很赚钱的哦！"焕章夸赞大姐夫说。

"我也是第一次养猪嫲，不过运气还好，头窝猪崽就下了十二只！"大姐夫高兴地说。

"十二只？真好运啊！"焕章赞叹说。

"不过，现在也有烦心事：小猪崽正是长身体的关键期，我想买一些精饲料喂养它们，好让它们长得快些、壮些。另外，我还想扩建猪圈，原来的猪圈太小了……但手头却没有资金哪！"大姐夫叹息一声说。

"需要多少钱？"焕章关切地问。

"一百元左右。"大姐夫说。

"大姐夫，我帮你！我现在没那么多钱，不过很快就要领这个月的工资了，到时我再向借别人一点钱，凑一百块钱给你！"焕章慷慨地说。

"那太好了，小弟，谢谢你！待猪崽散窝卖掉后，我一定会把钱还给你的！"大姐夫感激地说。

"谢什么，不用还！自己的兄弟姐妹有困难，帮一把也是应该的！"焕章真诚地说。

焕章主动提出资助大姐夫，这不仅是出于与大姐水莲的姐弟之情，更是出于对大姐当年付出的巨大牺牲和无私奉献的报答。

事情的原委是这样的：其实，大姐夫谢来福是大姐的第二任丈夫了。大姐的第一任丈夫，是松竹岭垦殖场高头村的严少华。严少华不但人长得高大帅气，而且吃苦耐劳，还精通织萝筥、做木勺的手艺，和天生丽质、出水芙蓉般的大姐很是般配，婚后小两口过得恩爱甜蜜，并育有一男一女两个孩子。二十世纪六十年代初，大哥良翊想参军，体检合格了，却在最后政审时卡壳了——原来，大姐夫严少华家是富农成分。这在阶级成分大过天的年代，自然成了大哥当兵的拦路虎。都是当年的媒人婆害的，她当初做介绍时，居然隐瞒了严少华家是富农成分的真相。眼看当兵的夙愿将成为泡影，大哥急得茶饭不思，父母更是心急如焚。在万般无奈之下，只好叫大姐去离婚。大姐为了大弟的美好前途，只好忍痛割爱，离开了心爱的丈夫和两个孩子，含泪告别了自己幸福的家。后来，大姐又经媒人介绍，嫁给了现在这个大姐夫谢来福。平心而论，大姐夫谢来福长得黑瘦矮丑，和第一任大姐夫严少华比简直就不是一个档次，根本配不上美貌如花的大姐。但大姐毕竟是嫁过一个老公且生过两个孩子的女人了，已没有多少选择的余地，再说，田坑村的"水田多、粮食足"是远近闻名的，这在衣食严重短缺的二十世纪六十年代，无疑有着巨大的吸引力。不过，话也说回来，大姐夫谢来福虽然其貌不扬，但也有他的优点，他能说会道，脑瓜子灵，有一点经济头脑，所以大姐和他结婚后，日子过得还算可以。他们生育了一女二男三个孩子，也许是老天有眼，三个孩子都像母亲多一些，都长得漂漂亮亮的。焕章还记得小时候，每到"三荒四月"，家里缺粮断炊时，大姐或大姐夫就会肩挑一些稻谷或大米过来，及时接济家里。可以说，没有大姐水莲当年的巨大牺牲和无私奉献，就没有大哥良翊的今天；而如果没有大哥良翊的不断勉励和大力资助，也就没有焕章的今日！所谓"饮水思源"，焕章不能不感恩和报答大姐当年的付出。所以，现在大姐夫家有了暂时的经济困难，焕章全力去资助他们，既是他心甘情愿，也是他理所应当的事。

"那好！你把钱准备好后，有空送到我家里来，顺便看望一下你大姐。她可经常念叨你，说你不来看她哦！"大姐夫说，"如果你实在忙，一时走不开，你也可以先把钱交给粮管所的源鑫牯，叫他转交给我——我每次赴圩时，都会到他那里买一点平价的'二斗子'（不饱满的稻谷），碾成糠米喂猪。"

"好的好的！"焕章答应说。

大姐夫说的源鑫牯，是焕章小时候住在新屋下围屋时的玩伴刘源鑫。长平人称呼男子，总习惯在他的名字后面加一个"牯"字，是希望他长得像公牛那么强壮的意思。源鑫牯的父亲原是篁乡粮管所的工作人员，退休后源鑫牯顶替了他的工作。源鑫牯先在篁乡粮管所工作，后来调到驻舆乡粮管所工作。焕章刚下到驻舆乡搞扶贫时，和他见过一面，他还请焕章吃过一餐饭，后来焕章也回请过他。最近两人都事情多，各忙各的，很少在一起。

大姐夫和外甥女临走时，焕章特地到生肉行买了一刀下的两斤猪肉，叫大姐夫带回家去。大姐夫很客气地推辞，在焕章的执意要求下，只好接受了猪肉。

"有空来看看你大姐啊！"大姐夫又嘱咐道。

"好的好的，一定会来！"焕章又答应说。

"小舅再见！"招娣向焕章挥挥手。

"再见！在家里多帮帮父母哈！"焕章嘱咐她说。

"嗯嗯！"招娣点头应道。

待大姐夫和外甥女在人流中消失不见了，焕章才回乡民政局招待所吃午饭去了。这时，他的心情是愉悦的，甚至是幸福的，因为他感到，自己已经有能力帮助、报答亲友了，是一个事业有成的男子汉了！

第三十章

午后，天气由晴转阴，下起了霏霏小雨。村民们一边骂骂咧咧，一边慌慌张张地把晒在外面的稻谷、豆类和衣服等收进屋里。这种天气是不能收割稻子的，下雨天收割的稻谷容易发芽、发霉，但对秧苗的生长却十分有利，秧苗可以趁此大量吸收水分，长得更加碧绿、粗壮。所以，这时的稻谷田里是没人劳作的，秧苗田里却会有人在看水或拔草。绵绵的细雨，使干热的大地变得湿漉漉的，空气也变得清新、凉爽起来，让久困在热笼里的人们有一种舒爽的感觉，人也精神了许多。

因为下雨天道路泥泞，不便行走，又没什么要紧事，下午焕章就没进坪庄村。他猜想乡政府的干部也应该因下雨没有出门，再加上现在又是星期六下午，他便打算到乡政府找年轻的干部们玩去，以打发这空闲的时间。

这时，乡政府的七八个年轻干部正聚集在廖云娥的房间里，围着一张四方台桌打扑克牌，简艳艳、杨志高也在。四个人主打，另几个人则坐在旁边指指点点，做起军师来。他们打的是"五十K"对家牌，以捡分的多少论输赢，输的一方罚贴白纸条，有人的鼻子、下巴、耳垂已贴了不少白纸条了，看上去很是滑稽！

他们见焕章来了，出于礼貌和尊重，便让出一个位置让他打。焕章客气了一番，便坐下来接手开打。他的对面恰好是简艳艳。简艳艳见焕章和自己"一家"，心里甜滋滋的，两眼闪动着脉脉的波光，脸上洋溢着幸福的红晕。

其实焕章并不精通打牌，因为他忙于工作和学习，平时打得很少，几乎没什么经验。但现在他的手气却格外地好，每一局牌，他手里都拈有同花顺"五十K"和"炸弹"，把对方打得晕头转向。简艳艳和他也配合得很默契，于是，每一局他们都成了赢家，这不但使简艳艳下巴上原有的几张白纸条撕了下来，还同时让两位对手贴上了好几张白纸条。大家都奉承说焕章打牌"很厉害""打牌的水平高""大学毕业的高才生就是不同"，说得他居然也有点飘飘然起来。而简艳艳更是乐得合不拢嘴，以为焕章和她简直就是天作之合。

忽然，乡政府的广播员兼收发员李小花走了进来，她手里举着一封信，宣布重大新闻似的大声嚷道："焕章，有你一封信，是一个靓女写的哦！"大家立即被她的喊声吸引住了。"哪里来的信？""哪个美女写的？""'河岭中学，凌绒'，女孩子的字体，很娟秀哦，真的是一位凌姓姑娘写的！""焕章你真'活（厉害）'呀，这么快就勾到美女了！"大家停止了打牌，吵吵嚷嚷，互相传递着信件，细看着信封上写的文字，似乎还想再辨认出什么蛛丝马迹来。

"快把信给我！"焕章大声说，唯恐他们擅自把信拆开，偷看信的内容，泄露他的隐私。

"别给他，要他请客才给！"杨志高一边大声喊道，一边瞟了身旁的简艳艳一眼。

焕章心里明白，杨志高之所以故意大声喊叫，目的是想告诉简艳艳：焕章已经有女朋友了，你对他就别抱什么幻想了，跟我好吧！焕章心里不禁对他冷笑了一声。

简艳艳的脸色很难看，一言不发。她肯定吃醋了，心里很难受。

焕章见他们不肯把信给他，非要他请客不可，为免信件遭殃，他只好无奈地从钱包里取出五元钱，叫其中一人到附近的副食店买了一包花生米、一包糖豆和一瓶葡萄酒回来。

大家见焕章已经破费请客了，便不再为难他，把信给了他。

焕章拿到信件后，怕他们偷看似的，赶紧溜走了。简艳艳呆呆地站在那里，目送着他飘然离去……

信是焕章的女朋友凌宝欣寄来的。信中大意是说：她很想念他，希望他不要乐不思蜀，没什么要紧的事周日就回来，辅导一下她考试的功课。几乎和上次见面时说的一样。其实，他和宝欣分别才一个星期，也许热恋中的女子都有度日如年的感觉吧，焕章甜蜜地想。

焕章忽又想：宝欣为什么不把信寄到乡民政招待所而要寄到乡政府来呢？他告诉过她他的住址啊！这个家伙，肯定动用了她的小心机——乡政府的姑娘多，她有意要告诉她们，焕章已有女朋友了，这个女朋友就是她凌宝欣，你们就不要瞎掺和，跟她争了……这个鬼灵精！焕章心里轻柔地骂了一声，甜蜜地笑了。不过，明天他确实该回县城去了，不仅仅是因为宝欣的来信，还因为他要领这个月的工资了，而且要报销几张发票，同时还要借别人一点钱，好凑集一百元钱给大姐夫买精饲料和扩建猪圈。

焕章周日回到县城后，下午就来到西井大街的宝欣家里。

因为焕章来过几次宝欣家里了，大家都已熟悉，彼此便不再客套。焕章和宝欣的爸妈聊了几句闲话后，就随宝欣进了她的闺房。

一进房间，宝欣就把房门关上，把门反锁，然后扑在焕章的怀里，紧紧地拥抱着他，仿佛分别了一个世纪。焕章热烈地吻她，深情地爱抚她。她幸福地战栗着、娇吟着，情爱的潮水在泛滥、奔涌……

"你是不是不接到我的来信，这个周末就不打算回县城了？"当两人的情潮都平息下来后，宝欣依偎在焕章的怀里，撒娇地问。

"哪里，你不来信我也会回来的。我不是答应过你吗？只要乡下没什么特别的事，周末我都会回县城来的。"焕章说。

"那你昨天下午为什么不回来，今天才回来呢？"宝欣娇嗔地问。

"昨天下午下雨呀，不方便出门！"焕章解释说。

"借口！我看你是被乡政府的哪个小狐狸精迷住了吧？"宝欣调皮地捏了一下焕章的耳朵说。

"怎么可能！"焕章笑着说，"怪不得你故意把信写到乡政府来，原来你是怀疑我的感情呀！你这个鬼灵精！"

宝欣狡黠而得意地笑了。

这次焕章继续给宝欣辅导心理学。下午六点半时，他才把心理学的基本要点讲解完毕。

"辛苦了，谢谢你！"宝欣奖赏性地吻了一下焕章，感激地说。

"谢什么！帮你还不就是帮我吗！"焕章抱着她说，也深情地回吻了她一下。

宝欣的爸妈留焕章吃晚饭，她的姐姐和外甥女也在，一大家人其乐融融。

饭菜自然是丰盛的。特别要提一下的是，平时都是宝欣的妈妈煮饭菜，宝欣的爸爸很少下厨，这次他却亲自下厨，还做了一道他的拿手好菜——"酒黄焖仔姜鸭"招待焕章。

"酒黄焖仔姜鸭"是长平远近闻名的特色客家菜之一。它的做法大概是这样的：把仔鸭洗净后去瘀血、内脏，切成小块，下锅炒热，放入葱段、仔姜片，待肉块煸炒至表面发黄时，再起锅倒入砂锅里，然后加入鲜汤、吊酒、豉汁，盖上砂锅盖，再用文火焖。当鸭肉酥烂入味时，又滴入几滴香油，就完成了。做好的"酒黄焖仔姜鸭"色泽深黄，汁浓味厚，酥烂鲜醇，芬芳可口，是当地人百吃不厌的美味佳看。

焕章非常喜欢吃这道菜，不觉间酒也多喝了两杯，饭也多吃了一碗。

晚饭后，焕章和宝欣到电影院看电影。

电影是《今夜星光灿烂》，是一部由八一电影制片厂拍摄、谢铁骊执导的战争片。故事的内容梗概是：一九四八年冬，在硝烟弥漫的淮海战场上，一个准备上吊的姑娘，被我军电话员小于救回掩蔽部里。姑娘名叫杨玉香，弟弟被地主打死了，父亲也不幸死去了，她在走投无路的情况下，只得出此下策。杨玉香为报救命之恩，愿以身相许，小于不知所措，老班长把她留在伙房帮忙。从此，这个孤苦伶仃的姑娘便生活在革命的大家庭里，成为连队的编外一员，开始了不平常的新生活。最后，她成长为一名真正的战士。

看完电影，焕章和宝欣又手挽手，亲密地在长平河畔散步了一会儿，两人才依依惜别。

第二天上午，焕章回宣传部上班时，先到财会室领了这个月的工资，又报了几张发票，一共领了一百二十六元钱。因为要拿一百元钱给大姐夫买精饲料和扩建猪圈，剩下的钱自己不够开销了，他便打算向部里的同事借一点。

在宣传部办公室，陈祥辉正在埋头写新闻稿，其他同事不知到哪儿公干去了。

"祥辉，你手头宽裕不？"焕章问祥辉，"想向你借点钱。"他把借钱的原因跟祥辉说了一下。

"没问题！想借多少？"

"三十吧。"

"三十？太少了！借给你五十吧！你现在谈着恋爱，正需要用钱的时候！"祥辉大方地说。

"好吧，那就借五十吧！"焕章感激地说。

祥辉从钱包里取出五十元钱，递给焕章。

"谢谢啦！"焕章接过钱说。他想到借钱的问题已经解决，心里也就踏实了。

下午，焕章接到二哥新营从篁乡打来的电话。

二哥在电话里说："村里的阿耀牯前一段时间写了一封控告信给县人民检察院，控告三叔有一天傍晚在野外想强奸他老婆。控告信里还写了你的名字。现在县人民检察院把这封控告信批转给了篁乡政府，责成乡里的司法人员进一步了解、核实案情。你抽空到县检察院找一下盛荣老师，了解一下情况，问一下怎么办。"

焕章大吃一惊。三叔想强奸阿耀牯的老婆？！三叔今年六十多岁了，而阿耀牯的老婆才三十多岁。一个六十多岁的文弱老头去强奸一个三十多岁的壮实农妇？叫人怎么想象都好像搭不上边呀……

"真的还是假的？"焕章难以置信地问。

"阿耀老婆说是真的，三叔却说是假的。三叔说，那天下午劳动回家时，因是傍晚了看不太清，田埂又狭窄，两个人面对面走过时，不小心碰到了她的身上，就这样！"二哥说。

"法律讲求人证、物证，空口乱说是没用的！有人证、物证没有？也就是说，有别人看见三叔想强奸她吗？女方的衣服撕破了没有？身上有没有伤痕？她的身上或衣物上有没有三叔的精液？"焕章一连串地问。

"没有人证、物证，只是各说各的！"二哥说。

"没有人证、物证就想控告别人强奸未遂罪？再说，这事和我又有什么关系呢，为什么他的控告信里要把我的名字写上？真是岂有此理！"焕章恼怒地说。

"他把你的名字写上，估计是怕你利用你在县委宣传部工作的影响力，护着三叔，干预案件的处理吧，所以来了个先下手为强。"二哥说。

"真他妈的王八蛋！"焕章禁不住骂了一句粗口。

"就这样吧！你就抽空抓紧去找一下检察院的盛荣老师。"二哥又嘱咐说。

"好的！"说完，焕章便挂上了电话。

焕章又沉思了一会儿。叫他心里感到奇怪的是，按道理，控告别人犯强奸未遂罪，也应该把控告信写给县人民法院呀，阿耀牯为什么要写给县人民检察院呢？难道他认为在县人民检察院工作的同村人盛荣老师会为他出头？此外，竟然把我的名字也写进控告信里，这是哪位"高人"在背后替他出的主意呢？多么恶毒，多么愚蠢，多么荒唐啊！

盛荣老师虽然同是田背排村人，但他不姓刘，而姓杜，是杜屋人。杜屋是田背排村的其中一个村民小组。盛荣老师在田背排小学当过多年的民办教师，教过二哥新营，也教过焕章。盛荣老师后来由民办老师转正为公办老师，不久又转行成了县人民检察院的检察官，现在任县人民检察院的刑侦科科长，虽然他的身份发生了很大变化，但二哥新营和焕章自己，仍一直尊敬地叫他盛荣老师。

晚上，焕章在水果店买了几斤苹果，去检察院的家属房拜望盛荣老师。他按二哥的嘱咐，想了解一下三叔强奸未遂案的具体情况，并听听他的意见，对这件事该怎么办。

盛荣老师在客厅里热情地接待了自己昔日的得意门生。

焕章虔诚地问候了自己的老师和师娘，又向盛荣老师汇报了一下自己的工作近况，然后才把自己想了解一下三叔强奸未遂案的意思提了出来。

盛荣老师坦诚地说："你是我的学生，我不妨和你直说：控告你三叔强奸未遂的那封信是我亲自处理的。因为考虑到没有人证、物证，我就把它批转给篁乡政府的有关司法人员去调查、核实了。你放心，司法部门办案的原则是'以事实为依据，以法律为准绳'，只要没有确凿的人证、物证，你三叔就不会有事。至于那封控告信里写到了你的名字，你更不用担心，因为事件本身与你毫无关系，你根本不用去理它，就当作不知道。大家都是同村人，抬头不见低头见，我希望这件事最好是大事化小、小事化了。"

"我听老师您的，以后我不再过问这件事了。"焕章说。

从盛荣老师那里告别出来，焕章心里清醒了许多，也踏实了许多。

在回去的路上，他又冷静地想了一下：也许无风不起浪吧，三叔虽然年纪大了，但在家鳏居多年，难免还是有一丝色欲之心，可也算是老知识分子的他，强奸应该不敢，也没那个力气，在狭路上想趁机揩点油却很难说。不过，即便这样，这最多属于耍流氓，要定他强奸未遂罪，那是不可能的！

后来，焕章没再理睬这件事。这件事后来也查无实据，最后不了了之。

第三十一章

参加完驻舆乡的计划生育突击工作后，焕章休息了一天，梳理了一下这几天烦乱的思绪，又顺便看了几章《中国通史》。第二天早上起来，他忽然想起前一段时间在大姐夫面前许下的"有空时一定会去看望大姐"的承诺，便打算趁现在有点空闲，去田坑村看望一下大姐。

在田坑村，大姐夫家的社会地位是比较低的。大姐夫不是土生土长的本地人，他是田坑村一家缺少儿子的谢氏夫妻从广东龙川县收养来的养子，人又长得黑瘦矮丑，而大姐又是已有两个孩子、离婚后才嫁过来的"二份亲"，因为这些原因，所以当地有的村民虽然当面不说，但在心里却看不起他们。对于这个，焕章小时候到大姐家做客时，就从左邻右舍的眼神里感受到了。也正因为这个原因，焕章的兄弟姐妹们长大成才后，会不时来田坑村看望大姐，以防左邻右舍欺负大姐。而田背排刘氏家族是长平远近闻名的大家族，作为小姓的田坑村谢氏家族人，他们自然也有所忌惮。特别是后来成了军医、科主任医师的大哥良翊，只要回到了长平老家，就会来田坑村看望大姐，一是报答大姐的恩情，二是用自己的社会影响力，提高大姐夫家的社会地位。现在焕章去探望大姐，大概和大哥良翊抱着同样的心理吧。

焕章到乡政府借来林毓良副书记崭新的永久牌自行车，先到一家副食品商店买了一包过滤嘴白沙烟（他自己不抽烟，准备到达大姐家时，发给别人抽的）、两斤饼干、一斤奶糖和一箱啤酒，又到肉菜市场上买了三斤猪肉和一条两斤多的草鱼，便向田坑村出发了。

焕章骑了半个多小时左弯右拐、忽高忽低的公路、村道后，就到达了田坑村的大姐家。记得小时候，他跟随母亲从篁乡田背排村出发到驻舆乡田坑村的大姐家时，可是要走一段很长很长的公路，再走一段很长很长的山路，穿窝过崀，跋山涉水，从早上六七点钟一直走到下午三四点钟才能到达，其间的饥渴疲劳、千辛万苦，他直到现在还记忆犹新。

焕章的到来，让大姐水莲和大姐夫谢来福异常高兴。

看到小弟焕章带来那么多礼物，大姐责怪他说："小弟啊，只要你人来了，大姐我就高兴，去买那么多东西做什么呢？你参加工作没多久，也没什么钱呀！"

"小弟，你大姐说的对！你人来了，什么也就有了，花那么多钱干什么呢？"大姐夫也附和说。

"那么多年没来看望你们了，没买什么像样的东西，只是一点小心意！"焕章笑笑说。

多年不见大姐，岁月的风霜在她的眼角留下了不少鱼尾纹，但她的皮肤仍然还很白皙，身材也还很好，没有一般壮年农妇的黝黑和臃肿。

见有身份的小舅来了，三个外甥更是开心。除外甥女招娣有一点害羞外，还在读小学的两个外甥振东和震华，一边一个拉着焕章的手问东问西，两张嘴忙个不停。邻居的几个小孩子见来了一个戴眼镜的贵客，也走过来凑热闹。焕章叫大姐把饼干、奶糖发给孩子们吃，孩子们吃着难得的零食，嬉笑着更开心了。

从门前路过的近邻，见大姐家来了客人，便会热情地前来搭话说："水莲嫂，来客人啦？"

"是啊，我娘家的小弟来啦！"大姐高兴地说。

"你小弟啊？认不出来啦！在哪工作啊？"近邻问。

"是啊，他还是小时候来过。"大姐说，"他去年才大学毕业，在县委宣传部工作。"

"你小弟有出息，做大领导的啊！"近邻夸赞说。

"托您的福！"大姐既谦虚又自豪地说。

"你好像还有一个弟弟在外面工作，当医生是吧？"近邻问。

"是的，那是我大弟。他原先在部队当军医，去年转业到赣州地区人民医院工作了，当科主任啦！"大姐笑着说。

"你的兄弟真了不起啊！"近邻又夸赞说。

"托您的福！"大姐既谦虚又自豪地说。

对来热情搭话的近邻，如果是女的，焕章会向她点头微笑；如果是男的，焕章除点头微笑外，还会敬他一支过滤嘴"白沙"烟，对方双手接过烟后，会恭维说："食你的发财烟！"焕章则会回礼道："食了就发财！"并拿来大姐夫的打火机给他点上。

为招待小弟，大姐夫和大姐剐（杀）了一只母鸡和一只鸭子，又叫外甥女招娣到卖豆腐的人家买了一格白豆腐，到菜园里割了一把韭菜，做韭菜肉臊瓢豆腐。

"大姐、大姐夫，自己的弟弟，又不是别的什么贵客，那么客气干什么，剐什么鸡鸭呀？随便弄一点饭菜吃就行了，不要那么麻烦！"焕章责怪他们说。

"小弟呀，你以前一直在外忙于读书和工作，多少年都没来过大姐家里了，以前大姐就是想做什么好吃的给你吃，你也吃不到啊，现在你好不容易来一趟看望大姐了，大姐高兴哪！鸡用来清炖，鸭用来蘸酸辣姜味，都是你小时候喜欢吃的……这些鸡鸭，都是自家养的，又不是买来的，有什么麻烦！"大姐真诚地说。

"现在你大学毕业了，又在本县当干部，以后有空，多来看看大姐、大姐夫！大姐、大姐夫家虽然穷点，但你是自家兄弟，就不要嫌弃了！"大姐夫说。

"大姐夫说的是什么话！以后有空，我一定会多来看看你们！"焕章感动地说。

中午吃饭时，大姐、大姐夫摆了满满一桌佳肴：鸡、鸭、鱼、肉、豆腐、香菇、竹笋……丰盛得仿佛过年一般。

"这么多菜呀，怎么吃得完？大姐、大姐夫，你们真是太客气了！"焕章既感动又不安地说。

"粗茶淡饭，大姐家没什么好招待的，随便吃！"大姐一边说，一边不住地往焕章碗里夹菜，生怕他拘谨不敢吃似的。

大姐夫则不停地倒啤酒给焕章喝。

焕章举杯祝大姐、大姐夫身体健康、发家致富，大姐、大姐夫则祝小弟步步高升、前程远大。大姐、大姐夫还要三个孩子一起向小舅敬酒，并告诫他们要向小舅学习，将来也去考大学，吃公家饭。焕章则祝外甥们学习进步、健康成长……

饭后闲聊时，焕章问大姐夫："家里的猪圈扩建没有？小猪崽什么时候散窝？"

"还没钱扩建猪圈。"大姐夫说，"再过十来天，小猪就可以散窝了。"

"你说什么？还没钱扩建猪圈？半个月前，我不是叫粮管所的源鑫牯转交给你一百块钱了吗？"焕章惊讶地说。

"他没给我啊！"大姐夫也惊讶地说。

"他真的没给你？"焕章难以置信地问。

"他真的没给我！我骗你干吗？"大姐夫认真地说。

焕章信了大姐夫的话。他很愤怒地说："那肯定是源鑫牯私吞或挪用了这笔钱！这个家伙，竟然做出这等事！下午你跟我一起去找他，非找他算账不可！"

"小弟你别心急，他也跑不了！你难得来大姐家一次，在这里住一晚再说，明天你大姐夫再和你一起去找他也不迟。"大姐劝慰焕章说。

"别心急，明天再找他不迟！"大姐夫附和大姐说。

"大姐、大姐夫，明天我要回县城办事，没空。下午大姐夫就和我一起去驻舆圩，到粮管所找源鑫牯！"焕章说。

"这样啊！……你是吃公家饭的，你的事你才清楚，就听你的吧！"大姐夫谅解地说。

在回驻舆圩前，焕章叫大姐夫带他去看了一下他家养的猪嫲和猪崽。猪嫲是白色的，好大，有两三百斤重。十二只猪崽，清一色的白，每只都有二三十斤了。遗憾的是猪圈太狭小了，猪嫲和小猪崽们挤在一起，几乎转不过身来，这又让焕章在心里生起源鑫牯的气来。

焕章在外甥们的陪伴下，又故地重游了一下小时候印象特别深刻的泉水井。这口泉水井很特别：整个井呈长方形，长约两米，宽约五米，用长条麻头石砌成；水深只有一米半左右，但水质异常清澈，水量异常充沛，一股股泉水从井底翻滚而出，在井面形成一圈圈波纹；多余的水从泉水井的一角涌出，形成汩汩不息的溪流，流向一片碧绿的菜地；井里有七八条颜色鲜红的鲤鱼，在摇曳的绿藻间溜来溜去，非常招人喜爱！

泉水井旁边的那棵大梨树，与焕章小时候来做客时看到的相比，长得更粗、更高、更大了。此时的大梨树上，挂满了拳头般大小的青黄色的梨子，炫耀着丰收的喜悦；藏在浓密梨叶下的夏蝉，"知了知了知——"地鸣唱着，似乎永远不知疲倦，永远那么动听，和他小时候来做客时听到的一模一样。抑或，它们就是小时候那些蝉的后代？

焕章在外甥们的陪伴下，又去看了一下大姐家的菜园。大姐种的蔬菜总是比别人家菜园里的蔬菜更绿、更苗壮，品种也更丰富多彩，大概是传承了母亲的勤劳聪慧之故。此时的菜园里，种满了姜、葱、韭菜、芹菜、辣椒、丝瓜、豆角、生菜、空心菜、龙须菜、卷心菜、西红柿等菜蔬。焕章记得小时候来大姐家做客，每次随大姐到菜园里浇水或摘菜，只要菜园里有可以生吃的黄瓜、萝卜或大菜头之类的东西，疼爱他的大姐都会弄一两只给他解馋，那温馨、美好的情景，令他至今难以忘怀！

下午三点时，焕章用自行车载着大姐夫回驻舆圩去了。他婉拒了大姐要他带一只鸡和一只鸭去的好意，说自己还没成家，一个人在单位上吃饭，没时间弄来吃，没必要带这些家禽。他只收下了大姐自家有的一袋盐晒花生、六只香瓜和六个熟鸡蛋。香瓜和熟鸡蛋各送六个，是取"六六大顺"的好意头。

回到驻舆圩后，焕章先把花生、香瓜和熟鸡蛋放在乡民政招待所自己的住处，然后带着大姐夫到粮管所找源鑫牯去了。

当焕章和大姐夫敲开房门，出现在源鑫牯的眼前时，源鑫牯立刻明白了他们的来意。他虽然热情地请他们进来，但仍然难以掩饰脸上的尴尬和不安。他请他们俩在木沙发上坐下，没有去泡茶，而是从食品柜里拿出两瓶青岛啤酒，又拿出一大包花生米，以酒代茶，热情而尴尬地请他们喝酒。

"源鑫牯，我要你转交给我大姐夫的那一百元钱为什么不给他呢？"焕章直截了当地问，语气里有明显的不满。

"焕章，大姐夫，真对不住你们！前一段时间我家里建房，周转不开，一时急用，便挪用了那一百块钱。"源鑫牯满怀歉意，表情很不自然地说。

"你急用钱，别人也急用钱哪，那是给我大姐夫扩建猪圈和买小猪精饲料的钱啊！再说，就算你急用拿来周转一下，也要跟我大姐夫打一声招呼吧？"焕章仍然不高兴地说。

"焕章，是我错了，对不起你和大姐夫了！还他的钱我现在准备好了，原打算后天圩日时给大姐夫的……"源鑫牯说着，从钱包里取出一百块钱，手微颤着递给大姐夫。

"请多多原谅！多多原谅！"源鑫牯一边说着，一边举起手中的酒杯，带有歉意地和焕章姐夫俩碰杯，然后"先喝为敬"地一饮而尽，接着又双手抱拳表示歉意。

"主要是我大姐夫也急用钱，不然的话，你拿去周转一下也没什么问题！再说，你拿去是为了建房子，也不是用来吃喝嫖赌！"事到如今，焕章也不好再说什么，只好自己打了一个圆场，以免场面再尴尬下去。是啊，他还能再说什么呢？钱他已经挪用了，就是骂他又能挽回什么损失呢？再说也没造成什么大损失，何况他现在已经把钱还回来了。而且，不管怎么说，他毕竟是自己小时候一起长大的玩伴，以前他对大姐夫也有一些关照，如果撕破了脸，同村同屋场人，大家面子上都会不好看，不如点到为止，大家和谐相处为好！

听到焕章这样说，源鑫牯心里才不再那么忐忑不安，脸上的笑容才自然起来。

从源鑫牯房间里告辞出来，焕章先陪大姐夫到熟人那里借了一根扁担，然后又陪他到一家禽畜饲料店买了一百斤小猪精饲料，目送他挑着精饲料在回家的路上走远了，自己才骑车回到乡民政招待所自己的住处，带上小半袋盐晒花生和两只香瓜，到乡政府把自行车还给林毓良副书记。

多年后的一天，焕章忽然听到一个让他吃惊的消息：源鑫牯在粮管所收购公粮时，通过入账不入库的非法手段，贪污、盗卖了国家十几万斤的粮食；东窗事发后，他被追缴了全部赃款赃物，还被判了六年有期徒刑，他令人羡慕的"铁饭碗"自然也丢掉了。源鑫牯是和焕章一起长大的一群玩伴中的一个，在他的印象中，他是一个为人老实、胆小怕事的人，怎么他参加工作后，却慢慢变得胆大妄为，以至于违法乱纪了呢？真是令人不解，令人唏嘘，令人惋惜啊！

因为今天是星期天，陈师傅那读小学四年级的小女儿淑英跟随妈妈到乡民政招待所度周末来了。淑英脸圆圆的，皮肤微赤，扎两条羊角辫子，很活泼可爱。

"麻烦你这个大学生辅导一下我家小女儿，她的学习不太好！"晚饭后，陈师傅笑着对焕章说，并要小女儿淑英把语文和数学作业本"给焕章哥哥看看"。

现在学校越来越重视教学成绩了，周末也给孩子们布置了家庭作业。

焕章针对淑英作业中出现的各种问题，给她细心辅导了一个多小时的语文和数学，并教给她一些读书的方法，直到她打呵欠想睡觉了才停止。

也许小孩子都差不多，晚上总喜欢听大人讲故事。在睡觉前，淑英要她爸爸给她讲一个故事，陈师傅便给她讲了一个祖祖辈辈不知流传了多少代人的绒家嬷的故事：

在很久很久以前，我们这里的深山老林里有和人的外貌差不多，但浑身长着长毛、会吃小孩的绒家嬷。

一天早上，有一户人家做父母的因有事外出，要第二天才回来，他们吩咐两个年幼的儿女，到了晚上必须把门户关好，以防止绒家嬷侵入。姐弟俩很听话，待父母走后，还没等到天黑，就把门关上，闩好了。

当两姐弟睡得正香的时候，姐姐忽然被外面嘚嘚嘚的敲门声惊醒了，便警惕地问："谁呀？"

门外传来沙哑的声音说："我是上屋的叔婆，早上你家大人吩咐你们要关好门窗，但还是不放心，请我晚上过来陪你们睡。"

说这话的不是别人，正是绒家嬷。原来，早上它在屋后偷听到他们父母的讲话了，此时它来骗他们姐弟俩了。

外面的月光很明亮，姐姐看到窗户上的人影不太像叔婆，迟疑地说："上屋的叔婆是梳发髻的，你怎么没有梳发髻？"

门外的人一听，就赶紧将地上的一堆牛屎顶在头上，说："刚才放下去了，你看，这不是发髻吗？"

姐姐听它说得真切，就信了，于是打开门请"叔婆"进来，然后三个人睡在同一张床上，姐姐睡一头，"叔婆"与弟弟睡另一头。

深夜的时候，姐姐突然被"咳哩喳咯"的声响吵醒了，好像是"叔婆"在吃东西，于是就问："叔婆，你在吃什么东西呀？"

"叔婆"说："人老了，睡不着，吃炒黄豆解闷。"

姐姐说："我也想吃，给我吃一点吧。"

"叔婆"说："刚刚吃完，没有了。小孩子乖，好好睡觉哈！"

不一会儿，姐姐又发觉床上湿答答的，于是又问："叔婆，床上怎么会有水？"

"叔婆"说："你弟弟遗尿了。"

姐姐的脚趾碰到了一条湿滑滑的东西，于是又问："我的脚趾碰到一条湿滑滑的东西，是什么啊？"

"叔婆"说："是你弟弟的背带。"

姐姐发现不对劲，就借口说要出屋去厕屎。

姐姐出去后，很久没有回来。"叔婆"于是出门去寻找，借着明亮的月光，发现姐姐正在门口一棵巨大的梨树上，于是问："乖女，你爬在树上干什么呀？"

姐姐说："叔婆，我饿了，摘个梨吃。"

"叔婆"问："甜不甜啊？"

姐姐说："很甜，像蜂蜜一样好吃！"

"叔婆"听了很心动，但它不会爬树，就让姐姐摘几只给它吃。姐姐说梨子扔下去会摔烂，就让"叔婆"找个磨篮顶在头上接梨子，又让"叔婆"递一根竹篙给她敲梨子。

"叔婆"按照姐姐的吩咐不断地移动着位置，一直移到水井旁边。姐姐趁"叔婆"不注意，就用竹篙猛力捅磨篮。"叔婆"没有站稳，扑通一声掉进水井里了。

姐姐用竹篙死死压住磨篮，使"叔婆"在井水里爬不出来，直到井中再也没有动静了，这时候姐姐才扔掉竹篙，从树上爬了下来。

姐姐站在家门口，朝着通往村外的大路口号啕大哭："爹呀娘呀，你们快点回来吧，弟弟被绒家嬷吃掉了！"

…………

"爸爸，在很久很久以前，真的有绒家嫲吗？"淑英问。

"怕有（可能有），以前的老人都这么说！"爸爸说。

"就算很久以前有，但现在应该没有了吧！"淑英说。她读四年级了，已知道外面的一些事情了。

"现在肯定没有了！但坏人还是有的。"爸爸说，"这个故事现在的意义，就是教育小孩子，一定要注意安全，不要轻信陌生人，小心上当受骗！"

淑英懂事地点点头。

女孩子毕竟胆子小一点，听了这个故事后，淑英怕睡觉时做噩梦，非要妈妈陪她一起睡不可。

"好好好，妈妈陪你一起睡！"妈妈无奈地笑着说。

淑英便搂着妈妈安稳地睡了。

第三十二章

夏天的白昼总是那么漫长。下午六点左右吃晚饭，到晚上八点左右才会天黑，中间足足有两个小时。如果是冬天，下午五点半就天黑了，更不要说到晚上八点了。

这天晚饭后，太阳虽然落山了，但它的余威强劲，到处还是那么亮堂，焕章便到大街上去散步，以打发这漫长的傍晚。因为天气闷热，暑气蒸人，不一会儿他就走出一身油腻汗，浑身不舒服了，于是他决定到驻舆冰棒厂去买一条雪糕吃，解解渴，降降温。

驻舆冰棒厂是驻舆乡唯一一家制造冰棍、雪糕的厂子。说它是厂子，其实只不过是一间几十平方米的泥瓦房，里面放着仅有的一台制冰机而已。因为冰棒、雪糕是季节性很强的食品，所以这间冰棒厂只在夏天开张，其他季节都是大门紧锁、悄无声息的。冰棒厂原属于驻舆乡合作社，后来承包给老寨下的钟师傅了。

钟师傅名字叫钟伦尧，他的主业是卖药，在冰棒厂的隔壁开了一家药店，偶尔还会给感冒发烧的人打打针，承包冰棒厂只不过是他在夏季时节的兼职而已。冰棒厂做出的冰棒、雪糕，他既批发也零售。

钟师傅性格爽朗，为人大方，喜欢交际，所以朋友多、人面广，在驻舆圩颇有威望。焕章下驻舆乡扶贫没多久，很快就成了他的朋友。他还请焕章吃过几次饭，喝过几次酒。

当焕章走到冰棒厂的零售柜台前时，发现钟师傅的爱人廖阿姨不在，一个陌生的姑娘在代她卖冰棒、雪糕。

这个姑娘长得非常漂亮。如黛的弯眉，长长的睫毛，明亮温柔的眼睛，色如桃瓣的脸蛋，小巧精致的鼻子，樱桃一样的小嘴，杨柳一般的身段，一头乌黑的头发用丝绸扎成很淑女的马尾巴状，浑身散发出一股天然高贵的迷人气质。

焕章第一次看到这么漂亮、漂亮得近乎完美的姑娘。

"廖阿姨呢？"焕章问。

姑娘看见是一位风度翩翩、文质彬彬的"眼镜"男仔，两眼一亮，柔声地说："在里面忙着呢！买什么？"

"买一条牛奶雪糕。"焕章说着，递给她一毛钱。

"好的。"她接过钱，递给他一条乳白色的牛奶雪糕。

焕章接过雪糕的一刹那，她身上飘来的芬芳气息，令他有一种眩晕的感觉。

钟师傅闻声从里面出来，见是焕章，高兴地说："焕章来了？买什么雪糕呢？拿去吃就行了！"他又对这位漂亮的姑娘说："香兰，他是县委宣传部下来的扶贫干部，我的朋友，把钱还给他。"

"好的！"香兰微笑着要把钱还给焕章。

"哦，她叫香兰！人如其名，她真如一朵美丽、纯洁的空谷幽兰！"焕章想。

焕章不肯接钱，说："钟师傅，你不收我的钱，以后叫我怎么敢再来买你的东西呢？"

"如果还认我这个朋友，看得起我，就不要提钱的事！"钟师傅坚决地说。

焕章见他这么说，只好无奈地从香兰手里接过钱。

"进来喝茶。"钟师傅热情地把焕章领进隔壁的药房，请他在木沙发上坐下，又在茶几上泡了一壶龙井茶，一人倒了一杯。

"那姑娘是新请来的员工吗？以前我怎么没见过？"焕章好奇地问。

"不是。她是我二伯的女儿，来帮手的。她有空时，偶尔才会来帮帮手，而你又很少到这里，自然很难碰见她了！"钟师傅解释说。

焕章"哦——"了一声，说："你二伯的女儿长得很漂亮啊！有对象没有？"

"还没有。来说媒的倒很多，但听说都不合她的意。"钟师傅说。

"一家有女百家求呀，更何况像她那么漂亮的姑娘，来说媒的肯定踏破门槛了！"焕章说，"她想选好一点的夫婿，不想随便嫁出去，是正常的，也是应该的，不然，太委屈她啦！"

"也是！"钟师傅说。

"你有女朋友了没有？"钟师傅问焕章。

"没有。"焕章说。

"像你这样的大学生，又是县委宣传部的干部，自然要找一个既漂亮又有工作的好姑娘了！"钟师傅笑着说，"你不用急，很快就会有的！"

"随缘吧！"焕章笑着说。

正说话间，香兰进来叫钟师傅："大哥，冰棍、雪糕可以出箱了，大嫂叫你去帮手包冰纸。"说完，她脉脉地看了焕章一眼。

在堂兄妹中，钟师傅排行最大，所以香兰叫他大哥，叫他老婆为大嫂。

"好的，等一会儿我就过来。"钟师傅说。

"走吧，我也去帮帮手！"焕章起身说。

"行，你也去体验一下生活！"钟师傅笑着说。

廖阿姨见焕章进来，笑着说："焕章也来啦？很冷的哦，怕不怕冷啊？"

"怕什么冷！正好凉快凉快！"焕章笑着说。

香兰满是柔情地看他一眼，羞涩地笑了。

他们做了简单的分工：焕章和香兰负责从制冰机里取出冰棍和雪糕，钟师傅和廖阿姨则负责把它们一一包上印有彩色图案的专用冰纸。

从制冰机里取出冰棍和雪糕时，动作一定要快，不然，那砭入肌骨的寒冷，会让你的双手受不了。焕章偶尔会和香兰的纤手相碰，虽然冰箱寒冷，但他们仍然有触电似的感觉，一股热流潺潺从心田流过，令他们有一种幸福的眩晕感。

"香兰，你平时在家里都做些什么呢？"焕章问香兰。

"莳田、割禾、种菜、挑水、割柴、卖菜……什么都做！"香兰说。

"你的皮肤多好啊，怎么就晒不黑呢？"焕章惊叹地说，"真看不出你是一个农村姑娘，比城市姑娘还漂亮！"

听焕章这么赞美她，香兰不好意思地说："我有什么漂亮的？"

"她天生皮肤就这么好，怎么晒也晒不黑！不像我们，两天就会晒得黑不溜秋。"廖阿姨笑着说。

"天生丽质，大概说的就是你这类人吧！"焕章赞叹说。

"别这样夸我，羞死人了！"香兰的脸上红红的，心里却乐滋滋的。

"像你这么漂亮的姑娘，去学一门手艺吧，对你以后有好处！"焕章又说。

"学什么手艺好呢？"香兰问。

"学做衫就很好啊，很适合女孩子的！"焕章说。他知道，农村的漂亮姑娘如果有做衫的手艺，就不用每天风吹雨打太阳晒了，还可以获得经济上的独立，提高自己的身份地位。

"没钱学做衫哪！"香兰遗憾地说。跟师傅学做衫，至少要花一年时间，其间不但没有工资收入，生活费要自己出，而且还要给师傅学徒费，这些，不是一般农家所能承担的。

乡城往事

"没钱就借呗，出师后赚到钱再还。"焕章鼓励她说。

"你以为借钱有那么容易吗？"香兰说。

"如果你想学做衫的话，你大哥大嫂就有钱，他们一定会借给你。"焕章说。"钟师傅、廖阿姨，你们说是不是？"焕章又转过头，故意问钟师傅和廖阿姨夫妇。

"当然当然！香兰你只要愿意学做衫，你大嫂和我一定会支持你，钱的事你不用担心！"钟师傅爽快地说。

"那我和家人商量一下。"香兰高兴地说。

"听我的话没错！"焕章又鼓动她说。

香兰嗯了一声。

此后，焕章有事没事都会去钟师傅的冰棒厂走一走、坐一坐，其目的就是看香兰，和她搭话、聊天。每当看到香兰在那里时，他的心情就很愉快，甚至很幸福，而一旦没见到她，他的心里就很失落，很惆怅，甚至丢了魂一般。他心里明白，他已深深喜欢上这位美丽动人的姑娘了。

有一回，焕章一连几天都没见香兰到冰棒厂来，就问廖阿姨："怎么这几天都不见香兰来帮忙呢？"

廖阿姨笑着说："这几天她家里忙，没来。怎么，想念香兰了？是不是喜欢她啊？如果你喜欢她，我就做媒跟我二伯两公婆说，把她嫁给你！"

焕章有点不好意思地笑了。

廖阿姨又说："香兰是我们驻舆圩一带最漂亮的姑娘，只要见过她的人，没有不夸赞她长得好看的！"于是，她兴致勃勃地给焕章讲了几个例子：

有一次圩日，香兰在籴米行卖米，因为太阳很晒，她就离开籴米行，把大米挑到远处一棵大树下去。有一位广东平远来的中年男顾客看见了，就特意走过去取笑她说："细妹子，米就不卖，仙女一样，来到这里透凉（乘凉）！"然后他乐呵呵地把她的大米全部买走了。

又有一次，七八个年轻姑娘到乡粮管所做小工——在仓库里挑谷，几个男职工在一旁议论说："这群姑娘中，就数香兰长得最漂亮！"

还有一次，一群姑娘、媳妇在井边洗衣服，刚嫁到老寨下不久的海涛媳妇担着两只水桶到井里挑水，她看到香兰后情不自禁地说："香兰妹，你怎么长得咁靓（这么漂亮）！"大家都被她的话逗得哈哈大笑起来。

再有一次，香兰在四川飞机场工作的表舅回来了，他带了一部照相机回来，给每位亲友都拍了一张照片，其中就数香兰的照片最漂亮。开车搞运输、见多识广的堂哥运盛拿着她的照片感慨地说："香兰的照片，很像香港的明星照，如果拿去做广告，值几十万块钱哪！"

…………

"香兰不但人长得漂亮，而且吃苦耐劳、心灵手巧、心地善良，谁娶了她做媳妇，谁就走了大运，幸福一辈子！"廖阿姨又赞美说。

听了廖阿姨的话，焕章心里更加喜欢香兰了，禁不住遐思联翩起来。

焕章对香兰的事更加关心了。下一次在冰棒厂见到香兰时，他问她："你去学做衫的事，和你爸妈商量了没有？"

香兰有点难为情地说："我父母不太同意，说学做衫要花那么多钱，我一走的话，家里那些细（活）又做不赢……"

"真是没眼光！你住在老寨下哪个位置？什么时候有机会我去你家，劝说一下你父母！"焕章有点生气地说。

"我家就在乡民政招待所的后面。"香兰说。

"就在乡民政招待所的后面？我站在招待所住房的窗子前就可以俯瞰下面，我怎么没见过你呢？"焕章奇怪地问。

"以前你还没注意到我呗，正如我还没注意到你一样，自然'目中无人'了！"香兰幽默地说。

"说的也是。"焕章笑笑说。

香兰跟焕章说了她家就在乡民政招待所的后面后，焕章一回到招待所，就站在窗子前仔细观察起老寨下的房子来。他发现，驻舆圩其实是建在一座不高的山岗平顶上的，老寨下则建在山窝里。他站在窗子前俯瞰老寨下时，感觉距离是那么近，所有景物尽收眼底，一目了然。

靠近乡民政招待所后面的，是一座泥砖瓦顶的方形小围屋，香兰家的房子应该就在那里。围屋后面开了一个小门，门前有一块土坪，土坪旁边有低矮的猪圈、鸡舍，有几只家鸡正在土坪上觅食。围屋后墙上开了几个窗子，不知哪个窗子是香兰闺房的？

此后，焕章有事无事便会站在窗前俯瞰下面的小围屋，希望有机会能看到香兰的身影。有一次，终于不负所望，他看到了香兰从围屋后面的小门出来，到土坪上拿一只畚箕想装什么东西。

"哎，香兰！"焕章在窗前向她招手。

香兰循声仰望，也看到了焕章。她也向他招招手，不过没有出声，怕别人看见似的，脸一红，很快从小门进去了，让焕章好一阵失落。

又有一次，焕章看到围屋后面的第三个窗子打开了，露出了香兰的头和脸。"哎，香兰！"焕章又挥手叫她。香兰也看见了站在窗前的他，但她羞涩地笑笑，又把窗子关上了，让焕章好不惆怅。

不过，让焕章感到非常幸运、开心的是，他不但知道了香兰家的房子就在他住的乡民政招待所的后面，而且他已确切知道了她的闺房是哪间了。他后来细细想来，从遇见香兰的那一天起，他与她有关的一切，似乎都是冥冥之中老天的着意安排！

从此以后，焕章和香兰不但可以在冰棒厂相见，近距离接触，还可以"心有灵犀一点通"，通过窗子脉脉相望，暗送秋波了。日复一日，他们不但越来越熟悉，越来越亲密，感情也越来越深了……

尽管平时工作忙、事情杂，但焕章对书籍的热爱、对文学的追求，却一直没有改变。只要有空闲，他就会看看书；如果有了灵感，他也会写写东西。这天下午闲来无事，他又拿起长篇小说《霍乱时期的爱情》看了起来。这部小说他已经看了三分之二了，打算今天把剩下的部分看完。

《霍乱时期的爱情》是哥伦比亚著名作家、诺贝尔文学奖获得者加西亚·马尔克斯的代表作之一。小说讲述了一段跨越半个多世纪的爱情故事：男女主人公在二十岁的时候没能结婚，因为他们太年轻了；经过各种人生曲折之后，到了八十岁，他们还是没能结婚，因为他们太老了。在几十年的时间跨度中，作者展示了所有爱情的可能性、所有的爱情方式。该小说不仅表达了"经历爱情的折磨是一种尊严"，更重要的是展现了哥伦比亚的历史。战争和霍乱威胁着拉美人民的生命，而人为的破坏加剧了人与自然的对立，人的社会孤独感使人与人之间缺乏理解信任，心理距离加大……

正当焕章沉浸在小说的故事情节中时，忽然从窗外飘来有人说话的声音，其中一个很像是香兰的声音，于是，他忙放下小说，走到窗前察看。原来，是香兰一家人正围坐在屋后的土坪上摘花生，他们一边摘，一边聊着什么，旁边放着一大堆刚从地里拔回来的还没采摘的花生藤。

"哎，香兰！你们在摘花生呀？"焕章高兴地朝下面挥手招呼道。

香兰一家人都抬起头来，笑嘻嘻地仰看着他。

"是啊！"香兰回应道。她的脸红红的，在家人面前有人站在窗前远远地大声叫她，让她感到很不好意思。

"我也来帮你们摘吧！"焕章说。

"有很多泥沙，会弄脏衣服的！"香兰说。她怕他下来，自己不好意思，虽然心里又很想他下来。

"没关系！我就下来哈！"焕章说完，离开窗前，关上门，走出了乡民政招待所。

乡民政招待所的旁边有一条小路，这条小路可以通往老寨下。这条小路的中途又向右分叉出一条支路，这条支路经过一段斜坡后，下来就是香兰家屋后的土坪了。焕章就是沿着这条小路和支路下来的。

"我叫刘焕章，是县委宣传部派到坪庄村的扶贫干部。我和你们家香兰是在冰棒厂认识的。你们以后就叫我焕章吧！"焕章大方地自我介绍道。

焕章发现香兰的脸上早已飞上了两朵红云。她害羞的样子很妩媚。

"请坐吧！"香兰的母亲搬来一张竹椅子，请焕章坐下。"请喝茶！"香兰的父亲则给焕章泡了一杯茶，双手递给他。

"谢谢，谢谢！"焕章忙不迭地说。

焕章一边摘花生，一边和他们闲聊起来。

在闲聊中，香兰的家人问焕章是哪里人，家里都有一些什么人，平时他在宣传部具体做些什么工作，他在坪庄村是怎么搞扶贫的，找了对象没有，等等。焕章都一一作了回答。当然，至于最后一个问题——问他找了对象没有，他自然说还没有了。事实上也是这样，他虽然和宝欣开始谈恋爱了，但并没有完全确定下来，因而也还没有公开，更不用说到谈婚论嫁的程度了。

通过闲聊和目睹，焕章也知道了香兰家人的一些情况：

香兰的父亲名叫钟国忠，是一位退休教师。她父亲的奶奶，也即香兰的太奶，跟随同房族的红军优秀指挥员闹革命，担任妇女队长，后在家里遭反动派暗杀。她太奶牺牲时是在一个晚上，当时背着只有两岁的香兰父亲，正哄他睡觉，幸好子弹没穿过她太奶的身体，她父亲才侥幸捡回一条命。

香兰的母亲名叫邝炳招，是雁洋村人。香兰母亲的父亲，也即香兰的外公，名叫邝世廉，是黄埔军校第五期毕业生，在军校学的是无线电，毕业后在国民党某部任情报处处长。在抗日战争时期的广州战役中，她外公外婆遭遇日寇飞机轰炸，夫妻双双壮烈殉国，只留下她母亲一个孤儿。

香兰有五个兄弟姐妹。

哥哥名叫钟学伦，接她父亲的班，在进修学校学习了两年，现在在族坑小学教书；嫂嫂名叫邝彩霞，是水背村邝屋人。

香兰的姐姐名叫钟华梅，嫁到坪庄村的窝尾山，姐夫是一名志愿兵，名叫陈爱军。

香兰的妹妹名叫钟玉珍，今年十七岁，初中毕业就没去读书了。她和香兰一样，人长得非常漂亮。

她们三姐妹，是老寨下的"三朵金花"。

香兰的弟弟名叫钟子晖，在驻舆中心小学读书，才二年级，是一个很秀气、很听话的孩子。

香兰的哥哥嫂嫂生了两个儿子：大的名叫钟前程，五岁；小的名叫钟辉煌，三岁。这两个小家伙很可爱，一会儿帮摘花生，一会儿追逐、玩耍。

焕章很喜欢和香兰的家人聊天。他们也很喜欢和焕章聊天，而且因为他是县委宣传部的干部，所以也很愿意把他们家的一些历史讲给他听，让他开了不少眼界，懂得了不少长平人文历史。

花生摘完后，香兰母亲煮了一脸盆花生，又特意蒸了两只酒酿鸡蛋——这是招待贵客才有的，请焕章吃。

"蒸什么鸡蛋呢？太客气啦！"焕章有点受宠若惊、不好意思地说。

"你第一次来我们家，又那么辛苦帮我们摘了一下午的花生，没什么好招待你的啊！吃吧！"香兰母亲慈爱地说。

香兰的其他家人也在一旁客气地劝说，焕章只好把酒酿鸡蛋吃了一半，留下一半给香兰的两个小侄子吃。

香兰家人还热情地挽留焕章吃了晚饭再走，焕章心里虽然很愿意和香兰一起吃饭，但因为怕麻烦她的家人，所以就婉言辞谢了。

这是焕章第一次和香兰的家人接触。她家那丰厚的历史文化背景，她那吃苦耐劳、淳朴善良、热情好客的家人，给焕章留下了深刻、美好的印象，这些无疑都进一步加深了他对香兰的喜爱和依恋。

香兰的家人对焕章也留下了很好的印象：他工作单位好，文化水平高，心地善良，为人温和，是一个很优秀的小伙子。

第二天早上吃过饭，焕章又站在窗前俯瞰香兰家的屋舍，希望能看到她美丽动人的身影。果如其愿，香兰从屋后的小门出来了。她也看见了他，羞涩地朝他笑了笑，又走回去了。不一会儿，她又出来了，手里拿着一包东西，朝他晃了晃，意思是送给他的。

"什么东西啊？"焕章问。

"你猜一猜！"香兰调皮地说。

"花生？"焕章问。

"你真聪明！"香兰笑了。原来，今早她家里把昨天下午摘的花生，全部用盐水煮熟，准备做盐晒花生。她用一块干净的花手帕悄悄包了一包，要送给他吃。

香兰沿着小路从斜坡上来，来到焕章的窗口底下，把包着的花生往上抛给他。因她抛了两次都高度不够，焕章没接着，第三次时他才接住了。

"谢谢啦！"焕章感激地说。

"慢慢吃哈！"香兰脉脉地看他一眼，羞涩说。

下坡回去时，香兰差一点滑了一跤。

"小心点！"焕章贴心嘱咐道。

直到她下到土坪时，他才放下心来。

香兰回去后，焕章迫不及待地打开手帕包。他品尝着一颗颗饱满的花生，就像品尝着香兰一粒粒晶莹的爱情，不禁心潮起伏，情思泉涌，于是题写了一首题为《美丽的女孩》的诗：

> 你像夏日荷塘里
>
> 一朵刚出浴的莲花
>
> 亭亭玉立的你
>
> 在凉风的爱抚里
>
> 是那么娇羞、婀娜
>
> 我多想是天上那一片
>
> 薄如蝉翼的云霞
>
> 去化作你头发上
>
> 那一条美丽的绸纱
>
> 和你相依相恋
>
> 朝夕不舍
>
> 无论在海角还是天涯……

第三十三章

昨天下午焕章接到驻舆乡政府的通知，说区"老建办"检查工作组已来到长平，近日将下乡检查"老建"工作，但具体会到哪个乡（镇）、村还不知道，叫大家随时做好迎检准备。因为"老建"工作主要与扶贫工作有关，所以先接到通知的都是各驻村扶贫工作人员。

焕章今天一早就起来写了一份扶贫工作总结。早饭后他进坪庄村去找陈道功支书，但在村委会和他家里都不见他的人影。也难怪，现在是"双抢"季节，村干部都下田干活去了，这时候要找一个人确实不容易。正当他准备离开的时候，恰好路上碰见陈支书的弟弟陈道成，他正挑着一担稻谷往家里走。焕章把他叫住，叫他把近两天区"老建办"可能会来村里检查"老建"工作的事转告给他哥，叫他哥做好迎检准备，他答应了。焕章一看手表时间还早，便到村里的田塬上转了一圈。

因为前两个月出现了旱情，加上病虫害增多，上季水稻普遍减产。但杂交水稻生命力旺盛，情况要好一些，它谷穗长、谷粒多，亩产还有一千斤左右；普通水稻就差远了，它谷穗短、谷粒少，亩产只有七百斤左右。收割普通水稻的村民见焕章来了，脸上露出了不好意思的神色，后悔当初不听乡村干部的劝说，没有去种杂交水稻。"也好，吃了亏才会长记性！"焕章在心里叹息一声道。

焕章又到村里的旱地走了一趟。他看到旱地里种的西瓜、花生情况也不太好，藤瘦苗黄，还枯死不少，产量自然不会高。他忽然想起香兰家种的花生来，同样受干旱天气、病虫害多的影响，怎么她家的就种得那么好呢？苗粗壮，花生多，粒饱满，真是让人佩服啊！

不过，尽管上半年水田、旱地的农作物都不尽如人意，但焕章相信，下半年的情况应该会大为好转，因为所有农户都将栽种杂交水稻了，而且据气象和农业部门分析，天旱和病虫害严重的情况下半年也应该不会发生了。

从坪庄村回来，焕章到驻舆新华书店买了《东周列国传》《老残游记》《孽海花》等几本名著。他回去时路过冰棒厂，见香兰又在那里帮卖冰棒、雪糕，便高兴地走上前去。

"你来了？买的什么书啊？"香兰欣喜地问。

"几本小说。"焕章说。他把书递给她看。

"喜欢看小说吗？"焕章问。

"家里那么多细要做，哪里有闲心看小说呀？"香兰不好意思地说。

农村的女子往往比男子要辛苦得多。平时，香兰不但要种田，还要种菜、卖菜。老寨下不仅是驻舆圩的蔬菜基地，广东平远的菜贩子也经常来这里收菜卖。这里家家户户都会种菜卖，卖菜是老寨人的重要经济来源。另外，家里一年到头烧的柴草她要帮忙割，家里放的一口鱼塘她要帮忙打草，家里的鸡、鸭、牛、猪她要帮忙喂养，至于洗衣、挑水、做饭这些日常家务就更不要说了。可以说，她一年到头都有忙不完的事，干不完的活。

"你家的禾割完没有？"焕章问。

"还没有，明天就到水打坝割禾。"香兰说。

"明天我也去帮你们割禾吧！"焕章说。他很愿意帮香兰做事，和她一起劳动。

"真的？太好了！"香兰惊喜地说。

"在哪儿等我呢？"焕章问。

"明早五点，我在我大哥的药店门口等你吧！我大嫂也会来帮忙。"香兰说。

"好的。"焕章高兴地说。

第二天一大早，焕章就起来了。当他赶到钟师傅（也即香兰的大堂哥）的药店门口时，却发现店门紧锁，周围静悄悄的。他又等了好一会儿，差不多近六点了，仍然不见香兰或她大嫂的影子。"难道香兰昨天是和我开玩笑的吗？还是她以为是我和她开玩笑的呢？"焕章疑惑地想，只好悻悻地返回乡民政招待所。

早饭后，焕章还沉浸于香兰没叫他去割禾的失望之中，这时，香兰的弟弟钟子晖却到乡民政招待所来叫他去割禾了。原来，香兰担心焕章昨天睡得太晚，怕他休息不好，所以没有一早来叫他去割禾，特意叫她弟弟留下来，早饭后才来叫他。焕章心里一热："香兰，你真贴心！"

子晖先带焕章哥哥来到老寨下的家里，因为他还要带一把用来清除谷堆上的禾秆的竹耙子，然后他才带着焕章朝水打坝方向走去。

"子晖，你认识到水打坝的路吗？"焕章问子晖。

"我去过，认得。"子晖说。

"我来帮你扛竹耙吧！"焕章说。

"不用，很轻的，我行！"子晖懂事地说。

"你读二年级了？"

"是。"

"成绩怎么样啊？"

"一般般。"

…………

到水打坝有一点远，有五六华里的路程，而且都是山间小路，其间要越过三个小山坡，涉过两条小溪，他们俩走了近一个小时才到达目的地。

香兰家人和来帮割禾的几个叔伯亲人正在打谷场上吃早饭。早饭是他们一早就带过去的。他们已割了一大早上的禾了，稻田已割了一大片。

焕章环视了一下稻田，发现香兰家种的都是杂交水稻，而且因为肥水充足，管理得当，长势非常好，不但谷穗长、谷粒多，谷粒也饱满，亩产应该有一千五百斤以上，几乎没受到天旱和虫害的影响，这令他惊叹不已。

见焕章来了，香兰的家人都很高兴。"听香兰说，你会来帮忙割禾，我们都说你是开玩笑的，没想到你真的来了！真的太感谢你了！"香兰的嫂嫂彩霞笑着说。

"怎么会是开玩笑的呢？说来肯定会来的！"焕章笑着说。

香兰的叔伯亲人们都笑眯眯地看他。

此时的香兰，既兴奋，又羞涩，还有几分得意。

香兰的亲人们吃过早饭后，稍稍休息了一会儿，便又开始劳作了。

因为已割下了不少稻谷，大家便分为两部分：一部分人开始打禾（脱粒），另一部分人继续割禾或挑禾头。香兰的哥哥和嫂子搭档，香兰和焕章搭档，他们四个人负责打禾；子晖负责用竹耙清除谷堆上的禾秆；其他的人则继续割禾或挑禾头。

焕章和香兰配合得很好。焕章先踏打禾机打谷，香兰传递禾把；干一阵以后，就由香兰踏打禾机打谷，焕章传递禾把。就这样，他们俩轮流交换着做，虽然挥汗如雨，满身泥点，但不觉得辛苦劳累，反而充满着干劲和欢乐。

有和香兰家人熟悉的村民从旁边路过，他们也是到附近稻田割禾的，见有一个戴眼镜的斯文后生帮他们家割禾，都以奇异、探询的目光看焕章，有人还在互相议论：这个后生仔是谁？是不是香兰的对象？个别上了年纪的前辈甚至大声地问香兰的母亲："炳招子，那个戴眼镜的后生仔是不是你香兰的对象？"

"不是，是县里下来的扶贫干部，帮我们家割禾来了。"香兰的母亲笑着说。

前辈意味深长地"哦——"了一声，又微笑着看了一眼焕章，走了。

这些声音飘进焕章的耳朵里，让他怪不好意思的。香兰更是羞红了脸，一直红到了耳朵根下。

接近中午时，稻子终于全部收割完了。回家时，除焕章和子晖外，每人都挑了满满的一担稻谷。焕章是因为长期在外读书，缺少体力劳动，挑不起一担谷；子晖是因为人太小，还没力气挑起一担谷。焕章手提一只凉水瓷器茶壶跟在香兰后面走着，子晖则扛着一条打禾棒跟在焕章的后面走着。

打下的稻谷他们并没有挑完，下午他们还要来挑第二回。

午饭有点迟，差不多下午两点才吃，但因为焕章的到来，饭菜做得很丰盛，农家佳肴满桌，色香味俱全，其中还有焕章十分喜欢喝的黄酒酿。

席间，香兰的家人举杯感谢焕章的热心帮忙，说辛苦他了。焕章则感谢他们的热情招待，并谦虚地笑着说："我是来凑人数的，没做到什么。"香兰不住地夹菜给焕章吃，怕他不好意思吃似的。妹妹玉珍偷偷地取笑她，说焕章哥哥碗里的肉菜已堆成了小山了，还在夹给他！

饭后喝茶聊天时，焕章趁机提起让香兰去学做衫的事。他说："香兰人长得漂亮，气质又很好，城里的姑娘都不如她。叫她去学做衫吧，让她掌握一门手艺，免得日后风吹雨打太阳晒，这对她今后的恋爱婚姻和一生的幸福，都将有重要影响。"

香兰的父亲对焕章说："你说的意思我懂。但家里刚做了几间房子，经济比较困难。香兰要学做衫的话，要花费不少钱哪！"

香兰的母亲说："香兰去学做衫的话，家里那么多细谁做呢？我们做不赢啊！"

"香兰去学做衫，家里肯定会有困难，但也不是不能解决。"焕章说，"首先说钱的问题。前几天在冰棒厂和香兰的大哥大嫂说起让香兰去做衫的事时，他们都很支持，表示愿意借钱给她。"

"是的，我们都支持她！"香兰的大嫂连忙接口说。她因为也来帮香兰家割禾了，所以也留在这里吃午饭。

"如果香兰学做衫时经济上有困难，我也可以借钱给她！"焕章说，"至于家里的细，就要家里人多辛苦一点了！但话说回来，香兰迟早是要嫁人的，她不可能一辈子在娘家做细啊！所以，为她一辈子的幸福着想，你们支持她去学做衫吧！"

香兰的叔伯亲人都说焕章讲的有道理，应该让香兰去学做衫。

香兰的哥哥学伦发话了："既然你们亲友都那么支持，我们家人还能再说什么呢？就让香兰去学做衫吧！"

于是，香兰的家人达成了一致意见：同意她去学做衫。

"谢谢你们！我一定会好好学的！"香兰激动地说。她感激、柔情万分地看了焕章一眼，就像春天的一道阳光扫在他的身上。

大家又七嘴八舌地议论起驻舆圩谁做衫的手艺最好、香兰该向谁拜师学艺来，通过比较后，大家一致认为，福招阿姨做衫的手艺最好、名气最大，香兰应该向她拜师学艺。

香兰学做衫的事定下来后，焕章终于放下心来。他为自己能改变香兰的前途命运，能为她未来的幸福出一把力，心里感到无限的快乐和幸福。

回到乡民政招待所后，焕章原本想躺在床上休息一下，但他怎么也睡不着，也许因为已过了午休的时间，生物钟不让他睡了，也许是因为他情思翻滚，心里根本就平静不下来。他脑海里总是浮现出香兰那美丽动人的形象，心里反复地感慨道："为什么香兰不是吃商品粮的呢？为什么自己碰见的美如天仙的姑娘总出自农村？难道真的是'自古美女出乡村'吗？城乡之间的鸿沟，又什么时候才能填平呢？……"

焕章这次回县城，距上次回县城相隔近一个月，是间隔时间最长的一次。县城的人、物、景，在他眼里似乎都变得有点生疏了。因为参加计划生育突击工作及帮助老百姓夏收夏种，他整个人都晒得黑乎乎的，除鼻梁上那副眼镜还标志着他是一个斯文的知识分子外，其他看上去和乡下年轻农民几乎没多大差别。以前焕章每次回到县城，他都显得很开心，心里还不太愿意再返回乡下去，但他这次回县城，感觉比以前有了明显不同，不但没了以前的欢欣，反而心里闷闷的，充满了沉甸甸的惆怅，甚至刚回到县城来，就有想返回乡下去的念头。他知道，这都是因为他舍不得离开香兰、心里挂念着她的缘故。此时此刻，香兰心里的感受也应该和他一样吧？焕章想。昨天傍晚他在冰棒厂告诉她明天早上将回县城时，她的目光是黯淡和忧愁的，低下头目无焦距地看着什么，半天都不言语……

因好久不见了，和以前一样，部里的同事都热情地问候焕章，询问乡下近来的一些情况，之后又各忙各的了。因为焕章主要负责扶贫工作，除非部里有什么要紧的事或临时人手不够，一般情况下，部里不会再另外安排他做什么，由他自由处理一些杂务。现在，焕章没其他事要做，便泡了一杯庐山云雾茶，拿了几份《人民日报》

《光明日报》《解放军报》，坐在办公桌前认真浏览起来。他好久没好好看一下报纸了。

焕章正看着报纸，同事谢运华来叫他帮忙装订一下《宣传工作》。焕章放下手中的报纸，又喝了一口茶，便跟他去了油印室，两人一起装订了几百份《宣传工作》，一直忙到中午吃饭时才干完。

下午，焕章到采茶剧团去找福明老师。因为他忙于下乡搞扶贫，好久没到福明老师那里闲坐了。采茶剧团是焕章很喜欢去的地方，那里的莺歌燕舞、锣鼓唢呐和俊男靓女等构成的特有的文艺氛围，让他有一种赏心悦目的感觉。每次去采茶剧团，焕章都是找福明老师，因为他俩既是同村人，福明老师又曾是他的小学老师，文学和艺术又是相通的，热爱文学的焕章，自然和二胡高手福明老师有共同语言了。

福明老师见焕章来了，满脸笑容，他一边泡茶，一边问焕章："听说你下乡搞扶贫了？"

"你怎么知道我下乡搞扶贫了？"焕章笑着问。

"柳昺瑜主席说的。"福明老师说。他给焕章倒了一杯刚泡好的铁观音茶，又给自己倒了一杯。

柳昺瑜主席原来是采茶剧团的团长，现在他虽然当文联主席了，但有空还会到剧团走一走，看一看。他知道福明老师和焕章是同村人，又曾是焕章的小学老师，所以他们在一次聊天时，说起了他协助焕章搞扶贫工作的事。

"是的，有几个月了。"焕章说。他接过茶，喝了一口。

"怪不得你晒得那么黑！"福明老师笑着说。

"在下面扶贫还好吧？"福明老师又问，"搞了哪些扶贫项目？"

"还好！"焕章说，"建了一个村办砖瓦厂、一所村办幼儿园；发放专用扶贫资金，鼓励村民养猪、养鸡；推广栽种优质杂交水稻；鼓励村民多种西瓜、花生等经济作物；编印并向村民们派发生产技术资料等。"

"扶贫工作做得不错啊！"福明老师表扬说。

听到老师表扬自己，焕章心里很高兴。

福明老师话锋一转，表情凝重地问："我怎么听说你将要被调去教书了？"

焕章心里一惊，但故作镇定地问："听谁说的？"

"那你就别问了。"福明老师说。

"您不信任您的学生？"焕章问。他当然不会出卖老师。

"是一位权威人士说的"，福明老师说，"但具体是谁，我真的不方便说。"

乡城往事

焕章不好再勉强。他说："没人跟我说这事啊！"

"当然，我也只是听说，不一定是真的。"福明老师见焕章的脸色不太好，便安慰他说。

焕章"哦——"了一声，默然无语，内心却像煮了一锅开水，在翻腾不已。

福明老师转过话题，聊了点别的什么，但焕章已没有心情，心不在焉了。过了一会儿，他便告辞了。

在回去的路上，焕章心里在想："那个'权威人士'是谁呢？是县委组织部的领导？还是柳昺瑜主席？……也许是柳昺瑜主席吧？因为福明老师知道我去搞扶贫了，就是柳主席告诉他的。让我去搞扶贫，是将调我去教书的前奏吗？"

焕章心里又在否定自己将被调去教书的传闻，因为既然黄涛书记还在任上，自己毕竟是他叫回长平工作的，哪怕自己的言行举止、工作业绩令他不满，也不至于把自己调去教书吧？退一步讲，就是认为自己不适合在县委大院工作，要把自己调出县委大院，也应该调到文化局、广播电视局之类的文化部门啊，怎么可能把自己调去教书呢？自己当初愿意大学毕业后回到长平工作，就因为他承诺能让自己转行而不用去教书啊，他现在怎么可能出尔反尔呢？！

但焕章又想，万一这个传闻是真的呢？所谓"无风不起浪"呀，这个传闻，和社会上流传的有关自己的那些负面传闻是有关系的。至于黄涛书记会不会保护自己，那也很难说。那些善于玩弄权术的人，是不会考虑守信与否的，他们只会考虑到自己的实际利益，一旦意识到别人对自己有妨害时，"丢车保帅"是他们的惯用伎俩。

要是自己真的被调去教书的话，社会上那些势利小人，将会怎样趁机嘲笑、蔑视、非议、打击和排挤自己呢？自己将会淹没在他们唾沫四溅的海洋里！

焕章这样想着，便决定晚上到一下大哥的战友彭春明副主任的家里，去问问他传闻的真假。他是县委办公室的领导，和县委的各个主要领导关系都很好，应该知道一些内幕。

"没那回事！做好你的工作，别想那么多！"当焕章问彭春明副主任时，他肯定地说，"那是谣传！"

听他这么说，焕章悬着的心，才稍微放下了一些。"是啊，就算自己的言行举止令一些领导不满，但自己毕竟没有什么违法乱纪的行为啊，黄涛书记也不至于那么绝情吧！"焕章心里想。

在县委大院，彭春明副主任是焕章最知心、最值得信赖的人。今晚，他们谈了许许多多，包括人生、社会、政治、历史、文学等问题，尤其是他又讲了不少自己的人生经历和人生经验，使焕章深受启发，受益匪浅。

他还说："焕章，我总想，你不该到政界来，你应该去搞你的文学创作。政界有什么意思呢？你从大学一毕业就进县委工作，没有基层工作经验，社会经验更是缺乏，你怎能适应这复杂的官场？"

"彭主任，我现在也很后悔，当初没有听你的话！如果当初我听你的话，不要到县委宣传部来，而到文化局或广播电视局去工作的话就好了，在那里静心搞一搞文学创作，就不会像现在这样招忌惹怨，被人用放大镜照着看，稍不小心，就被人抓住小辫子不放了！"焕章叹息一声说。

"是啊……不过现在说这些话已没什么意义了。你现在要做的，就是在外面少说话、多做事，做出成绩来。特别是你的文学追求，不要放弃。你有文学才华，有时间多看看书，写写东西……"彭春明副主任说。

"我记住了！"焕章说。也许，文学，将是自己灵魂的最后皈依了！他想。

在回去的路上，焕章一路沉思，一路叹息。今晚，他又度过了一个不眠之夜。

第三十四章

　　焕章正在宣传部办公室翻阅红头文件，通讯员小王送来了部里当天的报刊和信件，其中有一封是焕章的大哥良翊从赣州地区人民医院给他寄来的信。好久没收到大哥的来信了，他高兴地把信拆开，取出信笺看了起来。但看着看着，他不禁凉飕飕而汗涔涔的了。

　　这是一封措辞十分严厉、满纸燃烧着怒火的信，信的内容如下：

焕章弟：

　　你好！这次给你写信，如果你看过后对你有所帮助，那正是我的本意。我本不打算这样写，但出于兄弟手足之情，我不愿意让你就这样堕落下去，故今日下午在百忙之中，匆匆写了这封信，希望你能悬崖勒马，回头是岸！也许你会说，我说的太过吓人了吧！是的，如果你那样认为，那你这个人，也许到惨败时方能醒悟了，可惜那时也许太晚啦！

　　你大学毕业后去县城工作将近一年了，可是你写了几封信给曾供你吃穿、供你读书的大哥我？说实在的，我一气之下真的不想管你的事了，你实在太不懂事了！

　　近几个月来，在长平的亲朋接连来赣州，当我问起你在县里的工作生活等情况时，他们都对我说出了心里话，人们普遍对你评价很差，其表现为：（一）骄横跋扈，狂妄自大，对领导和老同志不尊重。他们举了个例子。有一次，你和你的领导及同事到下面去工作，就餐时，人家对你比较客气，可你老子伯一样，随心一坐，恰好坐在上席的位置上。按我们的传统理应谦让，你却毫不在乎。有人对你说，焕章，你让他人去坐上席吧，你却狂妄地说："谁坐都一样，现在是二十世纪八十年代了，我不讲那一套！"我说你刘焕章，你的书生气在学校可以这样开玩笑，可你现在是在社会上，特别是在长平，别说你是一个大学生，就是留洋归来的博士生，人家都不会买你的账，会看不起你，会把你说得一钱不值！你连最起码的上下伦理都不晓得！在我们国家，"温、良、恭、俭、让"是我们民族千百年来的优良传统，我们的老前辈尤其看重谦让的礼节，这也是互相尊重的表现，但是这些东西在你眼里却根本不存在，可想而知，你不尊重人家，别人会尊重你吗？到头来还不是你威风扫地！（二）你每天无聊过日，在生活上也影响很坏。据说有一次，你的熟人请你喝酒，你不顾自己的身份（县委工作人员），让那些嘲笑你的人把你灌醉了，弄得一塌糊涂。有人还在背后讲你，一有空就喜欢往县民政招待所跑，跟那里的女服务员东拉西扯，把工作、学习、前途抛在脑后。有人提出，有志气的男人找对象，是让女人找上门来，可是你一有时间就走出门去，弄得满城风雨，让人瞧不起。

以上虽说是毛毛小事，但反映了你目前存在的致命缺点：（一）自认为是江西师大中文系毕业的高才生，有本钱，看不起别人，在平时的生活和讲话中，流露出骄横跋扈的气势。（二）自以为年轻、聪明。（三）自认为有靠山。因为有靠山，对下面的同志或一般领导根本不放在眼里。（四）自认为新形势下二十世纪八十年代的青年应该冲破世俗，因而脱离现实，书生气十足。（五）自认为"天生我材必有用"，不当官也可出人头地，于是蔑视人间一切，唯我是高，唯我独尊，老子天下第一。（六）认为自己有文凭，今后不努力也可以在长平山沟里吃一阵子，因此谈情说爱，乱搞一气。

以上是你的致命伤，而事实上你并没有什么了不起！一个师大毕业生算得了啥？更何况你大学刚毕业，工作既无成绩，也没写出成名的文学作品，试问你有什么资本来骄横跋扈？古语云："聪明反被聪明误。"说的就是你这种人！你自认为年轻，你又有什么？在少年科大的小神童和小天才有的是，他们都拼搏向上，求长进，从不拿年轻当资本。相比之下，你眼看就二十二岁了，日月如梭，年复一年，看你在思想政治上有什么长进，学业和工作上有什么成就?！

你以为自己有靠山，我看你没什么靠山！只要你没有拿出真才实学、真本事来报恩报德，反而给人家脸上抹黑的话，那么你就随时都会被人抛弃，成为狗屎！

形势虽然发展了，但我国的旧俗仍在人们的工作、生活和社交中占有重要的地位，人们要使自己立于不败之地，开拓自己的局面，就要捡起这个旧风俗。

你并无什么才能，才能要靠时间来检验。你目前连脚跟都还站不稳，多数人对你的评价很差，甚至有人说你是狂佬，可想而知，人家很容不得你！你虽中文系毕业，发表过一些作品，但还没出版过一本著作，试问你有什么资本发狂？

随着时间的推移，文凭不再是救命稻草，每个社会成员都要靠真本事吃饭，不需要几年，大学生会变得就业难，所以说，大学毕业生没什么了不起！

对你现在这种情况，是该给你猛击一掌的时候了！你若不悬崖勒马，到头来会无容身之地！忠言逆耳，你若不改弦易辙，我劝你还是早点离开现职，拿教鞭当老师去！

这天下午，我是怀着气愤的心情给你写了这封信的，我希望你痛改前非，放下臭架子，照我以前告诫你的话好好努力吧！

愚哥：良翊

焕章看着厚厚的信笺，仿佛看见高大魁梧的大哥正站在自己面前，板着一副严峻的脸孔大声怒斥自己，甚至还被自己的种种"劣行"气得浑身发抖了！他不禁颤抖着手，擦了一把头上沁出的细密冷汗……

从大哥的来信里，焕章再次明白了有关自己的那些负面传闻，已被人们歪曲得多么厉害，渲染得多么夸张，流传得多么广泛！真是人言可畏，流言猛于虎啊！

大哥虽然毫不留情、言辞偏激地斥骂自己，但焕章并不责怪他，他理解大哥恨铁不成钢的心情，知道他是为自己好，他远在赣州，不明事情的真相是完全可以理解的。再说，不管怎么样，有人对自己的评价很差，不正说明了自己幼稚肤浅、书生气十足、缺少社会人生经验吗？不是该好好反思、"洗心革面"、"重新做人"吗？！

焕章又很后悔自己以前给大哥写信那么少，大学毕业近一年来，自己都在瞎忙些什么呢？难道连写信的时间都没有吗？这不是自己的怠慢是什么？如果以前多和大哥书信沟通，多接受他的教诲、提醒，自己也许就不至于落到今天授人以柄、"四面楚歌"的地步了！

"大哥，我对不起您，辜负了您那么多年辛苦地供我读书，辜负了您对我的殷切期望！"焕章在心里默默地说，眼里不觉溢满了泪水。往者不可谏，来者犹可追，现在，他只能亡羊补牢，"雄关漫道真如铁，而今迈步从头越"了！

焕章马上给大哥写了一封长长的回信，信里说明了有关自己各种负面传闻的事实真相，分析了偏僻、落后、保守的长平社会文化背景和错综复杂的人际关系，反省了自己的幼稚、单纯、肤浅的书生意气，表示今后一定会谨言慎行，好好"改造"，让自己尽快适应长平的社会环境，做出优异的成绩来，以不辜负师长领导、亲朋好友的殷切厚望。

晚上，当焕章来到宝欣的家里，在她的闺房里给她辅导教师资格证考试的功课时，她柔声地责怪他说："为什么几个星期都不回县城来看我？"

焕章说："在乡下搞计划生育突击工作，又要参加紧张的农忙'双抢'活动，没空回县城。"

宝欣搂着他的脖子，等待他的亲吻，却发现他并没有以前的主动和热烈了，好像有心事的样子，便问："你怎么啦？有什么事吗？"

"没有。也许是前一段时间在乡下太累了，头有点晕。"焕章找借口说。

宝欣用手摸摸他的额头，又摸摸自己的额头，说："没发烧呀，可能你太累了！要不，今晚就不辅导了，等你休息好后再说吧！"

"没关系！今晚把语文综合素养辅导完。"焕章说。这科是需要他辅导的最后一门功课了。剩下还有一门考试科目——中学语文教学法，已不再需要他辅导，因为该科目的理论比较简单，而她本人又有了丰富的教学经验，在这方面焕章还不如她。

焕章凭借自己优秀的语文综合素养，很快帮宝欣把语文综合素养画出了复习重点，并逐一做了简明扼要的解说，让宝欣既感轻松又收获良多。不到十一点，焕章就完成了辅导任务。

"很快就要考试了，其他几门考试科目复习得怎样了？"焕章问。

"复习得差不多了，就剩下今晚这门功课还不是很熟，不过，现在经过你的辅导、点拨，我心里亮堂多了！"宝欣高兴地说。

"对考试有信心不？"焕章问。

"有！有你的大力支持和高效辅导，我怎么会没有信心呢？"宝欣娇声地说。

"有就好！你就要有信心！"焕章赞许和鼓励她说。

焕章沉思了一会儿，忽然问："如果将来有一天我也去当老师，你认为怎样呢？"

"开什么玩笑？你是宣传部的大干部，怎么会去当小老师呢？"宝欣笑着说。

"如果将来有一天我真的去当老师呢？"焕章仍然问，一本正经的样子。

"那也好啊，我们俩就地位平等，更有共同语言了！"宝欣笑着说。

"你今天怎么啦？"宝欣有一点奇怪地问。

"没什么。我随便说一说。"焕章强笑着说。

考虑到时间已经不早，焕章又太累了，宝欣就没有邀请他去长平河畔散步。

"明晚我们一起去看电影吧！"宝欣提议说。

"这么久没回县城，有很多事情要办，明晚就不去了，下次吧！"焕章声音低沉地说。

"什么时候下乡？"宝欣问。

"后天一大早。"焕章说，"要参加乡里催缴公粮的工作。"

"这么快又要走！"宝欣黯然地说。

她依依不舍地送焕章出门。

焕章抬头看了一眼没有星光的灰暗天空，长长地叹了一口气，然后朝宝欣挥挥手，低着头，步履沉重地走了……

早上四点半，焕章就起床了。他刷完牙，洗完脸，收拾了一下东西，拿起黑色提包，就走出县委大院，匆忙赶往长平汽车站，准备乘坐五点半下驻舆乡的班车。

到达车站后，他一看时间还早，便到车站附近的小食摊上买了一碗馄饨，吃完馄饨时，已是五点十五分了。

他又来到候车室，看一同乘车的汪雨霞有没有来。"她还没来？再过五分钟就要上车了！"他有点着急地想。

汪雨霞是长平水保办的宣传干部，她比焕章大一点，结了婚，但还没有孩子。焕章因为在县宣传工作会上和她接触过多次，所以两人熟悉。昨天下午焕章在车站排队买车票时，恰好她也来车站买车票，原来她被抽调到县下乡催交公粮的突击工作组了，准备第二天一早就下驻舆乡去。当她得知焕章明天一早也下驻舆，并且也将参加催交公粮的工作时，她高兴地请他帮买一张车票，明天一起下驻舆去。

五点二十分，下驻舆的乘客开始上车了，汪雨霞还没有来，而她的车票还在焕章这里呢。"这家伙一定睡过头了！"他焦急地想。

他验了票，登上下驻舆的班车，找到自己的座位，把皮包放在座位上，然后走上前去对司机说："师傅，我有个熟人还没来，她的车票还在我这里，我去叫她一下，很近的，请等一下再开车，谢谢啊！"

"快点哈！"司机催促道。

焕章跳下车，跑出汽车站，朝县水保办飞快地跑去。

县水保办很近，就在车站的斜对面，不到二百米远。

"大爷，汪雨霞住在哪？"焕章上气不接下气地问看大门的老大爷。

"你是谁？一早找她干吗？"大爷打量了他一下，充满狐疑地问。

"我是县委宣传部的，汪雨霞要和我一早下驻舆乡催公粮，她的车票还在我这里，再不走就会错过坐车的时间了！"焕章焦急地说。

大爷信了他，说："她住在二楼的203房间。"并指了指203房间的位置。

焕章道了谢，直奔二楼203房间。

嘚嘚嘚，焕章敲了几下门，"汪雨霞！汪雨霞！"他叫了两声，但里面没有动静。

嘚嘚嘚，焕章又敲了几下门，"汪雨霞！汪雨霞！"他又叫了两声。

"谁呀？"里面传来汪雨霞睡眼惺忪的声音。

"我是焕章。还不起床？早班车都将错过了！"焕章焦急地喊道。

"糟糕，睡过头了！"汪雨霞惊慌地说，"你稍等！"接着传来她窸窸窣窣的穿衣声。

有一两个早起的邻居，打开门，探出头，用奇怪的目光看焕章。

不一会儿，汪雨霞就开门出来了。她挽着一只女式提包，双手快速拢束了一下长头发说："没时间梳洗了，下到驻舆再说吧，快走！"

两人直奔车站。

"你没调闹钟吗？"

"忘了！"

"你老公没有提醒你？"

"他出差了！"

他们边跑边对话，不一会儿，就到了车站。

司机已启动了马达，全车的人都在等他们两个。

"对不起，谢谢各位！"焕章带有歉意、感激地对大家说。

他俩刚落座，班车就驶出了车站。

从县城到驻舆，有六七十里的路程，途中路过稀土矿、楠桥乡。因为一路都是沙石铺就的泥土公路，山道弯弯，忽高忽低，坑坑洼洼，中途上下车的人又多，班车走了近两个小时才到达驻舆。焕章一看手表，已将近七点半了。

乡民政招待所几乎住满了人，他们都是从县城各局、室、办抽调来参加催交公粮的突击工作的。他们昨天下午就下来了，只有焕章和汪雨霞两人是今天一早下来的。

因为八点钟才到乡政府集中，还有一点时间，汪雨霞便抓紧梳洗了一下，又到大街上买了两个包子吃了。

农村实行包产到户的生产责任制后，极大地调动了农民的生产积极性，粮食产量有了很大的提高，农民的温饱问题得到了解决，按道理，农民对交公粮这一天经地义的义务不会有困难，也不会有什么抵触，但问题却没那么简单。事实上，近年来农民除了要上交给国家的公粮外，同时还要交纳统筹粮。统筹粮属地方性财政收入，负担是公粮的两倍或以上，这样，农民的负担就重了，也就不愿交公粮了。所以，催交公粮工作，就成了地方政府仅次于计划生育工作的第二难搞的乡村工作。

和搞计划生育工作不同的是，催交公粮不需要一大早出发，八点出发就可以，因为谷物不是人，没有脚，不会自己逃跑。

这次参加催交公粮突击工作的人员和搞计划生育突击工作时的人员一样，也是由县城从各局、室、办抽调下来的人员、各驻村扶贫干部和乡政府干部组成，共有七八十人，他们分为十个小组，每个小组七至八人。采取的工作策略也和搞计划生育工作差不多：先化整为零，再化零为整，即先分散做动员、劝说工作，再集中力量对付个别的老顽固。

他们乘坐两辆大卡车，向第一个催交公粮的突击工作地——黄羌村出发了。

当载着催粮"突击队员"的两辆大卡车到达黄羌时，整个村子都轰动了。人们奔走相告，纷纷走出来观望。村狗们也窜来窜去，呼应着汪汪汪狂吠起来。

焕章发现，村里各屋场的外墙上都新写了"交爱国粮是农民应尽的义务！""以次充好，掺糠兑假是违法行为！""备战备荒为人民！""交公粮给国家光荣，争做交粮先进模范！"等宣传标语。

焕章带队的这个工作组，在村干部的指引下，接连去了三户人家，明明看见屋里有人，待走近时，门却锁上了。有一户人家见他们来了，扛着锄头急忙往后山跑，他们跟着追了上去，把他拦住了，向他讲了一个小时的交公粮政策，末了这个农户却只说了一句话："没粮了，收晚稻后再说吧！"

对于欠粮户，焕章叫同一组的工作人员尽量不要采用强制手段，总是千方百计地说服教育，一趟不行来两趟，两趟不行来三趟。大部分老百姓也逐渐理解了他们。

有一个名叫邝飞岳的壮年人，口里不干不净，并且发誓不交粮。他怒气冲冲地向焕章发了一个小时的火，焕章却一直微笑着对他。最后，他发完火，还是把公粮交了。

后来，这位壮汉还和焕章成了好朋友，只要到了驻舆圩，他就会带一些自家的土特产来乡民政招待所看望焕章，焕章也总会请他喝上两杯啤酒，就着一包油炸花生米，边喝边吃边聊一些农村的琐碎杂事。

焕章虽是知识分子、国家干部，但他生在农村，长在农村，骨子里和农民有一种特殊的情感。做工作时，他与农民谈心里话、拉家常，拉近了和农民的距离，常常使他们愉快地交纳了公粮。

催交公粮时，乡粮管所也派了工作人员过来，他们在村委会现场验收、过秤、记账，把村民交纳的粮食倒进卡车里，每装满一卡车，就运回粮管所入库。

催交公粮的突击工作，比计划生育突击工作要快很多，因为老顽固没那么多，全乡二十一个行政村，五天半就搞完了。除极少数家里确实缺粮的外，绝大部分农户都交完了公粮。

催粮工作虽然完成了，但焕章心里却一直在想："什么时候才能让农民少交粮甚至不用交粮，真正减轻他们的负担，让他们过上和谐、富裕、幸福的生活呢？"

这天上午，长平县幼儿园给坪庄村幼儿园追加捐赠的够五十个孩子用的一整套小床、桌椅、教具、课本和玩具等，用一辆大货车运了下来。协助焕章搞扶贫的文联柳昺瑜主席也随车下来了。这批捐赠物品，当然又是柳主席大力游说他当长平县幼儿园园长的妻子的结果。

坪庄村幼儿园已装修一新，各种教学、生活设施齐备，可以容纳一百五十个孩子。新招的幼儿老师正在县幼儿园培训，秋季就可以招生、开学了。

为感谢柳主席和焕章的大力支持，坪庄村委会特备了一桌丰盛的午餐宴请他们。

下午，焕章和陈道功村支书又陪柳主席看了一下坪庄砖瓦厂的生产情况，到贫困户家里看了一下他们养的猪和鸡，还到已莳上杂交水稻的稻田里转了一圈。柳主席满意地对焕章说："工作做得不错！这几个月，我很少下来，真辛苦你了！"

"我做的不算什么，还得感谢您的大力协助！"焕章谦虚地说。

柳主席在乡民政招待所住了一晚。晚上和焕章闲聊乡、村的一些杂事时，他忽然转过话题，严肃地问焕章："听说前几天你曾一大早敲过水保办汪雨霞的门？有这回事吗？"

焕章暗吃一惊："这事柳主席也知道？怎么传得那么快呢？为什么有的人总那么喜欢说别人的闲话？！"

"有这回事。"焕章坦诚地说，"那天早上，汪雨霞要乘早班车下驻舆乡参加催交公粮的突击工作，但她忘记调闹钟差一点睡过头了。因为头一天下午她是托我给买的车票，车票还在我手里，我怕她误了车次，所以跑到水保办找她，敲门把她叫醒了。"

　　"哦，原来是这样！"柳主席停顿了一会儿说，"但不管怎样，以后你和异性接触时还是要注意一点。现在的人，往往喜欢从男女关系上去诋毁一个人。不该接触的异性你以后少去接触！至于爱情，看准了的姑娘就要大胆去进攻，但切忌四面出击，不想和她结婚的人就不要去乱结交！"

　　听了柳主席的告诫，焕章心里受到很大的震动。

　　"对于找对象，你也没必要心急，缘分到了自然会有。"柳主席又说，"如果有合适的姑娘，我们也会介绍给你。"

　　"哦，对了，倒让我想起一个人来，"柳主席忽然又说，"文化局的谢巧珍副局长有一个妹妹，名叫谢韵滢，还没有结婚，在工商银行上班，六月份补员进去的。这姑娘人长得漂亮，人品也很好，如果你喜欢的话，我把她介绍给你。"

　　焕章相信柳主席的眼光，这姑娘一定很不错，但他笑着说："这么优秀的女孩，早就被人勾走了吧，还会等着留给我？"

　　"那不一定！"柳主席头一撇，微笑着说，"前不久我还在谢局面前提起过呢，说把她妹妹介绍给你。她笑嘻嘻的，没说什么。如果你有意的话，下次我见到谢局，再认真和她说一说。"

　　"谢谢啦！"焕章笑着说。

　　他知道柳主席的好意，但他不把这事放在心上了。

第三十五章

　　计划生育、夏收夏种、催交公粮等乡政府的中心工作结束后，焕章的工作也宽松下来。他除每天上午或下午进一趟坪庄村，处理一下日常的扶贫工作外，便有了一些空闲的时间。为不使自己的光阴虚度，焕章就利用这些空闲时间，进行阅读和写作。

　　这天上午，焕章进了一趟坪庄村，回到乡民政招待所后，看了一会儿从乡文化站借来的几份《光明日报》《文汇报》《中国文化报》，了解了一下当前反对资产阶级自由化对文学创作的影响。他看了几位权威文艺评论家写的评论文章后，得到的基本结论是：文学创作只要不反对"四项基本原则"，就不会有政治问题；只要主观愿望是好的，一些不涉及原则性的所谓的禁区，也未必不可写。他对文学创作大气候的疑虑释然了，对文学的追求心里也有了明确的宗旨。他想，以后有空暇，得多进行文学创作，以实现自己的文学抱负。

　　看完报纸，他又把著名作家路遥的《平凡的世界》三卷本的最后几章看完了。这部长篇小说，是他上次回县城时，在县新华书店购买的。

　　《平凡的世界》有上百万字，全景式地表现了中国当代城乡社会的生活。该书以中国二十世纪七十年代中期到二十世纪八十年代中期十年间为背景，通过复杂的矛盾纠葛，以孙少安和孙少平两兄弟为中心，刻画了当时社会各阶层众多普通人的形象；劳动与爱情、挫折与追求、痛苦与欢乐、日常生活与巨大社会冲突纷繁地交织在一起，深刻地展示了普通人在大时代历史进程中所走过的艰难曲折的道路。

　　这部鸿篇巨制，无论是思想性还是艺术性，都对焕章产生了震撼性的影响。他希望自己也能写出类似有影响的作品来，当然不是现在，他希望将来有一天能实现这个愿望。现在的他，无论是生活阅历、知识水平还是写作技巧，都远没达到那个程度，他还须不断积累、磨炼，扎实夯好基础，一步一步去攀登文学的高峰。

　　下午，焕章来了创作灵感，构思了一篇以《情殇》为名的短篇小说。这篇小

乡城往事

说将叙写这样一个故事：有一对从小一起长大的男女青年，男的叫志清，女的叫瑰云。志清考取了师范学院，瑰云考取了财会学校，他们成了心心相印的恋人。毕业后，志清分配到乡下一所中学教书，瑰云分配到县税务局工作。瑰云的父母不同意女儿嫁给一个"孩子王"，强行拆散了他们这对鸳鸯。后来，经人介绍，瑰云嫁给了一位在县政府工作的年轻有为的干部；志清悲愤交加，积郁成疾，最后撒手人寰……小说旨在揭示肩负培育祖国花朵重任的教师社会经济地位不高，人们在婚恋上热衷攀权附贵的不良社会倾向。

后来，焕章花了近三天的业余时间才把这篇小说的草稿写完，共写了一万六千多字。他修改了三次，才把它投寄至《青年文学》杂志社。

焕章和香兰的家人熟悉后，他经常从乡民政招待所下来，到她家里闲坐，和她的家人聊天，拉拉家常。趁此机会，他也能见到香兰，和她在一起。

焕章发现，由于她家靠近驻舆圩，她家的亲朋好友到驻舆圩办事或购物时，总喜欢到她家里来坐一坐，有的还会吃过午饭才走。而无论对哪位亲朋好友，香兰的父母和哥嫂都会不厌其烦、很热情地接待。她家人的淳朴善良和热情好客，在焕章心里留下了深刻的印象。

这天上午，焕章在香兰家里，一边帮她家摘黄豆叶，一边和她家人谈天说地。这时，来了一位客人来找香兰的哥哥学伦。焕章定睛一看，连忙起身招呼道："陈老师，你来啦！"

"焕章领导，那么巧，你也在这里啊！"陈老师有一点惊讶地说。

"是啊，我们住得那么近，所谓远亲不如近邻，所以我会经常下来坐一坐。"焕章笑着说。

"陈老师是我的同事，也是我高中时的同学。"学伦对焕章介绍说，"你们也认识？"

"我们是不打不相识啊！"焕章自嘲地笑着说。

"到客厅喝茶，"学伦说，"你们之间发生过什么有趣的故事？说来听听。"他微笑着把两位客人请进客厅，分别给他们倒了一杯原先泡好的普洱茶，又给自己倒了一杯。

焕章喝了一口茶，便把一个月前发生的故事讲给学伦听：

那天上午，焕章从坪庄村回到乡民政招待所时，已将近中午吃饭的时间了。他看到招待所的院子里到处都是小学生，有的站着，有的坐着，他们或在读书，或在做习题。他奇怪地问陈师傅："哪来的那么多学生？他们来这干什么？"

陈师傅说："他们是族坑小学毕业班的学生，今天在驻舆中心小学参加小学升初中考试，中午在这里吃饭和休息。"

"哦——原来是这样！"焕章说。他明白了，因为陈师傅是族坑村人，所以这些参加升学考试的族坑子弟中午来他的招待所吃饭和休息。

焕章看到近旁有两个女生在做练习卷，就走过去看了一会儿，热心地说："小同学，如果你们有什么不懂的问题，就问叔叔我，我教你们！"

两个女生抬起头来，其中一个怀疑地问："你教我们？你会不会呀？"

"不要说教你们，就是你们的老师我也能教！"焕章一副不在话下的样子。他说这话的根据是：他的大学同学毕业后都当大专院校或中专学校的老师去了，他自己如果不回长平，也留校当大学老师了，而这些学生的老师最多也就是中师毕业生，他怎么没资格教他们？

这时，走来一个教师模样的人，表情有点不自然地对焕章说："是啊，'三人行，必有我师焉'！"

焕章立刻明白，这个人肯定是他们的老师了，并且马上醒悟过来自己刚才说话太张狂了。于是连忙向他道歉说："不好意思，刚才我是和孩子们开玩笑的，冒犯了！失礼了！"

"没什么！没什么！"对方大度地说，但表情仍然有点不自然。

陈师傅听见了，走过来向焕章介绍说："这位是陈老师，学生们的班主任。"他又向陈老师介绍说："这位是县宣传部下来的扶贫干部，大学生，叫刘焕章。"

"哦，原来是大学生啊！失敬失敬！"陈老师说。

焕章尴尬地笑了……

"陈老师，那天我说话真是太张狂了，再次请您原谅！"焕章给学伦讲完了那天发生的故事后，又对陈老师带有歉意地说。

"还提它干吗？我都忘记了！"陈老师爽朗地笑着说。

"你们发生了这个故事，说明你们俩有缘分啊！"学伦诙谐地笑着说。

"说的是！你看，我们又在这里见面了，不是缘分是什么呢？"焕章高兴地说。

陈老师也点头笑了。

在学伦的热情挽留下，陈老师留下来吃午饭，焕章也应邀作陪，他俩很快成了亲热的朋友。

饭后，香兰的母亲煮了一大脸盆的黄豆荚，请焕章和陈老师吃。这是焕章从上大学后第二次吃黄豆荚，再一次唤起了他小时候的美好记忆。

陈老师离别时，热情地对焕章说："有空到我家里坐坐，我家就在族坑小学附近。"

"好的，有机会我一定去！"焕章高兴地答应说。

陈老师走后不久，焕章也告辞回乡民政招待所去了。

香兰虽说跟从福招阿姨学习裁缝技术了，但家里要紧的农活她还是要参与。虽然这样，她还是很感激家人的支持，因而格外珍惜这次难得的机会，学裁缝时便十分用心。她不想让亲友失望，更不想让焕章失望。她不但在师傅那里学得很努力，回到家里她同样也很刻苦。她从书店买了几本上海时装杂志，一有空就认真阅读、揣摩、默记。一些传统的地方服饰，时装书上没有，她就从师傅那里学习，把抄下的笔记反复记忆。为让香兰在实践中不断提高剪裁水平，焕章从乡政府拿来许多旧报纸，让香兰把它们当作布料在家里练习剪裁。她的师傅认为某一种款式她学会了时，也会把顾客的衣料叫她带回家慢慢剪裁。因此，她的剪裁技术提高很快。与此同时，香兰还熟练掌握了缝纫机的操作技术，她车出的线路又细密、又匀称，十分流畅、顺眼。在福招阿姨带的几个徒弟中，她认为香兰是最心灵手巧的一个。

这天晚饭后，焕章从乡民政招待所出来，从侧边的小路进去，再沿着招待所后面的斜坡下来，来到老寨下香兰的家里。他和香兰的父母、哥嫂在客厅里喝茶、聊了一会儿天后，见香兰的身影还没出现，便奇怪地问："香兰呢？怎么不见她？"以前，只要他来了，她就会出来见他的。

"她一个人关在房间里在学做衫呢！"香兰母亲说。

"我去看看她在家里是怎么学做衫的。"焕章站起身，含笑着说。

香兰的父亲便告诉焕章，香兰的房间在过道上的第几间，然后让他自己一个人去了。

焕章喜欢香兰，香兰也喜欢他，香兰的父母是看在眼里，喜在心头。如果焕章能和自己的女儿谈上恋爱，并结婚成家的话，是他们做父母的求之不得的事。那样的话，不仅女儿找到自己最好的归宿，也了却他们做父母的一件心事。他们只是担心，既是大学生又是宣传部干部的焕章，会不会真的爱上自己既没文凭又没工作，而且还是一个农村姑娘的女儿，如果他们真的谈上了恋爱，自己女儿会不会因为地位悬殊，而最终失恋并受到伤害。不过，从他们长时间的接触和观察来看，焕章是一个心地善良、待人真诚的孩子，应该不会做出伤害女儿感情的事，而女儿也早已成年，而且聪明有智慧，应该相信她有能力处理好自己的婚恋大事。正因为又想到了这些，所以香兰的父母才没有阻碍他们进一步交往，而是采取了开明的态度，让他们顺其自然地发展。

按照香兰父亲的指引，焕章来到香兰的房间前。嘚嘚嘚，他轻轻地敲了几声门。

"谁呀？"里面传来香兰娇美的声音。

"我，焕章。"焕章温情地答道。

"哎呀，你来了？快请进！"香兰打开门，惊喜地说。待焕章进来后，她又连忙把房门关上。她房间对面十米远的地方，是她三叔家的一排房子，她担心三叔家的人看见焕章晚上到她的房间里来了，那样会让她不好意思的。

香兰父亲有三兄弟，这座方形小围屋里就住着她家和三叔家两大家人，她大伯一家人住在老寨下的另一处地方。

"请坐！"香兰拿来一只木方凳请焕章坐，又带有歉意地说，"这里没茶喝哦！"

"不用不用，"焕章连忙说，"我已在你家的客厅里坐过、喝过了。我站着看你做事就行！"

"那就随你吧！"香兰说，继续做她手中的活。他俩已很熟悉了，用不着再客气。

焕章环视了一下香兰的闺房兼工作室：近窗的左侧是一张高低床，淡蓝色的床单上，叠放着整齐的薄被、枕头；与高低床同一边立着的，是一只简易的组合衣柜；高低床的对面是一张书桌兼梳妆台，桌子上放着一只椭圆形镜子、几本时装杂志和几件梳妆用品；书桌上方的白墙上贴着一张日历明星画，明星画旁边挂着她的一幅镜框彩色生活照；和书桌并列平放着的，是裁衣用的裁衣板，裁衣板上放着一些布料、画粉、剪刀、皮尺和一叠旧报纸；靠近门边的地方挨墙放着一架缝纫机，缝纫机旁边放着一张靠背木椅……房间虽然简单朴素，但整齐干净，洋溢着青春女孩的芬芳气息。

香兰看到焕章在打量自己的房间，有点不好意思地说："房间很简陋，很土气哦！"

"不会啊，挺好的！"焕章真诚地说，"刚才你在忙什么啊？"

"在拆我哥哥一件不穿了的旧西装。"香兰说，"我想拆开后仔细揣摩它的剪裁奥妙，再用衣车重新把它缝好，这样的话，对怎么剪裁西装就会学得更快些！"

344

"香兰，你真是太聪明了！就像我们国家，从外国进口一台先进的机器设备，然后拆开研究它，再把它重新组装好，借此来模仿、研制同类设备，又快又经济！"焕章赞叹说。

见焕章表扬自己，香兰羞涩地笑了，就像一朵含羞的红玫瑰。

香兰拆完旧西装后，对拆下的布料，一块一块认真揣摩、测量，用本子记下尺寸数据，然后在裁衣板上摊开旧报纸，在报纸上模仿着绘画、剪裁。焕章则在一旁给她递送画粉、皮尺或剪刀，适时提一下建议，两人配合甚是默契。

在交接物品的时候，他们的手偶尔相碰，这时，感情的电流便会从焕章的心房流过，令他有一种眩晕似的感觉。香兰有时会轻甩头发，那柔长的发丝飘拂在焕章的脸上，痒痒的，一直痒到他的心底。而她身上散发出来的阵阵幽香，更是销魂摄魄，让他浑身酥软。渐渐地，他的呼吸急促起来，喉头也变得干涩了，只好不住地吞咽口水。香兰同样也处于感情的旋涡之中，她的脸上泛起一阵一阵的潮红，丰满的胸部一起一伏，仿佛能听到从她胸口传出来的激烈心跳。焕章终于把持不住了，一把将她揽进怀里，口里喃喃地说："香兰，我爱你……"他热烈地吻她，深情地爱抚她。她也紧抱着他，迎合着他的热吻，战栗着，娇吟着，流下了幸福的热泪……

"香兰，嫁给我吧，我会好好爱你，让你幸福的！"一阵激情过后，焕章抚摸着香兰秀美的头发，深情地说。

"我们之间的身份、地位悬殊，有可能结合吗？你能来爱我，我已经满足了，不敢再有别的奢望！"香兰的脸紧贴着焕章的胸脯，柔声地说。

"我不会在意什么身份、地位！真正纯洁的爱情是没有条件的！嫁给我吧！"焕章真诚地说。

"你想过没有，如果我们结合的话，社会上的人会怎么看你呢？你的亲戚朋友、同学同事会怎样说你呢？这些压力你顶得住吗？你还是做我的哥哥吧！我们做个结拜兄妹……"香兰叹息着说。

"婚姻是我个人的事！我不会在意别人的眼光和看法！我能经受住任何的压力和考验！我不要你做我的妹妹，我要你做我的妻子！"焕章坚决地说。

香兰涌出了感激、幸福的泪花。

焕章又一次把她紧紧地抱在怀里，热烈地吻她，深情地爱抚她。香兰又像一片洁白的雪花，融化在甜蜜的海洋里了……

焕章从香兰闺房里出来，离开她家回到乡民政招待所时，已是晚上十一点多了。

招待所的院子里聚坐着七八个人，陈师傅和他的妻子谢阿姨也在，有两个是住在这里的旅客，另几个是在招待所附近开店的店老板和老板娘。他们一边乘凉，一边在讲鬼故事，什么猪子鬼（会学猪叫的鬼）啦，什么吊死鬼啦，什么饿死鬼啦，什么淹死鬼啦，什么无头鬼啦，等等。讲的人绘声绘色，听的人一惊一乍，都沉迷在鬼故事的情境中了。

"你们还没睡啊？"焕章走近问道。

见焕章回来了，他们才惊醒似的停住了。"是啊，是啊。""我们在讲鬼故事呢！"有人笑着回答说。

"从哪里来，这么晚才回来？"陈师傅微笑着问焕章。

"从老寨下的钟老师家聊天来。"焕章说。

他们继续讲鬼故事。焕章拿了一把竹椅子，想听他们讲的是什么内容。

将近晚上十二点时，大家才意犹未尽地散开，各自回去休息了。

焕章躺在床上，很久没有入睡。他当然不是被那些鬼故事迷住了，更不是被那些鬼故事吓着了，而是今晚他和香兰相亲相爱的幸福情景，让他久久怀恋，细细回味……

焕章从大学毕业到县委宣传部工作以来，近一年的时间里，他到黄涛书记那里却没有多少次。这不是因为他自己很忙，而是因为黄涛书记太忙了。作为长平县委的一把手，黄涛书记可谓日理万机，焕章不方便去打扰他。虽然住在同一个县委大院，但黄涛书记经常到外面开会、学习、考察，在宾馆接待领导或到下面检查工作，平时很少见到他的身影。焕章偶尔和他碰见，他的身边也跟随着很多人，只能彼此笑一笑，点点头。就是黄涛书记在家的时候，他家里也门庭若市，来来往往的人很多，有的是来汇报工作的，有的是来请示问题的……在这样的场合，焕章自然不便到他那里倾吐心曲了，所以他也很少去凑那个热闹。不过，现在他觉得很有必要去黄涛书记那里了，他要向书记汇报一下自己近一年来的工作和思想情况，听一听他对自己的看法，给自己指点一下人生迷津。但什么时候去更合适呢？白天，黄涛书记工作很忙；晚上，黄涛书记家里来往的人又多；中午，黄涛书记要安静午休；只有早饭后到上班前这一段时间，找黄涛书记的人很少，对，就利用这段时间缝隙去找他！焕章主意打定后，当他打听到黄涛书记这几天在家没有外出时，便在这天的早饭后、上班前，找黄涛书记去了。

因为是早上，黄涛书记家周围的树木显得更加青翠，道路两旁的花朵更加芬

乡城往事

芳，空气也更加清新、凉爽。别墅楼那圆形大门敞开着，仿佛是在随时迎接访客的到来。焕章怀着忐忑不安的心走了进去。黄涛书记的妻子韩师母正在整理客厅里的茶具、烟灰缸、面巾纸盒等物。"师母好！"焕章恭敬地问候道。

"焕章来啦，吃早餐没？"师母停下手中的活计问。

"刚吃过。"焕章说。

"那你坐吧。请喝茶！"师母给他倒了一杯茶，递给他。

"谢谢师母！"焕章接过茶杯，在客人位置的沙发上坐下。"黄书记呢？"他问。

"老黄还在吃早餐，等一会儿他就出来。"师母说。说完，她就进饭厅去了，大概是告诉黄书记，焕章来了。

韩师母是农民出身，没多少文化。黄涛书记那一代从农村走出来的知识分子，很多人的对象都是农村妇女。

也许是焕章过于敏感了，他感觉到师母对他不像以前那么亲热了。也许是有关他的种种负面传闻，也传到了她的耳朵里了，她认为他有负于黄涛书记的殷切期望了吧！

不一会儿，黄涛书记剔着牙，走进客厅里来了。

"黄书记好！"焕章恭敬地站起来问候道。

"来了？坐吧！"黄涛书记对焕章点点头，说。

焕章重新坐了下来。

黄涛书记把牙签扔到垃圾桶里。他见焕章已喝着茶了，便给自己泡了一杯乌龙茶，在主人位置的沙发上坐了下来。他没有吸烟的嗜好，早饭后便没有吸烟。他知道焕章也不吸烟，便不跟他客气。

"这么早过来，有什么事吗？"黄涛书记问。

"也没什么要紧的事，"焕章喝了一口茶，借以平静自己的心情，接着说，"我从大学毕业到宣传部工作，将近一年了，我很想向您汇报一下这近一年来的工作和思想情况，并聆听一下您的看法和教诲。可您日理万机，每天都那么忙，这里来来往往的人又多，我一直找不到合适的机会。所以，今天我这么早过来，就是想趁还没什么人来的时候，向您倾吐一下衷肠……"

"哦——时间真快呀，不觉就近一年了……"黄涛书记有点感慨地说，"说吧，说说你近一年来的工作、收获和感想。"

焕章便向黄涛书记简述了一下自己近一年来的工作、生活和感想，最后恭敬地说："请您说一说您的看法，学生将洗耳恭听您的教诲！"

"焕章啊，有些话我不妨和你直说，"黄涛书记一脸严肃地说，"因为忙于政务，我们俩很少在一起畅谈。虽然这样，但我却时时关注着你的动态，不少同志也会在我面前反映你的情况。你来到县委宣传部近一年来，总的来说，你有热情，有干劲，基本工作还是做得不错的！但还有两点让人很不满意：一是没有发挥你的写作优势。你的文笔很好，当初调你到宣传部来工作，就因为这个。但你近一年来，写过多少篇通讯报道呢？写过一篇报告文学没有？"

听黄书记这么一说，焕章马上想到，近一年来自己几乎没写什么新闻报道，县委办公室秘书、大师兄温俊才当初要他写一篇有关黄涛书记的报告文学的事也没完成，于是他惭愧地说："您批评得对，这方面我确实做得很不够，以后我一定改正、弥补！"

黄涛书记接着说："二是你还没改掉学生时代的书生气。社会是复杂的，可你的书生气太浓了，平时说话没顾忌，处世不慎重，给人留下了幼稚、轻浮甚至张狂的印象。有的老同志在我面前说：'黄书记，你怎么把这样的学生调进宣传部来？'让我也颇感尴尬啊！也许正如有人所说，你在宣传部工作不太合适，到基层去锻炼一下也许对你更有好处！"

"对不起，我辜负您的期望了！但社会上流传的有关我的负面传闻，确实和事实不符，他们出于各种心态和目的，要么是添油加醋、肆意歪曲，要么是无中生有、恶毒攻击……"焕章为自己辩解说。

"你说的确实也有那么回事，但俗话说，'无风不起浪'，你有没有想一想，为什么这些负面传闻没发生在他人身上，而偏偏发生在你身上呢？你为什么要给他们留下把柄，让他们中伤你、诋毁你呢？你不该好好反思吗？！"黄涛书记看着他反问说。

"您批评得对！我确实缺乏足够的社会人生经验，让他们钻了空子了……请给我一点时间，我想，以后我会成熟起来的！"焕章说。

"唉，'一万年太久，只争朝夕'，有些事，时间不等人哪！"黄涛书记意味深长地感叹说。

焕章还想再说什么，水电局的王循运副局长夹着一只黑色手皮包进来了。

"黄书记好！"王副局长亲热地和黄涛书记招呼说。

"循运请坐。茶几上有烟，你自己拿。"黄涛书记边亲切地说，边给王副局长倒了一杯茶，递给他。

"谢谢黄书记！"王副局长接过茶杯，弓着腰，恭敬地说。他在焕章旁边坐下，礼貌性地朝焕章点点头。

　　焕章和王副局长并不太熟，以前只在开会时打过照面，他也礼貌性地微笑着点头回礼。

　　既然来了新客人，焕章不便再待下去了，只能起身告辞。于是，他站起身说："黄书记，那我先走了。你们慢慢聊。"

　　黄涛书记点点头。

　　焕章从黄书记家出来后，心情很沉重。他知道黄涛书记对他近一年来的表现很不满意了，这使他既忐忑不安，又非常痛苦。他一时竟不知道该怎么办，要怎样做才能改变黄涛书记对自己的看法。特别是他那句"也许正如有人所说，你在宣传部工作不太合适，到基层去锻炼一下也许对你更有好处"的话语，犹如一支利箭穿心，让他的心沥沥滴血，又惊悸不已。他不禁想起以前福明老师在县采茶剧团告诉他的他将被调去教书的传言，难道是真的了？他又不禁想起大哥良翊在上次来信中对他的严厉警告："你以为自己有靠山，我看你没什么靠山！只要你没有拿出真才实学、真本事来报恩报德，反而给人家脸上抹黑的话，那么你就随时都会被人抛弃，成为狗屎！"想到这些，一股沉重的危机感袭来，虽是盛夏天气，但焕章心里仍不禁一阵寒战，感觉脊背凉风飕飕，额上冷汗涔涔了！

　　焕章痛苦、焦虑了一天后，他的心慢慢冷静下来。他知道，他现在之所以吃亏，其根本原因就是缺少足够的社会人生经验去应对纷繁、复杂的社会人生。而要丰富自己的社会人生经验，除了自己在平时的学习、工作和生活中要注意揣摩、总结和积累外，向具有丰富社会人生经验的领导和前辈学习、取经，也是一个很重要的途径。在焕章的领导、同事和其他熟人中，具有丰富社会人生经验而又值得信赖的人并不多，屈指算来，也就只有那么几个，而在县城生活的同村梓叔刘枫翔，就是这几个人中的一个。

　　刘枫翔现年五十八岁，比焕章大三十七岁，但因为他们在宗族排行中同属"传"字辈，焕章便称呼他为"枫翔哥"。枫翔哥是"文革"前的老牌大学生，因脾气硬直，在一些政治运动中受到冲击，成为被排挤、批斗和监管的对象，备尝世态炎凉、人情冷暖。在粉碎"四人帮"、国家实行改革开放后，枫翔哥受命"出山"，担任过长平科委主任、教育局长等职，五十五岁时退居二线，赋闲在家。枫翔哥的妻子叫杜月华，本村杜屋人，是焕章在田背排小学读一、二年级时的语文老师，那时她还是一个民办教师，后来她才转正成为公办教师并调到县城的三二五小学任教的，她在五十三岁时提前办了病退手续。而今，他们的几个儿女都已成家立业，两夫妻在家养花饲鸟，颐养天年。枫翔哥一生跌宕起伏、阅历丰富，具有丰富的社会人生经验，焕章决定抽空去拜望他，聆听一下他的谆谆教诲。

这天傍晚，焕章买了几斤水果、一瓶葡萄酒和一筒普洱茶，来到枫翔哥在三二五小学附近的家里。

这是一座独门独户的小型四合院瓦房。院子中心有一个用鹅卵石砌成的椭圆形花坛，花坛里栽种着六月雪、百合花、一串红、芍药花、千日红、鸡冠花、美人蕉、郁金香、合欢花等夏季花草，它们争相吐艳，五彩缤纷，芳香四溢，就像一群青春逼人的可爱女孩，展示着各自曼妙的身姿和灿烂的笑脸。枫翔哥正提着一只铁皮花洒，细心地给花们浇水。花儿们沾上晶莹剔透的水珠，一朵朵更显得清新娇艳、妩媚可人。

"枫翔哥！"焕章一进门，就亲热地喊道。

"哎呀，焕章来了，稀客稀客！快到客厅里坐！"枫翔哥高兴地说。他虽然年近花甲，矮小精瘦，但精神状态很好。

"种了那么多花啊？真漂亮！"焕章赞叹道。

"没什么事做，只能在家侍弄一下花草鸟儿！"枫翔哥自嘲地笑着说。他放下花洒，领焕章走进客厅。

客厅门前挂着一只精致的大红酸枝鸟笼，里面养着一只很好看的鹦鹉，见有客人进来，它脆声叫道："欢迎光临！欢迎光临！"

"好乖巧的鹦鹉！"焕章又赞叹说。

焕章把礼物放在电视柜上，在沙发上坐下。

"自家人，带什么礼物呢？"枫翔哥说。

"一点小意思，不成敬意！"焕章笑着说。

焕章环视了一下客厅。客厅的陈设既古雅又现代：一套仿古红木雕花沙发，一张用大树根雕成的古朴茶桌，一套朴拙的宜兴紫砂壶茶具，一台彩色电视机，一部双卡收录机，一台落地电风扇……给人一种很舒适、很享受的感觉。

"杜老师呢？"焕章问。

"我们刚吃完饭不久，她还在厨房里洗碗筷。"枫翔哥说。他泡了一壶庐山云雾茶，给焕章倒了一杯，又给自己倒了一杯。

"请喝茶！"

"谢谢！"焕章接过茶杯，"枫翔哥和杜老师身体都还好吧？"

"还不错。不过，毕竟年纪大了，有一点小毛病是免不了的。"枫翔哥爽朗地说。

正说话间，杜老师进客厅来了。与年轻时候相比，杜老师明显有中老年妇女的臃态了。

"杜老师好！"焕章起身问候说。

"我以为是谁来了，原来是焕章你呀！快请坐下！"杜老师高兴地说，"我们有好几年没见面了！"

"是啊，我还是在长平中学读书时来过！我早该来拜望你们的了！"焕章带有歉意地说。

"长平中学毕业后，你在上大学，现在你才参加工作不久，工作忙，老师理解！"杜老师体谅地说。

"谢谢杜老师的体谅！"焕章感激地说。

杜老师拿出一大盘瓜子、花生和山楂饼等零食，请焕章吃："随便吃一点，杜老师这里没什么好招待的哦！"

"谢谢杜老师！"焕章礼貌性地抓了一小把瓜子，吃了起来。

"你在宣传部上班，那是一个好单位呀，将来前途无量啊！"杜老师高兴地说。

"杜老师，单位是不错，但我自己缺乏社会人生经验，现在正为这焦虑、发愁哪！这不，我正要向枫翔哥讨教讨教呢！"焕章真诚地说。

"不要急，慢慢来，你还年轻，时间长了，社会人生经验自然就会有的！"杜老师安慰焕章说。

"人家可不会用发展的眼光看你哪！他们只会看到眼前！"枫翔哥接话说，"焕章，你是自家兄弟，有些话我也向你直说：你在宣传部工作近一年了，外面对你的印象不怎么好，以后你要少说话，放稳重点，乖巧一点。社会复杂，人心难测啊！"

焕章黯然地点了点头。

"现在大家都很关注你！为什么对你那么关注呢？一是因为你是被黄涛书记从省城南昌叫回长平工作的；二是你从师范大学毕业后没去教书，直接转行到了政界，那不是一般人能做到的；三是因为你是大学本科毕业的高才生，而本科大学生在长平政界没有几个。所以，患'红眼病'的人就多，他们会用'放大镜'观察你的一言一行，稍不小心，就会给他们留下把柄，然后添油加醋，肆意歪曲，甚至无中生有，诋毁中伤！"枫翔哥说。

"现在的人啊，想要别人好的固然多，但隔岸观火、想看别人笑话的也不少，更有甚者，落井下石，陷害他人，这种人也有哪！"枫翔哥说，"而最可恶、最要提防的，就是那阳奉阴违、笑里藏刀之人！"

"你枫翔哥一生坎坷，遇见过形形色色的人，他有深刻的体会啊！"杜老师插话说。

"我们田背排刘氏家族，考上大学的人很少，能进党政机关的人更少，你一定要为我们家族争光啊！"枫翔哥说，"你还年轻，如早晨之旭日，不像我，如夕阳之垂暮！你应该珍惜自己的青春年华，好好干一番事业！"

"枫翔哥，我担心自己的抱负还没实现，理想的风帆就被阴冷的狂风吹折了，有负于亲朋好友的殷切期望哪！"焕章叹息一声说。

"焕章，不要担心，更不要泄气！人生的路上难免会遇到风雷雨雪、泥泞沼泽，但世上没有爬不过的高山，也没有涉不过的大河，只要你有自己坚定的信念，有坚忍不拔的意志，有永不言败、不懈追求的精神，就一定会云开月出、柳暗花明！"枫翔哥鼓励焕章说。

"枫翔哥，谢谢您的鼓励！"焕章感动地说。

"另外，你是中文系毕业的高才生，文笔那么好，对文学的爱好不能丢，有空多看看书，写写文学作品。你看那些著名的作家，何其悠然自由？如果有一天你也成了作家，也可谓实现了自我价值！"枫翔哥说。

"我不知道自己能不能成为作家，但对文学的热爱，一定会伴随我的一生的！"焕章坚定地说。

"一个人，如果一辈子都保持某一种高雅的爱好，他在这方面一定会有所成就的！"枫翔哥说。

枫翔哥的话，更坚定了焕章对文学的热爱和追求。

枫翔哥从书房里拿来一本书，递给焕章说："你刚才不是说，要向我讨教社会人生经验吗？这本《增广贤文》会告诉你一切，它比我说的不知要好多少倍！送给你吧，好好研读它，它会让你终身受益的！"

"谢谢枫翔哥！"焕章郑重地接过《增广贤文》。他仔细看了一下封面，又翻了几页，发现它是用繁体写成的，纸张都发黄了，看来有一些年头了。"我一定会好好拜读的！"他高兴地说。

晚上十点时，焕章从枫翔哥家告辞出来。他一回到县委大院自己的宿舍，就如

乡城往事

饥似渴地研读起《增广贤文》来。

　　《增广贤文》又名《昔时贤文》《古今贤文》，是中国明代时期编写的儿童启蒙书目。它集结了中国从古到今的各种格言、谚语，后来，经过明、清两代文人的不断增补，才改成现在这个模样。书中绝大多数句子都来自经史子集、诗词曲赋、戏剧小说以及文人杂记，其思想观念都直接或间接地来自儒道经典。该书对人性的认识以儒家荀子"性恶论"思想为前提，以冷峻的目光洞察社会人生，把社会诸多方面的阴暗现象高度概括，冷冰冰地陈列在读者面前。该书的中心内容是讲人生哲学、处世之道，虽然里面也有一些糟粕，但许多关于社会人生方面的内容，经过人世沧桑的千锤百炼，成为警世谕人的格言，蕴含着丰富的人生智慧，是中华民族宝贵的精神财富。例如：

　　　　贫居闹市无人问，富在深山有远亲。

　　　　不信但看筵中酒，杯杯先劝有钱人。

　　　　龙游浅水遭虾戏，虎落平阳被犬欺。

　　　　长江后浪推前浪，世上新人赶旧人。

　　　　画虎画皮难画骨，知人知面不知心。

　　　　入山不怕伤人虎，只怕人情两面刀。

　　　　害人之心不可有，防人之心不可无。

　　　　逢人只说三分话，未可全抛一片心。

　　　　易涨易退山溪水，易反易复小人心。

　　　　一年之计在于春，一日之计在于晨。

　　　　良药苦口利于病，忠言逆耳利于行。

　　　　近水楼台先得月，向阳花木早逢春。

　　　　读书须用意，一字值千金。

　　　　近水知鱼性，近山识鸟音。

　　　　酒逢知己饮，诗向会人吟。

　　对这本《增广贤文》，焕章有一种相见恨晚的感觉。他一口气把这本经典名著研读了一遍，对其中有切身体会的名言、警句，又潜心揣摩、默默诵记了一遍，直到早上三点，才豁然开朗、收获满满地睡觉去了……

第三十六章

通过长时间的深入了解和亲密接触，焕章和香兰终于确定了恋爱关系。他和宝欣的关系因此淡了下来，以后回县城时，他便不再去她家里了。

焕章和香兰确定恋爱关系后，他进出香兰家门的次数也更多了。香兰虽然没有向家人们公开宣布此事，但从家人们的眼神和言行里，可知他们已知晓并默许了他俩的恋爱关系，他们已把焕章当成她未来的夫婿了。香兰和焕章在一起时，也不再有以前的羞涩和忸怩，变得随意和自然起来。她脸上总像涂抹了一层幸福的红晕，显得更加光彩照人。

焕章是一位改革开放后从大学毕业的现代知识分子，四年的城市现代生活和他深厚的文学素养，赋予了他一个脱俗的灵魂和一身浪漫的气息。虽然香兰是一位农村出身的美丽姑娘，但他希望她和自己在一起时，同样有一般城市青年男女所拥有的浪漫爱情，如一起手拉手去散步，一起手挽手去看电影，或身影相随地去逛大街、购物……

这一天，是入夏以来天气最好的一天。天上没有如火的骄阳，一层薄薄的阴云像一层隔热棉覆盖了整个天空。上午还微微下了一阵小雨，空气变得清新起来。夏风吹来的阵阵凉爽，有一点像初秋的气息。这样好天气的日子，是外出游玩的好时光。

"兰，难得天气那么好，下午我们到外面去走走吧！"午饭后，焕章兴致盎然地对香兰说。今天是周末，焕章没什么事，陪香兰学了一上午的裁缝，午饭也是在她家吃的。

"好啊！"香兰被他的兴致感染了，高兴地说，"你想到哪里去呢？"她问。

"就到附近走走吧。哪里风景好就到哪里。你在这里土生土长，比我更清楚！"焕章说。

香兰略想了一会儿，说："就到附近的鱼颈寨吧！"

乡城往事

"好的！"焕章高兴地说。

鱼（长平客家人说"鱼"为ńg音）颈寨是离老寨下最近的一座山，有几百米高。因为它的形状像一条鱼，而在鱼的颈脖位置建了一个寨子（长平客家人称建筑在山上的有炮楼的防御工事为"寨子"），所以称它为"鱼颈寨"。这个寨子已建了很有一些年头，是一个老寨子了，而老寨下村民小组就坐落在这个老寨子的下面，这也是这个村民小组所在地得名的由来。那座高高矗立在山顶上的炮楼，对焕章而言是一个神秘的存在，他早就想去一探究竟了，今天香兰说到那里走一走，真应了"心想事成"这个成语！

午睡后的下午三点，焕章和香兰出发了。

鱼颈寨看起来很近，但要到达那里，也要走三四华里的路程。焕章和香兰走出村子，穿过驻舆圩，路过乡政府门口，再走了一段泥沙公路，二十分钟后才来到鱼颈寨山脚。他们沿途遇见了不少认识或不认识的人，这些人都向他们投来惊讶、好奇或羡慕的目光，有的人还在交头接耳、窃窃私语。香兰开始有点害羞、拘束，但当她看到焕章落落大方、很自然的样子，她也变得大方、自然起来，心里洋溢着无比的骄傲和幸福。

焕章和香兰沿着崎岖不平的山路，又往上走了十五分钟，才到达鱼颈寨峰顶。

焕章站在鱼颈寨峰顶，环顾四周环境，发现鱼颈寨东西两面的地势截然不同：西面深谷巨壑，悬崖峭壁，地势非常险要，老寨下、驻舆圩、坪庄村尽收眼底，一览无余，怪不得前人会在这里修建寨子，这里实在是一个战略要地！而东面是高低起伏的黄泥山岗，上面长满了松树、杉树、灌木和芒萁。在靠近山顶的位置上，有一条战争年代留下的长长的战壕，而下面的山坡上，则散布着一些年代久远的乱葬坟。

香兰告诉焕章："小时候听我叔讲，这个寨子原是白军修建的，红军和白军在这里打过一次大仗，双方死伤了上千人，鲜血染红了整座山岗。这座炮楼就是那时被红军烧掉的。那一次打仗后，附近的村民有好几年都不敢上这座山来割柴草！小时候我曾经跟着我伯到这里割过柴草，看到那条战壕和那些乱葬坟，不禁毛骨悚然，心里害怕得不得了！"

"你现在害怕不害怕？"焕章问香兰。

"有你在我身边，我什么都不怕！"香兰挽着焕章的手，把头倚靠在他的肩膀上说，"如果怕，我就不会带你到这里了！"

焕章轻轻地吻了一下她的额头，笑了。

焕章仔细观察了一下炮楼。这座炮楼大概占地四十平方米，有五层楼高；墙基和门框由花岗岩砌成，其他墙体由沙石混凝土砌成，有一米厚，非常坚固；每层楼的四面墙上都有瞭望孔、射击孔和火炮孔；楼板和屋顶都被烧毁了，已不复存在；暗红色的外墙上，布满了累累弹痕。现在，这座炮楼就像一位饱经沧桑的历史老人，静穆地俯瞰着驻舆大地的芸芸众生，让人不胜感喟。

焕章和香兰沿着东面的山坡下来，眼前是一个碧波荡漾的小型水库。这个水库叫鱼颈寨水库。这里原是流向长平河驻舆河段的一条支流，因为落差大，便拦河筑坝，建了一个小型水电站，给驻舆圩、老寨下和坪庄村等地供电。

水库的四周都是山，显得非常安静，世外桃源一般。水库的水很干净，纤尘不染。近岸的水清澈见底，水草摇曳，游鱼悠然；离岸越远水越深，水色也愈加碧绿，就像一块巨大的翡翠宝石。偶尔有大鱼惊喜一跃，扑哧一声，瞬间打碎了水面的平静。水库周围长满了芦苇和竹子，不时有淘气的小鸟扑腾飞出，欢鸣着栖落在另一处芦苇或竹子上，这更衬托了水库周围环境的幽静。

焕章和香兰在水边的一块草地上坐了下来。他们为眼前如诗如画的美景陶醉了。这里就像传说中的伊甸园，而他们就是亚当和夏娃。这人间仙境，让他们青春燃烧，激情喷发。天当房，地当床，他们的灵与肉，水乳交融般合为一体了……

焕章和香兰来到水库的堤坝上。堤坝有十几米高。一股洪水从闸门飞泻而下，飞花碎玉般，蒸腾起烟雾般的水汽，甚是美丽壮观。机电房没有人，值班人员也许临时有事走了，大门紧锁着，透过门缝，隐约传来机器的嗡嗡声，就像一群蜜蜂在吟唱。

他们离开堤坝，沿河而下。

河边的草地上，生长着不少地苍草，结了不少果实。这种果实，没成熟时是青色的，半成熟时是红色的，完全成熟时是乌黑的，所以长平客家人称这种野果为"乌盎子"。成熟的"乌盎子"甘甜多汁，非常好吃。不过，吃多了牙齿、嘴唇会被染成紫红色，会被人善意地取笑："嘴巴都成了狗屁眼了！"小时候，焕章和小伙伴们没少吃这种野果。

焕章和香兰摘了几颗成熟的"乌盎子"吃，尽管好吃，他们还是不敢多吃，怕牙齿和嘴唇染成紫红色，不雅观，毕竟他们不是小孩子了。

"哇，有好多红泡子！"焕章惊喜地说。他发现一棵树莓，结了不少果实，很多已成熟了，红红的，像一颗颗红宝石。长平客家人称野生树莓结的果实叫"泡子"。成熟的"泡子"非常甘甜，和"乌盎子"一样，也是农村孩子很喜欢吃的野果。焕章小时候就摘吃过很多"泡子"。不过，摘"泡子"时得很小心，稍不注意，就会被树莓上锐利的尖刺刺伤。

"我去摘几颗给你吃！"焕章说。

"小心点，不要被刺刺伤了哈！"香兰叮嘱说。

焕章小心翼翼，不一会儿就摘了一大把。"吃吧！"他把"泡子"递给香兰。

"真甜！"香兰吃了一颗"泡子"，禁不住赞叹说。"你也吃！"她也喂给他一颗。"真甜！"焕章也禁不住赞叹说。

岂止是"泡子"很甜？里面也包含了他们爱情的甜蜜和童年时的美好回忆！

河水流出山谷后，河面逐渐开阔，河水流速也变得缓慢起来，沿河两岸出现了成片的稻田和蔬菜地。

"咦，那么多人在河里干吗？"香兰指着下游问。

焕章定睛一看，下游的河面上有不少人，男男女女，老老少少。根据他小时候的经验，他猜测可能是有人在用鱼藤毒鱼，他们在河里捞被毒死、毒晕的鱼。鱼藤是一种有毒的藤蔓，它可以用来毒鱼，但对人畜无害，因此有人用它来毒鱼，方法是把鱼藤捣碎、榨汁，然后泼在溪或河的上游，在下游就可以捞被毒死或毒晕的鱼了。

焕章小时候，在家乡的篁乡河经常有人用炸药炸鱼或用鱼藤毒鱼。炸鱼或毒鱼的人一般只要三四两以上的大鱼，三四两以下的小鱼他们一般不要，让围观的人去捞捡。那时，只要有人在篁乡河炸鱼或毒鱼，焕章和小伙伴们就会去观看，并下河去捞被炸死炸晕或被毒死毒晕的鱼，那场景甚是热闹，仿佛过节一般。

刚才没听到有爆炸声，那就不是炸鱼而是毒鱼了。于是，他对香兰说："可能有人用鱼藤毒鱼，他们是在河里捞鱼吧！"一问附近的人，果真如此。

他们走近捞鱼的人们。香兰见弟弟子晖也在，便大声问他："子晖，有没有捞到鱼？"

子晖举起手中的塑料袋，兴奋地说："有！十多条了！"

眼前的情景勾起了焕章儿时的童趣，他兴致勃勃地对香兰说："兰，我们也下河去捞鱼吧！"

"好啊！"香兰高兴地说。

于是，他们脱掉鞋子，卷起裤脚，撸起袖子，也下河捞鱼去了。

被毒死毒晕的鱼在水里会翻转身子，仰起白白的肚皮顺流而下，一眼就能看见它们，只要用手一捞，就能轻松把它们抓住。但也有一些还有一点清醒的鱼，虽然仰起了白白的肚皮，但是当人的手一触碰到它们的身子时，它们会拼命一蹿，嗖地逃走，捞鱼人只好望鱼兴叹了。

半个小时后，焕章捞了十几条鱼，香兰也捞了七八条鱼，他们把它们一起放进了子晖的塑料袋里。香兰见焕章把小指头大的鱼也捞起来了，就哂笑他说："这么爱惜，这么小的鱼也要！"

焕章笑着说："这么小的鱼才好吃呢！"

他们三个人捞的鱼加在一起，差不多有两斤重，够吃一顿的了。这些河鱼中，有鲫鱼、鲤鱼、白条鱼、虾虎鱼、沙沟鱼、赤刀鱼、马口鱼……一条条鲜嫩嫩、肉乎乎的，很让人喜爱！

"子晖，鱼捞完了，你回去吧！"焕章对子晖说。

"好的！"子晖很乖地答应道。他随散去的人群回去了，走路屁颠屁颠的。

"我带你去我们老寨下的祖屋看看吧！"香兰对焕章说。

"好啊，走吧！"焕章高兴地说。

老寨下的钟氏祖屋距离驻舆河不到两百米。它是一座典型的半圆形客家围屋。围屋外墙用沙石混凝土筑成，左右两角分别建有一座四层楼高的炮楼，具有防御的实用价值。围屋前面是一个半月形的大鱼塘，符合"水生财"的风水格局。

焕章发现，这座围屋的左半部分保存得很完整，住的人家还比较多，右半部分却很破败，住的人家已很少了。他便问香兰是怎么回事。

香兰告诉焕章："我们的祖屋有一百多年的历史了，里面住着钟家两房人，他们分别是兄弟二人的后代。哥哥的后人属长房，弟弟的后人属二房。长房的人住在围屋的左半部分，二房的人住在围屋的右半部分。小时候听我叔说，长房的人比较富有，还出了几个大地主；二房的人比较贫穷，大多是贫苦百姓。长房的人支持国民党，还建立了地主武装；二房的人支持共产党，跟着闹革命。由于两个房族的人政见不同，长房的人一把火把二房的人的房子烧掉了，后来房子虽然修补好了，但远不如原来的模样了。正如你现在看到的，同一座围屋左半部分保存得很完整、右半部分却很破败！"

"哦，原来如此！"焕章恍然大悟地感慨道，"这是同室操戈的典型例子呀，悲剧！"

"你家属长房还是二房？"焕章问。

"二房。"香兰说。

"哦，我想起来了，你太奶还是一个革命烈士呢！"焕章钦敬地说。

"你在祖屋住过吗？"焕章问。

"我十三岁前是在祖屋度过的，十三岁后一家人就搬迁到现在的住处了。"香兰说。

离开老寨下祖屋，香兰带焕章看他们的菜地去了。

老寨下钟氏家族在驻舆乡属于小姓，但人均水田、旱土、菜地的面积比周围的陈、邝等大姓家族的人要多很多。现在驻舆乡的整个圩面，原来也属于老寨下人的，解放后土改时才主动分出去。陈、邝等大姓家族的人也从来不敢欺负、劫掠属于小姓的钟氏家族人。这是为什么呢？焕章曾疑惑地问过香兰的父亲，香兰的父亲解释说："解放前，老寨下钟氏家族人在红（军）、白（军）两边都出了强人、头子，手里有枪，周围的大姓家族没人敢小觑，这个影响一直到现在！""原来如此！"焕章感慨道。

展现在焕章眼前的老寨下人的菜地，一块一块连成了一大片。因为接近傍晚了，菜地里有不少叔婆、媳妇、姑娘在除草或浇菜。香兰家的菜地离祖屋前的鱼塘不远，平时浇菜的用水就是从鱼塘里挑的，此时，她的母亲正在自家菜地里浇水。

"我们去帮一下伯吧！"香兰说。

"好的！"焕章很乐意地说。

在菜地里劳作的叔婆、媳妇和姑娘们见香兰带着焕章走来，都投来好奇、羡慕的目光。旁边有一个叔婆笑着问香兰："兰，这个就是你的男朋友吧？你好福气呀，找到一个大学生、大干部！"看来，香兰和焕章谈恋爱的事，村里人早就传开了。"叔婆好！"香兰羞涩地打招呼，她没有正面回答叔婆的话。焕章则礼貌地朝这位叔婆笑一笑。

"伯，我来浇水吧！"香兰接过母亲手中的水桶、水勺说。

香兰的母亲微笑着问他们俩："你们从哪里游玩来？"

焕章回答说："香兰带我上鱼颈寨看了一下，顺便看了一下鱼颈寨水库；回来时见河里有人用鱼藤毒鱼，便下河和子晖他们一起捞了一会儿鱼；刚才我们还去老寨下的祖屋看了一下。"

"你一直在外面读书，乡村的东西看得少，很稀奇。我们经常见到，倒没什么感觉了！"香兰母亲说。

"是啊！"焕章说，"今天下午的见闻太有趣了！"

香兰接手挑水浇菜后，香兰的母亲便拔除菜地里的杂草，焕章也帮手拔草。菜地上种有姜、葱、韭菜、芹菜、辣椒、丝瓜、豆角、生菜、空心菜、龙须菜、卷心菜、西红柿等，它们长得很茂盛。将近天黑时，菜浇完了，草也除尽了，他们便收拾工具回家了。

在回家的路上，碰见老寨下的村民，他们都向焕章投来好奇的目光。有一个年轻媳妇问香兰母亲："炳招嫂，这个戴眼镜的后生是不是兰兰的对象？"

香兰的母亲说："是。"

这个年轻媳妇便感叹说："兰兰真有眼光啊，找到一个好对象！"

"嗯，有眼光！"香兰的母亲满意地含笑说。

香兰和焕章都有一点不好意思，只是微笑不语，自顾自走路。

晚上的饭桌上有油炸河鱼、猪肉瓤豆腐、酸辣白切鸭和从地里摘回来的新鲜蔬菜，另外还有香兰母亲酿的一壶甜米酒。包括焕章在内，一家人吃得有滋有味、和和乐乐。

今天下午焕章和香兰外出游玩了一圈，等于向外人正式宣布，他们确定了恋爱关系，香兰是焕章的未婚妻了。

今晚，焕章没有回乡民政招待所。晚上休息时，香兰依偎在焕章的胸膛上，认真地说："章，现在大家都知道我和你谈恋爱了，我已经是你的人了，你可不能做陈世美哦，不然，我就嫁不出去啦！"

"兰，你放心吧，我一定会爱你一辈子，对你负责一辈子的！"焕章深情地说。

香兰幸福地笑了。她主动地亲吻他，温柔地爱抚他。他热烈地回应着。他们很快坠入波涛翻滚的爱河里了……

"春宵苦短日高起，从此君王不早朝。"白居易在《长恨歌》中的这两句千古名言，是写唐玄宗贪恋与杨贵妃的欢爱，不愿起床、上朝的事。但焕章却不敢像玄宗皇帝那样贪欢，因为在当地的农村，还很传统，没结婚的女子如果和自己的恋人睡在一起，那是会被人议论的。所以，为了顾及香兰的面子，不被外人看到，天刚蒙蒙亮时，焕章就吻别了香兰，从她家悄悄出来了。

当焕章从老寨下出来，沿着村后的小路走到驻舆圩大街上时，只见邝捷诚师傅的儿媳罗晓燕一早就起来收拾她家的饭馆了。

罗晓燕见焕章从老寨下出来，便意味深长地笑着问候他："焕章，这么早就起来啦？"她以前就听说过他和香兰谈恋爱了，她猜测此时他一定是从香兰家出来的。

焕章有点尴尬地回道："晓燕，你比我更早呀！"

邝捷诚师傅是坪庄村人，改革开放后在深圳做鸡鸭生意发了一笔财，后来在驻舆圩买了一块四十平方米的地，做了一栋四层楼的钢筋水泥房。他和谢阿姨有一个儿子、两个女儿。儿子辉龙和罗晓燕结婚后在一楼负责打理饭馆；大女儿美华长平中学毕业，没考上大学，在二楼负责打理录像厅；二女儿美英还在驻舆中学高二年级读书。邝捷诚师傅个子高高的，身体壮硕，红光满面，为人热情豪爽，喜结交朋友，他曾请焕章喝过几次酒，两人说话很投缘。

在焕章和香兰谈恋爱前，有一次，在饭馆门口罗晓燕私下里问焕章："焕章，你找了对象没？"

焕章说："没有。"

晓燕说："把我家美华介绍给你怎样？"又说，"美华虽然是农村户口，但二楼的录像厅可以作为她的陪嫁，她是不会受到日晒雨淋的……"

美华人长得很白皙，也很文静，但她个子不够高，身材也肥胖了一点，这不符合焕章的审美要求，于是他委婉地说："我刚参加工作不久，想再过一两年才考虑婚姻大事。"

而今，他却和香兰谈起了恋爱，并且到了能在她那里留宿过夜的程度了，可见当初他说的"我刚参加工作不久，想再过一两年才考虑婚姻大事"的话纯粹是托词而已。这也是焕章刚才听见罗晓燕意味深长地笑着问候他时，他感到有点尴尬的原因。

焕章回到乡民政招待所时，陈师傅已经起床了，他正在打扫厨房，准备为客人们做早餐。这两天，招待所除住着焕章外，还有三个下乡检查工作的税务局干部。

"焕章，这么早就起来了？"见焕章从外面回来，陈师傅微笑着问候他。

陈师傅当然知道焕章在外面过夜了，但他从不打听客人的隐私，这是他做生意和做人的一贯原则。

"陈师傅，你更早啊！"焕章回礼说。

焕章洗漱完毕，见离吃早餐还有一段时间，便拿起房龙的《人类的故事》饶有趣味地看了起来。

房龙是美国著名的通俗历史学家。郁达夫曾说过，房龙的笔有一种"魔力"，枯燥无味的科学常识经他那么一写，无论大人小孩，都会被深深吸引。《人类的故事》是房龙的成名作。该书从人类的起源到每一个历史时期都有精辟凝练的论述，以深厚的人文关照和俏皮睿智的文笔，展示了人类历史的浩荡长卷，让读者对整个人类社会的历史有所了解。

不多一会儿，陈师傅便叫客人们吃早餐了。焕章吃完早餐后，便戴上草帽，步行进坪庄村去了。

焕章这次回县城，打算去拜访一下李志锋副县长。在县领导中，李副县长以性格耿直、敢说敢干闻名长平政界。据说在一次县五大班子领导办公会议上，因为一件什么事，李副县长和县委黄涛书记杠上了，李副县长还拍桌子指着黄涛书记骂娘，黄涛书记竟忍气吞声不敢还口。李副县长那耿直大胆、敢说敢干的脾气，大概和他的血统、遗传有关。李副县长的母亲娘家在篁乡田背排村，族人素来就有耿直大胆、敢说敢干的性格特点，血液里有一股天不怕地不怕的硬脾气。这次拜访李副县长，他主要是想听听李副县长对社会人生的看法，学习他丰富的社会人生经验。

　　焕章是在晚饭后去拜访李副县长的。单位吃饭的时间早，加上盛夏白昼时间长，焕章出发时，太阳还没有下山，还在天上不愿离去。因为是第一次到李副县长家，按中国人的传统礼节，是不能空手去的，他便到水果摊买了几斤上好的苹果。

　　李副县长是"文革"前江西农业大学植保系毕业的老牌大学生，在当副县长前，他担任过林业局局长，他现在住的房子，就是原林业局的家属房。

　　当焕章轻轻地敲开李副县长的家门时，来开门的恰好是李副县长。

　　"李县长好！"焕章礼貌地问候道。

　　"焕章来了？请进请进！"李副县长热情地说。焕章虽然是长平政界的小字辈，但由于他进入县委大院的特殊背景和后来的不少传闻，加上在不同场合的会议上经常见到，李副县长自然认识他。

　　李副县长请焕章在客厅的沙发上坐下，边给他倒了一杯已泡好的铁观音，边微笑着问："今天怎么那么有心过来了？"

　　"我早就想来拜访您了，只是您是当县领导的，每天都那么忙，一直不便来打扰！"焕章接过茶杯，恭谦地说。

　　"忙什么，都在瞎忙！……有客人来我就高兴！"李副县长高兴地说。他给自己倒了一杯茶，又从烟盒里抽出一支烟递给焕章，见焕章摆了摆手，便自己衔在嘴里，用打火机点上，吐了一口浓浓的烟雾。他是一个老烟客了。

　　李副县长已到不惑之年，瘦瘦削削的，没有一般官员的肥胖、油亮，脸上倒刻有不少沧桑的皱纹。他的客厅里除了有彩电、冰箱、电话这些一般家庭没有的东西可以显示主人不一般的身份外，其他陈设则和普通家庭无异。

　　李副县长的夫人拿出一盘瓜果零食，微笑着朝焕章点点头，又回卧室看她那台旧的黑白电视去了。她是一个不善言谈的人，也不喜欢掺和丈夫官场上的事。

　　李副县长问："焕章这次来，是有什么事吗？"他主管全县的农、林、水、土、扶贫等工作，来这里找他的人，大多是求他办事的。

"没什么事，我就是来聊聊天，想聆听一下您的教诲的！"焕章诚恳地说，"李县长，说亲一点的话，我们还是同乡，您不是外人，我说错了什么，您可不要介意哦。"

"没关系。有什么说什么。我也是一个心直口快的人！"李副县长说。

"我从大学毕业参加工作到现在，已有一年了。在这一年里，我总觉得自己没做错什么，为什么社会上有些人却对我有看法，甚至添油加醋、无中生有地诋毁我呢？"焕章沉痛地问。他知道，李副县长一定也听过他的一些负面传闻。

"焕章啊，社会这个大舞台太复杂了！一个人哪，很多时候，并不是你做对了事就行，还需要有一定的社会人生经验。而你一直在外面读书，参加工作又不久，缺少的正是这个！对你大学一毕业就到县委宣传部工作，人们的心态各异，说是说非的人自然会有了……"李副县长坦诚地说。

"我也知道自己缺乏足够的社会人生经验，所以也很焦急！"焕章叹息说。

"你也不用着急。一个人总是在摸爬滚打甚至在头破血流中成长起来的。我年轻时也和你一样！"李副县长安慰他说。

"就怕有人容不得我哪！"焕章担忧地说。

"那你要把握好自己，要有坚定的信念！你还那么年轻，将来的路还很长。只要你不断积累社会人生经验，好好地发展自己、强化自己，风浪再大，也有平息的时候，寒冬再冷，春天也会到来！"李副县长鼓励他说。

"谢谢李县长的鼓励！"焕章感激地说。他喝了一口茶，又问："李县长，您是江西农大毕业的高才生，曾是林业系统的专业技术人员，现在您从政当领导了，您自己有没有比较过，是搞自己的专业好呢，还是从政当领导好呢？"

"搞自己的专业好！"李副县长不假思索地说，"搞自己的专业省事，工作、生活有规律，自己属于自己！"

李副县长接着又说："说实话，当年我从大学毕业参加工作时，从没想到自己有一天会当官。一次偶然的机会，命运把我推到官场上，开始的时候，自己还认为很幸运，但时间一长，却发现没什么意思。官场太复杂了！政事之浩繁，人际关系之微妙，令人不胜其累！有很多事我都看不惯，自己又不属自己。不瞒你说，我虽然从政二十多年了，但直到现在，我都还有点不习惯官场生活呢！"说完，他深深吸了一口烟，又长长地喷了出来，似乎想把自己心中久积的郁闷倾泻出来。

"有人对当官那么感兴趣，有人对当官却那么厌烦，这是为什么呢？"焕章困惑地想。

"有时候，我真想退出官场，干回自己原先的专业，但有道是'人在江湖，身不由己'，只好依着惯性走下去！"李副县长叹然说道。

焕章相信李副县长说的是真心话，他是一个直肠子的人。

正说话间，外面有人敲门。李副县长起身去开门。

"李县长！"

"噢，是侯部长啊！请进请进！"

进来的是县委组织部的侯轼励副部长，他的身后还跟着两个人。他们肯定是求李副县长办事来了。

侯副部长没想到焕章也在这里，脸上略一迟疑，但很快又变得淡定从容了。

焕章见来了新客人，知道不便久留，便对李副县长、侯副部长打了一声招呼，起身告辞了。

从李副县长家里出来，焕章一看手表，时间还很早，天才刚刚黑下来。他内心忽然感到一阵空虚，一时竟不知道该往哪儿去，犹疑了片刻，只好回县委大院自己的宿舍去了。

他回到宿舍，在藤椅上坐下来，正要从书架上拿一本书来打发时间，忽然听到外面有人敲门。他打开门一看，原来是部里的同事廖子厚秘书。廖秘书在这栋宿舍楼里也有一间房子，但因为房间比较潮湿，他和妻子很少住在这里，大部分时间住在他父母家里。

"焕章，今晚有赣南采茶剧团的巡回演出，还有几张招待票，你去看不？"廖秘书手里拿着几张票问。

"好啊！"焕章接过一张票，高兴地说，他正好借此解解闷。"你去吗？"他问。

"今晚我有事，就不去了。"廖秘书说，"马上就要开演了，你赶紧去吧！"

"好的，我马上出发！"焕章说。

焕章赶到长平影剧院时，刚好开演了。

剧院里的观众不是很多，还有三分之一的座位没人坐。

演出的节目是大型采茶剧《莲花仙子》。据报幕员介绍说，该剧目得过全国大奖，还到北京演出过。但从演出的实际效果看，却并不怎么精彩，甚至还比不上长平采茶剧团的表演水平。不少观众中途就离席了。焕章是耐着性子才勉强看完全剧的。

尽管焕章想方设法从多方面去学习、积累社会人生经验，以求自己快速成长，以适应这复杂的社会人生，但计划赶不上变化，长平官场某些手握大权的人，正如他们制定的一些政策、措施只顾眼前的功利，缺少长远、发展的眼光一样，他们在用人方面也是如此！他们没有以客观、全面和发展的眼光去看待焕章，而是听信了那些被人添油加醋甚至无中生有的道听途说，戴着有色眼镜从门缝里瞧人——把他看扁、看死了，没有给予或者说剥夺了焕章顺利成长的机会！

　　一九八七年七月下旬的某一天下午，焕章从宣传部出来，正要到四楼的团县委办公室去拿一份文件资料，在楼梯边恰好碰到了县委组织部分管干部人事的彭墉镖副部长。"焕章，我正要找你，有一件事想和你谈一谈。"彭副部长叫住焕章说。

　　彭副部长已近耳顺之年，他头发后梳，满面红光，身体肥硕，走路昂首挺胸，颇有领导的威仪。

　　"彭部长，什么事？"焕章尊敬地问。

　　彭副部长看到上下楼梯的人多，不便谈话，便说："我们到院子里去说吧！"

　　焕章见彭副部长一脸严肃、神秘兮兮的样子，有一种不祥的预感。

　　他跟着彭副部长来到县委大院水泥坪边上的一棵白玉兰下。这棵白玉兰有水桶般粗，十几米高，枝繁叶茂，碧绿的叶子间开满了洁白的花朵，花香溢满了整个县委大院。

　　"什么事？"焕章有点忐忑不安地问。

　　"是这样的，组织上要我来找你谈一下：根据你在宣传部一年来的工作情况，准备调换一下你的工作岗位，想听一下你自己的意见。"彭副部长说。

　　焕章虽然已有了预感，心里还是咯噔了一下。"打算调我到什么岗位去工作呢？"他有点紧张地问。

　　"调回到教育系统去工作。"彭副部长说。

　　"是到教育局工作呢，还是到学校去教书？"焕章问。

　　"到学校去教书。"彭副部长说，"你有什么意见？可以提一提。"

　　到学校去教书！焕章以前一直担心的事，终于发生了！不过，他现在既然知道了结果，心里反而冷静下来，不再忐忑了。他略想了几秒钟，说："去年我大学毕业时，之所以会回家乡长平来工作，其中一个原因，就是不想到学校去教书……能不能把我调到文化局或广播电视局去工作，以便更好地发挥我的写作特长呢？"焕章问。

　　"不能！"彭副部长说。

"为什么？"焕章问。

"组织上认为，你是师范大学毕业的，回学校去教书更适合你。"彭副部长说。

"当初动员我回长平工作时，组织上为什么不这样说？！"焕章不满地反问道。

彭副部长一时语塞，但他很快又说："这是组织上的决定，个人要服从组织！"

"哦，组织上的决定！"焕章微微一笑说。什么"组织上的决定"，不就是由几个手握大权的人说了算嘛！

"你还有什么意见？"彭副部长又问。

"既然'组织上'都已经替我决定了，我还能有什么意见？有意见又有什么用？"焕章冷冷地说。

"焕章，不是我个人对你有什么成见，我是代表组织来找你谈话的……"彭副部长见焕章的语调和脸色已露出不满和不悦，便缓和了一点语气说，"要不要叫黄涛书记亲自来找你谈一谈？"

"没必要，他和我谈过了！"焕章说。他上次找黄涛书记时，就已猜测到他老人家的意思了。

"那好！"彭副部长说。

"还有别的事吗？"焕章问。

"没了。"彭副部长说。

焕章扭头就走，傲然离开。

焕章已没心思到四楼的团县委办公室去拿文件资料了，便直接回到宣传部办公室。他心情沉重地坐在自己的办公桌前，目无焦点地想着什么。廖子厚秘书见焕章脸色苍白，精神状态不好，便关心地问他："焕章，身体不舒服吗？"

焕章愣了一下，忙随口说："是的，有点不舒服。"他不能也不便把刚才彭副部长找他谈话的事告诉廖秘书。

"那就回去休息一下吧！"廖秘书关心地说。

"好的！"焕章感激地说。他想，回去也好，省得被同事们看到自己有什么异常。

焕章住的宿舍楼离办公室不到一百米远。他回到自己的房间，坐在书桌前的藤椅上，目光越过窗台上小凤送的那盆碧绿的万年青，望着窗外苍茫的天空黯然出神，脑子里像放电影一般，从大学毕业前夕到现在的一系列重要的人物和事件，一幕一幕地浮现在眼前……现在，他真后悔大学毕业时，没听同窗好友叫他别回长平的规劝；真后悔没听大学女朋友晓晴要他留校任教的苦苦挽留，晓晴那"焕章，你终有一天会后悔的"的含泪警告言犹在耳；有一位同学在大学毕业纪念册上给他写的"长平县长不易当，不如做个教书匠"的善意留言，似乎也成了他谴笑性的谶语；他也很后悔刚回到长平时没听大哥的战友、县委办公室副主任彭春明"不要那么快进宣传部，先在下面的文化局或广播电视局工作几年更好"的建议……如果他当初听了其中一个人的良言，也不至于落到现在这个可悲的结局！真是应了前人说的"早知今日，何必当初"，现在才去后悔，一切都已太晚！世界上什么药都有，唯独没有后悔药啊！！

焕章心里非常痛苦，但他不敢把彭副部长找他谈过话的事打电话告诉远在赣州的大哥良翊，他辜负了大哥的殷切期望，实在没脸跟他说。大哥严厉"训斥"他的那封长信，里面的每句话他都记忆犹新。他现在的不幸结局，也正印证了大哥在信中的严厉警告！

焕章决定把这事告诉彭春明副主任，他是焕章在县委大院里最亲密的人了，他不能不告诉他，他也想听听他的意见和看法。

彭春明副主任一家住的那栋楼房，距焕章住的集体宿舍楼不到五十米，两栋楼之间只隔着一条水泥大道。到了下班的时间，焕章便从房间里出来，到他家里去了。

彭副主任很热情地请焕章在藤沙发上坐下，给他倒了一杯茶，见他阴沉着脸，一副闷闷不乐的样子，便关切地问："焕章，遇到什么不顺心的事了吗？"

"下午彭墉镱副部长找我谈话了！"焕章低沉地说。

"他找你谈什么？"彭副主任疑惑地问。

"他说，根据我在宣传部工作一年来的情况，组织上将调换我的工作岗位，把我调回教育系统去教书！"焕章愤懑地说。

"什么？真的要把你调回去教书？！"彭副主任不可置信似的惊问道。他想起了焕章以前跟他说起过的那个传闻。

"是的！"焕章闷声说。

"你大学毕业时因为黄涛书记答应你可以不教书才回长平工作的，现在却又把你调回去教书，这是不是太不守信用、做得太绝情了？"菊香嫂子听到后也愤愤不平地说。

"他们哪里会守什么信用，讲什么情义？！"焕章悲愤地说。

彭副主任眉头紧锁，沉思着点了一支烟，深吸了一口，又长长地吐了出来。

"你有没有跟彭部长说，能不能调你到文化局或广播电视局去工作，发挥你的写作特长？"他问焕章。

"说了，没用！他说，组织上认为我是师范大学毕业的，到学校去教书更合适。"焕章说，"他们这样做，目的很明显，就是想惩罚我，想让我难堪，打掉我的锐气！"

彭副主任点点头，说："他们这样调动你的工作，确实不合情理，做得很过分！"

"我要不要去找一下黄涛书记？"焕章仍抱一线希望地问。

"没必要！找他也没用！他们这样做，肯定是经黄涛书记点头同意的，因为你是他从省城南昌叫回长平工作的人，没有黄涛书记的点头同意，他们哪里敢动你？再说，既然是以组织的名义决定了的事，那么是很难改变的！"彭副主任摇头说。他在长平官场那么多年，深知它的运作规律。

焕章深吸了一口气，极力平复了一下自己的情绪。

彭副主任安慰焕章说："不过，话说回来，去教书也没什么。我最早也是一个小学老师，现在掉过头来想一想，教书也是挺好的，在学校单纯、干净，没官场那么复杂、混浊！"

"如果我一直在学校当老师，那也没什么。但现在作为一个县委宣传部的干部，却要被下放到中学去当一般老师，在这个庸俗势利的社会里，人们会怎么嘲笑我、看轻我呢？"焕章忧虑地说。

"你说的也是现实。但你自己一定要挺住，不要被一时的挫折打倒。如果你是一块金子，到哪里都会发光，人们迟早会认识到你的价值！塞翁失马，焉知非福？孟子说：'天将降大任于是人也，必先苦其心志，劳其筋骨，饿其体肤，空乏其身，行拂乱其所为，所以动心忍性，曾益其所不能。'古代的屈原、司马迁、苏东坡、曹雪芹……哪个不是经历磨难后才成就千古大才的？以后你就教好你的书，写好你的文章，只要你理想不灭，信念不死，坚忍不拔，就一定会创造出不凡的业绩，实现自己的人生价值！'三十年河东，三十年河西'，到那时，看谁还能小觑你！"彭副主任激励他说，一边把烟头摁灭在烟灰缸里。

听了彭副主任的话，焕章低落的情绪重新高涨起来，心里充满前行的勇气和力量。

晚饭时，焕章毕竟有心事，感情有起伏，只吃了几口饭，便不想吃了。

乡城往事

晚上他躺在床上，一夜没合眼。他想了很多很多。脑子里又像放电影一般，从大学毕业前夕到现在的一系列重要的人物和事件，又一幕一幕地浮现在他的眼前，让他感慨、叹息不已！他的心里充满了懊悔、痛苦、愤懑、无奈、消极、乐观、蔑视、悲壮、激昂等矛盾复杂的情感。最后，他的感情慢慢沉淀下来，在心里决然道："如果我是一块废铁，那我就自认倒霉；如果我是一块金子，总有一天会让人们看到我璀璨的光芒！猛烈的暴风雨啊，你们来吧，我将是一只勇敢的、高傲的海燕！！……不畏浮云遮望眼，风物长宜放眼量！！！"

第三十七章

彭墉镖副部长找自己谈话后，焕章知道，不用多少天，组织上就将下达正式调令了。第二天上午，他就乘班车下到驻舆乡。下午，他进了一趟坪庄村，在陈道功村支书的陪同下，"告别式"似的巡视了一下全村。他虽然参加扶贫工作才几个月，但已经和这块热土建立了深厚的情感，他不能就这样冷漠地、悄无声息地离去。当然，他不能也不便把组织部的领导找他谈过话、他将调离宣传部去学校教书的事告诉陈支书；他同样不能也不便告诉陈支书，这是他最后一次"告别式"似的巡视全村了；他知道以后来接替他搞扶贫工作的同事，自然会和陈支书谈起和他相关的一些事情。

焕章和陈支书一前一后走着，两人逐一探问了受扶贫的特困户，看了他们喂养的饲料猪、饲料鸡。因为它们三个月左右就可以出栏、出窝，此时的它们，都长得肥肥壮壮、结结实实的，到了可以上市的时候了。看到特困户们脸上对未来充满憧憬的笑容，焕章心里也感到一些安慰。

焕章和陈支书又到了坪庄村幼儿园看了一下。那崭新的房子、整齐的桌椅和漂亮的玩具，让焕章仿佛看见了秋季招生后孩子们那活泼可爱的身影，听见了他们天真烂漫的欢笑，他不觉露出一丝满意的微笑来。

他们又到砖瓦厂看了一下。村民们正热火朝天地干着活，他们浑身黝黑，挥汗如雨。一堆堆烧好了的砖瓦，就像一堆堆的银币，发出金属般的光芒。焕章亲热地和村民们打招呼，关切地嘱咐他们要注意生产安全。

他们又到村里的稻田里看了一下。此时的稻田都莳上了杂交水稻，它们的长势都很好，苑大苗壮，绿浪滔滔，展现出一派生机勃勃的景象，让焕章仿佛看到了秋天收割时那丰收的喜人情景！

他们又到村里的旱地看了一下。干旱过后，丰沛的雨水、充足的家肥、精细的管理，让地里的黄豆、花生、红薯、地瓜等作物重现生机，呈现在焕章眼前的，是一片苍翠青碧的绿色世界。

最后，焕章和陈支书又沿着贯穿全村的水泥大道，由村北向村南走了下来。大小机动车辆、自行车不时从他们身边平稳地驶过。没有昔日的坑洼颠簸、车吼人骂，大道上流淌的是繁忙和谐、欢声笑语。

焕章和陈支书每走到一处，遇见的村民都会和焕章热情地打招呼，他们的笑容是那么真诚，话语是那么亲热，眼睛里盛满了对他的尊敬和感激。

当走到村东的大路口时，焕章和陈支书分别了。

"陈支书，谢谢您对我扶贫工作的支持！"焕章真诚地说。

"哪里的话？我应该感谢你才是！没有你的扶贫工作，没有你付出的辛勤汗水，哪里有我们村现在的发展、变化？"陈支书感激地说。

陈支书挽留焕章到家里坐一坐，吃了晚饭再回去，但焕章婉言辞谢了。他双手紧紧地握了握陈支书的大手，松开，然后举起右手挥了挥，说："再见了，陈支书！"

陈支书挥了挥手，疑惑地望着焕章转身离去。

当焕章沿着公路走到驻舆大桥时，他站在桥头停住了。他回头瞭望了一眼远处的坪庄村，不觉心头一热，滚下两颗晶莹的眼泪来。

将要工作调动这么大的一件事，焕章不能不告诉自己的女朋友，未来的妻子香兰。

这天晚上，当焕章告诉香兰组织部的领导已找他谈过话，他将下调到学校教书时，香兰是一脸的惊讶，她惊疑地问："调到学校去教书？为什么啊？"接着，她又天真、不安地问："是不是因为我？……他们叫你下乡去搞扶贫，你却和乡下姑娘谈恋爱？"

焕章忙安慰她说："不是，你别想得太多！我未娶，你未嫁，恋爱是我们的自由。至于和谁谈恋爱，那是我的权利，谁也管不着。再说，我谈恋爱并没有影响工作，扶贫工作做得好好的啊！"

"那是什么原因呢？"香兰不安地问。

焕章说："社会太复杂了，而我刚从大学毕业不久，缺乏足够的社会人生经验去应对，说话做事不够老练、圆滑，直来直去，被他们认为太狂傲、太不谦虚、太自以为是了，不适合在宣传部工作，又因为我是师范大学毕业的，所以他们要调我去学校教书！"

"我觉得你这人挺好的呀，没看到你有什么不是啊！"香兰不解地说。

焕章说："香兰，官场太复杂，人际关系太微妙了，并非人好就行！很多事情你不明白哪。和你直说吧，去年我大学毕业分配时，是黄涛书记直接把我从省城南昌要回长平工作的，而且是从教育系统直接转行到党政部门的县委宣传部，加上在县委、县政府两个大院上班的大学本科生极少，所以我格外引人注目，不少人就以扭曲的心态，瞪着患有'红眼病'的眼睛，用放大镜查看我的言行，搜寻我所谓的把柄，借之诋毁、排挤我哪！我甚至猜想，黄涛书记的一些政敌，也借我这个'棋子'来攻击他，而黄涛书记为了自保，只好'丢车保帅'，调我去教书！"

焕章又给香兰列举了社会上、官场上流传他"太狂傲、太不谦虚、太自以为是"的几个具体例子及其事实真相：他制止城管人员粗暴掀翻一个摆摊女的书摊的野蛮行为，却被人说成妨碍城管人员正当执法并擅自写批条允许她在大街上摆地摊；他在县委党校给副局级以上的党员干部讲授政治经济学时，以领导们喝过的高档"莲花"白酒为例阐述"第二次分配"的经济学原理，却被说成他在课堂上故意讽刺领导干部大吃大喝；他在县委大院和大家一起议论县委书记的新专车时，说了一句"十年内私人也会有小汽车"，却被人攻击为不尊重县领导、"不把县委书记放在眼里"；他穿西装、打领带，衣冠楚楚去上班，却被组织部长批评"像一位归国华侨"不入俗；他有一次下乡检查工作，吃饭时被人强拉在上席，却被人说成目无尊长毫无谦让之心；不少人当面奉承他前程远大，"将来会当局长、县长"，背后却说成是他自己在到处吹嘘自己……

"他们就这样添油加醋甚至无中生有地诋毁我！"焕章愤懑地说。

"章，我知道你是一个心地善良、为人宽厚、言语直率的人，我绝不会相信那些诋毁你的话！官场既然那么复杂，离开它也没什么。教书就教书，怕什么！你没必要过分去烦恼！"香兰安慰他说，"对我来说，只要你真心爱我就行，其他的我都不看重，也不在乎。"

"兰，谢谢你理解！"焕章把她揽在怀里，感激地在她的额上吻了一下，长长地舒了一口气……

工作将要调动这么大的一件事，焕章也不能不告诉自己的未来的岳父岳母、妻哥妻嫂。

当焕章把这件事告诉他们时，他们最初的反应和香兰一样，也是一脸的惊讶，并问他什么原因。当他们听了焕章的详细解释后，香兰的父亲说："焕章，我们知道你是一个单纯善良的小伙子。官场既然那么复杂，你去学校教书也好，没那么复杂，没那么多钩心斗角！我是一名退休老师，香兰的哥哥也是一名老师，我们都觉得

乡城往事

当老师、培养下一代没什么不好。只要你和香兰真心相爱，将来结婚后家庭幸福美满就行，其他的事我们都不会去在乎。你自己也要看开一些，不要为工作调动的事过分烦恼，你凭良心做事，真诚待人，已经问心无愧了。再说，是金子在哪里都能发光。好男儿志在四方，在哪儿都可以干一番事业，实现自己的人生理想！"

香兰的母亲、哥嫂也说了一些类似这样的话，这些真诚、关心的话语，让焕章倍感安慰，心中痛苦的波涛也平息了许多。

第二天早上，天灰蒙蒙的，下起了潇潇小雨，如同焕章灰蒙蒙、湿漉漉的心。

吃过早饭，焕章到乡政府的小赵那里，归还了《简·爱》《读者文摘》《小说月报》等几本书刊。在乡政府的大院里，他遇见了简艳艳。简艳艳没和他说话，只礼貌性地朝他点点头，满含失落、幽怨地看了他一眼，便转身走进她的房间，把门关上了。焕章没有和她好，却和一个农村姑娘谈恋爱，一定让她充满了不解、失望、妒忌和痛苦吧！"如果她知道了我将调离宣传部去学校教书，她会不会为当初没有和我谈恋爱而深感庆幸，甚至为我不幸的结局而幸灾乐祸呢？随她呢，她爱咋样就咋样吧！"焕章黯然地想。

焕章顺便到林毓良副书记那里坐了一会儿。因为林副书记是从宣传部出来的，所以在驻舆乡政府，焕章和他的关系比较亲密，也得到过他多方面的关照和支持。

"今天天气不好，不进坪庄村了吧？"林副书记一边给焕章倒茶，一边微笑着问。

"是的。也没什么要紧的事。"焕章回答说。

"在驻舆乡的各个扶贫点中，坪庄村的扶贫工作是做得最好的。那里的每个扶贫项目都落实到位了，并且已经初见成效。这多亏你的辛勤付出！"林副书记赞扬说。

"因为有您的大力支持，才有这些成果！"焕章谦虚地说。

"支持扶贫工作，是我这个乡党群副书记的分内职责，但很多具体的扶贫事务，都是扶贫干部自己做的。我可不敢抢你的功劳啊！"林副书记笑着说。

"什么功劳不功劳的，不会受到上级领导的批评就行啦！"焕章自嘲地说。

工作做得再好又有什么用呢？还不是因为自己缺乏社会人生经验而不知得罪了谁，最后落到将被调离宣传部去学校教书的命运！为什么人们总要花那么多的时间和精力去处理社会人际关系，而不是把所有的时间和精力用在工作和学习上呢？焕章惆怅地想。

从林副书记房间出来，焕章离开了乡政府。他到驻舆圩新华书店的小赖那里坐了一会儿。焕章在这间书店买了不少书刊，也蹭了不少书刊看，所以和小赖很熟悉。他又到邝捷诚师傅的饭馆里坐了一会儿，热情好客的捷诚师傅又要请焕章喝酒，但他婉言辞谢了。他又到香兰的堂哥钟师傅的冰棒厂坐了一会儿，这里是他和香兰萌发爱情的地方，也是他永远不会忘怀的美好之地……焕章在驻舆圩的熟人、朋友那里"告别式"似的转了一圈后，又回到了乡民政招待所。

临近中午时，乡民政招待所新来了几位客人，一男两女外加一个几岁的小男孩。焕章一问，原来是县计量站下来检查工作的同志。男的姓黄，是副站长；中年女子姓彭，大家叫她彭阿姨；年轻姑娘姓曾，人长得很漂亮，大家叫她小曾；那个小男孩是黄副站长的儿子，今年四岁了，大家叫他毛毛，白白胖胖的，天真烂漫，样子十分可爱。黄副站长的妻子在宁都县城工作，夫妻两地分居，儿子随他生活，因在家无人照看，所以下乡时他把儿子也带来了。

计量站的几个同志上班时间出去检查工作，下班后则邀请焕章打扑克娱乐，三加一，刚好凑成四人一桌牌。打牌的方式是长平最流行的"五十K"，每局以捡分的多少定赢输，最多分的为赢家，最少分的为输家，每轮输赢的奖罚是一颗大白兔牛奶糖。焕章赢得最多，小曾输得最多，到最后，她还欠焕章八颗牛奶糖。焕章赢的牛奶糖大部分都送给毛毛吃掉了。毛毛也真懂事，每次焕章捡了分，他都替焕章小心保管好，而且十分开心，好像是他自己打牌赢的分一样。

晚上，焕章还和计量站的同志到邝捷诚师傅的录像厅看了一场录像。录像片是很火的《上海滩》，该剧以民国年间的上海为背景，描述了上海帮会内的人物情仇以及许文强与冯程程之间的爱情故事。焕章因为和管理录像厅的美华很熟，自然不用买票了，但另外三个同志还是要买的。看录像期间，因为焕章和小曾都很喜欢毛毛，他们俩便轮流抱着毛毛看。大家都全神贯注地看录像，看得血脉偾张，心潮翻涌。

焕章和计量站的同志度过了愉快的一天。不过好景不长，第二天下午，计量站的同志就回县城去了。乡民政招待所又只住着焕章一个客人了，院子里变得空荡荡的，如同变得空荡荡的焕章的心！他不禁黯然神伤起来……

这几天，焕章在书香的滋润和香兰爱的抚慰下，烦乱、痛苦的心渐渐平静下来。他对即将降临的"灾难"，有了充足的心理准备，心态变得淡然、从容起来了。

这天下午，焕章正在乡民政招待所自己的房间里看书，宁静的院子里忽然飘来一阵对话声。

"陈师傅！""陈师傅，你好！"

"哎呀，廖秘书、柳主席，你们下来啦？有一段时间不见了！"

"是啊！是啊！""生意还好吧？今天住的客人多不多？"

"生意一般般。今天就住着焕章一个人，现在加上你们两个，就有三个了。请坐，喝茶！"

"先放了包，再回来坐。"

"好的，我给你们开房！"

接着是一阵上楼梯的脚步声。

焕章一听到那熟悉的声音，就知道是宣传部的廖子厚秘书和文联的柳主席从县城下来了，陈师傅正接待他们。他们下来干什么？焕章隐隐有一个预感，很可能是为他而来的！他放下书本，平静地走出门去。

"廖秘书，柳主席，你们下来了？"焕章上前招呼道。

"是，焕章。"廖秘书微笑着应道。

"没出去？在忙什么？"柳主席微笑着问。

"天那么热，没出去，在房间里看书。"焕章说。他敏感地看到，廖秘书和柳主席的笑容都有点不自然，似乎更印证了他的预感。

陈师傅在焕章房间的左右隔壁各开了一个房间。待廖秘书和柳主席放好行李后，大家便下到院子前的门楼下喝茶。陈师傅还特意从冷水缸里捞起一只大西瓜，切开，招呼大家吃。

"哇，这么红！""这个瓜很不错，真甜！"大家赞美着。

廖秘书、柳主席和陈师傅聊起了家常。

"陈师傅，家里的田活都做完没？"廖秘书问。

"田耘了，肥施了，农药也打了，剩下一些尾细让老婆孩子们去做了。"陈师傅回答说。他一大家人才两三亩田，用不了多少时间，只有繁忙的时候他才会回村里去帮忙几天。

"下季稻莳的什么品种啊？"柳主席问。

"全莳的杂交水稻！上季莳的普通水稻亏死了，产量很低！"陈师傅说。

"莳杂交水稻好，产量高！"廖秘书说。

"是啊！杂交水稻从秧苗时期看上去就不一样，同样的农药肥料，同样的田间管理，但秧苗要比普通水稻的秧苗粗壮很多，分蘖力也更强，苑头也更大，看上去十分得人喜爱！"陈师傅笑着说。

"现在天时又好，不会干旱了，下季水稻应该会丰收了！"廖秘书说。

"大家也这么说，应该不会像上季稻那么倒霉了！"陈师傅高兴地说。

"廖秘书和柳主席这次下来有什么公干？"陈师傅转过话题，笑着问。

"没什么很具体的公干，随便走一走，看一看。"廖秘书含笑回答。有些事他不能随便跟外人说。

"会进坪庄村吗？"陈师傅问。

廖秘书迟疑了一会儿，说："有时间就去，到时候再说。"

"焕章平时进村很勤。驻舆乡的老百姓都评论说，坪庄村的扶贫工作做得最好！"陈师傅赞扬说。

"前一段时间在县城碰见驻舆乡的林毓良副书记，他也这么说！焕章确实干得不错！"柳主席对焕章伸出大拇指说。

焕章微笑不语。

吃完了西瓜，喝足了茶，闲天也聊得差不多了。因为天太热还不能外出，加上坐了一个多小时的班车，人也有点累了，廖秘书和柳主席便回房间歇息去了。

约莫过了一个小时，他们起床了，一起来到焕章的房间。

焕章连忙放下书本，让座，倒茶。

廖秘书对焕章几次欲言又止，和柳主席交换了一下目光后，终于下决心似的开口说："焕章，这次我和柳主席下来，是受程氷岩部长的委派，专程来接你回县城的！"他迟疑了一会儿，接着又说："组织上已下达了调令，把你调到教育系统去教书了……"

"哦，知道了。等一下就走吗？"焕章平静地问。他知道下午六点还有一趟上县城的末班车。

"不不，不用那么急……我们明天早上走吧。晚上你收拾一下东西，该交代的事交代一下，该处理的事处理一下。"廖秘书连忙说。

"没多少东西要收拾的，也没什么要交代、要处理的事。"焕章仍然平静地说。

廖秘书和柳主席心里很惊讶于焕章的淡定和从容。他们原以为，焕章突然听到这个不幸的消息，一定会很意外、很震惊、很激动、很痛苦，甚至会有一些很愤怒、很偏激的言行，但这一切都没有发生，好像是与他并无多大关系的事一样！

焕章似乎看出了他们的疑惑，便坦诚地说："你们一定很奇怪我为什么那么平静吧？其实我早就知道自己将被调离宣传部到学校去教书了，因为前一段时间组织部的彭墉镲副部长找我谈过话了，再前一段时间，黄涛书记也在我面前隐隐透露了这个信息。"

"哦……你有了心理准备就好！说实话，我和柳主席在走进你的房间前，还有一点担心你承受不了这个打击呢！还商量着怎样向你开口。"廖秘书舒了一口气说。

"焕章，我和廖秘书都知道你是一个心地单纯、为人善良的好人，工作也干得不错！只是你缺乏社会人生经验，造成有些人对你的印象不好，所以才把你调离宣传部。"柳主席同情地说。

"对，你被调离宣传部，我们也很难过！坦率地说，即使要调你走，我认为也应该调到下面的文化局或广播电视局，那边更合适你，更能发挥你的写作特长，没想到领导却要把你调到教育系统去教书……这让我们也感到很意外，感到很不合情理！但遗憾的是，我们人微言轻，改变不了领导们的决定！"廖秘书也很同情地说。

焕章说："廖秘书，柳主席，谢谢你们的理解！说实话，我也觉得自己很冤！虽然我缺乏社会人生经验，但以前外界关于我的一些负面传闻，事实真相并非那样，他们只不过是以扭曲的心态，添油加醋甚至无中生有地诋毁我而已！"接着，他向他们列举了一些有关他的负面传闻，告诉他们当时发生的事实真相。

"可以说，我成了流言的牺牲品！"焕章悲愤地说。

听了焕章的叙说后，廖秘书沉痛地说："真如古人所说，众口铄金，积毁销骨呀！"柳主席也感慨地说："是啊，人言可畏，舌可杀人啊！"

正说话间，房子突然剧烈地摇晃起来，床板在嘎吱嘎吱地扭响，桌子上热水瓶嘭一声掉裂在水泥楼板上，门外传来瓦片啪啪的跌落声，坐在凳子上的焕章、廖秘书和柳主席身子也摇晃起来，柳主席年纪大了，还差点跌倒在楼板上……大家一时没反应过来，几秒后才恍然惊醒：地震了！

"地震了！快跑！"廖秘书大喊一声。

"地震了！地震了！快跑！"陈师傅也在院子里朝楼上大喊。

大家飞快地冲出门外，跑下楼梯，穿过院子，跑到外面的大街上。

"地震了！地震了！"人们惊呼着，尖厉的一声声警笛响起。大街上到处都是刚从屋里逃窜出来的狼狈、惊慌的人群。

屋檐瓦片的跌落声，窗子玻璃的碎裂声，墙壁沙石的脱落声，和人们惊恐的呼喊、哭叫声夹杂在一起……

地震持续了差不多一分钟才停止。

人们惊魂甫定，又心有余悸地说起自家摔坏的电视机、电冰箱，跌碎的热水瓶、茶壶、茶杯，以及摔伤的手脚、碰伤的额头来……

幸好圩镇上的房子比较坚固，要么是钢筋结构的，要么是砖瓦结构的，所以没有倒塌的房子，人也很安全，只有几个轻伤者。但乡下村庄里却有不少年深月久的泥瓦房，其中肯定有不少坍塌的，人畜死伤情况怎样，暂时还不知道。

焕章忽然想：这地震迟不来早不来，恰恰是在廖秘书和柳主席下来正式通知我调离县委宣传部到学校去教书的时候，毫无征兆地突然来了，这是不是冥冥之中老天爷在为我鸣不平呢？……一定的！人间有冤，苍天必示，于是，才有了"六月飞雪""冬雷震震"这类异象，这样的事自古有之啊！

整个傍晚和上半夜，人们都坐在院子里或大街上谈论地震。即使到了夜深人静的下半夜，人们也半睁半闭着眼睛躺在床上，不敢死睡，以防地震再次发生，做好随时夺门而逃的准备。

这时的焕章却变得很淡定了，心里完全消除了惊恐。他相信"生死有命"的古话，是福不是祸，是祸躲不过。他甚至有一点巴不得自己在地震中献身，一了百了，这样他就再也不用看世上的虚伪、庸俗和险恶了，再也不用承受由此带来的痛苦和烦恼了。他认为顺从大自然的召唤，回归大自然，和大自然融为一体，未尝不是一个好结局。

可下半夜虽然发生了两次余震，但震级都不大，只能感觉到轻微的摇晃而已，人们有惊无险。

第二天早上，廖秘书、柳主席和焕章乘坐八点的班车回县城。车上的乘客都心有余悸地谈论着昨天下午发生的地震和下半夜发生的余震。只有焕章一声不响，望着车窗外徐徐后退的风景，在默默地想着什么。

一到达长平汽车站，廖秘书和柳主席就各自匆匆回家去了，他们急着要看昨天的地震有没有给家里带来什么损害。

焕章回到县委大院，只见住在县委大院的人们都在搭建抗震棚。原来，地震局来了紧急通知，说以后若干天内还会有余震，大家做好防震救灾工作，因此今天大家不用上班，住在县委大院的人都来搭建抗震棚了。焕章到宿舍楼自己的房间里放下行李，瞥了一眼西墙上因地震留下的一条长长的裂纹，也加入了搭建抗震棚的行列。

县委大院搭建的抗震棚有两个：一个建在县委、县人大办公楼后面的大水泥坪上，另一个建在纪委办公楼前面的篮球场上。两个抗震棚都为巨大的长方体，中间和四周用钢管固定，棚顶和四周用彩色条纹的塑料布围成，棚内放了很多长条板凳，上面铺上了一张张胶合板床板，住在大院内的每人（户）都分了一块地方，放上了自家的席子、被单或毛毯，供中午和晚上睡觉时用。大院的小孩们觉得很新奇，嘻嘻哈哈地在抗震棚里追逐、打闹，仿佛不是在抗震救灾时期，而是在过年过节一般。

傍晚，焕章来到彭春明副主任家里，脸色凝重地把组织部下达了正式调令、廖秘书和柳主席下驻舆接他回来的事跟他讲了。彭春明副主任听了后，沉思着从梅州牌烟盒里抽出一支香烟，用打火机点上，深吸了两口，说："去教书就去教书吧！焕章，我还是那句话：是金子在哪里都能发光。你一定不要被暂时的挫折打倒，要有志气、有骨气，做出成绩来让他们看看！三十年河东，三十年河西，谁笑到最后才是笑得最好！"他又深沉地说："到了学校，你一方面要教好书，另一方面要多看书，多写作。挫折和苦难，对一个作家来说，是宝贵的阅历和精神财富。你一定要化不利因素为有利因素，去打造自己人生的辉煌！"

听了彭副主任勉励的话语，焕章再次充满了战胜挫折与苦难的勇气和力量！

在以后的几天里，长平又发生了多次余震。

因为全县各单位都响应上级号召，一心一意在抗震救灾，所以焕章到教育部门报到的事，便暂时搁置下来。

这些日子，因为地震，大家都惶惶不安。房子里都不敢多待，上班自然不用了。因为住在抗震棚里，白天炎热难耐，晚上又黑灯瞎火，所以生活很不方便。虽然这样，为了不虚度光阴，焕章还是尽可能地多看一点书，为此，他还买了几包蜡烛，每天都早起晚睡，如饥似渴地学习。

这天傍晚，焕章正坐在白玉兰树下看德国哲学家黑格尔的《历史哲学》一书，团县委的小杨和县纪委的小朱走了过来。"这个时候还有心思看书啊！走，散步去！"小朱说。"好吧！"焕章合上书本说。

"看的什么书那么入迷？能不能借我看看？"小杨问。

焕章把书递给他看。

"黑格尔的《历史哲学》……这么深奥的书，我看不懂！"小杨把书还给焕章。

焕章虽然和他们俩不是亲密的朋友，但因为大家在同一个大院上班，又同住在一个大院里，年龄又相近，所以彼此关系很好，晚饭后也经常一起散步。不过，这次和他们在一起，焕章明显感觉到，他们对他似乎生疏了很多。所谓"好事不出门，坏事传千里"，他们肯定听说了他将调到学校去教书的事了，因而感情上不知不觉和他疏远了吧。当然，此时他们并没有向焕章问起这事，也许他们怕他尴尬吧；焕章也没有向他们说起这事，因为他不想也没必要去博取他们的同情。

他们一边散步，一边有一句没一句地闲聊着。当走到厨房附近时，他们发现食堂的康师傅养的几只番鸭正在一浅水湖里觅食。小杨忽然说："鸭和鹤的身躯一般大，但鹤的腿却比鸭的腿长很多。鸭的身躯和它的腿是合比例的，鹤的身躯和它的腿却是不合比例的。我们通常说，合比例的东西是美的，不合比例的东西是丑的，但为什么人们却认为鹤要比鸭更漂亮呢？真的好奇怪啊！"

"美有它的普遍性，但也有它的特殊性。合比例的东西一般来说是美的，但并不是所有合比例的东西都美；同样地，不合比例的东西一般来说是丑的，但并不是所有不合比例的东西都丑。"焕章说，"有时候，不合比例的东西反而比合比例的东西更美，这就是美的特殊性，比如刚才说到的鹤，再比如人见人爱的长颈鹿，就属于这种情况。"

"同样的道理，残缺的东西，有时反而比完满的东西更美，比如那充满诗意的残月、令人充满想象的断臂的维纳斯，就属于这种情况。"焕章又说。

于是，大家就围绕美的社会性、历史性、绝对性与相对性、普遍性与特殊性等美学问题争论起来。焕章看过不少美学著作，其中包括朱光潜的《西方美学史》《谈美书简》等，而小杨、小朱对美学类的书籍看得很少，争论自然是焕章占了上风，他们俩对焕章的渊博学识和滔滔口才不能不钦佩。但焕章并没有因此沾沾自喜，他已没了往日那小小的虚荣。他甚至悲哀地认为，也许正因为自己的学识和口才，才让他人觉得自己"太狂傲了"，才给自己招致了现在的不幸！

有一个星期没见香兰了，焕章心里十分想念她。地震发生后，不知她怎样了，她的家里怎样了，一切都安好吗？那天廖秘书和柳主席下驻舆乡来接他回县城时，他本想和她及她的家人告别的，却因情况特殊怕不好意思而没去，现在想来，这不告而别的做法真的很不应该，令他感到惭愧，而这惭愧愈增加了他对香兰的牵挂和思念。他决定下驻舆去看她。

"廖秘书，我想下午下一趟驻舆。"焕章向廖子厚秘书请假说。

"下驻舆？有什么事吗？"廖秘书微笑着问，"是不是想女朋友了？"他早就听说焕章谈了一个漂亮的乡下姑娘。

"不是……那天你们接我回县城时，因走得过于匆忙，我忘了还有一点东西没还给人家，自己也还有一些东西没带回来……"焕章委婉地条借口说。

"听说你的女朋友长得很漂亮，是一个农村姑娘？"廖秘书问。

"是的。"焕章诚实地说。

"焕章，婚姻是终身大事，要慎重一点，考虑好再谈……"廖秘书好心地提醒说。一个堂堂的大学生却和一个农村姑娘谈恋爱，他不太赞成。

"谢谢廖秘书的好意。我考虑好了！"焕章冷静地说。

"那好……焕章，部里虽然给你写出了介绍信，但现在情况特殊，你既然还没到教育局报到，就还算是宣传部的人，仍留在部里工作。现在是抗震救灾的非常时期，擅离职守不好。你还是再过几天，待形势稳定一点后，再去下驻舆吧！"廖秘书真诚地建议说。

"好吧！"焕章说。

于是，他退掉已经买好的下午二点三十分下驻舆的车票，打算过几天再说。

第三十八章

　　几天后，焕章终于下了一趟驻舆乡。虽然他和香兰只分别了十天，但"一日不见如隔三秋"，这十天就像三十年那么漫长，因此当他们俩再次相见时，两人都有久别重逢的强烈感觉，既无限惊喜又充满幸福。

　　"章，你终于回来了！"香兰扑进焕章的怀里，仿佛怕他跑掉似的，紧紧地搂着他，口里喃喃地说，"我以为你会抛下我，永远不会回来了！"说完，两行滚烫的热泪从她的眼角奔涌而出。

　　"傻姑娘，我的心都已珍存在你这里了，怎么会一去不复返呢？"焕章抚摸着她娇嫩的脸，又亲吻着她的泪眼说。

　　"你不知道，你走了那么多天，我每天都仰望着你在乡民政招待所住过的那个房间的窗口，渴望能看到你的身影，但每次都让我失望了，让我好失落、好惆怅、好痛苦！后来，我去乡民政招待所问陈师傅你哪里去了，他说你和廖秘书、柳主席他们一起回县城了，可能不会下来了……我听后差一点晕了过去！我回到家里后，关上房门，扑倒在床上，整整哭了一天！这一天我茶饭不思，颗粒未进，寻死的念头都有了！"香兰向焕章倾诉说，又责怪他道，"你为什么不告而别呢？而且一走就是十天！"

　　"兰，对不起，是我做的不对！是这样的，八月二日那天下午，廖秘书和柳主席从县城下来正式通知我，说组织上已下达了调令，要把我调到教育系统去教书了，他们来接我回县城。我本来想向你和家人告别的，但想到这次工作调动并不是什么很光彩的事，怕在你家人面前难为情，就没好意思来……后来，又因为抗震救灾脱不开身，所以现在才下来看你，真的对不起！"焕章充满歉意地说。

　　"章，你这次工作调动，有什么光彩不光彩、好意思不好意思的呢？你既没有违法乱纪，又没有做其他什么亏心事！反过来说，那些当官的这样不合情理地把你调离宣传部，让你到学校去教书，是他们做了亏心事，不光彩、不好意思的应该是他们！"香兰安慰他说。

"章，以后你无论遇到什么艰难事，都要及时告诉我，千万不要像这次一样不告而别，让人忧心焦虑！这次你可把我吓死了！"香兰又说。她用两只拳头娇嗔地在焕章胸脯上轻轻捶了几下。

"兰，我记住了，以后有什么事，一定会及时告诉你的！"焕章搂着她深情地说。

"哦，地震发生后，家里都平安无事吧？"焕章忽然想起问。

"没出什么大事，就是最边上那间杂物间被震塌了，幸好当时里面没人。另外，围屋的外墙上有两条裂缝，不过没什么危险，农闲时修补一下应该没什么问题。"香兰说。

"家人平安无事就好！"焕章舒一口气说。

"噢，叔和伯、哥哥嫂嫂、妹妹弟弟们呢？我进门时怎么不见他们的影子？"焕章问。他早把自己当成香兰家庭中的一员，随香兰的身份称呼她的家人了。

"他们都到坝上的稻田里拔稗草和施化肥了。"香兰说。放暑假了，哥哥和弟弟也到农田里帮忙去了。她自己因为要为一个顾客赶做衣服，所以今天没去农田劳动。香兰虽然在福招阿姨那里只学了几个月裁缝，但因为她心灵手巧，又勤于钻研，师傅那里的手艺全学会了。现在，她在合作社的布店里摆了一张小桌子，每逢三、六、九圩日时，就接收顾客的布料做衣服，一是借此不断精进自己的手艺，二是赚一些手工钱补贴家用。

因两人有一段时间没在一起了，这次相见，两颗青春的心难免燃烧起情爱的火焰来。焕章正要去热吻、抚摸香兰，却被香兰娇羞地推开了。"房门还没关呢！"她说，便走过去把房门关上，闩好。早先没关房门，是因为害怕余震发生，现在她不怕了，只要和自己亲爱的人在一起，哪怕在地震中变为永恒，她也无怨无悔了。她回身和焕章热吻着拥抱在一起，两人滚倒在温馨的软床上了……

一阵激情过后，焕章搂着香兰温情地说："兰，我这次下驻舆来，不只是来看你，还有一样任务，就是想带你上县城！"

"带我上县城？为什么呢？"香兰抬起头，疑惑地问。

"我想，你现在虽然学到了福招阿姨的全部手艺，但她毕竟是一个乡下裁缝，和县城的裁缝师傅相比，还是有一定距离的。现在，乡下的年轻人都喜欢穿城市服饰，你到县城的裁缝师傅那里去学一段时间的手艺，正可以弥补乡下裁缝手艺的不足，让你的裁缝技术完善起来，这样，你就会拥有更强的竞争能力和生存能力！"焕章说。

"好主意！"香兰说，"但你认识县城的裁缝师傅吗？"

"我认识一个姓梅的师傅，我以前在她那里做过衣服，她在县城很出名。"焕章说，"我去求她收你为徒，应该没问题！"

"那太好了！"香兰说。她兴奋地亲了焕章一下。

"不过，还有一个问题，就是你住在哪里更合适呢？跟我一起住在县委大院的话当然不合适，一是因为余震一旦结束，我就要搬离县委大院了，二是因为大家都住在一个抗震棚里，而我们俩又还没结婚，怕人说闲话，所以不方便。"焕章说，"你在县城有没有亲戚朋友？"

香兰想了想，说："我想起来了！我初中时的同窗好友赵慧芳在县总工会煮饭，我可以住在她那里！"

香兰告诉焕章，赵慧芳是县总工会副主席赵银崇的女儿，也是驻舆人，初中时她们一同在驻舆中学读书，两人关系很好。香兰读完初中后，因为家务活、农活多就没再读高中了，而赵慧芳则继续读高中，只是她没考上大学，但因为她是吃商品粮的，后来通过她父亲的关系招进工会做了合同工，在食堂给职工煮饭吃，这样，她也算有了一份稳定的工作。

"那你明天打电话给她，和她联系好！"焕章说。

"好的！"香兰答应说。

"叔伯、哥嫂他们回来后，要把这事告诉他们。"焕章说。

"嗯！"香兰枕着焕章的臂弯，幸福地抚摸着他厚实的胸膛……

傍晚时分，香兰的家人从田间劳动回来了。他们见焕章下来了，都十分高兴，对香兰的担心也就放了下来。

晚饭后喝茶聊天时，香兰的父母、哥嫂他们都问焕章，怎么那么久都不来他们家里，让香兰好不牵挂。焕章满含歉意地告诉他们，组织上要他到学校去教书的调令下来了，他不在坪庄村搞扶贫了，十天前廖秘书和柳主席特意下驻舆乡来把他接回县城，他因事多一时脱不开身，加上又是抗震救灾的非常时期，所以直到现在才下来看香兰。

香兰的家人对焕章正式调离宣传部到学校去教书并不意外，因为他以前就和他们说过这事，此时的他们对他说了和上次同样的安慰话：到学校去教书也没什么不好，是金子在哪里都会发光。他们不会在意他在哪个单位做什么工作，只要他和香兰相亲相爱、幸福美满就行。香兰的父母最后又嘱咐说："待你的工作稳定后，早点和香兰结婚成家！"这才是他们最关心的事。焕章爽快地答应了。

焕章又把自己想带香兰上县城，让她在县城的裁缝师傅手下学手艺，以进一步提升她的裁缝技术的事告诉了她的家人，香兰的家人听了后都非常赞成、非常支持。

晚上焕章是在香兰家的抗震棚里睡的。一大家人挤在一个抗震棚里，让人感到别有一番温馨和热闹。而这温馨和热闹，也抚平了焕章内心深处的痛苦。

经过两天的细心准备，第三天早上，香兰就跟着焕章坐班车上了县城。这是她第一次和他一起出远门。

自从和焕章谈了恋爱后，为了使自己更配得上作为大学生的他，香兰除刻苦学习裁缝手艺外，她还特意或买或做了几套城里姑娘穿的衣裙，平时的衣着打扮和城里姑娘没什么两样，加上她天然的清纯美丽和高贵气质，就是城里姑娘站在她面前也要黯然失色。这天她身穿一件红衬衫搭配一条白裙子，脚穿一双银灰色半高跟凉鞋，亭亭玉立，袅袅娜娜，就像一朵娇艳芳香的玫瑰花，一路招来不少艳羡的目光，让焕章心里充满了自豪和幸福。

焕章首先带香兰到县总工会找到她的初中同学赵慧芳。

赵慧芳个子不高，相貌一般，但为人热情。两个老同学相见，格外亲热。

"香兰，你真有本事，能找到一个大学生男朋友！"赵慧芳羡慕地对香兰说。

在当时当地，一个农村姑娘能找到一个大学生做对象，确实是很稀罕的事。不过仔细一想，也不奇怪，香兰不但人长得非常漂亮，性格气质也很好，可谓人见人爱，任是哪个青春男子见了都会动心。

听到老同学的赞扬，香兰羞红了脸。她问："你也有男朋友了吧？"

"暂时还没有，不过，快了！"赵慧芳大方地说。她的工作虽然是煮饭，但她是吃商品粮的，有工作的女孩子又很稀少，"物以稀为贵"，所以来说媒的人或来追求她的人不少，她现在正在物色，打算从中选择一个各方面都比较满意的对象来。

赵慧芳告诉香兰，她平时很少在县总工会住，大部分时间都住在城北的家里。总工会这间房子，她可以给香兰住。香兰和焕章都表示了感谢。"谢什么！我们是初中时的好姐妹，小事一桩，不足挂齿！只要你们结婚时，别忘了请我喝一杯喜酒就行！"赵慧芳笑吟吟地说。

"那当然！"焕章高兴地说。

赵慧芳不客气地收下了老同学带给她的一大包驻舆盐晒番豆，并当即剥了几颗来吃，说道："真香！好久没吃到驻舆番豆了！"

从县总工会出来，焕章带香兰进了县委大院，参观了他的住房和县委抗震棚。遇见县委的熟人时，熟人总会好奇地问："焕章，这位是你的女朋友吗？"焕章会回答说："是的！""长得真漂亮！"熟人会赞美说。焕章会微微一笑，香兰则羞红了脸。

也有了解实情的人看见他们后，不屑地嘲笑说："刘焕章下乡搞扶贫，结果扶贫到一个农村姑娘！"当然，这话是背后说的，不敢当面说，焕章并没有听到。

傍晚的时候，焕章又带香兰拜访了彭春明副主任和菊香嫂子。因为第一次带她到他们家里，所以买了一点水果、饼干之类的零食给他们的两个孩子吃。

彭春明副主任和菊香嫂子热情地留他们吃了晚饭。聊天时，他们询问了一下香兰的情况。他们都夸香兰长得漂亮，又说女孩子会裁缝的手艺很好。

过后，彭春明副主任私下里对焕章说："焕章，对谈恋爱的事，其实你没必要那么心急。你还年轻，慢慢来，选一个合适的。不过，如果你和香兰的关系已发展到很深的程度了，也要对得起她！"他不太赞成焕章找一个农村姑娘，但也明白"宁拆十座庙，不毁一桩婚"的道理。

焕章对他说出了自己的心里话："彭主任，谢谢您的好意！但这次调离宣传部的挫折和打击，使我认识到，也许只有像香兰这样的姑娘，才会忠贞不渝地爱我。你看'文革'时期，多少夫妻因为一方被批斗怕受牵连而离婚的，我害怕重演类似他们的悲剧。而且，国家现在改革开放了，随着市场经济的深入发展，我预测，取消商品粮是迟早的事，自谋职业也将会成为社会的主流，到那时，就无所谓'商品粮''农村粮'，也无所谓'有工作''没工作'了，都要凭自己的本事吃饭！所以，我认为我现在找一个有手艺的农村姑娘也没什么不好！再说，香兰确实很优秀，是一个不可多得的好姑娘！"

"香兰这姑娘是不错，将来的事情也确实很难说。我尊重你的选择！"彭春明副主任理解地说。

时代的发展果然印证了焕章的预言："商品粮"最后被取消了，国家分配工作的事也几乎没有了，自谋职业成了社会就业的主流。——当然，这是后话了。

第二天上午，焕章带香兰到了城北梅师傅的家里。

梅师傅名叫梅彩云，是县城最出名的裁缝师。她四十岁左右的年纪，人高高大大、白白净净的，年轻的时候一定是个大美人。她的裁缝店没开在大街上，而是开在一条小巷中她自己的家里。"酒香不怕巷子深"，虽然她的裁缝店不临大街，但因为她的裁缝技术太出名了，来她家里做衣服的顾客仍然非常多。

当焕章来到梅师傅家里时，梅师傅正在裁板上剪裁一件碎花裙子，旁边还叠放着不少等待剪裁的布料。

"焕章来啦？有什么好帮衬？"梅师傅热情地招呼道。她的记忆力极好，只要和她打过交道的顾客，她都记得他的名字。焕章因为到她这里做过衣服，她便记得他，而且知道他在县委宣传部工作，不过，她现在还不知道他就要调离宣传部去学校教书了。"噢，还跟来一个漂亮姑娘，是你的女朋友吧？"她笑着问。

"不是女朋友，是我的表妹。"焕章微笑着哄她说。"今天我来不是做衣服，是想求你帮一件事。"他接着说。

"你这个大干部还求我帮忙？说吧，什么事？"梅师傅扬起漂亮的眉毛笑着问。

"请收下我这个表妹做你的徒弟吧。她在驻舆乡下已学过一段时间的裁缝了，有了一定的基础，现在她想跟你这位大师傅学习，进一步提高剪裁手艺。"焕章说。

"哦，是这样啊！你看，我这里已经有几个女徒弟了，"梅师傅指着身后几个正在缝纫的年轻姑娘说，"我本来不想再收徒了，但既然你这位大干部开了金口，那我就再收一个吧！"

"那太感谢你啦！"焕章感激地说。

"你叫什么名？现在住在哪？"梅师傅微笑着问香兰。

"我叫香兰，姓钟。我现在住在县总工会。"香兰含羞地回答说。

"学徒的时间一般要多长？"焕章问。

"这要看她自己的基础和悟性了！快的一年，慢的两年甚至三年！"梅师傅说，"学徒期间，包吃不包住，不发工资；学徒期满后，也可以留下来帮忙，按月发工资。"

"知道了。"焕章说，"她什么时候可以来？"

"明天就可以。"梅师傅说。

"梅师傅，谢谢你啦！"临别时，焕章又道谢说。他把带来的一袋礼物留了下来，里面有一斤茶叶、两斤香菇、三斤苹果和一包驻舆盐晒番豆。

"那么客气干吗！"梅师傅客套地说。

"一点师徒见面礼，不成敬意。"焕章真诚地说。

从梅师傅家里出来，焕章和香兰都很高兴，没想到梅师傅答应得那么爽快，两人都长长地舒了一口气。

但事情的发展并不如想象般那么顺利。

几天后的一个中午，香兰哭丧着脸对焕章说："晚上我不想住在县总工会了！"

"为什么？"焕章奇怪地问。

"赵慧芳的爸爸不是个好人！"香兰说。

焕章心里一紧，忙问："他欺负你了？"

"他不怀好意！"香兰气愤地说。

原来，昨天晚上九点多，香兰正在房间里认真地看一本时装杂志，因为怕有余震，她的房门虚掩着。这时，赵慧芳的父亲赵银崇忽然推门走了进来，他一手拿一瓶青岛啤酒，一手拿一包油炸花生米，心怀鬼胎地说要请香兰喝酒，两眼色眯眯地直往她的胸脯瞄，甚至还想对她动手动脚，吓得香兰赶紧从房间里逃了出来，跑到隔壁李阿姨的家里不敢回去……

"你有没有把这事告诉他的女儿？"焕章阴沉着脸问。

"今天早上我跟赵慧芳说了，但她似乎不太相信，她说：'我父亲人挺好的啊，不会吧？'我是不敢到她房间里去住了！一想到她父亲那直勾勾的眼神我就害怕，谁知道他什么时候又会突然闯进房间里来呢？感觉不安全！"香兰说。

"那个老王八我认识他。脸上挂一根酒糟鼻，矮墩墩的，一副猪模狗样，还什么县总工会的副主席呢！要不是看在你那老同学的分上，我真他妈的就想去暴揍他一顿！"焕章破口怒骂说。"行，不要到你同学那里去住了！"他同意说。

过了一会儿，焕章又问香兰："你在县城有没有其他亲戚朋友，方便借住的？"焕章自己在县城几乎没什么亲戚朋友，虽然在县财政局和文峰乡政府有两个很要好的老同学，但他们的家都在乡下，而他们本身又还是个单身汉，自然不方便借住了。

香兰想了一会儿，说："我有一个朋友叫曹晓英，住在城东沙子头，看能不能住在她家。"

"你们是怎么认识的？"焕章问。

香兰说："以前我到县城卖菜时认识她的。"

原来，县城的蔬菜价格要比乡下高好多，香兰和老寨下的妯娌姐妹们便常常坐车到县城来卖自家种的蔬菜。因为香兰人漂亮，好说话，人缘好，大家都愿意买她的菜，为此她认识了不少县城的婆婆阿姨姑娘媳妇。有一个长相清秀、名叫曹晓英的姑娘，和香兰的年纪相近，经常来买香兰的菜，因为投缘，两人便成了朋友。此后，香兰卖给她的菜都是成本价，每次还会多送给她一些姜、葱、蒜之类的配菜，还经常送菜给她家吃。有一年冬天，香兰还亲手织了一件漂亮的毛衣送给曹晓英。曹晓英也请香兰到她家里做过一次客，吃过一餐饭。

听了香兰的叙述，焕章同意了她的想法，决定下午到她朋友曹晓英的家里看看。于是，他们到街上的店铺里买了一点像样的礼物。

曹晓英的父母是在县城菜市场上卖薄圆、馄饨的小生意人。她家住在沙子头的半山坡上，一栋自建的单门独院的两层楼泥瓦房里。对于香兰和焕章的来访，曹晓英和她家人都很热情。当曹晓英听到香兰在梅师傅那里学裁缝手艺，想在她这里借住一段日子时，她满口答应了。

正当焕章满以为香兰的住宿问题终于要得到解决时，两天后的中午，香兰又红着眼睛对他说，她不想在曹晓英家里住了。

原来，曹晓英家的泥瓦房因为不够结实，在前不久的大地震中，留下了两条长长的大裂缝，又因为怕还有余震发生，一家人便住在门坪上临时搭建的抗震棚里。昨天晚上，香兰、曹晓英和她妈妈三人睡在一起，曹晓英的爸爸和弟弟睡在一起，几张床板相连，中间只隔了一条布帘，香兰的隔壁就睡着曹晓英爸爸。到半夜时，曹晓英的爸爸竟然悄悄地从布帘底下伸过手来，试探性地摸捏香兰的手，吓得香兰大叫"有老鼠！有老鼠！"曹晓英爸爸的手才赶紧缩了回去。香兰当时之所以没有明说有人摸捏她的手，而说是"有老鼠"，是为了照顾大家的面子。早上起床后，香兰把昨晚发生的事私下里告诉了曹晓英，曹晓英不太相信地说："会不会是我爸爸不小心碰到了你的手呢？"香兰说："假使要说不小心碰到，也是隔着一层布帘，直接挨不到肉呀！而且那时我还没睡着，你爸爸也还没睡！"曹晓英听后，默然无语……

焕章听了香兰的叙述后，心想香兰长得太漂亮了，才招致一个又一个王八蛋老色鬼的垂涎。他想到自己现在龙搁浅滩、虎落平阳，连自己最亲爱的人都保护不了，不免感到痛苦和愧疚。

正当他眉头紧锁、一筹莫展时，香兰忽然高兴地说："章，有了！我承德姐夫在物资局的房间空着没人住，我到那里去住！"

香兰的亲大伯有一个长女叫珊昭，人长得很漂亮，嫁了一个在县物资局上班的女婿，名叫邝承德。因为香兰阿公以下的堂姐有好几个，为了区分，平时她就叫他"承德姐夫"。改革开放后，承德姐夫停薪留职，下海做生意了，在驻舆圩面上开了一家钢材水泥店。现在老百姓的生活逐渐富裕了，做房子的人多了起来，钢材、水泥的需求量很大，承德姐夫的生意很红火，为此他发了一笔大财。他在物资局的房间一直空着，没人住，香兰正好可以借住一段时间。

焕章想到现在地震逐渐平息了，即使有余震，也是很轻微的了，而且物资局的房子都是坚固的钢筋水泥房，在这次大地震中也毫发未损，应该没什么大问题了，于是他便同意了香兰的想法。香兰便独自乘坐下午两点到驻舆的班车，从她堂姐珊昭那里拿到了承德姐夫房间的钥匙，第二天一早又返回了县城。

至此，香兰在县城的住宿问题才得到了彻底解决。焕章悬在心头的那块大石头，也终于放了下来。

第三十九章

　　长平持续二十多天、大小余震一百多次的"地震期"终于过去了。秋季开学即将来临，焕章被正式通知到县教育局报到了。

　　焕章来到教育局人秘股。作为老熟人，陈绍轫股长虽然很客气地接待了焕章，但没有以前的热情了，客气中还夹杂着一丝尴尬。记得几个月前，焕章找过陈股长，但那时，他是以县委宣传部干部的身份来请他帮忙解决女朋友宝欣的"转正指标"问题的，可现在，他的身份发生了根本性的变化，已从天上掉落到了地上，是一个来接受局股领导分配工作、到基层学校去教书的小老师了！

　　陈股长一脸公事公办的神态，给焕章开了一张到箕乡旭阳中学报到的工作介绍信。

　　"什么？到旭阳中学？不是到长平中学吗？！"焕章不敢相信自己的眼睛，惊异地问。

　　"焕章，不瞒你说，按你的学历和水平，完全可以到长平中学教书。但要你到旭阳中学教书的，不是我们教育局，更不是我，而是县委有关领导，我们只能按领导的旨意办事，请理解！"陈股长带有歉意地解释说。

　　"哦，原来是这样！"焕章冷笑一声说。他知道不能怪陈股长。

　　长平中学是长平县最好的一所完全中学，也是长平县唯一的一所省重点中学。但因为长平是一个偏僻、落后的山区小县，虽说它是长平县最好的中学，又是一所省重点中学，也吸引不到、留不住优秀人才，师资力量仍然非常薄弱。在全校一百多位老师中，具有本科学历的老师不到十个，而且大多是"文革"前甚至是解放前大学毕业的老教师；大部分老师，都只有大专学历；还有不少老师，只有中专学历。学校师资力量严重不达标。作为江西师范大学中文系本科毕业的高才生，焕章完全有资格在长平中学当一位高中语文老师，长平中学也非常需要像他这样高学历、高水平的年轻教师，但县委的那些人却不准他到长平中学去教书，偏偏要把他下放到旭阳中学去当老师！那么，旭阳中学又是一所怎样的学校呢？

旭阳中学是篁乡的一所初级中学，也就是说，它是一所乡下初中。该校有十五个教学班，四十多位老师。在这四十多位老师中，只有几个老教师具有大专学历，另有七八个老师只有中专学历，而其余的，竟然都是高中毕业的代课老师！把焕章下放到这样的学校教书，按长平人的话来说，无疑是大炮打麻雀——大材小用了。而且，如果把他下放到其他乡下初中教书也就罢了，可篁乡是焕章的家乡，那些人有意把他下放到他的家乡去教书，无非是想让他在家乡人面前出丑、难堪，说直白一点，就是要羞辱他，让他抬不起头来。

焕章痛切地感到，自己好像是"文革"时被人揪斗的"坏分子"，不但被人"打倒在地"，还被人狠狠地"再踩上一只脚"了！

他阴沉着脸，不再言语，拿着去旭阳中学报到的介绍信，匆匆离开了教育局。

当他回到县委大院，把去旭阳中学报到的介绍信给彭春明副主任和温俊才秘书看时，他们也感到非常意外和惊讶。把焕章调离县委宣传部到学校去教书，已经让他们感到很不合情理了，没想到竟然还不是到长平中学去教书，而是到偏僻的乡下一所初级中学去教书，而且还是在焕章的家乡，这不是故意糟蹋人是什么呢？但他们只能无奈地同情他、惋惜他，却没能力去改变他不公平的命运。

对这种践踏人的尊严的"组织安排"，焕章起初心里充满了怨恨和愤怒，但当他冷静下来后，心里反而激起了一股骨气和豪气：你们不就是想把我弄"死"在旭阳中学吗？那好，我偏要好好活给你们看！

县委宣传部的同事外调，要么是到县局、室、办当领导，要么是到下面的乡、镇政府当领导，最少也是副局级。部里也会为升迁的同事举办欢送宴会，并赠送纪念品，为他送上祝贺和勉励的话。但焕章的调动却打破了这些惯例，因为他的调动不是升迁，而是"贬谪"或"流放"；部里也没有为他举办什么欢送宴会——程冰岩部长之所以没有为他举办欢送宴会，也许是出于不屑，也许是怕场面尴尬，也许这两个原因都有。不过，纪念品还是赠送了的，是一个大热水瓶，上面写了"刘焕章同志调动留念"，落款是"长平县委宣传部赠，一九八七年八月二十五日"，朱漆红字，楷体，是由书法不错的同事罗卫国用毛笔写的。

送焕章下篁乡旭阳中学报到这天，县委原本只安排了司机小赵开面包车去送他，但部里的廖子厚秘书出于同事之情，主动向程冰岩部长提出要和文联的柳昺瑜主席一起去送送他，程冰岩部长答应了。当初把焕章从驻舆乡扶贫驻地接回县城来的，也是他们两。

廖秘书、柳主席和小赵师傅一起，帮忙把焕章的行李从房间里搬到面包车上。焕章的行李也很简单：一个大的樟木箱子，里面装着被褥、蚊帐和衣服，这木箱还是他读大学时，由心灵手巧的姑丈亲手给他做的；一只铁桶和一只脸盆，里面放着牙膏牙刷肥皂毛巾衣架等物；六个大纸箱，里面装着书籍、字画和文房四宝；另有一只简易书架、一盆文竹和县民政招待所小凤姑娘以前赠送的那一盆万年青。

　　从县城到篁乡，约一百华里的路程。山道弯弯，忽凸忽凹，忽陡忽平，忽云缠雾绕，忽悬崖峭壁，一路颠簸摇晃，尘土飞扬。面包车内，大家一路沉默，空气很沉闷。如果是以前，大家肯定有说有笑，但情随事迁，今不同昔了！坐在副驾驶位置上的廖子厚秘书，不时回过头来看焕章。和焕章坐在同一排的柳昺瑜主席，也不时转过脸来看焕章。他们似乎都想从焕章的脸色上，观察他的心情，猜测他的心思，又或许都想和焕章说说话，以打破一路的沉闷，舒缓一下他的心情，但因为看到焕章一脸凝重、什么都不想说的样子，便也没说什么，都沉默着。

　　焕章坐在靠窗的位置上。他侧过头，透过车窗的玻璃，默默地看着不断后退、不断变换着的山区景色：连绵的群山，参天的大树，婆娑的修竹，清澈的溪流，飞响的流泉，腾飞的山鸟，碧绿的稻田，砍柴的樵夫，劳作的农民，吃草的水牛，玩耍的小孩，洗刷的村姑……他一边看着风景，一边思考着什么。峥嵘的过去，难测的未来，一齐在他的胸间翻腾。他眉头紧锁，目光深邃，脸色凝重，就像法国雕塑家奥古斯特·罗丹创作的一尊"思想者"。

　　面包车在公路上颠簸了两个多小时后，终于到达了篁乡政府。事先接到电话通知的乡党委书记欧阳珲，从乡政府大门走出来迎接，他向廖秘书、柳主席和小赵师傅致以亲切问候，热烈握手，但对焕章只是淡淡地点了点头。焕章记得几个月前，县委、县政府召开了一次全县乡镇领导干部工作会议，他也有幸列席了这次会议。在会议结束后的晚宴上，同坐一桌的这个欧阳书记还特意举着酒杯向他敬酒，并奉承他："你是大学本科毕业的高才生，将来前途无量，是未来的局长、县长，以后请多多关照哈！"没想到他现在变脸的速度，简直比翻书还快！

　　因为已到了午饭的时间，欧阳书记便安排焕章到乡政府饭堂去吃饭，他和乡政府的几个主要领导则陪廖秘书、柳主席和小赵师傅到外面的酒楼吃饭去了。这使焕章再次感到自己的不平等待遇，真切感受到什么是"虎落平阳""世态炎凉"，心里不禁感到一阵悲凉。

　　乡政府的食堂里放着几张没有台布的脏兮兮的大圆桌。焕章和乡政府的普通干部们一起，每人一碗地瓜炒肉、一碗紫菜蛋汤、一钵子白米饭，围坐在圆桌前吃饭。因为焕章和他们并不熟悉，他只默默地吃自己的饭，没和他们说话。其实，他们中也有几个认识焕章的，但此时也装作不认识，没人和他打招呼。焕章一边吃一边想：那些外面吃喝的领导，一定是边吃喝边聊关于他的事情吧？管他呢，由他们说去吧！

吃完饭后，廖秘书、柳主席和焕章他们又坐上小赵开的面包车，前往旭阳中学了。因为只有三四华里的路程，十几分钟后，他们便到达了目的地。事先接到了电话通知的邱炘奇校长，在简陋的校长办公室里热情地接待了他们。

"焕章同志去年大学毕业后分配在我们县委宣传部工作，他的工作热情和工作能力都很不错，得到了领导和同事们的肯定。只是他刚走出大学校门不久，还缺乏足够的社会人生经验，根据组织上的安排，让他到基层锻炼一下。因为他是师范大学毕业的，所以现在安排他到你们学校来当老师。希望学校的领导以后多多指导他，让他快速地成长、成熟起来！"廖子厚秘书向邱校长介绍说。

焕章知道，廖秘书心地善良、为人宽厚，出于同事的感情，在尽可能地为他说好话，以给他留一些尊严和面子。他内心一阵感激。他适时地把教育局开的工作介绍信递给邱校长，并说："请邱校长以后多多帮助、多多指教！"

邱校长接过介绍信，快速浏览了一下，谦虚地对焕章说："你是江西师大中文系毕业的高才生，知识水平高，以后我要多向你学习！"

"邱校长这样说，可羞煞我了！我现在不仅缺乏社会人生经验，还缺乏教育教学经验，不懂的地方真的很多，希望邱校长以后不要嫌弃，多多帮助、多多指导我！"焕章真诚地说。

"那就互相学习，共同进步吧！"邱校长笑笑说。

接着，邱校长向县委来的领导和新同事焕章介绍了旭阳中学的大致情况："旭阳中学是一所全日制初级中学，现有十五个教学班，八百多位学生。学校现有四十八位教师，其中只有三位老教师具有大专学历，另有八位老师具有中专学历，其余都是高中毕业的代课老师了，师资力量严重不足！——哦，如果加上焕章同志的话，应该有四十九位老师，焕章同志也是我们学校唯一具有本科学历的老师了。至于校舍，相信领导们刚进校门的时候也看到了，都是一些年深月久的泥瓦房，有一些还是危房。教室里的黑板、桌凳都很破旧了，没钱换新的。校道也是黄泥土路，一下雨就容易让人滑倒。教学仪器、图书资料就更不用说了，不但残缺不全，有的学科甚至连起码的仪器、资料都没有。总的来说，学校的师资力量、教学条件、基础设施条件都非常差，教学质量在全县同类学校中的排名也只是中等水平。说实话，把焕章同志放到

乡城往事

我们这样的学校来教书，实在太屈才了！"

听了邱校长的介绍，大家沉默了，一时不知道说什么好。其实，邱校长所说的这些情况，廖秘书、柳主席他们何尝不知，但他们能说什么呢？

"焕章同志的知识水平那么高，开学后就担任初三年级的语文教学工作吧！"邱校长打破沉默，对焕章说。

"邱校长，我还没正式当过老师，缺乏教学经验，而初三又是毕业班，责任重大，我还是先教初二年级的语文吧，以后再上初三。"焕章真诚地说。

邱校长一听，也觉得有理，便说："好吧，就依你，先教初二的语文，以后再跟上初三去！"

"好的！"焕章说。

"教师的住房条件怎样？"廖秘书问邱校长。他关心焕章的住房条件好不好。

"教师的住房比较紧张，大部分年轻教师都是两个人住一个房间。"邱校长说，"上学期末刚好有一个老教师退休了，留下一间空房子，就分给焕章老师住吧！"

"我们去看看吧！"柳主席提议说。

"好的！就在祠堂那边。"邱校长说。

于是大家起身，跟着邱校长走出校长办公室，去看焕章将要搬过去的住房。

邱校长说的"祠堂"，就是前文提到过的原汪氏家族的大祠堂，新中国成立后改成了旭阳中学校舍。后来，祠堂的后墙被拆除了，加盖了一栋两层楼的泥瓦房，连同祠堂原来的部分，成了师生宿舍，全校男女学生和大部分老师都住在里面。焕章将要搬过去的住房，就是祠堂侧门入口处的第一间房子。

这是一个仅有四五平方米的小房间。说它是一个房间，倒不如说更像一只盒子或笼子。里面有一张很破旧的书桌、一把很破旧的藤椅、一张很破旧的硬板床，它们占了三分之二的地面，其他什么都没有了。斑驳的石灰墙上和暗淡的天花木板上贴了不少发黄的旧报纸。因为玻璃窗户关着，空气不流畅，房间里弥漫着一股难闻的鼠臊味——看来，这里也是老鼠们的乐园。

大家默然地看了一眼，就很快从房间里退了出来。

"大家帮一下手，把焕章的行李搬到房间里去吧！"廖秘书表情肃穆地说。他肃穆的表情，源于对焕章的同情。

大家便动手从面包车上卸行李。邱校长又叫来一个留校的员工帮忙，不一会儿就搬完了。焕章先把它们堆放在床上、地上，过一会儿再收拾。

廖秘书、柳主席和小赵师傅要回县城去了。

廖秘书紧握着焕章的手说："好好工作，做出成绩来，多积累社会人生经验，争取一两年后回到宣传部来！"焕章知道，廖秘书不只是在鼓励他，更是在安慰他，其实他将来"回到宣传部"是不可能的了，但他还是点头答应："我一定会好好努力的！"

柳主席握着焕章的手说："有什么事就给我们写信，或者打电话。有空常回宣传部和文联来看看！""好的！"焕章感激地说。

小赵师傅紧握着焕章的双手，说："焕章，请多保重！三十年河东，三十年河西，你不要泄气，要有信心！""谢谢老朋友！"焕章感激地说。

廖秘书、柳主席和小赵师傅上了面包车，他们和焕章挥了挥手，终于走了。

当面包车扬起灰尘在校门口的拐角处不见了时，焕章忽然有一种想流泪的感觉。但他还是忍住了，因为邱校长还在身边，他不能让别人看见而被人笑话。

"邱校长，您忙去吧，我去收拾一下房间！"焕章对邱校长说。

"好的。需要什么你就跟我说。"邱校长关心地说。

"好的，谢谢！"焕章说。

焕章回到自己的房间。他没有马上收拾东西。他环视了一下忽然变得更加拥挤、更加窄小了的房间，深深呼吸了一口气，然后坐在那把破旧的藤椅上默默发呆，不知在想什么。大约十分钟后，他才走出房间，走进祠堂里去了。

这座汪氏大祠堂有一百多年的历史了。斑驳的青砖墙面，暗褐色的石座大木柱，见证了历史的风雨沧桑；积满灰尘的雕梁画栋，图像模糊的天花板彩绘，昭示着昔日的豪华辉煌……对于这座祠堂，焕章再熟悉不过了。他初中求学时，就在这里住了两年。他读大四那年的春节（也就是前年的春节）回到家乡时，就在这祠堂二楼音乐室隔壁的那个房间里，和古莉莉发生了温柔甜蜜而又惊心动魄的爱情故事。也许是天意弄人，也许是人为的刻意安排，也许是两者都有，这个暑假，古莉莉从旭阳中学上调到县城的长平二中去教书了，而焕章却从县委宣传部下放到旭阳中学来教书了，刚好填补了她走后的这个空缺，多有嘲讽意味的黑色幽默啊！焕章不禁在心里长长地叹息了一声。他下意识地沿着木质楼梯，朝祠堂二楼的音乐室隔壁，古莉莉住过的那个房间走去。

当他来到她住过的房间门口时，发现房间的木门紧锁着。他透过门缝往里瞧，只见里面堆放了不少音乐器材和演出道具。这个房间大概不住人了吧，焕章想。不知怎的，此时的他，脑海里不禁浮现出他和古莉莉谈恋爱时，这个房间里简洁、美观的陈设来：一张木床，被子上铺着她亲手织的洁白、精美的床罩；一张红漆书桌，上面放着一个精巧的小书架，一只工艺笔筒，几件化妆用品，一盆万年青；一架锃亮的脚踏钢琴；一张明净的玻璃茶几；墙上贴着一张电影明星陈冲的照片……整个房间弥漫着一股青春女孩特有的馨香气息，令人心驰神往。这时，他的眼前又不禁像电影的蒙太奇一般，闪现出发生在这个房间里的那一幕幕令人难忘的情景来：他把漂亮的红纱巾系在她美丽的脖子上，他和她热烈地亲吻、激情地拥抱，他专心致志地辅导她复习大专自学考试科目，他入迷地听她用脚踏钢琴弹奏优美的古典乐曲，他和她幸福地一起洗菜煮饭吃饭，她给感冒发烧的他爱怜地擦汗喂药吃柿饼，她的哥嫂突然闯入房间逼他们分手并把她推走，他独自面对变得空荡荡了的房间黯然神伤……这时，他又想到，他当初从省城南昌回长平来工作的其中一个原因，就是为了在她面前"争一口气"，没想到自己今天却落到被"贬谪""流放"的地步，此时的她，一定为当初和他分手了而感到庆幸，甚至为他现在的不幸结局而幸灾乐祸吧？而一想到这些，焕章不禁又想起了美国著名作家海明威的名言："人可以被毁灭，但不能够被打败！"于是，他心底又涌起一股不屈的豪气来。

焕章离开古莉莉住过的房间门口，沿着楼梯下来回到自己的房间。他开始打扫、整理房间了。他首先用扫把把天花板上四个角的蜘蛛网清扫干净，然后把糊在天花板上和四面墙壁上的旧报纸全部撕掉，把地扫净，把垃圾清理掉，再用铁桶到学校厨房里提了一桶清水，用一条旧毛巾把桌椅、床板抹了一遍，这些搞完后，他把房门带上，到篁乡圩买东西去了。

篁乡圩并不远，走出学校大门，经过隔邻的篁乡卫生院门口，再往前经过篁乡粮管所门口，又再往前走二百米左右就到了。焕章先到新华书店买了二十张大白纸、一大罐糨糊，又到供销社买了一瓶花露水、一把弹簧锁、一条蓝格桌布、一套景德镇茶具，再到家具店买了一张方形小茶桌、四只"日"字形小木凳，然后坐着家具店老板的三轮车回到旭阳中学，把买回的物品搬进自己的房间。

他用花露水把房间洒了个遍，让浓郁的芳香把难闻的鼠臊味冲掉。他用大张白纸把天花板和四面的墙壁糊上，房间里顿时变得洁白、亮堂起来。他把茶桌摆放好，铺上蓝格桌布，再把景德镇茶具放上，把四只"日"字形小木凳放在茶桌底下。这些搞好后，他开始整理从县上带下来的物品了，按自己在县民政招待所和县委大院宿舍楼住时房间摆设的样子，开始布置房间：他把碧翠的文竹摆放在茶桌上，把文房四宝和简朴书架摆放在书桌上，在书架上放上《红楼梦》《唐诗宋词一千首》

《莎士比亚戏剧集》《堂吉诃德》《百年孤独》《中国通史》《中国哲学史》《西方哲学史》《西方绘画史》等几十本他特别喜欢的书籍，他又把"天道酬勤"的书法横幅贴在书桌上方的墙壁上，把四张郑板桥的兰竹系列诗画条幅等距离地挂在茶桌上方的墙壁上，然后他把县民政招待所小凤姑娘以前赠送的那盆万年青安放在窗台上。布置完这些，他又挂上蚊帐，整理好床铺，把剩余的物品整齐地排放在床底下……经他这么一摆弄，整个房间顿时变得整洁、温馨起来，还弥漫着一股淡淡的、清雅的书香气息。他略为满意地环视了一下自己的"新房"，长长地舒了一口气，心里却想：在以后的若干年内，自己将在这间斗室里卧薪尝胆、修身养性、养精蓄锐了，它将给自己带来什么呢？在以后的岁月里，又将会有什么样的奇遇呢？也许，另一场人生的风雨又将降临了吧？

他走到书桌前，望着窗外远处滔滔的簧乡河水、依稀可见的大仙背村、苍黑的老虎石山，以及天上一团团怪兽形状的阴云，沉思了很久很久……

乡城往事

第四十章

　　焕章下到旭阳中学后的当天晚上，他并没有留在学校食宿，而是回家里去了。他有几个月没回家了，上次回家，还是端午节的时候。现在他好想回家，就像一艘在风浪中受伤的帆船，迫切想回到温馨的港湾去修复、疗伤。此前，他并没有把自己调到旭阳中学教书的事告诉家人，他觉得有愧于家人的期望，不好意思告诉他们。而这次回去，他再也回避不了，不能不告诉家人了。一想到家人们听到这个不幸的消息时，将出现的震惊、忧虑、痛苦的眼神和表情，焕章就感到万分愧疚和不安。

　　从学校到田背排村丰园里并不遥远，只有三四华里的路程，半个小时就可以走到。焕章从学校大门出来，沿着一段几百米长的沙石公路，经过杜屋背后的一个陡坡，下来后从左边走过一条田埂路，再绕过山脚一户汪姓人家，然后沿着平缓的山坡再往前走二百米，就到了丰园里他那杉木毛竹与果树掩映中的宁静、温馨的家了。

　　当焕章离大门口还有十几步远的时候，家里的黄狗阿旺就灵敏地听到了脚步声，跑出来迎接他了。它摇头晃脑，扭身摆尾，呜呜欢鸣着，还兴奋地站立起来，把两只前爪扒在他的胸前，似乎想和他热烈拥抱，甚至还伸出舌头想亲热地舐他的脸，就像想拥抱、亲吻一个阔别已久的亲人一样。焕章的脸忽左忽右地躲闪着，一边亲昵地唤着阿旺的名字，一边用手喜爱地摸摸它的头、拍拍它的背，它这才温驯地从他身上跳下来，屁颠屁颠地跑在前面带路，把他领进大门。

　　最先看到焕章回来了的家人，是正在屋前地坪上玩打石子游戏的侄女雯雯和晶晶。"爷爷奶奶，叔叔回来了！""爸爸妈妈，叔叔回来了！"她们停止了游戏，惊喜地朝屋里喊着，通报着叔叔回来了的快讯，然后朝焕章跑了过来，连声说："叔叔好！"

　　"雯雯！晶晶！"焕章亲热地唤着她们的名字，摸摸这个的头，又捏捏那个的脸。这时他才突然想起，因这次回来仓促，竟忘记买零食给她们姐妹俩吃了，他只好带有歉意地对她们说："雯雯，晶晶，这次叔叔回来得匆忙，忘记买零食给你们吃了，下次回来时一定补哈！""嗯！"雯雯和晶晶很乖地答应着。

父母正在饭厅里摆放桌椅、碗筷，这时闻声迎了出来。"满子回来了？"母亲高兴地问候说。父亲则在一旁露出慈祥、欣喜的微笑。"嗯！"焕章幸福地应道。

二哥二嫂正在厨房里准备饭菜，这时也闻声迎了出来。二嫂玉翠高兴地说："回来得正好，准备吃晚饭了！"二哥新营带有歉意地笑着说："回来前捎一个口信就好了，这下也没什么菜吃。"他的意思是说这么晚了，来不及买鱼肉豆腐招待弟弟了。"又不是客人，自家人，随便吃吧！"焕章说。

母亲倒了一盆洗脸水，到屋里拿了一条干净的毛巾，叫焕章洗了一把脸，然后招呼大家进饭厅吃饭。

今晚的饭菜是一大碗韭菜焖蛋、一大碗蒜瓣炒白菜、一大瓷盆紫菜蛋汤，每人一钵子白米饭，另有两钵子白米饭是预备给不够吃的人添饭的。虽然没有大鱼大肉、山珍海味，但一家人吃得津津有味、其乐融融。焕章原想在吃饭时把自己调到旭阳中学教书的事告诉家人，但他不忍因这个坏消息而破坏原本和谐的气氛，影响家人的食欲，便忍住了，决定晚饭后再说。

饭后，一家人在客厅里喝茶、聊天。

"这次下来，是到乡政府检查工作吗？"二哥问弟弟焕章。弟弟以往回家，一般都在节假日，而今天不是什么节假日，于是他猜想弟弟这次回来，一定是下乡检查工作，顺便回家里来看看。

"不是。"焕章有点迟疑地说。

"不是？"二哥疑惑地问。

焕章想到再也不能隐藏真相了，便如实回答："我调到旭阳中学教书了，今天到学校报到了。"他的声音低低的，明显底气不足。

焕章的话犹如一颗巨大的炸弹，在家人心中炸开了。

"什么？调到旭阳中学教书了？为什么？！"二哥惊讶地、难以置信地问。

"满子，你犯了什么大错吗？怎么会调到乡下来教书呢？"母亲惊慌失色地问。在她心目中，只有犯了大错误的人，才会"下放"到底层单位来"改造"。

"我没犯什么错误！既没有违法犯罪，也没受到什么党纪政纪处分！"焕章安慰母亲，也安慰家人说。

听焕章这么说，家人才安心了一点，但还是疑窦丛生。

"那为什么会调到中学去教书呢？"二哥疑惑不解地问。

"他们说我缺少社会人生经验，不适合在宣传部工作，所以把我调到中学教书了！"焕章低沉而愤懑地说。

"缺少社会人生经验？这话怎么说？"二哥还是不解地问。

焕章便给家人讲述了社会上、官场上流传的说他"太狂傲、太不谦虚、太自以为是"的几个具体例子及其事实真相。

"他们就这样添油加醋甚至无中生有地诋毁我！"焕章愤懑地说。

"我明白了！"二哥叹息一声说，"焕章，你刚从大学出来，确实还很单纯、幼稚。你不知道，官场是多么复杂！"二哥在村委会任团支部书记，和官场上的人打过交道，对官场上的事自然了解一些。

"你调到学校教书的事，不用几天村里人就会知道，不明真相的人还真以为你犯了什么大错呢，到时被人说闲话，被人看衰啊！"二嫂忧虑地说。

"满子，你考上了大学，毕业后又分配在宣传部工作，家里人一直都感到很有面子，别人也很看得起我们，都羡慕我们家，可没想到今天你下放到中学教书了，被人看轻看贱……"母亲垂着眼泪忧伤地说。

"好了好了，你们都别说了！焕章又没犯什么大错，好歹还是国家工作人员，吃公家的饭！既然不适合在政府部门做事，到中学教书也没什么！"父亲虽然心里也很难受，但他知道儿子焕章更难受，为减轻儿子的心理压力，也劝慰一下家人，于是他故作豁达地说。

"再说，如果焕章有冤情，有才华，党和政府迟早会给他雪冤，还会重用他。我们要相信党和政府！"父亲又说。

父亲小时候只上过一年学，家里的生活非常艰苦，从小到大不知吃过多少糠饭、野菜。他少年时就跟随大人挑担子过活，日走百十里。青年时被国民党军队抓了壮丁，在一个漆黑的夜里，他趁看守不备，赤裸着身子逃了出来，在追兵的枪林弹雨下捡回一条命。解放后，父亲常常作为贫苦农民的代表，在"忆苦思甜"的大会上声泪俱下地发言，声讨万恶的旧社会。父亲认为是共产党、毛主席把他从苦海中解救了出来，因而他对党和政府非常信任，并始终抱着一种非常质朴的情感。

"你到了学校后，一定要好好工作哦！吸取以前的经验教训，多积累社会人生经验，看将来能不能东山再起！"二哥深呼吸了一口气，心情沉重地嘱咐弟弟说。

"我明白！"焕章低着头，闷声应道。

雯雯和晶晶懂事了，她们知道叔叔焕章出了"大事"，他的心情一定很不好，今晚她们姐妹俩就没像以前那样，缠着非要他讲故事了。

晚上睡觉时，母亲和往常一样，给儿子焕章的床铺换上干净的床单、枕巾和夏天盖的布被，用蒲扇驱赶走蚊帐内的蚊虫，然后把蚊帐放了下来。她见儿子躺下了，盖好了被子，才把床头的电灯熄灭。临走时，她又安慰和勉励儿子说："满子，别想那么多，好好睡觉。留得青山在，不怕没柴烧！只要你争气，一切都会好起来的！"此时的母亲，没有晚饭时的惊慌和脆弱，变得镇定和坚强起来了。这不禁让焕章想起自己小时候，从部队回来探亲的大哥良翊多次给弟妹们讲过的往事：父母目不识丁，"过子女关"（子女多，孩子小，生活苦）时被人瞧不起，在生产队曾因不会计算自己的工分而遭受别人的白眼和耻笑，于是，母亲说服父亲，哪怕砸锅卖铁，吃青菜喝稀饭，也要供儿子们读书，不要像他们夫妻那样"睁眼瞎"。母亲的这个壮举，从此改变了我们这个大家庭的命运……此时的母亲，看到儿子落难了，待冷静下来后，又激起了她当年的志气和坚韧，让焕章好不感动。

"伯，您去休息吧。您放心，将来我一定不会让您失望的！"焕章坚定地说。

"满子，有你这句话，伯就放心了！"母亲宽慰地说。她把房门轻轻地带上，然后回自己房间休息去了。

焕章躺在床上，很久没有睡去。他脑海里不禁回想起自己从小到大的理想抱负和奋斗历程：

他刚懂事时，就以当军医的大哥良翊为豪、为榜样，希望自己长大后能像大哥那样，跳出"农门"，在单位工作，吃上"国家粮"。

读小学时，他参加了学校的文艺宣传队，积极在课外活动、节假日时间排练节目，经常随宣传队到各个村子给贫下中农表演；他还曾参加过篁乡公社的中小学文艺宣传队，代表公社到县里汇报演出，因表现突出被评为"优秀演员"。那时候，他的人生理想是长大后成为县采茶剧团的一名演员。他为实现这个理想，每天一大早就起来念快板、背台词的情景，至今还历历在目。

读初中时，粉碎了祸国殃民的"四人帮"，科学的春天到来了。远在云南昆明某军医院当军医的大哥良翊，经常寄一些报纸上发表的华罗庚、陈景润、"少年神童"宁铂等名人如何通过勤学苦练、最后走上成功之路的事迹给他看，并写信鼓励他努力拼搏、刻苦学习，将来考上理想的大学。在名人事迹和大哥的激励下，焕章学习非常刻苦，连烧火煮饭时也在看书；晚上没油灯，他便点燃松木柴，凑着火光复习功课。那时候，他的人生理想是将来当一位令人景仰的科学家。

初中毕业后，他以优异的成绩，和另外三个同届同学一起考上了县重点高中——长平中学。高中三年，他不但在课堂上专心致志，在课外活动和节假日时间也在刻苦学习。他现在还清楚地记得，每到周末时间，自己就来到学校后面的山岗上，一个人坐在半山腰上的那块巨石上潜心复习高考资料的情景。

高考时，他以超出重点线几十分的优异成绩名列全县文科考生第七名，却因地理老师的不当指导填错了志愿，误入了江西师范学院（学校在他大二时升级为江西师范大学）中文系，与他自己想读财经或政法类院校、将来成为经济或司法人才的愿望失之交臂。不过，他上大学后及时调整了自己的奋斗目标：将来毕业后无论分配做什么工作，他都将努力成为一名优秀作家！为此，他广采博取，勤奋学习，为建立既广博又专精的合理的知识结构而努力。那时候的他，是大学图书馆、地下防空洞阅览室的常客。有一年暑假，他三天三夜没合眼，在地下防空洞阅览室如饥似渴地学习。大学四年的苦读，为他今后的事业人生打下了扎实的知识基础。

大学毕业时，他响应县委书记黄涛"欢迎长平学子回家乡工作"的动员和号召，放弃了留校任教的机会，回到家乡并进入长平县委宣传部工作。那时候的他，春风得意，雄心勃勃，激情燃烧，希望自己像古代圣贤欧阳修、王安石他们那样，在仕途上和文学上获得双丰收。可万万没想到的是，面对复杂、微妙的官场，自己却因缺乏社会人生经验，一年后折戟沉沙，被"贬谪""流放"到乡下的旭阳中学教书！

焕章一想到自己今天的不幸结局，就深深感到有负于自己平生的志向和抱负，有负于亲友们对自己的殷切期望，心里充满了无限的愧疚和痛苦。但他又想到，自己不能也不甘因此颓靡、沉沦，他一定要卧薪尝胆，东山再起！他要化不利因素为有利因素，做一只浴火的凤凰，在烈火中脱胎换骨，获得令人刮目相看的重生！

焕章这样想着，直到凌晨三四点钟，才迷迷糊糊地进入梦乡。在睡梦中，他仿佛又回到了虽然物质贫乏、生活清苦，却无忧无虑、乐观向上的童年和少年时代……

这是篁乡旭阳中学一九八七年秋季开学前夕的第一次教职工会议。会议在晚上举行，地点在学校行政办公楼二楼会议室。五十多位教职工济济一堂，一个暑假没有见面了，"久别胜新识"，大家彼此亲热地招呼、问候着，会议室里一片欢声笑语，洋溢着热烈、融洽的气氛。不少教职工因为参加了一个暑假的农田劳动，脸孔晒黑了，皮肤粗糙了，但身体也变得更加结实、强壮了。

焕章第一次参加这样的会议，心里竟有一点忐忑不安。在这五十多个教职工里面，他发现自己在这里读初中时教过自己的老师，只有语文老师兼班主任赖曦才、物理老师李日升、地理老师严纯道、体育老师刘辉骏等几个老师还在，其他老师要么退休了，要么调走了，要么被辞退了。自己在长平中学读高一时的同学占菅壬在这里当英语代课老师，他是高考落榜后通过熟人关系来到这里代课的。自己在长平中学读高二时的女同学罗秀竹也在这里当历史代课老师，她是高考落榜后通过她爸爸的关系来到这里代课的。罗秀竹的爸爸曾担任篁乡教育办主任多年，现已退休在家。邱炘奋校长和职工罗师傅，是他第一天来学校报到时认识的。其余的教职员工，都是陌生面孔。

邱炘奋校长、曹忠祥和陈顺治两位副校长坐在主席台上，其他教职工坐在下面的十几条木椅排座上。

在正式开会前，邱炘奋校长首先向全体教职工介绍了两位新老师。

"这个学期，我们学校进来了两位新老师。一位是刘焕章老师，他是江西师范大学中文系毕业的高才生，也是目前我们学校学历最高的老师。大家欢迎！"邱校长一边向教职工们介绍说，一边朝坐在前排的焕章看去。

在热烈的掌声中，焕章礼貌地站起来，向教职工们点头致意，然后坐下。

他原以为邱校长在介绍他的时候，会说他是从县委宣传部调下来的，没想到邱校长没有说，很显然，邱校长是刻意不说这话的，目的是照顾他的面子，怕伤了他的自尊。

掌声停下来后，接着传来人们的窃窃私语。

"他就是刘焕章？从县委宣传部下放来的？"

"是的！"

"听说他是田背排里人？"

"是的。"

"他犯了什么错误吗？怎么调下来教书了？"

"听说他在宣传部时很狂，名声不太好，大家都说他是狂佬！"

"哦——"

"有门路的老师都削尖脑袋往党政部门调，他可好，偏从党政部门往教师队伍调，当一个孩儿王，真是太傻了！"

"大概是身不由己吧！"

…………

这些话，焕章有的听清了，有的没有听清，他知道都是议论他的，但他不便说什么，只好装着什么都没听见。

焕章下意识地看了一眼以前教过自己的几个老师，只见他们都沉默不语。"也许他们都在为我感到惋惜和遗憾吧！"他想。他感到对不起培育过自己的老师。

乡城往事

他又下意识地看了一眼他的高一老同学古菅壬，只见他脸上露出一丝不易觉察的微笑，这微笑既像嘲弄，又像蔑视。他又下意识地看了一眼他的高二老同学罗秀竹，这时恰好她也朝他看了一眼，目光里充满了理解和同情。

焕章在心里不禁感慨地叹息了一声……

"另一位是古欣妍老师，她是吉银师范学校刚毕业的高才生。大家欢迎！"邱校长又向教职工们介绍说，一边朝坐在第二排的年轻姑娘古欣妍看去。

在热烈的掌声中，古欣妍绯红着脸站了起来，害羞地微笑着朝大家点头致意，然后款款坐下。她身穿一条粉红色的连衣裙，编一条长辫子，扎一条红丝巾，明眸皓齿，清秀苗条，非常迷人。

"这是谁家的女儿长得这么漂亮？"

"是圩上开布店兼裁缝的古金财老板的女儿。"

"她的家境那么好，人又长得那么水灵，谁娶到她谁就有享不尽的福！"

"只是，不知谁有那个艳福呢？"

"肯定不会是你！嘻嘻……"

"你同样别做梦！哈哈……"

…………

古欣妍听到人们在窃窃私语地议论她，脸上更是容光焕发、妩媚动人，洋溢着青春的喜悦。

会议正式开始了。大家安静了下来。

分管教学的曹忠祥副校长总结了上个学期的教学工作，特别是初三升学考试的情况。他表扬了在期末考试、初升高考试中成绩优异的班级和教师，同时也指出了教学工作中还存在的一些问题和不足，如学生的学习积极性还没有充分调动起来，有的班级的课堂纪律管理不到位，抄袭作业和考试舞弊的现象严重，个别教师的工作责任心不强、教学敷衍了事、学生和家长的意见大等问题，希望老师们引起足够的重视，努力改善自己的教学工作。曹忠祥副校长四十多岁的年纪，身材矮胖，有点哮喘，说话缓慢，听他的讲话让人感觉好辛苦！

分管德育工作的陈顺治副校长五十岁左右，人高高瘦瘦的，显得比较干练。他总结了上个学期学校的德育工作，着重指出了目前还存在的一些问题，如学生早恋问题、偷窃问题、打架问题、迟到早退问题……这些问题屡禁不止。他希望各班班主任抓紧抓实一点，其他任课教师实行"跟班制"，积极协助班主任工作，政教处负责监督检查，大家齐抓共管，一起做好学生的思想品德教育工作。

同时，陈顺治副校长还强调了加强教师思想品德修养的重要性。他说："前几天，县教育局召集全县各中小学校分管德育工作的副校长开了一个会。在会上，林裕银局长通报了上学期发生在本县某些中小学校的几个教师案例：某某小学的女教师×××不办结婚手续就暗结珠胎受到了处分；某某中学的男教师×××和一个乡下姑娘恋爱并发生过关系，这位姑娘另嫁他人后，还经常跑到他的住处过夜，教育局只好把他调开，而他竟然有一天借口回家，在家里把电线缠在身上，然后打开电闸触电自杀了；某某中学有一位大专毕业的男老师，为凑钱买一辆自行车，居然盗窃铜质电缆，被公安局抓走了……这些案件催人警醒、引人深思，在座的每位老师都要引以为戒！"

老师们听这些案例时，静得能听见窗外树叶落地的声音，听后却像炸开了锅，纷纷议论起来。

"那个女老师不办结婚手续，肯定是想生一个男孩！"

"那位男老师触电自杀，肯定是亲戚朋友阻挠他和一个乡下姑娘结婚导致的悲剧！"

"如果不是因为教师待遇低，连一辆自行车都买不起，那个大专毕业的男老师也不至于去盗卖铜质电缆！"

…………

一阵议论过后，便是声声叹息。

焕章听了那位男教师因和乡下姑娘恋爱不成而触电自杀的案例后，不禁想到自己和香兰的恋爱来，竟有一种同病相怜、兔死狐悲之感，心里好不难受，对未来也充满了未知的迷茫……

邱炘奇校长作了最后发言。他向全体教职工阐明了新学期的努力方向和奋斗目标，号召大家鼓足干劲，群策群力，努力让学校的教育教学工作登上一个新台阶。最后，他公布了各年级组长和教研组长名单、每位教师所任教的学科和班级，然后宣布散会。

焕章担任初二（1）班和初二（3）班的语文老师兼初二（2）班、初二（4）班和初二（5）班的地理老师，语文每班每周六节课，地理每班每周两节课，他每周一共有十八节课。古欣妍老师则包揽了初二年级的历史课和音乐课，其中历史每班每周两节课，音乐每班每周一节课，全级共六个班，她每周也有十八节课。因学校实行"满负荷"工作制，每个老师的课时量都很多，担子很重。

因这次会议开的时间比较长，当听到邱校长宣布散会时，大家都有点迫不及待地往门外涌。古欣妍老师恰好走在焕章的前面，她和身边的一位女老师边走边聊，不时回过头来脉脉地看他一眼，让他心里有一股温馨的泉流在荡漾……

焕章没有直接回自己的房间去休息，他先到了一下他的恩师赖曦才老师那里。

赖老师是焕章从初一到初二时的语文老师兼班主任。因为焕章学业优异，品行端正，每个学期都评为"学习标兵"和"三好学生"，深得赖老师的器重和喜爱。焕章的语文成绩尤为突出，写作能力更是出类拔萃。他的不少优秀习作，都被赖老师当作范文在作文讲评课上诵读，然后张贴在"学习专栏"上供同学们观摩、欣赏。那时的旭阳中学，初中还只是两年制，不是三年制，同时还设有两年制的高中部（后来被撤销了），是一所农村普通完全中学。但焕章初二毕业时并没有留在本校读高中，而是以全乡第一名的优异成绩，考入了县重点中学——长平中学读高中。后来，他又考上了大学；再后来，他又分配在县委宣传部工作。毫无疑问，他成了赖老师最得意的门生。可是现在，他在县委宣传部的那把椅子还没有坐热，就被"下放"到旭阳中学来教书了……赖老师会不会因此而改变对他的看法，对他充满"恨铁不成钢"的失望呢？一想到这个，焕章就深感愧疚和不安！

赖老师不住在大祠堂里。他是初三毕业班的语文把关老师兼年级组长，长期从事初三毕业班的教学和管理工作。为方便工作起见，学校安排他住在马路坎上初三教学楼旁边的一个小房间里。

对焕章的来访，赖老师非常高兴。他连忙请坐，沏茶，拿出家里带来的花生和自酿的土烧酒，热情招待焕章。

"咱师生俩好久没在一起坐了，今天喝上两杯！"赖老师高兴地说。

焕章上一次拜访赖老师，还是去年暑假的时候。那时他刚从大学毕业分配在县委宣传部工作，在一次回家时顺路拜访了还留在学校给初三学生补课的赖老师。

赖老师洗了两只小白瓷酒杯，一人倒了满满一杯酒。

"赖老师，我有负于您昔日的栽培，让您失望了！"焕章的声音有点哽咽地说。

"焕章，别这么说！年轻人受一点挫折没什么，反而更有益于你的成长！"赖老师安慰他说，"来，干一杯！一醉解千愁！"

焕章拿起酒杯，和赖老师的酒杯"叮"的一声碰了一下，两人一饮而尽。

"吃花生！"赖老师给焕章抓了一把花生，又剥了一颗扔进自己的嘴里。

焕章剥了一颗花生，塞进嘴里嚼着。

"其实，你在宣传部工作时，我也听到过一些有关你的负面传闻。但你是我昔日品学兼优的好学生，我了解你的性格和为人，当然不会去相信那些传闻！不过，现在你正好坐在我的面前，我还是想听你亲口解释一下，那些负面传闻到底是怎么回事？"赖老师望着焕章问。

"好！我讲给您听！"焕章说。于是，他便把社会上（主要是官场上）流传的有关他的一些负面传闻以及它们的事实真相，和以前告诉过很多关心、爱护他的人一样，一一告诉了赖老师。

赖老师听后不禁长叹一声："真如古人所云，'人言可畏''积毁销骨'啊！"

过了一会儿，赖老师又说："焕章，你之所以会有今天的遭遇，仔细想来，大概有以下几个方面的原因：一是国家刚实行改革开放，你是一位现代大学生，得风气之先，你先进的思想观念和生活方式，在偏僻、落后、守旧的山区小县难免会'不入流'，被人视为异端；二是在长平政界，正规科班出身的本科大学生寥寥无几，而你一个师范大学本科毕业的高才生却直接'转行'到政界，并且在党政机关的重要部门——县委宣传部工作，这难免会招来不少患'红眼病'的人的妒忌，这些人会拿起'放大镜'来观察你的一言一行，而你刚刚从大学校门出来，社会人生经验还很缺乏，让他们抓到了一些所谓的把柄，于是便添油加醋甚至无中生有地到处传扬；三是你是黄涛书记从省城南昌要回家乡长平来工作的，某些人把还不够成熟老练的你当作突破口，借攻击你来达到攻击他的目的。——由此看来，你这场'劫难'实在是难以避免的了！"

"赖老师，你的分析很有道理，有些亲友也给我作过类似的分析，我自己也这样思考过。不过，从我自己的因素看，我确实还有很多不足——特别是社会人生经验方面，这也是今后值得我好好总结、好好反思的地方！"

"你能这样想很好，说明你已经在进步了！"赖老师赞赏地说。

"唉，就怕我再也没有机会，永无出头之日，要在这里老死一生了！"焕章有点悲观地叹息说。

"你现在虽然是虎落平阳，龙搁浅滩，但是，是虎，总要回归山林，是龙，总要回归江海的！你不会在旭阳中学待一辈子，总有一天，你会到一个海阔凭鱼跃，天高任鸟飞的地方发展！所以，天生我材必有用，你要乐观，更要有自信！"赖老师安慰和鼓励他说。

"谢谢赖老师的理解和鼓励！"焕章感激地说。他拿起酒杯，恭敬地碰了一下赖老师的酒杯，说："干！"师生俩又一饮而尽。

"赖老师，在旭阳中学，以后我该怎样做呢？"焕章虚心地问。

"第一，要把书教好。这是做老师的职责和良心所在，也是要赢得人们对你的好评的重要方面。第二，要学会做人。无论富贵贫贱、神仙老虎狗，你都要和他们相处好。第三，少说话多做事。有时间多看书学习，不断提升自己。做好了以上三点，你今后的路就会走得很顺畅，未来也将一片灿烂光明！"赖老师说。

"谢谢老师，我一定会按照您说的去做的！"说完，焕章又举起酒杯，和赖老师的酒杯叮的一声碰了一下，两人又一饮而尽。

焕章又向赖老师说起自己的文学理想和抱负来。

"借文字浇我胸中块垒，成为一名有建树的作家，是我一直追求的梦想！"焕章说。

"好啊！你读初中时就表现出与众不同的写作天赋，读大学后更有了质的飞跃，只要你不懈努力，就一定能梦想成真！"赖老师激励他说。

赖老师又说："'自古雄才多磨难，从来纨绔少伟男。'屈原、杜甫、韩愈、苏轼、曹雪芹、蒲松龄……中国古代哪个伟大的诗人、作家不是历经磨难后，反而成就光辉灿烂的文学人生的？你经历的这次挫折和磨难，不仅丰富了你的人生阅历，也加深了你对社会人生的认识和理解，这对你今后的文学创作将产生重大影响！所以，从积极方面想，以未来眼光看，你这次'流放'到旭阳中学教书，未必是一件坏事啊！"

"赖老师，听了您的教诲，我的消沉和悲观也烟消云散了。您真不愧是我的人生导师啊！来，我再敬您一杯！"说着，焕章再次拿起酒杯，和赖老师的酒杯叮的一声碰了一下，然后两人一饮而尽……

焕章回到自己的房间时，已有一点醉醺醺的了。但他一点睡意都没有。他给自己泡了一杯庐山云雾茶，默默地坐在书桌前，回味着赖老师刚才的教诲。过了一会儿，他端起茶杯，走出房间，来到祠堂门前的草坪上，一边喝茶，一边来回踱着，一边思考着今后的人生。

天上虽然是一弯残月，却是冰清玉洁般明亮。蔚蓝的天幕上稀疏点缀着闪烁的星辰，就像童话故事里小精灵们的眼睛。大地一片明亮，远望又一片朦胧，在明亮与朦胧之间，漂浮着一层乳白色的情愫。在星月的辉光下，沧桑的苦楝树像一位隐士，落下一条清逸的瘦影。蝙蝠们振动着翼翅，在屋檐附近翻飞，像一个个不知疲倦的黑夜舞者。远村的犬吠声声飘来，夹带着乡野泥土的温馨气息。多么富有诗情的天空，多么富有画意的大地啊，焕章仿佛从这饱含诗情画意的夜色里，也汲取了坚韧前行的力量！……

第四十一章

因焕章是一位新老师，而学校新学期的教学参考书又还没到，他只好从赖曦才老师那里借来一本旧的初二语文教学参考书，又从另一位老教师那里借来一本旧的地理教学参考书。为把课上好，让学生们喜爱他的教学并学有所获，在正式开学的前三天，焕章都在房间里认真备课。

焕章的第一节课，是初二（1）班的语文课。因为是第一次给初中学生上课，所以当他踏进教室的时候，他的心既有一点紧张，又有一点兴奋，还有一点新奇。

"上课！"

"起立！"

"同学们好！"

"老师好！"

"坐下！"

同学们齐刷刷地坐下。五十二双眼睛既好奇又充满期待地望着他。

"同学们，从今天开始，由我来给大家上语文课。希望我们师生今后能很好地合作，教学相长，快乐度过每一天。好，我先自我介绍一下：我是田背排村人，名叫刘焕章，"说着，他在黑板上写下了他自己的名字，"毕业于江西师范大学中文系，喜欢看书，热爱文学，有一点写作特长。如果有哪个同学喜欢写作的话，我可以助他一臂之力哦！……"

焕章在介绍自己的时候，没有说他是从县委宣传部调下来的，那毕竟不是什么光彩的事。再说，即使他不说，这么大的"事件"，学生们迟早都会从别人那里听到，也许个别消息灵通的学生早已听说了他的"传奇故事"也难说。当然，他只能顺其自然了。

介绍完自己，焕章便给学生们解说什么是语文，告诉他们学好语文的重要性，以及怎样才能学好语文。

"什么是语文呢？语文是语言和文学、文化的简称。我们学习语文，是为了培养和提高我们的听说能力、阅读能力和书面表达能力。学好语文很重要，它是学习其他学科的基础。如果语文水平很差，其他学科的学习也好不到哪里去。所以，同学们一定不要轻视语文哦！"焕章说。

"那么，怎样才能学好语文呢？"焕章又说，"要学好语文，同学们首先在课外要多看书，特别是要多看文学名著。在看文学名著时，要把好的词语、句子摘抄下来，有空时还要温习一下记住它们。此外，早上还要多读、多背优美生动的范文。而语文书上的课文，就是经过专家们精心挑选出来的最好的范文，所以同学们平时上课要认真，要多读、多背课文。'曲不离口，拳不离手'，说的就是这个意思！另外，还要多写，不要怕写作文。同学们平时可以写写日记或周记，这既可以积累写作素材，又可以锻炼写作能力。至于思考练习，适当做做就行，不要搞什么题海战术，重在总结、领悟、掌握规律……"

焕章发现，当他讲这些的时候，同学们都边听边认真地做笔记。他心里感到一阵欣喜。

当他说完这些开场白，他便开始讲课文了。为在第一节课时给学生们留下良好的印象，充分激发同学们学习语文的兴趣，他在备课时打乱了课文顺序，把第七课的《七根火柴》调到第一节课上了。

"火柴是我们日常生活中常见的小东西，不足为奇，然而在特殊的环境中它却能发挥巨大作用，显示出一种崇高伟大的精神品德。今天，我们就来学习一篇小说——《七根火柴》。"

焕章用白色粉笔在黑板正上方写下了"七根火柴"四个正楷字。

"这是以中国工农红军在一九三五年八月长征过草地时的一段极其艰苦的生活为背景，记叙一位生命垂危的无名战士在红军最需要火的时候，把精心保存下来的七根火柴，郑重地委托战友赶上前方交给部队的动人故事，反映了红军战士对革命事业无限忠诚的高贵品质。作者是著名作家王愿坚。"

说完，焕章又用白色粉笔在"七根火柴"几个字的下面写下"作者：王愿坚"。

然后，他又边说边在黑板左上方写了这堂课的教学目的：1.学习本文以"物"为线索安排情节，以小见大以及生动刻画人物的方法；2.体会自然环境描写的烘托作用；3.学习红军战士对革命事业无限忠诚的高贵品质。

"好，请同学们一起来把课文朗读一遍。"焕章说，"'天亮的时候，雨停

了。'预备，读！"

"天亮的时候，雨停了。"同学们"半洋半土"地齐声朗读起来。

"很好！"当同学们朗读完后，焕章鼓励他们说。尽管学生们的朗读水平很一般，但他知道，对学生还是要以鼓励为主。

"这篇小说是按以小见大的方法来写的。哪位同学来说一下，文中的'小'是什么，'大'又是什么？"焕章提问道。

同学们交头接耳地议论了一番，一个名叫王文慧的漂亮女生举手站起来回答说："文中的七根火柴是'小'，表现的红军战士对党的事业无比忠诚的崇高品质是'大'！"

"文慧同学很聪明，回答得非常好！大家掌声鼓励！"焕章说着，带头鼓起掌来。

全班同学跟着响起一阵噼噼啪啪的热烈掌声。

王文慧同学白嫩的脸上顿时飞满了兴奋、喜悦的红晕。

"小说是以什么为线索来写的？"焕章又问同学们。

"七根火柴！"一个叫何达庆的男生站起来很快地回答说。

"完全正确！掌声鼓励！"焕章满面笑容地说。

同学们鼓起掌来。

"小说写了两个人物，一个叫卢进勇，另一个是无名战士。有谁来说一说，哪个是中心人物呢？"焕章问同学们。

有的同学说是卢进勇，有的同学说是无名战士。两派同学争辩起来。

焕章平息争论说："中心人物是无名战士。为什么呢？因为《七根火柴》的主题思想是热情歌颂红军战士对革命事业无限忠诚的高贵品质。在两位战士中，那个生命垂危的无名战士在红军最需要火的时候把自己精心保存的七根火柴殷切而郑重地托付给战友、送交部队的事迹，无疑更能集中地体现这一主题思想。另外，小说描写的重点也是无名战士。所以说，中心人物是无名战士！"

原先说无名战士是中心人物的那部分同学便得意地鼓起掌来，而说卢进勇是中心人物的同学中则有人调皮地吐舌头做鬼脸。

"既然无名战士是中心人物，为什么作者连个名字都没给他写上呢？哪个同学来说一说？"焕章提问道。

"因为作者不知道他叫什么名字！"有一个长着卷头发的高个男生大声说。

同学们一阵哄笑。焕章也不禁笑了起来。笑声过后，没人再回答。

考虑到这个问题比较难，焕章便给同学们解答道："其实作者完全可以很自然地交代这位战士的姓名，因为当他在曙光中揭开党证，党证中定然会清楚地出现他的姓名。作者有意不写这位战士的名字，正是他匠心独运之处。老子曾有'大象无形'之说。在举世闻名的二万五千里长征路上，无数的革命战士为了党的事业，为了集体，为了战友，献出了自己宝贵的生命，他们的英雄业绩光照千秋，可是他们的名字却鲜为人知。无名战士是千千万万红军战士的代表，是千千万万革命先烈的典型，有名固可忆，无名更光辉！"

同学们爆发出热烈的掌声。

"小说的第二自然段是对草地环境的描写，请同学们一起来再朗读一遍，并思考它在文中有什么作用。"焕章对同学们说。

同学们齐声朗读起来："草地的气候就是怪，明明是月朗星稀的好天气，忽然一阵冷风吹来，浓云像从平地上出来的，霎时把天遮得严严的，接着就有一场暴雨，夹杂着栗子般大的冰雹，不由分说地倾泻下来。"

"哪个同学来说一说，这段描写有什么作用？"焕章问。他扫视了一下全班同学。

同学们你看我，我看你，最后，一个名叫钟小英的女同学腼腆地举手回答说："为下文起铺垫作用。"

"很好！掌声鼓励！"焕章说。同学们热烈地鼓起掌来。"这段描写突出了草地气候变化异常、遍地潮湿的特点，为下文写卢进勇处境恶劣和他的苦恼、焦急与盼火的内心活动、火和火柴的无比珍贵起了烘托和铺垫的作用。"焕章补充说。

"俗话说，'眼睛是灵魂的窗户'，作者对无名战士眼睛的描写共有八处，如第九自然段写到卢进勇初见无名战士时，只见他'脸色更是怕人，被雨打湿的头发像一块黑毡糊贴在前额上，水沿着头发、脸颊滴滴答答地流着。眼眶深深地塌陷下去，眼睛无力地闭着，只有腭下的喉结在一上一下地抖动'。这儿对他眼睛的描写，显出无名战士伤势之重、病情之危，无力地闭着眼睛是他默默而痛苦地与死神抗争，想延续生命，完成他想嘱托的一件事。课文里还有七处对无名战士眼睛的描写，请同学们找出来，并分别说说它们的作用。"焕章说。

同学们便纷纷在课文中寻找，并一一朗读出来。但当说起它们的作用时，他们的回答却不够准确，焕章便一一给予补充、修正。

"小说的结尾部分描写了篝火，请同学们说一说，它有什么作用？"焕章提问道。

有的同学说："烘托了红军战士的欢乐情绪！"

有的同学说："烘托了红军部队的生机和活力！"

有的同学说："说明了火柴的巨大作用！"

有的同学说："赞颂了无名战士的崇高品质！"

"同学们都说得很好！"焕章赞扬道，然后综合了他们的观点说，"结尾写篝火，烘托了红军战士的欢乐情绪，烘托了红军部队的生机和活力，从而说明了火柴的巨大作用，赞颂了无名战士的崇高品质。"

…………

这节课上，同学们积极思考，踊跃发言，师生互动和谐，课堂气氛活跃，取得了很好的教学效果。

焕章精博的学识、儒雅的气质、流利的普通话，给学生们留下了深刻的印象。以前，教他们语文的老师都是用土话（长平客家话）或"半洋半土"的话教学，焕章的普通话教学让他们有一种很新鲜的感觉。

通过仔细观察，焕章对乡村中学的学生有了初步的了解：虽然大部分学生的基础较差，但也不乏基础扎实、头脑灵敏的学生；乡下孩子比城里孩子普遍入学较晚，初二年级的学生大多已十四五岁，少数同学已十五六岁了；农村实行"包产到户"责任制后，温饱已不成问题，农村孩子营养不良的现象已不复存在，而农村孩子在家里大多需要干农活，体力得到了锻炼，体格上往往比城里的孩子更强壮，身体发育也显得更早熟一些，不少女同学已长得亭亭玉立，不少男同学已长得高大挺拔；如果是初三的学生，身体发育的情况就更不用说了。

出于对焕章老师的尊敬和喜欢，不少男女同学在课外活动时或在晚自修下课后会结伴到他房间里玩。他们赞叹焕章老师那颇富书香气息的房间布置，感叹他种类繁多的丰富藏书，敬佩他谈古论今、滔滔不绝的口才，看到他发表的诗文、小说后更是仰慕他出众的文学才华。有的同学还会向焕章老师借书看，当然主要是借文学类的书籍，历史、哲学、宗教等方面的书籍他们或不喜欢，或看不懂，一般很少有人来借。而焕章总会微笑着对他们说："等你们将来考上了大学或中专，一定要多看课外书，书要看杂一点，学识才渊博！"

通过和学生们的接触、交谈，焕章也了解了他们的家庭背景、社会关系、家庭经济、个性特点和兴趣爱好。

初二（1）班有一个名叫刘红的漂亮女生，是桂花村盘龙坑人，她的大伯是长平

乡城往事

赫赫有名的老红军、老干部。

刘红告诉焕章："我大伯曾写信给我爸爸，叫我到武汉他那里去读书。"

"好啊！武汉是一个大城市，城里学校的教学条件、师资力量、教学水平都要比我们乡下学校好很多，你到那里去读书，肯定要比这里更能学到知识！"焕章说，"你打算什么时候去呢？"

"在这里读完初三后再去吧，我有一点舍不得家里呢！"刘红说。

"人往高处走，水往低处流。好儿女志在四方，不要太贪恋家乡！"焕章鼓动她说。

"嗯！"刘红点点头。

还有一个名叫刘耀宗的男生，是龙图村人，他的祖上在清道光年间出过一个进士，这个进士名叫刘德熙。

刘德熙聪慧勤奋，宏才博学。幼年时勤攻经史，长成后才学过人。后被钦点为翰林院庶吉士。此后七年中，他先奉命留朝整理、补抄《四库全书》，不久，朝廷例授他为文林郎，后为官一方，官至知州。

他为官廉洁清正，爱民如子，办事有方。他任地方官时，将县内的恶习陋规革除殆尽，疑难悬案全部判完，从不受人一钱半物。在积案中，他查得一起前县令搁留下来的难案，即县内有同胞兄弟俩各有九子，双方财势均衡，因争祖业打官司，数十年悬而未决。刘德熙了解案情后，当即传令将其兄弟之子十八个全部捉拿入狱，并喝令要斩其兄弟各八子，只各留一子，理由是兄弟两个尚且相争家产不休，官司诉讼不息，若留儿辈十八人，将来争闹岂不更甚？他们兄弟俩顿时醒悟罢讼。他将其家产作了公正的判决，合情合理地了结了此案。他在任期间，判案如神，民皆悦服，因此当地有"刘青天"之说。数年后，因父逝告假回乡，两县百姓闻讯，焚烧香纸爆竹奉送，有不少哭泣者。

他居家守孝不久，接着其母又逝世，因连续在家守孝九年，按当时朝廷规定，难以回任，他便在家乡龙图村嶂背崇隐居，一直活到年届古稀。

出于对革命前辈和长平历史文化名人的无限敬仰，焕章对刘红、刘耀宗两位学生格外重视，觉得自己如果没有教好他们，会愧对于自己无限敬仰的那些巍巍先辈们。

昨天还是阳光炙热，一片夏日景象，今天老天却变了脸色，狂风大作，落叶纷飞，天上布满鸭绒状的灰云，到了傍晚，竟下起淅淅沥沥的小雨来，呈现出初秋时零落的清凉气息。

吃过晚饭，焕章从学校饭堂出来，正往祠堂的宿舍走去，忽然，他看见古莉莉和堂妹小梅刚好从校门口进来，与他大约有三十米远的距离。他已躲闪不及，只好硬着头皮继续往前走，心里却不禁纳闷："古莉莉怎么来旭阳中学了？她来干什么？"古莉莉和堂妹小梅也看见了他。古莉莉两眼一亮，含情脉脉地望着他，似乎想和他打招呼，但见他脸色冰冷，又忍住了。焕章原本想和堂妹小梅打招呼的，但因她和古莉莉走在一起，为免尴尬，他只好头一撇，装作没看见的样子，一声不响走进自己的房间里去了。

他拿起一本《中篇小说选刊》，佯装在看，心却在外面。他知道，她俩一定会从他的门前走过的，去找住在祠堂里的哪一位女老师。罗秀竹是她们以前的同事，古欣妍老师和古莉莉是同一个村的，不知她们去找哪个。

果然，她们的脚步声由远而近。就在经过他房门口的那一刻，她们的脚步慢了下来。焕章不禁转头看向门口。古莉莉很快扫视了一眼他的房间，又含情脉脉地和他对视了一下，似乎欲言又止，见他目光冰冷，只好低头走过……

焕章的心不平静了。开学了，古莉莉不用上课吗？她从县城回篁乡来干什么呢？她为什么到旭阳中学来？是想看他的可怜相吗？是来嘲笑他呢，还是来同情他？但从她脉脉的眼神和欲言又止的表情看，似乎她并没什么恶意。那她含情脉脉的眼神里，又究竟蕴藏着什么含义呢？焕章心里一阵茫然。没想到这个时候，这个改变了他人生轨迹的女人，又掀起了他本已平静了的那段感情的波澜！他不禁又想起以前和她甜蜜相爱如胶似漆时的幸福、和她的感情出现波折后四处寻她而不见时的痛苦焦虑、到她未婚夫那里声讨羞辱他们时的痛快淋漓以及刚才她那含情脉脉、欲言又止的落寞神情来，他的心里就像打翻了一只感情的五味瓶，甜、酸、苦、辣、咸，五味杂陈……

这晚，他坐卧不宁，一夜无眠……

早上起来，洗漱完毕，焕章开始了他一如既往的晨读。今天他背诵的是唐朝文学泰斗韩愈的著名诗篇《左迁至蓝关示侄孙湘》。这是韩愈在贬谪潮州途中创作的一首七律，抒发了他内心的郁愤以及对前途未卜的感伤情绪。

　　　　一封朝奏九重天，夕贬潮阳路八千。
　　　　欲为圣明除弊事，肯将衰朽惜残年！
　　　　云横秦岭家何在？雪拥蓝关马不前。

知汝远来应有意，好收吾骨瘴江边。

正背诵间，焕章发现古莉莉几次有意从他的门口或窗外走过，而每次走过时，她都用热烈的、含情脉脉的目光看他。有一次，她竟然站在他窗外的不远处，脉脉凝视了他几分钟！那火辣辣的多情目光，扰乱了焕章背诵古诗文的心绪……"她用这种目光看我，是什么意思呢？是她对往日爱情的追恋，还是想激起我对往日爱情的追恋，从而缓和我们之间的矛盾，消除我对她的怨恨吗？"焕章心里想。但他心里永远都不会原谅她对他感情的伤害！再说，如果不是因为她，也许他大学毕业时就不会从省城南昌回到长平来，他也就不会有现在这个不幸的结局了！……想到这些，焕章刚刚温热一些的心，又陡然变得冰冷起来。

"为了雪耻，我得苦干事业！"他在心里坚定地说。

焕章上午上完课刚回到房间，学校团支部书记汪岩松老师就上门找他来了。

"汪老师，请坐！"焕章边给他倒茶，边笑着说，"大驾光临，有何指教？"

"我哪有资格指教你？我是来请你支持、求你帮忙的！"汪岩松老师谦和地笑着说。

汪岩松老师比焕章大三四岁，一米六五的个子，圆脸，微胖，戴一副近视眼镜，开口常笑，人很温和。他刚结婚不久，还没孩子。他的妻子是县上坪胶合板厂的职工，吃"县办粮"的，虽没"国家粮"那么吃香，但好歹也算有个工作，作为老师能娶到一个吃"县办粮"的姑娘做妻子，已算是很不错的了。

"我能支持、帮你什么忙呢？"焕章好奇地问。

"我想请你来当我们学校团支部的宣传委员！"汪岩松老师诚恳地说。

"我行吗？有没有更合适的老师？"焕章谦虚地问。

"还有谁比你更合适呢？你在县委宣传部都工作过，做学校团委的宣传委员还不是小菜一碟！"汪岩松老师说，"只是大材小用，太委屈你了！"

"哪里！……好吧，我听你的！"焕章答应说，"做团委宣传委员，平时有哪些工作要做呢？"

"主要有这些工作：一、了解团员青年的思想情况，拟定和提出支部学习的计划和建议，提出宣传工作意见。二、组织团员青年学习政治理论、时事政策、团的基础知识。根据团员青年的需求，组织开展各种知识和技能的学习活动。三、根据党组织的要求和团组织的决议，配合党的中心任务，在团员青年中开展宣传教育工作。四、了解团内外青年的意见和要求，及时向党团组织反映，对于一时办不到和不切实际的要求，耐心地做说服解释工作。五、针对团员青年的思想情况，组织各种形式的教育活动，组织团课学习，办好墙报、板报，管好团的活动阵地……"汪岩松老师说。

"好，我一定尽力而为！"焕章说。虽然与当县委宣传部的干部相比，当学校团支部的宣传委员级别更低，但他还是乐意为之。因为他还是一名团员，他要表现积极一点，争取早日入党。

"谢谢你的支持！"汪岩松老师高兴地说。

"我应该感谢你才是，感谢你对我的信任！"焕章真诚地说。

送走汪岩松老师，焕章在书桌前坐下，刚拿出《傅雷家书》来想看一会儿书，刘作良老师又上门找他来了。

"作良老弟，有什么事？"焕章边给他倒茶，边微笑着问。

作良和焕章是同村人，同辈，比焕章小两岁。他个头不高，长得有点文弱，但心志却颇高。作良的哥哥传富还是焕章从小学到初中时的好朋友、好伙伴，所以在感情上，焕章对作良也显得更亲近些。作良高考落榜后成了旭阳中学的一位语文代课老师，他对文学和写作有特别的热爱，一直在做作家梦。

"是这样的，"作良说，"我们学校有一份名叫《旭阳》的校报，我是责任编辑，主编是古新运副主任，他也是语文老师。我的文学水平有限，古新运副主任的文学水平更是一般，而你是大学中文系本科毕业的高才生，文学才华更是有口皆碑，所以，我想请你来参加《旭阳》校报的编辑工作！"

"好的，"焕章答应说，"我具体负责哪方面的工作呢？"

"你来当主编！"作良说。

"我来当主编？主编不是有人了吗——古新运副主任？"焕章不解地问。

"你比他更合适！由你取代他担任主编！"作良说。

"这……不太合适吧？他会不高兴的，会对我有意见！"焕章不赞成地说。

"这个你放心！我会出面去和他沟通，也会到邱炘奇校长那里去游说！"作良自信地说。

"那……由你吧！"焕章只好说。

"你手里拿着的是《旭阳》校报吧？给我看看。"焕章说。

"哦，是的，我就是带给你看的，刚才只顾着说话了。这是上学期的最后一期校报，请你指点一下！"作良说着，把《旭阳》校报递给焕章看。

焕章仔细浏览起来。这是一张八开纸大小的油印黑白小报，前、后两个版面，

乡城往事

已出版至第27期了。前面第一版发表的是学校新闻、好人好事，背面第二版发表的是师生文学作品。焕章发现，里面有不少错别字和病句，排版设计和插图也存在不少问题，他一一指了出来。作良听后更加钦服。"高见！受益匪浅！……以后你来担任主编，《旭阳》校报一定会更加出彩！"作良说。

"如果要办好《旭阳》校报，还要做好两件事：一是成立校报通讯员队伍。每班选一个写作功底比较好的学生担任通讯员，这样就能把班上、学校发生的新闻、好人好事及时报道出来；二是成立学生文学社团，激发他们对文学的热爱，培养他们的写作特长，提高校报稿件的质量。"焕章建议说。

"你提的这两个建议很好！这个学期我们就把这些事做起来。我们兄弟俩联手合作，把《旭阳》校报的质量搞上去，扩大它在师生中的影响，把它打造成旭阳中学校园文化的金字招牌！"作良干劲十足地说。

"好，我们一起努力吧！"焕章共勉说。

作良信心满满地走了。焕章的心情也很好。他之所以答应参加《旭阳》校报的编辑工作，是因为它既能发挥自己的文学特长，展示自己的价值，又能为学校的发展做出自己应有的贡献，何乐而不为呢？

第四十二章

学校每周上五天半的课，即周一到周六上午上课，周六下午和周日放假。今天是周六，下午放假，大部分师生上午一上完课就回去了，少数师生吃过午饭后才回去。焕章关在房间里看了一下午的《资治通鉴》，接近傍晚时才回家去。

焕章回到田背排村丰园里时，还没走进家里的大门，黄狗阿旺便兴高采烈地闻声跑出来迎接他了。阿旺和以前一样，又像人一样站立起来，前爪扒在他的前胸上，伸出舌头想舔他的脸。"阿旺！"焕章亲昵地唤着，摸摸它的头，拍拍它的背，抓住它扒在他身上的两只前爪，把它放了下来。阿旺便屁颠屁颠地跑在前面，一边跑一边回头，引领着焕章回家去了。

一踏进大门，焕章便闻到了厨房里飘来油炸物的香气，看见侄女雯雯和晶晶一个拿着油煎腊子，一个拿着铁勺粄，边吃边在门坪上玩。她们见焕章回来了，便嚷着跑了过来。

"叔叔回来啦！叔叔回来啦！"

"叔叔，有油煎腊子吃！""叔叔，有铁勺粄吃！"

她们伸出手把油煎腊子和铁勺粄递给焕章看。

"好，好，你们吃吧！"焕章高兴地应着说。

焕章走进厨房，见母亲和二嫂玉翠正在煎油煎腊子和铁勺粄，已煎好了两大堆，分别被放在两只米筛里。

"伯！二嫂！"焕章招呼道。

"满子回来了？"母亲说。"回来了？有油煎腊子和铁勺粄吃。"二嫂说。

"煎了那么多啊！"焕章说。

"明天是圩日，拿到圩上去卖的。"二嫂说。

为补贴家用，二嫂和母亲每逢圩日都会煎不少的油煎腊子和铁勺粄，连同自家酿的黄酒酿一起，挑到集市上去卖，赚一点辛苦钱。

油煎腊子和铁勺粄是长平客家人的重要零食。它们的制作方法很简单：把籼米洗去米皮，加盐浸涨，磨成米浆，舀入簸箕，入锅蒸熟成薄粉皮，再划成长条块，半干后又切成长宽各七厘米的正方块，然后晒干成"腊子骨"，食用时用茶油炸使之膨大，便成了油煎腊子；把籼米洗去米皮，加盐浸涨，磨成米浆，用器皿装好，用小勺子舀入圆形的扁平铁勺，撒上黄豆、花生或芝麻，放到油锅里煎熟，便成了铁勺粄。它们的制作方法虽然简单，但又香又脆，非常好吃，大人小孩都喜欢。如果把它们做喝黄酒酿时的下酒物，边吃边喝，那更是一种美好的享受！

焕章洗了一把脸后，母亲便端来一托盘油煎腊子和铁勺粄，又给他倒了一碗黄酒酿，疼爱地说："满子，吃吧！"

焕章幸福地嗯了一声，便美美地吃起来。他一边吃，一边想象起明天集市上的顾客们，他们围坐在一张小木桌前，一边喝着黄酒酿，一边吃着油煎腊子或铁勺粄，一边说起农活、聊起家常或天南海北"吹水"的情景来……

吃过晚饭后，焕章和二哥新营坐在客厅里的木沙发上，边喝茶边聊起家里的经济来。二哥手上还点着一支香烟；焕章没有抽烟，他也不会抽。

二哥说："现在家里粮食充足，温饱不成问题了。伯和你二嫂每圩到市场上去卖油煎腊子、铁勺粄和黄酒酿赚来的辛苦钱，也基本能维持家里的各项开支。但家里要想变得富有，仅凭做这一点小生意是不可能的！"

"二哥有什么新打算呢？"焕章问。

"如果家里有一台磨豆腐的豆浆机就好了！既可以每天磨豆腐卖，又可以利用豆腐渣来养猪——如果每年养它几头大肥猪，就能赚不少钱。可惜没有本钱！"二哥说。

"一台磨豆腐的豆浆机要多少钱呢？"焕章问。

"四百多块钱。"二哥说。

"买猪崽要多少呢？"焕章又问。

"按一栏养两头猪算，买两只小猪崽要一百块钱左右。一年可以养两档猪——共四头猪。"二哥说。

焕章沉思了一会儿，说："这样吧，买豆浆机的钱我来想办法，借一点或贷一点款。至于小猪崽，驻舆田坑的大姐夫家不是养了一头猪嫲吗？他家的猪嫲下崽后，赊两只来养，出栏后再还钱给他。我会跟大姐和大姐夫说！"

"太好了！你做弟弟的既然这么支持，二哥我还有什么好说的？我一定会把豆腐磨好，把猪养好！"二哥表决心似的说。

"另外，我看家里只养了七八只鸡，太少了！明天我给二嫂二十块钱，再买回二十只小鸡来。将来多养几只母鸡，下鸡蛋卖也很划得来！"焕章又说。

"那再好不过了！能多渠道发展家庭经济，发家致富的希望就更大些！"二哥高兴地说。

焕章从小到大，都被穷怕了。现在能为振兴家庭经济做贡献，这让他感到自豪。他想起了在赣州工作的大哥良翊，大哥为弟妹的学业、成长，为家人的住房，为父母的健康，付出了不少心血，做出了很大牺牲。而今，自己大学毕业参加了工作，理应发扬大哥的"优良传统"，孝顺父母，帮扶兄姐，承担起振兴家业的责任，以不负大哥当年含辛茹苦供自己读书的初衷。

晚上八点半时，侄女雯雯和晶晶做完了周末作业，便来找叔叔给她们讲故事了。因前些日子心情不好，焕章有好长时间没给她们姐妹俩讲故事了。今晚他的心情不错，便答应给她们讲故事。于是，他们叔侄三人各带一把竹椅子，来到门坪上坐下。黄狗阿旺也跑了过来，趴在焕章身边，摇着尾巴望着他一声不响，似乎也想听他讲故事。

天上不见妩媚的月亮，只有顽皮的星星和绵羊一样温驯的白云。四周的果树和毛竹朦胧着身影，在晚风的吹拂下婆娑起舞，发出"沙沙沙"优美的乐音，让人更感到夜晚的静谧和初秋的沁凉。

"今晚，我给你们姐妹俩讲梅景时叔公的故事。"焕章说。接着，他便娓娓地讲了起来：

你们知道吗，在赣州工作的良翊大伯前面，其实还有一个大大伯和一个二大伯。可惜因为当时医疗水平差，再加上家里穷，大大伯在三岁时，二大伯在六岁时，都不幸先后因病夭折了。你们的三大伯，也就是赣州的良翊大伯出生后，也多病多痛，弱不禁风，爷爷奶奶担心他也像前面的两个大伯那样养不活，便按照当地的风俗，把他"卖"给了梅景时叔公做赖子（儿子），还给他起了一个很贱的小名——"叫花三"。"叫花"，就是讨饭吃的叫花子；"三"，是因为赣州的良翊大伯在兄弟中排行第三。说只有那样，体弱多病的小孩才更好养活。后来，你们赣州的良翊大伯虽历经多次磨难，最终还是养活了下来，并长大成人了。

那么，梅景时叔公又是谁呢？

梅景时叔公是龙庭乡大田村人。他自幼练武，后来又在茅山学习法术，一身功夫非常了得！明朝万历年间，岭南一带盗贼四起，社会不宁，长平这个偏远山区尤其严重，武功高强的梅景时叔公经常率领当地的青壮男丁抵御盗贼，为保一方平安立下了汗马功劳。

民间流传着很多有关梅景时叔公的故事和传说，我给你们讲其中的两个。

一个是梅景时叔公铲除妖魔的故事。

相传很久以前，龙峰山上来了一个妖魔，住在悬崖上的石尖洞里，人们称他为石尖鬼。自从这个妖魔来后，山下的人、畜、禽经常不明不白地丢失，弄得附近的村庄人人自危，鸡犬不宁。

有一天，一个做香菇生意的小商人骑着一头毛驴从石尖洞下面的山路上走过，不小心碰到了石尖鬼画的故意放在路上的害人符，结果连人带驴滚落到坎下的棺材潭里，被活活淹死了。石尖鬼把人畜尸体打捞上来，搬进石尖洞里，在斩人墩上剔骨碎肉，然后放入杀人锅里熬汤。这一切，都被对面山上割芦萁的梅景时叔公的妻子看到了，吓得她心惊肉跳，急忙逃离。不料她不小心碰翻了一块石头，石头咕咚一声掉到了棺材潭里，惊动了山洞里的石尖鬼。石尖鬼走出一看，发现是梅景时叔公的妻子，见她长得细皮嫩肉，非常漂亮，便心生邪念，发誓要把她搞到手。

梅景时叔公的妻子回到家里后，将所看到的一切告诉了丈夫。梅景时叔公发誓，不除石尖鬼，誓不为人。

一天，梅景时叔公要到离家较远的地方去开荒种地，午饭不能回来吃，便嘱咐妻子送饭来。但妻子从没去过那个地方，为不使她迷路，梅景时叔公便在每一个岔路口撒上一把砻糠，用来做指路标。不料狡猾的石尖鬼早已测知，便暗中跟在梅景时叔公的身后，将岔路口的砻糠收起，按他自己的意图做标记。梅景时叔公的妻子不知石尖鬼的诡计，顺着砻糠标记走去，当她走进一个山坑时，只见青面獠牙的石尖鬼站在那里，正狰狞地对着她哈哈大笑。就这样，石尖鬼像老鹰抓小鸡一般，把梅景时叔公的妻子抓进了石尖洞里。

中午过后，梅景时叔公饥肠辘辘，却不见妻子送饭过来。他饿得浑身无力，只好扛起锄头回家了。一回到家里，他便问起午饭的事，他老母亲大惊失色地说："你媳妇早就把午饭送出去了啊！"梅景时叔公左手扳四指掐指一测，才知道妻子上了石尖鬼的当。他立刻奔赴龙峰山，朝石尖洞大喝一声："石尖鬼你出来！"

这时，石尖鬼正在洞里百般调戏梅景时叔公的妻子，忽听到外面的大喝，心里一惊，大为扫兴。他恶狠狠地走出洞来，大声喊道："谁想找死？"

梅景时叔公两手叉腰，铁塔般站在洞口，喝道："快把我的妻子送出洞来！"

"我是一个出家人，在这里修仙炼丹，安神养性，哪里有你的妻子！"

梅景时叔公喝道："好你个修仙炼丹，安神养性！你看你洞里都有些什么？"

石尖鬼回头一看，阴森森的洞穴里白骨成堆，血水遍布，杀人锅里正熬着死尸汤。他知道无法掩饰了，便露出狰狞的面目说："既然你知道我是干什么的，何必来自寻死路？"

梅景时叔公不再言语。他摘下一片树叶，放在手心，吹一口气，变成了一张席子，这张席子飘在棺材潭上。梅景时叔公纵身一跃，轻轻落在席子上。他端坐席上，双手合十，嘴念符咒，嗡嗡有声。只见石尖鬼浑身瘫软，跌倒在地。"滚！"梅景时叔公又大喝一声。只见石尖鬼颤缩成一团，咕咚一声滚到棺材潭里，不一会儿就淹死了。

梅景时叔公走进石尖洞里，找到了衣不蔽体的妻子，紧紧地把她抱在怀里……

从此以后，附近的村民又过上了生活富足、祥和安乐的太平日子。

另一个是梅景时叔公和土地伯公斗法的故事。

还是明朝万历年间。皇上听说江南风景秀美，便派使臣一路南下，想找一个风水宝地建一座行宫，以供自己南巡视察或游玩时住宿。

使者来到长平的斗宴村时，正是深秋时节，只见那里河水清清，枫叶如火，白鹤成群，好一派迷人的江南风光。使者回去后禀报了皇上，皇上当即下旨在那里建一座行宫，并嘱使臣全权办理。

那时的交通很不方便，既没有汽车，更没有火车、飞机，所有货物运输，只能靠肩挑、人扛。可以想见，就是银子要运到山高路远的长平来，也是极其艰难的。

使臣听说长平有一个叫梅景时的人，功夫非常了得，还通晓法术，便登门求助。圣上使臣有求，梅景时叔公无法推却，只好答应。于是，梅景时叔公施展法术，把那些财宝都变成一头头黑猪，从京城赶往长平。

这事被土地伯公知道了，他担心行宫建成后，会骚扰当地的老百姓，便想办法阻止。土地伯公算好使臣一行的行程，早早就守候在一个叫镰子水的地方。在一个拐弯处，土地伯公与梅景时叔公相遇了，他们进行了一场激烈的斗法。要论功夫，梅景时叔公远在土地伯公之上，但土地伯公为了当地的百姓，使出浑身解数拼命厮杀，而梅景时叔公是应付差事，内心深处也不希望在山清水秀的家乡兀添一座行宫，所以只使出三分功力。结果，梅景时叔公不敌土地伯公，最后败下阵来，那些黑猪也一头头被土地伯公赶下斗宴河，变成了一块块乌黑的大石头……

后来，梅景时叔公死了，就葬在斗宴河左岸的镰子水。镰子水是一处风水宝地。民间有一支歌谣："大马嘶嘶小马鸣，王母娘娘点灯寻。谁人得到此宝地，盆装金子桶装银。"说的就是镰子水这个地方。

梅景时叔公生前是个大英雄，死后升天成了神仙。他的墓地不仅受到江西长平、安远、定南等几个县百姓的祭拜，连广东平远、龙川等县都有人来这里焚香叩拜，祈求他的神灵保佑自己，保佑家人，保佑风调雨顺，国泰民安。

侄女雯雯和晶晶听了叔叔讲的故事后感慨不已。妹妹晶晶说："怪不得良翊大伯能养活下来，原来他被'卖'给梅景时叔公这位神仙做赖子了。"姐姐雯雯说："怪不得良翊大伯现在那么厉害，能做出这么大的事业来！"

"好啦，今晚的故事会到此结束！你们姐妹俩早点睡觉。叔叔我也累了，想休息了。"焕章说。

雯雯和晶晶心满意足地睡觉去了。

当焕章走进自己的房间时，母亲早已把他的床被铺展好了，蚊帐也放下了，还特意给他燃了一炷檀香，那缭绕的烟香，弥漫了整个房间。

这天早上，闹钟的时针转到六点时，便丁零零响了起来。

焕章翻身起床，穿好衣服，然后走出房间，来到祠堂大门外的草坪上跟随学校广播做第六套广播体操。早上起来时做广播体操，这是他自中学时代就养成的风雨无阻的好习惯。当他做第六节"体转运动"时，他眼角的余光扫到古莉莉，发现古莉莉也站在他身后的大门内侧做广播体操！他猜想，她一定是因他而来做操的，而且他的第六感告诉他，她虽然做着体操，但她的双眼正热烈地、含情脉脉地注视着他。这让他有一点不自在，仿佛被人在背后监视着自己的一举一动一般。于是，他一做完操，便沿着墙角从大门的另一侧回房去了，连正眼也没瞧她。当他回到房间时，他却发现古莉莉竟然也移动了位置，正站在他房门的斜对面含情脉脉地望着他，一副欲言又止的表情。"她这个样子，究竟为什么？！"他困惑地想，心里既怨恨，又迷茫。

焕章洗漱完毕，正要晨读，初三（1）班的两个女生找他来了，一个是名叫张丽红的班长，另一个是名叫赖小琼的班宣传委员。

张丽红说："焕章老师，这个月轮到我们班出学校的黑板报。团支部书记汪岩松老师叫我们来找您，请您来指导一下我们。"

"好的，"焕章说，"这期打算出什么主题的黑板报呢？"

"庆祝第三个教师节。这是我们准备的资料和稿件，请您审阅和修改一下。"赖小琼。说着，她把手里的一叠资料和稿件递给焕章。

"为使这期有特殊意义的黑板报出得更好，也请您为我们设计一下版式吧。"张丽红说。

"好的。我先把资料和稿件看一看。你们吃过早饭后再来找我。"焕章微笑着说。

"好咧!"两位女生高兴地走了。

焕章放下自己的晨读任务,用了一早上的时间,审阅、修改好了出黑板报的资料和稿件,还在一张白纸上设计了一个有创意又美观的版式。

早读课后,一吃过早饭,张丽红和赖小琼就来了。

"弄好了,你们拿去吧!"焕章把资料、稿件以及版式设计图交给她们说。

"焕章老师,您真是大才呀!办事效率真高!"张丽红赞叹说。

"为不影响上课,你们就利用今天中午的时间出黑板报吧,到时我也会来帮忙。"焕章说。

"那太好了!谢谢您啦!"赖小琼感动地说。

"我们走了!老师再见!"

"再见!"

望着跑着远去的两只小鹿般可爱的背影,焕章欣喜地笑了。

中午时,焕章和这两位女生都没有休息,师生仨通力合作,快马加鞭,很快就把黑板报出好了。那清新的内容、精美的插图、别致的版式,赢得了驻足浏览的师生们的一致好评。焕章心里也收获了一份满满的喜悦。

下午,学生在教室里自习。除值日的行政人员外,全校教职工集中在行政楼二楼的教职工会议室参加"庆祝第三个教师节茶话会"。

会议室里的八张长条形桌子上,放着不少饼干、糖果、花生和香烟,五十多个教职工围坐在这八张桌子的周围,一边吃着花生糖果饼干,一边天南海北聊天说笑,男老师们还一支接一支地吞云吐雾,整个会议室烟雾缭绕,笑语声喧,其乐融融。

刘作良老师坐在焕章的旁边,低声对焕章说:"你担任《旭阳》校报主编的事,邱炘奋校长同意了,他也认为你最合适不过了。不过,我去和古新运副主任沟通时,他嘴上虽说赞成,表情却很不自然。"

"他心里肯定会不舒服,这可以理解!"焕章说。

"校报的编委会成员,除了新增加的你外,还有古新运副主任、校团委书记汪岩松老师、语文教研组长罗先春老师和我,共五个人。"作良说。

"编委会成员什么时间开个会,大家提提建议,怎样才能把校报办得更好。"焕章说。

"开不开会都无所谓！说实话，编委会是虚设的，他们只是挂个名而已，主要还是靠我们兄弟俩——作为主编的你和作为责任编辑的我！"作良说。

"话虽这么说，我们还是要尊重一下他们。"焕章说。

"好吧，那就明天或者后天晚上吧，我问问他们。"作良只好同意了。

"另外，你尽快组织稿件，我们办一期高质量的校报出来，让大家看看。"焕章说。

"好的。让有些人心服口服！"作良信心十足地说。

忽然，会议室响起了热烈的掌声，原来是三个正副校长陪着乡政府的李富安副书记和王大全副乡长进来了。焕章虽然在宣传部时就认识这两位乡领导，但考虑到自己现在的特殊身份，并没有走向前去和他们打招呼。

三个校领导和两个乡领导坐在主席台上。主席台上蒙着一块红绸布，上面放着一个坐式麦克风，也放有饼干、糖果、花生和香烟等。

茶话会正式开始。

邱炘奋校长代表学校讲话了："各位领导，老师们，今天，我们在这里欢聚一堂，共同庆祝我们自己的节日——第三个教师节。值此佳节之际，我代表学校向在教育教学第一线上辛勤耕耘的全体老师，向为育人事业默默贡献的全体职工，致以节日的祝贺！我们的乡领导李富安书记和王大全乡长今天也亲自来到学校看望大家，让我们以热烈的掌声，对两位领导的到来表示热烈的欢迎和诚挚的感谢！"

大家热烈鼓掌。

李富安副书记和王大全副乡长先后站起身来，向教职工们点头致意，然后坐下。

"下面，请李富安书记给我们讲话，大家欢迎！"邱炘奋校长首先鼓起掌来，然后把麦克风移到李富安副书记的面前。

教职工们又鼓起掌来。

李富安副书记下意识地咳嗽了两声，然后拿出事先准备好的讲话稿，开始念了起来。

老师们：

下午好！在第三个教师节到来之际，我有幸与旭阳中学的教职工共度这一美好的节日，感到非常高兴！借此机会，我谨代表乡党委和政府，向辛勤耕耘在旭阳中学教育教学第一线的老师们致以节日的问候和崇高的敬意，祝大家节日快乐、阖家幸福！并真诚地向你们道一声——你们辛苦了！

一年来，在上级党委、政府和县教育局的大力支持下，邱炘奋校长带领全校教职员工，真抓实干，求实创新，锐意进取，与时俱进，使旭阳中学的教育事业面貌发生了较大的变化：素质教育步伐大步迈进，教学质量不断提高，教学条件得到较大改善。这些成绩的取得，是旭阳中学全体教职员工共同努力的结果。

中华民族自古就有尊师重教的优良传统，教师职业是崇高而神圣的。春秋初期的政治家管仲说过："一年之计，莫如树谷；十年之计，莫如树木；终身之计，莫如树人。"可见，培养人才是根本性的长远大计。任何一个人的成长，都离不开教师的培养教育。教师教给学生做人的道理，启迪学生的智慧，传授给学生知识本领，为学生解答疑难和困惑。教师职业又是艰苦而辛劳的。教师淡泊名利，甘为人梯，呕心沥血，尽职尽责。因此，教师获得社会上人们的尊敬是当之无愧的。教师的崇高品德和业绩应该得到全社会的尊重，我们要像宣传先进模范、宣传科学家那样，大力宣传优秀教师，进一步在全社会形成尊师重教和支持教育的良好风尚。

同时，借此机会，我向旭阳中学全体教师提出几点希望和要求：

第一，希望老师们再接再厉，坚持与时俱进，为国育才。科学技术是生产力，人才是关键。而学校教育又是人才培养最基础、最重要的一环。全校教职员工要进一步增强责任意识，全面贯彻党和国家的教育方针，进一步深化教育教学改革，不断提高办学质量和办学效益。

第二，希望大家进一步加强学习。著名教育家陶行知先生曾说过："教师应当学而不厌，才能诲人不倦。"作为教师，必须先加强学习，充实自我，才能有教学之乐而无教学之苦。要抓紧学习教育科学理论，切实掌握先进的教育理念、教育方法和教学手段，善于发现和总结教育规律，提高教书育人的能力；不断调整完善知识结构，重视培养学生的创新精神，为学生全面发展奠定基础。

第三，希望大家进一步加强师德建设，努力提高学校文明水平。学校是社会主义精神文明建设的窗口，学校教育在国家道德建设、提升社会文明程度中发挥着特殊的作用。特别是我们教师，其一言一行对学生具有重要的影响。所以，大家一定要遵守师德规范，言传身教，切实承担起"人类灵魂工程师"的神圣职责。要忠诚于党和人民的教育事业，以培育人才、造就人才为己任，对自身的道德、人格要有更高的要求，自觉为人师表，做道德的表率。

老师们，百年大计，教育为本；教育大计，教师为本。振兴教育，希望在教师。我们的事业光荣而又艰巨，在此勉励全校教师：以教育改革和发展为己任，永葆默默无闻、无私奉献的本色，永远成为志存高远、师德高尚、教艺精良、与时俱进的好教师，为教育事业贡献自己的聪明才智。

最后，祝旭阳中学全体教师节日愉快，身体健康，工作顺利！

谢谢大家！

李富安副书记话音刚落，会议室便响起了热烈的掌声。

邱炘奋校长接过话筒，激情满怀地说："谢谢李富安书记热情洋溢的讲话！我们由衷地感谢乡党委和政府对教育事业的大力支持，并希望在以后的工作中一如既往地、不遗余力地支持我们。同时，我们全校教师一定要紧密团结在一起，以饱满的热情、踏实的工作、创新的思想精心培养下一代，以不负家乡父老的重托，不负上级领导的期望。只要我们齐心协力，团结一致，人人争为学校作一份贡献，学校明天一定会更美好！让我们同心同德，真抓实干，为美好明天共同拼搏，努力奋斗！"

会议室又响起了热烈的掌声。

"告诉大家一个好消息：乡党委和政府给我们每位教职工都赠送了一件慰问品——一条床单。会后请大家到总务处去领取。让我们再一次用热烈的掌声，感谢乡领导的亲切关怀！"邱炘奋校长又补充说。

听到有慰问品发，大家的掌声更热烈了。

接着，陈顺治副校长宣读了上个学年度被评为县"优秀教师"的教师名单："经学校行政推荐，县教育局批准，以下五位同志被评为一九八六学年度县'优秀教师'：曹忠祥校长，汪启明主任，古新运主任，刘铭德主任，赖曦才老师。大家掌声祝贺！"

掌声稀稀落落地响起，接着大家窃窃私语，议论纷纷。

"你看，评上优秀教师的，都是一些领导！"作良不满地低声对焕章说。

"赖曦才老师可不是领导啊！"焕章说。

"因为赖曦才老师德高望重，敢于直言，领导们不敢得罪他，所以也给他评了个优秀教师！"作良说。

焕章若有所思地"哦——"了一声，便不再说话。

这时，校团委书记汪岩松老师站起来倡议："老师们，今天是我们自己的节日，年轻教师来唱几支歌，为茶话会助助兴好不好？"

"好！"大家回应道，然后鼓起掌来。

汪岩松老师首先自己带头唱了一首《龙的传人》，接着，几个年轻老师跟着唱了几首。古欣妍老师也唱了一首歌，歌名叫《在希望的田野上》。这首歌是由陈晓光作词、施光南作曲的，旋律欢快优美，非常流行。

我们的家乡，在希望的田野上
炊烟在新建的住房上飘荡
小河在美丽的村庄旁流淌
一片冬麦，（那个）一片高粱
十里（哟）荷塘，十里果香
哎嘿哟嗬呀儿咿儿哟
（嘿）我们世世代代
在这田野上生活
为她富裕为她兴旺

我们的理想，在希望的田野上
禾苗在农民的汗水里抽穗
牛羊在牧人的笛声中成长
西村纺花，（那个）东港撒网
北疆（哟）播种，南国打场
哎嘿哟嗬呀儿咿儿哟
（嘿）我们的世世代代
在这田野上劳动
为她打扮为她梳妆

我们的未来，在希望的田野上
人们在明媚的阳光下生活
生活在人们的劳动中变样
老人们举杯（那个），孩子们欢笑
小伙儿（哟）弹琴，姑娘歌唱

乡城往事

哎嘿哟嗬呀儿咿儿哟

（嘿）我们的世世代代，在这田野上奋斗

为她幸福为她增光，为她幸福为她增光

　　焕章没想到古欣妍老师唱得那么好，真有点歌星的风范。她甜美的歌声，良好的台风，赢得了教职工们热烈的掌声。她今天打扮得也很漂亮，淡绿色长袖连衣裙，美丽的蝴蝶结，更衬托出她的清新秀丽。焕章不禁赞赏地多看了她一眼。她也得意而脉脉地看了他一眼。两人四目相碰，啪的一声溅起了无数火花。

　　在今天这个场合，因自己的身份特殊，为不惹人眼目，焕章觉得自己应低调、收敛一点，没必要张扬，所以没有站出来唱歌，尽管他的歌喉很不错。

　　晚上教职工加餐，饭堂里一片热闹。也许老师们肚子里的"油水"太少而"瘦水"太多了的缘故，当他们看到厨房里还没装盘的鸡鸭鱼肉时，不少人露出了饥肠辘辘的馋相，不住地吞咽着口水，真有点迫不及待的样子。当肉菜上桌后，他们立马举筷哄抢，狂吃大嚼，狼吞虎咽，好像久不闻肉味，又像三天没吃东西。尤其是酒水，因为是随取随拿的，那些嗜酒的老师便大碗争饮，唯恐壶干坛竭而少饮了几滴。饭也早早地装好一大盆，说"不要到时没有"。少数老师还狂热地猜起拳、行起令来，"高升！""发财！""魁首！""两相好！"之声不绝于耳……

　　面对老师们一些"有失斯文"的表现，焕章心里既理解又悲哀，既怜悯又无奈。在这所谓上级领导"亲切关怀"下的"教师节"的表面热闹里，他感到了老师们内心深处隐藏着的寒酸、落寞和凄凉——这一切，都源于目前教师社会、经济地位的低下。一个"教师节"算什么？一餐饭和一条床单的价值，还不及一个普通工人一个月的奖金。

　　老师是伟大的，也是可怜的！

　　古莉莉也参加了聚餐。也许是因为她已经调走，成了旭阳中学的"客人"，又也许是因为她的老公是县委组织部干部，因此她被请到了主席台，和两个乡领导、几个校领导坐在一起，享受着被人敬酒、被人吹捧的荣耀。但饭间她不时在看焕章，向他投来温情脉脉的目光。焕章装作没看见，心里却在想："这，为什么？有什么意思呢？！"

　　焕章没什么食欲，随便吃了几口，便退席了。

　　回到房间，他坐在书桌前，两眼望着窗外，"心事浩茫连广宇"，他一根接一根地抽着原本用来待客的香烟。哦，抽烟，是由于痛苦和思索吗？它同时也是痛苦和思索的催化剂? 远处, 教职工饭堂的方向, 仍飘来阵阵猜拳行令的吆喝声: "全福寿啊——高升!""全福寿啊——发财!""全福寿啊——魁首!""全福寿啊——两相好!"……

晚上在学校操场上放电影。影片是《风流局长》和《五张照片》, 前者是一部言情片, 后者是一部侦探片。观众除了本校的师生外, 还有附近的老百姓。焕章对这两部电影不感兴趣, 便独自到教职工会议室去看电视——那里有一部25英寸的彩色电视机。

焕章打开电视机, 挑选着频道节目。当他调到中央电视台二套时, 从电视机里飘出他熟悉的、令人荡气回肠、如同仙乐一般的乐曲, 他脑海里立刻蹦出它的歌词来:

> 一个是阆苑仙葩, 一个是美玉无瑕。
> 若说没奇缘, 今生偏又遇着他;
> 若说有奇缘, 如何心事终虚化?
> 一个枉自嗟呀, 一个空劳牵挂。
> 一个是水中月, 一个是镜中花。
> 想眼中能有多少泪珠儿,
> 怎禁得秋流到冬尽, 春流到夏!

原来, 中央电视台二套正在播放电视连续剧《红楼梦》第一集, 这首歌就是由著名作曲家王立平谱曲、歌唱家陈力演唱的主题曲《枉凝眉》。他心里一阵惊喜, 便如饥似渴地看了起来。

电视连续剧《红楼梦》是一部由王扶林执导, 周雷、刘耕路和周岭担任编剧, 陈晓旭、欧阳奋强和张莉等主演的古装电视剧。该剧改编自中国古典文学名著《红楼梦》, 全剧以贾宝玉、林黛玉、薛宝钗之间的爱情以及婚姻悲剧为主线, 展现了贾、王、史、薛四大家族的兴衰和种种腐朽罪恶, 同时歌颂了真善美和叛逆者朦胧的进步思想。

这部电视剧于今年五月二日在中央电视台一套黄金时间首播后, 好评如潮, 影响很大。现正在中央电视台二套黄金时间播出, 是属于第二次转播了。在中央电视台一套首播时, 焕章正在驻舆乡坪庄村搞扶贫, 他只是在回到县城时在县委会议室(那里有一部35英寸的彩色电视机)断断续续看过几集, 但给他留下的印象非常深刻。现在他有时间、有机会看了，一定要完完整整地看完它！

小说《红楼梦》是焕章非常热爱的古典名著，他已经看了三遍了，以后有时间，他还打算看第四遍、第五遍。《红楼梦》里的诗、词、歌、赋，他从头到尾每一首都背得滚瓜烂熟。其中的一首《葬花吟》，不知多少次让他肝肠寸断、悲泪长流：

> 花谢花飞花满天，红消香断有谁怜？
> 游丝软系飘春榭，落絮轻沾扑绣帘。
> 闺中女儿惜春暮，愁绪满怀无释处。
> 手把花锄出绣闺，忍踏落花来复去。
> 柳丝榆荚自芳菲，不管桃飘与李飞。
> 桃李明年能再发，明年闺中知有谁？
> 三月香巢已垒成，梁间燕子太无情！
> 明年花发虽可啄，却不道人去梁空巢也倾。
> 一年三百六十日，风刀霜剑严相逼。
> 明媚鲜妍能几时，一朝漂泊难寻觅。
> 花开易见落难寻，阶前闷杀葬花人，
> 独倚花锄泪暗洒，洒上空枝见血痕。
> 杜鹃无语正黄昏，荷锄归去掩重门。
> 青灯照壁人初睡，冷雨敲窗被未温。
> 怪奴底事倍伤神？半为怜春半恼春。
> 怜春忽至恼忽去，至又无言去不闻。
> 昨宵庭外悲歌发，知是花魂与鸟魂？
> 花魂鸟魂总难留，鸟自无言花自羞。
> 愿奴胁下生双翼，随花飞到天尽头。
> 天尽头，何处有香丘？
> 未若锦囊收艳骨，一抔净土掩风流。
> 质本洁来还洁去，强于污淖陷渠沟。
> 尔今死去侬收葬，未卜侬身何日丧？
> 侬今葬花人笑痴，他年葬侬知是谁？
> 试看春残花渐落，便是红颜老死时。
> 一朝春尽红颜老，花落人亡两不知！

焕章在心里藏有一个远大的梦想：希望自己将来也像伟大的文学家曹雪芹那样，写出一部流芳千古的名著来！虽然这个远大的梦想未必能实现，但仍将激励他去战胜一个又一个人生的沼泽和坎坷，向文学的高峰不断攀登！

当中央电视台二套播完《红楼梦》电视剧第一集、第二集时，已是晚上十点多了。在学校操场上看露天电影的人们，也看完电影散场走了。

焕章依依不舍地离开会议室，回到自己房间，却一点睡意也没有。于是，他冲了一杯庐山云雾茶，披了一件秋装外套，又走出房间。他一边喝茶，一边在祠堂门前的草坪上来回散步。凉风阵阵，树叶沙沙。他的思绪飞旋，脑子里又涌现出许多人和事来：曹雪芹和《红楼梦》，林黛玉与贾宝玉，下午茶话会的情景，晚上加餐时的场面，宣传部时的经历，大学时代的生活，青少年时的志向，童年时代的幻想……他的心事就像天上的星星那么繁多，又像浩瀚的夜空那么深邃、辽远。

忽然，古莉莉出现在一旁，含情脉脉地望着他。"这个时候，她来干什么呢？"他知道她是因他而来的，但他却视而不见，从她身旁飘然而过，回自己房间去了。

第四十三章

早上焕章晨读时，窗外飘来一个熟悉的读书声，他仔细一听，原来是古莉莉的！"她也像古欣妍老师那样，效法我早上起来晨读吗？而她那么大声，有意让我听见，又是为什么呢？有什么意义？！"焕章想。他不再理她，继续诵读自己的诗文。

他先背诵了一首清代著名词人纳兰性德的代表作《拟古决绝词柬友》：

> 人生若只如初见，何事秋风悲画扇。
>
> 等闲变却故人心，却道故人心易变！
>
> 骊山语罢清宵半，泪雨霖铃终不怨。
>
> 何如薄幸锦衣郎，比翼连枝当日愿！

这首词的大意是：人生如果都像初次相遇那般相处该多美好，那样就不会有现在的离别相思凄凉之苦了。如今轻易地变了心，你却反而说情人间就是容易变心的。想当初唐明皇与杨贵妃的山盟海誓犹在耳边，却又最终作决绝之别，即使如此，也生不得怨。但你又怎比得上当年的唐明皇呢，他总还是与杨玉环有过比翼鸟、连理枝的誓愿！焕章背诵这首词，仿佛是有意背给古莉莉听的。他背完这首词后，接着又背诵、默写了十句英语常用的交际口语：

1. Let it go! 放手！

2. You're really killing me! 真是笑死我了！

3. Let's not waste our time. 咱们别浪费时间了。

4. Shut up! 闭嘴！

5. So long. 再见。

6. Good luck! 祝好运！

7. They hurt. （伤口）疼。

8. What's up? 有什么事吗？

9. I'm single. 我是单身贵族。

10. You set me up! 你出卖我！

　　焕章背诵、默写完这十句英语常用交际口语，便到了吃早饭的时间，于是放下手中的书本、钢笔，到教工饭堂吃早饭去了。

　　此后一连几天，焕章都没有看见古莉莉的身影。他猜想她一定是回学校（长平二中）上班去了。离开旭阳中学时，她心里定然装满了失望和遗憾吧？他想到前几天她对自己的温情脉脉，而自己对她却那么冷淡无情，一点和解的意思都没有，不觉有点后悔之意，但一想到她当初对自己感情的背叛和伤害，他软化的心便忽又变得硬冷起来。"是的，我现在虽然落难了，但决不能因此自卑和软弱！"他傲然地想。

　　爱，是不能忘记的！但恨，也是不能忘记的！

　　上午焕章上了三节课：一节语文，两节地理。上地理课时，有些学生说课文内容太多了，不知道该读、该背哪些，要他先把重点勾画出来。焕章担心他们会因此不认真上课，但又考虑到实际情况，便来了一个折中——讲完授课内容后再给他们勾画重点。这样，师生双方都满意了。

　　上完三节课下来，焕章感到口干舌燥，精疲力竭。他回到自己的房间，刚喝了一杯茶，歇了一会儿，就听到总务处的曾照泉老师来叫他接电话。学校只有一部电话机，就放在总务处的窗口边，谁有电话，就由曾照泉老师通知谁来接。

　　"谁打来的电话？"焕章问。

　　"是一个细妹子打来的！"曾照泉老师笑嘻嘻地说。

　　"细妹子打来的？会是谁呢？难道是香兰？"焕章一边猜想，一边跟在曾照泉老师身后去总务处接电话。

　　"喂，你好！哪个？"

　　"是我，香兰！"

　　"果然是你啊，兰！你在哪？"

　　"驻舆。"

　　"驻舆？你不在县城，回去了吗？"

　　"是的。下午你有没有课？我伯说，叫你来一下。"

　　"好的，下午我没课，我骑单车过来！"

乡城往事

放下电话，焕章心里既兴奋，又疑惑。兴奋的是，他和香兰自县城一别后已有一个多月没见面了，现在很快又要团聚了。疑惑的是，香兰现在为什么不在县城而在驻舆乡呢？她不到县城学裁缝技术了吗，还是临时有事回驻舆乡的呢？还有，为什么不是香兰自己叫他到驻舆乡去，而是她母亲叫他到驻舆乡去呢？难道是她母亲怕他远在筜乡而变心，因而想催他们早日完婚？还是因为香兰怀孕了，叫他过来商量一下怎么办？……一想到这些，焕章心里不觉有点不安，不知道到底属于哪种情况，而他又究竟该怎么办。

午休后，下午三点，焕章便骑上单车，朝驻舆乡方向疾蹬而去。

焕章骑的单车，是二哥新营结婚时二嫂玉翠的嫁妆，还有五六成新，为方便焕章来回学校，就送给焕章骑了。

从筜乡到驻舆乡，虽说有公路相通，但一路都是碎石泥土山道，左拐右拐，忽陡忽缓，高低不平，颠颠簸簸，非常难走。特别是过石硖坳和陈坑嵀时，真使人有一种类似于"蜀道之难难于上青天"的艰辛感！石硖坳坡长近千米，最陡处差不多有45度角！而陈坑嵀更是一个"盘山公路"，坡长达三千余米，有多处悬崖峭壁或坡陡成45度角的地方。而且，在石硖坳和陈坑嵀的公路两旁，高山峻岭，古木参天，鸟啼兽嚎，人迹罕至，弥漫着一股阴森之气。如果碰上下雨天，就地湿路滑、泥泞坑洼，让人抬脚艰难。听老人们说，在解放前，这两个地方经常有土匪出没，奸淫妇女，杀人越货，无恶不作，让人"谈匪色变"。所以，人们经过这两个地方时，一听到那飒飒的山风，就有"草木皆匪"之感，让人毛骨悚然，心惊胆战，不觉会加快原本就已匆忙的脚步……

四十五华里的路程，焕章竟骑了三个小时的车，直到下午六点才到达驻舆乡的老寨下，而此时，已是暮色苍茫了。

香兰和家人以为焕章不会来了，当一身风尘的他突然降临时，她和家人都非常惊喜。

在香兰的闺房里，焕章和香兰紧紧地拥抱在一起，亲吻在一起。一个多月的分别，刻骨铭心的思念，让他们更加深切地体会到，彼此生命的不可分离。

"章，你知道吗？我每次想你的时候，都忍不住泪流满面！"香兰泪水盈盈地说。

"兰，我知道！我想你的时候，也常常饮食无味，夜不能眠！"焕章爱抚着她，喃喃地说。

香兰告诉焕章，她上个星期就从县城回来了，说以后不想再回梅师傅那里学裁缝技术了。"为什么呢?"焕章不解地问。

"一个多月了,她从来没有教过剪裁技术,只会一味地叫我踏做衫车子(缝纫机)。这样下去,学不到什么,只会浪费时间。再说,你又不在县城,我一个人无亲无故的,感觉好孤单!……所以,我不想再回去了!"香兰低着头说。

"既然这样,那就依你吧!"焕章叹息一声说。"你现在有什么打算呢?"他问。

"像以前那样,到合作社的布店去接布料做衣服,一边赚钱补贴家用,一边通过实践提高裁缝手艺。待以后条件成熟了,再自己开一个裁缝店。"香兰说。

"这样也好!我赞同。"焕章支持她说。

香兰幸福地依偎在他怀里。他又亲热地吻了她一下。

晚饭后,在客厅喝茶时,香兰母亲看到旁边没别的人,只有焕章和香兰两人在,便向焕章问起他俩之间的事情来。

"焕章,你和香兰的事,你的家人知道不?"香兰母亲问。

"考虑到我和香兰的事比较特殊,我暂时还没和家人说。"焕章低着头说。

"如果你的家人知道后,不同意你俩谈恋爱怎么办?"香兰母亲问。焕章是一个大学本科生,而自己女儿是一个农村姑娘,两人社会地位悬殊,她最担心的,就是焕章家人不同意。

"我会做他们的思想工作的。我想,只要动之以情,晓之以理,随着时间的推移,他们会慢慢接受的!"焕章抱着希望说。

"你们打算什么时候结婚?"香兰母亲问。

"过一两年再说吧!我出来工作不久,现在事业又还不稳定。"焕章说。他现在正处于"流放"期间,怎么能结婚呢?等他结束了这段"流放"生涯,再结婚不迟,他想。

"你一来,就和香兰住在一起。如果有那么一天,香兰身上有了(怀孕了)怎么办?……我的意思是,你们的婚事最好不要拖得太久,旁人正看着我们家哪!"香兰母亲担忧地说。如果香兰怀孕了,挺着一个大肚子,而他们又还没结婚的话,岂不被人笑话?有一些不怀好意的人,正等着看他们家的笑话啊!

"伯,您放心,我和香兰会处理好一切的!我们一定不会让他们笑话咱家!"焕章理解香兰母亲的担忧,他安慰她。

香兰母亲轻轻地叹息一声,说:"我也不想把你们逼得太急,只要你们能处理好自己的事,将来结婚生子,白头到老就行!"

"您放心吧，我们将来一定会的！"焕章表决心似的说。

晚上睡觉时，焕章和香兰久久不能入睡，他们那不能两全其美——让他们双方亲友都满意，且不会被别人小觑——的爱情，让他们心里非常矛盾和痛苦。

"章，我们分手吧，我配不上你，不想连累你！"香兰依偎着他，流着泪说。

"兰，别说这傻话！我怎么舍得你，我又怎会忍心抛弃你？！"焕章捂住她的嘴说。

香兰轻轻地拿开他的手，说："那以后我们怎么办？"

"我们先这样爱着！过一两年待我的工作稳定了，我们再结婚。现在我还处于被'流放'期间，这个风浪还没有平息，如果这时我们就结婚的话，又会掀起另一个风浪，那会对我的前途更加不利，希望你能理解！"焕章心怀歉意地说。

"章，我理解你！我只是担心我的家人和你的家人……"香兰忧虑地说。

"爱是我们双方的事，只要我们自己坚如磐石，谁能阻拦、拆散我们在一起？"焕章鼓励香兰，也鼓励自己说。

"章，我听你的！"香兰依偎在他身上说。此时的她，就像一只温驯可爱的小猫。

过了一会儿，焕章问："兰，你……没有怀孕吧？"

"没有！"香兰害羞地说。

"没有就好！"焕章放下心说。

"现在没有，但不能保证以后也没有啊！……章，我们暂时不要做那个了……万一……"香兰担心地说。

"'车到山前必有路，船到桥头自然直。'管它呢？到时候自然会有办法的！"焕章亲昵地笑着说。

说完，他便翻转身子，紧抱着香兰亲吻、爱抚起来。香兰呻吟着，战栗着。两颗青春的心，很快便熊熊燃烧起来了……

第二天早上起来时，焕章跟着香兰到门坪坎下的古井边去洗脸、刷牙。因回去时香兰还要顺带挑一担井水回去，所以她还挑着两只空水桶。

这口井和老寨下一样古老，有一百多年的历史了。古井的边沿由麻头石砌成，上面的青苔述说着岁月的沧桑，但它的井水却永远清冽、丰盈、甘甜，就像一个青春不老的女子，滋养着老寨下一代又一代子孙。都说老寨下的姑娘个个长得如花似玉，就是这口神奇的井水滋养的功效。

因为井水特好，喝这口井水的，不仅有老寨下人，附近食品站的人、圩上开店的人，都会到这里来挑水喝。

这时，古井边有好些村姑、媳妇在洗衣服，不时还有男人、女人挑着一担塑料桶或铁桶来挑井水。他们看到焕章和香兰甜蜜地在一起，都怀着好奇和羡慕的目光看他们。有热心的人会笑着问香兰："兰兰，这位是你男朋友吧？"香兰便红着脸说："是。"另一个热心人会接着说："听说你男朋友是一个大学生？你好有福气啊！"香兰就红着脸羞涩地笑，不好意思回答。

焕章和他们不熟，只在一旁微微地笑。他想起昨天晚上香兰母亲对他说过的话，便巴不得让大家看到他和香兰在一起，为香兰争一口气。他看看香兰的表情，有一泓幸福和自豪在她脸颊上荡漾。

洗漱完毕，香兰挑着一担水回家，焕章拿着洗漱用具跟在她后面。身后飘来叽叽喳喳议论他们的声音，伴随着搓衣的节奏和他俩幸福的脚步。

吃过早饭，焕章在香兰房间坐了一会儿后，便要回筐乡去了，因为他下午还有两节课要上。这时，香兰的哥哥学伦来请他到客厅里去喝茶。焕章心里明白，"喝茶"只是香兰哥哥的托词，他真正要做的，是想对他说一些类似香兰母亲说过的话。一想到那些难以回答的问话，面对的又不是别人，是香兰的哥哥，焕章心里就感到一阵不安。老天保佑，幸好香兰的父亲也跟了过来，大概是想来聊天吧。因有父亲在场，学伦不便开口说"正事"，只好聊了一些不咸不淡的闲话。这时香兰也走过来为焕章解围，对他说："时间不早了，你还不动身？等一下太阳越来越晒了！"焕章便趁机告辞，学伦只好放他走了。

香兰送焕章到马路口。此去一别，又不知何时才能相见。想到这个，香兰忍不住又泪如雨下。"相见时难别亦难"，焕章也肝肠寸断，两眼也不禁红湿了。

"兰，你回去吧！我会想你的，"焕章深情地说，"以后有什么事，你就写信或打电话给我。以后有空，我还会来看你！"

"嗯！"香兰点头应道。

"我走了。你回去吧！"焕章又说。

"不……我要看着你走！"香兰哽咽着说，泪水泉水般涌了出来。

焕章的心像被刀割了一样。要不是马路上有来往的行人，他真想把她紧紧地搂在怀里。

"好吧，我走了！"他只好叹息一声说。

他跨上单车，艰难地踏车离去，心，却向后看着仍站在原地上的她。

香兰望着焕章渐渐远去的背影，泪水再一次涌了上来，迷蒙了她的视线……

焕章的背影终于看不见了。不知过了多久，香兰才迈着沉重的脚步走回家去。

她走进自己的房间，坐在裁板前愣愣出神。整个上午，她都偷偷抹泪，无精打采，没心思做事。

因焕章是新来的老师，在旭阳中学学历又最高，加上他的身份特殊，不少老师都慕名前来听他的课，想看看他的教学水平到底怎样。

这天上午，焕章第一节有课，是初二（1）班的语文课。预备铃响后，他刚要走进教室上课，只见教导主任汪启明拿着一本听课记录本走了过来，含笑着对他说："焕章老师，我想听你一节语文课。"

汪启明主任四十岁左右，身高一米七，戴一副近视眼镜，外貌清瘦，皮肤白皙，人很温和。

"欢迎欢迎！只是我没有特别的准备，恐怕上不好，到时请启明主任多多批评指导！"焕章有点诚惶诚恐地说，毕竟是领导来随堂听课。

"没关系，我就喜欢听原汁原味的课。你如果特别准备了，就像看一场经过精心排演的戏一样，那样的课倒没多大意思了！"汪启明主任笑着说。

"那是那是！"焕章笑着附和说。

这节课，焕章上的是语法课——"陈述和陈述的对象"，他心里虽然有点小小的紧张，但总体自我感觉良好。

上完课，焕章谦虚地说："上得不好，请启明主任多多批评、指导！"

"上得非常好！把一节原本枯燥无味的语法课上得如此生动有趣，不简单！启发诱导，讲练结合，学生有展示，老师有点评，整个课堂气氛很活跃。从学生的做题反馈来看，这节课已实现了教学目标，达到了很好的教学效果。从这节课里，也可以看出你具有成为一名优秀教师的必备素养，不愧是江西师大毕业的高才生！"汪启明主任赞扬说。

"谢谢启明主任的夸奖！"焕章有一点不好意思地说，"请您指点一下，还有哪些不足的地方。"

"要说不足的地方，就是老师在点评学生堂上练习的时候，可以简略一点，对他们已经掌握的知识，点到为止就行了。不过，这是小问题，瑕不掩瑜！"汪启明主任微笑着说。

"谢谢启明主任的指导，以后我一定会改正！"焕章真诚地说。

"以后要叫语文科组的老师多听听你的课，向你这位高才生学习！"汪启明主任说。

"欢迎欢迎！大家互相学习，共同进步！"焕章谦虚地说。能得到学校领导的肯定，焕章心里很高兴。

第三节焕章还有课，是初二（4）班的地理课。初二（4）班的班主任是李志超老师，他是一位语文代课老师，三十岁左右，人长得有点粗黑，但很朴实。他同时也兼教了两个班的地理课，但他自己班上的地理课却是焕章兼教的。

"焕章老师，我想听你这节地理课，向你学习学习！"李志超老师诚恳地说。

"好啊，请多多指教！"焕章既热情又谦虚地说。

这节地理，焕章讲的是第三章——东南亚。对于地理方面的知识，焕章是非常熟悉的。记得当年考大学时，一百分的地理试卷，他竟然考了九十八分！这节课，他仅凭一张挂在黑板上的东南亚地图，就把东南亚的地形、气候、物产、交通、风景名胜、主要城市、经济特点等讲得头头是道，那挥洒自如、行云流水一般的教学，征服了全班学生。

上完课，李志超老师热情地把焕章请到他的房间，让座，倒茶，敬烟，对他非常客气。

焕章虽然不会抽烟，为不打消李志超老师的热情，还是接过他递来的香烟，抽了一支。

"焕章老师，你讲得太好了，我真是佩服得五体投地！"李志超老师敬服地说。

"别这样吹捧我，我会骄傲的，"焕章幽默地说，"说说不足吧，以后我好改正！"

"我真说不出有什么不足来。除了钦佩还是钦佩！"李志超老师真诚地说。

"志超老师过奖了！"焕章谦虚地说。

"我的地理课上得很烂，不知道怎么讲，只会照本宣科地念课本，与你相比，简直是天上地下，令我汗颜！"李志超老师惭愧地说。

"你不要过分谦虚，过分谦虚也是一种骄傲哦！"焕章笑着说。

"我不是谦虚，我说的是大实话，"李志超老师认真地说，"我有一个不情之请——我明天有两节地理，你能否代我上一下？我再跟着你学两节课，提高一下自己的教学水平。"

"那不行！代你去上课，那不是折杀我吗？"焕章婉言谢绝说。

"你既然这么说，我也不好强求。这样吧，以后我多来听你的课，多向你学习，希望你不要嫌烦！"李志超老师退而求其次地说。

"我随时欢迎，互相学习吧！"焕章答应说。

"那我就先谢了哈！"李志超老师高兴地说。说完，他又恭敬地往焕章的茶杯里添了水。

《旭阳》校报通讯组和学生文学社成立后，焕章分别给它们取名为"旭阳通讯组"和"秋棠文学社"，并把这两个社团的学生集中在一起，给他们作了两个写作讲座——"怎样写好新闻作品"和"博览群书与文学创作"。不久，他又主编了第二十八期《旭阳》校报。这期校报无论是文章内容，还是版式设计，与往期的校报相比，都有了质的飞跃，给人耳目一新之感。焕章还在这期校报上发表了自己新创作的一首组诗《飘忽的思绪》：

1

太阳
可是天帝醒着的眼睛？
另一只眼睛呢？
已睡着了吗？

2

这盘美味的珍馐，
叫我放到哪儿去呢？
高处，有一双饥饿的猫眼，
低处，有一对贪婪的狗目！

3

你像一朵空谷幽兰，
那醉人的芳香，
把我酥化成你花瓣上
一滴晶莹的露珠了！

4

我的爱如滔滔江水，

你的情似点点星雨；
我献你一首热情的圆舞曲，
你赠我一粒沉闷的休止符。

5

你送我一束高贵的红牡丹，
可我喜欢清纯的百合花。
为什么我最想得到的，
却偏偏没人送来呢？

6

我奉为圣品的美玉，
却原来是劣石做的赝品；
我至爱的珍珠，
却原来是一颗死鱼的眼珠！

7

我的心被你们撕裂成两瓣了！
我该把其中的一瓣送给谁，
好让你或她得到一颗完整的心
而止住那泉涌的泪水？

8

当美色和金钱完成了交媾，
财宝和权力结拜了兄弟，
我听见了天堂里的一声叹息
和地狱里的无边悲泣！

9

在苍茫的大海上，
我是一颗微不足道的水珠；

在浩瀚的宇宙里，

我是一粒似有若无的星点。

10

当我生命树上的叶子

一片一片被无聊的秋风吹尽，

那孤零零的枝头

将挂满什么样的感受呢？

11

你恩赐给我肉体和灵魂，

可我用什么来报答你呢？

除了清风和羞愧，

我已一无所有了！

12

佛啊，我本身就是你脚下

一支虔诚燃烧的香烛，

为什么我的眼睛里

却仍飘洒着迷蒙的雾雨？！

《飘忽的思绪》（组诗）和新版《旭阳》校报一起，在师生中产生了很大的影响，让人们对焕章不凡的文学才情有了清晰的认识。

古新运副主任来到焕章的房间，心悦诚服地对他说："焕章老师，这期《旭阳》校报编得非常好，质量很高，得到了大家的认可，你当校报的主编确实比我更合适！"

"古主任过奖了，你是老主编，我编得不够好的地方，请您多多指正！"焕章谦虚地说。

"说实话，我哪有资格给你指正啊，以后我要多多向你学习才是！"古新运副主任真诚地说。

古新运副主任又看了焕章以前写的一些诗歌、散文和小说作品，感慨地恭维说："你的文学才华真是让人钦佩啊！希望你有朝一日能扬名天下，只是到了那时，你可不要忘记我哦！"

"我的才能平平，哪敢指望将来扬名天下？再说，就算我有一天能行好运，又怎么会忘记古主任你呢？倒是你自己，前途无量，将来飞黄腾达了，可不要忘记我啊！"焕章笑着说。

"苟富贵，勿相忘！"古新运副主任哈哈笑着说。

"苟富贵，勿相忘！"焕章也哈哈笑着说。

以后碰见焕章，古新运副主任似乎对他更尊重了，远远地就会跟他打招呼。

课外活动时，初二（1）班的学生刘红找焕章来了。

一进门，她就激动地说："焕章老师，您编的这期《旭阳》校报太好了！特别是您写的那首组诗《飘忽的思绪》，很多同学都把它抄写在笔记本上呢！今天早上，我还一字不漏地把它背诵了下来。不信，我背给你听！"说完，她便得意地背诵给焕章听，然后又说："写得多好啊，那么深情，那么深刻，那么优美，那么动人肺腑！"

"谢谢你，谢谢你们！谢谢你们那么喜欢它！"焕章感动地说。

"焕章老师，您的诗文、小说写得那么好，让人那么喜欢！我也喜欢写东西，但就是写不好。您告诉我，怎样才能写出好作品呢？"刘红忽闪着眼睛问。

"要写出好作品，就要做到'五多一坚持'：多读书，多观察，多思考，多练笔，多修改，再就是要坚持不懈，持之以恒！"焕章说。

刘红认真地点点头。

"我昨晚写了一篇习作，您给我看一下。写得不好，您可不能笑话我啊！"说着，刘红害羞似的从口袋里掏出一张写有习作的稿纸，双手递给焕章。

焕章接过刘红递来的文稿，认真看了起来。这是一篇写她爷爷的怀念文章，题目是《我的爷爷》。看完以后，焕章说："这篇文章写得很好，文笔流畅，感情细腻，结构巧妙。就是肖像描写和环境衬托稍微单薄了一点，充实一下更好！"说着，便动笔修改起来，不一会儿就修改好了，然后递还给她看。

"老师您改得太好了，真是神来之笔呀！"刘红感叹说。

"你抽空再把它誊抄一遍，明天交给我，"焕章嘱咐说，"我把它发表在下一期的《旭阳》校报上。"

"好的！"刘红高兴地说。

"到晚饭的时间了，你去吃饭吧！"焕章说。

"那我去吃饭啦，老师再见！"说完，她仰慕地看了焕章一眼，转身跑走了。

望着刘红充满活力的美丽背影，焕章忽然想起了唐代诗人杜牧的著名诗句"娉娉袅袅十三余，豆蔻梢头二月初"，不觉微微地笑了。

吃过晚饭，焕章西装革履，独自在学校的后山上漫步。

西天的太阳正要下山，银白如圆盘，周围却一片淡红，剪出远山黛色的倩影；中天湛蓝而高远，有稀薄的浮云，如同玉絮一般；东天却渐渐灰蒙了，山上腾起了淡青色的岚雾，就像飘拂的青色丝缕。

山上随处可见游玩的天真活泼的学生，他们三五成群，笑语声喧。山坡上开满了山茶花和野菊花，凉爽的秋风把它们的芳香撒满了山野，让人神清气爽，心旷神怡。

见山花烂漫，焕章顿生爱意，便采了一束野菊，想带回去观赏。也许孤独寂寞之故，他的心，忽又生出一缕淡淡的愁绪来——他想念远在驻舆乡的香兰了。如果她在身边，和自己同游，那该多好啊！此时的她，在做什么呢？担水？洗菜？煮饭？裁衣？她也在想念我吗？

过了许久，他才悠然而返。沿途的男女学生纷纷称赞他手中的野菊之美，为他翩翩的风度和独特的情趣倾慕不已。

第四十四章

这个周日焕章没有回家，留在学校看书；忽又来了灵感，便写了一篇题为《舌箭》的小小说。他上午把小说草稿写完，下午又修改了几遍，然后用复写纸工整地誊抄了一遍，准备寄到某杂志社去发表。他刚誊抄完毕，就听到有人在嘚嘚嘚敲自己的房门。他放下手中的笔，起身去开门。他打开门一看，原来是古欣妍老师。

"是欣妍呀，稀客稀客，请进！"焕章高兴地说。他顺眼看了一下外面，发现学生们过完周末后陆续返校了。

"我没有打扰你吧？"欣妍笑着说。

"哪里的话？我高兴还来不及呢！"焕章说。他请欣妍在茶桌边坐下，给她泡了一杯庐山云雾茶，又拿出一包待客的花生，热情地说："吃吧，没什么好招待的！"

"谢谢！"欣妍喝了一口茶，又剥了一颗花生吃。"你周日都没回家，留在学校忙什么呢？"她好奇地问。

"看看书，写了一点东西。"焕章说。

"都说你是一个大才子，今天又写了什么呀？给我欣赏一下？"欣妍嫣然一笑说。

"一篇小小说，"焕章从桌子上把小说稿拿来，递给她看，"请你指正！"

欣妍兴致勃勃地看了起来。

"写得很好啊，"她称赞说，"准备投稿到哪里去？"

"准备投到《星火》杂志去。"焕章说。

"写得那么好，一定能发表！"欣妍说。

"但愿吧！"焕章说。

欣妍把小说稿还给焕章，环视了一下他的房间，说："你的房间布置得真好！简洁、雅致、有书香气，在旭阳中学的老师里面，就数你的房间最有特色了！"

"你过奖了，我的房间很简陋，没什么东西。"焕章说。

"'山不在高，有仙则名；水不在深，有龙则灵；斯是陋室，惟吾德馨'啊！"欣妍借用唐代著名诗人刘禹锡《陋室铭》中的名句夸赞说。

"惭愧！惭愧！"焕章连忙说。

欣妍站起身，近距离地欣赏了一下挂在墙上的郑板桥的兰竹系列诗画条幅，抚弄了一下茶几上的文竹和窗台上的万年青，看了一下书桌上方"天道酬勤"的书法横幅和桌子上放着的文房四宝以及书架上整齐排列的图书，最后扫视了一遍他整洁的床铺，便又感慨地说："只有具有独特内涵的人，才能布置出这独具韵味的房间！"

"那么多好书，能不能借两本给我看看？"欣妍问。

"没问题！床底下还有几纸箱的书，随你挑。"焕章大方地说。

"走的时候我再来挑。"欣妍说。

欣妍又喝了一口茶，吃了一颗花生，问："焕章，听说你原来在县委宣传部工作？"

"是的。"焕章平静地说。

"为什么要到乡下初中来教书呢？"欣妍又问。

"组织上认为我缺少社会人生经验，所以安排我到这里'接受再教育'来了。"焕章自嘲地笑笑。

"从单纯的大学校园一出来，就到复杂的官场上去工作，难免会遇到一些挫折的……"欣妍安慰他似的说。

"你说的没错。只是自己当时没足够的思想准备。"焕章说。

"据我平时观察，你每天的生活都很有规律，读书写作也非常勤勉，今天我又看了你的房间，就知道你是一个有理想、有抱负的人！"欣妍仰慕地说。

"谈不上有什么理想、抱负，只是不想让自己活得那么空虚、无聊、平庸而已！"焕章谦虚地说。

"'自古雄才多磨难'，你现在的'磨难'，一定会成就你将来的辉煌！"欣妍说。

"谢谢你的鼓励！"焕章感激地说。

他们又聊了一会儿学校的工作和生活中的琐事，不久，欣妍便告辞了。临走时，她借了他两本书，一本是小说《红与黑》，一本是《恋爱心理探幽》。

"看完这两本，我再来借！"欣妍含情地说，脉脉地看了他一眼。

"随时欢迎！"焕章说。

欣妍走后，焕章把房门关上。房间里却仍然飘散着她芬芳的气息，他的眼前又浮现出她动人的笑靥来。他笑了笑，摇了摇头，仿佛想把她的声影摇去一般。

晚上召开全体教职工每周一次的例会。在会上，先由陈顺治副校长宣读了两份上级主管部门下发的有关教育教学的红头文件，接下来，便重点讨论上学年度的教学奖问题。

其实，教学奖的奖金并不多，最多的老师也就一百多块钱，最少的老师只有十几二十块钱，个别老师甚至没有，但因为大家的工资都很低，一个在编的正规老师，一个月的工资才六七十块钱，代课老师则更少，一个月才三四十块，所以大家都很看重它。

总务处的曾照泉老师给每位教职工发了一份油印的《旭阳中学1986—1987学年度教学奖分配方案（草案）》，后面还附录了初步计算出来的每个教职工所得教学奖的具体金额。

邱炘奋校长说："请大家先把教学奖的分配方案看一遍，看看有没有意见，大家提一提。"

大家浏览了一遍教学奖的分配方案后，开始窃窃私语、议论纷纷，接着，便有人提意见了。

王海山老师站起来说："请问校长，一个教职工的教学奖多少是根据什么来计算的呢？"

"方案上不是写明了吗？主要是根据他所承担的课时节数、是否带毕业班、出勤情况、工作态度等几个方面来计算的。"邱炘奋校长回答说。

"但我怎么觉得，没有很合理地体现你所说的那几个方面呢？"王海山老师说。话音刚落，就有不少教职工为他鼓掌。

"现在不就是请大家提意见吗？觉得哪个地方不合理，就提出来，学校行政人员会根据大家的意见，再讨论、修改。"邱炘奋校长说。

钟治平老师站起来说："我提一个意见。我认为教学奖应该主要是奖励老师的，但为什么个别后勤人员拿到的，比毕业班老师的奖金还要高呢？这不合理吧？"他说的"个别后勤人员"，其实是两个副校长的家属。

大家鼓起掌来。

赖曦才老师站起来说："我也提一个意见。我看行政领导的教学奖都比普通老师的高。领导干部应该有点高风亮节吧？教学奖应多奖励一线的普通老师才是！"

也只有德高望重、敢于直言的赖曦才老师才敢说这样的话！

老师们热烈鼓起掌来。

领导们的脸色有点难看。

焕章也站起来说："上学年度的教学奖虽然没有我的份，但我还是想提一个建议。我认为，教学奖向毕业班的老师倾斜是应该的，但也不能太高，因为如果非毕业班没有教好，毕业班的成绩同样上不去。现在毕业班老师的教学奖占了奖金总额的百分之八十五，非毕业班老师的教学奖只占了奖金总额的百分之十五，能不能把毕业班的老师所占奖金总额的比例下调为百分之七十到八十，即非毕业班老师的奖金总额上调为百分之二十到三十呢？"

非毕业班的老师都为焕章鼓掌。

虽然获得了掌声，但焕章忽又后悔起自己的多嘴来。以前在县委宣传部工作时，正因为自己的多嘴，说了一些自己不该说的话，才招致别人的误解和诋毁啊，现在怎么就忘了当初的教训呢？！

接下来，又有几个教职工提意见……

当大家的意见提得差不多了时，邱炘奋校长最后总结："对于《旭阳中学1986—1987学年度教学奖分配方案（草案）》，刚才大家提了不少意见或建议，我们会把它们收集起来，在行政会上逐一讨论。请大家相信，虽然教学奖的分配方案无法让每个人都满意，但一定会让绝大多数人满意，尽可能做到既合情又合理！"

大家热烈地鼓起掌来。

"其他领导还有没有什么事？"邱炘奋校长扫视了一下其他行政领导，问。

教导处的汪启明主任站起来说："我还有一点事。"然后他对大家说："请语文科组的老师留一下，其他人员散会！"

于是，除汪启明主任和语文科组的老师外，其他人员先散会走了。

焕章数了一下人头，刚好有十个语文老师。

"老师们，按学校的规定，学科组长、年级备课组长，三年一次改选。现在三年已满，又到改选的时候了。其他学科的科组长、备课组长都已改选完毕，就只剩语文科组没完成了。今天晚上我们就利用教职工会议后的这点时间，来完成这项任务。请大家积极推举合适的人选。"汪启明主任说。

大家议论一番后，就有人推举焕章担任语文学科组长，说他学历最高，也最有才华，是担任语文学科组长的最佳人选。焕章连忙推辞说，自己虽然多读了一两年书，但踏上讲台还没多少天，缺乏足够的教学经验，还是推举那些有资历且经验丰富的老师担任更合适。又有人说，既然不愿担任学科组长，那就担任初二年级的备课组长吧。焕章又以同样的理由推辞了。

见焕章推辞，就有人推举赖曦才老师，说他资历老，经验丰富，德高望重，适合担任语文教研组长。赖曦才老师推辞说，他是差不多退休的人了，这个职位让优秀的中青年教师担任更合适。又有人说，你是初三毕业班的把关老师，那就担任初三年级的备课组长吧。他推辞不过，只好答应了。

经过大家一番推举和相互间的辞让，最后选定了罗致瀚老师为语文学科组长，赖曦才老师为初三语文备课组长，蓝世煌老师为初二语文备课组长，焕章的老同学罗秀竹老师为初一语文备课组长。大家用掌声祝贺了他们。

散会时，作良对身边的焕章说："焕章兄，请到我房间去坐一下吧，聊聊天！"

焕章高兴地说："好的！我还没去你房间坐过呢！"

"就是！开学那么久了也不光顾一下寒舍！"作良责怪似的说。

作良的住房并不在汪家祠堂里，而是在马路坎上依山而建的最高一排教学楼的旁边，要走几百米远的路程。

路过学校的小卖部时，作良买了一瓶章贡酒，一包花生米，一包"瓦壳钉子"（一种蘸糖的油炸糯米条，形状像瓦房上用的钉子）。

"买这些干吗？随便坐坐就行了。"焕章客气说。

"难得你来一回，总要喝两杯吧！"作良笑着说。

"好吧，喝两杯！"焕章也笑着说。

作良的房间比较杂乱，什么东西都有，包括煮饭菜用的电炒锅、盆碗盘碟和油盐酱醋。和其他老师的房间有点不同的是，因为他爱好文学，书桌上堆放着不少文学杂志；又因为他是《旭阳》校报的责任编辑，茶几上还放着一些学生的习作来稿。

"来，干杯！"

"干杯！"

酒过三巡，两人都微醉了，酒助友情，于是两人敞开心扉，推心置腹地交谈起来。

"焕章兄啊，我们田背排村是一个拥有几千人口的大村庄，从解放前到解放后，都没出几个大学生，而你就是其中一个。你原本是我们田背排刘氏家族的骄傲，大家都以为你在县委宣传部工作，将来会做大官，会光宗耀祖，没想到你竟然被'下放'到乡下教书来了，好遗憾啊！"作良感慨地说。

"是啊，我确实有愧于父老乡亲的殷切期望啊！只怪当初自己太幼稚、太单纯了，没有社会人生经验，以致在复杂的官场摔了个大跟斗！唉！"焕章自己也心痛地叹息说。说完，他又喝了一杯酒。

"不过，在学校也好，单纯，再也不用看别人的眼色行事了，再也不用害怕别人的钩心斗角、尔虞我诈了。"焕章又自我安慰说。

"老兄此言差矣！如果你以为学校就是一个世外桃源，是一个平静的港湾，那就大错特错了。学校的人际关系也是很复杂的，也有不公平，也有小人哪，只不过没有官场那么严重罢了。"作良说。

"你说的也是，学校毕竟也是社会的一部分啊！"焕章说。

"比如今天晚上公布的教学奖方案，就明显有不合情、不合理的地方。虽说让大家讨论、提意见，那只不过是一个形式而已，其结果不会有什么大的改变，不信你等着瞧！"作良说。

焕章沉思着"哦——"了一声。

作良又说到代课老师，他说："都说当老师的社会经济地位很低，我们当代课老师的社会经济地位更低！社会上的人看我们不起不说，就是我们自己的同行，那些有文凭的在编老师在心里也瞧不起我们。就拿我本人来说吧，我承担的教学工作并不比他们轻，教学成绩甚至比他们还好，但工资待遇只有他们的一半左右，评先评优梦都不要去做！你说公平不？悲催不？"

"确实不公平！确实悲催！"焕章同情地说。

"我啊，好在有一个文学梦在支撑着自己，不然，我实在没法在这里再待下去了！"作良说。

作良有一个作家梦，焕章是知道的。他看过作良写的东西，文章的选材和结构不错，就是描写的细腻性和句子的顺畅度方面还有点欠缺。这也难怪，他毕竟只是一个高中毕业生，基础差一些，但兴趣是最好的老师，只要他坚持不懈，假以时日，相信他将来还是会有所建树的。

"你如果有一张文凭或者是吃商品粮的话就好喽，凭你的能力，我相信你的生活和事业会另有一番风貌的！"焕章说。

"我自己也这样想！"作良自信地说，"可惜啊，我命不如人！"他又叹息道。说完，他又喝了一杯酒。

作良还说到学校一些老师的情况。他说："古新运主任人比较势利。他还是一个普通老师时，和我关系很好；当上领导后，就高高在上，和我疏远了。林接亮老师为人很张狂，自以为了不起，有时就像一条疯狗，冷不防就咬你几口。你的老同学古菅壬是个花花公子，只是没人告发他而已……"

"他们这样啊，你不说我真不知道呢！"焕章有点吃惊地说。

"时间长了，你自然就了解了！"作良说。

作良在旭阳中学代课几年了，他对同事们的了解自然比焕章多，但焕章还是相信，旭阳中学的绝大多数老师还是好样的，作良所列举的那几个老师，应该只是极少数。再说，老师也是人，不是神，既然是人，就难免有良莠之分。

"作良，你说我在旭阳中学应注意些什么呢？"焕章诚恳地问。

"一要谦虚，二要搞好教学，三要主编好《旭阳》校报。这样，对你的将来就更好些！"作良说。

"谢谢你的提醒！"焕章说。他想，除作良说的三个方面外，他还要积极向组织靠拢，争取早日入党；另外，业余他还要多看点书，多写一点文学作品。

"来，干一杯！""干！"焕章和作良碰了一杯，两人一饮而尽。

焕章又和作良谈了一下《旭阳》校报的事，不知不觉，就聊到了深夜。焕章因为喝醉了酒，就懒得回自己房间去了，倒在作良床上和他挤着睡了一夜。

教师饭堂的伙食很差。一是菜品单一，每餐只有一种菜，没得挑选，而且不是冬瓜，就是白菜，很少肉腥味；二是质量差，色、香、味、形俱无，难以下咽；三是价钱贵，一份素菜要一两毛钱，荤菜则翻倍，一个月的伙食费就要二十七八块，差不多要花去半个月的工资！有教职工私下议论说，教工饭堂的伙食之所以那么差，是因为管理伙食、负责采买的晏阿姨克扣了大家的伙食费，中饱私囊了。晏阿姨是陈顺治副校长的妻子，自然没人敢明说。

一天中午，焕章找到正在洗衣服的晏阿姨说："晏阿姨，从下个星期开始，我不在教工饭堂开伙食了。"

"为什么？"晏阿姨直起矮胖的身子惊讶地问。她的眼睛睁得圆圆的。

"我家离学校近，带米菜方便，那样，自己想吃什么也就方便。"焕章委婉地说。

"哦，这样！由你吧！"晏阿姨说。她脸上露出不悦的神色，转过身继续洗她的衣服。

也许自己脱离伙食团有损她的利益吧，所以她不高兴了，焕章想。但他不管了，由她去吧！

此后，焕章便从家里带米菜了。他每周给二嫂玉翠五元钱，叫她相间着到圩上买一些鱼、肉等回来，帮他煎、炒好。蔬菜家里有，不用买。他把商品粮本子交给二嫂，叫她年终时一起把米买回家。他一周回家带两次米菜。这样，他每天荤素搭配着吃，伙食得到了很大的改善。

这天傍晚，焕章又回去带米菜了。当他回到家里时，却不见二哥二嫂的身影。他问正在厨房里忙的母亲："二哥二嫂呢？"

"到鹅湖你二嫂的姑姑家里去了。"母亲说。

"二嫂的姑姑家做什么好事（喜事）吗？"焕章问。

"没做什么好事。听说搞计划生育的要来了，你二哥二嫂到她姑姑家去躲一段时间！"母亲低声说。

"听说这次搞计划生育，重点是抓已生了两个女孩的纯女户！"帮着烧火的父亲接话说。

二哥二嫂虽然有了雯雯和晶晶两个可爱女儿，但他们还想再生一个儿子。听说这次搞计划生育，将比上次更严厉，他们只好"三十六计——走为上计"了！

"二哥二嫂已生了两个孩子了，就不要再生了，男孩女孩都一样。城里吃商品粮的，还只准生一个呢！人要知足。叫他们去上环或者结扎算了，躲藏什么呢？"焕章说。

"满子，你没听过'养儿防老'的古话吗？将来你二哥二嫂的两个女儿出嫁了，他们两公婆老了后，谁来照顾他们呢？"母亲反问道。

"我们村里的老五牯，生了三个女儿，老婆被结扎了。因为没有儿子，他被邻居欺负了都不敢吭声，老婆还动不动被人诅咒'绝代嫲'！"父亲接话说。

焕章一时语塞，不知该如何应答父母。父母说的也不是没一点道理。村民的"男女平等"思想还没高到那个境界，对目前的计划生育有抵触情绪也实属难免。

晚饭后，焕章和父母坐在客厅里闲聊。雯雯和晶晶两姐妹则在里间做作业。

母亲说："你二哥二嫂走后，酿酒、煎铁勺粄、磨豆腐，什么买卖也做不成了，家里的收入也就少了。"

父亲说："山上的茶籽该摘了，也没人工去摘；再不摘回来，都被大仙背人偷光了！"

大仙背村和田背排村隔河相望，这个村的村民比较贫穷，人多田少山也少，油茶山则更少，年年都有成群结队的村民到别村的油茶山上去偷摘茶籽。

至于这个村子为什么叫"大仙背"，这里有一个神奇的传说：相传在很久很久以前，因为当地的村民很贫穷，神仙们便越过篁乡河来到这里开会，讨论让村民们富裕起来的办法，于是，这个村子后来就命名为"大仙会"。可惜的是，这里地势低平，排水不畅，雨天无法行走，雨后道路泥泞，如果背负重物，简直苦不堪言。村民们想象，如果天上神仙下凡，用神力帮助他们背负重物，那该多好啊！于是，他们便把村名改成"大仙背"了。

"两个小孩，里里外外的活，都要我和你伯操劳！"父亲叹息一声说。

二哥二嫂不在家，父母年纪大了，那么多家务、农活要做，肯定很辛苦。

"摘茶籽的事可不能耽搁！这个周末我会回来，再请几个亲友帮忙，上山把茶籽摘回来。不然的话，真的会被人偷光。"焕章说。

聊了一会儿，焕章带上父母为他准备好的鱼、肉、蔬菜及大米，踏着明亮的月光回学校去了。他明天要看学生早读，上午第一节还有课，得晚上赶回学校去。

焕章走后不久，侄女雯雯和晶晶的作业也做完了。为疏解两个孙女因爸妈不在身边的孤单，母亲便乘着月色，坐在门坪上教她们姐妹俩唱儿歌，就像教小时候的焕章兄弟姐妹们一样：

（一）
月光华华，
担水喂猪嫲。
喂介猪嫲勃勃大，
拿到驻奥去卖。
驻奥勿抵钱，
扛回来过年。
剐啊倒，食啊了，
又大一岁了！

（二）
暗摸摸，狗虱多。
夔咬俚（我），咬猴哥。
猴哥上树拗燥柴，
猫公烧火鼻濑濑。
鸡舂谷，狗踏碓，
鸭子挑水鹅洗菜。

大家一起来做饭，

　填饱肚皮睡觉喽！

………………

焕章回到学校时，学生晚修刚好下课。他放好米菜，喝了一杯凉开水，便想到操场上去走一圈，以平息一下燥热的心。

当他走出房间，路过行政办公楼时，看见汪启明主任的房间里还亮着灯光，便临时改变了主意，打算到他那里去坐一坐，聊聊天。

汪启明主任虽然只是一个教导主任，但因他教学水平高，为人谦虚温和，处事公正廉洁，所以学校党支部换届时，党员们以无记名投票的形式，推举他当上了新一届党支部书记。

"哎呀，焕章老师来了？稀客稀客！"汪启明主任高兴地说。他连忙请坐，倒茶。

"我看到您的房间还亮着灯，估计您还没睡，就想到您这里来坐一坐。没打扰您吧？"焕章有点歉意地说。

"没有！我一个中年人，哪有小年轻们那么贪睡？我一般是晚上十一半点后才会上床睡觉，现在还不到十点呢！"汪启明主任说。他递给焕章一支烟，见他摆摆手表示不会，便给自己点上。

"焕章老师来旭阳中学有一段时间了，怎么样？适应了学校的教学、生活没有？"汪启明主任关心地问。

"还好吧！"焕章笑笑说。

汪启明主任听出了焕章还不是很适应的意思，便说："过半个学期或一个学期后，你就会慢慢适应的。"他停顿了一会儿又说："说实话，像你这样的人才，在这里也待不了多少年的，离开旭阳中学是迟早的事。'金麟岂是池中物，一遇风云便化龙'！"

"将来的事，很难说啊！不过，像我这样一个落难之人，还能得到启明主任的谬赞，也算是一个安慰了！"焕章说。他拿起茶杯喝了一口水。

"不是谬赞，你确实是一个人才！你也不要认为自己是一个落难之人，而应该把自己的这次人生际遇当成人生的一次考验、一次难得的锤炼自己的机会才是！"汪启明主任说。

"您说的也是！"焕章点头说。

"你在县委宣传部时的一些传闻，我也听说过。且不说有没有那么回事，但经过好事者不少的添油加醋、渲染夸张，那是肯定的。"汪启明主任说，"据我对你来旭阳中学后这段时间的观察，你的才学、你的人品，是非常不错的，哪里会像以前在社会上流传的那样差？"

"谢谢启明主任的理解！"焕章感激地说。他便向汪启明主任说起自己在县委宣传部时，官场上、社会上流传的有关他的一些负面传闻及其事实真相。

"人言可畏啊！"启明主任听了焕章的讲述后，感慨地说。

"我年轻时，刚走上社会的时候，也是一个初生牛犊不怕虎的主，坦率直爽，敢说敢干，结果碰了不少钉子，也遭受过小人的打击报复。后来，自己经历得多了，棱角渐渐被磨平了，人才慢慢变得成熟、稳重起来……'刚强只因少经验，柔和乃因曲折多'，古人说得不错啊！"汪启明主任又感慨地说。

焕章点点头。

"你踏上社会不久，还缺乏社会人生经验，但随着阅历的丰富，你也会慢慢成熟起来的。"汪启明主任对焕章说，"你现在就像一块上好的璞玉，经过时间的打磨后，将来一定会变成一块光彩夺目的美玉的！"

"谢谢启明主任的赏识和鼓励！"焕章感激地说。他拿起茶壶，恭敬地往汪启明主任的茶杯里添了茶水。

汪启明主任话题一转，又和焕章聊起学校教工饭堂的事。他问焕章："听说你不在教工饭堂吃饭了，自己开伙食了？"

"是的。教工饭堂的饭菜又贵又难吃，我家里离学校那么近，自己带米菜更好些！"焕章说。

"教工饭堂的伙食确实不好，教工们也早有议论。你家离学校近，自己带米菜，也可以理解。只是有人借此说你'娇贵''不吃苦'呢！"汪启明主任说。

"是晏阿姨说的吧？还是她老公陈校长说的？我又没影响教学工作！我在哪里吃饭，吃什么，怎么吃，关他人什么事呢？"焕章不满地说。

"本来这事也没什么，但人心难测啊！你是有过教训的人了，还是小心点好，不要又被人抓住什么把柄！"汪启明主任提醒说。

"既然这样，好吧，以后我还是回到教工饭堂吃饭吧！"焕章无奈地妥协说。

"在单位就是这样，有的事真的好无奈，但你要看破一些。"汪启明主任说。

焕章点点头。

过了一会儿，焕章和汪启明主任说起入党的事。他说："启明主任，我在县委宣传部时写过入党申请书。我调到旭阳中学时，部里的廖子厚秘书说，他把我的入党申请书转到我们学校党支部了，您看到了吧？"

"是转到我们学校党支部了，我看到了。"汪启明主任说，"到了新单位了，不同的支部了，按照规定，你的入党介绍人也要更换了。"

"那能不能请您当我的入党介绍人呢？"焕章恳切地问。

"可以啊！"汪启明主任爽快地应承说，"入党介绍人要有两个。这个学期还没开过支委会，下个星期召开一次，顺便把你入党的事讨论一下，给你安排另一个入党介绍人。"

"谢谢启明主任！"焕章感激地说，"以后请您多多指导，让我在教学上、在待人处事等方面，更好、更快地成熟起来！"

"谈不上指导，以后多互相学习吧！"汪启明主任谦和地说。

晚上十一点时，焕章告辞了。

"以后多来坐坐哈！"汪启明主任把他送到行政办公楼门口说。

"好的！什么时候您有空，也请到我的寒舍坐坐！"焕章热情地邀请说。

"好的好的！"汪启明主任高兴地说。

从汪启明主任那里出来，焕章心情很好。但当他回到自己的房间时，他的右眼皮忽然乱跳起来。俗话说："左眼跳福，右眼跳祸。"此时的他，心里不禁感到一阵不安。是他从县委宣传部下放到旭阳中学的"丑事"被人四处传扬、八方耻笑了？还是他调到旭阳中学后又被人抓住了什么新"把柄"而遭人非议了呢？又或是在不久的将来，他又将遭遇到什么不幸之事？……"无论是哪种情况，以后我都须谨言慎行、小心翼翼才是！"焕章在心里暗暗告诫自己说。他不禁深深地、长长地呼吸了一口气。

窗外的月光不见了，一团乌云蒙住了月亮的眼睛，大地变得漆黑起来。秋风起了，一阵一阵的，把几片苦楝树的黄叶，从窗外扔进焕章的书桌上，让他感到了几许令人战栗的萧索……

第四十五章

上午上完课，焕章拿着书本和讲义夹，若有所思的样子，正往自己的房间走。当他路过总务处时，总务处的曾照泉老师叫住他说："焕章老师，有你一封信。"学校的信箱格就挂在总务处门口，每天新到的报纸、杂志、信件等，就由曾照泉老师负责放到各个信箱格。"好的。谢谢！"焕章说。他从信箱格里找到写给自己的信件，一看信封上的书写笔迹和印有"中国江西省长平稀土工业开发公司"地址的信封，就知道是已升任长平稀土公司副总经理的同窗好友严延诚寄来的信。

这是焕章下放到旭阳中学后收到的第一封来信。他一回到房间，茶也顾不上喝，就忙把信封拆开，展开上方用红色字体印着长平稀土公司名称、地址、电话号码的信笺阅读起来：

焕章：

你好！

很抱歉，现在才给你写信。相信你近来的心情会有所好转，并向新的生活迈出了一大步。我不想过多地与你提起逝去已久的抑或有点啼笑皆非的往事，只望你在日后漫长的人生道路上，选准目标，勇往直前。在你走上新的工作岗位的时候，我要说的话已与你话别时说了，我不想过多重复。

这次致信于你，主要是想了解一下你近来的情况，诸如人生观、生活现状、爱情生活、工作近况等。我们毕竟是多年的同学、朋友，无论如何都有过一阵阵欢声笑语，况且我并不以为你现在与以前比不好。——不过，我还真因为同情你说过一些不一定会产生影响决定的话（因为我的能量确实有限，很难改变得了别人的决定，甚至连我所在的公司在内），我倒更认为你应该留在县城某机关（这些话我亦和你说起过）。

然而，既然命运作出了新的安排，你还是要现实地对待它。它是自己用生命雕刻的花纹，加上有无情的外部存在。

　　近来，我的心情亦不是很佳，烦恼诸多一时也无从说起。我常想，迟早会有那么一天，我亦会来到你所属于的队伍里，借此度过余生的。

　　谨此！

愚友：延诚

×月×日晚

　　（我已迁至岳家庄稀土公司宿舍住宿，欢迎有空时来玩！）

　　看完同窗好友延诚的来信，焕章的思绪飘得很远很远，往事又一幕幕清晰地浮现在他的眼前：在长平中学读书时，傍晚他和延诚在小溪边散步，延诚向他叙说小时候的不幸经历；高中毕业后，他和延诚互相到对方的家里做客，庆祝高考成功；读大学时，他暑假回家路过赣州时到赣南师专看望延诚，两人在辛弃疾留下名句"郁孤台下清江水，中间多少行人泪"的郁孤台下，倾吐对未来的憧憬和对爱情的渴望；大学毕业后，他分配在县委宣传部工作，延诚则先一年分配到长平稀土公司当秘书，后又升为办公室主任兼总经理助理，两人多次把酒畅谈，豪情满怀；他"下放"到旭阳中学时黯然和延诚道别，延诚深切地同情他、安慰他、劝勉他……而今，延诚又写信来开解、劝勉自己，向自己倾吐心声，也算是"患难见真情"了！于是，他心里不禁涌起了一股感激之情。

　　焕章很快给延诚写了一封回信，告诉他自己目前单调的生活现状、甜蜜中带有苦涩的爱情生活、繁重的工作近况和不屈自信、志存高远的人生观，同时劝勉他要珍惜来之不易的大好前程，和公司的总经理搞好关系（延诚曾说起过，他和公司总经理有时合不来），要深刻领会和严格执行县领导的意图（延诚曾说起过，有时他对县领导的意见不能理解、不能接受），要他以自己为前车之鉴，不要步自己的老路。同时，希望他早日和前县委副书记谢天明的千金谢菲菲结婚，祝福他取得爱情和事业的双丰收。

　　焕章写好信后，把它折叠好，塞进一个白色的信封里，然后写好信封，粘好封口。他带上信件，骑上自行车，到篁乡邮电所买了一张梅花邮票，把它粘贴在信封上，把信件投进了邮电所门口的绿色信筒里。而就在他把信件投进邮筒的那一刻，他仿佛看到了同窗好友严延诚坐在他宽大的办公桌前，正认真地阅读他的来信的情景……

　　今天是篁乡圩日。临近中午时，父亲托赴圩的乡亲给焕章捎了一个口信，说细姐来了，要他中午回家吃饭。

　　细姐名叫祺玉，比焕章大四岁，比二哥新营小三岁。她的婆家在松竹岭垦殖场高头村，老公姓严。焕章称呼她为"细姐"，是按当地的习惯，为区别称呼大姐水莲而言。长平客家人日常生活中说"小"，不说普通话的"小"，而是说"细"。

细姐是焕章一大家人的功臣。她为了供几个兄弟读书，自己只读到小学二年级就辍学了，和父母亲一起，挑起了家庭生活的重担。她二十一岁时才在父母的催促下出嫁，而同村的姑娘往往十七八岁就出嫁了。焕章直到现在还记得，细姐读小学一、二年级时，都是带着三四岁的他一起到学校读书的。因为要做很多家务，又要照管弟弟，她没多少心思读书，她在小学两年里所认识的字，并不比做"旁听生"的弟弟认识的字多多少。在家里做丰园里的房子时，细姐虽然出嫁了，但从打土方、出泥砖，到砌墙、盖瓦，再到粉刷装修，她几乎都全程参与了。做房子所需要的木材，大部分也是从她丈夫家的山上砍伐并一条条肩扛过来的。基于细姐的种种功劳，焕章一大家人都对她既尊重又感激。

焕章从县委宣传部下调到旭阳中学教书的事，他本人和家人都没有告诉过她，但细姐最终还是从别人的嘴里听到了。当她听到这个坏消息时，她心里既吃惊又不安。于是，她今天借赴篁乡圩的机会，想回娘家看望一下弟弟，了解一下情况。她来时带了一只母鸡、一网兜鸡蛋，还到圩上买了两斤猪肉。

当焕章回到家里时，因二哥二嫂到二嫂的姑姑家躲避计划生育去了还没回来，细姐正在厨房里协助母亲弄午饭。

"细姐，你来了？"焕章高兴地问候说。

"是啊，细姐大半年没见你了，听说你调到中学当老师了，就来看看你！"细姐动情地说。

焕章心里涌起一股暖流。自己的境况这样，他又感到很对不起细姐。他两眼一热，差一点掉下眼泪来，但他还是忍住了。

"弟弟啊，你在县委宣传部工作多好，为什么要调到乡下来教书呢？"细姐困惑地问。

"官场太复杂了，我缺乏社会人生经验……所以被调到乡下教书来了！"焕章声音低低地说。

"弟弟啊，读书那么难你都会，又是大学生，怎么就学不会待人处世呢？"细姐难过地说。

细姐没多少文化，又是一个农村女子，她不懂什么"社会人生经验"的概念，但她明白，弟弟下放到乡下中学教书，肯定和待人处世有关。

"细姐，读书多，不一定就会待人处世……也许是我以前接触社会太少，身边又没人指教，加上性格如此，才导致这个结果吧！"焕章无奈地说。

"弟弟啊，以前你考上大学，后来又分配到宣传部工作，细姐脸上都有光哪！可现在，细姐听到别人说你怎么不好，在外面怎么出洋相，细姐我心里好难受啊！"说着，细姐擦了一下红湿的眼睛。

"细姐，我虽然幼稚、单纯，但也不是他们传说的那样，你别信那么多！那都是一些不怀好意的人添油加醋甚至是无中生有的谣言！"焕章愤懑地说。于是，他便向细姐诉说了一些社会上有关他的负面传闻及其事实真相。

听了弟弟的诉说，细姐既愤慨又不平地说："真如古话讲的，'人讲人，讲死人'啊！……弟弟呀，有人是见不得你好，见不得我们家好啊！"

吃过午饭后，细姐帮母亲洗完碗筷、擦干净桌椅，又和亲人聊了一中午家常，下午两点时，她便要回去了。田间地头很多活等着她做，老人孩子也要她照顾，她不能走得太久。好在婆家和娘家相隔不很遥远，来回还算方便。

临走时，细姐嘱咐焕章说："弟弟啊，你现在是跌过跤的人了，以后要学精一点，教好你的书就行，别的事情，不该管的事少管，不该讲的话少讲……你也不要泄气，'守得云开见月明'，你一定要争气！"

"细姐，我知道了！"焕章点头说。

细姐依依不舍地含泪告别了。她每次回娘家，离别时总是这样。母亲也流下了不舍的眼泪，焕章和父亲也湿了眼眶。只有侄女雯雯和晶晶，因年纪小还"不识愁滋味"。

望着细姐远去的背影，焕章在心里默默地说："细姐，你放心吧！将来，我一定会为自己、为家人争一口气的！"

晚饭焕章是回学校饭堂吃的。当他吃完饭回房间时，和他一起离开饭堂的宋和平老师对他说："焕章，走，到你房间坐坐去！""好啊，欢迎！"焕章热情地说。刚吃完饭的古菅壬和钟志尚两位老师听到后，也一起跟了过来。

走进房间，焕章请他们坐下。他泡了一壶庐山云雾茶，给每人倒了一杯，又给每人发了一支待客用的红梅牌香烟，用打火机给他们一一点上。

"焕章，你的房间布置得很不错啊！"宋和平老师环顾了一下焕章的房间，称赞说。

"是啊，简洁，雅致，有书香气，大学本科生的房间就是不一般！"钟志尚老师也赞叹说。

"哪里，也没什么像样的家具，只不过多了两盆花草、几幅字画和几本书而已！"焕章谦逊地说。但听到他们的赞赏，他的心里还是很高兴的。

"如果有几件时新的家具，那更是锦上添花了！"宋和平老师说。

"我准备今年冬天买一些木材，把它们晾干后，明年再做家具。我的打算是：明年'木器化'，后年'电器化'，再后年'现代化'！"焕章充满向往地说。

古菅壬马上接嘴讥讽道："今年是'落井化'！"

焕章心里一震，他知道古菅壬讥讽的是什么，真想愤怒地说一句："于是，你就狗眼看人低，落井下石了？！"但他忍住了，他想起了受胯下之辱的韩信。不过，他的脸色还是黑了下来。

宋和平和钟志尚两位老师也听清了古菅壬说的话，心里直骂他不看场合，不识好歹，但又不便明说，怕说了让焕章更难堪，只好装作没听见。

空气一时间凝滞了。为打破这尴尬和沉闷的气氛，宋和平老师很快转过话题说："听说今晚乡政府礼堂放《南北少林》的电影，是李连杰主演的，你们去不去看？"

"真的？我最喜欢李连杰了，他演的武打片很逼真，很惊险！我去看！"钟志尚老师说。

"那我们早点去吧，不要买不到票哦！"古菅壬知道自己的话得罪了焕章，想早点离开，于是顺坡下驴地说。

"你们去看吧，今晚我有一点事，就不去了。"焕章说。

"那我们去看，走吧！"宋和平老师说。

他们走后，焕章关上房门，一个人在藤椅上坐了很久。他的耳畔仍回响着古菅壬"今年是'落井化'"的讽刺话语，它就像一根魔鬼的毒针，深深地刺痛了他的心。他自嘲地想：这就是我的"老同学"，以前曾对自己大加奉承的"好朋友"，原来竟是这么一个卑鄙无耻的势利小人！他联想起自己下放到旭阳中学后，古菅壬以前在他面前说过的一些阴阳怪气话，他又联想起自己所遇到过的其他变色龙般的势利脸孔，他在心里不禁立誓道："刘焕章，将来不争一口气，你还是个人吗？！"

晚上，他思绪万千，辗转反侧，久久不能入睡……

古欣妍老师受焕章的影响很大。她看到焕章作为一个大学本科毕业的高才生，文学才情又那么高，尚且那么刻苦、拼搏，自己只是一个中师毕业生，更应该发奋学习才是。于是，她也像焕章那样，每天迟睡早起，早上朗诵诗文、英语，晚上看书、写札记。最近她又报了电大中文专科的自学考试，想在学历水平上再提高一个档次，因而更加用功勤勉了。她的家虽然在圩面上，离学校很近，但她和焕章一样，周末也很少回去了，留在学校学习。对于焕章，她不但没有像一般人那样怀有偏见，反而充满了钦佩和爱慕。她每次碰见他，都会用脉脉的眼神看他，希望能得到他热烈的回应，但他总是躲闪着她的眼睛，似乎害怕和她的目光相碰，这令她既困惑不解，又充满殷切期望。

这个周日的上午，焕章在房间里研读中国传统文化书籍《麻衣相法》。当他看了大半天书本累了时，便放下书本想休息一下。于是，他泡了一杯清茶，拿着茶杯走出房间，一边喝茶，一边在祠堂里散步。当他看见二楼女生宿舍旁边的欣妍老师的房门敞开着，就知道她也没有回去，便想去看看她在做什么，于是登上楼梯走了过去。

当他来到欣妍老师的房门前时，见她正伏案写着什么，就"磕磕"敲了两下房门，问："欣妍老师，在忙什么呢？"

欣妍老师扭过头一看，见是焕章老师，连忙放下笔，起身迎了出来。"焕章老师，请进来坐吧！"她热情地说。

"在写什么呢？"焕章微笑着问。

"写一封信。"欣妍老师羞涩地说。

"给男朋友的？"焕章故意笑着问她。

"哪里！我还没谈恋爱呢！我是在给中师的同学写信！"欣妍老师羞红着脸，连忙辩白似的说。

"你既然在写信，那我就不打扰你了！"焕章说。

"没关系的，坐一会儿吧！"欣妍老师诚恳地说。

"不了，下次吧，别打断了你的思路。"焕章说。其实，他很想在她那里坐一会儿，和她聊聊天，可不知怎的，他忽然变得胆怯起来，于是转身走了。

欣妍老师望着他的背影，心里好不失落！

当焕章回到自己房间时，忽然从欣妍老师房间里飘来录放机播放的苏联歌曲《红梅花儿开》：

田野小河边红梅花儿开

有一位少年真使我心爱

可是我不能对他表白

满怀的心腹话儿没法讲出来

他对这桩事情一点不知道

少女为他思念天天在心焦

河边红梅花为他已经凋谢了

少女的思念一点没减少

…………

　　焕章知道，这是欣妍老师特意为他播放的，她是借这支情歌来表达她的心声。焕章拿着茶杯，坐在藤椅上，听着这优美、抒情的旋律，陷入了既陶醉又复杂的情感之中……

　　下午，学生们陆陆续续返校了。有些学生是挑着木柴返校的。每个学生每学期要交二百斤木柴，作为在学校饭堂蒸饭的费用。交柴的时间不限，在学期结束前交清就行。大多数学生是自己把木柴挑来的，分几个周日返校时挑来，每次挑几十斤。当然，也有少数学生是家长挑来的，在开学初挑一两次就够了。这天下午轮到焕章和李德荣老师负责给学生称柴、登记了。李德荣老师称柴时，总是尽量把秤砣往秤头上移，让秤杆翘得高高的，就像一条高傲的狗尾巴；焕章则刚好相反，总是尽量把秤砣往秤尾上移，让秤杆平平的，甚至都往下倾斜了。所以，学生们都愿意到焕章这里来称柴。有一个初三的漂亮女生，长得像林黛玉一样娇弱，称完挑来的木柴后，恳求焕章说："老师，我只差十斤木柴了，你就帮我写够数吧，省得我再挑一次！"焕章心想，只差十斤木柴，挑来也不是，不挑来也不是，确实尴尬，又看到她柔弱的身子，就动了怜香惜玉之心，于是心一软，便给她多写了十斤。她千谢万谢，好不开心。焕章心里也荡漾着一泓为他人做了好事的欢欣。

　　当焕章正忙着给另一位学生称柴时，忽然听到有人叫他："焕章哥，你在这里称柴啊！"

　　焕章抬头一看，原来是去年到县城考采茶剧团时找他帮过忙的严红英！"红英，你来啦？"焕章惊喜道，"你是来送弟妹上学吗？"

　　"不是，我是专门来看你的！"红英嫣然一笑说。她还是那么美丽大方，温柔可爱。

　　"哦！你稍等一下，我给这位学生称完柴来。"焕章高兴地说。

　　红英的家在公平村，离旭阳中学不远，只有两三华里。公平，很多地方的人又叫它"公平圩"，因为在一九五三年以前，篁乡的圩场不是设在现在的篁乡圩上，而是设在公平。那时的公平，前临篁乡河，腹穿大马路，是篁乡的水陆交通枢纽、政治商贸文化中心。每逢圩日，公平圩上，南杂水货、猪肉豆腐、鸡鸭米豆、瓜果蔬菜、竹木家具等摆满了圩场，人们讨价还价，熙熙攘攘，好不热闹繁忙。来这里做生意的，不止筀乡本乡人，松竹岭、昌浦、驻舆等附近几个乡的生意人，甚至邻县的安远、定南，广东的兴宁、龙川，也有人赶来这里做生意。"公平圩"的名字，远近闻名。后来，随着人口的增加，经济的发展，公平圩日渐显出它的狭小，于是，筀乡圩场便迁移到现在位于沁园村地面的筀乡圩上了。

当焕章称完这位学生的木柴并登记好后，便对另一边的李德荣老师说："德荣老师，我来了客人，剩下的，辛苦你称一下哈！"

"好的，你去吧！"李德荣老师说。大部分学生的木柴，在开学初的前几周就交足额了，现在差不多过了半个学期，还没有交足额的学生已不多了。

焕章领着红英来到自己房间，请她在藤椅上坐下，给她泡了一杯清茶，又给自己泡了一杯，然后拿出一包待客的带壳花生请她吃。

红英环顾了一下焕章的房间说："焕章哥，你的房间很有书香气息哦，就是小了点！"

"你怎么知道我调到旭阳中学了？"焕章问。

"前几天碰见你二哥新营，是他告诉我的。"红英说。

焕章的二哥二嫂在鹅湖村二嫂的姑姑家躲藏了十几天，见搞计划生育的人走了，前几天又回来了。

"焕章哥，你怎么会调到旭阳中学教书呢？"红英疑惑地问。

"组织上安排的！"焕章无奈地说。自然，他又对她讲述了自己在宣传部工作时发生的一些事。

红英听后，安慰焕章说："在学校教书也好，单纯一些！"

红英请焕章到她家里吃晚饭。焕章说不要那么客气，他就在学校吃了。红英说，她这次来，就是专门请他到她家做客的，而且家里都准备好了，"万事俱备，只欠你这个'东风'了！"焕章推辞不过，只好答应了。

红英请焕章吃饭，一是感谢他去年她到县城考采茶剧团时对她的帮助，二是出于心底的儿女私情，她喜欢他。

红英是走路来旭阳中学的。为来去便捷，焕章便骑自行车载着她到她家里，一路上都招来不少好奇的目光。认识红英的人，都以为载她的人是她的男朋友；而认识焕章的人，都以为他后面载着的是他的女朋友。他们好奇的目光，让焕章心里怪难为情的，而红英却相反，脸上闪烁着欣喜的光芒。

红英的家位于公平街的中段。左邻右舍见红英带回一个戴眼镜的文质彬彬的小伙子，都以为是她新结识的男朋友，又猜想这小伙子一定是一个有文化的工作人员，因而都向她投来羡慕的目光。

焕章的到来，让红英的爸爸妈妈、弟弟妹妹非常高兴。她爸爸妈妈还特意宰杀了一只生蛋的母鸡招待焕章。晚餐的菜肴很丰盛，鸡、鸭、鱼、肉、豆腐……摆满了一桌。他们十二分的热情让焕章不安，感觉自己不配接受如此隆重的礼遇。

晚饭后，焕章和红英的爸妈拉了一些家常，又询问了一下她弟妹的学习情况，然后去参观了一下她的闺房。

红英的闺房除了和其他农村姑娘的房间一样的朴素、整洁外，还有其独特的地方：她的衣架上挂着两条演出时才穿的漂亮裙子，墙上贴着几张港台电影明星照，墙上挂着两只镶有她自己演出照片的镜框，简易书架上还挂着一支精致的竹笛。

"你平时在家做什么呢？"焕章问。

"做细呀，"红英笑着说，"我还能做什么！"

"还会到乡里参加文艺排练或演出吗？"焕章问。

"农闲时会。"红英说。

焕章取下精致的竹笛，仔细看了看，不禁想起《诗经·静女》中的"彤管有炜，说怿女美"的诗句，问："你会吹笛子？"

"会一点儿。"红英羞涩地说。

"吹一支来听听？"焕章请求说。

"好的，吹一曲《梁祝》吧！"红英说。接着，她就声情并茂地吹奏起来。那柔美、深情的旋律，让焕章的眼前幻化出梁山伯和祝英台以及两只蝴蝶翩翩飞舞的影子，听得他心荡神摇，如痴如醉……他没想到红英不只会唱歌跳舞，还会吹奏笛子，而且吹得那么专业，那么动人心魄！

"红英，去年你没考进县采茶剧团，真是太可惜了！"焕章感慨而遗憾地说。

"命吧！"红英无奈而又伤感地说。

晚上九点时，焕章要回学校了。红英送他出门，一直送到公平街的尽头。

"别送了，你回去吧！"焕章说。

"路上小心！以后常来玩！"红英依依不舍地说。

"好的！有空你也常来学校玩！"焕章说。

"好的！"红英高兴地说。

他们挥手告别了。直到焕章骑着自行车走远了，身影融入了浓稠的夜色，红英还在原地站了很久很久……

第四十六章

时间过得很快，转眼就到了期中考试时间。期中考试只考政治、语文、数学、英语、物理、化学六门主科，历史、地理、生物、音乐、美术、体育六门"杂科（次科）"则不考。焕章原以为，自己教学那么努力，学生又那么喜欢他，期中考试的成绩一定会很好，但现实并不是这样。他教的初二（1）班，100分的试卷，全班61个学生：60分以下（不含60分）的，有15人；60分以上70分以下（不含70分）的，有17人；70分以上80分以下（不含80分）的，有26人；80分及以上的，只有3人；全班平均分75分。他教的初二（3）班的成绩，也和初二（1）班差不多，两个班的成绩都在全年级的排名中处于中间位置。全年级考得最好的班是蓝世煌老师教的初二（6）班，他这个班有60个学生，虽然不及格的人数比焕章教的初二（1）班多3人，但80分以上的他班上多4人，平均分也多出3分，达到了78分。

因为焕章是从县委宣传部下调到旭阳中学当老师的，又是该校唯一一个大学本科毕业生，同事们对他的教学成绩便格外关注。在期中考试成绩公布后的当天中午，几个青年教师搬出椅子坐在祠堂门口的苦楝树下闲聊，焕章也在。聊着聊着，大家就聊到这次期中考试的成绩来。教英语的林接亮嘲笑焕章说："焕章，你不是大学本科毕业的高才生吗？你班上的语文成绩怎么比不上中师出身的蓝世煌老师教的班呢？看来你是徒有虚名啊！"

听到林接亮这样嘲笑自己，焕章心里自然很不舒服。他反问道："这么说，你很厉害喽，你班上的英语成绩每次考试都拿全年级第一？"

"肯定比你厉害！我虽然是一个中师毕业生，但年年都教初三毕业班，而你这个大学本科毕业的所谓高才生，却教初二年级！至于我的教学成绩，当然没说的，不信你问问其他老师！"林接亮狂傲地说。

"佩服佩服！不过，你也不要门缝里瞧人——把人看扁！你既然这么厉害，非要和我比，那好吧，我们俩就来个约定，以一生作比，看谁能笑到最后！"焕章也不甘示弱地说。

焕章嘴上虽这么说，但心里还是在自我反思：为什么自己的文化水平不比他人差，工作也不比他人懒，教学成绩却不是很优秀呢？他反思来反思去，最后得出一个结论：自己到学校教书的时间短，备考经验不如那些教龄长的教师。

于是，他抽空向自己的恩师赖曦才老师请教提高语文成绩的方法。赖曦才老师说："要想语文成绩好，不但课要上得好，学生喜欢，课后的训练也要跟上。课后要多布置一点练习给学生们做，特别是试题练习卷，让学生在训练中提高应试能力。"焕章恍然大悟：原来如此！

赖曦才老师没有一点私心，他不但向自己昔日的学生焕章传授了提高教学成绩的"秘诀"，还把自己积累的历届初二年级期中、期末考试的试卷借给焕章看，要他仔细研究语文试卷的题型和考试的规律，又把自己订阅的《课堂内外》《语文教研参考》（后来焕章自己也订阅了这两份杂志）借给他看，要他从中挑选一些合适的试卷，平时刻印给学生做。

后来，焕章按照赖曦才恩师指点的去做，学生的语文成绩果然有了很大的提高，在以后的期中、期末考试中，他所教的两个班的语文成绩，在年级排名中总是名列前茅。当然，这是后话了。

焕章病了，而且一连病了三天。这是他从县委宣传部下放到旭阳中学后的第一次生病。他事后补记的三篇日记，简单记录了他生病期间的工作、学习和生活状况。

一九八七年十一月二十三日　星期一

今天天气寒冷，早晨和晚上尤甚。早上白霜茫茫，呵气成长长白雾。

也许身心劳累，经不住遽寒侵袭，我感冒了，喉咙红肿疼痛，身子发虚发软，骨髓里倒抽冷气。上午上完课后，勉强看了一下书报，便回家去了。

中午在家洗了一个热水澡，吃了一点感冒药，又睡了一觉，感觉稍好一些。

下午返校时，带了一条垫被，以增加睡觉时的温暖，防止再次受寒。而母亲的呵护、关切，又使我感动不已！

傍晚，叫书法漂亮的刘思欣帮我誊抄了一篇散文《母亲》，准备投寄《江西青年报》副刊栏。

晚上备了一会儿课，感觉身体难以支持，只好放下。上床。在床上勉强看了一会儿杂志，便昏昏睡去……

一九八七年十一月二十四日　星期二

白昼温和，晨昏极冷。

虽然白天有太阳，要温和许多，但因我身体发烧，即使把长、短两件棉袄都穿在了身上，仍感非常寒冷。

整天都头晕脑涨，四肢无力，骨髓缝里仍倒抽冷气。身体如一团棉花，轻飘虚软，仿佛"大限之期"将至……唉，在人生中，哀莫大于生病！病中的人，痛苦自不必说，想干什么也干不成，无论你的志向多么远大，才能多么卓异。我再次认识到"身体是革命的本钱"这话千真万确！

因为身体疲弱，上午没讲新课，只讲了一点练习。

下午，我实在难以支持了，幸得古维福老师送来几粒感冒灵，吃后稍觉好一些。我又委托走读的学生买了一点药，吃后感觉又更好了一些。

听说晚上在乡政府礼堂将放名为《老井》的电影，为减轻一点疲惫，清醒一下大脑，我决定去看。可因买票的人太少了，后来放电影又取消了，我只好失望而归。我下放到旭阳中学将近半年了，还不曾看过一场电影。

晚上，身体虽然虚弱，但还是勉强看了一会儿书。

上床睡觉时，忽然忆起和古莉莉谈恋爱时，自己感冒发烧，她半夜买药、喂药、泡柿饼茶给我喝的情景，不禁倍感温馨，感慨万千……

一九八七年十一月二十五日　星期三

白昼温和，晨昏极冷，日温差大。

今天身体比昨日好了许多，只是喉头仍有痛感，吃饭、吞口水，都得小心翼翼，稍急就觉疼痛；而且，由于喉痛之故，颈脖也僵硬起来，扭头都有痛感，只好继续吃药。

因别人和我调换了课，上午我只有一节语文。上完课后，我用铁笔、蜡纸和钢板刻写了一份语文试卷，准备晚上发给学生做，却因油印室的人有事走了，无法印刷，只得作罢，打算明天再印，明晚再发给学生做了。

半夜，我梦中惊醒，方知做了一个记忆不清的离奇之梦。起来到厕所小便，只见钩月朗照，清辉如雪，寒星闪烁，更添了天穹的苍凉、寂寥。

回来躺在床上，想起了许许多多的事、许许多多的人，一阵复杂的感叹后，又蒙眬地睡去了……

一串铃声划破宁静，闪着银光从窗外撒入。焕章睁眼一看，天已大亮。

他的身体痊愈了。

他穿好衣服走出房间，不禁被东方悬挂的太阳震撼了。那是怎样一轮太阳啊——通红、浑圆、恬静地悬挂在灰蓝色的天幕上俯瞰着大地，如一位美丽、温柔、红嫩的天国少女在脉脉凝望着人间，把粉红色的无边情爱，无私地奉献给万物众生。他第一次看到太阳竟如此美妙，静谧中蕴含着如此感人的壮观。他真不知该如何形容她的惊人之美，和他此时此刻幸福、愉悦的美好感受了……

焕章自从县委宣传部下放到旭阳中学后，在县城工作的同学和朋友就很少和他来往了。今天下午在县劳动人事局工作的老同学汪怀友来看望他，多少让他有一点意外。

怀友是焕章读初一、初二时的同桌兼好友。他读初二时为使升学成绩更好，便留级多读了一年，没想到恰逢学制改革——初中由两年制改为三年制了。更巧的是，他读高中时，高中也由两年制改为三年制了。这样，怀友在整个中学时代，竟比焕章多读了三年书！他高考时成绩不是很理想，只考取了一所中专学校，不过他毕业时因为有关系却分配到了人人羡慕的好单位——县劳动人事局，一般的大专、本科毕业生待遇都远远不如他。焕章在县委宣传部时，和怀友常有来往，一九八六年征兵时，他们还一起被抽调到县征兵办公室共事过。

怀友的家乡在篁乡高布村。他这次回篁乡，是探望他卧病在床的父亲的，顺便来看望一下下放到乡下教书了的老同学。

见老同学那么有心来看望自己，焕章自然很高兴，他特意到学校小卖部买来一瓶章贡酒、一包油炸花生米和一包香辣小鱼仔招待老同学。

怀友对焕章说，这么久不见，你变了许多，而且成熟、客气了。他又说，今年征兵时，曾点名要你参加，后来才知道你调到乡下教书去了。他说，你在乡下教书也好，不像在上面机关，整天东奔西走，还要看人眼色……他又说，你能这样生活，我真是羡慕至极！一个人，既能轰轰烈烈，又能平平静静，适时调节，多好！……他说，是的，你是一位有争议的人物，但古今中外，哪一个杰出人物不被人褒贬？又有哪一个庸碌无闻之人干出了惊天动地的伟业？……

怀友的话，让焕章很感欣慰。"酒逢知己千杯少"，他二人都喝得醉醺醺的，为友情，为理解。

上午上完课，焕章在房间里批改作业，总务处的曾照泉老师忽然敲门说："焕

乡城往事

章老师，有你的电话。"

焕章打开门，问："哪里打来的？"

"县委宣传部打来的。"曾照泉老师说。

听说是县委宣传部来的，焕章很高兴，心想："是谁打来的呢？有什么事？"

"喂，你好！"

"焕章，我是子厚！"

"噢，是子厚秘书啊，您好您好！"

"最近还好吧？"

"还好！"

"下去这么久了，也不上县城走走，回部里坐一坐。"

"主要是工作忙，走不开。"

"我现在打电话给你，是这么一回事：县农业银行寄给你一张催款通知书，可能你贷款时留下的是在宣传部工作时的地址，所以寄到宣传部来了，没寄到旭阳中学。我打开看了一下，是去年贷的款，二百元；还款的时间是十二月底。我打电话先告诉你，过两天有空我再把催款通知书转寄给你。"

"好的，谢谢！"

"焕章，不要只闷在学校里，有空上县城来看看老同事，大家都挺想念你的！"

"我也很想念你们！有空我一定来拜访！"

放下电话，焕章心里荡漾着一汪怀念和感激的暖流。

那两百元银行欠款，是去年焕章贷给二哥新营搞种养用的。二哥用这笔钱，种了一百棵橘子树，养了一百只饲料鸡。橘子树就种在丰园里自家房屋的后山上，目前长势喜人；那一百只饲料鸡养活了九十只，卖掉后补贴了不少家用。人家当初好心帮助了我们，现在到了还贷款的时间，我们也一定要恪守信用才是！于是，焕章便骑上自行车，回家找二哥商量还贷款的事去了。

焕章回到家里，二哥却不在家里。母亲说："你二哥和二嫂下新屋下围屋修塘基去了。"焕章下午有课，不能在家里干等二哥回来，只好下新屋下围屋去找他。

新屋下围屋位于田背排村的中心地段，从丰园里下到那里，需要经过一大片稻田，路过三座别房族的老围屋。焕章一想到可能会遇见熟悉的本村村民，心里就有一种不自在的感觉：一来自己在外求学、工作多年，人们都变得疏远、陌生了；二是自己从县委宣传部下放到旭阳中学教书，内心多少有一点羞愧，羞愧之中又有点忐忑，因为在讲求实在的乡亲中也有一些势利之徒，他们的脸色将会怎样变化呢？人啊，当你走运时、富贵时，别人往往羡慕你、赞美你，甚至以你为荣，以你为傲；而当你倒霉时、贫贱时，别人往往轻视你、非议你，甚至以你为羞，以你为耻！

二哥的鱼塘就在新屋下围屋的旁边，是由原先的一块稻田改挖成的，约有一亩大小。当焕章到达时，只见二哥和二嫂玉翠正用石块垒砌着崩塌了一处的塘基，夫妻俩一身泥渍，满头大汗。

"二哥，宣传部的廖子厚秘书打电话给我，说我们去年在县农业银行借的用于种养的那两百元贷款，还款的时间到了，银行把催款通知书寄到了宣传部，过两天廖秘书就会转寄给我。"焕章说，"今天是十二月三日，月底前要还清贷款，还有二十八天，没问题吧？"

"没问题！俗话说，'有借有还，再借不难'，这个信用我们一定要守！这口鱼塘有两百多条草鱼，每条都有两三斤了，下星期就打上来拿到圩上去卖，把银行的贷款还清！"二哥爽快地说。

"我还怕你有困难呢，想早一点告诉你，好做准备。没问题就好！我放心了！"焕章高兴地说。

"中午在家吃饭不？"二嫂问。

"不了，回学校吃。下午有课，怕来不及。"焕章说。

在回去的路上，焕章果然遇见了好几个熟悉的本村村民。有的疑惑地问他："为什么要从县委调到乡下来教书？"焕章不便多加解释，只好说："这是组织上的安排！"听了焕章的回答，他们或惋惜或失望地走了；有的则热情地邀请焕章到家里坐坐，甚至想挽留他吃午饭，但焕章心领了他们的好意，婉言辞谢了。

回到学校后，焕章忽又后悔起自己下新屋下围屋时的不自在来：那里毕竟是自己长大的地方呀，有什么理由厌烦它？再说，绝大多数乡亲都是淳朴、善良的，纵使有一些势利之徒，你不是下乡来"吃苦"的吗？又怕看什么他人的脸色变化呢？以后，你得多下几次新屋下围屋，去体验一下生活，锤炼一下人生！

这个周六下午，焕章和家人一起，在屋场的后山上开辟了七八条呈阶梯状的条带，在条带上种下了茶叶果子。两三年后，家里就可以不用买茶叶了，多余的茶叶还可以拿到圩上去卖，换一点钱回来。大哥良翊多次写信回来，要二哥充分利用屋场建在山坡上的优势，大力发展种养经济。现在，屋场的周围栽种了橘子、桃子、李子、毛竹、杉树、茶叶等，山坡上散养了七八十只土鸡，猪圈里养了几头乌克兰肉猪，逐步实现了"种养经济"的多元发展，获得了良好的经济效益。丰园里，也正逐步成为花果飘香、竹木茂盛、禽畜兴旺的名副其实的"丰园里"了！

第四十七章

　　旭阳中学校团委利用周日时间组织全校团员师生开展了一次勤工俭学砍柴活动。

　　这天早上，团员师生们都起得很早。大家洗漱完毕，吃过早餐后，就到操场上集合了。学生们都很兴奋，叽叽喳喳的，就像一群喜鹊，仿佛他们不是去高山峻岭砍柴，而是去风景名胜旅游一样。焕章心里也很兴奋，自从上县城读高中起一直到现在，他有八九年没进山砍过柴了，这次勤工俭学砍柴活动，让他想起了小时候上山砍柴时那虽然艰苦但又充满快乐的难忘时光。出发前，校团委书记汪岩松老师向团员师生们讲述了这次勤工俭学砍柴活动的目的和意义，要求团员们发扬"吃苦耐劳、无私奉献"的优良传统，以饱满的热情、十足的干劲，积极参加这次勤工俭学砍柴活动。同时，他要求团员学生们在砍柴活动中，一定要遵守纪律，注意安全，同学之间要团结友爱，互相帮助。他特别强调了要以各班团支部为活动小组，同一个小组的成员不要分开、走散，要统一行动，听从指挥，团支书要随时清点人数。然后，他对九个团员教师进行了分工，三个人一组，共三个组，分别负责管理初三、初二和初一年级的团员学生。焕章和另外两个老师负责管理初二年级的团员学生。安排完毕后，三百多位团员师生便排成长长的一列：由初三的团员学生带头走在前面，初二的团员学生走在中间，初一的团员学生紧跟在后面。在团员老师的带领下，整个队伍浩浩荡荡地向山里出发了。

　　时令已是初冬，早上很是寒冷，山路两旁的草叶上结满了白霜，像撒了一层白白的面粉。师生们呼出的气体，都化成了滚滚的白雾，像一条条小白龙在山道旁飞舞。为了减少砍柴时的累赘，大家都穿得很少，不少人冻得浑身颤抖，牙齿打架。当翻过两座山梁后，大家的身子才热起来，不再觉得寒冷。这时，火红的太阳也从东边出来了，把万道金光撒在苍茫的大地上，也把温暖撒在了团员师生们的脸上、身上。团员学生们又喜鹊般叽叽喳喳地活跃起来了。

　　为消减路途疲劳，增加活动情趣，激发团员学生们的热情和干劲，身为校团

委宣传委员的焕章便向大家提议说："同学们，我们以年级为单位，进行赛歌好不好？"

大家齐声说："好！"

"那就由初三年级的团员同学开个头吧！"焕章大声说。

初二、初三年级的团员师生们便有节奏地齐声喊道："初三，来一首！初三，来一首！"

初三年级的团员学生们便在带队老师的指挥下，合唱了一首电视连续剧《西游记》的主题曲《敢问路在何方》：

> 你挑着担，我牵着马，
> 迎来日出送走晚霞。
> 踏平坎坷成大道，
> 斗罢艰险又出发，又出发。
> 啦啦——啦啦啦啦啦啦啦啦，
> 一番番春秋冬夏，
> 一场场酸甜苦辣；
> 敢问路在何方？
> 路在脚下……

初三年级的团员学生们唱完后，初一和初三年级的团员师生们便有节奏地齐声呼喊："初二，来一首！初二，来一首！"

初二年级的团员学生们便在带队老师的指挥下，合唱了一首电影《大海在呼唤》的插曲《大海啊故乡》：

> 小时候妈妈对我讲
> 大海就是我故乡
> 海边出生　海里成长
> 大海　啊大海　是我生活的地方
> 海风吹　海浪涌　随我漂流四方
> 大海　啊大海　就像妈妈一样
> 走遍天涯海角　总在我的身旁……

乡城往事

初二年级的团员学生们唱完后，初三和初二的团员师生们便有节奏地齐声呼喊："初一，来一首！初一，来一首！"

初一一年级的团员学生们便在带队老师的指挥下，合唱了一首当下非常流行的台湾校园歌曲《外婆的澎湖湾》：

晚风轻拂澎湖湾

白浪逐沙滩

没有椰林缀斜阳

只是一片海蓝蓝

坐在门前的矮墙上

一遍遍怀想

也是黄昏的沙滩上

有着脚印两对半……

同学们歌声嘹亮，震荡山谷。不少山鸟飞出丛林，在学生们的头顶上空盘旋，好奇地俯瞰着生龙活虎的他们；一些进山砍柴的村民们，也微笑着，议论着，向这一群朝气蓬勃的少男少女投来赞许的目光。

走了十几里山路后，团员师生们终于到达了一个名叫磨篮圈的深山老林。这里的山势四周高、中间低，就像长平客家人日常用来晾晒谷豆、腊皮等物的一只巨大的圆形磨篮，故名"磨篮圈"。站在高处远望，只见群山连绵，满眼苍郁；进入茂密树林，又见古木参天，浓阴蔽日。这里的植物资源非常丰富，松树、杉树、柯树、香樟、紫檀、毛竹、苦竹、篁竹等高大木竹满山都是，芦萁、蕨草、芦苇、箬叶、荆棘、藤蔓等低矮植物也长满了山坡。这里的鸟类很多，有杜鹃、鹧鸪、布谷、斑鸠、伯劳、云雀、喜鹊、白鹤、山鸡、百灵、画眉……它们在树林里跳跃着，鸣叫着，或呼朋唤友，或对唱情歌，组成了一首优美动听的百鸟协奏曲。其中，杜鹃、鹧鸪、布谷三种鸟的叫声不但响亮，而且特别，使人印象深刻。杜鹃鸟的叫声是"顾咕顾咕——顾咕顾咕——"，当地的村民又说成是"餐餐半壶（酒）——餐餐半壶（酒）——"；鹧鸪鸟的叫声是"唉拐介一啾啾——唉拐介一啾啾——"，当地的村民又说成是"伯公子衣呱呱——伯公子衣呱呱——"；布谷鸟的叫声是"布谷——布谷——"，当地的村民又说成是"不苦——不苦——"或"不哭——不哭——"。它们的叫声很触动人的情怀，所以古代不少文人骚客都写有吟诵它们的诗句，如唐代大诗人白居易的"其间旦暮闻何物？杜鹃啼血猿哀鸣"，宋代大词人辛弃疾的"江晚正余愁，山深闻鹧鸪"，明代诗人孙传庭的"声声布谷鸟，惊破午窗眠"……这些文人骚客的深情歌咏，也赋予了杜鹃、鹧鸪、布谷三种鸟鸣独特的文化内涵，丰富了中华民族的优秀传统文化。

团员师生们尽量寻找那些枯死、干燥了的树木，不一会儿，山谷里便回荡着砍伐树木的声音，"叮咚——叮咚——"以及树木倒下的声音，"轰——吵——"这些声音和百鸟的歌唱混合在一起，又组成了另一种动人心魄的青春鸣奏曲。

有时，又会传来同学们惊喜的欢呼声。"看，好大一只鸟啊！"那是他们看到了一只飞出树丛的白鹤或鹧鸪；"快来！这里有一棵枸树（小板栗）！""哇！这里有很多酸筒子呀！"那是他们发现了令他们嘴馋的野果了。当然，偶尔也会传来他们的惊吓声。"哎呀，有一窝牛牯黄蜂！""妈呀，有一条蛇！"不过，那只是有惊无险，仅吓出一身冷汗而已。

不知何时，进来一群不知是哪个村来砍柴的男青年；又不知何时，进来一群不知是哪个村来捡松毛的女青年。他们分别在相对面的两座山岗上，一边砍木柴、捡松毛，一边对唱起撩人的山歌来。

一个男青年唱道：

> 日头一出渐渐高，
> 哥背斧头妹背刀。
> 哥哥上山倒松树，
> 妹妹上山捡松毛。

女青年中一阵叽叽喳喳的笑声后，其中一个接口唱道：

> 高山顶上一枝花，
> 情哥想妹妹想他。
> 情妹看哥人品好，
> 情哥瞧妹会当家。

男青年中一阵嘻嘻哈哈的笑声后，又有一个男青年接口唱道：

隔山唱歌听唔真，

隔村恋妹难近身，

妹子好比云下日，

阴阴哑哑（暗）热死人。

女青年中一阵相互推让的声音后，又有一个女青年接口唱道：

对面唱歌是哪人？

日头映眼看唔真，

系㑊亲哥过来嬲，

尔莫假作两边人。

这些热情、浪漫的山歌，非常动听、感人。焕章发现，那些情窦初开的男女学生，都朝唱山歌的方向张望，一脸神往地倾听，有的女生还羞红着脸窃窃笑语。焕章不禁莞尔一笑。

将近十一点时，团员师生们都砍好了木柴。各年级带队的团员老师清点了人数后，便带领团员学生们返校了。三百多个肩扛木柴的团员师生，又组成了一支长长的浩浩荡荡的队伍，沿着来时的山路迤逦而回。

在归途中，同学们团结友爱，互相帮助，有的帮同学拿柴刀，有的以"打短搏"（自己扛木柴走一段路后，放在路旁，回去帮同学扛一段路的木柴）的形式帮同学扛木柴。将近中午一点时，全体团员师生都顺利回到了学校，没有一人掉队。

望着堆放在厨房门坪上如同小山一样的一大堆木柴，团员师生们互相评论着谁扛的木柴粗，谁扛的木柴长，脸上洋溢着劳动的欢乐，心里荡漾着收获的喜悦，一时忘记了身上的疲劳和肚中的饥饿。大家都深切感受到，这是一次很有意义的勤工俭学活动！

公元一九八八年元旦。昨晚焕章在学校会议室观看中央电视台的元旦文艺晚会时，那激荡的元旦钟声令他心潮澎湃，感慨万千。他回首过去，又放眼未来，有感而发，当即在心里拟写了一副对联。今天早上起床后，他洗漱完毕，展开红纸，挥毫直书，把这副对联写了下来，并贴在自己房间门口。

上联：厄境不懈成宏愿

下联：俗凡忍克为安眠

横联：志高世通

　　这副对联，寄托了他对事业、人生的见解和追求。新年伊始，也算是他在新的一年里的行动准则吧！

　　对联贴好后，引起了从他门口路过的师生们的观赏和议论。有的说他的毛笔字写得很漂亮，有的说他写的对联含义很深刻，有的说他的毛笔字和对联内容都非常好……这些溢美之词，焕章听后心里有一种被欣赏的满足感。当然，也有不以为然的，如他的老同学古菅壬，看了他写的对联后，就露出鄙夷不屑的微笑。

　　为欢度元旦佳节，这天上午，学校组织举办了丰富多彩的游园活动，活动的项目有定点投篮、球拍运球、甩呼啦圈、盲人击鼓、小猫钓鱼、两人三足、打保龄球、成语接龙、猜谜语、套圈圈等，奖品有糖果、饼干、书签或小型玩具，学生们穿梭在各个活动场所，脸上洋溢着节日的欢乐。

　　一些文明有礼的学生还会给老师们送年画或贺卡，上面写着"祝老师身体健康，元旦快乐！""祝老师工作顺利，元旦快乐！""祝老师心想事成，元旦快乐！"等祝福语。焕章也收到了不少年画和贺卡。几个和他感情亲近的男女学生，还到他的房间里来邀请他打扑克，输家脸上罚贴纸条。师生几个玩得不亦乐乎，以至于竟忘记了吃午饭，只好拿游园活动时获得的奖品糖果和饼干充饥。

　　下午是以年级为组别、以班级为单位的学生拔河比赛。气氛紧张而热烈，啦啦队的"加油"声此起彼伏，胜利者的欢呼声响彻云霄，集体主义精神彰显得淋漓尽致。

　　晚上老师加餐。饭菜很丰盛，鸡、鸭、鱼、肉、酒等摆满了饭桌。这对肚子里缺少油水的老师们来说，是难得的一次能大快朵颐、酒醉肉饱的机会，因而个个喜笑颜开，狼吞虎咽。有些老师还兴奋地猜起拳、行起令来。不知怎的，焕章心里却黯然寂寥，兴味索然。他默默地吃完一碗饭后，就早早离开了饭堂。

　　焕章走出校园，独自在河畔漫步。夜幕早已降临，河对岸的村庄亮起了灯光，就像天上的点点寒星；偶尔传来呼唤孩童的声音，还有村狗的呜吠。河水汩汩流淌，泛起了朦胧的白光。河风夹带着寒气，砭入人的肌骨。但焕章没感到寒冷，他心潮起伏，万种思绪，涌集心头，心空弥漫着一片苍凉和寂寞。啊，新的一年，又来了！时光的流逝，是多么神速啊！他感到了岁月的紧迫感，脑海里回响着古代圣贤的哲语："逝者如斯夫，不舍昼夜。""及时当勉励，岁月不待人。""一寸光阴一寸金，寸金难买寸光阴。""莫等闲，白了少年头，空悲切。"……此时此刻，他心里又响起了昨晚那洪亮、激荡的元旦钟声，在这撼人心魂的钟声里，他想起了自己曲折坎坷的过去，又想起了艰辛而美好的未来，口里不禁吟出了一首古风诗《一九八八年元旦钟声感怀》：

> 天滚地涌震宇寰，
> 万物凝息沉思间。
> 音涛荡却陈年恨，
> 来岁可添新忧烦？
> 人生多舛志不渝，
> 书剑飘零终有限。
> 此声为乐腾云日，
> 高歌当饮醉昆山！

第二天，焕章吃过午饭，从饭堂里出来，正朝宿舍走去，从行政办公大楼方向走来一个二十七八岁的高个子男人，亲热地走上前来向他打招呼说："焕章老师，你好！"同时伸出有力的大手和他热情握手。

"你是……？"焕章不认识他，一脸的疑惑。

"我叫陈昌荣，是县教育局电教室的教研员。"来人自我介绍说。

"哦，是陈领导！你好你好！下来检查工作？"焕章和他握了握手，回礼道。

"我下来看一看，了解一下你们学校的电化教学情况。"陈昌荣教研员说。他转过话题问："你还记得凌宝欣吧？她的姐姐凌宝怡是我高中时的同学。"

焕章心里一震，说："宝欣？当然记得！"宝欣是焕章以前的女朋友，看来，陈昌荣教研员知道他们以前曾谈过恋爱了。

"宝欣近来还好吧？她考取教师资格证没有？她还在河岭中学代课吗？"焕章一连几问。他想了解她的近况。

"她还好！她考取了教师资格证，还在河岭中学代课。"陈昌荣教研员回答说。

"祝贺她考取了教师资格证！"焕章说，"以前我在县委宣传部时，曾答应她考取教师资格证后，想办法帮她弄一个在编教师指标的，现在看来，我无能为力了！"他脸上露出遗憾的表情。

"在编教师指标的事不急，以后慢慢来。"陈昌荣教研员说，"焕章老师，宝欣的姐姐要我转告你，她妹妹至今还十分挂念你，如果你愿意的话，她妹妹想和你恢复恋爱关系。"

焕章"哦"了一声，沉思了一会儿后，委婉地说："请您转告宝欣姐姐，我从县委下放到旭阳中学后，人生发生了重大转折，现在没有心情去谈情说爱了，我和宝欣的事，还是放一放，以后再说吧！"

陈昌荣教研员说："宝欣是个好姑娘，她对你是真心的，她也不会计较你现在的处境，你还是慎重地考虑一下，和她重续前缘吧！……有空你上县城走走，和她多联系。"

"好的好的，谢谢您！"焕章礼貌地说。

焕章回到自己的房间，心里久久不能平静。他猜想，陈昌荣教研员今天到旭阳中学来检查电化教学工作，那只不过是一个幌子而已，其真实的目的，是来完成他老同学凌宝怡的重托——让焕章和宝欣重续前缘。他相信，这一定也是宝欣本人的意思。以前，宝欣和他谈恋爱时，她总觉得自己高中的学历和代课老师的地位远远配不上大学本科毕业和县委干部身份的他，让她有一种无形的压力和危机感，而今，他从县委宣传部下放到旭阳中学教书了，她觉得自己的身份地位和他拉近了许多，也更配得上他了，因而敢于大胆地表达自己对他的爱恋了，这也是她非常希望重续他们之间的情缘的原因。当然，在他人生遭受重大打击的时候，她也想用自己深情的爱去抚慰他受伤的心，让他感受到，在这个世界上他不会孤单，还有她和他在一起。可是，她哪里知道他已移情别恋了呢？他是那样的爱香兰，而香兰也把自己的全部身心托付给了他，他不能放下她了。如果他抛弃香兰，作为农村姑娘的她，将会受到怎样的伤害啊？他不能，也不忍。

焕章静静地坐在藤椅上，脑子里回想着他和宝欣恋爱时的美好时光：他第一次应邀到宝欣家做客，宝欣夹饺子给他吃；他在宝欣的闺房里辅导她复习，备考教师资格证；他和宝欣一起到电影院观看喜剧片《多情的帽子》，两人开心地哈哈大笑；他和宝欣傍晚在长平河畔散步，手挽手两情依依；他和宝欣热烈地亲吻拥抱，沉浸在爱的甜蜜里的情景……当他回放完这些美好的记忆时，不禁长长地叹息了一声。在这叹息声里，有他对宝欣的依恋和怀念，更有他对她的惭愧和内疚。"宝欣，好姑娘，谢谢你！祝福你！"他喃喃自语，不觉落下两颗滚烫的眼泪来。

第四十八章

对于香兰和焕章的恋情，香兰的父母并不放心，总担心自己的女儿配不上焕章，怕有朝一日焕章会把她抛弃，使自己的女儿受到伤害，因而他们多次劝说女儿，要她放弃这段恋情，不要竹篮打水一场空。但香兰总是安慰父母说，焕章是一个有情有义有担当的男子，他绝不会做对她不住的事的。话虽然这么说，父母劝说的次数多了，香兰心里也终究有一些不安，她便决定亲自去篁乡一趟，一来以解对焕章的相思之苦，二来试探一下焕章家人对他俩恋情的态度。她知道，父母是不会同意自己去篁乡的，于是她便不辞而别了，只留下了一张告知她去向的便条。

从驻舆乡到篁乡并没有通班车，而两地相隔四五十里的山路，香兰是不敢独自徒步前往的，因此，她便决定先坐班车到县城车站，再从县城车站转车到篁乡。当她上午到达县城时，就给焕章打了一个电话，叫他下午到篁乡车站来接她。

当焕章接到香兰打来的电话，得知她要来看他时，心里真是又喜又惊。喜的是，那么久没见到香兰了，他太想念她，太渴望见到她了。她的到来，不正好解了他的相思之苦？惊的是，香兰这次来看他，就等于告诉了他在篁乡的所有亲友，他刘焕章已经有女朋友了，可这位女朋友是一位文化、地位都和他相差很远的农村姑娘！那亲友们又会怎么看待他呢？家人们又会怎样地激烈反对呢？一想到这些，他心里不觉又忐忑不安起来。焕章就是抱着这样矛盾的心情，骑着单车去篁乡车站迎接香兰的。

香兰从县城坐车到篁乡时，和她邻座的是一位小伙子。这小伙子名叫李为民，是旭阳中学的一位代课老师，这几天他有事请假去了一趟县城，现在正要回学校去。李为民一路对香兰这位大美女没话找话，大献殷勤，到达篁乡车站下车时，他还非要帮助香兰拿东西，梦想成就一段姻缘，没想到来接她的竟然是焕章，这令他十分尴尬，只好悄悄地、灰溜溜地走掉了。

久别重逢，令焕章和香兰都非常激动，如果不是在众目睽睽下，他们真想热烈地拥抱在一起！

　　焕章把香兰的旅行袋挂在单车把手上，载着她，向田背排村丰园里的家里骑去。他暂时还不便带她到学校去，怕引发师生们的议论，又掀起什么波澜来。香兰两手搂着焕章的腰，把头依偎在他的背上，一副甜蜜、幸福的模样。

　　"章，你告诉过家人你有女朋友了没？"香兰问。

　　"还没有。"焕章诚实地说。他怕激起家人的反对。

　　"现在你突然带一个女朋友回去，他们会不会很意外呢？"香兰问。

　　"那是肯定的！"焕章忧虑地说。

　　"如果他们反对我们恋爱怎么办？"香兰不安地问。

　　"就这么办！恋爱不恋爱是我们自己的事，与他们无关。"焕章只好勇敢地说。香兰人都来了，已容不得他退缩了。

　　"话虽这么说，但我还是很担心，怕见你的家人。"香兰仍然不安地说。

　　"既来之，即安之。丑媳妇总要见公婆的，怕什么！"焕章半开玩笑地安慰香兰，也是安慰自己。

　　到达家里时，家人们见焕章突然带回一个穿红衣白裙的美丽姑娘回来，就知道是他的女朋友了。他们惊喜万分，笑逐颜开，对香兰非常热情，照顾殷勤周到。父母亲、二哥二嫂劏鸡杀鸭，买鱼买肉，忙得不亦乐乎，做了一桌丰盛的晚宴为香兰接风洗尘。侄女雯雯和晶晶更是开心，婶婶长婶婶短，叫得欢，令香兰既感幸福又十分害羞。

　　晚饭后，一家人在客厅里聊天，父母和二哥二嫂便问起香兰的情况来，问她的娘家在哪里，在哪所院校毕业，在哪做什么工作等，香兰据实一一作了回答。而她的这些回答，无疑像冬日里的一声声闷雷，把焕章的家人都震蒙了。原来焕章谈的所谓女朋友，竟然是一个没有大、中专文凭，没有正式工作，甚至连吃商品粮都不是的农村姑娘！当着香兰的面，他们不便发怒，也不便说什么，但对焕章的强烈不满，已从他们的脸上表露无遗。原本欢乐的家庭气氛，也来了一百八十度的急转弯，一下子变得尴尬、沉闷起来。为免香兰难堪，伤了她的自尊，焕章只好借故把她带回自己的房间，并把房门关上了。

　　不一会儿，二哥新营敲门来了，把焕章单独叫了出来。家人们仍然坐在客厅里，仿佛正等待着对他的审判。

　　"你说吧，这个姑娘你是怎么认识的！"二哥一脸冰冷地说。因为怕在客厅外面侧间里的香兰听见，他尽量把音量压低了一点。

焕章便把认识香兰的经过告诉了家人。

"你以前怎么不早说呢？"二嫂玉翠问。

"我不就是怕你们反对吗？"焕章说。

"现在就不怕了？"二哥反问。

焕章一时语塞，不知该如何回答，或者说，他不便做出回答。

"满子啊，你好不容易考上了大学，跳出了'农门'，现在有了工作，吃上了国家粮，可现在你又想去找一个农村姑娘做老婆，这不是想走回头路，想吃二遍苦吗？你怎么这么蠢呢？"母亲着急地说。

"她一没文凭，二没工作，三不是吃商品粮的，她怎么配得上你这个大学生呢？真不知道你是怎么想的！脑子进水了！"二嫂不满地说。

"如果你找一个农村姑娘做老婆，你自己将来会吃尽苦头不说，家里还都会被人看衰。你不要头脑发热，做傻事了！"父亲厉声说。

"如果赣州的大哥知道你找了一个农村姑娘，看他不骂死你！我看你白读了那么多书，人都读蠢了！"二嫂沉着脸说。

"一家人辛辛苦苦供你读书，没想到你却那么不争气！早知道你那么没用，被人耻笑，还不如不供你读书！"母亲伤心地说。她用衣角擦了擦眼泪。

"你说吧，说一说你的理由，为什么要找一个农村姑娘谈恋爱？"二哥板着脸孔说。

家里人从来没有像今天这样对待焕章，把他当成一个不受欢迎的人。他顶着巨大的心理压力说："好吧，那我就说一说，为什么要找香兰做女朋友。"他咽了一下口水，继续说，"首先，香兰人长得温柔漂亮，气质也很好，你们也看到了，她哪里像个农村姑娘？而且她心灵手巧，心地善良，这些，是很多吃商品粮的或者有工作的女子所没有的优点！"

二嫂马上插嘴说："香兰人长得温柔漂亮，气质好，这是事实，但漂亮、气质能当饭吃吗？再说，人年轻时漂亮，老了时都一样难看！"

焕章没理二嫂，继续说："再是香兰虽然没有工作，但她有手艺，会做衫，能自食其力，不用我养活她。还有更重要的一点，就是现在国家形势和以前不同了，国家搞改革开放，发展市场经济，提倡自主创业，打破'铁饭碗'，将来没有终身制的工作了，都是合同工，是不是有工作、有单位，已不重要了，只要自己有本事就行。在不久的将来，不会有吃农村粮的人和吃商品粮的人的区别了，也不会有什么国家分配工作这回事了，都要自己去找工作！"

"将来的事谁知道？我们只能顾到眼前，看不了那么长远！"父亲不以为然地说。

　　焕章没理会父亲，继续说："三是我想自己以后的人生道路，也许注定不会一帆风顺的了，而我看过也听过不少'夫妻本是同林鸟，大难来时各自飞'的悲剧！以我对香兰的了解，以后我无论遇到怎样的人生风雨，她都会忠贞不渝、一如既往地爱我。你们说，还有什么比这更重要、更宝贵的呢？！"

　　二哥听了焕章说的三点理由，沉思了一会儿后说："我不能不说，你所说的三点理由，确实有它们的合理性。但正如父亲所讲，'将来的事谁知道？我们只能顾到眼前，看不了那么长远'！"

　　"古人云：'人无远虑，必有近忧。'我们为什么不把眼光放远一点呢？"焕章争辩说。

　　对焕章引用的这句文绉绉的古语，其他家人听不懂，但二哥还是听得明白的。他是高中毕业生，学生时代语文成绩也很好，要不是英语差一点，他也考上大学或中专了。如果他去复读一年，也还是可以考上的，只因当时家里贫穷，父母年纪大了，弟弟焕章又在读初中，他只好放弃了。

　　"如果你和这个农村姑娘谈恋爱，现在的'近忧'——被人耻笑，被人看衰——你和家人就承受不起，你还谈什么'远虑'？！"二哥反驳道，"总之，你必须赶紧和这个姑娘断了恋爱关系。当断不断，反受其乱！如果名声不好，传了出去，你前途也会到受影响！"

　　"所有亲戚朋友都会反对你和农村姑娘谈恋爱！你已经摔过一次跤了，难道还想再摔一次跤吗？"父亲质问道。

　　"我自己的恋爱婚姻，我自己做主，与亲戚朋友无关！"焕章理直气壮地说。

　　"你想气死我这个娘是吧？你明天就把这个姑娘送回娘家去，不然，我就不认你这个儿子！"母亲威胁说。

　　本来很高兴的雯雯和晶晶姐妹俩，见大人们为新来的"婶婶"闹翻了脸，吓得一声不敢吭，不知咋办才好。

　　一家人不欢而散。

　　焕章阴沉着脸回到自己房间，母亲随后就跟了进来。因为香兰在面前，她尽量柔和地说："赖子，今晚你和父亲睡吧，我陪香兰睡。"母亲的意思很明显，不准焕章和香兰睡在一起。但焕章断然回绝了母亲："不用了，我和香兰就在这里睡。"

　　母亲愣了一下，只好无奈地走了。

焕章把房门关上，紧紧地把香兰搂在怀里。

刚才焕章在客厅里和家人的谈话，尽管声音不大，但还是传到了香兰的耳朵里了。焕章家人对他俩恋情的态度，虽然是她意料中的事，她也有足够的心理准备，但此时此刻，她心里仍然充满了不安和悲伤。她流着眼泪对焕章说："章，让我们分手吧，我不忍心耽误你的前途！……章，你另找一位有文凭、有工作的好姑娘吧，我不怨你，我只怨自己命不好，为什么配不上你！"看到香兰悲凄的神色、晶莹的泪滴，听着她纯洁的心音、至诚的表白，焕章情不自禁地把她抱得更紧了，仿佛怕她跑走似的。他温柔地吻她，深情地说："亲爱的兰，快别说傻话了，我永远都不会和你分手的！"是啊，他怎么能忍心把一位如此深情、如此善良的姑娘抛弃呢？他做不到！尽管她一再天真地说："章，即使你和别的姑娘结婚了，我还会和你好的！"但他只是摇摇头，痛苦地摇摇头。

是的，此时的焕章，他的心是痛苦的，也是矛盾的。但无论如何，他也不忍抛弃这样一位好姑娘啊！他知道，如果他们分手，等待她的命运将会是什么。她太单纯，太善良了！也正因为如此，他才会那么痛苦地爱着她，恋着她！

第二天，焕章并没有按母亲的要求把香兰送回娘家去，同样，他也婉拒了香兰自己提出要他送她回驻舆去的请求。她既然来了，他就要留她多住几天，趁此好好地爱她、疼她、照顾她！

焕章的家人虽然反对他和一位农村姑娘谈恋爱，但毕竟是一个有教养的家庭，他们对香兰还是招待得好好的，并没有怎么冷待她。

香兰一连在焕章家里住了好几天。

这天是篁乡圩日。香兰连日说要回驻舆，挂念她在驻舆布店的裁缝摊，她说如果离开的时间太久了，来她这里做衣服的人就会减少，所以她必须回去了。听她这么说，焕章只好同意今天送她回去。因为驻舆常有卖衣服的人来赴篁乡圩，焕章便想让香兰坐他们的手扶拖拉机回去。

吃过早饭，焕章要回学校上课，香兰也要回去了，他们一同出门。不过，香兰要先去在乡政府团委工作的表妹邝瑜颖那里，下午才坐做生意的手扶拖拉机回驻舆去。

香兰是在她表妹处吃的午饭。

下午四点时，焕章来到乡政府，在她表妹处找到香兰，准备送她上车，还特意给她买了几斤水果。但事不凑巧，这次从驻舆来篁乡卖衣服的人太多了，一辆手扶拖拉机实在坐不下那么多人，焕章只好用自行车又把香兰载回家里，打算明天一早亲自用自行车送她回去。

在家里，香兰告诉焕章，她表妹告诉她，她也听到过有关他在县委宣传部工作时的负面传闻，有人说他是"狂佬""四六货（不正经）"。焕章听了后很痛苦，也很气愤。他发誓，此生一定要雪耻，今后一定要奋斗，让他们看一看，他刘焕章是不是那种人！香兰也深感不平，很同情他。她的悲愤情绪感染了他，使他更认识到她的纯洁和善良。

第二天一早，焕章就骑着自行车，载着香兰向驻舆乡出发了。

开始的时候，香兰异常高兴，神采飞扬，一脸的幸福。但走到一半路时，焕章忽然说："兰，要是我们不能结合，怎么办呢？"香兰听后脸色骤变，黯然神伤，此后一路沉默不语，闷闷不乐。焕章后悔不迭，恨不该胡言乱语，忙去安慰她，却总不见她的笑容。他的心也悲哀起来，想到那艰难的人生、丑恶的等级观念，心底升起切齿的痛恨。当看到香兰的悲凄状时，他的心也碎裂了一地。

一过了陡峭的陈坑崇，就离香兰家不远了。焕章打算送香兰过了陈坑崇后，剩下的路程开阔、平坦了，就让她自己走回去。将到陈坑崇时，他们俩都沉默了，只听到车轮滚动的沙沙声。将要上坡时，他们下车步行，脚步也变得沉重、缓慢起来。这陡峭、艰难的盘山公路，就像他们艰难的爱情之路一样。这时，一股难抑的悲痛骤然袭来，焕章终于哭出声来，香兰也大哭，几乎无法前行。他们都仿佛感到，生离死别的时刻到了，怎不让他们撕心裂肺、肝肠寸断呢？

焕章强忍着内心的悲痛，扶着香兰慢慢前行，深爱和责任使他临时改变了计划，决定直接把香兰送到家里。此后，他俩一路步行，没再骑车，想趁这个时候好好倾心交谈。

焕章再次感到，他离不开香兰，也不忍离开她了。

将近黄昏时，他们才到达驻舆老寨下的香兰家里。

焕章原以为香兰的家人会很高兴，然而，他们对他俩异常冷淡，竟没有一个人前来问候。香兰只好悻悻然地，把焕章带进自己的房间。

焕章想，难道他们都认为我不该来吗？他愣了一会儿后，对香兰说："这样吧，今晚我到乡民政招待所去住一晚，明天一早我就走。"香兰听后大哭起来，伏在焕章的身上，紧搂着他，死活不让他离开。

香兰的母亲突然闯了进来，对香兰说："你还哭什么？你走时连一句话也没有，你们眼里还有我这个娘吗？我家是旅店？说走就走，说留就留？"原来，香兰母亲希望他们俩光明正大地恋爱并早日完婚，对他们一而再、再而三"偷情式"的相会早就看不惯了，今天她是来借机发泄不满来了。

香兰寻死觅活，想要跳井轻生，却被兄妹们拉住了。焕章一阵悲哀，不觉流下眼泪来：在自己家是如此，在香兰家也是如此！天哪……香兰母亲见焕章流泪了，"男儿有泪不轻弹，只因未到伤心处"，她的心软了，便冷静了下来。后来，焕章作了详细解释，说明了他和香兰的苦衷，告白了他们忠贞不渝的爱情，香兰的家人才勉强谅解了他们。

晚上时，为预防产生什么不良后果，香兰母亲勒令香兰不要和焕章住在一起了。为此，香兰几次伏在焕章怀里哭泣，说对不起他，让他受委屈了……

第二天一早，天还没亮，焕章还在睡梦中，香兰便趁上厕所的机会溜进他睡的房间。她钻进焕章的被窝里，很兴奋地把他摇醒，满脸的微笑，仿佛不曾有过昨晚的忧伤。她甜蜜地俯伏在他的身上，抚摸着他厚实的胸膛，喃喃地说："章，抱紧我，抱紧我……"

过了一会儿，焕章说："兰，等一下起床吧，我要回去了。"香兰愣了一下，泪水倏地流了下来，呜咽着说："不，不……你吃了早饭再走……要不，我也和你一同回去……章，母亲这么待你，你不喜欢我了是吗？……不，你不要这么早回去，啊？"她摇晃着焕章的身子，泪水掉了他一脸。

焕章的心很悲伤，也不知该说什么，只默默地爱抚着她，摇了摇头。

焕章将走了，香兰送他。香兰的家人都挽留他，说吃了早饭再走。但他说"上午还有课"，便告辞了。

香兰把他送到大路口。临别时，她的眼泪又夺眶而出。焕章说："兰，回去吧！别想那么多，好好做你的衫，啊？我会想你的！"香兰点点头，泪水却流得更快了。

焕章忍痛离别了香兰，在她的盈盈泪光中蹬车远去了……

路上，他又一次感到，他的生命已离不开她了，为了爱，也为了良心和责任！

上午九点，焕章终于赶回了学校。

整个白天，他都昏昏然。

晚上召开教职工会议，学习上级文件，但焕章什么也没听进。古欣妍老师就坐在他的身旁，不时脉脉地侧头看他，目光是那么的温柔、热烈，他却茫然不觉。

焕章和香兰谈恋爱的事，惊动了嫁到松竹岭垦殖场高头村的细姐祺玉，从他写的这篇日记中可以知道：

一九八八年三月九日　星期三　天气：阴转小雨

上午看《孙子兵法》，希望从孙子的军事谋略中能汲取一些社会人生经验。

下午，我正在写作，忽然有人敲门，打开门一看，是古昭祎老师送《旭阳》校报的稿件来了，而旁边竟站着我的细姐！

原来，今天细姐赴篁乡圩，顺便回娘家探望了一下父母，现在将回去了，又顺道来看望我。

细姐谈到我的恋爱之事，她说以前听到了别人的议论，现在又听家人亲口说了，要我放弃香兰。她说："吃农村粮的要她干吗？兀得苦乜（不是自找苦吃吗）！""你不要只看到现在很恩爱，将来她会给你好看的！""不要她就不要她，就像××地方的×××一样，他也和你同样的情况，但他的家人不同意，虽然两'亲家'闹了一回，但女方也毫无办法。""细姐这是为你一辈子好，并不是为了自己啊！"……

我知道细姐是为我好，但我不能接受她的建议。我向细姐说了我爱香兰的原因和不能抛弃她的理由。细姐叹息一声说："弟弟啊，你不要感情用事，你不听细姐的话，将来你会后悔的！"

我自己选择的爱情，决不会后悔！

细姐看到我的衣领很脏了，又关心地说要我勤点换衣服，不要被学生和同事嫌弃。

我问她为什么不住一晚再回去呢。她说家务事多，姐夫又外出进山了，两个外甥没人照顾。

傍晚回家，村里的阿坤子来要木料钱，我给了他一百元钱，至此，二百五十元的木料钱已全部付清。这木料是我准备做家具用的。

晚饭后，返校苦读，写作。

焕章和香兰谈恋爱的事，也惊动了他远在松竹岭垦殖场龙归村的姑丈严培春，从他写的另一篇日记中可以知道：

一九八八年四月三十日　星期六　天气：晴

今天写了一组散文诗《沉思（1—8）》，表达了自己对宇宙、社会、人生、爱情、幸福以及人本身等问题的思索。

午睡前我正在看书，侄女雯雯来了，说姑婆丈来了，她爸爸（二哥）要我买一些菜并回家里一下。我只好去圩上买了一些鱼、肉等荤菜，叫雯雯带回去，并要她告诉她爸爸，说我下午有事，傍晚才回去——因为我有写作计划。

傍晚，我正要回家，姑丈却找上门来了。他说等了我很久没回，便自己找来了。

他没有问我为什么会下放到旭阳中学教书，也许他知道一切原委了，他只提了我和香兰谈恋爱的事。

他说他很忧虑，也很同情我，他也曾劝说过家人：如果那姑娘还可以，他们又那么相爱，事情又到了这个地步，就让他们结合好了。但家里人不同意，因为名誉上过不去，一个大学生找一个拿锄把的农村姑娘，人们会怎么说呢?!

姑丈问我怎么想。我便把爱香兰的原因和不能抛弃她的理由跟他说了，并说："我虽然和香兰谈恋爱，但并不想马上就结婚，因为我的前途还不明朗。再过一两年，待我的前途明朗一些再说。"

姑丈说，只要不会妨碍我的工作就可以。看来他很担心我会受到什么打击。

他又提醒我要注意这种情况发生：如果有一天你真的不爱她了，要防止她自杀，或者她与人私通怀孕，却讹诈说是你的小孩。

我说，香兰不会这样做的，她不是那种人，我了解她！

不会就好！姑丈说。

姑丈是所有亲戚中我最敬重的人。他会多种手艺，人很有威望。小时候我们家贫穷，曾得过他多次资助。他是我们家的恩人。

姑丈太阳落山时才回去，我挽留他住一晚。他说很忙，要回去，在天黑以前一定能赶回。他骑了自行车来。

傍晚回到家里，兄嫂对我似乎热情了许多，晚餐也较丰盛。不知怎的，我却想流泪……晚上本想住下的——好久没在家里住了，但二哥却有事下大队部去了，等了好久都没回来。我心里烦躁，便又回学校去了。

焕章和香兰谈恋爱的事，连远方的亲人、亲戚都惊动了，至于附近的乡邻自不必说了。而乡邻们对他和一个农村姑娘谈恋爱，又会怎样谈论、非议乃至耻笑呢？他已无暇顾及，也不想顾及了。一切都顺乎自然，由他们说去吧！时间的流逝，会冲淡一切，也会证明一切的！

第四十九章

中午焕章打算回一趟家里，把细姐祺玉托人送来的半蛇皮袋新鲜野生木耳带回家去，以免在他这里放久了以致坏掉了。

当他骑着单车来到离家不远的山坡下时，看见有一支送葬的队伍沿山坡的小路蜿蜒而上，不知谁家的老人去世了。黑色的棺材非常显目，由四个壮汉抬着；前面由一个撒纸钱的人引路，一边走一边撒，一路都是飘飞的纸钱，像白色的蝴蝶一般；棺材后面是七八个送葬的人，其中有一个人不时燃放一串鞭炮，噼里啪啦的声音很瘆人，也传得很远；送葬的人们都披麻戴孝，眼睛哭得红肿了，一脸悲伤的神色。

望着渐渐远去的送葬队伍，焕章的心里涌起一股凄凉，并感慨地想：时光匆匆，人生短暂，如无所作为，岂不在世上白走一趟，那生命又有何价值呢？人生需要奋斗，奋斗，奋斗啊！

父母亲、二哥二嫂和两个侄女正围坐在饭桌旁吃饭。

"满子回来了？吃饭没？"母亲见焕章回来，站了起来。

焕章见饭桌上有猪肉和豆腐，便说："吃过了，但没吃饱——学校的饭菜不好吃！"

"那就再吃一碗吧！"二嫂玉翠说着，便给焕章盛了一碗饭，给他拿了一双干净的筷子。

"蛇皮袋里装的什么？"父亲问焕章。

"哦，是细姐托人送来的新鲜野生木耳。我怕放坏，赶紧送回家来。"焕章回答说。

饭间，一家人自然又说起焕章和香兰谈恋爱的事。

二哥新营问焕章："你和香兰的事怎样了？"

"没怎样。"焕章随口说。他不愿意家里人又说起他和香兰的事。

但家里人似乎并不想放过他。

"你趁早和她断了关系！她又不在身边，断起来也容易。我还是那句话，当断不断，反受其乱！"二哥严肃地说。

焕章默不作声，只顾吃饭。

"现在，村里有很多人都知道了你的事情，都说你怎么那么蠢，一个大学生去找一个农村姑娘谈恋爱！"二嫂说。

"满子，要听一下大家的劝！急死哩找不到老婆吗，要去找一个农村姑娘？"母亲说。

"找一个农村姑娘，人都会贱了，还被人看衰！"父亲说。

"好了，你们都别说了。我自己的事，我会处理的！"焕章不耐烦地说。

"你将来可不要后悔哦！"二哥警告说。

吃完饭，焕章要回学校了。临走时，母亲对他说："下午蒸酒饭，傍晚回来吃。顺便在家里洗个澡，衣服很脏了，也该换了！"

"好的！"焕章答应说。

母亲站在大门口目送他远去，一脸的沧桑和忧戚。这段时间，她的头发似乎也白了许多，让焕章心里好不难过……

下午曹忠祥副校长到焕章房间里闲坐，自然和他谈了一些教学上的事，且说明天会来"学习"，听他一节语文课。因为最近心绪不佳，焕章心里便不太愿意，但又不好推辞，只好说"欢迎指导"，装出很乐意的样子。此外，曹副校长也和他谈了一些人际关系的问题，说身份、环境变了，要他看破并理解现实，注意人际关系的调节等，这些话，对他还是有益的。

曹副校长走后，焕章也从房间里出来，想到外面去走走。

他走出校园，来到原野上。

天空灰暗阴沉，没有温和阳光的朗照，显出苍凉静寂的情调来，这又感染了他，孤独惆怅之情便溢满了他的心房。

大地一览无余，显得空旷辽远。在那大片的浅绿中，可见一块块的翠绿，那是桃园和橘园——农村实行"包产到户"后，有些农民把部分稻田改作果园了。

焕章在坎坷不平的田埂上走着，一边观看两边的景色，一边浮想联翩，思绪飘飞。他想到事业，想到爱情，想到历史，想到社会，也想到农村的"包产到户"责任制……忽然，他又想起一句名言来："人才是课堂、社会造就的，而天才是孤独造就的。"那他是天才还是人才呢？是希望成为天才，还是希望成为人才？虽或不可能，但他若能天才和人才兼得就好了！……他这样天马行空地想着，漫无目的地走着，不觉就到了傍晚。他忽然想起了母亲要他傍晚回去吃酒饭并洗澡换衣的话，便赶紧返回学校，跨上单车，旋风一般骑回家去了。

焕章还没走进家里的大门，黄狗阿旺就摇头摆尾地迎了出来，同时他闻到了从厨房里飘出来的酒饭那诱人的芳香。

"叔叔，吃酒饭喽！"侄女雯雯和晶晶见焕章回来，亲热地喊道。她们各端一个小碗，坐在门坪的凳子上吃着。

"酒饭好吃吗？"焕章故意问。

"好吃！"她们说。

"好吃就多吃一点哈！"焕章笑着说。

焕章从小就很喜欢吃酒饭。酒饭柔软、芳香，健脾、养胃，是食物中的佳品。母亲这次蒸酒饭，是要把它酿成黄酒后，和铁勺粄一起，叫二嫂玉翠挑到圩场上去卖的。

焕章吃了一大碗酒饭，吃得饱饱的。而后，他按照母亲的嘱咐，洗了一个舒服的热水澡，换上了一身干净的衣服。

他正要返校时，却被雯雯拦住了。

"叔叔，能不能给我们两姐妹讲个故事再走啊，你好久没给我们讲故事了！"雯雯说。

"是啊是啊！"晶晶也附和道。

焕章愣了一下，笑道："好吧，我给你们讲一个故事再走！"因他平时很少在家里住宿，偶尔回来一次也来去匆匆，确实很少给她们讲故事了。

焕章把单车重新支好，从屋檐下拿了一把竹椅子来到门坪上坐下。雯雯和晶晶也分别拿了一只小凳子围坐在叔叔跟前，于是，叔侄女三人便开起"故事会"来。

"这次啊，我给你们讲一个蜈蚣虫的故事！"焕章说。这是他小时候听老人们讲过的故事。然后，他便绘声绘色地讲了起来：

很久很久以前，在长平县境内的一个偏僻小山村里，住着一户世代老实巴交、勤劳善良的人家，他们农忙时耕田种地，农闲时挑担子挣钱补贴家用，生活虽然清苦，但从不抓蛇捕鸟，十分爱惜自然界的小生灵。

这家人有一个后生，也许是营养不良的原因，一生下来头发就黄黄的，以后乡亲们就习惯性地叫他"黄毛"。因家里穷，黄毛在圩上一所私塾里仅念了半年书就辍学了。他白天割草放牛，晚上点着松枝，在房间的泥地上用小竹枝书写从私塾学到的《三字经》和《百家姓》，诸如"人之初，性本善；性相近，习相远……"或"赵钱孙李，周吴郑王；冯陈褚卫，蒋沈韩杨……"之类的内容。

一个刮风下雨的晚上，黄毛写着写着，突然从墙角的土砖缝里爬出一条仅有米粒大小的小蜈蚣虫，它摆动着尾巴，在黄毛练字的泥地板上溜来溜去，好像肚子饥饿要寻找什么食物似的。黄毛出于怜惜之心，便把小蜈蚣虫装进一个泥罐子里，天天放点饭菜，或用拍打到的苍蝇、蚊子喂养它。

随着小蜈蚣虫渐渐长大，黄毛已为它换了好几个泥罐了。

时间过得真快，转眼黄毛已经十六岁了，长得肩宽腿长，比他爹还高大，眼看就要接替他爹去挑担子挣脚力钱了，而蜈蚣虫也长得有擂茶槌那般大了，全身透红，十分雄壮。

有一天傍晚，黄毛打开泥罐子，放出蜈蚣虫，难舍难分地对它说："蜈蚣虫啊，我养了你那么多年，你也长得这么大了，明天一早，我就要跟我爹下广东挑担子挣钱了，今晚我就放你出去，回到大自然里自己找食去吧。你要记住哦，以后我有什么灾难，你也要鼎力帮助我呀！"蜈蚣虫好像懂事似的点了点头，又在黄毛身边转了三圈，然后摆着尾巴，跃入青草丛里去了。

第二年夏天，黄毛独自挑着一担从安远购买的烟叶到广东嘉应州，在那里贩卖后，又挑上买来的食盐抄小路往江西方向返回。当他走到广东与江西交界的一个村庄时，天已将黑了。黄毛打算寻一户人家歇息，可家家户户早已关门闭户了。

原来，在这村子附近的枫树排上，有一条成精多年的大蛇，它专门追赶和吞食过枫树排时，听到"呵——喂——"的声音后应了声的人。这像人一样发出的"呵——喂——"声，就是从这条大蛇精嘴里发出的，用来诱骗过路的人上当的。村子里的村民因为怕遭到大蛇精的袭击，所以每天天没黑就早早地关门闭户了。

黄毛先询问村头的一户人家能否借宿一晚。这家主人问他："你刚才过枫树排时，有没有听到打'呵喂'的声音？你回应了没有？"黄毛照实回答说："刚才过枫树排时，我听到从远远的地方传来打'呵喂'的声音，我忍不住也'呵喂'了一声。"那家主人一听，吓得变了脸色说："对不起，后生哥，我家住不下了，你到下家去问问吧！"说完，立即把门关得紧紧的。而后，黄毛一家挨一家，从村头一直问到村尾，都得到同样的回答。他没有办法，只得深一脚浅一脚地往前赶路。没走多久，前面出现了一座茶亭，他便走了进去，把担子放下，准备在茶亭里歇息一晚。

黄毛坐在茶亭的石板凳上，身子靠在木柱子上，因为太累，不一会儿就呼呼睡着了。忽然，狂风大作，电闪雷鸣，一场倾盆大雨瓢泼而下。茶亭边的溪水越涨越高，没过多久就漫进了茶亭，没过了黄毛的膝盖。黄毛被惊醒了，他顾不及担子里的盐货，顺着柱子攀上了茶亭的横梁，两手死死抓住木梁子，一动也不敢动。

又过了半个时辰，一阵闪电之后，一条有大钵头粗、银光闪闪的大蛇冲了进来——这条大蛇就是那条会打"呵喂"的蛇精！只见这蛇精张开血盆大口，咝咝吐着长长的信子，直向蹲在横梁上的黄毛冲去，恨不得一口把他吞进肚子里去。

黄毛吓出一身冷汗，情急之下，大声喊道："蜈蚣，快来救我！蜈蚣，快来救我！"话音刚落，一条杯口大的蜈蚣虫便跃了进来，朝着蛇精的血盆大口跳了进去。蜈蚣在蛇精肚子里一边喷射毒液，一边拼命撕咬，把蛇精的五脏六腑都咬碎、咬烂了，不一会儿，大蛇翻滚着漂浮在水上，周围全是大蛇的血……

第二天，雨过天晴，溪水退了，这个村子的村民都来感谢黄毛为民除了大害——消灭了大蛇精，从此再也不用没到天黑就关门闭户了。黄毛却流着眼泪说："要谢，就得谢我养的那条蜈蚣虫，是它跳进大蛇精的肚子里撕咬、毒杀了大蛇精，既救了我的性命，又为民除了一大害，它用自己的生命为别人换取了幸福啊！"

村民们听了后，都感动得流下了眼泪。他们隆重地厚葬了那条蜈蚣虫，并告诫子孙后代，永远都不要忘记那条蜈蚣虫的大恩大德！

当焕章讲完这个精彩的民间故事后，雯雯说："叔叔，这个故事太好听了，也很感人！就是有点吓人，那么大的蛇精，那么大的蜈蚣虫……晚上我都不敢睡觉了！"晶晶也说："我也不敢睡觉了！"

"哈哈，如果你们姐妹今晚不敢睡觉，那就叫奶奶陪你们睡觉吧！"焕章笑着说，"好啦，叔叔要回学校了。"

"叔叔再见！"

"再见！"

焕章回到学校时，已是学生晚修的时间。他在房间里备课，改作文，辅导前来求教的学生，不觉就到了晚上九点半，晚自修也下课了。他伸了一个懒腰，喝了两口茶，在房间里来回踱了一会儿，便又重新坐下，拿起一本《十月》杂志看了起来。正当他看得津津有味时，电灯忽然熄灭了——因为电力不足，乡发电站常常不到晚上十点就把学校的供电给停了。虽然学校给每个老师每月都配给了半斤煤油供点灯之用，但这半斤煤油对一般老师也许够用，而对每天晚上都看书、写作到深夜的焕章来说，就远远不够了，他只好自己买一些蜡烛来补充。唉，在这乡下中学，什么都很缺乏，甚至连上课用的粉笔都常常断供！

焕章摸黑找到一支蜡烛，用火柴把它点亮，继续看他的《十月》杂志。

一辆白色面包车开进了旭阳中学的学校大门，在行政办公楼前停了下来，从车上下来林裕银局长、康大年财务股长等几个县教育局领导，早就等候在那里的邱炘奇校长、曹忠祥和陈顺治副校长等学校领导连忙迎了上去，热情地和教育局来的领导们握手。

"林局长，辛苦了！欢迎您光临指导！"

"康股长，辛苦了！欢迎您光临指导！"

…………

焕章在县委宣传部工作时，因为经常和下辖的科委、教育局、文化局、卫生局、体委、广播电视局等几个部门的领导一起开会，所以他和林裕银局长很熟悉。他和财务股康大年股长也很熟悉。康大年股长是焕章高中时的同学康得志的父亲，学生时代焕章曾去过他家里几次。康得志研究生毕业后分配在北京某重要部门工作了。他父亲原是教育局财会股的会计，前不久刚提拔为财务股股长。在焕章的印象中，康大年是一个很谦和的人，但现在当上股长后，似乎完全变了一个人，看上去很有气派、很有威风了！

因为和林局长、康股长都很熟悉，恰好又碰见了他们，焕章不便躲避，出于礼貌，只好走上前和他们握手打招呼，并和学校领导一起陪他们在学校里走了一圈，视察了一下学校的校容校貌。

在这期间他们碰见了老教师古秋原，也许他和林局长相熟，只见他热情地把林局长拉到一角，低声交谈了几句什么，满脸的笑容。古秋原老师的儿子也在旭阳中学教书，他就是教导处的古新运副主任，父子俩同教语文学科。

后来，学校领导把局领导们领进了行政会议室，向他们汇报了一下学校的各项工作，不久就陪他们到篁乡圩上的某个酒店吃午饭去了。

看到局领导们那官架子十足、威风八面的神态，看到校领导们逢迎拍马、卑躬献媚的模样，焕章心里充满了鄙夷和悲哀。此时的他，不禁想起自己在县委宣传部工作时到下级部门检查工作的情景，不觉有一种龙搁浅滩、虎落平阳的失落感和屈辱感。他又想起了自己被下放到旭阳中学前，黄涛书记要他"下去吃吃苦"的话，莫非要他吃的所谓的"苦"，就是这些对他心灵的煎熬和考验吗？如果他真的出于好心，那将来焕章还得感谢他！

从中午到下午，焕章都痛苦不已。在苦思冥想中，他写下了一首题为《痛苦与希望》的小诗：

    揣摩人间每一颗涩泪，

    跨过一个个高贵的陈腐，

    在大地的空虚上，

    去孜孜不倦地追赶那真实的太阳。

    于是，在四面孤独的绝壁里，

    便诞生了你的形象！

    但你不怕幽深的寒冷，

    心已燃成一簇阳光。

    在杳无人迹的寒空里，

    你挥动意志，坚持凿打自己，

    你的汗滴，将溅起

    漫天炫目的璀璨明星！

    …………

  随着国家改革开放的逐步深入，从沿海到内地，从城市到乡村，市场经济得到了进一步发展，人们的商品经济意识有了进一步提高。乡镇企业，村办企业，也如雨后春笋兴办起来了。集体经济和个体经济得到了较大发展，无论是单位还是个人，建房子的都多了起来，砖瓦的需求量急剧上升。田背排村有一种独特的资源——尺土之下蕴藏着丰富的"盎子泥"，这种泥呈淡蓝色，细腻、柔韧，用它烧制出来的砖瓦，结实、耐用、漂亮，很受顾客的欢迎。田背排村委会凭借这种独特的资源，兴建了一个小有规模的砖瓦厂，并取得了很好的经济效益。在村砖瓦厂的带动下，不少拥有"盎子泥"资源的村民，也建造了自己的传统型砖瓦窑。全村有几十座大大小小的砖瓦窑，就像一座座耸立的土碉堡，分布在田背排村宽阔的田垅上。这些砖瓦窑，白天浓烟滚滚，晚上窑火闪亮，给人一种热火朝天的感觉。田背排成了长平县远近闻名的砖瓦供应基地。焕章的二哥新营也在自家的田地上建造了一个砖瓦窑，他利用农闲时间，一年可以烧制三窑砖瓦，纯利润可达一千余元，比焕章一年的工资还多！加上家里的种养收入，以及在圩场上卖黄酒酿、卖铁勺板、卖豆腐的小生意收入，焕章家里便又有了一笔可以用来做事业的存款。

一个周六下午，二哥新营叫大女儿雯雯把焕章从学校叫回家里，对他说："焕章啊，你不要到了周末还住在学校，家里有什么事找你商量都不方便！"

"二哥，我想利用周末时间在学校多看看书，写写东西。"焕章说，"叫我回来有什么事要商量？你说吧。"

"我有一个想法，想在村子的公路边做一个店子。有了店子的话，家里出产的水果、茶叶，还有酿的黄酒、煎的铁勺板、磨的豆腐等，都可以放在店子里卖，还可以兼卖一些烟酒等。我们村是一个大村庄，本身就有几千人，还有附近的江下村、六社村、桂花树下村，乃至昌浦乡的黄沙村，这些村的村民要赴篁乡圩买卖、送子女到中学读书或到乡政府、信用社、邮电所等单位办事的话，都要经过我们田背排村这段公路，人员流动这么大，店里的生意一定好做！"二哥说，"咱村里的老五古已经在村子的公路旁开了一个熟食店，得福叔则开了一个杂货店，经平哥则开了一个生肉铺，他们的生意都很好！"

"这个主意好，我支持！"焕章说，"现在是商业社会了，我们也要有一点生意头脑，跟上时代发展的步伐！"焕章心里还想，如果家里有了店子的话，将来和香兰结婚后，还可以在店子里摆一个裁缝铺，那她的生计问题也解决了。但这个想法他没说出来，因为二哥和家人都反对他和香兰谈恋爱，这件事以后再说。

"我观察了一下，如果我们要做店子的话，最好的地点是从曹屋到上门、老屋下、新屋下围屋的那条小路与公路交叉的十字路口边，那里恰好又在村子中间，位置非常好！"二哥说。

"能把那里的田土调换或买下来吗？"焕章问。

"那里的田土有三块，一块是石卵古（绰号）的水田，一块是三钵头（绰号）的水田，还有一块是三妹嫂的旱地。我们去和他们说说，看谁愿意转让给我们。"二哥说。

"好！"焕章高兴地说，"现在就带我去看看那几块田土！"

二哥便带焕章下村里看了一下交叉路口处那几块田土。"这里确实是做店子的好地点！"焕章赞叹说，"我们现在就去问问，看谁愿意把土地转让给我们。"

"现在他们都出门做细（干活）了，找不到人的。傍晚时候我们再去，那时他们都在家。"二哥说。

将近傍晚时，二哥和焕章便出发了。他们首先到了石卵古家里。

"新营，焕章，什么大风把你们兄弟俩吹来了？请到屋里坐！"石卵古招呼道。他请他们在屋里坐下，给他们倒茶、递烟。焕章摆摆手，表示不会抽烟。二哥新营接了一支烟，自己点上。

石卵古三十出头，本名叫刘传胜，但村里人很少叫他的本名，叫他的外号居多，因为他自小就长得就像一只"石卵"（石蛙）——眼睛鼓，颧骨高，嘴巴尖，皮肤黑。

"传胜哥，"二哥没叫他的外号，而叫他的本名并加上"哥"，以示尊重，"我们想求您一件事，请帮帮忙！"

"求我什么事？说吧，只要我能帮上忙！"石卵古说。

"我们想在公路旁做一个店子，你家在岔路口的那块田，能不能调换给我们？"二哥问。

"这个啊……"石卵古迟疑地说，"你们打算把哪块田换给我呢？"

"新屋下门口那块。"二哥说，"那是一块上好的水田，我还可以多换一点给你。"

"在那里啊，太远了吧？做细（干活）不方便不说，别人的鸡鸭跑到田里吃谷了都不知道！"石卵古不情愿地说，"不好意思，你们去问问其他人吧！"

二哥和焕章只好从石卵古家出来，到三钵头家里去问。

三钵头二十八九岁的样子，比二哥年岁略小，人长得精瘦精瘦，像一只猴子，但他的饭量却很大，一餐能吃下三大钵头的饭，于是便有了"三钵头"的外号，他的本名倒很少有人知道了。

"新营来了？哎呀，焕章也来了？稀客稀客，请到屋里坐！"三钵头热情招呼他们兄弟俩说。

"听说焕章调到中学教书了？很少见你回来啊！"三钵头对焕章说。

"是，工作忙啊！"焕章有点不自然地说。

"三钵头，我们来求你一件事，请你帮帮忙！"二哥接过话头，同时为焕章解围说。

"什么事要请我帮忙？"三钵头一边给他们兄弟俩倒茶，一边狐疑地问。

"是这样的，我们想在公路边做一个店子，想换你家岔路口那块水田，我们可以多换点给你，怎么样？"二哥恳切地说。

"哦……想做店子，"三钵头的两眼滴溜溜地转了几圈，说，"我也想在那里做个店子啊！我现在虽然没钱做，但不等于我将来没钱做，我的儿子或孙子没钱做呀，是吧？"

话说到这个份上了，二哥和焕章只好从三钵头家里退了出来。

“只剩下三妹嫂那块旱地了，”二哥叹一口气说，“如果三妹嫂又不肯转让，那我们就真的没戏了！”

“尽人事而听天命吧！”焕章也叹一口气说。

他们兄弟俩便往三妹嫂家走去。

三妹嫂的老公刘堡贯不管事，家里的大小事都由三妹嫂做主。当焕章兄弟俩到达她家时，她正在猪圈喂猪，而她老公在厨房里煮晚饭，她年老的婆婆则在院子里教小孙子唱儿歌：

> 雷公轰轰，
>
> 鸭子累累，
>
> 扛起撅头子看满人（谁）先归……

“三妹嫂，喂猪哪！”二哥亲热地招呼道。

“新营、焕章，你们两兄弟来了？快到屋里坐！”三妹嫂连忙放下手中的猪食，请他们到客厅里坐下。她给他们各泡了一杯茶，又拿出一茶盘自家种的炒花生招待他们。

“三妹嫂，我们有一件事想求您，请您帮帮忙！”二哥诚恳地说。

“乡里乡亲的，别说求不求的，有什么事？直接说吧！”三妹嫂爽快地说。

“是这样，我们想在公路边做一个店子，想要您家岔路口那块旱地。我们用水田跟您调换也可以，您把它卖给我们也行！”二哥说。

“哦，这样啊！”三妹嫂沉思了一会儿说，“换田呢，就算了，我们家田里打的谷也够吃了。”

“那就卖给我们吧！”焕章请求说。

“卖给你们……倒是可以，你们能给多少钱呢？”三妹嫂问。

见三妹嫂有同意卖地的意思，焕章兄弟俩立马来了精神。

“按现在的行情，旱地一平方米十块钱。您那块旱地有八十平方米左右，大概值八百块钱吧，但我们可以多给您一些，就算一千块钱吧，怎么样？”二哥大方地说。

三妹嫂的老公不知什么时候也走了过来，站在她的身后，听到那块旱地可以卖到一千块钱，赶紧说：“行，就一千块钱！”

三妹嫂扭头瞪了他一眼，呵斥他说：“你晓得什么，在那瞎嚷嚷！”

三妹嫂的老公便不敢吱声了。

三妹嫂换上笑脸对他们兄弟俩说："不瞒你们说，本来呢，我是不想卖这块旱地的，但三个孩子读书要钱，我家娘（婆婆）又多病多疼，要花不少钱看病，你们堡贯哥又是一个木头人，不会寻一分钱，一家人全靠我一人苦撑着，好艰难哪！"

"三妹嫂，您家的困难我知道，所以，我们愿意多出一点钱买您那块旱地。"二哥真诚地说。

"这样吧，互相帮个忙，给一千五，怎么样？"三妹嫂说。

"一千五？……三妹嫂，能不能少一点呢？一千二怎么样？"二哥还价说。

"那就这样吧，大家都退一步，一千三吧！"三妹嫂说，语气里有不容再退让的意思。

"一千三就一千三吧！"焕章怕三妹嫂反悔，连忙答应说。

"好，一千三就一千三！"二哥也爽快地说，他从荷包里取出早已准备好的一千元，递给三妹嫂，"先付给您一千元，剩下的三百元明天一早给您，今天我没带这么多。"

焕章见三妹嫂接了钱，便说："三妹嫂，写个字据吧，日后也好有个凭证。"

"我没文化，不会写呀！"三妹嫂有点不好意思地说。

"我来写，你签个名，再按一个拇指印就行。"焕章说。

"好的，你是大学生，你写！"三妹嫂说。

于是，焕章便写了一式两份的买地字据，双方都签了名，按了拇指印。

焕章兄弟俩向三妹嫂道谢、告别时，三妹嫂热情地挽留他们吃晚饭，但他们婉言辞谢了。

刚走出三妹嫂家的院子，焕章便忍不住兴奋地说："二哥，苍天不负有心人，我们终于如愿以偿了！"

"是啊，我们得好好庆贺一下！走，到老五古的熟食店买一点熟食去，我们哥俩好好喝两碗！"二哥也兴奋地说。

"好嘞！"焕章答应道。他便和二哥到老五古的熟食店买了一斤猪耳朵、一斤煎河鱼、一斤花生米回去。

当听到买下了三妹嫂家的旱地时，父母亲和二嫂玉翠都非常高兴，但一听到花了一千三百块钱时，母亲和二嫂又说太贵了，不值得。焕章对她们说："你们懂什么？一千三百块现在是贵了一点，但随着经济的发展，发行的纸币会越来越多，也就会越来越不值钱，不用多少年，那块旱地一万三都不一定买得下！"

乡城往事

听焕章这么一说，母亲和二嫂似乎听明白了，便不再有异议了。

晚餐除了买回来的猪耳朵、煎河鱼和花生米外，二嫂还整了一大盘鸡蛋炒韭菜，又拿出一大碟铁勺粄，并暖了满满一壶黄酒酿，一家人热热闹闹地庆贺了一番。

席间，二哥说："做店子的地现在我们买下了，下几步呢，我的计划是今年年底把店子的墙基打好，打两层半的墙基——下面一层做店面，上面一层半可以住人；明年冬天把店子的钢筋水泥粗体做好；后年装修并投入使用！"

"二哥的计划很周密，也很适合我们家的经济条件，我完全支持！"焕章说。

"来，为我们家未来的店子，干！"二哥拿起酒碗，和每人的酒碗咣的一声碰了一下。

"干！"焕章应和道。

一家人举起酒碗，一饮而尽……

晚饭后，焕章要回学校了，二哥也说要到村委会去开会。

"不是借口去找人打牌赌博吧？"二嫂怀疑地对二哥说。

"赌什么博？我真的是去开会！"二哥说。

"二哥会打牌赌博？"焕章吃惊地问。

"有时会！"二嫂说，"现在的人都变了，以前连饭都吃不饱，现在身上有了两把钱，手就痒痒的了！"

"二哥，这你就不对了！赌博是会让人倾家荡产的呀！"焕章正色道，"前不久我听家在昌浦乡的一位老师说，昌浦乡有一位远近闻名的'十万元户'，叫黄什么名的，因为赌博把一栋六层楼的钢筋水泥房和一辆工程车都输掉了，转交房子的那天，他老婆带着一对儿女绝望地从楼顶跳下，一起自杀了！"

"别听你二嫂胡说！我哪里会去赌博，只不过因为现在的农村没什么正经的娱乐活动，闷得无聊时，偶尔会和别人打打牌娱乐一下而已，一局牌的输赢不过两三毛钱，一个晚上的输赢也不过一两块钱，哪里算是赌博？！"二哥辩解说。

看来，农村的物质生活水平提高了，精神生活水平也要提高，物质文明和精神文明一起抓才行，焕章想。

"就怕你上瘾！"二嫂不满地说。

"我是那种不知轻重、不懂是非的人吗？"二哥反问道。

"二嫂是为你好，也是为家里好！"焕章站在二嫂一方说。

"我知道了。你们放心吧，我可不会干那种蠢事！你们管好自己的事吧！"二哥说。他说的最后那句话，是暗指焕章和香兰谈恋爱的事。

焕章骑单车回学校去了，二哥也步行到村委会开会去了。

黑夜早已降临，万家灯火明亮，天上的星星和地上的灯火相辉映，不知哪个是天上，哪个是人间了。

第五十章

  乡下初级中学的绝大部分学生，他们生在农村，长在农村，性格温厚，质朴可爱，但也有少数调皮、顽劣的学生，有时会令人不满，惹人生气。

  有一次，初二（1）班的班主任宋崇善老师有事请假回家了，他班上的劳动课便交由焕章去布置和监督。这次的劳动任务是到篁乡河河畔挑石头，是兴建学校的新厕所用的。因为焕章不是他们的班主任，中途，有几个调皮的男生便悄悄溜去打篮球了，另有几个调皮的女生也偷偷溜到后山上去采野花了。焕章发觉后去喊他们回来，他们居然一哄而散，有的还藏了起来，连人影也找不着，气得他事后罚他们每人写了一份深刻的检查，并责令他们利用课余时间每人补挑了一方石头才罢。

  有一天焕章在初二（2）班上地理课，因为地理不是主科，有些学生便不重视，上课时大声讲话，焕章说了好几次都不听。一气之下，他便令讲话最厉害的李东成罚站，以儆效尤。没想到李东成不但不肯罚站，还和焕章顶撞起来，说又不是他一个人在讲话，凭什么只叫他一人罚站？几个调皮的学生也趁机起哄，教室里顿时大乱，焕章猛拍了几下讲台才把他们震住。下课后，焕章把李东成叫到自己房间，狠狠地批评了他一节课才让他回教室去。

  有一次语文单元测验，王小华和汪汉庭在偷偷传送小纸条舞弊。焕章发现后，责令王小华把小纸条交出来。王小华竟然把小纸条揉成一小团扔进嘴里吞了下去，然后耍赖说他没有舞弊，是老师无凭无据冤枉好人。焕章生气地把他叫到教导处，教导主任批评了他半天才承认错误。

  晚上学生的就寝纪律有时也不太好。学校规定学生必须在晚上十点前熄灯睡觉，但有的学生到了晚上十二点还在讲话，影响其他同学休息。有一次轮到焕章值班，熄灯铃响了很久了，有一个男生宿舍还有人在讲话，焕章大声警告后，他们才安静了下来。可是有一个女生宿舍总也安静不下来，焕章大声警告后，她们居然嘻嘻哈哈地笑着说："老师，你进来呀！老师，你进来呀！"故意气焕章是一个男老师不敢走进女生宿舍来抓她们，而这个女生宿舍又是由几个班的女生合住在一起的，也不知是哪个班的女生在说话，让焕章无可奈何，生气也没用。

有一天晚上，焕章独自走出祠堂在大门口散步，恰好碰见两个男生偷了附近农民的两捆干稻草回来。焕章知道他们偷干稻草是用来铺床的，没有过分为难他们，批评了两句就让他们走了。可他们没走多远，只听其中一个男生不满地嘀咕道："又不是偷的你家的，狗抓耗子多管闲事！"要不是夜深了怕影响师生休息，焕章真想把他们抓回来好好训斥一顿！

也许批评的学生多了，难免会有几个口服心不服的学生，于是，便有学生在背后骂焕章是"四眼狗"——因为他戴了一副近视眼镜。有一天早上起来，焕章竟然发现自己的门板上被人用粉笔写了几个字——"六畜成群"，让他又气又恼，哭笑不得。

虽然有少数调皮、顽劣的学生，有时会令人不满，惹人生气，但焕章冷静一想，他们毕竟是初中生，心智还不够成熟，言行举止会有不当，平时犯一些错误也在所难免。如果他们什么都做得很好，一点错误都不会犯，那还需要老师做什么呢？一想到这个，焕章心里的不满和不快便烟消云散了，心情也就变得平和、通达起来。

这几天，天空灰沉沉的，布满了积雨云，雨势一会儿大，一会儿小，断断续续，下个不停，就像大观园里那多愁善感、喜欢哭泣流泪的林妹妹。地上到处都是积水，到处都是泥泞；走路很不方便，稍不小心，就会弄得满鞋泥水。焕章本想回一趟家的，因为惧怕走那段泥泞山路，也只好作罢了。唉，好长时间没回家里了！

上午课间休息时，几个老师坐在一起喝茶，又谈起教师这一职业来。

一个说："现在教育界真糟糕，老师们都垂头丧气的！有本事跳槽转行的都跳槽转行了，稍有一点希望转行的，也在拼命找门路！"

另一个说："现在老说教育重要，老师重要，要提高老师待遇，可还是雷声大、雨水少！而且这点'雨水'与其他行业的'瀑布'相比，又几乎可以忽略不计！"

又一个说："现在的学生也更难教了，真是越教心越凉！"

还有一个说："现在的教师队伍如同一盘散沙！就拿我们学校来说吧，杨眺朝想转行，王达飞想调走，李思谦想到大西北——听说主动报名到大西北教书的待遇高……"

另一个又说："岂止老师，学生也一样散，真有点'天下大乱'了！"

有一个叹息道："算了吧，做一天和尚撞一天钟，混着过吧！"

老师们虽然在嘴巴上这么说，但他们不过是发发牢骚，宣泄一下心中的不满而已，他们中的绝大多数人，对工作还是兢兢业业，对学生还是"有教无类""诲人不倦"的。

他们又说到在座的焕章，说他不用怕，他是一条卧龙，凭他满腹的才华，总有一天会腾空飞走的；又说他从县委宣传部下放到这里，是来基层锻炼一下的，以后还会往上调走的……听了同事们对自己的议论，焕章心里很高兴，对未来充满了希望和信心，但在口头上，他还是谦和、低调地说："将来的事谁知道呢？顺乎自然吧！"

午饭时，饭桌上有一位老师说，李真老师和汪斯育老师农忙假时做生意去了，赚了好些钱，让听到的老师们好不羡慕。对这两个老师的行为，焕章是理解和支持的。教师的社会经济地位既然那么低，他们利用业余时间走"自我解放"的道路，有什么不好呢？

下午，焕章在看房间里研读《欧洲哲学史》，正沉醉在欧洲哲学那深邃灿烂的河汉里，本村的经顺叔敲门进来找他。经顺叔是来了解他的儿子刘传珍在学校的学习情况的。刘传珍是焕章在初二（1）班的学生。

"焕章，我家传珍牯的学习成绩怎样？"经顺叔一坐下来就问。他过早刻上皱纹的脸颊上方，深陷的两眼发出希望的光。

"经顺叔，传珍牯这人很聪明，就是学习习惯很不好，上课喜欢讲话，搞小动作，作业也做得很马虎，所以他的学习成绩不太好！"焕章遗憾地说。

"这样啊。他考试能考多少分呢？"经顺叔失望地问，两眼暗淡下来。

"一百分的语文试卷，他能考六十五分左右。他的其他学科的具体成绩我不太清楚，但他期中考试总成绩的排名我知道一些，大概处在班上的中下游位置。"焕章说。

"唉，一家人那么辛苦地供他读书，没想到他那么不争气！看来，他以后又是扛锄头柄的命了！"经顺叔叹息一声说。

焕章理解做父母的那望子成龙的心理，便安慰他说："经顺叔，你也不要过分担心，传珍牯懂事后，他的成绩会慢慢好起来的！"

经顺叔嘱咐焕章说："焕章啊，我们是本村梓叔，传珍牯又在你班上，以后就麻烦你多关照他一下！"

"好的，请放心，以后我会多找他谈心、多鼓励他的！"焕章说。

送走经顺叔，焕章回到房间。他忽然想了解一下在旭阳中学读书的本村其他学生的学习情况。但在旭阳中学读书的本村学生有几十个，他不可能一一去了解，于是，在课外活动时，他便找来几个读初三的本村男生，想重点了解一下本村在初三毕业班的学生的学习情况。

这几个男生告诉焕章，来自田背排村的初三毕业班学生共有十二个，其中七个男生，五个女生。他们中只有一个男生读书很不错，成绩排在全年级的前十名，其余人的成绩大多一般，个别人的成绩还非常差。

"田背排村几年才出一个大学生，也难怪。"焕章想。

焕章还了解到，初三毕业班的学生虽然处在升学考试的紧张复习阶段，但仍有不少学生无心学习而沉迷于早恋之中，为毕业后找对象做准备。他不禁想起平时有些情窦初开的男女学生们那飞传的秋波、时髦的装束、"为来为去都为了你"的情歌歌声来，怪不得他们有人深夜难眠而在河边散步，第二天萎靡不振如同一棵打蔫了的秋草。

焕章又想起自己这一代人的初中和高中时代来，那时的他们是多么天真单纯，多么白璧无瑕啊，和异性同学多讲几句话都害怕别人看见，怕遭到其他同学的哄笑，更不要说去和异性同学拉手揽腰、亲嘴谈恋爱了！唉，改革开放的大潮难免泥沙俱下，时下的黄色书刊和色情影视录像对青少年的影响太大了，在某些方面世风真是日趋下滑了，精神文明建设到了非抓不可的时候！

晚上茶壶里没水了，焕章拿了一只空茶杯到相隔不远的老同学罗秀竹房间里去讨茶喝，顺便在她那里坐了一会儿。秀竹请他吃从家里带来的番薯干。这番薯干呈黑红色，柔软、甘甜、养胃，非常好吃，是长平客家人的土特产。焕章见她书桌上放着他主编的新出的《旭阳》校报，便对她说："秀竹，你的文笔那么好，也给《旭阳》校报写写稿吧！校领导看到你那么有才华，会更加欣赏你的，对稳定你的代课工作也有帮助！"

"好吧，有空我写写。"秀竹说，"不过，我打算代完这学期的课，就辞职回乡务农去了！"

"你在这代课老师当得好好的，为什么要辞职呢？"焕章惊讶地问。

"老同学，实话跟你说吧，我一直这样代课的话，我的恋爱婚姻问题会很尴尬的！"秀竹说，"你看，我在旭阳中学代了五年的课了，已二十五岁了，很快就到二十六岁了，但个人问题一直没有解决，眼看就要变成嫁不出去的老姑娘了。你说，我一个吃农村粮的代课老师，找对象高不成低不就的，怎么办呢？父母急，我也急啊！还不如不当这个代课老师了，回乡务农去，找一个合适的庄稼汉嫁了算了！”

秀竹小时候入学迟，高中又复读过，她虽和焕章是同学，却比他大两岁。二十五六岁的年龄对一个男人来说不算什么，但对一个乡下女子来说，如果到了这个年龄还没有谈婚论嫁，那确实会让人着急。而导致她这尴尬处境的原因，就是她那高又不高、低又不低的农村代课老师身份。

“我想，你还是把这个代课老师当下去，也许将来可以通过考试转正！”焕章鼓励她，也安慰她说。

“我不是吃商品粮的，一个吃农村粮的代课老师，转正的希望非常渺茫。”秀竹摇摇头说。

“话不能说得那么绝对，将来的事谁知道呢！”焕章说。

“就算我代课下去，但如果将来我结婚了，要请假生孩子了，学校还会让我回来继续代课吗？所以啊，我还是早一点辞职回乡算了，长痛不如短痛！”秀竹黯然地说。

“恋爱婚姻是要看缘分的，你现在是缘分未到，一旦到了，很快就会有结果的，所以你不必过于担心！”焕章安慰她说。

“缘分未到……也许吧！”秀竹叹一口气说。

正说话间，恰巧古欣妍老师也拿着一只空杯子到秀竹这里来讨茶喝，她见焕章也在这儿，便含情地看了他一眼，语含醋味地问：“你们俩在说什么悄悄话啊？”

“焕章老师也来我这里讨茶喝，随便聊聊，没说什么悄悄话。”秀竹不好意思地说，脸上飞起了两朵淡淡的红晕。

古欣妍老师见有番薯干吃，便抓了一把，仍语含醋味地说：“你们继续聊哈，我不打扰了！”说完，她又含情地看了焕章一眼，转身走了。

焕章也起身告辞了。

在回去的路上，他不无遗憾地想：秀竹人长得不错，又那么温柔贤淑，如果她有吃商品粮的户口的话，她的恋爱婚姻、她的人生道路，都将会完全改观！命运啊……

焕章推开房门，刚踏进房间，一只硕鼠啪的一声突然从书桌上跳下来，很快溜出去了，吓了他一大跳。他仔细查看了一下四周，发现上午新糊在墙上的报纸又被咬烂了，这该死的老鼠！

也许是汪家祠堂太老旧了，加上那么多师生住在这里，丢弃的剩饭剩菜随处可见，祠堂里最少养有上百只老鼠。学校虽然也会投放老鼠药毒杀它们，但收效并不大。有的老鼠简直成了精，对放了老鼠药的食物，它们闻都不闻、碰都不碰，每天照样在人们面前大摇大摆，溜来窜去。

上午焕章接到卢希祢打来的电话，说将到篁乡来玩，并在他这里吃午饭。

卢希祢是焕章读长平中学时高一（2）班的老同学，后来他考取了赣南师专中文系，毕业后分配在长平职业中学教书。一般人都认为长平职业中学的校址在县城里，其实不是，而是在距离县城近二十华里远的松竹岭垦殖场上坪村，它的前身是江西共产主义劳动大学长平分校。

老同学将要来访，焕章自然不敢怠慢。他到圩上买了一条鱼、半斤瘦肉、几块白豆腐等，亲手在教工厨房整了三菜一汤，又到学校小卖部买来一瓶葡萄酒，把它们摆放在自己房间的茶桌兼饭桌上，恭候着老同学的到来。可他一直等到下午三点钟，他的老同学才大驾光临。

"不好意思，我来迟了！我自罚三杯哈！"卢希祢一进门便满含歉意地说，然后抱怨道，"没想到中途班车坏了，修了两个多小时才修好，奶奶的！"

"这么说来，也不全是你的错，那就少罚一杯——罚两杯吧！"焕章笑着说。

"好吧，就罚两杯！"卢希祢拿起酒杯，自罚了两杯酒。

"快吃菜，压一压酒，不要没开始就喝醉了哈！"焕章笑着说。

"没问题，两杯葡萄酒算什么！"卢希祢豪气地说。

卢希祢粗黑的外貌和豪放的性格几乎没什么变化，高中如此，大学如此，现在还是如此。唯一有点变化的是个子，由高中时的一米六，变为现在的一米六五了。

饭间，卢希祢自然问起焕章的情况。"怎么样，老同学，工作还适应吗？感觉怎么样啊？"他问。

"不适应也得适应啊！"焕章感叹地说，"至于感觉，你可以想象得到，一只落毛的凤凰，在历尽世态炎凉后，会有什么样的感觉。"

"说实话，我也替你感到惋惜！当初你分配到县委宣传部工作时，原以为你可以出人头地了，将来也能帮衬一下我这个老同学，哪里会想到……唉！"卢希祢遗憾地叹息一声说。

"都怪我自己没本事！"焕章赌气似的说。

"也不能全怪你。官场那么复杂，而你刚从大学出来，思想那么单纯……不过，你也别泄气，'祸兮福之所倚'，你现在的不幸，对你的将来未必是一件坏事！"卢希祢和其他亲朋好友一样安慰他说。

乡城往事

"我不泄气！虽然现在我那么倒霉，但将来我一定会证明给他们看，我刘焕章并不是一个庸才！"焕章自信地说。

"有你这句话我就放心了！干！"卢希祢举起酒杯说。

"干！"焕章也举起酒杯。两人碰杯，一饮而尽。

吃完饭后，焕章带卢希祢在旭阳中学的校园里走了一圈，参观了一下校容校貌。回来后，他到总务处给中心小学的刘建南打了一个电话，说卢希祢来了，等一下到他那里看看。

刘建南也是焕章和卢希祢读长平中学时高一（2）班的老同学，但他高中没毕业就接他父亲的班出来工作了，后来在县进修学校读了两年书，现在在篁乡中心小学担任教导主任。

焕章是骑自行车载卢希祢到中心小学的。

对两位老同学的到来，刘建南自然很高兴。"你什么时候到的？"他一边沏茶，一边问远道而来的卢希祢。

"本来是中午到的，不承想中途班车坏了，下午三点才到！"卢希祢仍怀怨气地说。

"看来你的运气还不错！"刘建南戏谑道，然后递给他一杯茶。

"老同学，怎么样？近来还好吧？到旭阳中学教书那么久了，也不过来玩！"刘建南又对焕章说。

"无颜见江东父老啊！"焕章自嘲地笑笑。

"不用那么夸张！你一没杀人放火，二没贪污腐化，三没犯其他原则性错误，只不过是言行率直了点，缺少一点社会人生经验而已，没必要过分自惭形秽吧？再说，'三十年河东，三十年河西'，将来的事谁知道呢？"刘建南说着，又递给他一杯茶。

"谢谢老同学的理解和鼓励！"焕章接过茶，感激地说。

今晚恰好是刘建南和他的几个同事"打豆趣"（AA制出钱聚餐），焕章和卢希祢便应邀参加了他们的聚餐。因为多带了两个老同学进来，刘建南自己出钱多买了一只家鸡凑过来。

刘建南的同事们对焕章和卢希祢很热情。当刘建南介绍焕章时，他们都尊敬地说："焕章老师是个饱学之士，久仰大名！"饭间，他们频频向焕章和卢希祢敬酒，直把他俩都灌得舌头打结、醉眼蒙眬了才罢手。

因为喝醉了，焕章和卢希祢没有回去，挤在刘建南的床上，三人共睡了一晚。

早上起来时，焕章和卢希祢已完全清醒了。洗漱完毕，他们俩便一同到中心小学校园外散步。

中心小学的周围都是稻田，田塍上晨雾氤氲，满眼苍翠。禾苗抽穗了，叶尖晶莹着露珠。篁乡河碧波荡漾，滔滔南流。有姑娘在河边浣衣，有少年在河里放鸭，有老人在岸上放牛，有妇女到河里挑水浇菜……到处呈现出一片蓬勃、繁忙的景象。

在距中心小学不远的一座小山脚下，公路坎上，就是古莉莉娘家的房屋。望着那树木掩映下熟悉的泥瓦房，焕章不禁想起和古莉莉谈恋爱的时光，内心涌起了一种复杂的情感……这时，恰好古莉莉的小妹芊芊出来了，站在门楼前向焕章这个方向张望，也许她认出了焕章，竟凝望了他好久。"芊芊长得很可爱，她应该读高二了吧？假日回来了？"焕章想。

芊芊从门楼下来，尾随着焕章和卢希弥，也"散步"了好久。她的尾随举动，令焕章百思不解。

吃过早饭，焕章和刘建南带卢希祢到篁乡圩逛了一下。这天虽然不是圩日，但大街上仍然有不少行人，来买卖的人不少。街道两旁店铺林立，各种商品琳琅满目。百货店、五金店、土产店、农药店、饲料店、布匹针织店、钢筋水泥店、猪肉铺、水产铺、熟食铺、水果铺、蔬菜种子铺、香火蜡烛铺、饭馆、旅馆、台球馆、录像馆……应有尽有，呈现出市场经济的繁荣景象。焕章买了几斤毛桃，刘建南买了十几只油煎粄，卢希祢买了两斤炒花生，他们一起带回去作零食吃。

从圩上回来，他们和刘建南的几个同事边吃零食，边打扑克。输者罚钻桌脚并在脸上贴纸条，打得热火朝天。

午饭后，卢希祢要回职中去了，焕章和刘建南送他到车站，和他挥手告别。

送走卢希祢，焕章也回自己学校去了。回去时，他顺路到圩上的华妹裁缝店去领自己新做的一条裤子。

当他来到华妹裁缝店时，发现老同学罗秀竹和两个他不熟悉的小学年轻女老师在里面学做衫。"秀竹，你也在这里啊！在学做衫？"焕章惊讶地问。"是啊，有空跟华妹学一门手艺！"罗秀竹说。其中一个小学女老师长得很漂亮，不知谈了对象没。她看了焕章一眼，脸上腾起了两朵红云。

一条裤子的手工费是两块钱，因为华妹和焕章是同村人，华妹便少收焕章五毛钱，说一块五就行了，但焕章不同意，执意要华妹收两块钱，华妹只好收下了。

傍晚，焕章一个人在祠堂前的小溪旁漫步，忽然生出一股浓浓的愁情来。伴随着这愁情的，是他对大学时代、恋爱生活和在宣传部工作时的回忆。这回忆又使他想到现在的处境，心里不觉悲壮起来，他默默地说："为了过去难忘的一切，努力吧！奋斗吧！"

晚上开教职工会议。

在开会前夕，焕章看见在县人大科教文卫工作委员会上班的古先旒陪县人大副主任黎重兴走进学校来了。古先旒原是旭阳中学的一位老师，后来调入县教育局教育股工作，前不久又调到县人大科教文卫工作委员会了。他之所以那么有"能耐"，据说是因为他有一位亲戚是县里的重要领导。这几天，他陪黎副主任下乡到篁乡搞农村医疗卫生调研。今天晚饭后他陪黎副主任散步，走到他工作过的旭阳中学来了，也算是"衣锦还乡"吧！据《史记》记载，项羽占领秦朝的都城咸阳后对部下说："富贵不归故乡，如衣绣夜行，谁知之者！"此时的古先旒，大概也有这种心理吧！

见古先旒陪县人大的黎副主任来了，学校领导和不少老师都围上前去，握手，问候，说奉承话。在这些人中，有的人出于尊敬，有的人出于礼貌，有的人出于仰慕，有的人出于拍马。

在县委宣传部工作时，焕章就认得还在教育局工作的古先旒；因同在一个大院上班，彼此打过不少照面，他对人大的黎副主任也算熟悉。此时他本应走上前和他们打招呼的，但看到那么多人围了上去，他就不想去凑那个热闹了，于是闪开走掉了。

和他一起闪开走掉的严志高老师说："昨天我在大街上碰见古先旒，就和他打招呼，'下来了？'古先旒头一撇，说，'是，下来陪人大黎主任搞调研！'挺神气的。他的回答告诉我，他又升官了，怪不得他那么得意！"焕章听后，微微笑了一下。

今晚的教职工会议开了好久，主要有二个内容。

第一个内容，是学习上级部门关于进一步落实党的十三大报告精神的红头文件。党的十三大报告阐述了社会主义初级阶段理论，提出了党在社会主义初级阶段"一个中心、两个基本点"（一个中心，指以经济建设为中心；两个基本点，指坚持四项基本原则，坚持改革开放）的基本路线；制定了到二十一世纪中叶分三步走、实现现代化的发展战略，并提出了政治体制改革的任务。党的十三大是党的十一届三中全会以来路线的继续、丰富和发展，实现了马克思主义中国化的新飞跃，开辟了具有中国特色的社会主义建设之路。

焕章想，老师虽然不是党政部门里的干部，也不是经济战线上的工作人员，但紧跟时代，把握时代脉搏，了解和掌握党的路线、方针、政策，仍然是非常有必要的，因为教师的工作是教书育人，而教书育人的对象是学生，学生是祖国的花朵，是国家未来的接班人和建设者！

第二个内容，是要求政教处、校团委、班主任、值日教师乃至每一个教职员工，要严抓学生乱丢垃圾、不遵守就寝纪律、男女学生早恋等现象；同时宣布了对初三两个男女学生躲在后山草丛里偷吃禁果进行退学处理的决定。

第三个内容，是宣布了本学年根据德、能、勤、绩、廉五个方面对教师考核评优的结果：有十个老师考核为"优"，其余教师都是"合格"。在那十个考核为"优"的老师中，有七个是学校行政人员，只有三个是普通老师。

对此，老师们议论纷纷。有的说："怎么七个行政人员都是'优'，普通老师只有三个?！"有的说："每次评优评先，行政人员都占了绝大多数的名额，普通老师只有那么几个！"焕章认为，学校评优评先，目的是调动广大教师的工作积极性，在这个时候，行政领导的姿态就要放高一点，把评优评先的指标多分一些给一线的普通老师才是！另外，还有一点也让人奇怪，期末考试都还没进行，教学成绩都还没出来，老师的学年考核却出来了，岂不是有点好笑？

学校领导对老师们的不满和议论似乎早有准备，主持会议的陈顺治副校长大声说："个别老师有意见的可以在会后提，学校行政会慎重讨论和研究！今天的会议就开到这里，散会！"

"提意见有个鸟用啊！"不知哪个老师说道。

今晚，焕章久久不能入睡。今天发生的一切，又一幕幕浮现在他的眼前，令他的心湖久久不能平静……忽然，他的右眼皮又乱跳起来，是否又将遭遇什么祸事呢？是因为他对今天的不顺心之事表现了明显的不满吗？

"瞧，自己又迷信了！"他苦笑着在心里说。

第五十一章

下午，焕章上完最后一节语文复习课，从教室出来回自己的房间去。他远远看见古欣妍老师和叶萩红老师各提一个铁桶到河边去洗衣服了，便想起自己昨天换的衣服鞋袜还没有洗，放下书本教案后，也到河边去洗衣服。

夏天的河水清澈见底，圆润的鹅卵石粒粒可数。一条条活泼的游鱼，倏忽溜来窜去，就像一个个可爱的小精灵。碧绿的波涛起伏奔流，哗哗啦啦，如演奏着一支优美的小提琴协奏曲。

焕章在距离欣妍老师和萩红老师约二十米远的一块大石上洗衣服，她们的说话声、笑声，她们的青春气息，顺着河风清晰可闻、可感。欣妍老师不时有意无意地抬头看焕章一眼，目光是那么温柔多情。这温柔多情的目光，就像这夏日的河水，清凉清凉的，*潺潺*流进了他的心房……

焕章洗完衣服回来，惊喜地发现二哥新营正在房间里等他。

"二哥来了？"焕章招呼道。

"我刚从赣州开会回来，路过学校来看看你。"二哥说。

"去了大哥那里吗？"焕章问。

"去了。"二哥说。

"带什么好东西回来了？"焕章笑着问。

"你自己打开看吧！"二哥指指身边的一只大旅行袋说。

焕章高兴地打开旅行袋，发现里面有二哥获奖的雨伞、茶杯，有大哥良翊捎回来的核桃、香肠、白糖和一些家庭常用药品，有几件大哥的女儿睿睿穿过的还很好的衣裙——准备带给侄女晶晶穿的，还有让焕章很感兴趣的一座瓷塔和一匹瓷骏马。

二哥高兴地告诉焕章：侄女睿睿读小学三年级了，很快就将读四年级了，人很懂事，很有礼貌；大嫂特意杀了一只鸡招待他；据邻居医生说，大哥从广州随著名的呼吸内科专家钟南山先生学习一年回来后，将提拔为赣州地区人民医院副院长了。

同时二哥也告诉焕章，大哥反对他和农村姑娘谈恋爱，说自己的工作、前途都还晃晃荡荡，去谈什么恋爱！好男儿应以事业为重，何患无妻！

虽然大哥反对他和香兰谈恋爱，但焕章仍然为大哥感到幸福、感到骄傲！他的脑海里不禁浮现出侄女睿睿那活泼可爱的身影、大哥那刻苦勤奋的形象来。而大哥蒸蒸日上的事业，对比自己目前的艰难处境，又让他惭愧不已，同时也激励他要去奋斗、奋斗，活出个人样来！

期末考试考了两天。第一科考的是语文。上午语文考试，下午语文老师集中改卷。在改卷过程中，焕章发现，有个别老师在改自己班上的学生试卷时，主观题的分数往往有意打高一些；在算自己学生的试卷总分时，故意拨错算盘珠子让学生的成绩看起来更好；在算自己班上的及格率时，则偷偷抽掉几份不及格的试卷，好让自己班的及格率更高……看到这些"小偷小摸"的行为，焕章心里真是又好气又好笑，只觉又可怜又可悲。

期末考试结束后，除轮流护校的几个师生留下外，其余的师生全部回家过暑假去了，昔日拥挤热闹、充满活力的校园，一下子变得空荡、寂静起来。

焕章的心也变得空荡、寂寞起来了，满是对学生的不舍和离别的惆怅。他清楚地记得，自己小学毕业时、初中毕业时、高中毕业时，乃至大学毕业时的情景，望着一下子变得空荡、寂静起来的校园，心里也产生过类似今天的不舍和惆怅，于是他感慨地想：也许自己天生就是一个情种，喜欢多愁善感，这种人，也许更适合做文学、艺术类的工作，而不适合做充满理性色彩的工作，怪不得自己在仕途上走得那么不顺畅！古代的大文豪屈原、陶渊明、李白、柳宗元、苏东坡……他们是不是也属于这类人呢？想到这里，焕章禁不住既自慰又自嘲地苦笑了几声，摇了摇头。

焕章早就想去本乡的风景名胜灵山禅院参观游览了，只是平时工作辛苦、学习繁忙，一时抽不出时间来，现在到了暑假了，他终于有闲暇去实现这个愿望了。

灵山禅院位于篁乡高布村的铃山山麓。旧时有"长平八景"之说，这八景是"龙岩仙迹""镇山高阁""铃山振铎""江东晓钟""文笔秀峰""西献云屯""桂岭天香""石伞标英"，其中的"铃山振铎"就是指灵山禅院。灵山禅院之所以那么出名，是因为清朝时期有一个享誉江南的大文人吴之章晚年在这里隐居过。

吴之章（1661年—1738年）字松若，号槎叟，长平篁乡堡香山村人。他出身于书香门第，自幼聪慧好学，能诗能书善画，却功名不显，一生怀才不遇，加上"干戈扰攘，兵匪四起"，致使家道中落，于是，他放荡于赣闽粤湘间，寄情于名山大川，足迹遍及江南各地。他晚年隐居灵山，皈依佛门，过着山村野老的闲适生活。

吴之章著有《泛梗集》，影响很大，民国初年它被编入了《万年文库》，保存至今。他曾与赣州府名流张尚瑗、黄文澍、黄文汾、邱成和等九人合修过《赣州府志》，为"贞堂九子"之首。他的书画也很出名，时人有"家中不藏吴公画，贮财万贯也枉然"之说。

由于他富有传奇色彩的一生，他在灵山的晚年生活，便给灵山和灵山禅院披上了一层神秘的面纱。如今，逢年过节，云游参拜者络绎不绝。

这个星期，恰好轮到焕章所教的初二（1）班的四个男生留校看校，其中一个长得白白瘦瘦、聪明机灵，名叫罗建明的学生，家就住在高布村，离灵山禅院不远。于是，焕章便要罗建明带路，陪他一起去灵山禅院游览。

这天吃过早饭，焕章和罗建明各骑一辆自行车出发了。两人一边走一边聊。

"建明，你到过灵山禅院吧？"焕章问。

"那还用说！去过N次了！"罗建明说。

"那你知道清代有一个名叫吴之章的大文人在那里隐居过吗？"焕章又问。

"听老人们说起过，但对他不是很了解。"罗建明说。

焕章便简单地介绍了一下吴之章的生平事迹。

"焕章老师，你比我还清楚啊！"罗建明听后惊讶地说，"要不是你告诉我，我还真不知道吴之章有那么牛呢！"

"我也是小时候听老人们说过，后来我又在县文化馆资料室进一步查阅了解到的。"焕章说，"吴之章是我们篁乡人，他既是我们篁乡人的骄傲，也是我们长平人的骄傲啊！"

"确实是我们的骄傲！"罗建明崇敬地说。

"你知道吗，吴之章的诗、书、画之所以那么牛，背后还有一个神奇的传说呢！"焕章说。他便给罗建明讲起这个神奇的传说来：

吴之章小的时候，有一天他父亲带着他在田背排村枫山岗上的一个酒铺里和朋友们喝酒吟诗。这时，一个陌生的佝偻老人走了过来，他的背上生了大脓疮。有人问老人为什么不去请医生治疗，老人痛苦地说他背上脓疮已无药可医，有一个道士告诉他，除非有人用嘴巴来帮他吸脓，用舌头来帮他舐疮口才能痊愈，可是没人愿意为他这样做啊，所以他的脓疮也就好不了了，说罢便叹息咳嗽起来。吴之章听了后很同情这位老人，便走过去说："老爷爷，我来帮你吸脓吧！"说着，便动嘴帮他吸起脓来。说来奇怪，当吴之章张嘴吸脓时，这脓疮不但不腥不臭，反而有一股奇异的芳香，让吴之章禁不住把它吞咽了下去。老人的脓疮瞬间消散了，他直起腰杆大声笑着说："你吸了我的脓疮，以后只要你的笔端沾了你的唾沫，你写的诗作的画就会成为神品了！"说完，便飘然而去。此后，吴之章写诗作画时如用舌头或嘴唇舐笔，果然下笔如神！

"这么神奇啊！真的还是假的？"罗建明惊奇地问。

"是真是假，你自己去想象吧！"焕章笑着说。

罗建明醒悟似的笑了。

"这样吧，我们先带你去田背排村枫山里看看吴之章的墓地吧，很近的，好让你对吴之章有个更全面的了解！"焕章说。

"好啊！"罗建明高兴地说。他还没看过吴之章的墓地呢。

此时他们到了篁乡圩，于是调转车头，往田背排村枫山里骑去。不到十分钟，他们便到达了目的地。

吴之章的墓地位于田背排村枫山岗上的三岔路口边，坐北朝南，封土高约两米半，墓底直径约三米，墓碑上写着"逸民吴公墓"。墓地四周长满了杂草，有蝴蝶等昆虫飞来飞去。

"吴之章为什么死后会葬在这里呢？据说他临死之前曾给他儿子立了一个遗嘱：'生于灵山，葬于枫山，面朝铃山。勒吾壤为处士之墓。'"焕章告诉罗建明说，"那他死后为什么一定要葬在田背排村的枫山岗上呢？因为他对田背排村有特别的感情。他的贤妻就是田背排村外头人，他曾受过岳父家不少帮助，还在田背排村开办过峦屏书院，当过私塾老师。"

"原来吴之章还是你们田背排刘氏家族的女婿，和你们有亲戚关系啊！"罗建明仰慕地说。

"是啊！"焕章自豪地说。

离开吴之章的墓地，焕章和罗建明跨上自行车，向高布村骑去。他们沿途经过了杜屋、旭阳中学、篁乡医院、篁乡粮管所、篁乡圩、大仙背和倒水角，半个小时后，便到达了高布村。

因为要把自行车放在罗建明家里，又是第一次到他家，焕章便在村里的小副食店里买了两斤饼干作为礼物。

罗建明的母亲见儿子带他的老师来了，非常热情。她一定要按当地的风俗，给焕章蒸两个酒酿鸡蛋吃，才允许他们去灵山禅院游览。她还拿出自家的炒花生、煎腊子招待焕章。焕章盛情难却，只好恭敬不如从命了。

乡城往事

吃完罗建明母亲煮的点心，焕章和罗建明便出发了。因为到灵山禅院只有一条山间小路，他们只能徒步前往。虽只有三四里的路程，他们却走了四十多分钟才到达。

灵山禅院坐落在铃山脚下一个平缓的斜坡上，样式像一座缩小版的长平民间祠堂，与焕章读大学时在南昌游览过的规模宏大、金碧辉煌的佑民寺不可同日而语，但这并没影响它在方圆几百里内的名气，所谓"山不在高，有仙则名；水不在深，有龙则灵"也。

灵山禅院的周围没有高大的树木，只有稀稀落落的低矮小松，也不见哗哗流过的清澈泉溪，更听不到鸟儿们婉转的鸣唱。焕章想象在两三百年前的吴之章生活的年代，这里一定松涛连绵、古木参天、百鸟婉鸣、泉溪奔流，是一个修身养性的绝佳胜地，不然，吴之章怎么会在他的《杂兴》诗里写"庭前松可巢鹤，门外溪堪饮虹。无事焚香展卷，有怀弄月吟风"呢？想到这个，面对眼前的景物，焕章心里不觉升起一缕遗憾来。

灵山禅院门口上方写着"灵山禅院"几个黑色遒劲大字。进入禅院，只见上厅前面的两根柱子上挂着吴志章撰写的一副对联，"万树松声和梵韵，一溪月色印禅心"。上厅里正中供奉着释迦牟尼佛、观世音菩萨和药王琉璃光佛。佛像前面的香案上点燃着香火、蜡烛，供桌上放着几盘硬糖、饼干和水果。佛像上方挂着一条写着"有求必应"的红布横幅。两边墙壁上挂着几幅吴之章的书画作品。整个佛厅呈现出一派庄严、肃穆的气象。

让焕章深感意外的是，灵山禅院的住持是一个带发修行的尼姑——妙玉法师，而当年吴之章到此隐居时的住持是一个和尚——竺乾长老。妙玉法师今年七十多岁了，她干净明慧，皮肤很白，看上去只有五十多岁的样子，大概是长期的素食和静修使她变得那么年轻。她对焕章说，她四十多岁时守寡，孩子长大成人后，自己了无牵挂，一心向佛，便来到灵山禅院带发修行了。

焕章带着罗建明认真欣赏起挂在墙壁上的吴之章的诗画来。有一幅上有吴之章写的《怜农》诗："耒耜方悬壁，田庐又筑场。四时无暇日，未见有余粮。"这首诗入木三分地道尽了贫民的辛劳与悲苦，矛头直指当时的封建统治者。还有一幅是吴之章写的《端阳记事》诗："节届端阳钱一无，蓬门洞里插艾蒲。幸得山妻能解事，凭窗笑剪陪灯符。"这首诗记录了他十分困顿的家庭生活，同时表达了对贤妻的感激之情。另两幅是吴之章的水墨画，一幅是《墨荷》，一幅是《牡丹富贵图》，这两幅画构图合理，干湿互补，浓淡相宜，意境深幽，让人赞叹不已！

妙玉法师见焕章和罗建明对吴之章的诗画很感兴趣，便给他们讲了一个与吴之章的画有关的神奇故事：

有一年，吴之章的女儿生了孩子，他的女婿来"报姜酒"（报喜），按当地风俗，岳父母家要杀一只鸡并送一壶黄酒还礼以贺喜。但吴之章家里很穷，连买一只鸡的钱也拿不出来。于是，他独自回到书房，提笔画了一幅画，然后把这幅画卷好塞进了酒壶里。他嘱咐女婿一定要回到家时才可以打开壶盖，那样，坐月子的女儿就不愁没鸡吃了。

在回家的路上，女婿边走边摇动酒壶，感觉酒壶轻飘飘的，里面什么也没有，心中很是疑虑。行到半路时，他禁不住打开酒壶想看个究竟，结果一卷画从酒壶里飞落下来。他捡起画卷打开一看，一只狐狸从画里跳了出来，飞快地跑进树林里去了。

女婿很惊异，连忙返回岳父家告诉了这事。吴之章说："我本想让你带上画中的狐狸回到家里，让狐狸熟悉道路后，它之后一个月自会每天衔一只山鸡放在你家门口。现在，你只好每天走一段路，到你放出狐狸的地方去捡山鸡了。"

果然，在以后一个月里，女婿每天来到放出狐狸的地方，都可以捡到一只山鸡。

焕章听了妙玉法师讲的故事后，他想起了小时候听老人讲的另一个神奇故事，便也讲给他们听：

一九二八年，长平"三二五"农民暴动失败后，国民党军为了报复，便将属"红"的田背排村外头人的祖屋放火烧毁了。令人奇怪的是，龙厅左边的一间房子却星火未燃。后来发现，原来那间房子的楼上挂了一幅吴之章的《竹鹿图》和一副竹刻对联，对联为"无疆瑞霭时盈座，不尽藜光有照书"，横批是"清白世守"。族人们见状，连忙跪下拜谢说："多谢吴仙人保佑！"

妙玉法师和焕章老师讲的两个神奇故事，让罗建明听得瞪大了眼睛，张大了嘴巴，脸上写满了崇敬和惊奇。

一个品德高尚、才能卓著的人死后被供奉为神仙，是老百姓对他的最高褒奖！焕章想。

中午时，妙玉法师煮了一桌丰盛的素菜招待焕章和罗建明，她的盛情款待，让他俩都感到有一点难为情。饭后他们又闲聊了好一会儿，交谈了一下佛理，观赏了一下周围的景色，然后才话别。

当焕章和罗建明离开灵山禅院，沿小路走下铃山，再回到高布村时，已将近下午五点了。罗建明的母亲热情挽留焕章吃了晚饭再走，但焕章婉言推辞说学校有事，要早点赶回去。

在返校途中，罗建明感慨地说："焕章老师，今天跟着您走了一天，增长了不少见识，受益匪浅啊！"

焕章笑着说："所以古人说，一个人要成才，不但要'读万卷书'，还要'行万里路'啊！"

"确实有理！"罗建明信服地说。

晚上，焕章站在窗前，久久凝望着窗外苍茫的夜色，深沉地想：大凡一个纯粹的文人，总是不屑于八股、不阿谀权贵、不媚于世俗、率性自然、无意于仕途经济的，因而他的人生也往往会陷于艰难、困窘之中，可他的文学创作，却"穷者而后工"，清代文人吴之章就是其中的一个典型例子。而自己会不会也有他的一些影子呢？想到这个，焕章不知是悲是喜。

焕章又想到，也许在不久的将来，灵山禅院会成为闻名遐迩的旅游景点，为当地的旅游经济做出重要贡献，那现在的政府有关部门能不能高瞻远瞩，把灵山禅院附近的那片山岗"封山育林"，若干年后让松涛重响，让百鸟重唱，让泉溪重奏呢？另外，通往灵山禅院的那条羊肠小道，能不能把它再拓宽些，以便于朝拜的游客上山下山？想到这里，焕章又不禁摇了摇头，露出"皇帝不急太监急"的自嘲微笑来。

暑假很快过去了，又到了下一个学年秋季开学的时间。

这个学期，焕章忙碌了许多。一是他随班升入了初三，担任了初三毕业班的教学工作兼初三（1）班的班主任；二是他主编的《旭阳》校报受到了县教育局的表彰，称它是各中小学校中最好的一份校报，因而学校领导对这份校刊更加重视了，要求由原来一个月出一期，变为半个月出一期，他的工作任务也就变得更加繁重了。

本学期旭阳中学新进了两位教师，一位是数学代课老师李锦堂，另一位是刚从赣南师专毕业的英语老师林坚。

李锦堂老师原是昌浦中学的一位退休老师，他是来接替被辞退的数学代课老师黄胤锋的。黄胤锋是一个年轻的代课教师，数学教得不错，可惜他品德不行，上学期借辅导作业之名把一个初三女生的肚子弄大了。这位女生的家长发觉后，要黄胤锋以后娶她为妻，但黄胤锋一家人都是吃商品粮的，而那位女生是一位农村女孩，黄胤锋家人便拒绝了这位女生家长的要求。女生家长就把黄胤锋告到学校。学校为息事宁人，维护学校声誉，便私下出面做了调解：要女方悄悄去医院流产，所需医疗、营养费用由男方负担，另外，男方再给女方五千元的赔偿金。女方家长因怕丑事传出去毁了女儿名声，便只好接受了学校的调解。当然，黄胤锋是不能在旭阳中学待了，于是学校便新请了一位数学代课老师来取代他。

刚从赣南师专毕业的英语老师林坚，是昌浦乡徐溪村人。他个子虽不很高，但长相清俊，走起路来昂首挺胸，很有男人气概，是一位活跃、帅气的小伙子。他不但英语教得好，也很擅长跳舞，特别是"太空舞"跳得很专业，好像真的太空人在月球上漫步、舞蹈一样。学生们都喜欢他，女生们更是热爱他，篁乡圩上一些单位的年轻姑娘被他迷倒的也不少，甚至若干年后，林坚调到珠江三角洲的顺德市工作并在那里结婚了，还有一个痴情的姑娘因爱不远千里从长平追寻他到顺德市来……不过，也许是还年轻，刚从大学出来，林坚也有一点小瑕疵，就是喜欢玩，静不下心来。有一次，他看到焕章那么刻苦学习、写作，就下决心说："我要向焕章学习，有时间也好好读读书！"于是，他从新华书店买回一大摞书，用业余时间认真阅读起来，可一段时间后，他又故态复萌，静不下心来看书了，便把那一大摞书扔在一旁长灰尘去。有时候，他因晚上和篁乡圩上其他单位的青年朋友一起玩得太晚了，很迟才回来睡觉，第二天早上上课的预备钟都响了时，他才慌慌张张起床，连牙齿也顾不得刷，脸也顾不得洗，蓬头垢面就匆匆忙忙跑去上课了……当然，这点小瑕疵并不影响林坚日后成为一名优秀教师。林坚的姐姐嫁给了焕章的一个远房堂兄，他们也算间接有了一点亲戚关系。他们都住在汪家祠堂里，相隔不远，平时来往多，关系很好。

焕章的母亲病了，头痛，发热，咳嗽，咽喉痛，呼吸不畅。医生说，是夏秋季节转换，不小心着了凉的缘故。但无论是村里郎中开的药，还是乡卫生院医生开的药，母亲吃了都不见好转。家里人都很着急，焕章也很着急。无奈之下，焕章便给在赣州地区人民医院的大哥良翔打了一个长途电话，把母亲的病情详细告诉他。大哥听了后，就在电话里给母亲开了一个药方，叫焕章用笔记下来：

> 黄芩10克，黄柏10克，鱼腥草15克，麦冬10克，生麦芽10克，桑白皮10克，板蓝根15克，砂仁3克，生石膏粉20克（另外包，先煎10分钟），甘草3克。共买三服；每日一服，水煎两次，分早晚饭后温服。

焕章赶紧照大哥开的药方，到篁乡圩上的中药店买了三服中药。回到家后，马上用沙煲煎（熬）给母亲喝。母亲的病便神奇地一天一天好起来，当三服药吃完，她的身体也就完全康复了。于是，焕章感慨不已，一是感慨农村郎中、乡下医生医术的不精、药价的奇高；二是感慨大哥不愧是军医大学毕业的主任医生、呼吸科专家，医术就是高明、精湛，而且药价还十分低廉。

近一个星期来，焕章为照顾病中的母亲，他三餐都吃在家里，晚上也住在家里，上午和下午则赶回学校备课、上课、批改作业。因为他在家里和学校两头奔忙，晚上又没休息好，人都累得黑瘦了一圈，但他无怨无悔，只要母亲身体安康，就是他最大的幸福！

这天中午，焕章刚从家里回到学校，总务处的曾照泉老师就给了他一封信。焕章一看信封，上面写有"江西省长平县人民检察院 陈 缄"的字样，就知道是陈俪云写来的回信。

陈俪云是焕章在长平中学读书时高二（6）班的老同学、班团支部书记，人高大健美，性格爽直，为人热情，工作能力强，是班上的"大姐大"。她没参加高考就出来工作了，后来又考取了脱产的广播电视大学中文专业，毕业后分配在长平县人民检察院工作。焕章从县委宣传部下放到旭阳中学后，她给他写了一封信，信里对他的遭遇深表同情，对他的才华充分肯定，并告诉他，只要她听到有人说他的坏话，她就会站出来为他申辩，为他打抱不平，还说人的一生"三十年河东，三十年河西"，鼓励他不要泄气，对未来要充满信心。焕章看了她的来信后很受感动，但由于当时情绪不好，心里很乱，同时感到有愧于老同学的期望，便没有及时回信，直到现在他的心情有所平复，前不久才给她写了一封回信。在信里，焕章对这么久才回信给她深表歉意，对她的同情、理解和鼓励深表感谢，同时对她的为人处世和不凡才干表达了由衷的敬佩，他还表示，自己将会以欧洲文艺复兴先驱但丁的名言"走自己的路，让别人说去吧"为座右铭，努力奋斗，继续前行！陈俪云收到焕章的回信后，又给他写了一封回信，这就是焕章现在收到的这一封来信。

焕章回到房间，坐在藤椅上，小心打开信封，取出信笺，两页娟秀的文字便展现在眼前，他认真阅读起来：

焕章：

近期好吗？

正如你信中所说的，你的来信使我太感意外了！从赣州回来，当我拿到信的时候，还猜想可能是老同学罗秀竹写来的呢，结果我猜错了！

去年我发出信后，很久未见你的回信，总以为你对我这种人写来的信不屑一顾吧，为此，我还埋怨过自己那么多嘴多舌呢，所以后来碰到有篁乡上来的熟人也不敢多问你的处境，写信就更不用说了。你看我，尽拿小人之心度君子之腹！

你信中对我的评价，实在有点儿过分了！当然你的心情我可以理解，但总应以事实为依据吧？其实我是一个再平凡不过的女性，与其他女性没有多少差别，所不同的只是对有些事情的看法，不会人云亦云。我同情那些"落难"（是否说得过于严重？）之人，也很想就此去帮他们一把，只是自己无能为力罢了，为此，自己也常常叹气，也许这是女人善良的秉性吧！

你不要再说感激我的话了，我不需要别人的感激，也没什么值得人感激的地方。我只不过做了一点应做的事，说了一些想说的话而已。我想，如果你碰到这种事，也会这样做的。这是人之常情，没有必要感激，只需理解就行了。

我赞赏你的座右铭——"走自己的路，让别人说去吧！"人也应该这样，才不会被世俗偏见所束缚，才不会在人生的道路上左顾右盼，妨碍自己走"路"。

我也相信，你以后的"路"一定会走得越来越平稳，越来越坚实，最后到达繁花似锦、硕果累累的美丽世界！

祝

健康快乐！

老同学：俪云草上

看完俪云的回信，焕章的心潮久久不能平静。他不禁想起了自己难忘的高中生活，想起了俪云的音容笑貌，想起了自己现在所受的不平遭遇。他从藤椅上站起来，凝望着窗外苍茫的大地，心里默默地说：俪云老同学，我以后一定会卧薪尝胆，发愤图强，以不辜负你的激励和期望！

前几天秋雨霏霏，人犹如囚禁在房子里一般，很少出来走动。今天下午天气转晴了，地面上干爽起来，该活动活动筋骨了。于是，傍晚的时候，焕章便走出房间，到学校后面的小山岗散步去了。

小山岗上散布着不少也和焕章一样出来活动筋骨的学生。焕章手挽一件黑西装，身穿白衬衣套黑西裤，风吹动着他的领带，飘飘洒洒，魅力十足，吸引了不少学生的目光。他班上的刘涧红、王佩琴等几位女生，迎面见他来了，个个羞红着脸，招呼一声后，低着头，嬉笑着闪到一边去了。

小山浑圆，虽然不高，但风景迷人。近处有翠绿的树木，婉鸣的小鸟，芬芳

乡城往事

的野花，活泼可爱的少男少女；远处可遥望朴实的村庄，美丽的田园，玉带似的河水，秋蝉一样在公路上爬行的车辆……这迷人的风景，让焕章心旷神怡，宠辱皆忘。

从后山回来时，焕章在行政大楼旁碰到了汪启明主任。

汪启明主任热情地邀请焕章到他办公室来坐一坐。焕章便跟随他来到行政大楼二楼的房间。

汪启明主任给焕章沏了一杯绿茶后，亲切地问他："焕章老师，我想问一下你的个人问题。你有女朋友吗？"

"没有！像我现在这种处境，哪里有心思去谈女朋友？"焕章有所掩饰地说。他现在还不能在单位上公开自己和香兰的恋情，如果老师们知道他谈了一个农村姑娘，他们会怎样议论他，甚至轻视他呢？那会对他的工作、生活乃至前途都有重大影响的！

"你现在表现挺好的啊，大家对你的印象很不错啊！"汪启明主任说。

"有的人可不一定这样认为哦。"焕章说。

"那是有的人本身有问题，与你无关！"汪启明主任说。

"谢谢启明主任的肯定！"焕章感激地说。

"工作要做好，个人问题也要考虑啊！"汪启明主任微笑着说，"如有合适的姑娘，就要大胆去追求！"

"暂时也没遇到合适的。"焕章借口说。

"古欣妍老师人长得漂亮，书也教得好，家境也很不错，她和你就很般配啊！"汪启明主任笑着说。

"她那么优秀，早就被人抢走了吧？怎么会留给我！"焕章笑着说。

"我了解过了，她还没有男朋友。"汪启明主任说，"我来做媒怎样？跟她当面说说，看能不能把你们撮合成一对！"

"算了，启明主任，不要去麻烦了，不会有什么结果的！"焕章推托说。

但汪启明主任执意要做媒，想成全焕章和欣妍老师的好事。第二天上午，他便热心地把欣妍老师请到自己的办公室，说明了想当她媒人的事。

"是谁的意思呢？"欣妍老师微笑着问。她怀疑是焕章托他来说媒的。

"我觉得你们俩很般配！"汪启明主任笑着说，"你对他的感觉怎样？"

"我嘛……感觉很不错！……只是，社会上好像有不少人在说他在宣传部工作时的负面传闻。"欣妍老师说。

"人们的流言未必确实！像他，现在的表现就很好！在人品和才学方面，可以说，他在我们旭阳中学是首屈一指的人物！"汪启明主任说。

欣妍老师微笑不语。

汪启明主任是一位古诗词爱好者，他当即写了一首名为《做媒》的古体诗送给欣妍老师：

玉树琼枝传春暖，

平湖招风微波开。

爱丝如能织成锦，

你猜何人把桑栽？

欣妍老师接过汪启明主任递过来的诗篇，反复看了好几遍，然后羞红着脸，轻轻把它折叠好，放进了上衣口袋里。

当汪启明主任把这事告诉焕章时，焕章的心海久不能宁静。他并不在意欣妍老师是否爱她，而是她说的"只是，社会上好像有不少人在说他在宣传部工作时的负面传闻"。这话深深刺痛了他！可见，他在县委宣传部工作时别人攻击他的流言，对他名誉的伤害和影响是多么巨大啊！

"焕章啊，你除了用奋斗来证明自己的价值，用成就来洗刷自己的屈辱外，还有什么路可走呢？！"焕章在心里痛苦地呐喊。

也许是汪启明主任做媒时和她交谈过的原因，欣妍老师在心里对焕章更有了特别的好感。她带学生做早操时，去饭堂吃饭时，在河边洗衣服时，去上课或下课回来时，在早上或傍晚散步时……只要碰见了焕章，她水汪汪的眼睛就比以前更充满了脉脉的柔情。她知道焕章到周末时一般都留在学校看书、写作，因此借故留在学校看书或洗衣物的次数就更多了。她有时还会在音乐室用脚踏钢琴深情地演奏《献给爱丽丝》《万水千山总是情》《我只在乎你》等爱情乐曲，让优美而多情的旋律飞进焕章的耳朵里，借此表达她心中的爱慕和期待。"心有灵犀一点通"，焕章自然感受到了她的柔情蜜意，心潮也会波澜起伏，但当他一想到自己深深爱恋着的香兰，那起伏的波澜便会渐渐平息下来，同时心底里又会涌起另一股对香兰的思念之情……

第五十二章

　　焕章接到香兰写来的一封信，令他惊讶万分的是，这封信不是寄自驻舆乡，而是寄自有"江西北大门"之称、号称"三江之口，七省通衢"之地的九江市。香兰在信里叙述了她来到九江市的原因，表达了不辞而别的歉意，字里行间溢满了对他的依依不舍和相思之苦。信笺里还留有几滴清晰的泪痕，把几处的字迹都模糊了。焕章看完信后，禁不住悲泪长流，心痛不已。

　　原来，前一些日子，香兰在九江市粮食局工作的舅舅回长平老家探亲来了，他还特意到老寨下看望了自己的老姐姐——香兰的母亲，当他得知香兰和焕章恋爱的详细情况后，沉思了一会儿说，既然香兰的婚恋那么艰难，不如干脆让香兰跟他到九江去，在九江给她寻一位大师傅去学做衫，把手艺再提高些，再看看能不能以他养女的名义，给她买一个商品粮户口，或者接他的班参加工作——他的两个儿子都大学毕业参加工作了，然后在九江给她找一个合适的婆家。香兰的父母、哥嫂听了以后，都觉得她舅舅的建议很好，劝香兰放弃和焕章结婚的不太实际的幻想，跟舅舅到九江去另走一条康庄大道。香兰开初并不愿意，但经不住家人的一再劝说，最后只好同意了。她到达九江后，尽管被舅舅、舅母视为己出、疼爱有加，可没住多少天，她心里对焕章的思念就越来越浓，离别的痛苦愈来愈令人难受。她知道自己离不开焕章了，焕章是她生命的全部，离开他，她根本就活不下去，于是，她便含着泪给焕章写了这封信。

　　焕章很快给香兰写了一封回信。在信里，他责怪香兰为什么要离开他，去九江前为什么不和他商量，为什么不告诉他。他希望她赶快回来，他不能没有她！他发誓，待他的处境稍好一点后，一定会和她结婚，让她一百个、一千个、一万个放心！他信里又说，除非她心里不再爱他了，离开他以后她会过得更美好、更幸福，那他只好忍痛割爱，独自吞咽分手后的苦果了！

　　香兰收到焕章的回信后哭了，她朝思暮想，归心似箭，便向舅舅、舅母提出要回长平去，同时诉说了离开焕章后的痛苦——她实在不能没有他，即使死也要死在他的身边！舅舅、舅母反复劝说她不要回去，就在九江成家立业，时间长了，一切都会过去的！但香兰去意已决，无法说动，舅舅、舅母担心勉强把她留在九江会出什么事，只好又把她送回长平来了。

香兰一回到驻舆乡，就打电话告诉了焕章。焕章下午一上完课，就骑上自行车直奔驻舆，天擦黑前赶到了老寨下。香兰一见到焕章，就扑到他的怀里哭泣着说："章，我以为以后再也见不着你了！"焕章紧紧搂着香兰说："傻姑娘，怎么会呢？你看，我不是来到你身边了吗！"说完，自己也禁不住泪流满面。

开始时，香兰的父母、哥嫂见香兰不听舅舅、舅母的劝说竟然回来了，都很不高兴，责骂她说以后再也不管她的死活了，但现在看到她和焕章那么恩爱，那么难分难舍，心肠也都软了下来，只好心里叹息一声，任由他们去了。

这晚，焕章和香兰一夜没睡，两人如胶似漆、温柔缠绵地过了一晚。待到天色蒙蒙亮时，焕章才告别香兰，在她的盈盈泪光里，在万千不舍中，骑上永久牌自行车，赶回学校上课去了。

一天中午，焕章从圩上买日用品回来，在距自己房间十几米远的时候，恰巧看见刘作良老师从自己房间里探头探脑地伸出头来，他的两手背在后面，似乎偷藏着什么，见到焕章突然回来，脸上露出掩饰不住的惊慌和尴尬。

"找我有事吗？"焕章警觉地问。

"没……没别的事，就是想问问你，新一期《旭阳》校报印出来了没有。"作良很不自然地说。

"下午能印出来了。"焕章说，"你手里拿的什么？"

"哦……借你两本书看看。"作良红着脸把藏在身后的书拿出来，递给他看，一本是《一刻拍案惊奇》，另一本是《中国文学史（唐宋卷）》。

书是焕章的命根子，对招呼不打就私自把他的书拿走的人，焕章非常反感！但为了顾及作良的面子，他尽量抑制住自己的不满，只淡淡地说了一句："看完后要记得还我哦！"

"好的，谢谢！"说完，作良逃也似的溜走了。

焕章忽然想起自己书架上的书，有好几本都莫名其妙地不翼而飞，他怀疑就是作良偷走的。后来，他应好朋友刘传富老同学（也就是作良的亲哥哥）的邀请，到了一次作良家里，发现他丢失的《外国文学史》《外国文学作品选》等书就在他家书架上，印证了他当初的怀疑并没有错，但看在老同学的面子上，他当时并没有点破。

再后来，焕章大度地一想，作良那么热爱文学，那么喜欢写作，而他又没有进过什么正规的高等院校，那就把他偷走的那些书权当赠送给他吧，让他提高一些文学修养，也算做了一回好事！再说，他以前又那么支持自己主编《旭阳》校报。焕章这样想着，心里也就宽慰了许多。他忽又想起鲁迅的小说《孔乙己》中孔乙己的"窃书不能算偷……窃书！……读书人的事，能算偷么？"的名言来，不觉微微地苦笑了一声。

下午，焕章到学校油印室去拿刚印好的《旭阳》校报。这一期的《旭阳》校报，文章、排版、印刷都很不错，钢板字也刻得非常漂亮。刻钢板和油印，都是古荣华老师一人完成的。古荣华老师虽然被称为"老师"，但他并没有上过课，他只是学校的一位文员。据说他年轻时曾在县文化馆工作过，不知什么原因调到旭阳中学来了。他的钢板字写得非常漂亮，画的画也不错，是刻写、印刷《旭阳》校报的不二人选，《旭阳》校报办得那么好，也有他的一份功劳。

焕章对古荣华老师说了一声"辛苦古老师了，谢谢哈！"，便把一大摞《旭阳》校报抱回自己房间去了。

课外活动时，焕章便开始安排学生派发还散发着新鲜油墨香味的《旭阳》校报，全校师生人手一份。为尊重学校领导，顺便听取他们的意见，焕章便亲自给七个行政人员派送校报；文学社的汪宏伟、严山花、刘红等几个同学，则负责给其他老师和各班学生派发校报。

当焕章给古新运副主任派送《旭阳》校报时，恰好古菅壬老师也在他的房间里，焕章顺便也给了他一份。古菅壬看到"英语角"的栏目里有一组英语对话《Greetings（问候）》，仔细看了一遍后，指着其中的一句"Well, I'll see you later.（好吧，回头见！）"说："这句错了，根本不存在这样的句式！应该是'Well, See you later.'。"

焕章说："不会吧？我是从上海译文出版社出版的《出国常用英语100句》里摘录的。上海译文出版社可是国内权威的外文出版机构哦！"

"权威的外文出版机构又怎样？就不会出错了？"古菅壬以轻蔑的口气反问道。

"我还请林坚老师校对过，他可是赣南师专毕业的英语高才生哦，应该不会看走眼吧！"焕章说。

"所以，我这个英语代课老师说的话你就不信喽？"古菅壬高傲地接话问。

"问题是你没有说出让我信服的理由啊！"焕章说。

"算了，我不跟你这个'刘癫'争了！"古菅壬不屑地说。

"古菅壬！我们争论归争论，你嘴巴干净点！你有胆再说一次！"焕章勃然大怒说，顺手抓起了桌上的一只烟灰缸。

"刘癫"是焕章在县委宣传部工作时，官场上一些不怀好意的人给他取的嘲笑性、侮辱性的外号，此时从古菅壬的狗嘴里蹦出这个词，大大刺痛了他敏感的神经。

古菅壬自知理亏，见势不妙，灰溜溜地走了。

古菅壬已不止一次恶语伤人了，他哪里是焕章的老同学，简直就是一个落井下石、趋炎附势的小人！焕章从心底里憎恶他、蔑视他，从此以后，焕章便与他形同陌路了。

这期的《旭阳》校报，在副刊上登载了焕章写的一篇讽刺性小小说：

选　举

中午，商业局大门口挂出一块小黑板，上面写着一个临时通知："下午两点半，在会议室召开全体干部、职工大会，以无记名投票的形式，选举一九八七年先进工作者，望各位准时出席！特此通知。"

小黑板挂出后，下午便围着一群上班的人，或默不作声，或窃窃私语，或互相打趣，但又都在心里叽咕密语……

小杨冷然地想："选举？哼，还不是猪鼻子上插根葱——装象！"她不屑地撇撇嘴，露出了讥刺的微笑。

"谁真正值得当选？林青工作扎实，业务精通，是局里的骨干，投她一票；邝志祥待人诚恳，任劳任怨，上进心强，也投他一票……"老韩认真地想。

江伟立心里琢磨道："陈副局长是个实权人物，对，投他一票！如果有一天让他知道……嘿嘿。杜厚生？没门，一个只懂傻干的合同工！……"

熊飞心里盘算着："选哪个更好呢？杨晓峰？事业心是强，业务又精，只是……谁叫他在民主生活会上提我的意见，偏不投他的票！钟军呢？投他一票，老朋友嘛！他也一定会投我一票的！"

…………

人们三三两两地进去开会了。

小黑板有感应似的听了人们的心语，不禁茫然地叹道："这次选举，将会是怎样的结果啊？！"

《选举》这篇讽刺性小小说在旭阳中学的师生中产生了很大的影响。人们既钦佩焕章的胆识与才情，又为他的击中时弊而拍手称快。就连表面谦虚、内心自负的语文学科组长罗先春老师，见了焕章也露出了赞许的微笑。欣妍老师见了焕章后脸上也增添了喜色，两眼更多了一层爱慕、柔媚的光。

后来，焕章又把这篇讽刺性小小说投稿到《中国青年报》副刊版，很快就在头条上发表了，受到了读者们的广泛好评。

一个周日下午，焕章请了八位领导和老师到自己家里做客，他们是：旭阳中学的三位正副校长，汪启明主任，焕章的老班主任赖曦才老师，篁乡教育办的刘传茂主任，还有县教育局下乡检查工作的两位干部。焕章之所以请他们来，一是感谢他们中的一些人以前对他的关心和帮助，二是希望他们中的一些人以后对他多多关照和指导，三是希望自己在和他们的接触中学习一些社会人生经验。

客人们来到焕章在田背排村丰园里的家后，对这里满园的花果、兴旺的禽畜赞叹不已，对这里秀美的风景、开阔的视野赞不绝口，一致认为这个屋场是远近少有的风水宝地，以后定会人才辈出、福禄绵延！

对客人们的赞美，焕章和家人自然十分高兴。

晚宴是丰盛的。鸡、鸭、鱼、肉、豆腐、香菇、木耳、竹笋等材料搭配成的农家菜，八盘四海碗，色香味俱全，还有自酿的黄酒酿。宴席间，杯来盏往、敬酒祝词、猜拳行令自不必说，客人们吃得尽兴，喝得开心，谈得欢畅，个个笑逐颜开。

晚宴结束后，其他客人都道谢先走了，教育办的刘传茂主任留下来多坐了一会儿，他和焕章及其家人说了一些体己话。传茂主任是田背排本村梓叔，他和焕章同辈，但比焕章大许多，平时焕章尊敬地叫他"传茂哥"。

传茂哥对焕章及其家人说的话，归纳起来，主要有下面这些：

他说，对家人来说，焕章是一位有才学、有抱负的人，问题是缺少社会人生经验，只要今后注意一些，前途还是无量的！

他说，对焕章本人来说，目前不必再为"关系"去奔忙了（以前应该，却没有注重！），因为人们不可能一下子就改变对他的看法，而要改变人们的看法，他必须做到四个方面——多读书、教好书、勤写作、少管闲事。尤其是写作，焕章既然有这方面的才能，就以此为大志，写出优秀作品来，从而闻名于社会各界，实现自己的人生价值。

他说，在精神状态上，焕章要显得稳重、老练些，不要有孩子气。

最后他说，在篁乡教育界，他还能说上一些话，以后能关照焕章的地方，他一定会尽量关照！

焕章和家人对传茂哥千谢万谢，感激不尽。

传茂哥走的时候，晚上九点多了。天上的繁星照耀着大地，地面显出朦胧的光亮来，夜也似乎变得更加迷幻、宁静了。

临睡前，焕章披衣靠坐在床头，表情十分凝重。他回忆了许多许多，想象了许多许多，最后只归结为两个字：奋斗！这，也是他今后唯一的出路了！

焕章班上有个名叫罗俊杰的男生，人长得高大英俊，一表人才，而且头脑聪明，成绩很好，在班上排前五名。但他有一个缺点，就是用心不专，白天上课喜欢搞小动作，晚自习时喜欢和同学讲话，如果他能克服这个缺点，成绩就可以再上一层楼，在班上排到前两名，初三毕业后，也能考取中专，早点出来工作，或考取县重点高中，将来去考大学。对这样一个可塑之才，焕章决定对他进行家访，通过家校沟通，促使他更好地成人、成才。

对于罗俊杰，其实引起焕章关注的，不仅仅是他的外表、他的成绩、他好动的性格，还有一个重要因素，就是他的家乡所在地。罗俊杰是溪尾村叶屋人，而正是这个地方，在明朝时出了一个大名鼎鼎、与长平历史密切相关的人物——叶楷。

叶楷具有亦兵、亦匪、亦民、亦官的复杂身份，有"叶霸王"的显赫称号。其先祖从中原辗转南迁，在明朝洪武中叶离开粤北，进入赣南安远篁乡溪尾村落居。叶楷约在明嘉靖初年（1525年前后）出生于溪尾村叶屋。

从明朝正德年间起，叶楷的祖先叶春、叶金、叶槐及祖父叶挺芳等人，就是闽粤赣三角地带如雷贯耳的家族首领。在篁乡溪尾村大帽嶂，叶氏武装修建了一座三寨连营的大本营，里面有兵营、疗伤所、粮仓、军械制造厂。叶氏家族六十多年旌旗猎猎，俨然成了大明王朝中的"独立王国"。

出身于豪族世家的叶楷，从小耳濡目染，加上祖父叶挺芳悉心传文授武，十五六岁就谙熟兵法，精通武艺，成了叶氏家族卓尔不群的侠门虎子，被公认为第六代掌帅人。他身材魁梧，聪慧机灵，善耕能猎，胆识超人，从小就立志效法项羽、宋江和先祖，做一个顶天立地的叶霸王。为了使叶家军进一步发展壮大，他从十九岁起就外出遨游，凭一双草鞋、一条扁担，足迹遍布了赣粤闽三省比邻地区的上百个客家村寨，考察了许多奇山要隘、恶水险滩，结识了不少有志之士。当时许多村寨流传着一首民谣："粪箕铜锣响，扁担逆水上。要想出头天，归顺叶霸王。"邻近的客家人、土人纷纷加入叶家军，队伍迅速扩大到一万多人。同时，叶楷还训练了水军和骑兵，杀得各路进剿官兵丢盔弃甲，闻风丧胆。为广开粮源，减轻百姓负担，叶楷在自己势力的控制范围内，设立了几个屯兵点，并加紧征筹钱粮，在溪尾村及周边村寨挖掘了三十六个秘密假坟，贮藏钱粮军械。他还请来五华师傅，在大帽嶂军械厂制造火击铳（鸟枪）、棺材炮（松木土炮），加紧制造火药并打造其他兵器。叶楷治军严明，不徇私情，对触犯军纪的亲妹夫也毫不姑息。叶楷有仁侠之心，有一年适逢粤北暴发虫灾，叶楷亲携一员部将，用九匹驴子，驮去十八袋银钱赈济灾民。灾区一塾师吟诗赞曰："叶王九驴十八袋，一片救民菩萨心。"这位塾师还利用游学的机会，四处宣赞叶楷的爱民善举。一时间，叶楷声誉鹊起，深得民心，队伍也迅速壮大，到隆庆年间，他已拥有十八个部将，兵力近三万人，控制了赣粤闽三省比邻地区南北长三百多里的区域，以至"民知有叶酋而不知有官府"。

叶家军的迅速壮大，使明王朝的最高统治者寝食不安、如卧针毡。朝廷加紧了对叶家军的征剿，但因叶楷熟悉地形，将士英勇善战，多次征剿均一败涂地。朝廷大为惊恐，急忙改变手段，采用剿抚并举的新策略，一方面加紧对叶家军的征剿，一方面派人混入叶家军内部，制造土客矛盾，收买分化瓦解，致使意志薄弱者反水。叶家军同根相煎，加上缺粮缺弹药军械，于是军心大乱，无力抵御官军的分割围剿，处于节节败退的局面。万历三年（1575年）九月二十一日下午，叶楷的大帽嶂老营、高峰寨新营均被官军攻破。叶楷率部突围不成，带着妻子、亲属及残部退到叶家法堂赖舍庙（旧址在今溪尾村白沙坪）。官军尾随而至，四面包围得如铁桶一般。第二天上午，官军说降不成，便纵火烧庙，叶楷和妻子、亲属、残部均葬身火海。为斩草除根，官府还将叶氏残余族人一并杀害，仅有极少数族人隐姓埋名，远遁他乡。官府又下令将四个叶姓屋场烧成灰烬，叶氏家族从此在溪尾村销声匿迹……但叶楷旧居一直被当地村民称为"叶屋"，并在叶屋前面的沿河边建了一座"叶楷庙"，世代供奉祭祀。

万历四年（1576年）三月初二，皇上下达圣旨，恩准了刑部尚书吴百朋、都御史江一麟等的奏请，正式从安远、会昌县属划出部分区域建成新县治，名曰"长平县"，"长平"系取长平久安、江山永固之意。

周六上午上完课后，离家近的学生便收拾东西回家去了，离家远的学生在学校吃过午饭后再回家去。

焕章把罗俊杰叫过来问："俊杰，你吃完午饭后再回家吧？"从学校到溪尾村有十几里的路程，他猜想罗俊杰应该在学校吃完午饭后再回去。

"是啊。焕章老师，您有什么事吗？"罗俊杰问。

"吃完饭后你到我房间里来找我，我跟你一起回去——到你家里家访！"焕章说。

"到我家里家访？焕章老师，您不会是到我爸妈那里去告我的状吧？"罗俊杰紧张地问。

"告你什么状？我到你家里家访，是想了解一下你家里的生活环境，周末你在家时的学习、生活情况，同时也让你爸妈了解一下你在学校的学习情况，让你爸妈和老师一起把你培养得更加优秀！"焕章微笑着说。

罗俊杰听到老师不是去告他的状，便放心地说："好的，我吃完午饭就来找您！"

罗俊杰一吃完午饭，就来找焕章了。他斜挎着的黄色书包鼓鼓的，里面装着两本书、一个回校时用来带米的布袋和两只装熟菜的玻璃瓶。

"走吧，坐我的自行车回去。"焕章说。

"太好了！"罗俊杰高兴地说。如果走路的话，他要走两个小时左右才能到家，坐自行车的话就快多了。

焕章载着罗俊杰，往溪尾村方向骑去。当他们来到江下村的路口时，焕章停了下来，到路边的小商店买了两斤饼干和一斤糖果。虽然这次是去家访，但他知道乡下的百姓都很热情好客，自己空手去不太方便。

"焕章老师，买什么礼物呢！"罗俊杰客气地说。

"是给你弟弟妹妹吃的，当然，你也可以吃！"焕章笑着说。他知道罗俊杰有两个读小学的弟妹。

罗俊杰见焕章老师这样说，自己也禁不住笑了。

通往溪尾村虽有公路，但这条公路修得很不好，一路都坑坑洼洼的，到处是尖牙利齿的石头，还有许多陡坡、拐弯，稍不小心，就有可能人跌车翻，甚至滚落山沟，所以，焕章小心翼翼，再加上后面载着一个百十来斤重的小伙子，车子便骑得很慢，走了差不多一个小时，才到达罗俊杰的家里。

"爸，妈，我的班主任焕章老师家访来了！"罗俊杰一进家门便大声喊道。

罗俊杰的爸妈见儿子的班主任家访来了，既意外又惊讶，他们误以为儿子在学校表现很差，或者闯了什么大祸，因此班主任告状来了。

"焕章老师来了？欢迎欢迎，请到客厅里坐！"罗俊杰的爸爸既热情又不安地说。罗俊杰的妈妈则慌忙给焕章泡茶，又拿出一茶盘炒花生、炒薯片和油煎腊子热情招待他。

焕章把食品袋里的饼干、糖果交给罗俊杰，叫他发给弟弟妹妹吃。"还让老师您破费，怎么好意思呢！"罗俊杰的妈妈说。"一点零食，给孩子们吃的。"焕章客气地说。

焕章环顾了一下罗俊杰家里。这是一厅四间的两层泥瓦房，房子还比较新，住进来只有两三年左右。里面的墙壁粉刷得很白，家具摆放得很齐整，地面打扫得很干净，家里还有一台电风扇、一部单卡录放机和一辆七成新的自行车，厅墙上还挂着一只摇摆时钟。由此看来，罗俊杰家的生活条件，在农村来说还是很不错的。

"焕章老师，我们家俊杰是不是在学校表现很差，或者闯了什么祸，给老师您添麻烦了？"罗俊杰爸爸忐忑不安地说。

"不是，俊杰在学校的总体表现很不错啊！"焕章打消罗俊杰爸妈的顾虑说，"这小伙子很讨人喜欢，不但人长得一表人才，脑瓜子也很聪明，学习成绩在班上能排前五名，和同学的关系也相处得很好，是一个可塑之才啊！"

罗俊杰的爸妈听到班主任不是来告状的，还表扬了儿子的一堆优点，于是，不但悬着的心放下了，脸上还漾满了欣喜的笑容。

罗俊杰见焕章老师在他爸妈面前表扬了自己，心里既高兴又感激，还有一点小小的自豪。

"多谢班主任的栽培！""辛苦老师您了！"罗俊杰的爸妈连声道谢说。

"俊杰还有很大的提升空间，"焕章又委婉地说，"如果他能够更专心一点，白天上课不搞小动作，晚自习时不和同学讲闲话的话，他成绩还可以再上一个台阶——排在班上前两名！初三毕业后，他也能考取中专，早点出来工作，或者考取县重点高中，将来去考大学。俊杰是一个很有前途的学生，我希望和你们做家长的多沟通合作，一起来关心他、帮助他、督促他，使他更好地成长、成才！"

"焕章老师，以前呢，我进山割松油、锯板方，很少在家里，他妈妈要干农活，还要照顾两个小的孩子，所以我们平时很少去管俊杰，他也不愿多说自己在学校的情况。今天您来了，告诉了我们俊杰在学校的情况，也让我们做父母的看到了希望！请您放心，以后我们夫妻俩一定会多关心俊杰，多过问他的在校表现和学习情况！"罗俊杰爸爸说。

"俊杰周末回到家里，会看书学习吗？"焕章问罗俊杰妈妈。

"他的书会带回来，但很少看到他读。他喜欢和其他孩子上山捉鸟，下河抓鱼。"罗俊杰妈妈说。

罗俊杰不好意思地低下了头。

"俊杰，你不是初一初二的学生了，而是初三毕业班的学生，对你来说，这是人生的关键时期！从现在开始，你把周末的时间用在学习上行吗？"焕章温和地对罗俊杰说。

"焕章老师，我听您的！以后我不但在学校会专心读书，周末回到家里也会好好用功了！"罗俊杰表决心说。

"为了督促孩子更好地学习，在俊杰读初三期间，以后周末我都不进山了，在家里干农活，看着他！"罗俊杰爸爸说。

"很好！有你们做父母的密切配合，有俊杰的自觉努力，相信俊杰在明年的初三升学考试中，一定能取得优异的成绩！"焕章高兴地说。

焕章又顺便问了一下罗俊杰弟弟妹妹的学习情况，罗俊杰的妈妈说，他两弟妹的学习成绩都不错，年年被评为"三好学生"，焕章便夸奖了他弟妹一番。

话谈到这里，焕章要告辞回校了。但罗俊杰和他的爸妈无论如何也不让焕章走，要他吃了晚饭再回去。焕章说，吃了晚饭回去，天会黑，看不清路，路又那么远。罗俊杰的爸妈说，马上就煮饭，吃了早点回去。焕章拗不过他们，只好恭敬不如从命了。

罗俊杰的爸妈让儿子陪着老师，便开始动手做饭。他们杀了自己养的一只鸭子，又到村里割了两斤猪肉，到熟食店买一格瓤豆腐、一斤煎河鱼和一包油炸花生米，到小商店买了两瓶项山糯米酒。不到一小时的工夫，饭菜便弄好了。

饭菜的丰盛和主人的热情自不必多说。饭间，焕章问罗俊杰爸爸："在明朝时期，你们村出了一个大名鼎鼎、和长平历史密切相关的人物——叶楷，你们应该知道吧？"

"知道知道！我小时候就听老人们讲过很多有关叶楷的传说！"罗俊杰爸爸说，"比如，有这样一个神奇的传说。有一天，叶楷挑完牛栏粪，在河里洗粪箕时，忽然听到树上的雕子对他高声喊叫，'叶楷霸王！叶楷霸王！'，叶楷听后感到很奇怪，说：'我真的能当霸王，那我的粪箕能打成锣鼓响，我才会相信！'当下就敲起粪箕来，果然发出锣鼓的响声。但他还是不全信，以为自己心里有这个想法，才误听了雕子的叫声，便不去理它，不料那只雕子叫得更大声了。叶楷一边听着，一边自问，我确实能当霸王吗？那我的扁担放在河里就会往上漂去。说完，他就把扁担放在河里，扁担果真逆水漂上去了……后来，民间就流传着'粪箕铜锣响，扁担逆水上。要想出头天，归顺叶霸王'的歌谣，邻近的客家人、土人便纷纷加入叶家军，叶家军也就迅速壮大起来了。"

"我也听过很多叶楷的传说！"罗俊杰也兴奋地接嘴说，"比如，有一个传说讲，'叶大王'为了贮藏钱粮军械，在溪尾村及其周边村寨挖掘了三十六个秘密假坟。这些假坟有的是平地打洞，有的是穿山而进，每个假坟里的洞穴高一至二米、宽一至二米、长十六至十七米，都是用石灰沙石灌筑的，非常坚固，里面可以存放很多的钱粮和军械！"

"哎哟，真不错，你还记得那么精确！"焕章夸赞罗俊杰说。

罗俊杰不好意思地笑了。

"听说有一座叶楷庙？"焕章又问。

"有，就在附近。"罗俊杰爸爸说。

"等一下叫俊杰和他爸爸带你去看看！"罗俊杰妈妈说。

"好的，我正想去看看！"焕章高兴地说。

吃完饭后，罗俊杰和他爸爸就带焕章去参观叶楷庙。

叶楷庙距罗俊杰家的房子不到两百米，是一座泥瓦平房，外观结构和灵山禅院相似，但要显得破旧很多，不过周边景色还可以，有小桥流水，苍翠树木，鸟语花香。进入庙内，只见一身戎装的叶楷塑像立在上厅的神坛上，威风凛凛，傲视远方，有一股霸王之气；香案上点燃着香火蜡烛，供桌上排放着几碟糖饼瓜果；墙上没有名人字画，显得简朴沧桑。焕章想，大凡英雄豪杰、卓越人物去世后，当地百姓都会把他们当作神仙供奉，是希望他们保佑国泰民安、幸福安康、万事胜意吧！

走出叶楷庙，焕章问罗俊杰爸爸："叶楷死后葬在哪里？"

"就葬在后山上。"罗俊杰爸爸指了指村后那座山岗说。

"有他的坟墓吗？"焕章又问。

"没有。据说当年叶楷和他的妻子、亲属、残部被官军烧死在叶家法堂赖舍庙后，几十具尸骸成了焦炭，便一起埋葬在后山上了。因为叶氏在溪尾村已没有后人，叶楷他们的坟墓便没人打理，几百年过去了，山上已找不到他们的坟墓了。"罗俊杰爸爸说。

焕章遥望后山，只见山上苍松如盖，青杉如剑，芦萁、蕨草和荆藤长满了山坡，心里不觉飘出一团浓浓的遗憾来。

焕章看了一下手表，已是下午五点半，便告辞返校了。

罗俊杰和他的爸妈把焕章送到村头大路口。

"焕章老师，以后有空再来家里坐！"罗俊杰爸爸热情说。

"好的好的！"焕章说。

"路不好走，骑慢一点！"罗俊杰妈妈嘱咐说。

"好的，你们回去吧！"焕章说，"俊杰，你要好好努力哈！"

"老师，我一定会努力的！"罗俊杰说。

"再见！"

"再见！"

在骑车返校的路上，焕章想象着叶楷霸王那气宇轩昂的英雄形象，想象着叶家法堂赖舍庙被官军点燃的那团熊熊烈火，眼前又浮现出那简朴沧桑的叶楷庙，浮现出埋葬着叶楷遗体的那树木苍翠的后山来，心里不禁吟诵起古典名著《三国演义》开篇的那首词：

滚滚长江东逝水，浪花淘尽英雄。是非成败转头空。青山依旧在，几度夕阳红。

白发渔樵江渚上，惯看秋月春风。一壶浊酒喜相逢。古今多少事，都付笑谈中。

第五十三章

晚饭后焕章经过学校小卖部时，看见老板娘古秀丽不满周岁的儿子十分可爱，便说让他抱一抱，古秀丽微笑着给他抱。有几个老师看见后笑着说："焕章老师，真像样啊，是不是为以后做准备啊？"有几个女生则嘻嘻地笑，故意说："焕章老师，你抱的是谁的孩子呀？"另一句潜台词是：是不是你的孩子啊？焕章见有师生笑他，便不好意思地赶紧把孩子还给古秀丽，回自己房间去。

正当他往自己房间走去时，忽然看见有一群人从校门口进来，其中一个人亲切地喊他的名字："焕章！"焕章定睛一看，原来是县委宣传部的老同事廖子厚副部长——他已由秘书提拔为副部长了，后面跟着老同事谢永松，以及文化局的谢巧珍副局长、卫生局的钟庆达秘书、广播电视局的李海军站长、"五四三"办公室的罗志华主任、县妇联的杨小颖，他们都是焕章在县委宣传部工作时的熟人或朋友。

"廖部长，你们来了！"焕章惊喜地走上前去，和他们亲热地打招呼并一一握手，"走，到房间里喝茶去！"

焕章的房间本来就很小，七八个人进来，便显得更加拥挤。客人们有的坐在椅子上，有的坐在凳子上，有的则坐在床沿上。焕章沏了一大壶茶，每人倒了一杯，然后跑到学校小卖部，买了一大包花生、一大包油炸蚕豆和两瓶葡萄酒招待他们。

"不要那么客气，随便坐坐。"廖副部长说。

"那么久没看到老同事、老朋友了，没什么好招待的！"焕章既高兴又激动地说。

"近来还好吧？"廖副部长关心地问。

"就这个样子……"焕章说，"你们是下乡来检查工作吗？"

"不是下乡来检查工作，而是下乡来工作。"廖副部长说。

原来，长平县委临时成立了一个党的基本路线教育办公室，要求在篁乡搞一个试点，摸索总结一些新时期思想政治工作的新方法、新经验，以适应"四化"建设的需要。预计时间是一个月。试点工作组的成员是由宣传部出面牵头，从宣传系统的各局、室、办抽调党员干部组成，带队的就是廖子厚副部长。

"你们住在哪儿？以后有空我会来看你们。"焕章说。

"住在乡供销合作社旅馆。"廖副部长说。

他们便闲聊起来，当然问焕章的话多。有的问旭阳中学校园有多大，有多少学生和老师；有的问校风学风怎样，教学质量好不好；有的问平时学校会不会组织老师学习思想政治教育方面的文件；有的还开玩笑问，这里有没有未婚女教师，焕章你谈了对象没有……焕章都一一作了回答。但对"谈对象"一事，为避免对自己有不良影响，他只作了含糊的回答。

除廖副部长当初送焕章来过旭阳中学外，其他人都是第一次来，焕章便带他们参观了一下校容校貌。这个时候，师生们刚吃完饭，还没上晚自修，校园里到处都是活动的学生和一些散步的老师，他们看见焕章老师带着一群县里下来的领导干部参观校园，都投来好奇、敬慕的目光。有几个认识廖副部长的学校领导，还走过来和他握手、问候。

焕章从师生们那好奇、敬慕的目光里，满足了一点小小的虚荣心，也升起了一点儿小小的自豪感。

在校园里走了一圈后，廖副部长他们要回乡供销社旅馆了。"有空来旅馆坐坐！"廖副部长对焕章说。

"好的！"

焕章和他们挥手再见。

第二天下午，焕章早早就吃了晚饭，骑上自行车，到乡供销社旅馆去看望廖副部长他们。但他们不在，服务员说，他们到乡政府吃饭去了。焕章便又骑车前往乡政府找他们。

焕章来到乡政府时，廖副部长他们刚吃完饭，欧阳珲书记、赵汉旅乡长和陆靖捷副书记等几个乡政府领导，正在院子里陪他们喝茶、聊天。焕章礼貌地和乡里的几个领导打了招呼，又和县里下来的老同事和熟人朋友们热情地打招呼。

"吃过饭了吗？"廖副部长亲切问焕章。

"吃过了。"焕章说。

"坐吧。"廖副部长在身旁给他腾出一个座位，并亲自给他倒了一杯茶。

"谢谢！"焕章接过茶，坐下。

乡政府的几个领导静静地看着这一切。

焕章敏感地发现，对自己的到来，陆靖捷副书记的脸色在微妙变化，流露出鄙夷不屑的神色，仿佛在说："跌岔（落难）的马屁精来了！"这使焕章十分愤怒，但他不能发作，只好埋在心底，表情傲然。

　　陆靖捷原来在团县委工作，几个月前才调到篁乡任党群副书记。他不但曾和焕章同在县委大院上班，还住在焕章的隔壁，平时和焕章称兄道弟，没想到现在焕章落难了，他自己春风得意了，脸变得比川剧变脸还快！

　　晚上八点乡政府礼堂有电影，片子是《寒潮》。陆靖捷问廖副部长："晚上你们去不去看电影？""看情况。"廖副部长说。陆靖捷便叫来乡政府的干事小赖，叫他去订电影票。"订多少张？十五还是十六？"小赖看了焕章一眼后，问陆靖捷。"十五！"陆靖捷斩钉截铁的样子说。

　　焕章心里明白，小赖之所以问订十五还是十六张电影票，是因为他来了，不知道该不该也为他订一张，而陆靖捷回答说"十五"的意思是说"别理他"。

　　呜呼，小人势利若此，真让落毛的凤凰不如鸡呀！"不过，终有一天，我会感谢那些白眼和冷脸的！"焕章在心里傲然地想。是的，那些白眼和冷脸，将会让他加速成熟，使他自强不息！

　　廖副部长见订的电影票里没有焕章的份，他又不便当面说什么，为不冷落焕章，便找了一个托词没去看电影，带着工作组的人员和焕章一起回住宿地——乡供销社旅馆去了。

　　在乡供销社旅馆，焕章本想和廖副部长说说心里话，但碍于那么多人在，不方便说什么，只好陪他们打扑克玩了一夜，到熄灯时才回学校去。临走时，焕章对廖副部长说，明晚请大家到他家里坐坐，并问程氷岩部长明天下不下来。廖副部长说不一定，焕章便说，那你们先来坐坐吧！

　　在返校的路上，焕章盘算着明晚请客的几十元钱从哪里去弄，因为他这个月的工资已用完了。"先叫二哥垫上吧！"最后，他在心里说。

　　第二天一整天，焕章的家人都为宴请县里下来的客人做各项准备工作。当准备就绪，下午四点时，焕章便骑着自行车到乡供销社旅馆去请廖副部长他们了。当他到达旅馆时，廖副部长他们刚好从乡政府开会回来。

　　"廖部长，各位老同事、老朋友，今晚请大家到我田背排村丰园里的家里坐一坐，吃个便饭！"焕章热情地对大家说。

　　"焕章，别去麻烦了，我们又不是外人，最好免了吧！"廖副部长真诚地说。他不想麻烦焕章家人。

"麻烦什么？难得那么多老同事、老朋友一起下乡来到这里，不然，请还请不来呢！再说，你们都还没到过我家。"焕章含笑着说。

"你的心意我们领了，算了吧，别麻烦你们了！"卫生局的钟庆达秘书说。

其他人也说不要那么客气，免了吧，但焕章说："家里已经准备好了，你们就不要客气了！"大家见盛情难却，只好答应前往了。

因为大家都步行，焕章也只好推着自行车和他们一起走。当他们一群人穿过篁乡圩场的街道时，街上很多人都停下脚步或从店铺里探出头来，用好奇的目光看他们，有些人还在小声地议论着什么。焕章知道，这些目光和议论都是因他而来的，因为他是闻名全县的"传奇人物"，他们一定在猜测、议论，他这位跌岔之人今天又和县里下来的"大官们"在一起，又预示着什么呢？……焕章视而不见地走着，他人的注视、猜测和议论，一年多来，他经受得太多太多了，早已在心底筑起了不卑不亢的堡垒。

焕章和廖副部长一行人从圩场出来，沿公路经过乡粮管所、乡卫生院，不一会儿就到了旭阳中学。因为公路从校园中间穿过，此时正是学生们吃晚饭的时间，公路两旁，坎上坎下，或站或蹲着许多吃饭的学生。学生们见焕章老师带着一群衣冠楚楚、领导模样的人沿公路走过，都露出好奇、敬慕的神色。有一些老师也看见了他们，猜测这些县里下来的领导，一定是到焕章家里做客去了，因此脸上都露出了复杂的表情。

"焕章，你在学校还好吧？"廖副部长一边走，一边关心地问。现在他和焕章稍稍走在大伙儿前面，可以低声说说心里话了。

"酸甜苦辣，一言难尽啊！"焕章叹息一声说，"你可以想象，一个落难之人，所经受的世态炎凉，所遭受的心灵磨难，哪里是用言语说得尽的啊！"

"焕章，我完全可以想象你所经历的痛苦和煎熬！"廖副部长同情地说，"我想帮你，但心有余而力不足啊！"

"我知道！"焕章说。廖副部长是一个心地善良、为人宽厚的人，他对焕章一直很好，也很关心他。

"你们学校的情况怎样？"廖副部长问。

"总的来说还好。不过，也有好些令人叹息的事，"焕章说，"现在学校'唯分数论'，实行应试教育，这就产生了一系列的问题，比如，教师争抢学生的时间；不加选择地搞题海战术；每到期中或期末考试统一评卷后，有些教研组就会生出一些是非来，不是说某老师在改卷时有意改严了另一老师班上的试卷分，就是说某老师在统分时把另一老师班上的试卷分有意加少了，或者说某老师在统分时把自己班上的总分偷偷抬高了。如果期末评什么'先进'之类的东西，也有些老师会在领导面前互相贬毁或互相吹捧。行政领导内部也不怎么团结。唉，知识分子打堆的地方，容易文人相轻啊！现在的学生也不怎么好管了，顽皮的学生竟敢和老师顶嘴吵架，在背后起老师的绰号。早恋现象也是一个大问题，特别是初三的学生，上个学年还劝退了两个偷吃禁果的男女同学。他们受社会上的黄色书刊和涉黄影视录像的影响很大……"焕章说。

"看来，教育也急需改革啊！"廖副部长感慨地说。

"是啊！"焕章认同地说。

"你和驻舆老寨下那个姑娘的关系怎样了？还在谈吗？"廖副部长问。

"还谈着，但没有公开，"焕章说，"怕他们议论我找了一个农村姑娘，所以暂时先搁着，待我境遇好一点后再说。"

"婚姻是终身大事，你一定要慎重！"廖副部长好心地提醒说。

"我知道。"焕章说。

说话间，不觉就到了田背排村丰园里焕章的家门口。客人们被这里幽静的环境、秀美的风景吸引住了。"哎呀，这真是一个好地方啊！""好一块风水宝地！"他们纷纷赞叹说。

"请先到屋里坐，歇一会儿再出来看不迟！"焕章笑着说。

这时，焕章的父母从屋里迎了出来。"敢多（这么多）领导来了？快到屋里坐！"母亲热情地说。"请进屋里喝茶！"父亲也热情地说。

"老人家，身体还好吧？"廖副部长亲热地问候说。

"好！好！托您的福！""多谢领导关心！"焕章的父母说。

焕章的二哥二嫂也满面笑容地迎出来了，后面跟着羞怯的女儿雯雯和晶晶。

"这是我的二哥新营，这位是我的二嫂玉翠。"焕章介绍说，"这位是我的老同事，宣传部的廖子厚副部长。"

"你好！""你好！"二哥和廖副部长亲热地握手。

焕章又一一介绍了其他客人，二哥分别和他们握了手。

"这是你的孩子吧？读小学几年级了？"廖副部长问二哥。

"是的，"二哥说，"大的读四年级，小的读二年级。"

"叔叔阿姨好！"雯雯和晶晶齐声说。

"真乖！""真有礼貌！"客人们表扬说。

焕章和二哥陪客人们在客厅里喝茶、抽烟或聊天，二嫂和父母则到厨房里弄饭菜去了。

"你家的条件不错啊，环境也很好！"廖副部长端着茶杯，走出门口，环顾了一下四围说。

"哪里，还差得远呢！乡下人家，也许你们看不惯啊！"二哥在一旁笑笑说。

"你平时在家里都做些什么呢？"廖副部长问二哥。

"我是村委委员兼团支部书记，除了村委会的工作外，就是耕田和利用屋前屋后的有利条件搞搞种养了！"二哥说。

"据乡领导说，你们村各方面的工作都搞得很不错，所以，我们工作组决定驻点在你们村里，以后还需要你这位团支部书记多多支持哦！"廖副部长笑着说。

"一定一定！那是应该的！"二哥爽朗地笑着说。

廖副部长和二哥回到客厅。二哥又给每人添了添茶，给会抽烟的客人再发了一支烟。

过了一会儿，钟庆达秘书提出大家到外面去看看。焕章和二哥便领着客人们走出客厅，带他们参观了家里的橘园、桃园、茶园，以及自家种的松树、杉树、毛竹，还带他们参观了鸡舍、猪圈和鱼塘。二哥一边走，一边向客人们介绍，一边讲述自己的长远规划，客人们不时点头称是。

"不出两年，你们家就将成为万元户了！"廖副部长下结论似的说。

"哪里哪里，还远着哩！"二哥笑着说。

"这真是一个难得的好屋场啊！不但会财源茂盛，还将人丁荣贵！"钟庆达秘书指着四周侃侃而谈。

"钟秘书，你真会开玩笑，我们家还能出什么了不起的大人物呀！"焕章苦笑一声说。他想起了自己的不幸遭遇。

"'风物长宜放眼量'！你怎么就知道不能出什么大人物？再说，你大哥良翊不是闻名遐迩的呼吸科专家吗？你不是大学本科毕业的高才生？也许就是那笔尖一样的山峰管的事呢！"钟庆达秘书认真地说。

听他这么一说，焕章心里也高兴起来，不觉露出了开心的微笑。

"钟秘书，你真像半个风水先生啊！"罗志华主任说。

"如果给我一个罗盘，那'半个'就会变成'一个'呢！"钟庆达秘书诙谐地说。

大家都被他逗笑了。

乡城往事

焕章家的门坪前面就是橘园，站在橘园外沿可以一览田背排全村。廖副部长望着新房栋栋、电网纵横、有着宽阔的水泥村道和大小几十个砖瓦厂（窑）的田背排村面，不禁赞叹道："你们村确实发展得不错啊！"

"我们村能发展到今天这个样子，除了砖瓦厂（窑）办得很旺盛外，还与村办稀土矿搞得很红火也有关！"二哥说。

"现在草酸很贵，国际上稀土销路又不比往年，我们县好多稀土矿都办不下去了，你们村的稀土矿却能长盛不衰，确实有一套本事！"廖副部长赞扬说。

"您也许不知道吧？闻名全国的'稀土大王'、县稀土工业公司的总经理刘震寰，就是我们村里人！——'近水楼台先得月'啊！"焕章自豪地说。

"哦？他就是你们村里人？"廖副部长惊讶地问。

"是啊！按辈分我应该叫他震寰叔。"焕章说。

廖副部长又"哦"了一声。他沉思了一会儿，侧过脸轻声对焕章说："焕章，你以后要和你这个震寰叔多联系！你的路，以后要靠你自己去闯了！"说完，他意味深长地看了焕章一眼。

焕章心里一惊，一下明白了。他下放旭阳中学前，县委黄涛书记曾对他许诺过："下去是为了上来！"现在看来，那不过是一句圆滑的空话而已！廖副部长说"你的路，以后要靠你自己去闯了"，是暗示他不要把希望寄托在别人的诺言上了，要靠自己去争取，去奋斗。焕章一旦明白这个，一股强烈的痛苦遽然胀满了他的胸膛。他知道，自己的人生将更加艰难和坎坷了。廖副部长虽然是县委宣传部的副部长，但他不是县委常委，在等级森严的官场，他是没有把焕章由教育界再调回政界的直接权力的，他只能间接地和其他关心、爱护焕章的人一起鼓励焕章、帮助焕章。

焕章没有说话，望着远方的山峦，刚毅地吐了一口气。"廖部长，您放心吧，我一切都准备好了！"良久后，他在心里坚强地说。

二嫂来叫他们进去吃晚饭了。刚才还是饥肠辘辘的焕章，现在却一点食欲都没有。但为了陪客人，他还是镇定地、面含微笑地领着客人走进客厅。

工作组七人，再加上焕章、二哥和父亲，刚好十人一桌。家里的其他人坐不下了，便在厨房里吃。桌上的菜肴很丰盛，鸡鸭鱼肉豆腐，香菇竹笋木耳，还特别炖了一只大甲鱼，再加两瓶乌鸡补酒和三鞭补酒。

"感谢各位的光临！来，为了我们过去的情谊，也为了我们美好的未来，干杯！"焕章举杯和客人们一一碰杯，然后一饮而尽。客人们也随之一饮而尽。

"我代表在座的老同事、老朋友，对焕章及家人的热情款待深表感谢，并祝你们全家幸福、发财致富！"廖副部长举杯敬酒说。他和焕章及焕章的二哥、父亲一一碰杯，四人一饮而尽。

"来来来，吃菜，别谦虚！各取所需、各取所需哈！"二哥指着满桌的佳肴幽默地说。

大家在轻松的笑声中举筷进食。

"焕章，我们好久没在一起喝酒了。来，祝你今年交个桃花运！"李海军站长举起酒杯说。他并不知道焕章谈恋爱的事。

"谢谢！干！"焕章和他的酒杯当的一声碰了一下，两人一饮而尽。

过了一会儿，钟庆达秘书也举杯对焕章说："老朋友啦，为你以后上县城后能来寒舍做客干杯！"

"一定！干！"焕章和他碰杯，两人一饮而尽。

那边二哥和父亲也被客人们频频敬酒。彼此说着恭敬的话语或美好的祝愿，气氛很是热烈融洽。

这时，坐在焕章身旁的老同事谢永松举杯轻声地对他说："焕章，对你的遭遇，我十分同情，但遗憾的是我无能为力！"

"老同事，请你将来有能力的时候多多关照！"焕章强作笑颜地说。

"干！"两人碰杯，一饮而尽。

焕章微醉了，不能再喝，好在他在县委宣传部时，大家就知道他不善饮酒，所以客人们没多为难他。父亲年纪大了，也不能多喝酒。于是，客人们把焦点集中在二哥身上，一个个轮番向他进攻。二哥居然海量，一杯接一杯，脸不红气不粗。

酒菜吃得差不多了，大家随便吃了几口饭，便相继离席，坐在木沙发上或竹椅子上抽烟、喝茶、聊天。二嫂、母亲便进来收拾杯盘碗碟了。

"唔好（不好）意思呀，冇么计（没什么）招待你们！"母亲说。

"有，有，满桌的酒菜，我们都吃得酒醉饭饱了！"廖副部长笑着说。

"我们真够麻烦你们的了！"谢巧珍副局长歉意地说。

"哪里的话？我们乡下人不懂规矩，招待不周，请多多包涵！"二嫂谦逊地说。

"以后上了县城，一定要来玩，我家就住在东门十二号，你弟弟焕章知道！"罗志华主任对二哥说。

罗志华主任高大魁梧，一喝酒就脸红，现在脸红得像三国时的关公了。

"以后有机会，一定会来！"二哥高兴地说。

大家又聊了一会儿。廖副部长看了一下手表，已是晚上九点了。他站起身说："时间不早了，还要整理第二天开会的材料，我们该回去了！"焕章客气地挽留了一番，便和家人一起，把他们送到大门口。

　　廖副部长他们和焕章兄弟俩握手告别，并连声道谢。

　　廖副部长他们离开后，二哥先回客厅去了。焕章多站了一会儿，待他们手电筒的光亮在夜幕中渐渐远去了，他才沉思着返回客厅。

　　在客厅里，父母亲、二哥二嫂都坐在那里，似乎正等待着焕章进来。焕章在一把竹椅子上坐下，倒了一杯茶，独自喝着。沉默了一会儿，二哥说话了："焕章，你听到了廖部长说的话吧？他说，'你的路，以后要靠你自己去闯了'。看来，你不要把希望寄托在黄涛书记身上了，也许你调不回县委机关了。"

　　二哥也听见了？焕章以为他没听见呢，想不到他不但听见了，还领悟得那么透彻！更让焕章敬佩的是，整个晚宴期间，二哥都若无其事，应付得体，没露出半点忧戚，让他脸面上过不去。想到这里，焕章眼睛一红，差点掉下眼泪来。

　　"二哥，我一切都准备好了！我不会对他抱任何幻想了！"焕章坚毅地说。

　　"满子，你就不会请廖部长他们帮帮忙吗？调到县城的哪个单位，也比在这里教书强啊！"母亲哽咽着说，两颗浊泪滚落下来。自从儿子焕章下放到旭阳中学教书后，旁人的冷言冷语，让她老人家的心都忧碎了。

　　"伯，您不懂，您老人家就别为我操心了。好男儿志在四方，我会走好自己的路的！"焕章强忍着眼泪说。母亲这么大年纪了，还要为自己担忧牵挂、寝食难安，他感到万分愧疚。

　　"只要你有志气，我们也就放心了！"二哥说。

　　焕章深沉地点点头。

　　焕章要回学校去了，母亲送他到大门口。待儿子骑车的身影渐渐融入了夜色，她老人家还站在那里很久很久……

　　焕章回到学校时，差不多晚上十一点了。他打开房间，按亮电灯，又把房门关上，然后倒了一杯开水，在藤椅上坐下，望着从杯口徐徐飘散的水雾出神。这时，电灯眨了几下，不一会儿就熄灭了，房内一片漆黑。但他没一点睡意，就把油灯点上，房间里又亮堂起来。他心里感到郁闷，想出去走走，于是带上门又出去了。

　　今夜没有月亮，黯淡的天空星光稀落，寂寂寥寥。四周黑沉沉的，黑沉中夹带着团团的忧郁。焕章穿过操场，慢慢向外面的沙滩走去。

　　沙滩呈巨大的扇形，是篁乡河的古河道冲积而成的，上面布满了起伏的沙堆和石砾，只有零星几株子子生长的荆蔓还透出几许生机，使人很容易联想起荒凉的大西北。沙滩很静很静，没有犬吠人语，只有几只秋虫藏在荆蔓里单调地悲吟。焕章在这沙滩上踽踽走着，他的心里盛满了苍凉如麻的往事，它们又杂乱地闪现在他的眼前……他忽然想大哭一场，直哭他个天愁地惨、山崩星坠！不，他已经在痛哭了，在他的心里，眼泪是血脉里滔滔奔涌的鲜血！

不知过了多久，焕章才止住那无声的哭音，沸腾的情感慢慢平复了下来。渐渐地，一股巨大的力量又弥漫了他的整个胸腔，沁入了他的每一个细胞。望着广袤的苍穹，他突然一字一句地说："待到十年二十年后，再看看我刘焕章到底是个怎样的人吧！"说完，他昂起头，大步朝黑暗中闪烁着灯光的窗户走去。

这时，风起了，呼啸着卷过沙滩，仿佛高哼着一支古老而又崭新的"风萧萧兮易水寒"的壮曲……

晚上召开教职工会议。会议有三个内容：第一个内容是学习上级部门有关思想政治教育的红头文件。焕章知道，这与廖子厚副部长他们在篁乡搞的党的基本路线教育试点工作有关。第二个内容是加强学校的防盗防窃措施。最近盗窃现象时有发生，比如，学生放在教室里的文具被偷了，或在宿舍里的箱子被撬不见了钱；前几天学校的电视机接收器也不翼而飞，只好新买了一个……看来，内贼、外贼都有。第三个内容是为古光翔老师捐款。古光翔老师也真不幸，一家出了两个病人——儿子患了肺癌，他自己也得了肝炎。这对一个收入很低的单职工教师家庭来说，无疑是雪上加霜的灾难！于是，学校以工会的名义，组织教职工为他捐款。大部分教职工认捐了五元或十元，少数教职工认捐了二十元或三十元。教职工们的工资都很低，绝大部分人的月工资只有四五十元，能捐出这些钱已经很不错了。焕章认捐了三十元，这相当于他大半个月的工资了。全校五十多位教职工，一共捐了七百二十元，再加上工会捐的二百八十元，刚好凑足了一千元。这一千元捐款，在时下已是一笔不小的金额了，但是否足够支付古光翔老师父子的全部医疗费用，这就很难说了。不管怎么样，它代表了旭阳中学全体教职工的深情厚谊。

真是"说曹操，曹操到"，晚上刚开会说了要加强防盗防窃措施，深夜又发生了一件盗窃案。

大概是深夜两点多钟的时候，厨房的职工罗师傅起来小解，发现蒸饭房里有微弱的手电筒光亮，于是他故意大声咳嗽了一下，并走过去想看个究竟。听到有人大声咳嗽并走了过来，手电筒瞬间熄灭了，一个黑影从窗户跳了出去，很快消失不见了。罗师傅拉亮电灯走进去一看，发现学生饭格里的米少了许多，旁边地上还有一只来不及拿走的已装了大半袋大米的布袋。——他终于明白，今晚遇见盗米贼了！

第二天早上，学校把这只米袋钉在校门口黑板报的通知栏上，让同学们来辨认，希望知道的同学把窃贼揭发出来。焕章想，这一次偷盗，不一定是内贼，很有可能是外贼，因为要偷这样一大袋米，如果是学生的话，很容易被同学发现，应该没人会那么傻。不过，把窃贼偷米的布袋挂出来，即使抓不到窃贼，对那些有盗窃念头的学生还是有震慑作用的。

下午汪方生来了，在焕章房间里坐了好久。

汪方生是大仙背人，原是旭阳中学的化学代课老师，因上学期学校实行"满负荷工作法"，不需要那么多化学老师了，他被裁减了下来。这人很善言谈，天南地北，海阔天空，什么都能聊，而且说话幽默，言语夸张，常令人捧腹大笑。他自己也很喜欢笑，笑的时候两眼眯成一条缝，显出一副滑稽可爱的模样。焕章认为他天生就是当相声演员的料，可惜他没有当演员的机会，不然，肯定是一位优秀的喜剧演员，甚至可以和著名的相声演员马季、姜昆相媲美。焕章很喜欢他，两人很谈得来，可说是好朋友。

汪方生虽然家住大仙背村，一家人却是吃商品粮的，是城镇户口。前两天他上县城参加面向待业青年的招干考试，昨天下午才回来，考完后没事可做，所以到学校闲逛来了。

"你这次参加招干考试，具体是什么行业的？"焕章问。

"是土管系统的。"汪方生说。

"土管系统好啊，在那里工作，比当老师强多了！"焕章羡慕地说。在土管系统工作的，哪怕是高中毕业的一般工作人员，工资收入都要比一个大学本科毕业的老师强。

"那是那是！"汪方生自豪地说。

"你考得怎样？应该没问题吧？"焕章问。

"应该没问题！"汪方生自信地说，"你不知道，为了应付这次招干考试，考前的好几个月，我都关门闭户、夜以继日、废寝忘食地复习，简直脱了一层皮！如果连我都考不到，我想也没几个人能考到了！"

"看你满面春风的样子，相信你一定没问题！"焕章笑着说。

汪方生现在是客人了，不比以前做同事的时候，所以这次他来访，焕章特意从学校小卖部里买了一瓶葡萄酒和一包花生米热情招待他。他临走时，焕章还真诚地邀请他说："星期六下午再过来玩，我请你吃饭！"汪方生善于交际，见多识广，那满嘴的奇闻逸事，是写作的好材料，焕章很喜欢结交他这样的朋友。

"好的好的，一定来！到时和你这个大才子多喝几杯，不醉不归！"汪方生高兴地说。他的两眼又笑成一条缝了，显出一副滑稽可爱的模样。

晚上，焕章正在房间里看法国批判现实主义作家巴尔扎克的长篇小说《欧也妮·葛朗台》，严纯刚老师敲门进来了。

严纯刚是数学代课老师，有十几年的教龄了。他胖墩墩的，为人厚道，善解人意，和焕章相处得很好。

"在看什么书啊，那么用功？"严纯刚老师笑着问。

"看长篇小说。"焕章微微一笑说。他放下书本，给严纯刚老师倒了一杯茶。

两人便闲聊起来。聊着聊着，就聊到恋爱一事来。

严纯刚老师说："欣妍老师人长得漂亮，家里又富有，而你有大学本科文凭，又那么有文学才华，你们俩真是才子配佳人，天生的一对啊！你抓紧时间去追求她，一定会大获成功！"

"算了。这一两年，我只想教好书，业余尽可能多看看书，写写东西，其他的事，我暂时不想考虑！"焕章说。他当然不会和他说与香兰的恋爱之事。

焕章谈了自己未来的人生理想和文学抱负，严纯刚老师听后十分钦佩，自叹不如。他见焕章那么惜时用功，不便多加打扰，坐了一会儿就走了。

焕章继续看小说。到凌晨四点时，他终于把整部《欧也妮·葛朗台》看完了。小说中描写的金钱在资本主义社会的巨大魔力和人们围绕它所生发出来的种种虚伪与罪恶，及金钱对人的思想灵魂的腐蚀和摧残，深深震撼了他的心！他不禁联想到当今社会，国家搞改革开放，全力发展商品经济，提高人民生活水平，这并没有错，但有的人却不顾道德法律，为了攫取金钱不择手段，这和资产阶级的唯利是图有什么不同？而有的人暴富后沉迷于吃喝嫖赌毒，这和资产阶级的腐朽享乐有什么区别呢？这不能不令人深思和警醒，有关部门该好好给予打击和整治了！

第二天中午，细姐祺玉托她邻居家一个在旭阳中学读书的孩子给焕章带来一大食品袋的油炸猪肉和鱼块，并带话说让焕章自己留一部分，剩余的送回家去给父母吃。焕章试吃了两块，香喷喷的，真好吃，便装了一玻璃瓶子，剩下的他下午下班后全部送回家里给父母他们吃了。

傍晚焕章返回学校时，刚好碰见邱炘奇校长。邱校长满面笑容地告诉他说："廖部长他们找你来了，刚走不久。""哦，知道了，谢谢！"焕章说。他猜想，可能是廖子厚副部长他们的试点工作结束了，将回县城去了，所以和他告别来了。他打算晚上开完会后再去乡供销社旅馆找他们。

今晚焕章要参加两个会议，一个是教职工学习会议，一个是校团委委员工作会议。

首先开的是教职工学习会议。会议学习了著名经济学家千家驹在全国政协七届一次会议上的发言文章，题目是《关于物价、教育和社会风气》。文中有许多切中时弊的坦率直言，表现了一个老学者的赤诚和无畏，令焕章十分感动！

接下来的是校团委委员工作会议。主要有两个议题：一是要关心未婚青年的终身大事，为他们牵线搭桥做红娘；二是开展勤工俭学活动，承包学校的修路工程和整修篁乡圩场工程。焕章觉得这两个议题都很好，完全支持！

两个会议的时间都不长，不到晚上九点就结束了。

一开完会，焕章就骑上自行车，去乡供销社旅馆看望廖副部长他们。

工作组的成员都聚集在廖副部长房间里，见焕章来了，他们都亲热地和他打招呼。

"傍晚你们来找我了？我回家去了。"焕章对廖副部长说。

"是的，晚饭后我们散步到了你那里。试点工作结束了，明天我们就要回县城去了，想告诉你一声。"廖副部长微笑着说。

"时间过得真快，一晃一个月就过去了！真舍不得你们！"焕章真情地说。

"你不要只闷在学校里，有空上县城走一走，到部里和我家里坐一坐！"廖副部长真诚地说。其他几个老同事、老朋友也附和着说了类似的话。

"好的好的！下次有空我一定上县城走一走！"焕章高兴地答应说。

他们又邀请焕章打扑克，焕章便兴致勃勃地参加了。两副扑克牌合在一起，打"五十K"拖拉机。焕章的手气很好，摸的牌又大又顺，没输过一次，其他人的脸上、鼻子上却被罚贴了不少白纸条。

正打扑克间，陆靖捷副书记带着干事小赖进来了，小赖还提着一大篮子的酒菜。

"我们个个都酒醉饭饱了，你还带那么多酒菜来干吗？"廖副部长客气地笑着说。因为工作组明天就要走了，今晚乡政府已经在如梦酒楼为他们举行了隆重的饯别晚宴。

"那是代表乡政府的心意，这是代表我个人的心意！再说，现在这么晚了，也到了该吃夜宵的时候了。"陆靖捷露出巴结的笑容说。

既然带来了酒菜，也不好叫他们拿回去，大家只好又吃喝了一顿，还猜拳行令起来。焕章很惊讶于他们的酒量，原本就醉醺醺的了，竟还能灌下那么多酒！瞧陆靖捷副书记那圆滚结实的大肚子，胀得都快要炸裂了一般，令人感到担心，但他还是一杯接一杯地猛喝……

　　像廖副部长他们刚下到篁乡时，对买"十五张"还是"十六张"电影票时的态度一样，陆靖捷对焕章仍然是一副视而不见的冰冷表情。廖副部长为人仁厚，见焕章被冷落了，便几次提出和他猜几拳。请客的主人都冷冰冰的，自己何必去凑这个热闹？焕章便推说不会猜拳，身体也不太舒服，婉拒了廖副部长的好意。事实上，焕章也确实没吃陆靖捷带来的酒菜，他只不过出于礼貌，出于对廖副部长他们的尊重，装装样子陪坐在那里而已。古代的伯夷、叔齐"义不食周粟"，他刘焕章同样有这个骨气！

　　陪坐了一会儿后，焕章推说要到学生宿舍值班巡夜，便提前告辞了。廖副部长送他走出乡供销社旅馆大门。

　　"廖部长，你们明天什么时候走？"焕章问。

　　"吃了早饭。大概八点左右吧。"廖副部长说。

　　"那明天早上我再来送你们！"焕章说。

　　"不用了，你还要上课！"廖副部长说。

　　"没事！"焕章说。

　　在回校的路上，焕章的心久久不能平静。陆靖捷对他视而不见的冰冷表情，又浮现在他的眼前，令他感到屈辱和厌恶。看着这个狗眼看人低的势利之徒，更加坚定了他奋斗的信念！

　　第二天早上，焕章一吃完早餐，就把自己的第一节语文课调换到第三节，然后骑上自行车，到乡供销社旅馆去送廖副部长他们了。

　　当他到达乡供销社旅馆时，廖副部长他们也吃完了早餐，正在整理行装。见焕章来了，他们都亲热地和焕章打招呼，说了一些"上县城后过来玩"的客气话。

　　"来，我们大家一起合影作个留念吧！"廖副部长提议说。

　　"好啊！"有人附和说。

　　大家兴奋地来到旅馆附近的大桥边，以碧波荡漾的篁乡河为背景，满面春风地拍了一张合影。

　　"焕章，我们俩合影一张吧！"廖副部长对焕章说。

　　"好的！"焕章高兴地说。

两人亲密地站在一起，拍了一张珍贵的合影。

"照片洗出后，我会寄给你。"廖副部长说。

"好的，谢谢！"焕章说。

廖副部长他们是坐县委派来专门接他们回县城的面包车走的。当面包车卷起灰尘在大街尽头的拐弯处不见了时，焕章才骑自行车回学校去。

这些日子，旭阳中学的老师们因不时看到焕章和县里下来的领导干部们接触，便感到他虽然"下野"了，但人脉仍然广泛，前途仍不可限量，所谓"瘦死的骆驼比马大"也。于是，他们中的不少人，便在心里改变了对他的轻视，以后对他也就尊重和礼貌了许多。

第五十四章

　　古欣妍老师对焕章越来越爱慕了，一眉一眼，一颦一笑，都流露出对他的浓浓爱意。自从汪启明主任为她做媒后，她就一直等待着焕章对她有所行动，比如，到她房间里找她套套近乎啦，或亲笔给她写一封求爱信啦，或约她到外面去散散步啦，或请她去看看电影什么的……但是这一切都没有发生！她知道他是喜欢她的，这不会有错，从他看她的眼神就可以感觉到。但他为什么对她没有进一步的行动呢？莫非他有了女朋友了？可没听他公开说起过呀！那究竟是什么原因让他那么保守呢？难道等着她这位做姑娘的对他主动？可她已经对他暗示得够明显了呀，总不至于要她写一封求爱信去向他表白吧？这也太为难她这个姑娘了吧！焕章在两人关系中的表现，既令她痴迷，又让她困惑，更使她烦恼。于是，她每次看见他的时候，脉脉温情的目光中便多了一丝幽怨，多了一缕期待。

　　欣妍老师有个姐姐，名叫欣丽，赣州卫校毕业后分配到驻舆卫生院当护士。有一天她回家来了，告诉妹妹欣妍说："驻舆老寨下有一个农家姑娘，大家叫她香兰，人长得非常漂亮。她会做衫，在供销社布店接衣服做。听说她和县委宣传部派下来搞扶贫的一个大学生谈恋爱，后来这个大学生因为言行轻狂，不被领导待见，便下放到旭阳中学当老师了。这个大学生名叫刘焕章，你们学校有这个人吧？"

　　"有啊！但我看他挺好的呀，他有大学本科文凭，书又教得很好，又很有文学才华，人品也很不错，并不像社会上流传的那么不好！"欣妍为焕章辩解似的说，"你刚才说什么来着？他有女朋友了？一个会做衫的农村姑娘？不会吧？在学校没听谁说起过啊！"

　　"人家都说得有名有姓，有鼻子有眼的，不会有错！"姐姐欣丽肯定地说，"我在供销社布店里也见过这个姑娘，人长得确实非常漂亮，又清纯又可爱，只可惜是吃农村粮的。"

　　"哦……原来是这样！怪不得……"欣妍若有所思地说。她的脸色倏地暗淡下来，眉头紧皱，一副很难受的样子。

姐姐欣丽看到妹妹反应异常，便瞧着她的眼睛问："欣妍，你怎么啦？莫非你喜欢他?!"

"姐，你瞎说什么呀！我哪里会去喜欢他！"欣妍心口不一地说。

"他可是名草有主了哦，不要说姐姐我没提醒你哈！"姐姐欣丽好心地对妹妹说。

"姐，你放心！"欣妍强作笑颜说，眼泪却差点掉落下来。

女人的心是敏感的，姐姐欣丽当然知道妹妹的心思，但她不想多说什么。妹妹已长大了，她的感情问题，由她自己做主、自己去处理吧！

一个星期六的中午，同事们在教师饭堂吃饭，欣妍老师忽然大声地问邻桌的李桃红老师："桃红老师，有没有什么事相托？下午我到驻舆，去我姐姐那里玩！"

李桃红老师的娘家在驻舆乡大同村，父母在驻舆圩开杂货店。

"下午我也到驻舆，去看我爸妈！"李桃红老师说。

于是，她们约定下午两点出发，一起骑自行车去，明天下午再一起回来。

焕章知道，欣妍老师之所以那么大声地问李桃红老师，就是有意想让他听见。她在和李桃红老师说话的时候，却在暗中观察他的反应，以探测他是否真的在驻舆老寨下有女朋友。焕章当然不会上当，他仿佛没听到她说什么一般，照旧吃他的饭。

林坚老师很喜欢欣妍老师，而且他知道，焕章也很喜欢她，只是他会主动去亲近她，而焕章不会而已。林坚也知道，在欣妍老师的心目中，她更喜欢焕章而不是他，所以他每次主动去亲近她时，一旦被焕章碰见了，他就会显得很不自然，好像做了什么亏心事一样。

有一次，旭阳中学全体师生到篁乡"三八"农场参加铲茶山的勤工俭学劳动。漫山遍野的学生，远远望去，就像有无数只蚂蚁在辛勤地劳作。焕章因事迟到了一会儿，当他骑着自行车赶到时，恰好碰见林坚和欣妍老师在山坡上亲热地聊天。他们发现焕章突然到来后，马上分开了。林坚显得很尴尬，欣妍老师则显得很羞愧。这时，焕章明白，他成了他们之间感情交流的障碍物了！他虽然也喜欢欣妍老师，但既然不能去爱她，也无法和她结合，为什么还要停留在她的感情圈子里，无意中成了他们感情交流、发展的绊脚石呢？于是，他决定以后对欣妍老师不再流露喜欢的神情，对她显得冰冷一些，以断绝她对他的幻想，以免耽误了她的终身大事。

劳动结束后，在回学校时，欣妍老师想和焕章一起并排骑自行车走，焕章却加快了速度，把她远远地甩在了身后，让她既生气又失落，却又无可奈何。

晚上，焕章找到好友林坚，推心置腹地对他说："林坚，我知道你很喜欢欣妍老师，那你就大胆地追求她吧！"

"我没那个意思，你别误会！"林坚很不自然地说。

"我没有误会！"焕章说，"说实话，我也很喜欢欣妍老师，但我不能去爱她，不可能和她结合，至于什么原因，以后再告诉你。所以，你不要受我的影响，放心、大胆地追求她吧！"

"那……我就试试吧！"林坚松了一口气，高兴地笑着说。

在焕章的鼓励下，林坚对古欣妍老师展开了猛烈的感情攻势。但遗憾的是，由于焕章退出了她的感情圈子，欣妍老师变得失落、忧伤起来，似乎对林坚也失去了兴趣，对他的感情攻势不冷不热，这让林坚非常沮丧。没想到被年轻女孩众星捧月般的他，竟会在欣妍老师这里折戟沉沙了。

在对焕章"争夺"无望后，欣妍老师便死了那条心。在热心亲友的介绍下，她和松竹岭中学一个副校长谈上了恋爱。这个副校长名叫王学友，浔江人，赣南师专中文系毕业，比她大六岁。

这天下午，王学友来看他的女朋友——欣妍老师，在她那里待了一个下午，晚上请她到外面吃饭，地点在粮管所旁边的一家桥头饭店。欣妍老师叫了祠堂里住的几个青年教师一起去，也算正式公开了他们的恋爱关系。她也叫了焕章去吃饭，但焕章推说家里有事要回去，便没有同他们一起去。

待送走男朋友后，欣妍老师便以借一本书来看的名义来到焕章房间，兴师问罪道："你怎么架子那么大，请你吃饭都请不到？！"

"我感冒了……身体不舒服……"焕章支吾着说。

"你早先不是说家里有事要回去？怎么一下子又变成感冒了身体不舒服？你就编吧！说谎也不打打草稿，前后矛盾都不知道！"欣妍老师不满地说。

焕章知道说漏了嘴，一时语塞，不知说什么好。

欣妍老师缓和了语气问："听说你有女朋友了？什么时候也请客啊？"

"谁说的？没有的事！"焕章否认说。但因为心虚，语气明显低弱下来。

"驻舆老寨下，有一个漂亮姑娘名叫香兰，她会做衫，在供销社布店接衣服做……你不会说，你不认识她吧？"她嘲讽似的说。

她既然什么都知道了，焕章便不好说什么了，于是沉默。

"什么时候吃你的喜糖——结婚啊？"欣妍老师酸酸地问。

"自己的前途都还飘忽不定，暂时不想考虑这事！"焕章坦诚地说。

欣妍老师的眼睛忽地亮了一下，但马上又暗淡下来。

"你的男朋友不错啊，副校长哦，前途无量！"焕章也有点酸酸地夸赞说。

"我只是对你说，其实，我心里并不是很喜欢他！"欣妍老师黯然地说。

"为什么？他不是挺好的吗？"焕章不解地问。

"他不是我特别喜欢的那种男人！"欣妍老师说。

"那你特别喜欢哪种男人呢？"焕章好奇地问。

"我……特别喜欢像你这样的男人！"欣妍老师羞红着脸看他一眼说。

焕章忙掉转头，不敢去看她，好像有什么东西在激烈地撞击他的心房，让他感到隐隐作痛。

"可是啊，我是有缘无分哪！"欣妍老师又叹息一声说，眼睛红红的。

焕章呆呆地坐在藤椅上，脑子里一片空白，欣妍老师什么时候走的他都不知道。不知过了多久，他才在心里长叹一声说："恨不相逢未爱时啊！"

焕章的老同学罗秀竹老师和本校年轻的锅炉工汪力雄结婚了！

学校原来有个锅炉工，大家叫他钟师傅。钟师傅年纪大了，不是这里病，就是那里痛，上学期结束后，就没再来上班了。这个学期，学校就新请了一个年轻的锅炉工，他就是汪力雄。

汪力雄是大仙背村人，他个子高高的，虽谈不上魁梧，但很结实。他人很淳朴，做事很肯吃苦，对人也很和气。他和罗秀竹是怎么谈上的，很少有人知道。但他们认识的时间肯定不长，只有几个月。认识几个月就结婚，在一般人眼里确实有点快。也许他们双方都认为，既然时机成熟了，那就早点结婚吧，以免好事多磨。焕章忽然想起罗秀竹曾淡然说过的话来——"结婚不过是人生中的一个过程，婚礼不过是人生中的一个仪式，完成了也就算完成了一个任务！"心里便生发出无限的感慨。

在罗秀竹和汪力雄按长平农村的风俗举行婚礼——"归门"的这天中午，旭阳中学的全体教职工都应邀参加了他们的婚宴。教职工们随份子凑钱给他们俩买了一台黑白电视机作为贺礼。这天，罗秀竹穿着新娘子的服饰，比往日更显温柔、漂亮了；汪力雄穿着新郎官的衣帽，也显得更加英俊、潇洒。在他们逐桌给客人们敬酒的时候，焕章特意单独和他们一一碰杯，真诚地祝愿他们白头到老，幸福美满。

参加他们俩的婚宴回来后，焕章的心潮久久不能平静。整个下午，他一个人在操场上徘徊，在河滩上踟蹰，在后山上驻足远眺，思绪翻飞，感情复杂。现在，以前和他无所不谈也最理解他的老同学罗秀竹成了别人的妻子了，以前最敬慕也最爱恋他的欣妍老师也成了别人的女朋友，此时此刻，焕章心里涌流出一种贾宝玉式的伤感来，漾满了无限的孤独和惆怅……

晚上，数学老师刘信虔来焕章房间里闲坐，两人聊起婚恋问题来。

信虔老师皮肤白皙，相貌清俊，有一股书生气。他去年劳动节结的婚，前不久刚做了爸爸——他的妻子生了一个女儿。

"信虔老师，你是一个过来人，你说说看，比较一下，结婚前好呢，还是结婚后好？"焕章好奇地问。

"当然是结婚前好啦！"信虔老师不容置疑地说，"结婚前的恋爱生活是甜蜜的、幸福的！即使是思恋的痛苦，在过后看来，也是甜蜜的、幸福的，是非常珍贵的！而结婚后的生活简直毫无益处可言，只有麻烦、厌腻和累赘！"

"那早婚好呢，还是晚婚好？"焕章又问。

"还用说吗？当然是晚婚好！——最好是终身不娶！"信虔老师不假思索地说。

"终身不娶？怎么可能呢？"焕章笑着说。他知道，也许是信虔老师婚后压力过大，所以赌气这么说。

"如果像西方国家就好了，那里的人婚姻随意，想结就结，想离就离！西方国家之所以那么发达，是不是跟他们的婚姻观念有关？他们没有婚姻包袱，没有家庭重负，能一心一意干事业！"信虔老师向往地说。

"我们中国和西方国家的国情不一样，不能相提并论吧！"焕章说，"西方国家经济发达，女子经济独立，对男人依赖少，人们的婚姻、家庭观念就淡薄！而我们中国还欠发达，女子经济不够独立，对男人的依赖性强，人们的婚姻、家庭观念就重！再加上中国几千年以来的传统，历来就很重视婚姻、家庭，人们的责任心和义务感一贯就很强！"

"你说的有道理！"信虔老师说，"所以啊，我们就认命吧！"

像信虔老师说的某些观点，焕章以前也听不少已婚者说过类似的，这更加深了他晚婚的念头。但他能够晚婚几年呢？一两年没问题，但如果是三年五年，即使香兰愿意，她的父母、哥嫂也不会同意。想到自己还飘忽不定的前途，不知何时才能给自己的婚姻一个稳固的基础，他心里就不禁充满了忧虑和不安。

有一些日子没回去了，傍晚时焕章回了一趟家里。晚饭时见桌上有好多美味的"鸬鹚菜"（长平农村风俗，做客吃好事饭时，从饭桌上夹回来带给家人吃的菜称为"鸬鹚菜"，就好像替渔夫捕鱼的鸬鹚从嘴里"省下"的鱼儿，故名。）他便问是哪家亲戚做好事。母亲说："村里的四伯婆娶新姊（儿媳），今天'归门'，你二嫂是媒人，中午吃好事饭时带回来的。"

"坐了多少桌？体面（丰盛）不？"焕章问二嫂玉翠。

"坐了十八桌！很体面！"二嫂赞叹说，"祠堂里摆不下了，又在门坪上摆了一门坪！"

"坐了这么多桌，得花多少钱啊！"焕章感慨地说。

"有什么办法！大家都在攀比，看谁家做好事时的桌数多，饭菜更体面！"二嫂说，"现在冬下来了，结婚、转火（乔迁）的人也多了，遇到'好日子'的时候，你二哥一天就有五六张请帖！一个红包五块钱或十块钱，一年的红包钱都要花好几百块钱！"

"哦……二哥呢？他怎么不回家吃晚饭？"二嫂提到二哥，焕章才想起二哥新营不在家。

"信用社的古主任家转火，他请了田背排村的所有村干部，你二哥到他家喝酒去了。"二嫂说，"村干部每人凑份子给古主任买了一台电视机作贺礼！"

"村里有多少村干部啊，要花多少钱给他送这么重的礼！"焕章不满地说。

"古主任是挂点在我们村的扶贫干部，恐怕村里在贷款方面有求于他吧！"二嫂说。

"原来如此！"焕章鄙夷地说。

"谁发了请帖给我们，要用本子记好，将来我们家做好事了，好请回他们！"父亲说。

"是啊，到时请回他们！我们不能吃亏！"母亲附和说。

"我都记下了！"二嫂说。

焕章想起自己在县委宣传部工作时，为刹住借喜庆之名大操大办、奢侈浪费或趁机敛财的歪风，曾由县委宣传部牵头，联合县"五四三"办公室、县妇联、县团委等部门，颁布了不许超过六桌的"新办"宴席规定，现在看来，不但禁而不止，而且还有愈演愈烈之势，不能不令人叹息！

吃完饭后，焕章要回学校去了。侄女雯雯和晶晶却说，给她俩讲一个故事再走。焕章说："下次吧，叔叔要赶回学校去晚修值班呢！你们找爷爷或奶奶去吧，乖！"说完，便急匆匆地骑着自行车走了。

母亲出来把两个孙女叫了过去，说："今晚奶奶教你们唱儿歌，也是叔叔小时候唱过的，好不好？"母亲年纪大了，记忆力不是很好，讲故事的话，怕讲不利索了。

"好啊！"姐妹俩高兴地说。唱长平客家农村代代相传的儿歌，也是她们喜欢的。

于是，母亲便教她们唱起儿歌来：

 偓有两块钱，
 骑马粜谷钱。
 路上理只发，
 找转（回）两毛八。
 阿婆听到冇格煞（不知咋办），
 阿公听到喊剐又喊杀！
 ……………

第二天早上，阴雨绵绵。校园里到处是积水，到处是泥泞，一出门，就会弄得两脚都是泥水。因为出行不便，上午上完第一节课后，焕章就关在房间里唱歌。他很久没有放开喉咙歌唱了，他唱了一支又一支，一首又一首，竟唱了一个上午。他最喜欢唱的是《金梭和银梭》和《年轻的朋友来相会》，能让他充满激荡的正能量。这两首歌，他读大学时就喜欢唱了。

 太阳太阳像一把金梭
 月亮月亮像一把银梭
 交给你也交给我
 看谁织出最美的生活
 啦啦啦……
 金梭和银梭日夜在穿梭
 时光如流水督促你和我
 年轻人别消磨
 珍惜今天好日月好日月
 来来来……
 ——《金梭和银梭》

乡城往事

年轻的朋友们今天来相会

荡起小船儿暖风轻轻吹

花儿香，鸟儿鸣，春光惹人醉

欢歌笑语绕着彩云飞

啊，亲爱的朋友们

美妙的春光属于谁

属于我，属于你

属于我们八十年代的新一辈

…………

——《年轻的朋友来相会》

　　因为以前从没听过焕章唱歌，现在突然听到他那洪亮、动听的歌声，路过他门口的师生都感到很惊讶，个个都投去好奇的目光，露出赞赏和欢喜的微笑。他们哪里知道，焕章小时候曾是学校文艺宣传队的骨干队员，有一次代表乡里参加全县小学生文艺会演时，还被教育局评为"优秀演员"呢！那时候，唱歌跳舞，可是他的专长！以后，他也保持了这些爱好。他下放到旭阳中学后之所以没有唱过歌，那是因为他的心情不是很好，而且觉得沉迷于唱歌会浪费他看书、写作的时间。但没想到今天上午他心血来潮、兴趣勃发了！

　　当焕章唱歌唱累了时，雨也停了，天也晴了，他的心境也逐渐明亮了，就像那重又露出笑脸的、灿烂而又温暖的太阳。

　　中午时，在鹰潭市服兵役而今回来探亲的同族远房堂兄爱斌哥来学校找焕章，陪他一同前来的还有"懒牛牯"刘经财。

　　爱斌哥已当了四年兵，在鹰潭某部军械库当警卫队的中队长。对鹰潭市，焕章颇有好感。它是赣东北承接东南沿海产业转移第一城，被誉为"火车拉来的城市"，因"涟漪旋其中，雄鹰舞其上"而得名。它是中国著名的"道都"（东汉时道教的创始人张道陵曾在境内的龙虎山炼丹）和"铜都"（铜矿储量居全国第一）。曾给焕章留下美好记忆的大学毕业实习地，就在鹰潭市的余江一中！

　　"懒牛牯"刘经财是焕章小时候的玩伴。他之所以会有"懒牛牯"的绰号，大概是因为他小时候很懒，不愿意去放牛看鸭或烧水煮饭。但现在的"懒牛牯"可一点都不懒，他贩运木材和松油发了财，妻子还在村里开了一间副食店，夫妻俩在村道旁建了一栋四层半的钢筋水泥房，是村里为数不多的几个万元户之一。

焕章从学校小卖部买来烟酒花生热情地招待他们。

爱斌哥给焕章带来两盒鹰潭特产，一盒是有四百多年历史的贵溪灯芯糕，一盒是有五百多年历史的余江茄干（由茄子、辣椒、米酒、蔗糖及多种辅助原料做成）。

爱斌哥问了一下焕章在学校的工作生活情况后，鼓励他说："焕章，你还那么年轻，有文凭，有才华，不要灰心，好好努力，将来仍然前途无量！"

"谢谢爱斌哥！"焕章感激地说。

"下午你有没有空，陪我一起去乡政府找一下欧阳珲书记？"爱斌哥问。

"找他有什么事吗？"焕章问。

"是这样的，我在鹰潭有一个朋友，他想在我们乡建一个佛珠厂。由乡政府负责资金，他负责技术和销售，纯利润五五分成。生产出来的佛珠，除了少量供给寺庙外，主要做成垫子或靠背，在汽车座包上或在客厅的沙发上用，夏天时既漂亮又凉爽。出口的销路也很好，在韩国、日本和欧美都很流行。"爱斌哥说，"我们篁乡竹木资源丰富，又有廉价的劳动力，是兴建佛珠厂的理想之地。如果能联系合作成功的话，也算是我为家乡摆脱贫穷落后的帽子贡献了一份力量！"

"这是大好事啊！"焕章说，"可是，下午我还有两节课要上……"

"你有课走不开就算了，有经财陪我去就行了！"爱斌哥见焕章有点为难，便很理解地说。

焕章除确实有课走不开外，还有一个原因，就是他不愿在乡政府看到欧阳珲和陆靖捷的势利面孔。

当爱斌哥提起礼物袋将和"懒牛牯"刘经财一起离开时，焕章不解地问："爱斌哥，你是为我们家乡做好事啊，为什么还要提礼物去找乡领导呢？"

"没什么贵重礼物，只有两盒鹰潭特产和一条红塔山香烟，有礼好办事嘛！"爱斌哥笑着说，"这点礼物算什么呀？你还没见过有些人是怎么送礼的——整卡车的橘子、香菇和烟酒，或者一只红包就几千甚至上万元哪！"

爱斌哥后面的那几句话，让"井底之蛙"的焕章听得目瞪口呆。

爱斌哥他们走后，焕章一个人坐在藤椅上，默默沉思。他想起了"创业容易守业难"的古训。改革开放伊始，难免泥沙俱下。请客送礼、行贿受贿之风，污染了社会风气，如不及时治理，势必会侵害我们党和国家的肌体，后患无穷啊！但焕章相信，英明的党中央一定会想方设法，扫除这股歪风邪气的！

晚上焕章在房间里看报纸杂志。他在《收获》杂志上看了一篇名为《市长夫人》的中篇小说。小说中有许多有关大学生活的生动描述，这又引起了焕章对自己难忘的大学生活的回忆来。大学毕业近两年半了，同学们遍布各地，各奔前程，不知他们现在怎样了。若干年后，同学们的人生价值都将展现出来了，到时，自己的人生价值在同学们中相比有着怎样的分量呢？想到这些，焕章的心又激动起来，一股对大学生活的美好回忆，以及要为美好未来奋斗不息的感情浪潮淹没了他……

第五十五章

　　时光荏苒，岁月如流。不知不觉，就到了一九八九年的元旦。旧的一年过去了，新的一年又到来了。从焕章大学毕业到现在，一晃就两年半了，再过一个学期，就足足三年了！他想到几年的时光过去了，自己的人生却还处于低谷，事业也还无多大建树，便有一种"时不我待"的忧虑感、急迫感。晚自修时，他看到自己班上有的学生松松垮垮、不爱学习，就结合自己过新年的体会，告诫他们说："同学们，你们是初三毕业班的学生了，在人生的转折关头，要把握好机遇！如果机遇丧失了，将来的人生也就艰难了！……不要自以为还很年轻，还有大把的青春供自己挥霍，须知青春易去，转瞬即逝！就像老师我，在旭阳中学读初中时的情景还历历在目，仿佛就在昨天；可眨眼之间，我已二十四岁了！我想，再一眨眼间，我就会变成我的恩师——赖曦才老师那样白发苍苍了！时间一天又一天、一年又一年地飞逝，生命短暂，时不我待，你们要抓住每一寸光阴，去努力，去奋斗，去实现自己的人生价值，不要到了'老大'一无所获时，才去'徒伤悲'！……"说到动情处，焕章双眼溢满了泪水。同学们被老师的音容、话语感动了，都露出了严肃的表情，有的还红了眼睛。从此以后，初三（1）班的学生再没有人在上课时讲闲话、在晚自修时打闹了，个个都变得勤奋起来，形成了你追我赶的良好班风。

　　上午上完课后，焕章回家去了，想在家里继续写他的小说《晚宴》，可注意力怎么也不能集中，家人、家事老扰乱他的思路。

　　午饭时，母亲问焕章前几天的节假日到哪里去了，是不是又到驻舆香兰那里去了。她忧虑地说："满子，伯这么辛苦带大你，你要听话。大哥就很听话，以前他谈对象时说，'伯，看到你们那么辛苦，我不会找农村姑娘'，你也要像大哥一样！"

　　"我和香兰很久都没通音讯了，也许她都准备嫁人了！……但我的心里十分痛苦！"焕章既赌气又坦诚地说。

几个月前，香兰曾写信给焕章，责怪他对不起她，因为有人告诉她说，他背着她和篁乡供销社一位名叫邝丽萍的漂亮姑娘谈恋爱。焕章猜测，可能是她在篁乡政府工作的表妹告诉她的，便忙给她回信澄清，说他只不过和几个年轻朋友一起吃饭，其中邝丽萍也在，有人想把邝丽萍介绍给他而已，其实他和她并没有谈什么恋爱，不要听信别人的谣传！香兰回信说，她相信他的解释，但以后请他少给她写信了，暂时也不要来驻舆了。焕章回信问她为什么，但香兰一直没有回音。她是心里仍怀疑他的"不忠"吗？还是觉得她和他终究不可能结合，因而想慢慢疏远他、忘记他，有另嫁他人的打算了？焕章既困惑又苦恼。

"就你多事！管她呢，嫁人了更好！"母亲说。

焕章痛苦地沉默。

太阳离西山还有几米高时，焕章骑自行车回学校去了。他刚进校园，就接到香兰母亲在隔壁食品站打来的一个电话，说香兰走路来他这里了，要他骑自行车去接她。焕章很感意外，惊疑地想：香兰为什么在这个时候急着过来呢？！

为赶在太阳落山前接到香兰，焕章又立刻骑上自行车，往驻舆乡方向疾驰而去。

当他骑到六社村时，车链断了。"鬼东西，早不断，晚不断，偏偏在这个时候断！"焕章在心里咒骂。正当他一筹莫展，急得直冒冷汗时，恰好从六社村里走出两个旭阳中学的学生，他们正要返校，焕章便请他们把自行车推回学校去，然后他沿着公路一路小跑，继续往驻舆乡方向赶。

他刚跑了不久，就看见前面驶来一辆手扶拖拉机，上面载着几个人。焕章想：香兰会不会在路上拦了这辆手扶拖拉机，正坐在上面呢？正想着，手扶拖拉机已开到面前，焕章仔细一看，发现香兰真的坐在上面！香兰也看见了他。"香兰！""焕章！"他们彼此急切地呼喊着。"师傅，停车！"香兰喊道。手扶拖拉机停了下来。香兰从车上跳下来，谢过司机后，便和焕章一同走路了。

焕章接过香兰的旅行袋，问她什么时间出发的。她说午饭后就出发了，过了陈坑崇时，恰好遇到了这辆从昌浦乡黄沙村到篁乡江下村的手扶拖拉机。"你太幸运了！不然，一个人走路，那么远，山道弯弯，真急死人哪！"焕章担心地说，"出发前你也不早点打电话叫我来接！你伯那么迟才给我打电话！"

"让你担心了！"香兰歉意地说，"我不知道伯打了电话给你。我原本不想叫你来接的，怕耽误你上课。"

焕章听了香兰的话后很感动，但他仍然说："你这样做太冒险了！一个姑娘家，万一在路上出什么事怎么办？"

香兰仍然像一朵芬芳的兰花，那么清纯美丽，只是有点疲惫和忧郁。几个月不见了，一股浓浓的爱意涌上焕章的心头，他不觉亲昵地搂了搂她柔弱的肩膀。

回到田背排村地界时，夜幕将要降临了。焕章要香兰和他一起回家去，香兰却不肯，说她不好意思，要和他一起回学校去。焕章知道，她是顾虑他的家人。但他说，跟他回学校别人看见了怕影响不好。香兰便说，那她先到在乡政府上班的表妹那里，晚上再来学校找他。焕章只好同意了。

到村尾的岔路口时，焕章和香兰分手了，香兰上篁乡政府，他先回家里，以免两人同行路过学校时，被某些好事的同事看见，又惹起他人的议论。

焕章回到家里时，母亲问起香兰来了的事。原来，在他和香兰走路回来的时候，已有骑自行车的人看见他们了，就先行一步告诉了母亲。

焕章吞吞吐吐不想说。二哥新营嘲笑他说："猫抓糍粑——脱不了爪爪了！还说她要嫁给别人了！"

洗完澡，焕章返校了。亮灯时，乘着夜色，香兰来学校找他了。她身穿一件红衬衫，里面套着白裙子，美丽婀娜，楚楚动人，和漂亮的城市姑娘无异。香兰一进门，便扑进他的怀里，泪如泉涌。焕章本就惭愧，见她泪涌，心里更觉内疚，便对她更加温柔，痴爱之情，又在他胸膛里熊熊燃烧起来！

香兰告诉焕章，年底到了，结婚的人多了，父母、哥嫂又催问她的婚事，要她早点和他结婚。她说："章，我理解你的苦衷，为不影响你的前途，我决定重返九江的舅舅那里，并且再不回来了！"焕章听后，不禁泪流满面，他紧紧搂着她说："兰，你不要再去九江了！我不会让你离开的！"他又说："你再坚持一下！组织上规定，县里党政部门的干部，最少要下基层锻炼一年。我已下乡工作一年半了，教完下个学期，也算下基层锻炼两年了。春节时我上县城去一趟，找一下有关领导，争取明年暑假调回县城去，不管什么单位。这个目标一旦实现，我们马上就结婚！"

"真的？你不会骗我吧？你不要到时调上了县城，就把我抛弃了！"香兰既高兴又担忧地说。

"怎么会呢？我是那种人吗？！"焕章安慰她说。

"不会就好！有你这句话，我就心满意足了！"香兰舒了一口气，又说，"不过，章，我知道自己配不上你。为不影响你的声誉和前途，要不这样，让我给你生一个孩子，我和孩子一起生活，以后我也不想嫁人了，你去和别人结婚吧！"

"你这是什么话！我会让你一个人承担养育孩子的全部艰辛吗？我会让我的孩

子生活在单亲家庭里而缺少父爱吗?!我决不同意!我决不允许!"焕章坚决地说。"兰,你听我的,再坚持一下!坚持就是胜利!"焕章又鼓励她说。

香兰深情地仰看了他一眼,说:"章!我听你的!"她紧紧地依偎在他的胸前,泪水又涌了出来。

这晚,焕章和香兰互诉衷曲,柔情似水,凤凰于飞,沉浸在久别重逢的恩爱里……

第二天,焕章和香兰在房间里相依相伴了一天。为避免被焕章的同事和学生看见,给他带来什么麻烦,香兰一天都不敢出门,三餐的饮食都让焕章从外面带进房间吃,虽然这样,但只要自己深爱的人在身边,她仍然感到无限的欢乐和幸福!

为不过多地影响焕章的工作和学习,第三天一大早,香兰就要回驻舆去了,尽管焕章想挽留她多住几天。为避免别人看见,她不让焕章送她,自己先到在篁乡政府工作的表妹处,吃过早饭后,由表妹送她上车到县城,再由县城坐班车折回驻舆。

这一天,古欣妍老师吃不下,睡不着,像一棵被霜雪打蔫了的草。因为她今天一早起来晨跑时,恰好看见香兰从焕章房间出来,悄悄走出校门去了。

这一天,焕章也吃不下,睡不着,没心情做事,他沉浸在香兰离别后的思念和愁绪里。他打开前不久买的单卡收录机,一首接一首地听歌,而最触动他情怀的,就是毛阿敏演唱的《思念》,让他禁不住泪水盈盈:

> 你从哪里来,我的朋友
> 好像一只蝴蝶飞进我的窗口
> 不知能作几日停留
> 我们已经分别得太久太久
>
> 你从哪里来,我的朋友
> 你好像一只蝴蝶飞进我的窗口
> 为何你一去别无消息
> 只把思念积压在我心头
>
> 你从哪里来,我的朋友
> 你好像一只蝴蝶飞进我的窗口
> 难道你又要匆匆离去

又把聚会当成一次分手

…………

听说县采茶剧团来了，今晚会在乡政府礼堂演出，焕章和学校的几个年轻男教师便相约晚上去看。

偏僻的乡下文化娱乐活动很少，只要听说哪里有戏演或有电影看，十里八里的青少年都会赶来观看。现在虽说有了电视机，但那只是极少数富有家庭的奢侈品，目前还没有普及开来。焕章担心来看戏的人很多，万一买不到票，或者买的票座位很后、很偏，不方便看，于是，上午他便给住在乡民政招待所的剧团团长彭乃乾打了一个电话，请他留几张好票，看戏前他会来取。彭乃乾团长是焕章在县委宣传部工作时的老熟人。

到了晚上，焕章他们几个年轻老师一吃完饭，便兴冲冲地到乡政府礼堂看戏去了。

来看戏的人果然很多，礼堂外面全是人，虽然票价不低——两块钱一张，不少人还是没买到票。焕章庆幸托熟人提早买了票，且座位很好，不然，今晚就看不成戏了。

礼堂门口已挤得水泄不通，因为不少没买到票的人想趁乱混进去。焕章他们几个年轻老师费了九牛二虎之力，才得以验票挤进礼堂。

开演前，焕章站起来环顾了一下，只见礼堂里黑压压的到处都是人，不但座无虚席，一个座位上挤坐了两个人的还不少，连两旁的过道上也站满了没座位的人。整个礼堂人声鼎沸，一片嘈杂。

今晚采茶剧团表演的不是采茶剧，而是一组时髦的轻音乐短剧。据报幕员说，这些节目曾在广东深圳、珠海、中山一带表演过，"获得了观众的广泛好评"。

这一组时髦的轻音乐短剧，几乎都与爱和性有关。演员们的装束也很暴露，他们一出场，台下观众"哇——"的尖叫声和"啾——"的口哨声便响成一片。

礼堂地面是水平的，没有设计成阶梯状，这样，前面的观众往往会挡住后面观众的视线；后面的观众看不到时，便会站起来观看；更后面的观众看不到了，便干脆站在座位上观看；更更后面的观众又看不到了，便干脆站在座位的靠背上看；更更更后面的观众又看不到了，便干脆挤拥到舞台前面去看……于是，吵喊叫骂，拉扯推搡，凳翻椅断，秩序大乱！

表演无法继续，剧团只好宣布提前散场。但观众不肯散去，便一齐起哄，秩序

乡城往事

更加混乱。彭乃乾团长只好拿着麦克风亲自出来喊话：只要观众不挤到台前，不吵闹起哄，保持好秩序，就可以继续表演。这样，观众的秩序稍好了一点点，剧团也就勉强把剩下的节目表演完了。

看完表演，焕章他们几个年轻男教师回到学校，坐在团支部书记汪岩松老师的房间里喝茶聊天。他们对今晚看的轻音乐剧意犹未尽，一边细细回味，一边感慨议论。有的说某女演员的脸蛋长得真漂亮，是一个绝代佳人；有的说某女演员的身段和曲线很美，有魔鬼般的魅力。焕章听到有的议论太低俗了，让他感觉不舒服，就起身离开，回自己的房间去了。

在回去的路上，焕章感慨：采茶剧团不去表演具有传统文化特色的采茶剧，却为了票房去表演时髦的轻音乐剧，真是忘了自己的祖宗啊！他不禁想起自己的短篇小说《晚宴》来，前不久他投稿寄给纯文学杂志《春风》，该杂志的编辑却退稿说，《春风》已改为通俗文学刊物了，不再发表严肃的社会问题小说，请他另投其他杂志社。唉，文学艺术界都向"钱"看了，缺乏社会责任和担当，变得越来越庸俗不堪了，这股歪风邪气什么时候能改变呢？！

今晚采茶剧团表演的时髦音乐剧，不但有很多社会上的人去看了，旭阳中学的部分男女学生，连晚修课都不上，也偷偷跑去看了。他们看戏回来还很激动，在争论哪个男演员更英俊、哪个女演员更漂亮，还羡慕地感慨说："像他们那样生活才花绿呢！"有个别学生甚至失眠了，很晚还在河边的草地上散步。

因为看了戏，焕章有点心浮气躁，一下子也睡不着。他拿了一本自己订阅的《外国文学》杂志，半躺在床上，随手翻看起来。他看到里面有一篇由十九世纪后半期法国重要的批判现实主义作家、自然主义文学流派的创始人左拉写的文章《我的憎恶》，便认真阅读起来：

> 有所憎恶是神圣的事情。它是健全有力之心灵愤怒的表现，是厌恶平庸和愚蠢的战斗性的表示。厌恶，那就是爱，就是对自己炽热和高尚灵魂的感受。它就是对无耻和愚蠢的世事予以蔑视的广泛的体验。
>
> 憎恶使人得到宽慰，憎恶能表达正义，憎恶就更显得重要。
>
> 每当我对我的时代庸俗乏味的事物进行一次反抗之后，我便感到自己更加年轻和更加勇敢了。我把憎恶和自豪当成我的两个客人：在我孤独的时候，我感到高兴，因为我孤独是由于我痛恨损害正义和真理的人。如果说今天我有些价值的话，那是我与众不同，我有所憎恶。

看了左拉的这篇《我的憎恶》，焕章有一种酣畅淋漓、浑身舒坦的感觉，因为这篇文章也说出了他的心声。

焕章又看了两篇其他作家的作品，渐渐有了睡意，把杂志一丢，进入了似真似幻的梦乡……

一九八九年春节过后的正月初八上午，焕章不顾家人的反对，按长平当地风俗，带上一只大公鸡、两瓶好酒和一些糖果饼干，骑着自行车到驻舆乡老寨下给香兰父母拜年了。香兰和家人都很高兴。中午和晚上时，香兰父母还请了阿公生下的叔伯亲戚来吃饭，算是向亲友们正式宣布了香兰和焕章的"准婚姻"关系。

晚上睡觉时，焕章告诉香兰，他明天上一趟县城，两天后回来。他上县城的目的，就是找一下以前的老领导，请他们帮帮忙，争取暑假时调回县城去工作。"一旦调回县城，我们马上结婚！"焕章又向香兰保证说。香兰听后很高兴，她祝愿他新春大吉，心想事成。

第二天早饭后，焕章就出发上县城了。香兰送他到车站。

班车上的售票员是本地的一个年轻姑娘，大家都叫她小青，焕章在驻舆坪庄村搞扶贫时，他们就互相认识。小青姑娘见焕章来坐她的班车，便亲热地和他打招呼。她忽然看见了他身后送他上车的香兰，便立刻羞红了脸，为自己的过分亲热不好意思起来。

班车在砂石泥土公路上一路颠簸，哼哼唧唧走了两个多小时，将近中午时才到达县城。焕章和小青姑娘挥手招呼了一声，便匆匆离开了县汽车站。

他首先来到县财政局宿舍找他的同窗好友李清波。清波正在房间里包一个参加婚宴的红包。"哎呀，焕章来了？我正准备参加严延诚的婚宴呢，要不一起去？"清波高兴地说。

"延诚结婚了？那么巧，今天就是他的婚宴？在哪里举办啊？"焕章欣喜地问。

"是啊。在长平酒楼！"清波说。

"怎么不去？在红包上也写上我的名字！"焕章肯定地说。因清波在红包里已包了二十块钱，焕章便也从钱包里取出二十块钱，叫清波一起包进去。

延诚也是清波和焕章在长平中学读书时的老同学。他原任长平稀土公司副总经理，现在调到长平稀土矿当矿长了。他的新婚妻子谢菲菲，前文已提到，是长平前任县委副书记谢天明的千金。

焕章喝了两杯清茶后，便和清波一起去参加延诚的婚宴了。

长平酒楼已装饰得花团锦簇，金碧辉煌，一片喜庆景象。新郎延诚西装革履、风度翩翩，新娘菲菲珠光宝气、妩媚秀丽，两人正站在酒楼门口，满脸笑容地迎接宾客们的到来。

看到焕章来参加他的婚宴，延诚很感意外，他们虽然是好朋友，但因为焕章在乡下教书，来县城不方便，所以并没有告诉他。

"恭喜！恭喜！"焕章道喜说。

"多谢！多谢！远道而来，辛苦了！一定要多喝两杯！"延诚紧握着焕章的双手说。

焕章和清波选了一个稍偏的角落坐下。今天的婚宴摆了三十多台，可以用"盛大、豪华"两个词来形容。参加婚宴的宾客，不少是本县的社会名流。焕章看到这热闹、豪华的婚宴场面，想起自己和香兰的艰难爱情，心中不觉泛起丝丝的酸涩来。

参加完延诚的婚宴，焕章便随清波回到财政局的住处。两人边喝茶，边问起对方的恋爱情况来。清波告诉焕章，由于他女朋友小甄当组织部部长的父亲坚决反对，他们之间的恋情成了难以舍弃的鸡肋，令双方都感到非常苦恼。焕章知道，甄延嵩部长之所以反对他女儿的这桩恋爱，主要是嫌弃清波只有中专文凭，而且是一个平民子弟，没有强大的背景。焕章也对清波说了自己目前的恋爱困境。两人同病相怜，既同情对方的痛苦，又难抑自己的忧伤。

焕章告诉清波他这次上县城来的原因和目的。清波听后很支持，说："你被下放到自己的家乡教书，所经受的屈辱和痛苦谁都能理解！……不管怎么说，到今年暑假，你也算下乡锻炼两年了，这个时候向领导提出调回县城来工作，理由也正当。"他又问焕章打算找哪些领导，焕章说，先找自己原先的顶头上司——县委宣传部的程冰岩部长，然后去县委找一下黄涛书记。

晚饭后，乘着夜色，焕章拜访程冰岩部长去了。

程冰岩部长的家在石田心街。焕章来到他家门口时，心里忐忑不安起来，举起的手犹豫了好一会儿，才敲响了他家的铁门。

来开门的是程冰岩部长的妻子何阿姨。"何阿姨，新年好！"焕章有点不自然地问候说。"哎呀，焕章来了！新年好！请进来坐！"何阿姨热情地说。

何阿姨农村妇女出身，没什么文化，但心地善良。焕章虽然对程冰岩部长有看法，对她却很尊重。

"程部长在家吗？"焕章问。

"他到外面吃饭去了，还没回来。"何阿姨说。

"程部长大概什么时候回来？"他又问。

"很难说，不过，一般他晚上九点多会回来。"何阿姨说。她给焕章泡了一杯上好的乌龙茶，又请他吃瓜子、糖果、腊子、炒米层、老蟹子等过年零食，还特意给他削了一只苹果。

焕章边吃零食，边看电视，边和何阿姨聊天，借以打发时间，等待程冰岩部长回来。

焕章从聊天中得知：何阿姨的二女儿和小儿子到他们外婆家去了，他们姐弟俩的学习还过得去；大女儿小倩在赣州电视台培训后，现在在长平电视台做新闻主持，而且已有了对象，差不多要结婚了。现在刚好是长平新闻播出时间，何阿姨调到长平频道，小倩正在主持新闻报道。现在的小倩，美丽端庄，和两年前青涩的她相比，已不可同日而语了。焕章想起了自己刚大学毕业，到宣传部上班不久时的那场电影——程冰岩部长想把大女儿小倩介绍给他的事，他感慨地想，如果那时他和小倩谈了恋爱的话，自己现在又会是怎样一个境况呢？毫无疑问，肯定不会像现在这么狼狈！

在焕章等待程冰岩部长回来的时候，又来了几批客人拜访程冰岩部长，见程冰岩部长不在家，又有客人坐在那里，没过多久便走了。但焕章不能像他们一样马上就走，因为他有"任务"在身。

晚上九点半时，程冰岩部长终于回来了。许是喝了酒的缘故，他醉醺醺的，满脸通红。

"程部长，新年好！"焕章忙站起身问候说。

"哦，你来了？新年好！"程冰岩部长略有点意外，随即又淡然地问，"什么时候上县城的？"

"今天上午。"焕章说。

何阿姨见丈夫回来了，知道他们有事要谈，就回房间去了。

"春节在家过得还好吧？"程冰岩部长客套地问。

"还好。"焕章回答说。

程冰岩部长没有问他在乡下工作的情况怎样、感受如何，焕章知道，他是在刻意回避这些话题。但焕章不能回避，他正是因为这个来的，而且时间不早了，将近晚上十点钟了，于是，他对程冰岩部长说："程部长，您是我的老领导，不是外人，我有事也就向您直说了！"

"说吧，什么事？"程氷岩部长淡淡地问。

"我在乡下已工作一年半了，再教完下个学期，就足足有两年的时间了。这些日子，我经历了许多，也领悟了许多，其间的甜酸苦辣，不用我多说，我想部长您应该想象得到……程部长能不能看在老部下的分上，帮帮忙，到暑假时，把我调回县城来工作呢？"焕章诚恳地说。

"你想调到哪个单位呢？"程氷岩部长面无表情地问。

"调回宣传部我是不敢奢望了，能不能把我调到文化局或广播电视局？在那里能更好发挥我的文学爱好和写作特长。"焕章小心翼翼地说。

"文化局和广播电视局都满编了，不需要人了！"程氷岩部长说，"再说，就是有编制，要从教育部门转行，也要经过县委常委讨论通过，我一个人也做不了主！"

"既然这样，那就不转行，把我调到教育局行不行？如果再不行，把我调到长平中学教书总可以吧？"焕章退而求其次地说。

焕章自认为，凭他江西师范大学的文凭和出色的教学能力，最起码调到长平中学教书是完全有资格的。再说，长平中学也缺少像他这样有资格、有实力的老师。

"教育局系统的事我管不了，你自己去找教育局的林裕银局长吧！或者你去找黄涛书记，让他帮你解决你的问题。"程氷岩部长冷淡地说。

科（科委）、教（教育局）、文（文化局）、卫（卫生局）、体（体委）、广（广播电视局）都属于县委宣传部管辖的范围，程氷岩部长怎么能说"管不了"呢？但他既然用这个语调，把这话说到这个份儿上了，焕章知道不能再说什么了。

程氷岩部长抬手看了一下手表。焕章明白，他有送客的意思了，便起身告辞。

何阿姨从房间里出来送他。"焕章，下次有空再来坐！"她怀着歉意说道。

"好的。"焕章说。但他心里知道，这是他最后一次到程氷岩部长家里了。

焕章一回到财政局清波的住处，清波就迫不及待地问他："情况怎么样？"

焕章失望地摇摇头。他把程氷岩部长说的话，原原本本跟清波说了一遍。清波听后不满地说："什么'满编'，什么'管不了'，说白了他就是不想帮你！如果他想帮你，一个堂堂的县委宣传部部长、县委常委，哪有可能调不进一个人？！他要你去找黄涛书记，也不过是踢皮球罢了！他哪里会看你是他老部下的情分？！"接着，他又气愤地说："其实，当初把你发配到旭阳中学教书时，如果他不点头同意——我甚至怀疑是他的主意——你有可能下去吗？！你既没贪污受贿，也没违反党纪政纪，稍有一点良知的人都会认为对你的处理太过分了！再说，就算是对你的惩罚，到暑假时也惩罚两年了，也可以了吧？！"

见焕章神色黯然，沉默不语，清波便转过话题问："你什么时候去找黄涛书记？"

"明天一早吧，赶在上班时间之前。"焕章说，"白天他工作忙，晚上找他的人又太多，不方便说话。"

"也许黄涛书记会把你调上来的。"清波安慰他说。

"但愿吧。"焕章信心不足地说。

晚上焕章就住在清波这儿，两个老同学聊到深夜十二点多才睡觉。

第二天是正月初十。这天一大早，焕章就到县委5号楼去拜访黄涛书记了。

黄涛书记的妻子韩师母正在客厅里收拾东西。"师母，新年好！"焕章恭敬地问候道。

"这么早就来啦？请坐！"韩师母说。虽然一两年不见了，但她还认得焕章。

焕章坐在沙发上。"黄书记在家吗？"他问。

"在，正在刷牙洗脸。等一会儿我去叫他。"韩师母说。她给焕章泡了一杯茶，然后去叫黄涛书记了。

不一会儿，黄涛书记进来了。

"黄书记，新年好！"焕章站起身，恭敬地问候道。

"来了？坐吧！"黄涛书记说。他指了指沙发，让他重新坐下。

"你在乡下工作差不多两年了吧？"黄涛书记亲切地问。

"是的。到暑假时，刚好两年了！"焕章说。黄涛书记能主动问起他的工作，这让他感到安慰。

"感觉怎样啊？"黄涛书记微笑着问。

"酸甜苦辣，一言难尽！"焕章说，"不过，我想您应该想象得到！"

"我了解过，这一两年，你在下面工作得不错，各方面进步很大！"黄涛书记满意地说。

既然黄涛书记主动提到了他的工作，显示了对他的关切，焕章便顺势把昨天晚上跟程氷岩部长说过的一些话，又跟黄涛书记说了一遍，提出了调回县城工作的请求。

黄涛书记听了后，收起了笑容说："你就不要调到文化局或广播电视局了！你是师范大学毕业的，更适合在教育系统工作！我觉得当老师也没什么不好，生活有规律，还有寒暑假。你看，其他部门的工作人员，年初八就要来上班了，而你们当老师的，过了元宵节才开学！"

既然当老师那么好，那您为什么不去当老师呢？焕章在心里反问道。当然，他不能从嘴里说出来。

"你也不一定非要调上县城来工作！……我的意思是，暑假后调你到河角中学去当个副校长吧，怎么样？"黄涛书记说。

看来，黄涛书记心里对他早有安排了。黄涛书记知道他迟早有一天会来找自己。焕章想。

长平是江西最偏远的一个山区小县，它离省城南昌有上千里远，离赣州市也有四五百里远。篁乡又是长平县最偏远的乡镇之一，离县城有上百里远。河角村又是篁乡最偏远的一个村，离乡政府还有几十里远。也正因为那么偏远，村里的孩子要到旭阳中学读书的话得走几十里的山路，很不方便，所以乡政府就在村里另办了一所村级中学——河角中学。河角中学的规模很小，学生人数不超过二百人，还不到旭阳中学学生人数的四分之一；有十二个老师，只有两个老教师是中师毕业的，其他都是高中毕业的代课老师，而且他们都是本村人。河角村在经济、文化、交通、信息等方面的落后、闭塞，就更不用说了。更重要的是，河角村还属于篁乡的范围，焕章在那里工作的话，还得难堪地面对诸多的亲戚、朋友、乡邻、熟人……于是，焕章说："我不想去河角中学当副校长！把我调到长平中学去当老师吧，我没有职务上的要求！"

"实话告诉你吧，长平中学的伍宏韧校长怕你，不敢收留你呢！虽说你这一两年在乡下工作，各方面的进步都很大，但了解你现在情况的人很少，而你在宣传部工作时留下的负面影响，一下子又很难消除……"黄涛书记说。

"这么说，我这辈子就这么完了吗？"焕章悲愤地说。

"也不能这么说，那要看你今后的努力了！"黄涛书记模糊地说。

见焕章黯然不语，黄涛书记又说："如果你不愿听我的安排，那你自己去找伍宏韧校长试试吧！"

话既然说到这个份儿上了，焕章还能说什么呢？

走出黄涛书记家，焕章想起自己对香兰的承诺——"一旦调回县城，我们马上结婚！"他感到希望渺茫，心里十分痛苦。

焕章步履沉重地回到财政局清波的住处。清波已买好了早餐正等着他回来，见他脸色难看，便问："又没有希望？！"

焕章沉重地点点头。他把黄涛书记对他说过的话，又原原本本跟清波说了一遍。

清波听后，气愤地说："把你调到河角中学这样偏远的小学校去当副校长，有什么意义？跟把你下放到旭阳中学教书有什么区别？不过是换汤不换药而已！因为那里更加偏僻、落后，甚至比在旭阳中学更糟糕……你当初就不该听他的蛊惑回到长平来工作！放着好好的大学老师不当，现在却当了一个穷乡僻壤的初中老师，后悔了吧？！"

"后悔又有什么用？现在除了坚韧地活着，负重前行，还有什么别的出路？"焕章冷峻地说。

两人一时无话，都沉默不语。

过了一会儿，清波打破沉默问："你还想找哪个领导？"

"不找哪个领导了！连程冰岩和黄涛都不愿帮我，还有谁愿意帮我！"焕章泄气地说。因为心里有气，他不说"部长""书记"两个称谓，直呼其名了。

忽然，焕章又想起什么似的说："哦，我还要去拜访一下廖子厚副部长。在宣传部的老同事里面，就数他对我最好，也最真诚了。以前，他几次邀我有空上县城来玩，到他家里坐坐。现在好不容易上来一趟，我一定要去拜访他！"

"你什么时候去呢？"清波问。

"白天忙，他要上班。晚上去吧！"焕章说。

"行，你晚上去吧！"清波说，"快吃早餐，都快冷掉了！"

下午，焕章打了一个电话给廖子厚副部长。廖副部长听到焕章上县城来了，非常高兴，说晚上一定要到他家吃个便饭，他会提早一点下班。

当焕章来到时，廖副部长和周容阿姨都很高兴。"焕章，新年好！"他们很热情地问候着，并和他亲热地握手。

"叔叔好，新年快乐！"廖副部长五岁的儿子廖明也很有礼貌地问候焕章。"明明真乖！过了新年，又大一岁了，祝你越来越聪明，越来越靓仔哈！"焕章给他红包，喜爱地摸摸他的头说。

"自家人，给什么红包呢！"廖副部长责怪地说。

"人来了，什么就有了！又不是别人，那么客气！"周容阿姨也批评焕章说。

"过了新年，不成敬意，聊表一点心意而已！"焕章笑笑说。

廖副部长请焕章在客厅坐下，给他泡了一杯丹溪的竹岭茶；周容阿姨则请他吃瓜子、花生、糖果、炒米层、老蟹子等过年零食。

"焕章，你这次上县城来，是来办事呢，还是只来走一走、玩一玩？"廖副部长关心地问。

焕章便把这次上县城来的原因和目的，以及找了程冰岩部长和黄涛书记的事告诉了廖副部长。

　　廖副部长听了后，说："其实，当初把你下放到乡下初中去教书就是错误的！程冰岩部长也好，黄涛书记也好，都有责任！你又没有做违法乱纪的事，只不过缺少一点社会人生经验而已！就算要把你调出宣传部，也应该把你调到文化局或广播电视局去，那里更能发挥你的写作特长。再退一步讲，就算要把你调去教书，凭你的学历和水平，最起码也得调到长平中学去啊！可他们把你调到一所乡下初中去教书，这不仅仅是大炮打麻雀——浪费人才，而且又在你的家乡，有那么多亲戚朋友、乡邻熟人在那里，这要你忍受多大的难堪和羞辱，承受多大的精神压力啊！他们这样处置你，确实太过分了！"

　　"焕章，这一两年的苦难，真亏你受哩！"周容阿姨也深表同情地说，"依我看哪，你当初就不要同意下去教书！如果你硬是不去，他们又能怎么样呢？你又没犯什么原则性的错误，难道他们真敢把你开除不成？！"

　　"我当时也没想那么多，虽然心里有怨气，但还是认为要服从组织安排。"焕章有点后悔地说。

　　"黄涛书记当年把你从省城要回长平来工作，现在却把你弄到这个田地，他确实对不住你！"廖副部长不平地说。

　　"这些都过去了，就不说了……现在的问题是，到暑假时，我在下面也苦熬够两年了，可他们还是不愿意把我调上来，想让我在乡下自生自灭！"焕章气愤地说。

　　廖副部长沉思了一会儿，说："焕章，这样吧，既然他们不愿帮你，那我来帮你吧！"

　　"您有办法？"焕章问。他两眼发出希望的光。

　　"我认识长平二中的校长，回头我和他说一下，到暑假时，把你调到长平二中去教书吧！"廖副部长说。

　　县城有两所完全中学，一所是长平中学，另一所是长平二中。廖副部长既然这么说了，那把焕章调到二中去，这事他一定能办成。

　　"真的？那太好了！"焕章惊喜地说，"廖部长，我真的不知道该如何感谢您！"

　　"感谢什么！你是我的老同事、老朋友，我总不能也像他们那样，对你见死不救吧？"廖副部长笑着说。

焕章感激地笑了。

廖副部长又问焕章："你和香兰姑娘的恋爱谈得怎样了？"

"还在谈，只是谈得好辛苦——我的家人都反对我和她谈恋爱，而她的家人却在催促我们早点结婚。"焕章叹息一声说。

"听说香兰人长得很漂亮，又会做衫，她虽然是一个农村姑娘，但她既然那么爱你，你们又谈了那么久了，也不好去辜负她！"周容阿姨说。她设身处地地替香兰着想。

"我不会辜负她。待我调上县城后，马上就和她结婚！"焕章说。

"时间不早了，我们边吃边聊！"廖副部长说。他请焕章到饭厅吃饭。他们夫妻俩半下午就回来煮饭菜了，当焕章到达时，饭菜都准备好了。

满桌的佳肴，色香味俱全，足见廖副部长和周容阿姨的热情。席间，焕章借花献佛，举杯敬了他们夫妻俩一杯酒："感谢你们的盛情款待，更感谢你们的关心和帮助！祝你们全家幸福安康、万事如意！"他们夫妻俩也回敬了他一杯酒："祝你新年大吉、心想事成，事业和爱情双丰收！"之后，吃菜、喝酒、聊天，自不必提。

吃完饭后，焕章又同廖副部长和周容阿姨聊了好久，直到晚上九点半时，他才起身告辞。"你住在哪？"廖副部长问。"我住在财政局，老同学李清波那里。"焕章说。"如果他那里住不下，就在我这里住吧！"廖副部长真诚地说。"他还单身，我们两个老同学住在一起方便。"焕章笑着说。

"你什么时候回篁乡？"廖副部长送焕章出门时问。

"明天上午我先下驻舆，再从驻舆转篁乡。"焕章说。

"以后上了县城，一定要过来坐坐！"廖副部长嘱咐说。

"好的，一定！"焕章说。

两人紧紧握手，然后挥手告别。

待焕章在拐角处不见了，廖副部长才转身回到屋里。

焕章一回到财政局清波的住处，就把廖副部长到暑假时将会帮他调到长平二中工作的喜讯告诉了清波。清波听了后也替他高兴，并感慨地说："廖部长真是一个宽厚仁德之人啊，你是遇到贵人了！"

"我确实是遇到贵人了！"焕章庆幸地说，"他让我绝处逢生啊！"

"你这件事，恰好印证了古人说的话：天无绝人之路！"清波又说。

"是啊，没想到，'山重水复疑无路，柳暗花明又一村'！"焕章欣然说。

正月十一早上，焕章准备坐班车离开县城，下驻舆乡去了。清波骑自行车送他到县汽车站。

"清波，我们拐个弯到老县中去看看吧，我很久没去过了。"途中，焕章忽然对清波说。

"好的，我也很久没去过了。"清波说。于是，他便绕道往老县中骑去。

老县中在长平中学校园的最里边，在一个圆形的山窝里。当年焕章和清波他们，就在这里度过了难忘的高中时光。

现在的老县中，已多年没有学生在这里读书、住宿了。山上的杂草茂盛了，树木长高了，山雀增多了，昔日的教室和宿舍却破败了，倾颓了，荒凉了。焕章看着眼前的一切，自己和同学们在这里为追求理想而刻苦攻读的情景，又历历浮现在眼前。睹物思人，追昔抚今，焕章不禁思绪翻滚，感慨万千，泪水溢满了他的双眼……

"清波，走吧！我们到车站去！"良久，焕章擦去眼角的泪水说。

"好的！"清波说。他载着焕章，向县汽车站骑去。

焕章下到驻舆后，把自己暑假时将调到长平二中工作的事告诉了香兰和她的家人，他们听到这个消息后都非常高兴。

"焕章，你调上县城教书前，你和香兰是不是先把结婚证领了？"香兰父亲建议说。他担心焕章调上县城后变卦，不和香兰结婚，而去追求县城的其他姑娘。

"你们放心好了，我不会变心的。一旦办好调到长平二中去的手续，我马上就和香兰结婚！"焕章向香兰家人保证说。

香兰家人信了焕章的话。

中午时，香兰父母特意整了一桌丰盛的酒菜，对焕章暑假时将调到县城教书表示庆贺。

焕章和香兰又甜蜜、幸福地共度了一天，第二天上午，他才和香兰依依不舍地分别，骑自行车回篁乡去。这次分别，虽有离别的惆怅、不舍的眼泪，却没了往日的迷惘和忧伤，因为他们看到了光明的未来和希望！

第五十六章

　　元宵节过后，又到了春季开学的时间。这个学期，是学生初中三年的最后一个学期，也是初三升高中或中专的关键期，作为初三年级的科任教师兼班主任，焕章也就更忙碌了。除毕业班的教学工作外，焕章还继续担任《旭阳》校刊的主编，此外又担任了赣南师专一名叫凌炜甫的毕业生的实习指导老师——虽然只有一个月的时间，但在这一个月内，他每天要听他的课，指导他备课、改作业，有时还要帮他解决工作和生活中遇到的一些问题，这自然又要花费他不少时间。因此，焕章比起初三毕业班的一般老师和班主任，工作任务要繁重一些，他业余花在看书和写作上的时间，也自然少了许多。

　　这几日，天空一直阴云覆盖，雨水绵绵，就像一个泪腺发达而又感情脆弱的青春女子。上午上完课休息的时候，焕章远远看见篁乡河水变得又急又大了，河面也宽阔了许多，便怀着对"壮美"的向往之情，趁雨水暂歇之际，独自向河边走去。

　　这时，焕章发现，春色渐渐地浓了，枯枝冒出了新芽，衰草焕发了生机，远山如黛，空气清新，燕子翻飞，蝴蝶蹁跹，使人产生一种蓬勃向上的愉悦感。

　　焕章走在被雨水清洗得如同珍珠一般的沙滩上，沙粒发出沙沙的声响，悦耳而清爽，柔软而晶莹。他俯观滔滔奔流的篁乡河水，凝望澎湃飞溅的洁白浪花，不禁又想起了孔子"逝者如斯夫，不舍昼夜"的千古感叹来。

　　是啊，一春又一春，岁月不留人，"少壮不努力，老大徒伤悲"！此时此际，这满眼的春色，这奔腾的河水，让焕章增添了许多的勇气和力量！

　　忽然，焕章看见河岸边有一棵梨树，上面开满了洁白的梨花，就像一位素装的青春少女，非常美丽动人。他想起了唐代大诗人岑参的"忽如一夜春风来，千树万树梨花开"和白居易的"玉容寂寞泪阑干，梨花一枝春带雨"等著名诗句，心中不觉充满了爱意，便走过去选了花朵浓密的一枝，把它折了下来，带回自己的房间，就好像把春天带回了房间一样。他找到一个干净的瓶子，注入清水，把梨花插在瓶子里，把它摆放在书桌上，房间里很快弥漫着一股清新的芳香。他知道，只要每天给花瓶换水，梨花仍然可以盛开、芳香五六天，甚至更长的时间。

这枝洁白美丽的梨花，给焕章的房间增添了明媚的春色和高雅的意趣，吸引了从他门口路过的师生的目光，不少人还发出啧啧的赞美。

到下午时，天空终于放晴了，太阳又露出了她明媚的笑脸。课外活动时，赖曦才老师来找焕章，邀请他到野外去散步，领略一下烂漫的春光。两人一边走，一边亲切地交谈。

赖曦才老师告诉焕章："教完这个学期，下学期我不来代课了！"

赖曦才老师去年暑假就退休了，学校因为缺少优秀的语文老师，就返聘他回来代课。

"为什么呢？"焕章不解地问。

"太辛苦，压力太大了，不如回家安度晚年，清闲一下好！"赖曦才老师说。

"您教学那么优秀，如果身体好，多代几年课也无妨，学校也正缺老师。"焕章说。他舍不得自己的恩师离开。

"几十年繁重的教学生涯，把我的身体也累垮了！你不知道，我现在不是这里痒，就是那里痛！"赖曦才老师无奈地说。

"如果这样，您确实该好好疗养了！"焕章说。"您回去后，有空闲的时间了，打算干些什么呢？"他又关切地问。

"游览，到外面去走一走。"赖曦才老师说。

"谁陪您去呀？"焕章又问。

"自然有人，比如照泉老师。退休了的人，我都可以去邀他！"赖曦才老师笑着说。

总务处的曾照泉老师，到暑假时也退休了。赖曦才老师和他很讲得来，平时经常在一起。

"您打算去哪里游览呢？"焕章很感兴趣地问。

"到以前熟悉的地方，比如到县城。多年前在县中读书的时候，不知在城街上走了多少遍，现在却有十几年没去过了，如今去走一走，看一看，'发思古之幽情'，多有趣呀！"赖曦才老师高兴地说。

焕章也为赖曦才老师的幽默哑然失笑了。

"以后您离开了学校，见到您的机会就很少了！"过了一会儿，焕章忽然伤感地说。赖曦才老师不但是他昔日的恩师，也是他现在的忘年交。

"天下没有不散的筵席啊！"赖曦才老师也感慨地说。

"不过，以后有机会，我会抽空来看您的！"焕章说。这话既是安慰赖曦才老师，也是安慰他自己。

赖曦才老师的家在香山村，距离旭阳中学有七八里远。

"谢谢！"赖曦才老师感动地说，"到时，我们师生俩好好喝几杯！"

焕章点头"嗯！"了一声。

话题又转到焕章身上。赖曦才老师语重心长地说："焕章，你还年轻，有学历，有才华，虽然现在处于人生的低谷，但你一定不要失去信心！好好努力吧，将来你一定前途无量、事业有成！"

"谢谢恩师的教诲、鼓励，以后我一定会不懈努力的！"焕章说。

他们又聊了学校的一些杂事。到了吃晚饭的时间，他们才边聊边走回学校去。

吃过晚饭后，焕章回到自己的房间。他一边喝茶，一边翻看一本《飞碟探索》杂志。这杂志让他增长了知识，开阔了视野：他知道了二十一世纪将是"太空世纪"；知道了除"地球文明"外，还有"地外文明"，即外星智慧生命的存在；知道了千万年后将出现宇宙社会，人人都将是星际姐妹、宇宙兄弟了……人类的发展前景是广阔的、无限的。焕章又由此联想到，人类的根本解放，即经济和性爱的彻底解放，在千万年后将实现。当然，经济的彻底解放是基础。到那时，也许就到了人人自由幸福、个个安康快乐的"大同社会"了吧！

焕章正翻阅间，一群初三的女生来找他，有他班上的，也有别班的。她们一进来，房间里就灌满了叽叽喳喳的声音，就像飞进了一群麻雀。她们向他请教读书的方法、写作的技巧；还问他为什么从县委调下来教书，说他太傻了；她们还知道他的恋爱之事，甚至还说出了他女朋友的名字——香兰；她们又说他是一个"知名人士"，许多人都认识他……焕章实在惊讶，她们对他竟了解那么多！

经过他长期的观察，他知道自己在学生中的影响实在太大了。

其他女生走后，初三（4）班的严山花同学留了下来。严山花虽然不是焕章班上的学生，但她是秋棠文学社的社员，因受焕章的影响，她对文学和写作有了特别的热爱。

"焕章老师，能不能出一个作文题目给我写？"严山花满含希望地问。

"没必要由老师出题目，所有触动了你情怀的东西你都可以写！"焕章说，"比如一人、一事、一物、一景，乃至一片落叶、一条游鱼、一个动作、一个眼神等，只要触动了你的情怀，让你感到有话可说，都可以以它为素材，自命题来写作！"

"我看到一个以'心灵的秘密'为主题的材料作文，这样的文章该怎么写呢？"严山花热切地问。

"写这样的文章，你首先要弄清楚什么是'心灵的秘密'，"焕章说，"所谓'心灵的秘密'，就是隐藏在你心底不愿说或不方便说出来的事情。但无论什么秘密，只要你以正确的观点去对待，都可以把它写出来。当然，写这类文章，你还必须有敢于冲破思想禁区和世俗约束的勇气！"

焕章又拿出《江西青年报》上刊登的一篇《梦的故事》给严山花看。这篇文章描写了一个中学生在青春期情感萌动的故事，焕章希望她能从中受到启发。

严山花临走时，焕章又送给她两本格子稿纸，并嘱咐她说："山花，课余多看看书，多写写文章。以后你需要稿纸，就到我这里来拿！"

"好的！谢谢老师！"严山花感激地说。

几天后，严山花有点忐忑不安地把她刚写好的一篇名叫《心声》的抒情散文给焕章看，请他指导、修改一下。焕章认真看了一遍后，称赞道："这篇文章，文笔细腻流畅，感情真挚动人，写得非常好！"后来，他把它稍作修改、润色，便把它刊登在新一期的《旭阳》副刊版上：

心 声
文/严山花

我不知道他们是否也这样认为。老师，您的到来，如一颗明亮的星星，在校园的上空闪烁，在我的心空闪烁了。抑或，您就是我鹅黄的初春里绽放的梦？我的心底从此便有一股愉快、欢欣的暖流在荡漾。

您翩翩的风度，您潇洒的衣着，您深沉的性格，多么有魅力呀！但老师，我却从您深邃的目光中发现一丝隐约的忧郁了。这种目光，是您坎坷的人生所锻就的吗？

您小屋的窗口，每晚射出不眠的灯光，每早飞出琅琅的书声来。老师，那是您求索的目光，是您追求的旋律啊！老师，您知道吗？我常常对着您的窗口凝视，听着您的读书声沉思，并在心里暗下决心：老师，我也要像您那样，像您那样……

每当您慈爱的目光在我的身上流过，我的心就陶醉在一阵快乐和幸福中。

于是，我便常常想起您，在看不到您的地方；我便常常描绘您，在您看不到的心底。啊，老师，您可也注意到，在那百花园中，我这朵含苞初绽的花儿？

多少次，您独步黄昏，漫步荒径，神色是那么的凝重！老师，您是在回忆往事，还是在想象未来？我虽不很懂人生的真谛、社会的奥秘是什么，但从您踏响的沉闷里，我感到了一缕苦涩的严峻。每当这时，老师，我多想走近前来，用自己纯洁的心灵，去轻轻把您安慰！

岁月如流，老师，您的笑容也渐渐变得宽松和丰满了。那是因为，您辛勤的耕耘得到了欣慰的收获。每当看到一只只雄鹰从您的手中飞向蓝天，每当读着您一首首飘散油墨馨香的抒情诗篇，老师，我多么为您感到高兴啊！

真想和您说几句话儿，老师，真想坐在您颇具艺术氛围的房间里聆听您亲切的教诲，虽到那时，也许我有纯洁的羞涩和不安，但老师，我又会多么激动和兴奋呀！而我又将会从您那得到多少珍贵的启迪呢？真后悔那次，您值班时走到我的书桌前，微笑着打开我的练习本，那时，我多想问候您一声，或向您请教一个问题，但我却不由自主地涨红了脸，低下头去……

老师，您知道吗？我常常希望您是我的科任教师，也常常希望您是我的班主任，更多的，是作那漫无边际的美丽遐想。是因为您渊博的学识？是因为您含蓄的微笑？是因为您不懈的追求？还是……？不，不仅仅是这些！老师，是因为属于您的一切啊！

是的，正因为属于您的一切，我才那么敬爱您！

啊，亲爱的老师……

《心声》在校刊上发表后，在同学中影响很大，不少同学认为它说出了他们的心声，甚至把它抄录在笔记本上，把它背诵下来。严山花也因此成了同学们钦佩的写作明星。

再后来，焕章又把《心声》推荐给了《江西青年报》的副刊编辑。不久，《心声》又在《江西青年报》副刊栏上发表了。

当焕章把刊登有《心声》的《江西青年报》拿给严山花看，并向她热烈祝贺时，严山花激动地说："谢谢老师！老师，您知道吗？我这篇文章，就是为您写的！"

说完，她拿着报纸羞红了脸跑走了……

上午上完课后，焕章正要回房间去，路过总务处时，却被曾照泉老师叫住了："焕章老师，有你的一封信！"

"哪儿寄来的？"焕章习惯性地问。

"赣南师专寄来的。"照泉老师说。

赣南师专寄来的？会是谁呢？焕章一边猜想，一边去总务处门口的信格里取信。

他拿起信封看了一下，见到那熟悉的字体和"凌缄"二字，就知道是他带过的赣南师专的实习生凌炜甫写来的。原来，凌炜甫在旭阳中学实习期满后，回到赣南师专不久，就给自己的实习指导老师焕章写了一封信，表达了自己对指导老师的感激、崇敬和想念。信的内容如下：

焕章老师：

您好！

也许是老天的安排，又或许是命运的指使，让素不相识的您和我终究相识了！这不是一天两天，而是整整三十天的和睦相处！

焕章老师，在我来旭阳中学以前，就久闻您的大名，都说您是一位为人热情、才华横溢的老师。初来乍到，您给我的印象是质朴、热情、博学、智慧，确实是人类灵魂的工程师！我有幸担任了初三（1）班的实习语文老师和班主任，您做我的指导老师，让我感到很是自豪和骄傲！您那谆谆的教诲激励着我，让我卸下了一切思想包袱。在工作上，您给了我大力支持；在生活上，您给了我热情帮助。每到周末，您还带我出去游玩，度过难挨的时光。您那渊博的学识、丰富的经验、能说会道的口才，不但让我由衷敬佩，而且让我增长了不少见识，提高了我多方面的能力。

焕章老师，在您的悉心指导和无微不至的关怀下，我顺利、圆满地完成了实习任务。您为我付出的心血和汗水，我将永远感恩，铭记在心！我从您身上学到的知识、获取的经验、开阔的视野，将在我今后的工作和人生中发挥重要的作用！在这里，让我再次向您说一声：谢谢您！

苍天对我是那么不公平，我们刚刚熟悉却又被分开了！有谁能够理解我此时的心情？我多想在旭阳中学多待几天，多聆听您饶有趣味的辩论，多接受您充满智慧的教诲啊！但"人有悲欢离合，月有阴晴圆缺，此事古难全"，我只能在心里遗憾地长叹了……

离开旭阳中学尚未多久，但思念之情却愈来愈浓！您的一举一动时常浮现在我的眼前，您那娓娓动听的话语时刻在我耳畔回响！为此，我很想向您倾诉点什么，但千言万语，一齐涌上笔端，竟不知如何表达了！仅以这寥寥几行，寄去我的一片真情……

此致

敬祝：工作顺利、万事如意！

学生：凌炜甫

一九八九年四月一日

焕章在房间里看完这一封情真意切的来信，他的眼前不禁浮现出凌炜甫那不高的个子、微胖的身材、稍圆的脸庞和随和的笑容来。他又想起了自己指导他备课、上课、改作业的几十个日日夜夜，以及周末时带他走出校园，一边观赏周边的风景，一边给他介绍当地的风土人情，和他谈论自己的人生经历，以及对理想、事业、爱情、人生的看法等情景来，心里不觉涌起了对那段美好情谊的无限怀念。于是，他提笔很快给凌炜甫写了一封回信，信里回顾了他们一起学习、工作和野游的情景，表达了对那段美好时光的怀恋之情，同时勉励他在所剩不多的大学时光里好好学习，在即将踏上的工作岗位上好好工作，为成为一名优秀的人民教师而努力！

信写好后，焕章又写好信封，贴上邮票，把信装进了信封里，然后走出房间，把信封投进了挂在总务处门旁墙上的一个绿色邮箱里——为方便旭阳中学的师生投寄信件，春节过后，乡邮电所特意给学校安装了一个寄信的绿色邮箱。

忙碌的日子总是过得快，转眼间，就到了初三升学考试的时间。这些日子，只要有时间，焕章就会到教室里或宿舍里去走一走、看一看。因为学生们离开自己的时间越来越近了，他舍不得他们，他要珍惜剩下不多的时间，尽可能地多和他们在一起。学生们也知道自己即将离别母校、离别老师、离别同学了，即使以前最调皮捣蛋的学生，这时候也变得听话、乖巧起来，同学之间、师生之间，从来没有像现在这个时候那么团结友爱，那么亲密无间。

升学考试结束后，学校举行了隆重的毕业典礼，然后是各班照毕业照，同学之间合影留念，师生之间合影留念。作为学生们特别喜欢的老师，焕章自然被许多学生邀请去合照留念，他也总是有求必应，非常高兴地和他们合影。

焕章还收到许多学生赠送的纪念品。这些纪念品中，有相册，有茶杯，有笔记本，有钢笔，有明信片，有明星画……赠送纪念品的学生，有焕章自己班上的，也有不是他班上的但接受过他的写作指导或是文学社的学生。

在以初三毕业班的名义赠送给焕章的《毕业纪念册》上，写满了学生们情真意切的留言。其中有一个学生这样写道："敬爱的焕章老师，您好！时间过得真快啊，转眼我们就到了毕业季！在我们相处的两年时间里，我对您的了解逐渐加深。您真是一个好老师，虽然我们常常会和您开玩笑，但我们是因为喜欢您才跟您开玩笑的啊！我很庆幸在初中生活里遇见了您这样的好老师，让我这棵青春的小树长得那么挺拔、健美！希望老师您带完我们这一届毕业生后，能有更多的时间去追求您的文学梦。您将来出版了文学著作的话，一定要告诉我哦，到时候，我一定会给您大力推荐的！希望老师您身体健康、万事如意、生活幸福！谢谢老师的辛勤教导！教育之恩，难以回报！让我再次说一声：谢谢老师，您辛苦了！"

另一个学生这样写道："亲爱的焕章老师，我们毕业啦！时间过得好快，不知不觉您已经带我们两年了，现在就要离开您了，真舍不得啊！您是一个博学多才的好老师，您把我们教得很好、很优秀！请您相信我们，今后我们一定会带着您的谆谆教诲，继续努力学习，为成为国家的栋梁之材而奋斗的！老师，您是一个志向远大的人，您的坚韧、拼搏和追求，是我们学习的好榜样。但您也要注意身体，毕竟身体是革命的本钱嘛，希望您在接下来的日子里，身体健康、工作顺利、天天开心！老师，很幸运能在我的初中时代遇到您，您的形象已经深深地刻在我的脑海里啦！以后我一定会回来看您的，您也不要忘了我啊，将来我们可以多相聚。最后说一句：老师，谢谢您的教导！辛苦您了！"

…………

看到学生们留下的一行行溢满情感的话语，焕章不禁心潮起伏，深受感动！这些可爱的学生们对自己的崇敬和感念，给了他很大的安慰！

离别母校、离别老师、离别同学的时候终于来了。学生们拥抱着，哭泣着，互相祝福着，你别我送，难舍难分……场面令人动容。很多学生和焕章告别时，都流下了依依不舍的眼泪。严山花是最后一个来和焕章告别的，她含泪对他说："老师，我真不想长大，真希望永远定格在初三，一辈子聆听您的教诲！"焕章也红了眼睛，强笑着说："傻姑娘，这怎么可能呢！老师倒希望你快点长大，有更丰富多彩的人生、更美好幸福的未来等着你去拥抱啊！"

学生们离开学校后，昔日热闹的校园，一下子变得沉寂、空荡起来。焕章的心，也随之变得沉寂、空荡起来了。在以后的好一些日子里，他都会独自去教室里看一看，在那里，他仿佛又听到了学生们那琅琅的读书声；他也会独自去学生宿舍里瞧一瞧，在那里，他仿佛又闻到了学生们那充满阳光的青春气息；他还会独自站在校园后面的小山岗上望一望，在那里，他仿佛又听见了学生们傍晚散步时的欢声笑语；他还会独自去学校运动场上走一走，在那里，他仿佛又看见了学生们那生龙活虎的矫健身影……以前的教学工作虽然很辛苦，有的学生还会惹人生气，但现在留给焕章的，都是一些美好的回忆了。所以，每当他去寻找学生昔日留下的痕迹时，一股浓烈的思念和惆怅之情便会弥漫他的心间，同时，他会两眼潮湿地在心里喃喃地说：

"亲爱的同学们，祝你们一帆风顺、前程似锦！我会想念你们的！你们也不要忘记老师我啊！"

第五十七章

在县委宣传部廖子厚副部长和长平二中校长的同情与帮助下，一九八九年暑假时，焕章从乡下的旭阳中学调到了县城的长平二中，结束了让他备受煎熬的两年炼狱般的"流放"生活。

对于焕章调到长平二中工作这件事，焕章的家人还是很高兴的，尽管他没能回到党政部门，甚至没调到最好的中学——长平中学，但毕竟是在县城而不是在乡下了，还远离了让他无颜面对的父老乡亲，减轻了他精神上的沉重压力。焕章也知道，因自己下放到乡下教书，家人们同样承受了很大的精神压力。家人们为他忧心焦虑、劳神牵挂，让他深感对不起他们。现在，他终于可以让他们减轻一点压力，舒缓一口气了。

为实现自己的爱情诺言，这天上午，焕章骑自行车从筻乡来到驻舆乡老寨下。他一走进香兰家的院子，就直接奔入香兰的闺房，一把将正在剪裁衣服的香兰搂进怀里，深情地对她说："兰，我们结婚吧！"

"章，你来了？"香兰惊喜地说，"结婚？什么时候？"

"就明天！"焕章动情地说。

"真的？你调到长平二中了？手续办好了？"香兰兴奋地问。

焕章点点头。

"那太好了！章，我们终于熬到头了！"香兰喜极而泣，滚下了两行晶莹的泪水。

"是的，我们终于熬到头了！"焕章吻着她的泪眼，爱抚着她说。

过了一会儿，香兰忽然说："我们还没有结婚照呢！"

"没问题，下午我们就去照！"焕章说。

"好的！"香兰说，"要不要把这喜讯告诉伯和叔，还有哥哥嫂嫂他们？"

"那还要问吗？当然要！我们现在就去！"焕章说。

于是，焕章和香兰便走出房间，来到香兰父母、哥嫂那里，把他调到了长平二中、下午他们将去照相馆照结婚照、明天将去乡民政所领结婚证的喜讯告诉了他们——当然，闻讯而来的两个弟妹也听到了。

香兰的家人听到这个喜讯后，都非常高兴。香兰父亲说："焕章，你是一个守信、钟情的人，看来，香兰把身心托付给你，真找对人了！我们做父母的，也就放心啦！"

"香兰是一个好姑娘，我没理由辜负她！"焕章真诚地说。

高兴之余，香兰的哥哥学伦又有一点担心地问焕章："你们将结婚的事，你的父母、哥嫂他们知道吗？"

"我还没告诉他们。因为我知道他们是不会同意的，所以也就不想去找他们的麻烦了。"焕章说，"结婚是我自己的事，自己的事自己做主！"

"结婚后再告诉他们吧。我会处理好这事的！"焕章怕他们担心，又补充说。

"由你吧，你自己能处理好就行！"香兰的哥哥学伦放心地说。

下午，香兰稍作打扮后，便风姿绰约地拉着焕章的手到照相馆照结婚照去了。以前她和焕章一起出门时，心里总有一点害羞和忐忑，现在她是第一次那么大方地和焕章手拉着手、春风满面地出门。乡亲们和大街上的人看见了他们，都投来好奇而又羡慕的目光，有的还露出了赞许的微笑。

照相馆并不远，就在香兰家屋后不到三百米的地方，他们不一会儿就到了。照相馆的曾师傅和香兰熟悉，见她拉着男朋友的手来照结婚照，便高兴地说："香兰，你真有福气，找到一个大学生老公！"

香兰羞涩地笑了。

"来，坐好……挺直腰身……两人的头靠拢一点……眼睛看着镜头……别眨眼……放松点……笑一笑……好！再照几张……"在曾师傅的引导下，闪光灯几次曝光后，不一会儿，焕章和香兰的结婚照便照好了。

"明天上午九点前可以拿到照片吗？我们领结婚证要用。"焕章说。

"没问题！晚上我就把它冲洗出来。明天上午八点上班后，你们就可以来取！"曾师傅说。

"谢谢您啦，曾师傅！"香兰道谢说。

"不客气！"曾师傅微笑着说。

第二天上午九点，焕章和香兰就来照相馆取结婚照了。拿到结婚照后，两人便直接到乡民政所登记结婚去了。

乡民政所在驻舆乡政府大院内，距离照相馆不到两百米，不一会儿他们就走到了。

在乡政府大院里看不到几个人，也许乡干部们大多都下乡去了。在乡民政所值班的是一个中年女干部，姓李，大家叫她李阿姨。焕章以前代表宣传部在坪庄村搞扶贫时见过她，但不很熟。李阿姨也见过焕章，也认识住在不远的香兰，并听说过他们的恋爱传闻，不过，现在他们真的来结婚了——一个大学生和一个农村姑娘结合，还是令她很惊讶！不过，这惊讶只是在她眼里一闪而过，没有过分表露出来。

"你们是自由恋爱的吗？"李阿姨按惯例问。

"是！"焕章和香兰同声答道。

"把你们的身份证和结婚照拿来。"李阿姨温和地说。

焕章和香兰把身份证和结婚照给她。

"再填两张表，在签名处签名，然后按拇指印。"李阿姨说，同时拿给他们两张结婚登记表。

焕章和香兰填好表，签好名，沾上红色印油，按上了拇指印。

"好了！"不一会儿，李阿姨就微笑着把盖了钢印的两本红色结婚证递给他们，并真诚地祝福说："祝你们白头到老、幸福美满！"

"谢谢李阿姨！"焕章和香兰同声道谢说。

焕章和香兰拿着红本子高兴地走出乡政府大院。

"章，我这不是在做梦吧？"路上，香兰还有点不敢相信地问焕章。

"怎么会是做梦呢？是真的！如果你不信，就用力拧一下自己的手臂吧——如果不疼，就是做梦；如果会疼，就是真的！"焕章笑着说。

香兰真的用力拧了一下自己的手臂。"哎呀，好疼！"她尖叫道，"是真的，不是做梦！"

焕章开心地笑了。香兰也开心地笑了。

下午，香兰的父母宰鸡杀鸭瓢豆腐，整了两桌丰盛的酒席，晚上请来了香兰的大伯、三叔和堂兄弟们，庆贺焕章和香兰正式结婚。席间，大伯和三叔举杯恭贺香兰父母得到一个好女婿，堂兄弟们举杯祝贺香兰找到一个好老公，亲人们一起举杯祝福焕章香兰夫妇早生贵子、幸福美满、白头到老；焕章举杯回敬了各位亲人，感谢他们以前对香兰的关心、照顾和帮助，表示自己今后一定不辜负各位亲人的期望，好好爱惜香兰，保护香兰，给她一生的平安和幸福！

酒席散后，焕章和香兰回到了自己房间。香兰拿出结婚证书，坐在书桌前，在台灯下仔细翻看着。她说："早先没仔细看，现在我要好好看清楚！"

在结婚证红色的封面上，中间印着金色的国徽，国徽上方写着金色的"中华人民共和国"字样，国徽下方写着金色的"结婚证"三个大字；结婚证的第二页，中间盖着红色的"中华人民共和国民政部　婚姻证件管理专用章"印章，印章下面写着"中华人民共和国民政部监制"；结婚证的第三页，上方贴着加了钢印的焕章和香兰的结婚照，结婚照下方是一个大红"囍"字，"囍"字下面写着"持证人：钟香兰"；结婚证的第四页，写着证书的编号，结婚人双方的姓名、性别、出生年月、国籍、身份证号等；结婚证的第五页，写着"申请结婚，经审查符合《中华人民共和国婚姻法》关于结婚的规定，准予登记，发给此证"，下面是"发证机关：驻舆乡民政所"，再下面是"发证日期：1989年7月25日"；位于第四页和第五页的中间，跨盖着"江西省民政厅　婚姻证件管理专用章"印章；结婚证的第六页，写着"说明：1.凡标明照片的地方须按要求贴有照片并加盖婚姻登记专用章（钢印）。2.本证须加盖发证机关婚姻登记专用章方为有效"；结婚证的封底也是红色的。

"有了这个红本子，我以后就不用担心别的姑娘会把你抢走啦！"香兰挥着手中的结婚证，调皮地对焕章说。

"你放心，就是你想把我赶走，我也不会走的！"焕章幽默地笑着说。

"我要和你白头到老、永不分离！"香兰拦腰抱住焕章，头紧贴在他的胸口上娇声地说。

"是的，永不分离！"焕章搂着香兰，深情地吻了她一下。

这天晚上，焕章和香兰第一次以夫妻的名义住在一起。虽然房间还是那个简朴的房间，没有"洞房花烛夜"的喜庆，但他们爱得是那么的缠绵悱恻，那么的如痴如醉，那么的如鱼得水……香兰的枕巾上沾湿的，不再是悲伤的泪水，而是甜蜜、幸福的眼泪！

从驻舆乡回到篁乡后，焕章把自己和香兰领了结婚证的事告诉了自己的家人。家人们虽然隐隐知道这一天迟早是要来的，但当焕章把这事告诉他们的时候，他们还是震惊不已，因为他们并不希望这事发生。

"你们真的去领了结婚证？"二哥新营不敢相信似的问。

"真的！这是我们的结婚证！"焕章从口袋里取出结婚证，递给二哥看。

二哥接过结婚证，打开看了一下，然后还给焕章。"这么说，你事先也不和家人打一声招呼，就和香兰去领结婚证了！"二哥不满地说。

"我知道你们是不会同意的，打了招呼也没用！"焕章为自己辩解说。

"所以，你就干脆来个先斩后奏了？"二哥嘲讽地问。

焕章不语。不语就是默认。

"赖子，你不听娭姆（母亲）的话，有用！娭姆白养了你！"母亲垂泪说，"你这是想气死爷娭（父母）啊！"

"伯，算儿子不孝了！"焕章说，"但我自己的婚姻大事，就由我自己做主吧，你们就不要为我操心了！"

"赣州的大哥要是知道了，看他会怎样骂你！"二哥警告说。

焕章不语，心想："要骂，就由他去骂吧！我已准备好了！"

"找一个农村姑娘做老婆，将来有你苦头吃的！到时，可不要后悔哈！"二嫂玉翠提醒说。

"什么苦我都不怕！我决不后悔！"焕章坚定地说。

一直没有说话的父亲，这时开口了，他说："赖子，你长大了，翅膀也硬了！爷娭老了，管不了你啦！你自己选择的事，自己担待着！俚只希望你做好自己的事业，过好你们自己的日子！"

"叔，将来不管我会遇到什么，但我最终一定不会让你们失望的！"焕章说。

二哥最后说："你既然把生米煮成熟饭了，我也没有什么好多说的了！不过，你现在虽然结了婚，但结婚酒我看就不要摆了吧！——一个大学本科毕业的高才生和一个初中文化的农村姑娘结婚，在亲友眼里也不是一件很光彩的事，所以，也就没必要去张扬了！"

"我没有摆结婚酒的打算，也不想麻烦家里了！"焕章无所谓地说。只要我和香兰心中有爱，摆不摆结婚酒有什么关系呢？他想。

就这样，在兄弟姐妹中，焕章是唯一一个结婚了却没有摆结婚酒的人。不说其他地方，最起码在长平县，结婚了却不摆结婚酒的，也许他也是唯一的一个吧？因为，长平客家人都有摆结婚酒宴请亲朋好友的风俗，整个中华民族也都有摆结婚酒宴请亲朋好友的风俗……不过，既然他一个大学本科毕业的高才生和一个只有初中文化的农村姑娘结婚在当时是一个惊世骇俗之举，那他不摆结婚酒也就顺理成章、可以理解了！

这一天，因焕章和香兰领了结婚证的事，弄得一家人都不开心，家庭气氛也很沉闷，焕章只好躲到自己房间里去看书。他看书看累了时，就收拾自己的私人物品。这些物品，有他从旭阳中学搬回来的，也有原本就放在家里的。物品比较多，他打算这两天把它们整理、打包好，过几天再托运到县城去，然后把长平二中分给他的房间也打扫、整理和布置好。以后，长平二中就是他工作、生活的地方了，他也将在那里另建一个新家了！

一次偶然的机会，焕章无意中从别人那里听到一个惊人的消息：古莉莉和柳思贵离婚了！而且，就在他从旭阳中学调到长平二中时，古莉莉却从长平二中调回旭阳中学了，他们恰好换了一个位置！

原来，古莉莉在吉银师范学校读书时，就和教现代文学的老师钟志诚——也就是焕章的师兄——谈上恋爱了；她毕业分配到旭阳中学后，却和钟志诚分手了，转而和焕章谈上了恋爱；焕章大学将毕业时，她又和焕章分手了，转而和县委组织部的柳思贵谈上了恋爱并很快结了婚。可古莉莉结婚后，并没有消停，仍然和她的初恋情人钟志诚保持着情书来往，甚至还偷偷跑到吉银师范学校去和他幽会。东窗事发后，她和柳思贵的关系便出现了危机，夫妻俩经常吵架。有一次，怒不可遏的柳思贵，还把古莉莉追赶到大街上，拽着她的头发拳打脚踢……最后，两人终于离了婚。柳思贵为报复她，还利用自己的权力和地位，把她从长平二中调回（准确一点说是"赶回"）旭阳中学了！

焕章忽然想起，他刚从县委宣传部下放到旭阳中学时，从开学第一天到教师节那段时间，古莉莉就住在旭阳中学，其间她曾多少次故意从他的门口或窗外走过，并对他含情脉脉，欲言又止。难道那时他们的夫妻关系就发生了严重危机，因而她想和他言归于好，想重新回到他的怀抱？只是因为他冰冷且傲气地拒绝了她的示好，她才无奈、失望乃至伤心地离去吗？

焕章又想到，虽然当年古莉莉背叛了他们的感情转而和柳思贵恋爱并很快结婚了，为此，心灵遭到极大创伤的他还特意到他们在县人民武装部招待所的住处痛斥了他们，但平心而论，他认为在县委组织部当干部的柳思贵和在旭阳中学当老师的古莉莉结成伴侣，还是很般配的，何况柳思贵还把古莉莉从乡下中学调到县城中学工作了，她也应该知足了吧！可让他百思不得其解的是，为什么古莉莉还要和以前的初恋情人钟志诚勾勾搭搭，难道是她欲壑难填的天性使然吗？！

焕章还想到，他当年从县委宣传部下放到旭阳中学时，古莉莉则从旭阳中学上调到长平二中了；现在他从旭阳中学上调到长平二中时，古莉莉却从长平二中下调回旭阳中学了——这只会在电影或小说中发生的巧合事件，没想到竟然在他们的现实生活中发生了，这怎能不让他感慨万千呢？！

此时的焕章想起古莉莉，他心中的感情很复杂，有鄙视，有理解，有斥骂，有同情，有幸灾乐祸，有同病相怜，还有一丝丝美好的回忆……真是百感交集，难以言表啊！

一九九〇年秋，长平二中有了第一届高三毕业班。虽然只有一文一理两个毕业班，但学校领导非常重视。这两个高三毕业班，在明年的高考中能否打响第一炮，对长平二中今后的发展影响重大。

　　高三毕业班的英语、数学、物理、化学等几个学科的老师，都是从长平中学调过来的富有教学经验的骨干教师，他们因不满伍宏韧校长的专断作风才转投长平二中来的。在高三毕业班的各个科任教师中，教语文学科的老师能力比较弱，学生意见很大，高三年级组长严志新老师便找到校长说："把教初三毕业班的刘焕章老师调到高三来教语文吧！"焕章因为在旭阳中学时教的是初中毕业班，调到二中后的第一年，学校考虑到他对初三毕业班的教学工作比较熟悉，便仍然叫他担任初三毕业班的语文教学工作。"焕章老师以前没教过高中，现在直接叫他上高三毕业班的课，行不行呢？"校长疑惑地问。严志新老师说："焕章老师是江西师大毕业的高才生，在我们长平二中他的学历最高，在语文老师中他也最有水平！虽然他没有教过高中，但我们不唯经验论，只要他有教学热情，肯钻研，肯付出，我相信他一定能胜任高三毕业班的教学工作！我们要不拘一格用人才！"

　　"你说的有道理！行！就按你这个高三年级组长的意见办！把焕章老师直接调到你们高三年级组去吧！"校长最后拍板说。

　　就这样，在严志新年级组长这个伯乐的大力推荐下，焕章由一个初三毕业班的语文老师，直接变成了高三毕业班的语文老师兼理科班的班主任。他满腔热情，刻苦钻研，教学水平高，管理能力强，师生关系好，很受高三毕业班的学生欢迎。

　　在一九九一年的高考中，长平二中第一届高考生一鸣惊人，迎来了开门红：一文一理两个高三毕业班，半数以上的学生考取了大专以上的高等院校，还有人考取了中山大学、北京外国语大学、华中科技大学等名牌大学。长平二中声震长平教育界，也深深撼动了长平中学一枝独秀的霸主地位！

　　为报答校长的知遇之恩，焕章兢兢业业，任劳任怨，把自己的全部身心，都投入到了长平二中的教育事业中。他自己也得到了锻炼和成长，担任了语文教研组组长、高三年级组长，获得过"县优秀教师""市优秀班主任"等荣誉称号，成了长平教育界最年轻的中学语文一级教师，还光荣地加入了中国共产党……当然，这些都是后话了。

　　既然有了新家，就要有家的样子。焕章便把在旭阳中学工作时买的做家具的木料，托香兰一位开货车的亲戚从篁乡运上县城，又在香兰的经济支持下，请赣县来的两个木匠师傅做了一套时新的家具，这样，焕章在长平二中便有了一个温馨的家。

焕章想叫香兰搬上县城来住，在县城开一个裁缝店，夫妻俩住在一起，但香兰说，在县城做衣服的都是大师傅，城里人讲究，爱漂亮，像她一个无名小辈，恐怕很少人会把衣服送给她做，而她在驻舆乡下已做了几年衣服了，熟人熟客多，亲戚朋友多，在那里更好谋生，所以她还是暂时住在娘家好。焕章听她说的有理，便答应了她。平时，他利用周末时间坐班车下驻舆乡去看望她，或者她有空时上县城来小住几日，就这样，夫妻俩过着相思而甜蜜的两地分居的生活。

一九九〇年六月十二日，焕章和香兰有了爱情的结晶——宝贝女儿。焕章给这个宝贝女儿取了一个美丽的名字，欣月。于是，他们夫妻俩便又多了一份幸福和欢乐！

此时，香兰还是住在驻舆娘家，她一边接衣服做，一边照顾女儿，忙不过来时，就把女儿交给父母，请他们帮忙照顾。因此，焕章在对妻子女儿的热爱和思念里，又多了一层内疚和歉意；在对岳父岳母的尊敬里，也多了一份感激之情。

焕章的工资不高，每月只有一百二十多块钱，香兰的收入也不多，每月只有百把块钱，而当时的物价很高，一张车票便要四五块钱，来回便要上十块钱。为节约开支，焕章和妻子女儿一个月只能团聚一次或两次。而每次焕章下驻舆乡去看望她们母女俩，或她们母女俩上县城来看望他，一家人团聚时是那样欢乐和幸福，分别时又是那样不舍和惆怅，离别后又是那样失落和思念。

有一次，妻子香兰带着刚学会叫"爸爸妈妈"的女儿欣月上县城来看望焕章。母女俩在他那里住了两天后，第三天又要回驻舆乡去了。

想到妻子和女儿明天就要回去了，焕章真是不忍又不舍。说不忍，是因为妻子会晕车，一坐车就呕吐，他怎么忍心住了没几天就让她在车上受罪呢？说不舍，是因为他们久别后的恩爱和甜蜜刚刚开始，又怎舍得就这样让她匆匆离去？再说，女儿太可爱了，他实在舍不得女儿这么快就从他的怀抱里离开。于是，他几次劝妻子说，再住几天吧！可妻子总是柔情地摇摇头，充满歉意地说："我也很想，可在驻舆忙啊，很多主顾都等着穿新衣呢，我不能走得太久了……"妻子是个闲不住的人，他理解她，在驻舆确也有许多事等着她去做。他无言了，只好默默为她买好明天的车票。此后，他的心头便轻罩了一层淡淡的愁情。

上午第四节没课，焕章便骑着自行车到农贸市场买了好些鱼肉豆腐鸡蛋之类的菜，想让妻子和女儿在回家前吃好一点。香兰虽然心疼花了这么多钱——她是一个节俭的人，但从焕章深情的体贴里，她还是得到了满怀的欣慰和幸福。

这一天，妻子香兰把焕章所有该洗的被帐衣物都洗干净了，把该理该叠的东西也放得井井有条。她忙了一整天。她每次来他这里，都是这样。

晚上焕章什么也没做，也不想做，只陪妻子香兰说话，逗女儿欣月玩耍。虽然教学工作繁忙，茫茫书海也等他横渡，但妻子和女儿明天就要下驻舆去了，在剩下有限的团聚时光里，他要尽可能多地献出深情的夫爱和父爱。

"女儿的脑袋像你，脸蛋像我！"妻子香兰幸福地说。焕章仔细观察一番，深以为然。女儿欣月不但是他们爱情的结晶，也是他们灵与肉精华的合璧。女儿很喜欢声音色彩，她时而会东张西望地寻声觅彩，时而会像小哲人似的凝神默想。她还喜欢翻书弄笔，俨然将来要做大学问的人。"这些尤其像你！"妻子香兰强调说。她的话使焕章飘飘然。

睡觉时，妻子香兰居中，两臂分别枕着焕章和女儿。望着可爱的女儿和亲爱的丈夫，她脸上荡漾着幸福的微笑，这微笑包含了妻爱和母爱的双重甜蜜。

女儿睡后，他们夫妻俩说起了悄悄话。妻子香兰开玩笑说："我们母女俩走后，你可不能和别的女人好呀！"焕章笑着说："你放心吧，我对你情有独钟，下辈子我还娶你做老婆！"香兰满意地笑了。女儿的睡态真可爱，像个小天使。焕章爱怜地说："要带好女儿，别委屈了她，啊？""嗯！"香兰温柔地点点头。"你也别太劳累了，要注意自己的身体！"焕章又说。"知道啦，你安心做好你的工作吧！"说着，香兰便送给他一个热烈、香甜的长吻……

第二天一早，焕章和香兰就醒了，但没有立即起来，他们依偎着，尽情品味着早晨这难得的温馨和甜蜜。女儿还在甜睡，梦中发出咯咯的欢笑。焕章情不自禁地轻吻了一下女儿粉红色的脸蛋。

早饭很丰盛，焕章和香兰却吃不下，将别的离愁塞满了他们的胸腔。只有无忧的女儿，抓着筷子敲得饭桌叭叭直响，口中还欢快地咿呀不停。

车票是早上九点十分的。八点半时，焕章送妻子和女儿出门了。行李昨晚就收拾好了。焕章把行李包放在自行车架上，没有骑车，只推着车子和抱着女儿的妻子并排走着。铃铃的自行车铃声，不时引得女儿咯咯欢笑。焕章和妻子很少说话，只默默地走着，这沉默更增添了他们离别的愁绪。

到了长平车站候车室，焕章放好行李，叫妻子香兰坐下，便要到门口买一点水果给她路上吃。香兰说："别去了，省点钱。"但焕章还是去了，买了两斤苹果回来。平时他会节俭的，但此时他不想，为了亲爱的妻子。

上车的电铃响了，发车牌上出现了驻舆的地名。焕章的愁情骤然浓郁了。压抑着浓郁的愁情，他为妻子剪了车票，替她找好座位，放好行李。司机还没来，他便从妻子手里抱过女儿，走下车来。在车子开走前，他要多抱一下亲爱的女儿。女儿透过车窗，朝车里的妈妈咯咯欢笑，一边还"妈妈，妈妈"地雀跃欢喊，引得车上的旅客都投来喜爱的目光。看到女儿那么欢快，焕章心里说不出是苦涩还是高兴，只一次次地亲吻她娇嫩的笑脸。

不一会儿，司机来了。焕章匆忙吻了一下女儿，便把她从车窗口递到妻子的怀里。女儿两只小手抓着窗沿，望着窗外的爸爸一边笑一边喊着"爸爸"。焕章强笑着拍手逗她，心里异常难分难舍。妻子的双眼早已湿润了。

班车嘟的一声开动了，徐徐向车站门口驶去。女儿见爸爸还站在原地，便哇的一声哭了。"爸爸，爸爸，爸爸……"女儿连声喊着，两只小手不住地向爸爸舞动。香兰簌簌地掉下两串晶莹的眼泪来。焕章的笑容僵硬了。他真想追上去，两脚却不能动，只举起右手使劲地挥舞着，挥舞着……

班车很快在车站门口的拐弯处消失了，它带走了焕章沉重而愁苦的心，只留下一片蒸腾的尘雾和他无尽的思念。他呆呆地站在那里，心里真想哭……

焕章骑着自行车返校时，头昏沉沉的，感到难以言状的孤寂和惆怅。他忽又后悔，自己为什么不强留妻子和女儿多住几天呢？真是个大傻瓜啊！他骂自己。他郁闷地想着，迎面有人和他打招呼也没注意是谁，只含糊地应答了一声。

回到长平二中教师宿舍，焕章打开自己的房间，顿感里面空荡荡的了，犹如他空荡荡的心。他把房门关上，在房间里徘徊着，目光搜寻着。他看到妻子香兰用过的一样样物品，女儿欣月玩过的一件件东西，睹物思人，妻子和女儿的笑脸又浮现在眼前，这更使他愁肠百结，心乱如麻。他走近床前，发现枕上还有妻子脱落的秀发，毛毯上还有女儿未干的尿渍，这又使他倍感亲切和温馨。可不一会儿，这亲切和温馨，又被浓郁的愁情淹没了。

焕章走到写字台前，在藤椅上坐下，从抽屉里拿出待客的香烟，一支接一支地抽着。"借烟消愁愁更愁"，他的愁情反而更浓更重了。那浓浓的烟雾层层包围了他，使他百无聊赖、浑身乏力……

他知道，他的离愁不会消失了，在下一次见到妻子和女儿之前。

乡城往事

第五十八章

星期一下午课外活动时，因为事情紧急，学校提前召开了教职工会议。如果不是出于特殊情况，长平二中每周的教职工例会一般在星期五下午的课外活动时召开，这一时间既便于对本周教学工作做总结，又利于对下周教学工作做安排。

在会上，校长传达了县委、县政府《关于助农抗旱的紧急通知》。一九九一年入夏以来，长平大地几乎滴雨未下，遭遇了新中国成立以来继一九六三年大旱后的又一次特大旱灾，为此，全县上下进行了抗旱总动员。从后天起，长平二中的师生也要加入抗旱的行列，利用课外活动时间，到县城附近的邑边村提水、端水润田抗旱，而且每班要完成一亩的抗旱任务。——这也是本周的教职工例会提前召开的原因。

在会上，校长又顺便讲到最近进行的职称评选的事。他赞扬了一些行政领导主动退出这次职称评选，把考核"优秀"的指标让给普通教师的高尚行为。他说，有些学校内部为争考核"优秀"指标斗得很激烈，以致名单久久没定下来。他为自己学校的安静、和谐而高兴。

接着，负责德育工作的副校长重申了各班要注意防火防盗。他讲了最近发生的两例失火案件：一例是高中有个男生抽烟，把烟头丢在另一个同学的棉被上，结果烧了一床棉被；另一例是初中有个女生晚上在床上点蜡烛看书，不知不觉睡着了，而蜡烛倒了下来把蚊帐烧掉。幸好这两次火灾都被及时发现，火也被及时扑灭了，才没酿成大祸。他又讲了最近发生的一例偷盗案件：某某同学的自行车在前天晚自修时被人偷走了，据说盗贼是外面社会上的人。

副校长还讲到要注意防止学生打架，尤其是学生打群架。他说，前一次我们学校的学生在城街上邀集社会上的人打群架，造成了不良影响。

副校长讲完后，校长又补充讲到教师的业余生活问题。他要求老师们少打麻将，少打扑克，少东拉西扯，多钻研业务，加强学习。他特别表扬了焕章刻苦学习、顽强拼搏的精神。他说："焕章老师不但对工作认真负责，教学水平高，深受学生欢迎，业余也博览群书，勤奋写作，不断提升和超越自己。全校老师，特别是年轻教师，都要向他学习！"

在校长表扬焕章的时候，不少同事向焕章投来赞许的目光，特别是那几个年轻漂亮的女教师，投来的目光里还多了一层仰慕的情愫。

受到了校长的公开表扬和同事们的赞许、仰慕，焕章心里既感自豪又深受鼓舞。

今晚晚自修时，焕章和往常一样，到自己所教的两个高三毕业班看了一下，督促学生认真完成语文作业。现在有部分学生对语文学习有错误认识，认为语文学不学都差不多，学了也不见得好到哪里去，不学也不见得差到哪里去，所以干脆不太理它。焕章为转变学生的这种错误看法，早读时他便会下班去督促学生们朗读、背诵语文课文，晚自修时他也会去班上督促学生认真完成语文作业。学生看到语文老师经常来班上"光顾"他们，学起语文来自然也更卖力，这也是焕章所教班级的语文成绩一直都很优秀的一个重要原因。

晚自修结束后，高三（1）班的林江霞来教师楼找焕章，手里提着一网兜粽子。"焕章老师，送几个粽子给您吃！"林江霞晃了晃手中的粽子，笑吟吟地说。

"你家裹了粽子啊！那么有心，还送给我吃，太感谢了！"焕章惊喜地说。

林江霞家住县城，每天骑自行车走读。因为明天是端午节，她家里裹了不少粽子，她便带了十几个给她敬慕的焕章老师吃。"听说你明天不回家过节？那就到我家去过节吧！"她闪动着两只水灵灵的大眼睛，真诚地邀请说。

"我明天是不回去，但明天你师母和我女儿会上来，我们就在学校过节了！谢谢你啦！"焕章笑着说。

"这样啊！"林江霞有点失望地说。她抿了抿樱桃小嘴。

"下次有机会，我再到你家去做客哈！"焕章安慰她似的说。

"好吧！"林江霞无奈地说，"那我回去了。老师再见！"

"再见！路上小心一点！"焕章嘱咐她说。

"好嘞！"林江霞跨上自行车，向焕章挥了挥手，铃铃铃，便骑车一阵风似的走了。

焕章站在门口，目送着她美丽的身影在夜色中消失不见了，才返回自己的房间。

他打开网兜拿出一只粽子来吃，发现网兜里居然还放有一小包黄糖。"这贴心的姑娘！"焕章微笑着在心里夸赞说。他蘸着黄糖吃粽子，不只甜在嘴里，更甜在心头，一种幸福感不禁在心底袅袅升起。

这天下午，一到课外活动，长平二中从初一到高二的全体师生便出发到邑边村抗旱去了。因为高三毕业班的师生再过一个月就要高考了，时间紧，学习任务重，所以学校没安排他们去抗旱。焕章是高三毕业班的老师，本来也不用去抗旱的，但他想关心一下民生疾苦，体验一下社会生活，便主动申请参加了。参加抗旱的师生们，或提着水桶，或拿着脸盆，个个精神振奋，斗志昂扬。一千多名师生，排着长长的队伍，浩浩荡荡，迤逦而行，招来了沿途群众好奇的目光，有的人还露出了赞许的微笑。

二十分钟后，师生们到达了邑边村。当焕章看到干枯的沟渠、见底的河流、龟裂的田地、枯黄的禾苗，以及农民们那绝望无助的眼神时，他禁不住流下了难过的泪水。

师生们以班为单位，排成长龙流水作业，从枯瘦的河道里取水，一桶桶，一盆盆，传递着运送到稻田里。由于稻田太干裂了，一桶水或一盆水浇灌下去，只听哗的一声，就不见了踪影，连续浇灌了一个多小时的水，还润不透一个田角……虽然如此，老百姓还是很感激他们。而师生们抱着救一株是一株的心愿，勉力劳动着，劳动着……

不过，有些老百姓心里也有不满，因为师生们浇灌的稻田，都是经村干部指定的稻田。焕章得知这个情况后，便找到了指挥抗旱的校长，向他建议说："校长，以后我们不要完全按村干部指定的稻田抗旱了！我们自己先考察，根据旱情的缓急，来确定抗旱的先后次序！"校长接受了焕章的建议，说："从明天开始，我们就按你的建议办！"

正谈话间，有一个中年农妇跑了过来，红着眼睛，带着哭腔请求他们说："老师老师，请你们行行好！我家的禾苗将枯死了，给我们的稻田浇浇水吧！"

"你家的稻田在哪？"校长关切地问。

"就在那里，不远！"中年农妇用手指了指说。

"我们过去看看。"校长对焕章说。他们便跟着中年农妇去看她家的稻田。

她家的稻田旱情果然非常严重，再不浇水的话，这季水稻就可能颗粒无收了！

校长当即叫焕章带两个班的学生过来，帮这个中年农妇抗旱。中年农妇感动得直掉眼泪，连声说："太感谢你们了！太感谢你们了！"

抗旱的师生们干到将近晚上八点时，才疲惫地返回学校，晚自修也顺延到第二节才开始上。

因为旱情紧急，第二天，长平二中决定初一到高二年级停课两天，继续到邑边村帮助农民抗旱。

上午八点半，天上飘来一大朵乌云，像一只偌大的乌龟。十时许，远处传来隆隆的炮声，那是打降雨弹的声音，共打了五十发左右。一小时后，天空越来越暗，越来越低，忽然下起了瓢泼大雨，大家顿时欢呼起来，以为不用抗旱了。遗憾的是，大雨下了没多久便不下了，而稻田远没有"解渴"，只润了一层表皮。好在天空不再骄阳似火，而是布满了一层灰色的薄云，气温也降了下来，不再闷热，还吹来了阵阵凉风……师生们喜忧参半，只好继续抗旱。

焕章在参加学校抗旱活动的同时，也牵挂着篁乡自己家里和驻舆乡岳父母家里稻田的旱情。后来他了解到：篁乡家里的稻田，在上坑的那两丘田因为有山泉水浇灌问题不大，但坺上的那两丘田却因为过于缺水而旱情严重；驻舆乡岳父母家的稻田因为都在上坝，在驻舆河旁边，几家亲戚合买了一台抽水机轮流灌溉，因而没受到旱情太大的影响。

这次特大旱情和抗旱活动，让焕章更认识到农民的辛苦，更体会到"谁知盘中餐，粒粒皆辛苦"的深刻含义。同时，他的所见所闻，又促使他思考了许多问题：为什么会发生这么严重的旱情？仅仅是大自然失调导致的吗？有没有人为的因素呢？……通过全面的了解和深沉的思索，他写了一篇题为《由抗旱想到的》的文章，全文内容如下：

当市场疲软，经济滑坡，民众的生活受到很大影响的时候，×县又发生了自1963年以来第二次特大旱灾，受灾稻田达70万亩，占稻田总面积的70%。至笔者作此文止，天空仍然万里无云，骄阳似火，没有半丝下雨的迹象。到处是焦叶的庄稼，龟裂的土地，干涸的河渠。一次严峻的抗旱任务摆在×县人民面前！

于是，全县各级机关半数以上的干部职工纷纷走出办公室；于是，除保育院、幼儿园外的各级各类学校的学生纷纷收拾起书本，放下书包，走出教室。他们手拿脸盆或手提铁桶，加入了浩浩荡荡的抗旱大军。深受灾害、忧心如焚的农民们自不必说了！

尽管如此，由于受旱过久、灾情过重、受灾面积过大，这些用原始方式手提肩挑来的极少量的水不啻是杯水车薪。大片大片的稻田仍缺水干裂，禾苗日枯一日；有相当数量的稻田，禾苗已全部枯死，很多农民痛心地哭了……

这次旱灾给国家造成的损失无疑是巨大的，×县人民的生活无疑也会受到严重影响。当然，我们不必担心妻离子散、家破人亡、逃荒要饭的局面出现，因为我们毕竟生活在社会主义新中国，我们的党和政府决不会对受灾的人民袖手旁观。但从这次严重的旱灾里，我们还可以引出一些令人深思的问题。为什么会发生这么严重的旱灾，难道仅仅是因为自然灾害？为什么旱灾发生后，当地的人们竟对它无可奈何、束手无策呢？

我不禁想起自己耳闻目睹的许多事来：

×县是一个山区小县。几年前，这里山清水秀，河溪纵横，随处可见郁郁葱葱的树木。几年后的今天，这里到处却光秃秃的了，碗口粗的树木也很难寻见，泉涸了，河浅了，这是大量烧制砖瓦、木材源源不断运往邻省广东留下的"杰作"！

曾喧闹一时的稀土矿冷落了，因质量问题产品严重滞销。而满山遍野乱开滥采造成的严重水土流失，却成了难以治愈的后遗症。

旱灾发生前，气象部门曾预测到可能发生旱情，并写了报告，但未被重视。旱灾发生后，购得降雨弹两千枚，有一天空中出现了几朵厚大的积雨云，这是发射降雨弹的好机会，但错失良机，此后便又是烈日炎炎、片云不见的"火焰天"。

郊区的很多排灌设备因没电成了废铁，而县城歌舞厅旋转的灯光却彻夜不熄。于是民间流传了一句顺口溜："农民抗旱没电，县城跳舞专线！"

×县是特困县，农民的生活自然艰苦。不要说绝大多数人买不起水泵，很多人连一小时6元的排灌费也交不起，他们眼巴巴祈盼着抗旱款项的拨给……

啊，我不愿再想了，也不想下什么结论！但读者诸君自可从中找到问题的答案，得出惊心的结论了！

后来，焕章这篇文章发表在《农民日报》上了，在读者中产生了广泛的影响。同事们看了他发表的这篇文章后，都称赞他写得好，有社会责任感，充满了凛然正气。

因为焕章调上长平二中后一门心思放在教学上，他业余花在读书、写作方面的时间就少了很多。虽然这样，他还是尽可能地保持了读书、写作的习惯。他也曾想过转行回到党政机关去工作，或者调到更能发挥他文学和写作特长的文化宣传部门去，但一想到自己的现实情况，要实现自己的愿望并不可能，于是便打消了那不切实际的幻想。在长平政界，焕章除了会和比较知心的县委办公室彭春明副主任和宣传部廖子厚副部长来往外，几乎不再与其他官员来往了。他也有自知之明，自己已是小老师一个，何必要到那些高高在上的官员们面前自讨没趣呢？他原来在县委宣传部工作的同事，有的调到下面的乡、镇当乡长或党委书记去了；有的调到县城的局机关当局长或副局长去了，留在县委机关的也被提拔当了主任或副部长，调到外县的则当了组织部部长、县委副书记或县长了，只有他是县委宣传部的例外。有时候，焕章闲来无事时，或夜深人静时，偶尔也会想起自己在县委宣传部工作时和被"贬谪"到旭阳中学工作时的荣辱岁月，心里禁不住思绪翻滚，百感交集，久久不能平复。而每当这时，也更激发了他拼搏进取、努力向上的勇气和力量！

有一次，焕章骑自行车到长平商业街去购买生活用品，在返回学校的路上，他刚进入通往长平二中的水泥街道，迎面就开来一辆北京牌吉普车，因为路面狭窄不太安全，他只好跳下车来推着车走。当这辆吉普车开到他面前时，忽然嘎的一声停住了，从车上下来一个领导模样的人，这人径直朝他走来并大声喊道："焕章，好久不见了！"说着，伸出一只大手来，要和他握手。

焕章很感意外，忙停下来定睛一看，原来是宣传部的老同事谢运华，他现在是项山乡的党委书记了，人发福了，气派了，差一点认不出来了！

"是运华啊，我以为是谁呢！"焕章惊喜地说，一边接住他伸来的大手，亲热地握了握。

"你在旭阳中学时，离县城那么远，难得见面可以理解，现在你调上县城，在长平二中教书了，也不来找老同事聊聊，这就很不应该了！"谢运华责怪地说。

"你们一个个都当上大领导了，日理万机的，我一个小老师，怎好意思去打扰你们呢！"焕章自嘲地笑着说。

"什么'大领导''小老师'，你这样说就见外了！"谢运华说，"老同事要多来往，不要生分了！……有空来我家坐坐哈！"

"好的好的！"焕章随口答应说。

谢运华向焕章挥挥手，坐上吉普车走了。

望着吉普车卷起的烟尘，焕章不禁想起自己在县委宣传部工作时，他和谢运华一同到县委党校给副局级以上的领导干部讲授马克思主义政治经济学时，彼此暗自角逐、一争高下的情景。想到这里，他不禁苦笑了一下。但谢运华不计前嫌，没有视而不见疾驰而过，还能走下车来和他握手问候、真诚相邀，仍念着老同事的那份情谊，这又让他心里好不感动！

焕章在长平二中过上了相对平静的生活。他的教学水平得到了全面的发挥，他创办并主编的校刊《太阳鸟》也办得红红火火，他出色的工作能力得到了同事们的认可和校领导的肯定。这里的高中学生和旭阳中学的初中学生相比，综合素质较好，人也更青春、更懂事、更好教了，他为学生烦心的事自然也少了很多，师生之间的情谊也更加亲密、更加深厚、更加美好。另外，县城的物质文化生活，也比乡下丰富、现代了许多，不会那么贫乏、落后、单调和枯燥了……尽管这样，他从县委宣传部下放到学校教书的"不光彩"经历，虽然不会像在乡下旭阳中学工作时那么引人关注、惹人议论了，但对他的负面影响却仍然存在。比如，平时闲聊时，有老师会对他说："焕章，如果当年你还在县委宣传部工作，没到学校当老师的话，早就当大官了，真是太可惜了，错过了好机会！"每当这时，他只能含糊地笑笑说："命吧！"有一些领导对他从县委宣传部下放到乡下教书的经历仍存有偏见，认为那是他"人生的污点"，因此他在长平二中要得到进一步的升迁便很困难了。不过，几年来的心灵磨难，让他的心理承受能力变得很强大了，对待工作和生活中遇到的一些不公正、不愉快之事，他也能淡然处之了。他坚信"天生我材必有用"，坚信"皇天不负有心人"，坚信自己总有一天会实现自己的人生价值，创造自己的人生辉煌！

为节省车票费用，这个周日，焕章没有下驻舆乡去看望妻子和女儿，妻子也没带女儿上长平二中来看望他，他们只能把彼此的恩爱牵挂，寄托在深沉的思念之中。

上午焕章出了一份高三语文试卷，又看了一会儿书。中午午睡后起来，他心里忽然感到一种莫名的孤独和惆怅，便想下午到外面去走一走，化解一下这莫名的情绪。到哪里去走走好呢？他思索了片刻，便决定到川塘坑去走走。川塘坑就在从长平二中再往里走的那个山谷，那里有一个名叫"复元寺"的寺庙，据说"很灵验"，经常有善男信女路过学校到这个寺庙去求神拜佛。

初冬的太阳很温柔，照在身上暖洋洋的，非常舒适。这是一年之中太阳最受欢迎的季节。这时用"温暖的太阳"来描写太阳，是最恰当不过的了！焕章沐浴着温暖的阳光，沿着山脚的黄泥土路，往川塘坑悠闲地走去。

川塘坑是一条狭长的山谷。两边的山坡上长满了芦萁、丝茅和灌木，还有稀疏的小松树和小杉树。谷底是平整的洼地，有种着包菜或萝卜的碧绿菜地，有留着禾头茬的枯黄色稻田，还有几口碧波荡漾的长方形鱼塘，其中一口鱼塘上有几只散养的麻鸭在悠闲觅食。不时有山鸟从山谷这边扑棱飞起，惊呼着飞落到山谷那边去了。路坎下有一条潺潺流淌的小溪，像一张会唱歌的五线谱。溪水清澈见底，一条条石斑鱼在水里追逐，就像一群淘气的小精灵。

走了十几分钟后，焕章走到了川塘坑的尽头，复元寺就出现在眼前了。

复元寺与篁乡的灵山禅院一样，是一座泥瓦结构的平房，像一座缩小版的长平民间祠堂，但它的规模比灵山禅院似乎更小一些。该寺的始建时间不明，但"复元寺"三个字的寺额，据说是乾隆初年的长平知县陈涛题写的。寺门口贴有一副对联，上联是"千处祈求千处应"，下联是"万里无云万里天"。寺前的门坪上摆放着一张八仙桌，有几个香客正坐在那里喝茶、聊天。一只老母鸡带着一群小鸡崽，咕咕咕、叽叽叽地欢叫着，在门坪边沿的草地上悠闲觅食。

复元寺周围的景色很一般，主要是乱砍滥伐严重，缺少高大、茂密的树林，没有"鸟鸣山更幽"的诗意。但在古代，肯定不是这样的，那时的景色一定很幽美，不然，也不会在这里兴建寺庙了，古人有诗云，"天下名山僧占多"。想到这，焕章心里不觉生出一丝遗憾来。

焕章走进寺门，只见前面正厅的神位上供奉着三尊佛像，香案上点着红蜡烛和黄檀香，供桌上摆放着橘子、香蕉、糖果和饼干等几盘供品。佛像上方拉着一条"有求必应"的红布横幅，但红布已经褪色并落了不少灰尘。厅堂两边的墙壁呈暗灰色，见证了岁月的久远；墙面上空空的，不像灵山禅院的墙面贴有字画。

焕章正观察间，一个带发修行，名叫净莲法师的女住持从厢房走出来，上前施礼问道："施主是来烧香拜佛呢，还是来问神求签？"

净莲法师五六十岁的年纪，外表和一个农家主妇没什么两样，与灵山禅院虽七十多岁却仍皮肤白皙、干净明慧的妙玉法师相比，感觉很不一样。

焕章原本想进来看看就走的，经净莲法师一问，倒不好意思马上就走了，只好从钱包里取出五块钱，投进了"善款箱"。其实，焕章并不信佛。

从复元寺出来，焕章一看手表，时间还早，就想趁这好天气，再去爬爬山。于是，他便朝对面不远处最高的一座山峰走去。

尽管这座无名的山峰很高，但并不陡峭。山坡上长满了芦萁、蓬毛尖等低矮植物，还生长着不少稔子树，此外是一些矮小的松树和杉树。稔子树上结满了乌黑的稔子，只可惜错过了最佳的采摘季节，已被风霜吹晾得有点干瘪了。焕章摘了几颗来吃，稔子在嘴里发出酒糟似的香味。他不禁想起了天真烂漫的童年时代，自己和小伙伴们一起背着黄书包，在昌浦乡五丰村的粜米岗上采摘稔子的情景，耳畔仿佛又响起了那稚气的童谣："八月半，稔子乌一半；九月九，稔子乌斗斗；十月朝，稔子像甜糟……"

焕章爬上山顶时，不禁有点气喘吁吁了。他深呼吸了几下，平定了一下气息，便观察起四周的景色来。这座山峰后面是连绵起伏的群山，前面是一个偌大修长的盆地，长平县城就坐落在这个盆地上。从山顶俯瞰县城，楼房街道，行人车辆，一览无余。一条碧绿发亮的轻盈玉带，由西北向东南飘过县城，这就是长平河了。俗语云："江西九十九条河，只有一条通博罗。"这条通博罗的河，就是长平河。关于这句俗语，有一个神奇的传说：

相传很久很久以前，有一条蛟龙看到江西是一个难得的风水宝地，就想霸占为自己的巢穴，在这里长期居住下来。于是，它兴风作浪，为所欲为，使江西变成了滔滔泽国，一年四季洪水肆虐，疫病流行，百姓无法生活。一心要救民于水火的许真君一边给人治病，一边苦修本领，当其学成后就去追杀蛟龙。功夫不敌许真君的蛟龙只好死命逃窜，后来逃到长平桠髻钵山下的一个深潭里潜藏起来。许真君追寻而来，双方又大战了三百回合。蛟龙敌不过许真君，又逃进深山老林里去了。许真君见只凭自己的法力一时难以杀死蛟龙，就到南海请来了观音大士帮忙。于是，观音大士便变成一个老婆婆，在山下路边的一棵大树下摆了一个食摊，假装卖粉丝。

这时天气炎热，蛟龙又渴又饿，就跑到老婆婆那里去买粉丝吃。它一口气吃了三大海碗，吃饱后刚要离开，只听得老婆婆大喝一声："孽龙，你哪里去！"她随即伸手一指，蛟龙便哇的一声把肚子里的粉丝吐了出来，粉丝瞬间变成了一条条粗大的锁链，把蛟龙捆绑得动弹不得。蛟龙抬头见老婆婆变成了观音大士，吓得连忙跪地求饶："观音饶命！观音饶命！"这时，许真君也赶来了，便要拔剑斩杀蛟龙，观音大士连忙制止了他，说："留它一命，让它将功补过吧！"许真君便命令蛟龙一夜之间要造出九十九条河来，把江西的洪水都引入长江，流到大海去，少一条则斩无赦。蛟龙只好叩头答应了。

于是，蛟龙便用它那条有力的大尾巴一甩，一条河就出现了，再一甩又一条河出来了，到子时蛟龙已开通了九十八条河，只差一条了，但此时它觉得太累了，不想干了，就跑回长平桠髻钵山下的那个深潭里睡觉去了。许真君发现后，便追杀过来，举剑喝道："孽龙，你不守信用，吃我一剑！"蛟龙在梦中惊醒，吓出一身冷汗，拼力向南一窜，溜到南海去了，再也不敢出来。而它溜过之处便变成了河道，这条河通往博罗，汇入珠江，流进了南海。这条河也成了江西唯一一条向南流的河，于是民间就有了"江西九十九条河，只有一条通博罗"的俗语。这条通往博罗的河，就是现在的长平河，也是珠江的重要支流——东江的源头。

焕章望着如一条玉带般轻盈飘拂的长平河，心想：长平人民是应该感谢那条蛟龙的，没有它就没有长平河，世世代代的长平人就不可能在长平河两岸那美丽、肥沃的土地上生息繁衍了！

焕章环视着山川，俯瞰着县城，又心潮翻滚、遐想联翩起来。他想起了"孔子登东山而小鲁，登泰山而小天下"的典故，想起了杜甫"会当凌绝顶，一览众山小"的诗句，想起了越王勾践为报仇复国的"卧薪尝胆"，想起了自己大学毕业后回长平工作以来的荣辱岁月……心里不禁升起了一股沉郁、悲壮的情绪，便创作、吟诵了一首题为《登高》的小诗：

> 心绪沿九曲的山径，
>
> 盘旋而上，
>
> 与浩渺的天际相接。
>
> 一座座远山，
>
> 是一座座沉重的记忆，
>
> 无声的慨叹填满了山谷。
>
> 太阳的誓言仍挂在碧空，
>
> 正灼灼照人。
>
> 风，卷过快乐的季节，
>
> 呼啸远古的警语：
>
> 越王，你忘了，
>
> 亡国的耻辱吗？……

太阳给万物输送了一天的温暖，已有些疲惫，准备下山休息去了。天空开出了一朵朵灿烂的云霞，来感谢太阳的辛劳，欢送太阳的离去。淡蓝色的雾霭在一条条山沟弥漫开来，似乎想遮掩什么秘密。寒风悄悄地从幽暗处溜了出来，撩乱了焕章的头发，掀扯着他的衣角。夕阳无限好，只是近黄昏。焕章知道，时间不早了，他该下山回去了。

第五十九章

　　焕章有几年没回篁乡田背排村过中秋节了，今年的中秋节，他打算带妻子和女儿回去过。父母和哥嫂他们虽然反对他和香兰结婚，但他既然和香兰领了结婚证，他们也只好接受这个现实，而随着时间的推移，特别是当他和香兰有了爱情的结晶——可爱的女儿欣月后，他们对他和香兰结婚的不满便渐渐消解了。在回去前，焕章写了一封信给二哥新营，告诉了二哥自己将回家过中秋节以及回去的大致时间。很快，他就收到了二哥的回信，信中说，全家人都期待他带着妻子和女儿回来，什么东西都不用买，家里都有，人回来了就行了！焕章读了二哥的回信，心里一热，感动的浪潮随即涌满了胸腔，让他差点掉下眼泪来。是啊，血浓于水，有什么比亲情更重要的呢？

　　中秋节这天，焕章带着妻子和女儿，早上八点就到县汽车站乘班车回篁乡。在山路上颠簸了近三个小时后，班车才到达篁乡车站。从班车上下来，他们又走了半个多小时的沙石公路、黄泥土路，才到达田背排村丰园里。在距离家还有几百米远的时候，他就看见父母、二哥二嫂和侄子侄女们等候在大门口了。二哥二嫂已有了第三个孩子，是个儿子，名叫亮亮，和焕章的女儿欣月同岁，只比欣月小了半个月，已两岁半了；他们夫妻俩有了"继承香火"的儿子后，便心甘情愿交了罚款，从此再也不用躲避计划生育了。

　　"满子下来了？"母亲高兴地问候说。

　　"嗯。欣月，快叫爷爷奶奶！"焕章说。

　　"爷爷！奶奶！"欣月稚声稚气地说。

　　父母忙不迭地应着，笑得合不拢嘴。

　　"俚的孙女长那么大了，真乖！"父亲抱起欣月，亲了一下她娇嫩的脸说。

　　"路上还顺利吧？车上攘不攘（多不多人）？"二嫂玉翠微笑着问。

　　"还好。人很多。"焕章回答说。

609

第五十九章

"香兰会不会坐车？"二哥新营又笑着问香兰。

"有一点反车（晕车）。"香兰不好意思地说。

"等一会儿我煮一碗糖姜汤给你喝就没事了！"二嫂关心地说。

雯雯和晶晶问候了"叔叔婶婶好"后，接过他们手中的行李拿进屋里去了。亮亮则屁颠屁颠地跟在两个姐姐后面，脸上漾满了快乐的笑容。

一大家人走进客厅，喝茶，歇息，聊天。雯雯、晶晶、欣月和亮亮四姐弟，边吃零食边玩耍。欣月换了一个新环境，又有姐姐弟弟陪着玩，那高兴的劲儿就别提啦，开心得就像一个幸福的小公主！家里增加了三个人，气氛也变得热闹起来，充满了融融的和乐与温馨。

焕章走出客厅，特意看了一下房屋周围的橘园、桃园、茶园、毛竹、杉树……发现它们都长大了，长高了，成林了。橘园里的橘子树上挂满了碧绿的橘子，橘子正处于膨胀期，就像一只只绿色的小灯笼，十分惹人喜爱。焕章又到猪圈里看了养着的几头乌克兰大白猪，到鸡舍里看了圈养的上百只饲料鸡，到屋后看了挂在屋檐下的几桶蜜蜂，心里赞叹二哥二嫂成熟的种养技术，正给家里带来良好的经济效益。他甚至联想到遥远的未来，如果自己将来退休后能回到家里种种瓜果、养养鸡鸭、看看山林，过上闲适的山水田园生活，那会是一件多么惬意、幸福的事啊！

午饭后不久，父母、二哥二嫂就开始刷鸡杀鸭、剖鱼剁肉、热酒酿豆腐了，烹制今晚中秋节的美味佳肴。焕章和香兰想去帮忙，但他们不让插手，要他俩好好歇着，把他俩当成客人了。孩子们看到大人们刷鸡杀鸭，就围过去看热闹，不时发出响亮的欢呼声。

中秋晚宴是丰盛的，鸡、鸭、鱼、肉、豆腐、香菇、木耳、竹笋等食材巧妙搭配成"八盘四碗"的美味佳肴，还有醇厚的桂花酒，摆了满满的一大圆桌。当一切摆放停当，父亲向三只空碗斟了半碗桂花酒，然后拱了拱手，祷告说："列祖列宗，各位神灵，过来食哈，唔是矩律（不要客气），保佑我们一家人顺顺利利、平平安安！"接着，二哥新营放了一串八百响的红皮鞭炮，噼里啪啦的鞭炮声和浓浓的火药香，增加了佳节的喜庆气氛。家人们在鞭炮声中——入席，依次而坐。席间，祝酒劝酒，觥筹交错；吃香喝辣，尽情尽兴；欢声笑语，其乐融融……

晚饭后，待母亲和二嫂收拾好杯盘桌椅，焕章和二哥就把大圆桌抬到外面的门坪上，雯雯和晶晶则把椅子搬了出来。父亲拿出两大盘月饼、花生、饼干和油煎腊子，二哥又剥了两个大柚子，一家人便又围坐在大圆桌前赏月了。

这时，月亮升起来了，像一只洁白浑圆的大玉盘，散发出清澈如水的光华。万

乡城往事

里晴空，只有白云几朵，像草原上雪白的羔羊。稀疏的星星闪烁着，像仙女遗落的宝石，点缀着深邃的夜空。苍茫的大地一片朦胧，像蒸腾着一层乳白色的云雾。篁乡河闪耀着波光，像流淌着一河白色的水银。丰园里的明月夜，因为有树叶的絮语、婆娑的竹影，显得更加宁静、祥和。

"叔叔，今晚的月光这么好，你就给我们讲个故事吧！"雯雯欢笑着请求焕章说。

"是啊，你都有好几年没给我们讲故事了！"晶晶也笑着附和说。

自从焕章调到县城的长平二中后，就很少回家，即使回来也是来去匆匆，确实有好几年没给她们姐妹俩讲故事了。今晚的月色那么美好，又是中秋佳节，自然不能扫了她们的兴，于是，他满口答应说："好吧，今晚是中秋节，叔叔就给你们讲一个嫦娥奔月的故事吧！"

"好！欢迎叔叔给我们大家讲故事！"雯雯和晶晶鼓起掌来，欣月和亮亮看到两个姐姐鼓掌，也举起两只小手学着鼓起掌来。

"大家注意听哈，我开始讲故事了！"焕章习惯性地以老师的口吻提醒说。于是，大家便安静地听他讲了起来：

相传在远古的时候，天上突然出现了十个太阳，晒得大地直冒烟儿，老百姓实在无法生活下去了。有一个力大无比的英雄名叫后羿，他决心为老百姓解除这个苦难。后羿登上昆仑山顶，运足气力，拉满神弓，"嗖——嗖——嗖——"一口气射下了九个太阳。他对天上最后一个太阳，也就是现在每天都会出现的这个太阳说："从今以后，你每天必须按时升起，按时落下，为民造福。"

后羿为老百姓除了害，大伙儿都很敬重他。很多人拜他为师，跟他学习武艺。有个叫逢蒙的人，为人奸诈贪婪，也随着众人拜在后羿的门下。

后羿的妻子嫦娥，是个美丽善良的女子。她经常接济生活贫苦的乡亲，乡亲们都非常喜欢她。有一天，昆仑山上的西王母送给后羿一丸仙药。据说，人吃了这种药，不但能长生不老，还可以升天成仙哩。可是，后羿不愿意离开嫦娥，就让她将仙药藏在她的百宝匣里。

这件事不知怎么被逢蒙知道了，他一心想把后羿的仙药弄到手。农历八月十五这天清晨，后羿要带弟子们出门去，逢蒙却假装生病，留了下来。到了晚上，逢蒙手提利剑，迫不及待地闯进后羿家里，威逼嫦娥把仙药交出来。嫦娥心里想，让这样的人吃了长生不老药，不是要害更多的人吗？于是，她便机智地与逢蒙周旋。逢蒙见嫦娥不肯交出仙药来，就翻箱倒柜，四处搜寻。眼看就要搜到那只百宝匣了，嫦娥疾步向前，取出仙药，一口吞了下去。

嫦娥吃了仙药后，突感轻飘飘的，就要飞起来了。她惊慌失措之间，仓促地抱起身边的一只兔子，和兔子一起飘飘悠悠地飞出了窗子，飞过了洒满银辉的郊野，越飞越高……碧蓝碧蓝的夜空悬挂着一轮明月，嫦娥抱着兔子一直朝着月亮飞去。

后羿外出回来，不见了妻子嫦娥。他焦急地冲出门外，只见皓月当空，圆圆的月亮上树影婆娑，一只玉兔在树下跳来跳去。啊，妻子正站在一棵桂树旁深情地凝望着自己呢。"嫦娥！嫦娥！"后羿连声呼唤，不顾一切地朝着月亮追去。可是他向前追三步，月亮就向后退三步，怎么也追不上……

乡亲们很想念好心的嫦娥，在院子里摆上嫦娥平日爱吃的月饼、爱喝的桂花酒，遥遥地为她祝福。从此以后，每年的农历八月十五，就成了人们企盼团圆的中秋佳节。

…………

"这个故事太美、太感人了！"雯雯感叹说。

"中秋节的来历，原来是这样的啊！"晶晶恍然大悟似的说。

"欣月，你的名字里就有一个月亮的'月'字哦！你爸爸讲的故事好不好听啊？"二哥逗着问侄女欣月。

"好听！"欣月歪着脑袋，脆生生地说。全家人都笑了。

雯雯读初中了，晶晶也读小学高年级了，为对她们姐妹俩进行科普，焕章又补充说道："嫦娥奔月的故事，那是神话传说。其实，中秋节的真正来源，是天象崇拜。祭月，在我国是一种十分古老的习俗，是古代我国一些地方的人对'月神'的一种崇拜活动。二十四节气中的秋分时节，是古老的'祭月节'，中秋节就是由传统的'秋分祭月'活动演变而来的，它普及于汉代，定型于唐朝初年，盛行于宋朝以后。中秋节以月之圆象征人之团圆，寄托思乡、思亲之情，祈盼丰收和幸福，成了我们中华民族重要的传统文化节日！"

"叔叔，你懂的真多！让我们长知识了！"雯雯敬仰地说。

"你们姐妹俩要向叔叔学习，好好读书，将来考到大学来！"二嫂鼓励雯雯和晶晶说。

"我们一定会努力读书的！"晶晶表决心似的说。

焕章忽然想起小时候在中秋节时观看"请月光姑"的事来，便问母亲："现在村里还有人会'请月光姑'吗？"

"住在村里老围屋的没几家人了，都做了新房子搬走了，还有谁去'请月光姑'呢？"母亲说。

"就是现在大家重新聚在一起，也没人会'请月光姑'了。——会'请月光姑'的老人不在了，年轻人又没人会！"二哥说。

"其实，'请月光姑'也是一种重要的传统民俗文化活动，没人传承实在可惜！"焕章遗憾地说。

"时代不同啦，有什么办法！"二哥无奈地说。

焕章叹息了一声，小时候观看"请月光姑"的情景在脑海里浮现：

中秋节吃过晚饭后，孩子们一手拿着小凳子，一手吃着家里做的月饼，跟随大人们来到围屋的门坪上，观看阿凤叔婆"请月光姑"了。

阿凤叔婆是新屋下围屋唯一会"请月光姑"的人，其他人都不会。

"月光姑"的道具制作很简单：拿一个有提手的竹篮，用一件花衣裳围住它，扣好扣子，这就是"月光姑"的身子了；在提手上绑一只饭勺，再用一条红头巾把饭勺包住，这就是"月光姑"的头了；在"月光姑"的脖子上一边挂一串钥匙，表示"当家人"，另一边挂一条苎麻绳，表示"带子带孙"。整个道具看上去就像一个盘腿打坐的道姑。

请"月光姑"时，门坪上放一张八仙桌，桌上放着月饼、水果和一竹筒白米，点燃蜡烛，在大人小孩屏息凝神的注视中，阿凤叔婆端着"月光姑"道具在蜡烛上方转几圈，然后对着天上的月亮念念有词：

> 月光驰，月光姑，
> 请侬（读eng）下来聊一晡。
> 手搓篮子叮叮转，请侬下来聊一转。
> 手搓篮子叮叮围，请侬下来聊一围。
> 大姐可来，二姐也可来，癫呆三姑切莫来。
> 侬爱来，就尽管来，不要站在门口黏着不进来。
> 侬爱进，尽管进，不要门口站着不进来。
> 三串锁匙有侬带，四串锁匙有侬归。
> 长苎有侬接，短苎有侬回。

这时，阿凤叔婆端着的"月光姑"道具微微晃动了，它身上挂着的那串钥匙也发出了响声，这表明"月光姑"已从天上请下来了。人群里一阵骚动，所有人都兴奋起来。阿凤叔婆便对"月光姑"说："月光姑,今天是八月半,乡亲们拳拳来看你,你要好好地给他们算哈!"

于是,乡亲们便轮流问"月光姑"问题,由阿凤叔婆传达,"月光姑"点头应答。

有人问他家的孩子能读多少个学校。"月光姑"点一下头,表示读一个学校,则小学毕业;点两下头,表示读两个学校,则初中毕业;点三下头,表示读三个学校,则高中毕业;点四下头,表示读四个学校,则大学毕业。焕章的母亲就曾问过"月光姑",焕章能读多少个学校,"月光姑"点了四下头,后来焕章果然读了四个学校——最后考上了大学!

有人问自己还要多少年娶老婆。"月光姑"点一下头,表示还要等一年;点两下头,表示还要等两年……问的人很担心"月光姑"会点五六次甚至七八次头,那他就要等五六年甚至七八年才能结婚进洞房了!

有人问儿媳能生多少个儿子。"月光姑"点一下头,表示能生一个儿子;点两下头,表示生两个儿子……如果"月光姑"不点头,问的人就会着急,担心家里香火不继。

有人问自己有没有新房子住。"月光姑"点头则表示有新房子住,问的人就很高兴,说明家里将来有钱做新房;"月光姑"不点头则表示没新房子住,问的人就很沮丧,说明家里将来没钱做新房。

…………

"月光姑"的"回答",很少让问的人扫兴,大多数人都会有不同程度的满足感。

当所有想向"月光姑"问问题的乡亲都问遍了时,夜也就深了,也到了该送"月光姑"返回天上去的时候了。这时,阿凤叔婆便又念念有词道:

月光驰,月光姑,

侬爱归,直路归,不要半路再返回。

侬爱归,直路归,不要路上搞溜苔……

送走"月光姑"后,阿凤叔婆手中的"月光姑"道具就不会自己动了,也不会点头了。这时,阿凤叔婆会把桌上的月饼、水果分给孩子们吃,说小孩子吃了请"月光姑"的供品会更乖、更好带,读书也更聪明。

焕章回想到这里，心里想：以前的孩子们能看到"请月光姑"的有趣情景，是多么幸运啊；现在的孩子们看不到"请月光姑"的情景了，少了童年生活的一个乐趣，又是多么遗憾！

赏了一阵月后，雯雯、晶晶、欣月和亮亮回客厅看电视去了，香兰和母亲、二嫂在拉家常，焕章则和父亲、二哥在聊天。

父亲问起焕章在长平二中工作的情况，焕章便向父亲和二哥作了简单的"汇报"。二哥听了后说："你在二中工作有能力、有成绩，我们都为你感到高兴！但你要谦虚谨慎，戒骄戒躁，做出更大的成绩来，为自己争一口气！"焕章有力地点了点头。

焕章也问起家里的一些情况。他问二哥："家里在垴上的那口土窑还在烧砖瓦吗？"

"今年没烧了。上面不允许私窑烧砖瓦了，说对农田和山林破坏很大。现在只剩下村里的砖瓦厂还在烧砖子，用煤做燃料，烧出来的是红砖子。"二哥说。

"怪不得我看不到田垴上的那些土窑冒烟火了！"焕章恍然大悟似的说，"其实，上面不允许私窑烧砖瓦，虽然眼前对农村的家庭经济发展不利，但从长远来看，保护了农田和山林，那是为后代子孙造福，我们要支持！"

二哥点了点头。

焕章又问起自家在村道旁的那间店子的情况。父亲说："平时店里除卖一些豆腐、铁勺板和黄酒酿外，还会卖一些油盐酱醋等生活必需品，生意还可以，这里的收入弥补了关闭土窑后的损失。"

"那很好！多种经营，便有了多条出路！"焕章说。

"现在国家提出，我们要在本世纪末基本实现'小康生活'，对我们家来说，一点问题都没有！"二哥自豪地说。

焕章赞许地笑了。

夜深了，家人们各自回房睡觉去了。焕章睡不着，又从床上爬起来，披了一件风衣走出门去。

月亮升到了中天，更加明亮了，它用自己银色的光辉，把大地装扮成了一个梦幻般的童话世界。焕章站在门坪前沿，俯瞰着月光下朦胧的田背排村，遥望着依稀可见的旭阳中学，不禁又想起自己从县委宣传部下放到旭阳中学教书时的那段荣辱岁月……他忽然想到北宋的大文豪苏东坡，虽遭多次贬谪，仍能胸襟豁达、从容自如，还写下了千古流传的《念奴娇·赤壁怀古》和前、后《赤壁赋》，这是何等的伟岸、崇高啊！自己一定要向这位伟大先贤学习！

焕章仰望着天上的明月，想起了苏东坡写的著名词篇《水调歌头·明月几时有》，便声情并茂地吟诵起来：

明月几时有？把酒问青天。不知天上宫阙，今夕是何年。我欲乘风归去，又恐琼楼玉宇，高处不胜寒。起舞弄清影，何似在人间。

转朱阁，低绮户，照无眠。不应有恨，何事长向别时圆？人有悲欢离合，月有阴晴圆缺，此事古难全。但愿人长久，千里共婵娟。

此时的他，从千古文人苏东坡身上，汲取了一股奋发向上的强大力量！

在东欧剧变、苏联解体的国际大背景下，在我国改革开放的重要关头，一九九二年春，中国改革开放的总设计师邓小平同志亲临南方视察，并以他一贯坚持的实事求是的态度有的放矢地发表了一系列廓清人们思想中姓"资"姓"社"模糊观念的讲话。对此，党内人士一般是从中央文件中知悉的，而绝大多数中国老百姓则是通过阅读一篇由《深圳特区报》副总编辑陈锡添写的、被全国报刊转载、名为《东方风来满眼春——邓小平同志在深圳纪实》的新闻通讯才了解到的。

邓小平同志在南方视察时的讲话，推动了十多亿中国人的思想大解放，推动了中国改革开放的伟大进程，对中国社会主义现代化建设事业的发展，有着重大而深远的意义！从此，中国大地上掀起了新一轮改革开放的大潮，中国经济体制改革进入了整体推进、重点突破的历史新阶段，中国人民以极大的热情投入到了建立社会主义市场经济这场史无前例的实践当中。

后来，一首由蒋开儒、叶旭全作词，王佑贵谱曲，董文华演唱的歌曲《春天的故事》，在大江南北、长城内外迅速传唱开来：

一九七九年，那是一个春天
有一位老人在中国的南海边画了一个圈
神话般地崛起座座城
奇迹般地聚起座座金山
春雷啊唤醒了长城内外
春晖啊暖透了大江两岸

啊，中国，啊，中国

你迈开了气壮山河的新步伐

你迈开了气壮山河的新步伐

走进万象更新的春天

一九九二年，又是一个春天

有一位老人在中国的南海边写下诗篇

天地间荡起滚滚春潮

征途上扬起浩浩风帆

春风啊吹绿了东方神州

春雨啊滋润了华夏故园

啊，中国，啊，中国

你展开了一幅百年的新画卷

你展开了一幅百年的新画卷

捧出万紫千红的春天

啊，春天的故事

春天的故事

啊……

  这首歌曲成了中国改革开放的代表曲，它先后获得了中央电视台第二届音乐电视大赛金奖、中宣部第六届"五个一工程奖"、金钟奖等奖项，成为获得国家奖项最多的歌曲。

  在新一轮改革开放大潮的大背景下，中国大地，特别是沿海一带的开放城市，私营企业如雨后春笋般纷纷涌现出来。不少国家公务员、事业单位工作人员，也纷纷辞职或停薪留职，下海办工厂、开公司、做生意，成了商品经济大潮的弄潮儿。他们当中，大多数人赚得盆满钵满，先富了起来，但也有少数人，投资失败，甚至血本无归，被经济大潮吞噬得无影无踪……

  长平二中也有几位老师停薪留职，下海发财去了，其中包括学校的总务主任邱金宝。邱金宝主任下海做过木材生意、香菇生意、木耳生意、竹笋生意、谷米生意、鸡鸭生意、生猪生意、活鱼生意……凡是当地出产的、能赚钱的东西，他都收购、贩运过，销往的地点包括广州、深圳、厦门、上海、武汉、北京等城市，赚了不少钱，成为长平二中最先富起来的老师。

看到别人发财，焕章也曾心动过，无奈自己一无资金，二无经验，三无停薪留职的胆量，便只有羡慕他们的份了。

一天上午，焕章看到邱金宝主任回学校来了，便怀着好奇又敬慕的心理到他房间坐了一下，和他聊了一会儿。

"邱主任，听说你下海做生意发了大财，别忘了'扶贫'一下我们这些穷同事啊！"焕章开玩笑说。

"发什么大财，能混一碗饭吃就不错了！"邱金宝主任谦虚而又自得地笑着说。他给焕章倒了一杯龙井茶。

"你给我传传经、送送宝吧，我想跟你学一学，也做做生意，赚一点小钱用用！"焕章半开玩笑半认真地说。

"说实话，焕章老师，你读书太多，书生味太浓啦，不适合做生意，还是教好你的书、写好你的文章吧！"邱金宝主任坦率地笑笑说。

焕章笑了笑，没反驳，似乎认同了邱金宝主任说的话。

"人们都说下海做生意能发大财，可他们哪里知道生意场上的凶险啊！"邱金宝主任说，"焕章老师，我讲几个例子，你听后就会怕了！"

接着，邱金宝主任便给焕章讲了几个生意场上的凶险例子：

某人做板方（木材）生意，先与广东方面联系好了买主，价钱什么都讲好了。他运去第一车板方，买主如数付了钱；他又运去了第二车板方，买主说没那么多钱了，只付了一半钱；他运去第三车板方时，买主说没钱了，一分也没给。后来，他下广东去催债，买主只推说没钱，拖得他连吃饭、住旅店的费用都没了，只好空手而回。

某人载了两车橘子到武汉去卖，老板如数付了钱，可他的车子刚出武汉城，便遇到五六个歹徒拦车抢劫——原来，他们是受老板指使的。

某人到广州进货，中途下车到屋角小便，被两个强盗用匕首逼住，抢走了几千元进货款。

邱金宝主任叹息说："现在有的强盗真是明火执仗，目中无人！他们敢在大庭广众之下持刀抢劫，而看见的群众无一人敢相助，被抢劫的人也不敢吭声。"

"这么恐怖啊！"焕章惊讶地说，"你自己有没有经历过类似的遭遇呢？"

"常在河边走，哪有不湿鞋的？我也上当受骗过，好在情况不是很严重！"邱金宝主任幸运地说。

"哎，没想到还有那么可怕的事件发生！你不说的话，我还真不知道！"焕章感叹说。

"不过，话又说回来，那些坑蒙拐骗、杀人越货的人渣，我相信只是极少数，绝大多数人还是好人！"焕章又道。

"那是！不然，那还了得，岂不天下大乱？"邱金宝主任笑笑说。

"邱主任，你现在做的是什么生意？"焕章问。

"现在我什么生意都不做了。年纪大啦，不想那么奔波、那么劳累了！"邱金宝主任说，"我现在承包了一百亩山地，栽种了几千棵橘子树。我们长平的土壤、气候很适合栽种橘树。随着人们生活水平的提高，吃水果的人会越来越多，水果销量会越来越大。我看好种果行业！"

"有道理，有眼光！"焕章伸出大拇指夸赞说。

邱金宝主任话锋一转，又说："大面积种植橘树，有一点不好，就是前期投资很大，要几年后才挂果，才有收益，如果资金不充分，很难维持下去。"

"像你种了那么多橘树，需要多少投资呢？"焕章好奇地问。

"从开山栽种，到果树挂果，大概需要二三十万吧！"邱金宝主任说。

"需要那么多钱啊！……不过，邱主任，你财大气粗，这些钱对你来说小菜一碟啦！"焕章恭维说。

"哪里！我也没什么钱，要向亲友借，向银行贷款。"邱金宝主任低调地说。

从邱金宝主任房间出来，焕章脑子里仍回想着他讲的生意场上那几件凶险的例子。他不禁想起邓小平同志在南方视察时的讲话——"要坚持两手抓，一手抓改革开放，一手抓打击各种犯罪活动。这两只手都要硬"，心里感慨说："邓公说得真对啊！"他又想到，改革开放的大潮汹涌澎湃，难免泥沙俱下，但光洁明净终究是主流，阴暗污浊终究是支流，而且随着教育的发展、民众素质的提高、司法制度的不断完善、执法力度的不断加强，违法犯罪的事件一定会越来越少，一个国泰民安、富强文明的时代一定会到来！

临近中午时，焕章的老同学刘建南从篁乡上县城来，到长平二中找他来了。刘建南去年从篁乡中心小学调到旭阳中学教书了，也许是从"低处"调到"高处"的原因，他暂时没担任行政职务了，任初一年级的语文老师兼年级组长。他这次上县城来找焕章，是为了他妻弟读书的事。他的妻弟现在在旭阳中学读初二，他想下学期把他转到长平二中来读初三，因为长平二中的教学质量远比旭阳中学好。他说："我岳父希望我这个妻弟初三升学考试时能考取中专，将来早一点出来工作。"焕章说："我抽空和校长说一下，应该没问题！"焕章已是语文教研组长兼高三年级组长了，是学校的教学骨干和把关老师，校长很信任他，办这点小事不成问题。

"旭阳中学的老师们现在怎样了？"焕章问。他毕竟在那里工作过，对以前的老同事还有一点牵挂。

"和你在那里教书时差不多，人与人之间的关系仍然那么复杂！"刘建南说，"领导之间、老师之间、领导与老师之间的有些矛盾总解不开！"

焕章听后，叹息一声说："一个地方，就好比一个人的胸怀。地方越小，胸怀往往就越窄，包容性就越小；地方越大，胸怀往往就越宽，包容性就越大……长平二中的同事之间虽然也会有些矛盾，但总体情况要比旭阳中学好很多！当然，和外面的大世界相比，长平县城也终究还是一个小山城……"

"你说的有道理！"刘建南钦佩地说。

焕章又问起古莉莉在旭阳中学的情况来。在潜意识里，他仍然关注着这位昔日的恋人。

"古莉莉的老公，也就是你大学的师兄钟志诚，去年从吉银师范学校调到旭阳中学当老师了，你知道吧？"刘建南问。

"我听说了。"焕章点点头说。他正担心这位师兄调回长平到乡下工作后，也会像他一样遭受"虎落平阳被犬欺"的厄运呢。

"我就奇怪了，当年你放弃留校任教的机会，从省城回到长平来工作，其中一个原因就是古莉莉；你的师兄钟志诚放弃吉银师范学校的讲师不做，却跑到乡下来当初中老师，也是因为古莉莉！情况虽然有别，但关系人却是同一个。难道古莉莉是一个妖魅不成，让你们师兄弟都鬼迷心窍了？！"刘建南一脸困惑地说。

焕章无声地苦笑了一下。他忽然想起一句千古名言："问世间情是何物，直教生死相许？"

"他们夫妻俩在旭阳中学的情况怎样？"焕章关切地问。

"钟志诚现担任语文教研组长、初三语文老师兼班主任，但教学成绩平平，也不见有什么远大抱负。他和古莉莉终日厮守在一起，出则形影不离，入则关门闭户。他们从不到别人那里，别人也从不到他们那里。钟志诚对古莉莉好得过分，据说她的内衣裤都替她清洗……他们俨然是一对空前绝后的痴情人！"刘建南有一点不屑地说。

焕章相信，钟志诚师兄对古莉莉的感情是真诚的，这是由他忠厚的性格决定的。焕章也佩服他的钟情和勇气。但对古莉莉的表现，焕章却认为她"表演"的成分多一些，很大程度上是出于"好看"而已，因为以前发生了那么大的婚恋风波，此时的她，是想让别人感觉到她的"无怨无悔"吧！焕章了解她，她是一个虚荣心很重的人。

刘建南又讲起钟志诚古莉莉夫妇和古新运副主任夫妇为争一间厨房吵架的事。古新运副主任的妻子没有工作，她想在学校煮菜卖给学生，赚一点钱补贴家用，这需要一间厨房。钟志诚古莉莉夫妇不想在教师饭堂吃饭，要另外弄伙食，也需要一间厨房。而学校只有一间闲置的家属厨房，他们两家人便为这间厨房争了起来。古新运副主任的妻子依仗自己的老公是学校行政领导，而钟志诚古莉莉夫妇则依仗自己是双职工，两家人各不相让，于是吵了起来。新调来的胡东峰校长双方都不想得罪，便要他们两家共用一间厨房。从此，他们两家人便结下了梁子，彼此见面都不打招呼。

焕章沉思了一会儿，动了恻隐之心，说："其实，钟志诚和古莉莉的恋爱婚姻，也是很值得同情的！你们不要去小看他们、轻视他们……建南，其他人我管不了，但你是我的老同学，希望你能做到这点！"

"你是不是还有'怀旧情绪'呢？"刘建南开玩笑说，"好，我听你的！"

午饭时，焕章请刘建南在学校附近的一家饭店好好吃了一顿。

告别时，刘建南叮嘱焕章说："老同学，我妻弟转学的事，就拜托你了哈！"

"好的，你放心！"焕章应承说。

傍晚时，焕章到外面大街上一家自行车维修店，去修了一下因昨晚外出不小心碰坏了的自行车。这辆凤凰牌自行车，还是焕章结婚时托廖子厚副部长找熟人从县五交化公司买的——那时商品市场还没有完全放开，买高档一点的生活用品还要找领导批条子。修车的是一个年轻的小师傅，他人虽然年轻，技术却很娴熟，对顾客也很热情。小师傅很快就把碰歪的车头、碰坏的钢圈和车壳修好了，还顺带修好了失灵的后刹车，拉紧了松弛的车链，并给车链、车脚上了润滑机油。经过一番修理，焕章的自行车好骑了很多，而他总共才花了两块钱。

"以后自行车有什么问题，还到这位小师傅这里来维修！"焕章高兴地想。

第六十章

光阴荏苒，女儿欣月不觉就到三岁了，对她的早期教育也要重视了。妻子香兰的文化水平不高，平时又忙于做衫，焕章担心女儿的教育受到影响，便决定把她们母女俩接到县城来，留在自己身边生活，以便更好地照顾女儿。

焕章准备下驻舆乡接妻子和女儿上来的那天早上，在长平汽车站候车室里，他看见古莉莉的嫂子和母亲也在候车室，正准备乘坐班车回篁乡去，不知她们此前上县城来干什么，去哪里了。她们也看见了焕章，也认识他，只是彼此不便打招呼罢了。看到古莉莉的嫂子，焕章记忆的"野草""春风吹又生"了，他不禁想起七年前大年初六的晚上，古莉莉的哥哥、嫂子和姐夫三人突然闯进古莉莉的房间，和他发生激烈的争辩，并强行把古莉莉推走的沉痛往事来……"她（古莉莉的嫂子）应该也还记得吧？假如我和古莉莉的恋爱谈成了的话，也许我们双方都不会有后来的悲剧了。人生啊，是多么不可思议，多么令人遗憾啊！"焕章在心里沉痛地说。一泓复杂的情感，又在他心湖激荡。

从县城到驻舆乡的班车是八点十五分开出的。在车上，焕章碰见了驻舆乡的副镇长钟傅祥，因为彼此认识，便和他打了招呼。

钟傅祥原是篁乡的正乡长，他在仕途上经历了由升到降，再由降到升的反复过程，肯定体验一番世态炎凉，饱尝过人生的酸甜苦辣。瞧，昔日被人唾弃、蔑视的他，现在在车厢里，又被熟人恭维奉承了！焕章想到了自己，虽然自己的仕途遭遇和他的仕途遭遇性质不同，但相比之下，他的结局却是幸运的。当然，自己尽管不幸，但也决不自卑！

焕章下到驻舆乡老寨下后，妻子香兰和女儿欣月都非常高兴。一个多月没见了，欣月变得更加聪明活泼、天真可爱了。她撒娇要爸爸抱着，一边吃爸爸买的香蕉，一边也喂给爸爸吃，父女俩你一口我一口，别提多幸福了！

"今天有'迎故事'活动，去不去看？"妻子香兰问焕章。

"真的？那么巧啊！刚才我回来的时候，见大街上有很多人走动，街道两旁还有很多卖东西的，我以为是驻舆圩日呢，原来是有'迎故事'活动啊！走，我们看看去！"焕章高兴地说。他抱着女儿，便和妻子一起到驻舆圩看热闹去了。

"迎故事"是长平客家人的一种传统民俗活动，在长平、楠桥、驻舆、文峰、浔江等几个乡镇最为盛行，它有八百多年的历史了，时间是每年的农历九月二十七至二十八日。据老一辈文化人讲，"迎故事"中的"迎"字有三个含义：一是"迎"字在客家话里读音为"niang"，有"抬、举、擎"之意；二是客家人通过祭祀神灵庙会的形式，祈求神灵护佑，以求得"风调雨顺、平安得子、祛鬼避邪、财源广进、家运昌盛"；三是喜迎丰收、客家欢聚，以谋求客家团结奋进、共创美好家园的心愿。"迎故事"的民俗活动，呈现了长平客家文化中重信义、信孝悌、重名节等为人处世的道德价值观念，其古风、古意是对厚重的中原文明的追溯和传承。

当焕章一家人来到驻舆圩时，大街上来往的人更多了，摩肩接踵，熙熙攘攘，非常热闹。

这时，从老圩方向传来了锣鼓唢呐的奏乐声和噼里啪啦的鞭炮声，不一会儿，"迎故事"的巡游队伍便出现了：十位红装少女手持红灯笼在前面引路，锣鼓唢呐奏乐开道，两条九节祥龙翻滚随后，接着是由村民抬着的"五显大帝""观音菩萨""许逊真君"等神像，再后面是由少男少女装扮的真君降魔、金童玉女、观音赐福、八仙祝寿、孔子教学、昭君出塞、文成公主入藏、包公审案、精忠报国、才子赶考等"故事"造型，而每台"故事"中又穿插着一支乐队或民间艺术表演队，有船灯、采茶舞、秧歌队、花棍舞、花队等，最后是瑞狮阵。大批村民紧随其后，组成了一支长长的、声势浩大的"迎故事"队伍。巡游队伍所到之处，家家户户敞门相迎，燃花放炮，寓意开门人吉、迎财接福，祈佑老少平安、家运昌盛……

当"迎故事"的巡游队伍走到焕章他们身边时，噼里啪啦的鞭炮声和锣鼓唢呐的奏乐声让地皮颤动，震耳欲聋，妻子香兰赶紧捂住女儿的耳朵，唯恐震坏她的耳膜。

"迎故事"的巡游队伍在驻舆圩的大街上绕了一大圈以后，便朝黄姜村方向走了，人们潮水般跟了过去。因为路远人挤，焕章没有跟去，他抱着女儿和妻子一起回家去了。

"迎故事"的民俗活动共有"闹场日""请神、迎故事、安神"和"送龙"三个环节。焕章带着妻子女儿在驻舆圩看到的，只是第二个环节中最精彩的"迎故事"巡游演展。

午饭后，焕章把自己这次下驻舆来，是想把她们母女俩接到县城去，一家人生活在一起的打算和原因告诉了妻子香兰。香兰听后犹疑了很久，她想到了自己到县城生活的种种难处，但为了女儿能受到良好的教育，最后她还是答应了。

经过两天的准备，焕章带着妻子和女儿，还有大包小包的行李，坐班车上县城去了。岳父岳母一家人送他们到车站。临别时，岳母流着不舍的眼泪，摸着外孙女娇嫩的小脸蛋说："欣月，到了县城，要听爸爸妈妈的话哈。你想驰婆（外婆）了，就叫妈妈带你下来住几天。驰婆有空时，也会上县城来看你……""好的，驰婆！你要来看我哦！"欣月稚声稚气地说。香兰也流下了依依不舍的眼泪。

焕章再三感谢岳父母他们长期以来对香兰和女儿的关心和照顾，说你们以后有空时就到县城来住几天，他和妻子女儿有机会时也会下驻舆来看望他们，然后红着眼睛和他们挥手说"再见"……

妻子和女儿来到自己身边生活后，焕章一边享受着天伦之乐，一边用心地培育着女儿。他教女儿背诵唐诗，如骆宾王的《咏鹅》（"鹅鹅鹅/曲项向天歌/白毛浮绿水/红掌拨清波"），又如孟浩然的《春晓》（"春眠不觉晓/处处闻啼鸟/夜来风雨声/花落知多少"），再如贺知章的《回乡偶书》（"少小离家老大回/乡音无改鬓毛衰/儿童相见不相识/笑问客从何处来"）和孟郊的《游子吟》（"慈母手中线/游子身上衣/临行密密缝/意恐迟迟归/谁言寸草心/报得三春晖"）等。女儿非常聪明，一首唐诗，只要教她读几遍，她就能流利地背出来，显示出超强的记忆力！焕章还会给她讲故事，如《女娲补天》《哪吒闹海》《牛郎织女》《丑小鸭》《白雪公主》《狐狸与葡萄》等，这些故事，女儿只要听了一遍，就能大致地讲给妈妈听。焕章还咬牙买了一台黑白电视，陪女儿一起看动画片，如《孙悟空大闹天宫》《邋遢大王奇遇记》《葫芦兄弟》《铁臂阿童木》《聪明的一休》《米老鼠和唐老鸭》等，还陪她一起看中央电视台的少儿栏目《七巧板》和由鞠萍姐姐、董浩叔叔及金龟子主持的《大风车》栏目。女儿非常喜欢《大风车》栏目的主题曲，只要电视上一开播，她就会手舞足蹈地跟着唱起来：

　　大风车吱呀吱哟哟地转

　　这里的风景呀真好看

　　天好看　地好看

　　还有一群快乐的小伙伴

大风车转啊转悠悠

快乐的伙伴手牵着手

牵着你的手

牵着我的手

今天的小伙伴

明天的好朋友

好朋友

…………

　　此外，焕章还会教女儿做简单的数学加减法和认写一些笔画简单的汉字，还会带她和长平二中太阳鸟文学社的学生们一起去春游、秋游，亲近和认识美丽的大自然……女儿欣月也因此一天天成长起来，变得越来越聪明、越来越可爱了，简直成了他们夫妻俩的掌上明珠！

　　焕章在享受着夫妻之爱和育女之乐的同时，所承受的经济压力也慢慢增大，就像一块压在他身上的不断增大的魔石。

　　随着市场经济的发展，服装制造业也越来越发达了，时装店、成衣摊如雨后春笋，到处都冒出来，所卖的衣服不但品种丰富，而且款式新颖，因此，绝大部分人都喜欢买衣服穿而不喜欢剪布做衣服穿了，这对手工裁缝业来说，所受的冲击无疑是巨大的。于是，长平县城除了几个出名的裁缝师傅能勉强维持工作外，其他不出名的小裁缝几乎都没什么顾客了，只好转行卖衣服或做其他事了。香兰并不出名的裁缝手艺，也因此派不上用场了。她想转行做生意的话，既没有足够的本钱，也因为要照看孩子而没有足够的精力，只好待在家里做全职妻子。有一次，她叹息一声对焕章说："想不到我香兰竟然也要吃老公的了！"语气甚是不甘和悲切。焕章听后默然无语。他虽有满腹的才学却不善仕途经济，对自己的妻子女儿，他感到深深的愧疚！妻子香兰没了收入，一家三口只靠他满打满算每月还不到二百元的工资生活，日子便逐渐拮据起来，就像一湾日渐消瘦的内陆湖，眼看就要露出湖底的石头了。

　　为了节省家里的开支，焕章身上穿的衬衫很旧了他都舍不得扔掉再买。住在隔壁的邝洪怀老师看见后，有一次对他说："焕章，你身上的衬衫都穿得起球了，就要穿烂了，早该买一件新的了，怎么这样节俭啊？"焕章听后只好自我解嘲地笑笑说："斯是陋'衫'，唯吾德'新'。穿烂了再说吧！"

　　焕章给女儿欣月买零食也很节省。他每个月只买一盒朱古力饼干，每一天只能给欣月吃两块，吃完就不给了。其他零食几乎没有。他虽然心疼，但只能这样了。有一次，他看到女儿眼巴巴地看着别人家的孩子在吃香喷喷的巧克力，嘴里不住地吞咽着口水，他赶紧走过去抱起女儿就走，一边安慰她说："爸爸以后也会给你买巧克力吃！"

妻子香兰买菜也非常节俭，从菜市场买回来的常常只有几斤小菜，一个星期也难得吃上一次鱼、肉。因物价上涨，有时小菜也贵得要命，一斤白菜也要花两块多钱，香兰只好把一斤白菜分作两餐煮……有时焕章不忍心，怕长身体的女儿营养不良，便亲自到菜市场去，买一些鱼、肉、豆腐或鸡蛋回来，亲手煮给女儿吃，自己和妻子只象征性地吃一点……

篁乡老家的生活条件比较好，焕章几次想写信或打电话给二哥新营，叫他送一些钱粮上来帮扶一下，但一想到自己当初娶香兰时，家人就曾警告过自己"将来有苦日子过的时候，到时你可不要后悔！"，而自己也曾信誓旦旦地在家人面前表态过"我愿意吃苦，绝不后悔！"，他就想争一口气，免得家人旧话重提，于是自己便硬撑着，打消了向篁乡的家人求助的念头。

妻子香兰对焕章说："学校周边那么多荒地，我们去开垦出几块地来种菜吧，那样可以节省一笔买小菜的钱，减轻你的负担！"驻舆乡老寨下是远近闻名的蔬菜生产基地，香兰从小就跟随母亲种菜卖，种菜可说是她的拿手好戏了。"好啊！自家种了菜的话，不但能节省买小菜的钱，你也有了一点事做，在家就不会那么枯燥无聊了！"焕章高兴地说。妻子是勤劳惯了的人，前一些日子的清闲让她好不难受！

说干就干。到了县城圩日时，焕章和妻子香兰便到农贸市场买回了两只红色塑料水桶，一条挑水用的带钩扁担，一把挖地用的方形锄头，一把割草用的月牙形镰刀，以及白菜、萝卜、角菜子、葱子、蒜子、韭菜、姜等菜种或菜苗。夫妻俩又用了一天半时间，在女生宿舍右侧旁的荒地上开出了四块长方形菜地，并把买回来的各种菜种或菜苗及时撒、种了上去。此后的每天早晨或傍晚，妻子香兰就披着晨曦或踩着晚霞，辛勤地给菜地浇水、施肥、除草或杀虫。两三个月后，他们付出的汗水有了收获，菜地上蜂飞蝶舞，葱葱绿绿，一家人终于吃上了自己种的新鲜蔬菜！

不过，自己种菜虽节省了买小菜的费用，减轻了一些经济负担，但它只占所有开支中很小的一部分，因而仍然没有从根本上卸下焕章的经济压力。

今天是秋季开学报名的日子，长平二中教学大楼上挂出了一条醒目的红布横幅标语："振奋精神，团结一心，竭尽全力，爆出冷门！"不过，因为高三、初三毕业班的暑假补习刚结束不久，所以虽是新学年开学，毕业班的师生们却没有多少新鲜的感觉了。倒是初一初二、高一高二的师生们，因隔了一个暑假没回学校了，此时便有了一股"温故而知新"的新鲜感。

中午时，长平中学的地理教研组长潘雄辉老师来长平二中教师宿舍楼找焕章，和他商谈县总工会筹办高考文科复读班的事。

潘雄辉老师说："县委党群副书记、主管教育的副县长和县教育局局长已批准县总工会办一个高考文科复读班。总工会的领导请我做这个复读班的班主任，并委托我去组织上课的老师。我打算邀请你来上语文课！"

"行啊，没问题！"焕章爽快地说。家里正面临着经济困难，如果能兼职赚一份外快补贴一下家用，自己虽辛苦一点，但他还是非常愿意的。

"不过，这个复读班能否真正办成，还得看后天的情况，"潘雄辉老师话锋一转说，"因为长平中学的很多高三老师为消减工会复读班对长平中学复读班构成的威胁，在四处造谣说'工会的复读班办不成'！但因为邀请到工会复读班上课的老师个个都是精干的，他们倒不敢散布'教学水平差'之类的坏话。伍宏韧校长更是百般阻挠，因为将到工会复读班上课的老师里有几个是长平中学的骨干教师，他怕他们把长平中学的复读生带走。"

"这样啊！"焕章感叹说。

…………

"你先做好上课的准备吧！"潘雄辉老师临别时说。

"好的！"焕章答应道。当晚，他便着手准备工会复读班的语文教学工作。

第三天傍晚，焕章到长平中学教师宿舍楼去找潘雄辉老师，想了解工会复读班的筹备情况。

潘雄辉老师气愤地告诉焕章："长平中学把将在工会复读班兼课的几个骨干老师全部调离了高三年级，有的调到了高一高二，有的调到了初一初二，目的是想'打掉他们的威风，消除他们的影响'，从而解除工会复读班对长平中学复读班的威胁！"

"他们是害怕竞争不过啊！好聪明的阴谋！"焕章冷笑一声说。

"伍宏韧同时还用了另一阴招，"潘雄辉老师又鄙夷地说，"他把长平中学复读班的报名时间突然提到工会复读班报名时间的前一天，这样，很多复读生在'工会办不成复读班'的谣言下，便报名进了长平中学的复读班，导致到工会复读班报名的复读生没有几个，县总工会只好取消了办文科复读班的计划……"

说到这里，潘雄辉老师既悲愤又无奈。最后，他长叹一声说："姜还是老的辣啊！老伍同志老谋深算，我们这些毛头小伙子怎么斗得过他！"

焕章也叹息着摇了摇头，只好失望地告别潘雄辉老师，从他房间里出来。

长平中学校门内侧有一个书店，据说里面卖的教辅资料比县新华书店卖的教辅资料都要丰富、齐全，原因是承包该书店的女老板的老公是县新华书店的业务股股长，按她的话来说是："新华书店有的，我这里有；新华书店没有的，我这里也有！"除长平中学的师生外，很多外校的老师和学生也慕名而来，到这里购买各种教辅资料，所以这个书店的生意非常好，老板也因此发了大财。

焕章顺路进这个书店看了一下，果然名不虚传。他忽然明白"假公济私"这个词的真切含义了！即便是这样，他还是很不情愿地花了二十多块钱，买了几本在县新华书店买不到的质量很不错的语文教辅资料。

回到家里时，妻子香兰见焕章买回几大本厚厚的书，便责怪他说："家里都这么困难了，你还去买书？！"焕章也感到内疚，低低地说："教学上急需的资料，没办法！"香兰听后便默不作声了。对老公的工作和事业，她是无条件支持的！

有一次县圩，焕章骑自行车载着妻子香兰和女儿欣月，到农贸市场去买一斤猪肉——女儿有一个星期没吃到肉了，顺便也逛一下街。忽然，他们看见农贸市场的公告栏前围着很多人，像一只只伸长脖子的鹅鸭在看什么，便也好奇地挤过去看。原来，农贸市场二楼将兴办一家制衣厂，厂名叫鸿利制衣厂，现正招收一百八十名女工。这是一家合作企业，投资方是香港老板，负责资金、技术和销售，作为合作方的长平县政府，则负责提供厂房、水电和减免税收。

"香兰，你会做衫，也去报个名吧，肯定会录用！"焕章惊喜地说。妻子的裁缝手艺有用武之地了，她可以不用闲待在家了！

"行，我去！"香兰也惊喜地答应说，满眼闪耀着希望的光。

招工的地点就在农贸市场二楼。焕章抱着女儿当即就带着妻子上去报名。

招工办公室人贴人地挤满了人，一个个挤成了罐头里的沙丁鱼模样，她们都是些年轻的姑娘和媳妇，脸上都露出唯恐不被录用的紧张、焦虑的神色。

招工的手续很简单，先填表，再交五十元报名费，然后到一架电衣车上试车一块布料，会车的被录取，不会车的被淘汰。有一些没有一点缝纫基础但又很想进厂做工的女子，便找熟人走后门，想方设法"录"了进去。

香兰本来就会做衫，试车时非常娴熟，自然被录取了。夫妻俩都很高兴，连女儿欣月都兴奋地亲了一下妈妈的脸，说："妈妈你真棒！"

香兰进制衣厂做工了，但感觉远没有预期的那么好。一是上班的时间很长，每天要工作十一至十二个小时。二是工价非常低，如做一只裤袋，只有一毛钱的工价，一天只能做四五十个，而且其中还有不少要返工的；按这个工价，即使是熟练工，一天也只能做到四五块钱，一个月（除了两天假）的工资只有一百三十元左右，非熟练工还做不到这个数。

香兰不会骑自行车，每天上下班都要走路。她中午和晚上回家一吃完饭就要赶着去上班，常常连喝一口水的时间都没有，劳累得就和一头牲口差不多，让焕章看着心痛不已！

有一次吃晚饭时，香兰告诉焕章："有几个年轻漂亮的女孩子，做衫的技术并不怎么好，却被选去做总检了，她们工作轻松，工资又高，很多人都羡慕她们，她们本人也很得意。不过，有人议论说，她们是靠不正当手段获取总检职位的……"

"就让她们得意去吧！你不要去羡慕她们！"焕章轻蔑地说。

自从香兰进厂打工后，焕章既要在学校上课，又要到幼儿园接送女儿，傍晚还要到菜地里浇水施肥，中午和晚上还要煮一家人吃的饭菜。因担心香兰晚上下班时一个人走路不安全，因此每晚十点半时，他还要骑自行车到制衣厂门口接她回来。

香兰很辛苦，焕章也很辛苦，夫妻俩都累得形容憔悴，疲惫不堪，人都瘦了一大圈。

鸿利制衣厂只运营了一年多，就因管理不善、销路不畅而宣告破产了。真是"其兴也勃焉，其亡也忽焉"！后来有人说，其实投资鸿利制衣厂的人并不是香港老板，而是来自汕头的一个"破落户"，他只不过是打着"香港老板"的旗号，以更好利用内地的优惠政策而已。

后来，长平二中顺应时势创办了一个校服厂，香兰便到校服厂上班了。虽然校服厂的工资也很低，上班时间也很长，但毕竟在本校内，上下班方便，又可以照顾家庭，所以香兰还是比较满足的。

校服厂主要承揽本县各中小学的校服生意。开始一两年，生意很不错，但后来各中小学的校服都做得差不多了，生意便逐渐冷淡下来，有时有班上，有时没有，三日打鱼两日晒网，香兰的工资收入也因此少了很多。

而大胆下海的曾裕英老师，却因承包校服厂赚得了创业的第一桶金。后来她又通过多方筹集资金，创办了一所民办初中和一所民办幼儿园，成了享誉长平内外、在赣州地区都赫赫有名的巾帼英豪！

中国的改革开放，给沿海沿边城市、区域、省份带来了巨大的发展优势，广东省特别是珠江三角洲地区的发展优势尤其显著，其经济发展水平已远远走在了全国的前列。而经济的迅猛发展，又加大了对各种人才的需求，这又大大促进了当地教育事业的发展。于是，广东省率先实现了九年制义务教育和普及高中教育，各级各类高等院校也如雨后春笋般涌现出来，成了高等院校最多的几个省份之一。这样，广东教育便出现了两种状况：一是需要大量的老师，特别是需要中小学老师，而广东本地的老师远远不够，更何况很多本地的老师都辞职下海发财去了。二是与内地相比，广东的考生比内地考生考大学要容易很多。内地考不上大学的学生，如果跑到广东考，往往可以考取大专级别的院校；内地可以考取大专级别院校的学生，如果跑到广东考，往往可以考取本科级别的院校；内地可以考取本科级别院校的学生，如果跑到广东考，往往可以考取重点大学级别的院校。而广东教育的这两种状况，又给周边或内地省份的教育带来另两种状况：一是周边省份的学生纷纷移民到广东读书，以便考取更好的大学；二是全国各地的优秀教师纷纷到广东来找工作，千方百计从内地调到广东发达地区去当老师。地理位置处于江西最南边且与广东接壤的贫困山区小县长平，这两种状况表现得尤为严重：大量的优秀学生移民到梅州、兴宁、惠州、汕尾等次发达地区去读书，以广东考生的身份参加高考；不少优秀教师自己下广东找工作，找到用人单位后就调到广州、深圳、东莞、佛山、顺德、珠海、中山等珠三角发达城市或惠州、汕尾、梅州等次发达城市教书去了。由于优秀生源和优秀教师的大量流失，一九九三至一九九五连续三年，无论是长平中学还是长平二中，其高考成绩都惨不忍睹！

作为长平二中高三年级组长的焕章，曾无数次劝导过高三年级的优秀学生，说学校和老师将如何如何重视他们，希望他们留在长平二中读书、高考，不要下广东去。但在涉及自己前途和命运的大事面前，他的爱徒们还是一个个选择离开长平二中，移民到广东读一个学期或几个月，然后在广东参加高考了。当看到长平二中和长平中学的一些优秀教师下广东找到了用人单位，调到珠三角的发达城市教书去了，焕章心里也痒痒的，但考虑到自己高三年级组长的身份，便不好意思带头去广东找工作了，因为学校领导和教育局领导也劝导过老师们，要他们安心在家乡教书，不要离开长平……可是，长平二中的出路在哪里？长平教育的出路在哪里？自己的出路又在哪里？焕章心里感到迷茫，感到困惑，感到痛苦……

社会经济的迅速发展，需要大量的法律人才为之服务，社会上便兴起了一股"律师热"，不少有志青年都去报考律师资格证，想圆大律师的梦想。焕章看到长平教育的出路一片渺茫，便也想去报考律师资格证。他认为自己很适合当律师，自己不但拥有雄辩的口才和出色的写作能力，更有一颗惩恶扬善、匡扶正义的心！如果自己考取了律师资格证，去当一名执业律师的话，完全可以成为一名优秀律师，去为他人、为社会服务，同时也可以改变自己的社会经济地位。他把自己的想法告诉了妻子香兰，得到了她的认同和支持。

焕章又把自己想去报考律师资格证的想法和原因告诉了大哥的战友彭春明副书记——他已从县委办公室副主任提升为县委政法委副书记了。彭春明副书记听了后，点了点头说："你确实很适合当律师，我支持你去报考律师资格证。只要你考取了律师资格证，将来我一定推荐你去长平律师事务所工作！"焕章听了彭春明副书记的话后很受鼓舞，更增强了自己报考律师资格证的决心。

在此后的半年多时间里，焕章把全部的业余时间都用在攻读法律书籍上，真正达到废寝忘食、夜以继日、孜孜不倦的程度。妻子香兰也非常支持他，她独自承揽了所有家务。读幼儿园的女儿也很懂事，从不干扰爸爸学习，爸妈没空带她去玩，她就一个人悄悄地玩。看到妻子女儿那么支持自己，焕章感动地许诺说："将来我考取了律师资格证，一定会买一只鸡卵子（尚未下蛋的母鸡）给你们母女俩吃！"

就这样，焕章不但把《宪法》《民法》《刑法》《商法》《行政法》《经济法》《劳动法》《环保法》《民事诉讼法》《刑事诉讼法》《行政诉讼法》《仲裁法》《律师法》等法律条文记得滚瓜烂熟，还做了大量的相关练习和仿真试卷。他自认为稳操胜券了！可是天意弄人，就在考试的那一天，焕章却感冒发烧了，体温高达41℃，他在头晕脑涨中只好勉强把试题做完。待考试结果公布时，他竟然仅以一分之差落榜了！而考前复习时不断向他请教问题、考试时坐在他身后的一个年轻姑娘，居然以超出分数线仅一分的成绩考取了律师资格证！……焕章不甘心，决心明年再考。可后来听说，明年要加考英语了，而英语恰好是他的弱项，当年考大学时，他的英语成绩就偏差，何况现在已荒废十几年没摸过英语书本了，怎么去和那些刚毕业的大学生们竞争呢？在万般无奈之下，他只好放弃了，并长叹一声说："时也，运也，命也！"

在以后的日子里，焕章每次想起自己对妻子女儿许下的"将来我考取了律师资格证，一定会买一只鸡卵子给你们母女俩吃"的承诺，心里便惭愧万分，像吃了一条毛毛虫那么难受。这，也成了他人生中的一大憾事！

一天晚上，在将女儿欣月哄睡着后，妻子香兰温柔地对焕章说："章啊，依我看，其实目前你最大的优势还是教书！"顿了一会儿，她接着说："你获得过'县优秀教师''市优秀班主任'称号，又是学校的语文教研组长和高三年级组长，除了发表过那么多文学作品外，你还发表了那么多教学论文，在长平教育界，应该没几个像你这么优秀的年轻教师了吧？"

"兰，你的意思是……"焕章期待地问。

"我的意思是，如果你想改变自己的命运，如果想改变我们家庭的命运，最快、最直接、最可靠的方式，就是发挥你教书方面的优势！"香兰说，"你看长平二中和长平中学那些已经调到广东教书的年轻老师，你的教学水平和所取得的成绩不比他们差吧？他们都远走高飞到发达地方领高工资去了，你还死守在这里干什么呢？"

妻子的话如雷贯耳，但焕章沉思着，或者说犹豫着，没有吭声。

香兰又说："就算你死守在这里一直干下去，你也不可能有更大的发展了，不是你不优秀，不是你不爱这里，而是这里的生存环境对你很不利！……不说你大学毕业时主动回到长平工作后遭受的不公平待遇，你现在连一家人的温饱都解决不了，老婆孩子你都养不好，你还留在长平工作有什么意思呢？"

妻子的话戳到了焕章的痛处。他不禁又想起自己从县委宣传部被"贬谪"到旭阳中学教书的那段岁月来……他扫视了一下贫寒、简陋的居室，看了一眼女儿缺乏营养的脸蛋，再看看美丽的妻子那消瘦了许多的身子，他长长地叹了一口气，无奈地说："好吧，我试试！"

"这就对了！"香兰高兴地搂着丈夫说。

"只是，不知道行不行……"焕章有点担心地说。

"广东那么大，而你那么优秀，我就不相信你找不到一所你想去的学校！你一定行的！"香兰鼓励丈夫说。

"好，我去找！"焕章下决心说。此时的他，心里冉冉升起了一轮希望的太阳。

说去找工作，但广东那么大，到哪儿去找呢？"人往高处走，水往低处流"，当然是到最发达的地区——珠江三角洲去了！但珠江三角洲有那么多城市，广州、深圳、东莞、珠海、佛山、顺德、中山……焕章在心里搜寻着，比较着。最后，他锁定了一座明星城市——顺德市。

焕章之所以打算到顺德市去找工作，是因为他有两个熟人在那里工作。这两个熟人，一个是廖云姬，一个是林坚。廖云姬原是长平二中的一个音乐老师，去年她自己到广东找工作，后来就调到顺德市当老师了。她在长平二中工作时，和焕章有过很多合作，两人的关系比较好。比如，学校举办文艺晚会时，她做主持人，而主持稿就是焕章帮她写的；又如学校举办县教职工文艺表演比赛时，节目里穿插的诗朗诵就由她朗诵，而诗朗诵的撰稿人就是焕章……廖云姬的音乐素养很好，人也年轻漂亮，焕章很喜欢她。林坚是焕章一个远房堂嫂的弟弟，他和焕章也曾是旭阳中学的同事，他教英语，焕章教语文，两人还搭过班，又是好朋友。后来，焕章调到长平二中工作时，他也调到长平中学工作了。前年他自己下广东找工作，后来就调到顺德市当老师了。据下广东找过工作的老师介绍经验说，在广东找工作，到市教育局或镇教育办去找几乎没什么用，要直接到学校去找，因为聘任老师的人事权已下放到学校了，只要学校需要人，应聘老师试用合格，学校就可以开接收证，然后再由教育局开出商调函。焕章打算到顺德市去找廖云姬和林坚，看看他们学校需不需要语文老师，如果不需要，再托他们问问周边的学校需不需要语文老师。——有熟人介绍，自然要比自己盲目乱找好！

既然打定主意要到广东顺德市去找工作，焕章便着手做一些准备工作了。

首先，他查阅了相关的文字和地图资料，对顺德市有了大致的了解。从相关资料里，焕章还了解了顺德市的建制沿革，以及顺德在历史上曾有一个著名的生产经营模式叫"桑基鱼塘"。这些资料，不仅让焕章对顺德市的现状和历史有了初步的了解，也使他更加热爱这座美丽繁荣、底蕴深厚的城市，从而增强了他到顺德市去找工作的决心和信心。

然后，焕章开始筹集下广东找工作的旅行费了。他把节衣缩食省下来的八百块钱从银行里取了出来，又向亲友借了三百块钱，合起来共筹集了一千一百块钱。

最后，焕章到一家打字复印店打印了三份个人简历，又把自己的身份证、大学文凭、各种荣誉证书、发表的论文和文学作品等分别复印了三份，然后把它们装订成三本个人资料册。他还到新华书店买了一本比较详细的《中国交通旅游地图册》，以备出门乘车时查阅。

当一切准备就绪，焕章便付诸行动了！

第六十一章

一九九六年阳春三月，焕章找了一个理由，向学校请了一个星期的事假，在一个周日的上午，带上自荐资料和简单的行李，告别妻子和女儿，踏上了南下广东顺德寻找工作的征程。

从长平到顺德没有直达的长途班车，需要到广州转车，焕章便乘坐了一辆早上六点十分出发到广州的长途班车。班车上坐满了旅客，他们大多数是到广州进货的生意人，少数是探亲访友或旅游的，焕章一个也不认识。班车在途中上客下客，走走停停，直到中午十二点半才到达广州汽车站。

焕章从汽车站出来，发现隔壁就是广州火车站。车站前面的广场上人山人海，摩肩接踵，做生意的、旅游的、出差的、找工作的、探亲访友的、逛街溜达的……仿佛天南海北的人都往这里汇聚了，什么口音的人都有，包括不少讲外语的外国人。焕章环顾着广场四周高耸入云的摩天大厦，看着身边熙熙攘攘、脚步匆匆的人流，望着车辆穿梭、红绿灯闪烁的多车道马路，他忽然感觉自己是那么渺小，如沧海之一粟，又感到自己是那么孤单，顿时有一种举目无亲、"独在异乡为异客"的苍凉……

因为是中午，他感到肚子饿了，就挤进广场边上的一家快餐店买了一份十块钱的盒饭，蹲在花坛边吃了起来。忽然，左边传来一个女人的哭泣声，他扭头一看，原来是一个中年女人往地上吐了一口痰，被流动暗查的城管抓住了，要罚她五十块钱……吃完盒饭后，他小心翼翼地把饭盒和一次性筷子丢进附近的一只垃圾桶里，以免掉落地上被突然冒出来的城管抓住，也罚五十块钱，那可不是小数目！而后，他到旁边的一家杂货店买了四块钱一瓶的矿泉水，又到附近的一个书报亭用十块钱买了一张新版的《珠江三角洲旅游图》。他发现，车站广场附近的商品价钱都那么贵，因为流动人口多，又是那么好卖……他走到一棵树下，打开刚买来的旅游地图，详细查看了一下通往顺德的路线，然后返回汽车站，到售票处买了一张票，登上了一辆下午一点半从广州开往顺德的长途班车。

这辆长途班车也坐满了人，但中途上下的人较少了，绝大多数人都是直达顺德的。在这些旅客中，大部分人说的是焕章听不懂的粤语，只有少数人在讲普通话或别的什么地方的方言。

当这辆长途班车到达顺德时，已是下午四点了。

焕章一走下班车，就被眼前顺德这座规模宏大、美轮美奂、功能齐全的现代化车站震撼了！都说车站是了解一个地方经济文化发展状况的重要窗口，这座理念超前、内涵丰富、气势恢宏的花园式车站，告诉人们顺德是一座经济文化多么发达的现代化城市！焕章用惊叹的目光巡视着车站里面的现代化设施，他有一种既陌生又亲切的感觉，一股难以言喻的兴奋和喜悦之情溢满了他的心头。

焕章走出车站，到车站门口旁的一间书报亭买了一份《顺德旅游图》，查看廖云姬和林坚任教的学校所在的位置。廖云姬任教的育才中学就在顺德市中心城区的大良，不很远；林坚任教的勒流中学在下面的勒流上，还较远。焕章便决定先到近一点的育才中学找廖云姬，然后再去勒流中学找林坚。

他到车站附近的一家超市买了一包核桃，又买了两斤葡萄，用红色的食品袋装在一起。他一手提着旅行包，一手提着刚买的礼物，朝不远处的大路口走去。

因为不熟悉路径，不知道坐几路公交车才能到达育才中学，他便花了十块钱叫了一辆"摩的"。十分钟后，"摩的"司机就把他送到了育才中学门口。

育才中学是兴建没几年的新学校，宏大、气派、漂亮，是一座花园式学校。顺德人就是有钱，也很重视教育！焕章感慨地想。

"同志，你好！请帮我叫一下廖云姬老师。"焕章礼貌地对传达室一个身穿制服、中等个头的保安说。

这个保安上下打量了一下风尘仆仆的焕章，问："你是她什么人？"

"我是她的老乡和老同事。"焕章微笑着说。

"哦，你稍等一下。"这个保安说。他便叫身旁的另一个保安到教师宿舍楼去叫廖云姬。

五分钟后，廖云姬和叫她的那个保安一起从教师宿舍楼出来了。

"廖云姬！"焕章亲热地招呼道。

"是焕章啊，我以为是谁呢！"廖云姬有一点意外，但并不怎么热情地说。

"周日没到外面去玩？"焕章搭讪说。

"我刚想出门到顺峰山公园走走。稍迟一点你就找不着我了！"廖云姬说。

"我正担心找不到你呢，看来我太幸运了，好在你还没走！"焕章笑着说。

因为是假日，校园里看不到学生，只有几个男老师在篮球场上打篮球，他们看见廖云姬老师带着一个戴眼镜的陌生男子进来，都投来好奇的目光。

焕章跟着廖云姬来到教师宿舍楼，走进她住的301号房间。这是一套三室一厅的房子，宽敞、明亮、简洁、优雅，还飘散着淡淡的化妆品的芳香。

廖云姬请焕章在沙发上坐下，淡淡地问："来顺德找工作吗？"

"是啊！你们学校还缺不缺语文老师？"焕章问，一边从旅行包里拿出一份自己的自荐资料给廖云姬看。

"我们学校不缺语文老师。"廖云姬说。她接过焕章递过来的自荐资料，随意翻看了一下，又说："即使缺语文老师，我们学校也只有初中，没有高中啊，你到这里来岂不是大材小用？"

"有书教就行，没什么大材小用的！再说，你不是也在这里教书吗？"焕章笑着说。

"我和你不一样。我在长平二中时，就是教初中的一个音乐老师。"廖云姬说。长平二中的高中部没有开设音乐课。

"附近的中学缺不缺语文老师？"焕章问，"你能不能托熟悉的老师帮我问一问？"

"其他学校的老师我也不熟悉呀，还是你自己亲自去学校问问更好！"廖云姬推托说。

"这样啊，那就算了！"焕章说。他知道她是怕麻烦，不愿意帮人。他略停顿了一会儿，问："你认识林坚吗？"

"认识啊，他在勒流中学教书。对了，你去找找他，看他那所学校缺不缺语文老师。"廖云姬说。

焕章听她的语气，有想让他走的意思了，便也顺势说："那我去找找他，看看他那所学校缺不缺语文老师。"说完，便起身告辞。

廖云姬送他出门，见他出了教师宿舍楼的小门后，便返回自己的房间。她没有按一般的礼节把他送到学校大门口。

在前往校门口的路上，焕章想起廖云姬在长平二中教书时对自己的友好和热情来，对比她现在的漠然和冷淡，心里感慨她的变化怎么会那么大，人啊人！

走出育才中学大门时，焕章感到有一点口渴，才想起刚才在廖云姬房间里时，她竟连一杯茶都没倒给他喝，心里更是拔凉拔凉的。

他看了看手表，已是下午四点半了，就朝附近的一个水果店走去，在那里买了三斤苹果和两斤葡萄，用一个红色的食品袋装着，然后又朝不远处的丁字路口走去，那里停有几辆"摩的"。

"师傅，到勒流中学要多少钱啊？"焕章问一个长相忠厚的"摩的"司机。

"三十块。"这个"摩的"司机说。

"那么贵啊！"焕章惊讶地说。

"不贵啦，到勒流中学有三四十里的路程呢！"这个"摩的"司机说，"打的的话更贵，要五十块呢！"

听到这个"摩的"司机这样说，焕章想到自己人生地不熟的，便不再和他讲价，坐上了他的"摩的"。

在前往勒流中学的路途中，焕章边和"摩的"司机聊天，边欣赏着沿途的风景。

从聊天中得知，这个"摩的"司机姓李，广西人。他的妻子在工厂打工，他则开摩托车搭客。他说，开摩托搭客人比较自由，收入也比在工厂打工高；他来顺德有几个年头了，几乎走遍了顺德的每个镇、街，按他的说法，他熟悉顺德的程度，就像熟悉自己的掌纹一样；他有一男一女两个孩子，由孩子的爷爷奶奶看管，在广西乡下的老家读书，一个读初中，一个读小学。

焕章从沿途的风景中看到，顺德虽然是一个县级市，但城市化、工业化程度非常高。到处是高楼大厦、商场店铺、公司工厂，公路就像蜘蛛网一样四通八达，大小车辆在公路上川流不息。这里的河水也很宽很深，桥梁也很大很长，河面上有几百、几千吨级的客船、货轮在来回穿梭。即使是穿越农村地带的龙洲公路，两旁也不见有稻田或菜地，只有一片片种着花卉或观赏苗木的园林，而它们都是为美化城市服务的。

顺德地势平坦，一望无际，就像一位杰出英豪，给人一种胸怀辽阔、目光高远的感觉！

半个多小时后，"摩的"司机把焕章送到了勒流镇中心，在写着"顺德勒流中学"的学校大门前停了下来。"辛苦你了，师傅！"焕章道谢说，并把三十元载客费给了他。"摩的"司机接过钱，说了一声"不客气"，便开车走了。

焕章站在学校门口，仔细地看了一眼写在大理石上的"顺德勒流中学"六个红色遒劲大字，然后朝门卫室走去。

"同志，你好！请帮我叫一下林坚老师。"焕章礼貌地对保安说。这个保安二十七八的年纪，模样英俊，人很斯文。

"你是他什么人？"保安温和地问。

"我是他的老乡和朋友。"焕章说。

"你稍等一下，我给他打个电话。"保安说。接着，他便给林坚打了一个电话："林老师你好，你有一个老乡在门口找你……林老师问你叫什么名？……他说叫刘焕章……哦，好的好的！"保安放下电话，对焕章说："你等着，他马上就过来。"

"好的，谢谢！"焕章说。

不一会儿，林坚就从教师宿舍楼出来了。

"林坚！"还有二十米远，焕章就亲热地挥手喊道。"焕章！"林坚也亲热地挥手叫他，并快步迎了过来。

"到了多久了？"

"刚到！"

"在鼓楼加油站下的车还是在顺德汽车站下的车？"

"在顺德汽车站下的车，然后打'摩的'过来的！"

"坐了一天的车，路上辛苦了！走，到家里坐去！"林坚接过焕章的旅行包，亲热地拍拍他的肩膀说。

"不好意思，来打扰你了！"焕章歉意地笑笑说。

"说什么话！我们是兄弟！你来了我高兴还来不及呢，不打扰！"林坚真诚地说。

焕章看到林坚对自己那么热情，和在旭阳中学做同事时一样，他想起廖云姬的冷淡，两相对比，心里又升起无限的感慨来。

林坚住在教师宿舍五楼502室，三室一厅，空调、冰箱、彩电、电话、真皮沙发……一应俱全，这些家电家具如果放在长平县，那只有在正局级以上的干部或少数大老板的家里才会有，可见林坚调到广东教书后生活的富足，这真让焕章羡慕不已！

林坚的妻子名叫欧阳彩琴，此时正在厨房里准备晚饭。"欧阳，焕章来了！"林坚朝厨房里喊道。话音刚落，欧阳彩琴从厨房里走了出来，热情地对焕章说："焕章来了？刚才听林坚说起你。你路上辛苦了，请坐！"

"不好意思，打扰你们了！"焕章略带歉意地笑笑说。

"自家人，说什么打扰，你来了我们就高兴！"欧阳彩琴真诚地说，"你们聊

乡城往事

吧，我去弄晚饭。"

"多炒两个菜哈！几年不见了，我要和焕章喝几杯！"林坚对妻子说。

"我知道！这个还要你吩咐？"欧阳彩琴娇嗔地看了老公一眼说。

欧阳彩琴是湖南人，在勒流医院妇产科工作。她人长得丰满妖媚，性格活泼开朗，待人宽厚热情。她和林坚是三年前相识、相恋并结婚的。他们已有一个女儿，在长平老家由林坚的姐姐照看着。焕章第一次见到林坚的妻子，感觉她是一个贤妻良母型的女子，心里十分羡慕林坚的福气。

林坚泡了一壶上好的碧螺春茶，给焕章倒了一杯，又给自己倒了一杯，说："请喝茶！"他又把茶桌上的花生、瓜子和香蕉移到焕章面前说："随便吃！"

"谢谢！"焕章说，端起茶杯喝了一口茶。

"这次下来，是来找工作的吧？"林坚微笑着问。其实不用问，他也知道。

"是啊！"焕章说。

"你早该出来啦，在长平窝了那么久！"林坚剥了一根香蕉，递给焕章。

"你们学校还缺语文老师吗？"焕章接过香蕉问。

"你来得巧，我们学校刚好缺一个语文老师——有一个华东师大毕业的年轻教师跳槽去一家公司上班了！"林坚说。

"太好了！"焕章兴奋地说。

"你应聘的资料准备好了吧？"林坚问。

"准备好了！"焕章说。他放下刚咬了一口的香蕉，从旅行包里取出一册自荐资料递给林坚。

林坚接过资料，认真翻阅了一下。"很好，准备得很充分！"他高兴地说，"你现在是县优秀教师、市优秀班主任，又是学校的语文教研组长和高三年级组长，还发表了那么多教学论文和文学作品，像你这样的优秀人才哪个学校都需要！"

听林坚这样夸赞自己，焕章心里很高兴，对应聘也充满了信心。

"明天我带你去见分管教学的谈炽光副校长，他负责教师的招聘工作。"林坚说，"到时我会在他面前大力举荐你——学校领导对我还是比较信任的！"

"那太感谢你了！"焕章感激地说。

"我们是兄弟，感激什么？再说，你本来就那么优秀！古人说得好，'内举不避亲，外举不避仇'嘛！"林坚笑着说。

焕章也笑了。

"你现在教哪个年级的英语课？"停了一会儿，焕章问。

"我从长平中学调下来后，就一直教高三毕业班的英语课，同时还担任了学校的英语科组长。"林坚说。

"你那么优秀，怪不得学校领导那么信任你！"焕章称赞他说。

"你不是外人，不瞒你说，我现在不仅是勒流中学的骨干教师、高三毕业班的英语把关老师，还是顺德市优秀教师、英语学科的带头人，曾给全市的高中英语老师上过几次示范课呢！"林坚自豪地说，"在教职工的业余文娱活动中我也表现出色，曾获得过勒流镇教职工卡拉OK歌唱比赛一等奖和勒流镇中小学教师师德演讲比赛一等奖，既为自己也为学校争了光！"

"真牛！"焕章竖起一只大拇指夸赞说。林坚教学优秀，多才多艺，综合素质高，早在长平旭阳中学做同事时他就知道的，对此，他是发自内心地敬佩！

"你现在一个月的工资有多少？"焕章问。这是他很关心的一个问题。

"基本工资加上各种补贴，有一千八百块钱左右。"林坚说。

"这么高啊！"焕章既惊讶又羡慕地说，"我一个月的基本工资加上各种补贴，只有二百多块钱，你的工资是我的六倍多啊！"

"所以呀，长平留不住人才啊！"林坚也感叹说。他往焕章的茶杯里添加了一下茶水，问："长平二中的校长是谁？"

"现在是何永刚校长。——长平中学的伍宏韧校长退居二线后，前校长就调到长平中学当校长去了。"焕章说。校长调走时，有人曾劝他说，"校长对你那么好，你也跟着调到长平中学去吧"，但他考虑到在这两所学校教书都差不多，便懒得挪窝儿了。

"何永刚校长这人怎样？"林坚问。

"何校长做人做事都挺不错的！他是从浔江中学调上来的。但长平的经济状况那么差，考大学那么难，优秀教师和优秀学生都往广东跑了，就好比'大厦将倾，独木难支'，无论谁当校长都难以扭转大局啊！"焕章说。

"你说的也是！"林坚沉思着说。

晚饭是五菜一汤、两瓶啤酒加一大盘扬州炒饭，色香味俱全，足见林坚妻子"出得厅堂，入得厨房"的贤淑。席间，焕章借花献佛，敬了他们夫妻俩一杯酒，对他们的热情接待表达了由衷的感谢；他们夫妻俩也敬了焕章一杯酒，说他一路辛苦了，如招待不周，请多多包涵，并祝他心想事成、马到成功！

饭后闲聊时，林坚向焕章介绍了一下勒流中学的情况。他说，勒流中学始创于一九四六年，原名私立青华中学，距今有五十年的历史了，是顺德办学历史最长的几所中学之一。勒流中学现有24个教学班，其中高中部有18个教学班，初中部有6个教学班，为全镇重点初中部；现有教职工80多人，学生1300多人。勒流中学的高考成绩突出，在顺德市同类学校中位居前三名。勒流镇政府非常重视教育，正准备在龙升北路旁划出100多亩土地，由校友捐款、政府出资，合计投入1.5亿元人民币，兴建一座勒流中学新校。新校将在今年暑假时动工，明年秋季开学时交付使用，届时，将看到一座规模宏大、美轮美奂、功能齐全的现代化绿色校园！

焕章听后啧啧赞叹不已。

林坚又向焕章介绍了一下勒流镇的经济发展情况。他说，勒流在顺德市虽然只是一个普通的镇，面积只有90多平方公里，但常住人口却有30多万，比长平一个县的人口（长平常住人口约26万）还要多；勒流镇的工业以机械制造、小五金和小家电为主，农业以水产养殖和花卉种植为主，全镇一年的生产总值高达300多亿元；全镇有17个行政村，有不少行政村一年的生产总值就高达几十个亿，比长平一个县的生产总值都要高出很多！

"你下午来的时候沿途也看到了，勒流虽然是一个镇，但镇中心的城区面积比长平县城还要大，其市政建设之热闹繁华就更不用说了！"林坚说。

焕章信服地点点头。

"顺德人务实、包容、爱才，不爱管闲事，办事效率高，这些优点，也正是长平老家的人所欠缺的！"林坚又说，"像你这种性格和拥有的特长，更适合在顺德这样的环境生活、工作。如果你能调下来的话，你的生活和事业将发生质的飞跃！"

焕章听了林坚介绍后，顺德就像一块巨大的磁铁，把他深深吸引住了！他想调到顺德工作的愿望也就更强烈、更迫切了！他在心里默默地祈祷，祈求老天保佑自己能顺利地被勒流中学聘用……

第二天是星期一，勒流中学的师生都回校了。

林坚带着焕章来到行政办公楼谈焰光副校长的办公室。

"这就是我们学校主管教学的谈焰光副校长。"林坚向焕章介绍说。"这是来自我老家长平二中的刘焕章老师。"林坚又向谈焰光副校长介绍说。

"谈校长您好！"

"焕章老师你好！"

谈焰光副校长和焕章亲切地握手。他四十五六岁的年纪，个子高高的，瘦瘦的，性格很温和。

"谈校长，我们学校不是缺一个语文老师吗？焕章老师就是来应聘的！"林坚向谈焜光副校长介绍说，"焕章老师是长平二中高三年级组长、学校语文科组长、《太阳鸟》校报主编，曾获得'市优秀班主任''县优秀教师'等称号，还发表了不少教学论文和文学作品，是一个综合素质很高的优秀老师。我想，他如果能调到我们学校来当老师，那再好不过了！"

"哦——欢迎欢迎，请坐请坐！"谈焜光副校长热情地说。他请焕章和林坚在沙发上坐下，并分别给他们倒了一杯茶。

"谈校长，这是我的有关资料，请多多指导！"焕章谦恭地把身份证和大学毕业证书原件以及一册自荐资料复印件双手递给谈焜光副校长。

谈焜光副校长接过焕章递来的有关证件和资料，认真看了起来，然后把身份证和大学毕业证书原件还给他，留下了那一册自荐资料复印件，高兴地说："非常不错！我们学校很需要你这样的优秀老师！这样，按教育局规定的招聘程序，我们需要听你上一节课，如果上课没问题，再试用一段时间就能定下来。明天先听你上一节课吧，怎么样？"

"没问题！"焕章说，"上什么年级的课？"

"高一年级的吧！"谈焜光副校长说，"等一下我把语文科组长李国荣老师叫来，叫他给你一本语文课本和一本语文教学参考书。"说完，他便打了一个电话。不一会儿李国荣老师便拿着两本教学用书进来了。

谈焜光副校长向李国荣老师介绍了焕章，并把焕章的自荐资料复印件递给他看。

李国荣老师详细翻看了一下焕章的自荐资料，称赞说："非常不错！我们语文科组很需要像你这样的高手加盟！"

"请多多指导！"焕章谦虚地说。

"高一的语文已讲完了第一单元。你明天的试教课就在后面的课文中自己任选一篇吧！"李国荣老师说，然后把高一语文书和教学参考书递给焕章。

"好的，谢谢！"焕章接过教学用书说。

从谈焜光副校长的办公室出来，林坚对焕章说："你刚才也听到了，谈校长和李国荣科组长看了你的自荐资料后很满意！你明天这节试教课很关键，到时，一些行政领导和语文科组的老师会来听。如果这节试教课上成功了，你应聘的事基本上也就成定局了！今天你在我家里好好备一下课，需要什么跟我说，我将全力协助你！"

"好的！非常感谢！"焕章既高兴又感激地说。

一回到林坚家里，焕章便认真备起课来。他选的是第六单元的一篇文言文，唐代大诗人杜牧写的《阿房宫赋》。凭着扎实的文言功底、渊博的学识和丰富的教学经验，他只用了一个上午的时间，就把上课的内容准备好了。下午他把教案给林坚看了一下，又当面试讲了一遍，林坚给他修正了几个小问题后，说："非常不错！就看你明天上午的临场发挥了！但我相信你一定没问题！"为让焕章熟悉教学环境，课外活动时，林坚又带焕章到他明天将要上试教课的高一（2）班教室察看了一下，还预先操作了一下教学投影仪。一切准备就绪，就等明天的到来了！

第二天，焕章一早就起来了。为确保万无一失，他把教案又熟悉了一遍。因为"试教课"安排在第一节，吃过早餐后，焕章便拿起课本和教案，信心满满地朝教学楼走去。

高一（2）班在A栋教学楼一楼的第二间教室。教室里除坐满学生外，后面还坐满了来听课的学校行政领导和语文科组的老师。林坚虽然是英语老师，但也特意来听焕章的试教课了。

"上课！"

"起立！"

"同学们好！"

"老师好！"

"请坐！"

同学们齐刷刷地坐下，都闪动着明亮的眼睛，新奇地注视着这位新来试教的语文老师。

"同学们，今天我们来上第六单元的第十六课，杜牧的《阿房宫赋》。"说着，焕章便在黑板上写下了文章名和作者名，接着又写了这节课的教学目标，然后便讲起课来。刚进教室时他有一点紧张，此时他完全进入了角色，仪态生动，挥洒自如了。

焕章从同学们熟悉的古诗《江南春》《过华清宫》说起，引出对作者杜牧的生平和创作成就的介绍；从大秦王朝的兴衰历史说到晚唐统治阶级的腐败衰落，进而引出《阿房宫赋》的写作背景和作者借古讽今的写作目的；然后放录音听范读，全班齐声朗读，整体感知课文，给重点词语注音和解释；接着重点分析了课文的段落大意、主题思想和赋的铺陈、排比、对偶、比喻、夸张的写作特点。当讲到古代赋的体裁特点时，焕章说："古代的赋，是介于古代散文和古代诗词之间的一种特殊文体，和我们现代的散文诗非常相似——现代的散文诗就是介于现代散文和现代新诗之间的一种特殊文体。可以说，古代的赋，就是古代的散文诗！"他为了拓展同学们的文学知识，让他们对现代散文诗有所了解，从而更好地了解古代赋的特点，还特意用投影仪展示并范读了自己以前发表的两首散文诗《篁乡情》和《女儿赋》。同学们为试教老师的飞扬文采倾倒了，不约而同地热烈鼓起掌来。这节课，有朗读，有拓展，有提问，有训练，有学生展示，有老师点评。整个课堂重点突出，环环相扣，师生互动，气氛活跃，达到了很好的教学效果！

下课后，林坚握着焕章的手激动地说："焕章，你这节试教课上得太好了！祝贺你！"

"这首先要感谢你的大力支持！"焕章感激地说。

上午十点半，谈焰光副校长把焕章叫到他的办公室，说："你的试教课上得很成功，学生和老师们的反响都很好！刚才我们几个行政领导临时开了一个短会，决定聘用你！"

"谢谢谈校长！谢谢学校领导！"焕章激动地说。

"不过，按教育局的规定，新聘任的老师要试用三个月到半年的时间才能正式办理调动手续，"谈焰光副校长又说，"你能在这里待多长时间呢？"

"我只请了一个星期的假，"焕章忧虑地说，"我是高三毕业班的老师，又是高三年级的级长，不能离开得太久，没办法！"

"这样啊……"谈焰光副校长沉思了一会儿说，"那特殊情况就特殊处理吧！你就试用一个星期的时间，怎么样？"

"好的！太感谢谈校长您了！"焕章高兴地说。

当焕章回来把谈焰光副校长对他说的话告诉林坚和他的妻子欧阳彩琴时，他们夫妻俩都替他高兴。午饭时，欧阳彩琴还特意多炒了几个菜，并拿出一瓶上好的长城干红葡萄酒以示庆贺。

在试用的一个星期里，焕章早上到班带读，晚上到班辅导，白天则备课、上课和批改作业，他全身心投入到教学工作中，不仅圆满地完成了教学任务，还和学生们建立了深厚的师生情谊，得到了勒流中学领导的充分肯定和高度赞扬，他也如愿以偿地拿到了盖有鲜红公章的人事商调函。

在返回长平的头天下午，林坚开着他的嘉陵摩托车，特意带焕章来到大良街道，陪他参观了巍峨庄严、美轮美奂的顺德市政府大楼，游览了宽阔热闹、鸟语花香的市政府广场，寻访了古色古香、历史文化底蕴厚重的清晖园，攀登了高耸入云、风景秀丽的顺峰山。在那高高的顺峰山顶，焕章俯瞰着一望无际、富庶美丽的顺德大地，一股澎湃激越的豪气顿时涌上心头：顺德这块广袤的热土，她既然以博大的胸襟接纳了自己，自己将来一定要用辛勤汗水和聪明智慧，为她的繁荣昌盛、兴旺发达贡献一份力量！

第二天早上，林坚开着自己的嘉陵摩托送焕章到顺德汽车站。

"林坚，这些日子打扰你也辛苦你了！如果没有你的支持和帮助，我这次下广东可能就白跑一趟了！你真是我命中的贵人啊，我真不知道该如何感谢你才好！"临别时，焕章感激地说。

"焕章，我们是兄弟，别说那些客气话！我只不过为你做了自己该做的、能做的一些小事罢了！"林坚说，"你回去的路上要小心！祝你一帆风顺！回到长平后，你要想办法、抓紧时间把调动手续办好！"

"好的！"焕章说。

他们紧紧地握了握手，又亲热地拥抱了一下，然后依依不舍地挥别。

当载着焕章开往广州的长途班车开出了汽车站，在前面的拐弯处消失不见了，林坚才骑上自己的嘉陵摩托回勒流去。

第六十二章

　　载着焕章从顺德开往广州的长途班车，在路上走了两个多小时，上午十一点半才到达广州汽车站。

　　焕章从车上下来，穿过熙熙攘攘的人流，朝售票厅走去，打算买一张下午一点十分开往长平的长途汽车票。当他来到售票窗，正要掏钱买票时，却发现裤兜里的钱包不见了，他顿时惊出了一身冷汗！他找遍了每只衣袋，翻遍了旅行袋的每个角落，仍不见钱包的踪影！怎么会不见呢？……他仔细回想，可能是刚才下车时，趁着拥挤混乱，小偷把他的钱包偷走了。幸好在他的衬衣口袋里还有十八块零钱没被偷走，但这些钱不够买一张到长平的车票，到长平的车票要四十二块钱一张，还差二十四块！怎么办呢？车站人海茫茫，不知哪个是长平老乡；在广州他又人生地不熟，不知找谁去借钱。焕章不觉脊背生寒气，额角汗涔涔了。

　　后来，他急中生智，脑海一闪，便决定买一张到离长平近一点的地方的车票，走近一步算一步！于是，他在售票大厅的电子屏幕上搜寻着，忽然，"揭阳"的地名跃入了他的眼帘。从揭阳到长平比较近了，而且还有直达班车，长平人和揭阳人都是客家人，两地通商通婚关系密切，在那里一定可以找到长平人！更巧的是，从广州到揭阳的车票刚好是十八块钱一张！因此，他赶紧买了一张到揭阳的车票。

　　当焕章乘车从广州到达揭阳汽车站时，已是下午三点半了。他到售票处看了一下本站的车次，发现下午三点四十分就有一趟到长平的班车，还差十分钟就要开出了，于是，他赶紧往候车室走去。

　　候车室里的人并不是很多，远不像广州汽车站里的人那样密集。

　　"有到长平的旅客吗？"焕章在候车室用家乡话大声问道。

　　"有。你有什么事吗？"有几个长平老乡站了起来。

　　焕章便把自己的钱包被人偷走了，没钱买车票，想借几十块钱，回到长平一定还钱的话对他们说了。他们一听说要借钱，便坐回原位，不作声了。焕章知道，他们是怕上当受骗，于是，他便拿出自己的大学毕业证和优秀教师证书给他们看，一再说明自己是长平二中的老师，不是骗子。

这时，一个青年男子走过来对焕章说："我借五十块钱给你吧！"

"太谢谢你了！"焕章感激地说，"怎么称呼你？"

"我叫廖善炜，你就叫我小廖好了。"这个青年男子微笑着说。

在交谈中，焕章得知廖善炜是浔江人，在浔江圩上开了一间五金店，今天他到揭阳进货，正准备坐车回去。

焕章用借来的钱买了一张车票，和廖善炜坐同一辆班车回到了长平。当他们从车上下来，走出长平汽车站时，已是傍晚六点半了。

焕章从车站附近一个开饮食店的熟人那里借了五十块钱，把它还给了廖善炜。

"小廖，真是太感谢你了，你真是一个大好人哪！今天要不是你的帮助，我可真要讨饭走回来了！"焕章感激地笑着说。

"别这么说！区区小事，不足挂齿！"廖善炜和善地微笑说。

"到长平二中我家里坐坐吧？"焕章热情地邀请说。

"不了，我还要坐晚班车赶回浔江去！"廖善炜说，"以后有机会再来拜访你！"

"那好吧！以后有机会，一定要到长平二中我家里来坐坐哈！"焕章真诚地说。

"好的好的！"廖善炜高兴地说。

焕章和他紧紧地握了握手，然后挥手告别。

焕章从车站步行回长平二中。当他回到学校时，已是晚上七点半了。这时，夜幕已经降临，星星开始闪烁，华灯灿烂盛放，学生们在安静地上晚自修了。

妻子香兰和女儿早已吃过了晚饭，她正在木沙发上教女儿唱她小时候唱过的乡下儿歌：

　　煮谷，喊喳。
　　做米，做夜（做晚饭）。
　　做介嘛介夜，
　　做介青菜粥。
　　大哥食冷粥，
　　细哥食烧粥……

"兰！欣月！"一踏进家门，焕章便亲热地喊道。

"章，你回来了！"香兰见丈夫回来了，惊喜地迎了上去，接过他手中的行李。

"爸爸！"欣月惊喜地扑进爸爸的怀里。焕章抱起女儿，在她粉嫩的脸上连亲了几口。

"走了一个星期，人都瘦了，黑了！"香兰心疼地说。

"虽然只去了一个星期，但我感觉离开你们太久了！我太想你和女儿了！"焕章深情地说。

听丈夫这么说，香兰的眼睛湿润了。

焕章把女儿放下，从旅行包里拿出从顺德带回来的特产"大良蝴蚝""均安鱼饼"给她吃。女儿吃得津津有味。

"找到工作没？"妻子充满期待地问，并给焕章倒了一杯茶。

"找到了！"焕章接过茶杯说，"和林坚同一所学校——顺德勒流中学！"

"真的？那太好了！"妻子惊喜地说，"我们的苦日子终于熬到头了！"

女儿听到爸爸在广东找到了工作，也兴奋地说："爸爸真棒！以后欣月就可以天天有肉吃喽！"

焕章和香兰都欣喜地笑了。

焕章在木沙发上坐下来，一边喝茶歇息，一边简略地给她们母女俩讲述了他下广东一周来的"传奇"经历。香兰听后感慨、叹息不已，女儿听后则张大了惊奇的小嘴巴。

香兰因为和女儿吃过了晚饭，她便快捷地给丈夫煮了一大碗香葱鸡蛋面——里面有三个油乎乎、胖嘟嘟的荷包蛋！

焕章下了广东并找到了接收学校的消息，像一阵旋风迅速传遍了长平二中校园。同事们都对他投来了钦慕的目光，那些因他从县委宣传部"贬谪"到中学来教书而对他有偏见的老师，此时也对他刮目相看。但焕章并没有因此沉浸在成功的喜悦里，他眼下最迫切的任务，是抓紧办好调动手续！

长平县委、县政府为了控制人才外流，对教育、卫生系统的人事调动作了特别规定：凡是要求调离长平到广东工作的老师或医生，必须由县委常委会讨论批准，同时还须向县财政交纳八千元的"补偿金"才能放行！这可是让一般人望而生畏的两个高高的门槛：要想得到县委常委会的批准，必须要有相当地位的人帮你说话或为你"疏通关系"才行；八千元的"补偿金"也不是小数目，要知道，长平一般公职人员的月平均工资加各种补贴才二百元左右，即使不吃不喝，也要三四年才能积攒到这个数字。虽然这样，但仍然有不少人为了调离长平到广东去工作，千方百计去找熟人、寻门路，并想尽办法向亲朋好友筹钱借款。据说有一个原长平中学的老师调到广东惠州当老师后，花了三年时间才还清办工作调动时所借的欠款，以后每当他提起此事，还常常忍不住悲愤落泪！

为调到广东顺德去工作，焕章也下了破釜沉舟的决心！

但谁能帮他顺利办好调离手续呢？焕章在脑海里搜寻着……黄涛书记在长平县委当了两届县委书记后，去年已调到滨海市委当宣传部部长去了，虽然"解铃还须系铃人"，但"人走茶凉"，找他帮忙肯定是不行了；找自己在县委宣传部工作时的老领导、而今主管民生与社会服务工作的副县长程冰岩？自己当年被"贬谪"到乡下初中教书时就有他的"功劳"，后来求他帮忙把自己调回县城工作时他理都不理，难道他现在会帮你调离长平到广东顺德去工作？别做这个美梦了！……对，还是请大哥良翔的战友、自己的忘年交彭春明帮忙吧，他现在从县委政法委副书记提升为主管政法工作的副县长了，只有他愿意也只有他有能力帮助自己实现调离长平到广东顺德去工作的目标了！

这天晚上，焕章买了几斤时令水果，到县委大院的家属楼拜访了彭春明副县长——他一家人仍然住在那里，一直没有搬迁。

"听说你下广东去找工作了？"焕章刚在沙发上坐下来，喝了一口菊香嫂子递来的茶，彭春明副县长便笑眯眯地问他。

"您怎么知道的？"焕章惊讶地问。

"我时时都关心着你的事，自然有人告诉我！"彭春明副县长哈哈地笑着说。

"我今天晚上来，就是想跟您说这件事。"焕章说，"前段时间我确实下了一次广东去找工作，而且找到了接收单位——顺德市勒流中学！"

"顺德是一个好地方啊，那里的老师工资高、待遇好，能调到那里去工作再好不过了！"菊香嫂子高兴地插话说。

"能调到那里工作当然好啦！但听说县里却有这样的规定：要求调离长平到广东工作的老师或医生，必须由县委常委会讨论批准，同时还要交八千块钱的'补偿金'哪！"焕章叹息一声说，"所以，我工作调动的事，一定要麻烦彭县长出面，帮我找有关领导说一说，放我走！"

焕章又说："彭县长，我回到长平后所遭受的人生创伤，我现在面临的生活困境，您是完全了解的！如果我还继续留在长平工作的话，已没什么意思了！"焕章停顿了一会儿，接着说："说实话，尽管我遭受了不公平的待遇，我还是把十年最美好的青春年华奉献给了长平，也算对得起长平人民了！现在，在我的人生处于那么艰难困苦的时候，如果县里有关领导还想卡着我不放，或者还要我交什么八千块钱的'补偿金'，那也太不合理、太不人道了吧？况且那也不符合国家人才流动的政策啊！"

彭春明副县长沉思了一会儿，说："焕章，对你回到长平工作后所遭受的人生挫折和现在面临的生活困难，我是完全了解的，也非常同情你！……你的情况比较特殊，换一个工作、生活环境对你有好处，如果县里还卡着不放你走，或者还要你交什么八千块钱'补偿金'，确实不合理、不应该！我支持你调到广东顺德去工作，那里的世界更宽阔，人文环境更好，更适合你生存和发展！过两天我找一下柳副书记，把你的情况跟他说一说，让他批准你走！"

彭春明副县长说的"柳副书记"，是指县委管党群的柳泽贤副书记，他是前年从邻县调到长平县委工作的，住在县委大院3号楼，平时和彭春明副县长经常在一起，无论在工作上还是私人关系上，两人都相处得很好。

"那我太感谢彭县长了！"焕章高兴地说。他知道，有了彭春明副县长的支持和帮助，他调离长平到广东顺德去工作的事就一定不成问题。

"彭县长，我工作调动的事，就拜托您啦！"临别时，焕章又嘱托彭春明副县长说。

"你放心，我一定会为你疏通好！"彭春明副县长微笑着说。

回到家里，焕章把彭春明副县长支持并愿意帮他调离长平的事告诉了妻子香兰，香兰听后非常高兴，连声说："彭县长真是一个大好人啊！"

过了两天，彭春明副县长为焕章调动的事特意找了一下柳泽贤副书记，把焕章的有关情况详细告诉了他，请他在县委常委会会议上讨论、批准焕章调离长平到广东顺德去工作，并免除他交纳八千块钱的"补偿金"。柳泽贤副书记看在彭春明副县长的情面上，也出于对焕章的人道主义同情，便满口答应了。

后来，在彭春明副县长的指点下，焕章写了一份《关于本人工作调动的申请报告》，报告包括两方面的内容：一是委婉叙述了自己申请调离长平到广东顺德去工作的原因；二是表示自己今后将会以其他方式继续为家乡的建设贡献力量。然后，焕章拿着这份申请报告，到县委大院3号楼找到柳泽贤副书记，请他写下了"准予办理调

乡城往事

动手续"的亲笔批复并签上大名。而后，焕章又拿着柳泽贤副书记亲笔签了字的申请报告，到县政府找到主管教育的李强东副县长，请他写下了"准予办理调动手续"的亲笔批复并签上大名。再后来，焕章又在当初的老领导、老朋友，现任文化局局长的廖子厚的陪同下，带着一只大西瓜，到县教育局刘理仑局长家里，请他写下了"准予办理调动手续"的亲笔批复并签上大名。此后的一段时间里，焕章就凭着这份由柳泽贤副书记、李强东副县长和刘理仑局长亲笔签了字、署了名的申请报告，到县教育局人秘股、县劳动人事局、县委组织部、县公安局等部门，办理了人事档案、工资关系、组织关系和户口等的调迁手续。待调迁手续全部办理完毕，也就到了将近放暑假的时候了。

从县委宣传部"贬谪"到偏僻的乡下初中教书时起，到现在办完调离长平到广东顺德工作的各种手续为止，焕章有几个值得他终生感恩的贵人：

首先是当年宣传部的老领导廖子厚副部长（现文化局局长）和曾经的长平二中校长（现长平中学校长），是他们把焕章从最黑暗、最痛苦的岁月里解救出来，让他度过了一段虽然贫寒却相对安静的生活，并成了一名优秀的高中语文老师。

然后是焕章在乡下工作时的老同事、好朋友，现任顺德市勒流中学英语科组长的林坚，在他的热情接待、大力支持和帮助下，焕章才在广东顺利地找到接收单位——顺德市勒流中学。

最后是焕章大哥的战友、自己的忘年交——清正廉明的彭春明副县长，在他的同情、支持和帮助下，焕章才顺利地且在没付出什么经济代价的情况下就办好了调离长平的各种手续。

正因为有了这些贵人的真诚相助，焕章在人生遭受重大打击时才得以度过那艰难、痛苦的岁月，才得以"山重水复疑无路，柳暗花明又一村"，一步步走向光明、美好的未来！

当然，焕章也要感谢自己，即使处于最黑暗、最痛苦的人生低谷，他也保持了坚定的信念，胸怀远大的理想，卧薪尝胆，发愤图强，不断发展和超越自我，从而提高了自己的生命质量，使自己在今后的人生中能把握良机，实现凤凰涅槃，浴火重生，翻开人生的新篇章！

焕章回了一趟篁乡田背排村，把自己将调到广东顺德去教书的事告诉了父母和二哥二嫂他们，家人们听了都非常高兴。"你能调到广东发达地区去工作，算是为你自己也为家人争了一口气！"二哥新营舒了一口气说，"下到广东后，你一定要好好工作，做出成绩来，让同事们尊敬你，让家人们为你骄傲！"

"二哥，我一定会努力的，请放心！"焕章说，"只是，以后我不在长平，父母就靠你和二嫂照顾，辛苦你们了！"

"我们会照顾好父母的，你安心工作吧！"二嫂玉翠说。

临别时，焕章又再三嘱咐父母要注意身体，不要太劳累了，有什么要紧事一定要写信或打长途电话告诉他，然后才和他们依依不舍地含泪告别。

这天上午，焕章最后一次到长平二中办公室去拿自己订阅的报纸、杂志和别人寄给他的私人信件。办公室没其他人，只有青春靓丽的杨媚在整理文件资料。

杨媚家在县城，父母都在城建局工作。一九九四年她从长平二中高中毕业后没考上大学，恰好学校向社会招聘一名办公室文员，她在众多应聘的城镇姑娘中脱颖而出，幸运地被录取了。她的主要工作是收发师生的书报信件、办公室打字和整理学校的文件资料。读高中时，杨媚就偏爱语文，热爱文学，写得一手漂亮字和一手好文章。她曾是长平二中太阳鸟文学社的社长，在焕章的鼓励和指导下，在《太阳鸟》校报发表了不少文章，有的文章还被推荐到《江西青年报》《少年文艺》《中国校园文学》发表了，在长平二中的师生中小有名气，是未来作家的好苗子。她之所以能录取上办公室文员，就与她能写一手漂亮字和一手好文章的特长有关。当了文员后，杨媚仍保持了学生时代对文学的热爱，经常向焕章借阅文学名著，拿自己写的文章向他请教，两人来往密切，情谊深厚。

"焕章老师来了？我刚想把您的书报信件给您送过去呢！"杨媚见焕章进来，忙放下手中整理着的书报资料，起身请他坐下，并给他倒了一杯茶。

"看来我们是心有灵犀呀，我就是来拿它们的！"焕章接过茶杯，微笑着说。

杨媚从柜子里拿出一袋李子说："您就要调走了，今天早上我特意到水果市场买了两斤新鲜李子，送给您吃！"

"那么客气呀！好，我先尝一个，来，你也尝一个！……咦，怎么有一条柳枝呢？"焕章拿出一条小柳枝奇怪地问。

"你是一个大文人，怎么就不知道里面的含义？"杨媚娇嗔。

焕章愣了一会儿，恍然大悟地笑着说："哦……我明白了！谢谢你！"他明白了杨媚别出心裁的深意："李"与"离"谐音，有离别之意；"柳"与"留"谐音，有挽留之意；两者合在一起，就有"离别之时，依依不舍"的含义。这位可爱的姑娘，就是这么有情趣！

焕章咬了一口脆爽的李子，咀嚼着。

杨媚也咬了一口脆爽的李子，咀嚼着。

"好吃吗？"杨媚柔声地问。

"好吃，酸酸甜甜的！"焕章点头说。

"我的心啊，此时就像这李子的味道，也是酸酸甜甜的——既为您能远走高飞而高兴，又为您即将远离而悲伤！"杨媚忽然红着眼睛伤感地说。

听了杨媚的感喟，焕章默然无语，心里也酸涩涩的。

"您走了，我以后再也遇不到像您这样好的恩师了！没了引路人，我甚至对自己的未来都有点迷茫……"杨媚又叹息一声说，随即落下两滴晶莹的眼泪来。

焕章从桌上的纸筒里抽了一张纸巾递给她，安慰她说："杨媚，请别这样……以后我们还可以通信啊！寒暑假时，我还会回长平来看你的！"

"您能做到就好！……就怕您'黄鹤一去不复返，白云千载空悠悠'！"杨媚擦了一下眼泪，勉强挤出一丝笑容说。

"请放心，我一定能做到！"焕章安慰她说。

焕章一手拿着自己的报刊信件，一手提着杨媚送给他的装有柳枝、李子的食品袋，步履沉重地走出学校办公室。

他知道，杨媚一直目送着他离去，他感觉到了她那温热而潮湿的目光在他的背上流过。但他不敢回头去看她，怕她也怕自己承受不住这离别的伤愁……

第六十三章

在焕章带着妻子女儿离开长平下广东的头一天晚上，宣传部的老领导、文化局廖子厚局长请焕章一家人到他家里吃晚饭，也算是为他们一家人饯行。

饭菜丰盛而富有长平特色：清炖鸡、酸辣鸭、梅干菜扣肉、红烧鲤鱼、豆豉蒸排骨、青椒炒牛肉、酸菜炒猪肠、苦瓜瓤豆腐、油炸花生米……还有一瓶项山糯米酒。酸甜苦辣咸，色香味俱全。深厚的情谊，滚烫的热情，化成了融洽欢乐、喜气洋洋的气氛。

"来，祝你们一家人一帆风顺、前程似锦！喝！"子厚局长举起酒杯，带着妻子周容和读初一的儿子廖明为焕章一家人敬酒说。

"谢谢！"焕章和妻子香兰道谢说。

"谢谢叔叔阿姨！谢谢廖明哥哥！"五岁的女儿欣月不会喝酒，却也端起装有鸡汤的小碗稚声稚气地说。大家都笑了。

"欣月真乖，真懂事！"周容阿姨夸赞说。

"借花献佛，感谢子厚局长一家人的盛情款待，感谢你们一直以来对我的理解、支持、鼓励和帮助，你们的恩情我们感激不尽，并将永记在心！喝！"焕章举起酒杯，带着妻子和女儿，一起回敬了子厚局长一家人一杯酒（小欣月则以汤代酒）。

周容阿姨给大家添酒，给小欣月添汤。

"没什么菜，随便吃，别客气哈！"子厚局长热情地招呼说。

"有，都满桌的菜了！"香兰客气地说。

周容阿姨给小欣月夹了一只鸡腿。"谢谢阿姨！"小欣月礼貌地说。

大家边吃，边喝，边聊。

"焕章，你是一个难得的人才，你走了，对长平来说是一个损失！"周容阿姨对焕章说，"当初子厚从县委宣传部调到文化局当局长时，我就曾对他说，能不能把你调到文化局来。但子厚说，文化局已满员，早就没有编制了。就算有编制，要从教育界调人，也必须由县委常委讨论通过才行，他哪里做得了主啊！"

"确实是这样！据我对长平官场的了解，一个人如果掉下去了，是很难再爬上来的，因为人们很难改变以前对他的看法！说实话，像焕章你这种情况，想指望县委常委讨论通过再把你调出教育界，几乎是不可能的了！你想一想，当年我们的老领导程冰岩部长，他是县委常委吧？可当年请他帮忙把你从乡下调上县城来教书他都不愿，你还能指望哪个县委常委会为你再次调出教育界说话呢？——以前我是怕打击你对未来的信心，一直不敢对你说这些真话！"子厚局长接过话对焕章说。

"谢谢！……所以，当年您能把我从偏僻的乡下初中调上县城长平二中教书，我已经感激不尽了！它也成了我人生中的一次重要转折，如果没有那次转折，也就没有现在的我了！"焕章感激地对子厚局长说。

"你的遭遇确实令人同情！再说，我们是老同事，也是老朋友，能为你办到的事，我肯定会尽力而为的！"子厚局长真诚地说。

"我知道！"焕章动情地说。他给子厚局长添了添酒，然后举起酒杯，单独和他碰了一下杯，两人一饮而尽。

"焕章，话又说回来，你现在能调到广东发达地区去教书，比留在长平的任何单位都强！那里的老师工资高、待遇好，那里工厂也多，香兰打工也方便，你尽可安心教书，安心看书，安心写作！哪里像我们长平，在单位上班的工资那么低，待遇那么差；想打工的，又没几个像样的工厂，死皱皱哩！"周容阿姨说。

"焕章能调到广东发达地方去工作，那肯定比留在长平强啊！"子厚局长附和说，"即使能留在长平党政部门工作，也不一定有什么意思！"

焕章点点头。

子厚局长又说："人啊，就像一粒种子，什么样的地方，就适合什么样的人生存、发展。长平的天地太窄，格局太小，不太适合焕章你这种个性的人才生存、发展！而珠江三角洲不同，那里是中国改革开放的前沿阵地，是中国最发达的地方之一，那里天高地阔，包容性强，正适合你这种个性的人才生存和发展！正所谓'海阔凭鱼跃，天高任鸟飞'，我相信，你调到广东顺德工作后，定能发挥你的聪明才智，开创出一片灿烂的人生风景来！"

"谢谢子厚局长的鼓励！我一定会好好努力，不辜负您的殷切期望！"焕章站起身，又向子厚局长敬酒。

"好！祝你心想事成、前程远大！干！"子厚局长起身和焕章碰杯，两人一饮而尽。

…………

吃完饭后，大家来到客厅喝茶、聊天，用牙签插着吃已切成一小块一小块的西瓜和苹果。到晚上九点时，焕章和妻子女儿才起身告辞。子厚局长、周容阿姨和儿子廖明把他们一家人送到大门口。

"以后有机会下顺德来走一走！"

"寒暑假回到长平时来家里坐一坐！"

焕章和子厚局长紧紧地握手，依依地挥别。

当焕章用自行车载着妻子和女儿在路灯下渐行渐远，转过一个街角后看不见时，子厚局长一家人才收回远送的目光，转身返回家里。

第二天，即一九九六年七月十八日，天刚蒙蒙亮，焕章就醒来了。和他一样早醒的，还有几只活泼可爱的喜鹊，在窗外的枝头上叽叽喳喳地欢唱。

焕章洗漱完毕，就想到校园里走一走，因为吃过早饭后，他就要带着妻子和女儿下广东顺德去了。他毕竟在长平二中这座校园工作、生活了七年，此时他想再去看一看，也算是做一个告别吧！

因为已放暑假，校园里静悄悄也空荡荡的。要是往日，早有早起的学生在晨读或晨跑了。焕章首先来到宽阔的运动场上，他仿佛又看见师生们以班为单位做早操和跑步的情景；他又来到教学大楼里，还特意到他上过课的教室看了看，他仿佛又看见学生们在读书和自己在讲台上授课的情景；他又来到学生宿舍里，他仿佛又看见学生们在床上休息、自己在值班巡查就寝纪律的情景；他又来到学校厨房、饭堂和澡堂，他仿佛又看见师生们在这里吃饭、洗澡和排队打开水的情景；最后，他站在校园中央，环视了一下校园周围的山岗，只见山岗上长满了松树、杉树、竹子和各种杂树，青青翠翠的，一片碧绿，把一个偌大的校园温柔地拥抱在绿色的怀抱里。也正因为有这山，这树，这竹子，还有山脚下那清澈的溪水，所以校园里的空气才永远那么干净透明，才永远那么清新舒爽。校园里的一砖一瓦、一草一木，焕章是那么熟悉、那么了解，此时它们又变得那么的可亲、可爱，他的心底不禁飘飞出丝丝缕缕的留恋情愫了……

焕章看了一下手表，六点多钟，还早，他又朝校园背后东面那座山岗走去。

他登上山顶，朝县城方向俯瞰，县城的景物一览无余，尽收眼底：高低的楼房、纵横的大街、爬行的车辆、蠕动的行人、似练的长平河、如虹的东门桥……这时，朝阳露出了额角，霞光染红了县城，县城仿佛成了一张红彤彤、醉醺醺的脸。焕章俯瞰着县城的景物，不禁又想起十年前自己告别繁华的省城、主动回到家乡长平来工作的情景。那时的他，饱含着热情，满怀着理想，是多么朝气蓬勃、多么意气风发啊！谁能想到，十年后的今天，他虽然仍饱含着热情，满怀着理想，却要远离家乡长平，调到广东顺德去工作了呢？这十年间，他见识了多少人，经历了多少事，承受了多少悲欢离合，洒下了多少眼泪啊！往事历历在目，仿佛就在眼前，怎不让他万千感慨、感慨万千！

焕章从山上下来时，妻子香兰刚好煮好了早餐。

吃过早餐后，为焕章一家人送行的亲友、同事就来了：从部队转业到农机局工作的妻姐夫陈爱军和妻姐钟华梅；焕章在县城的两位最要好的高中老同学——已调到县计生办工作的曾孝友和已调到县人大工作的李清波；彭春明副县长的大儿子，在赣南师范学院读大一的彭聪；同住在教师宿舍楼的，和焕章比较知心的几个年轻老师。

送焕章一家人下广东顺德的大货车是妻姐夫陈爱军请的。司机是一位皮肤黝黑、体格壮实的中年男子曾师傅，据说他经常走长途到广东顺德、中山、珠海一带，对那里的道路非常熟悉。

焕章和妻子香兰几天前就把要带走的物品打包好了，大家七手八脚地把它们搬运到车上，半小时后，车厢里便装满了衣橱、书柜、书桌、高低床、缝纫机、自行车、电风扇、电饭煲、电炒锅、黑白电视、锅碗瓢盆和十几个大纸箱的书籍等。

九点整，焕章和妻子女儿坐进了车内，和亲友、同事们依依挥别。

汽车开出了长平二中，开出了长平县城，不久，就驶离了江西长平，进入了广东地界，向珠江三角洲的顺德市方向疾驰而去……"别了长平！别了家乡！"焕章在后视镜里再看了一眼家乡长平的方向，在心里喃喃地说。

这时，忽然从蓝天之下、白云之上飘来一曲雄壮的《国际歌》，江潮般的旋律从车窗直灌进来：

> 起来，饥寒交迫的奴隶，
> 起来，全世界受苦的人！
> 满腔的热血已经沸腾，
> 要为真理而斗争！
> ……
> 不要说我们一无所有，

我们要做天下的主人！

……

从来就没有什么救世主，

也不靠神仙皇帝！

要创造人类的幸福，

全靠我们自己！

……

这是最后的斗争，

团结起来，到明天，

英特纳雄耐尔就一定要实现！

听着这雄浑、悲壮、激越的歌声，焕章不觉热血沸腾，思绪翻滚，百感交集，禁不住流下两行晶莹、滚烫的眼泪来！

二〇二二年五月一日完成初稿

二〇二二年八月十五日完成第二稿

二〇二二年十一月二十八日完成第三稿

后 记

当我写完《乡城往事》的最后一个标点符号时，不禁长长地舒了一口气。

这部小说从最初起草到最后定稿，我断断续续写了六年时间。如果不能拒绝世俗的浮躁与功利，没有足够的耐性和韧劲，我是没办法完成这部鸿篇巨制的！——因为我不是专业作家，而是一线的高中语文教师，那繁重的教学工作、文学社团指导工作以及《文艺校园》《星河》《勒中校讯》三种刊物的主编工作，才是我日常的主业，我只能用零碎的业余时间进行文学创作，故而其间所承受的艰辛是不言而喻的！

《乡城往事》的出版，标志着我终于实现了自己在文学创作上设定的基本目标——出版一部诗集、一部散文随笔集、一部中短篇小说集和一部长篇小说。我不能说是满足，但欣慰是肯定的！

然而，我之所以要创作这部长篇小说，并不只是为了实现自己的文学梦想，而更是为了满足自己的生命需要，让澎湃的灵魂得到安放！

个人的命运，总是和时代的命运联结在一起的。

一九八六年至一九九六年的十年，是我国改革开放初期十分重要的十年，其跌宕、壮阔的时代潮流，自然也会在偏僻、落后的山区小县涌动，这部长篇小说尽可能地给予了丰富、生动的反映。

文学是形象的历史。为较为全面地呈现赣南山区小县的人文历史和民俗风情，我在创作这部长篇小说时，参阅、引述了刘志、刘承源、王佳京、刘传启、钟清等乡土专家所编撰的一些文史资料，在此对诸君表示衷心的感谢！

有必要一提的是，现在的赣南山区，已发生了很大的变化，比如，教师的社会经济地位已有了很大的提高，不像几十年前那么低微、寒酸、被人瞧不起了；山区的县城和乡村，也漂亮了许多，不像几十年前那么落后、破烂了；山区的物质文化生活，也有了长足的进步和发展，不像几十年前那么贫乏、单调了……这既是中国实行改革开放几十年的丰硕成果，也是党中央对革命老区特殊关怀的结果！

我爱我的家乡。艾青语："为什么我的眼里常含泪水？因为我对这土地爱得深沉……"我现在虽是远方的一位游子，但定会以另一种美好的方式回馈那曾经生我、养我的大地！

感谢中国作家协会主席团委员、中国诗歌学会会长、编审、一级作家杨克①先生为本书封面题字，感谢中国作家协会会员、中国诗歌学会常务理事、广东省作家协会副主席、佛山市作家协会主席张况先生为本书写序。两位德高望重的文坛大咖的墨宝、宏文，既为拙作增辉添彩，也是对我在文学道路上不断前行的鼓励和鞭策！

在这里，我要特别感谢江西师范大学中文系八二级的黄汉国②大律师、黄焰烘③教授等大学老同学，还有我的好兄弟、顺德养正学校校长林中坚先生，以及我亲爱的学生廖祥昶、王雪凤夫妇等人，是他们在物质上和精神上给予的大力支持，才使得我这部长篇小说顺利出版！

百花洲文艺出版社的胡青松、余丽丽、欧双老师，为编辑出版这部长篇小说付出了辛勤的汗水，在此也一并表示衷心的感谢！

风正时济，自当破浪扬帆；任重道远，还需策马扬鞭。长篇小说《乡城往事》的出版，将是我文学创作道路上的里程碑和转折点。我坚信，以它为新的起点，我今后的文学道路必将更加宽敞、更加明亮！

二○二四年二月六日

注释：

① 杨克，男，中国作家协会主席团委员、中国诗歌学会会长、编审、一级作家。在人民文学出版社和中国台湾出版《杨克的诗》等18种，美国俄克拉赫马大学出版社、西班牙萨拉戈萨大学出版社等翻译出版诗集8种，共译17种语言发表。诗作《我在一颗石榴里看见了我的祖国》在网上广泛传播，仅一家App下载量已超过1620万。《在东莞遇见一小块稻田》《人民》《夏时制》等也深受读者喜爱。获英国剑桥徐志摩银柳叶诗歌奖等中外十余种文学奖。

② 黄汉国，男，江西省九江市柴桑区人。江西师范大学中文系学士，武汉大学法学院硕士。江西省十佳辩护人。北京勇者律师事务所律师、合伙人。九江市围棋协会主席，九江市知联会副会长，九江市第十五届、第十六届政协委员。

③ 黄焰烘，男，曾任江西师范大学音乐学院党委书记，教授。现任南昌理工学院人文教育学院院长。